KALTBLÜTIG

KALTBLÜTIG
(COLD BLOODED)

TONI ANDERSON

Übersetzt von
MARTIN WICK

DEUTSCHE BÜCHER VON TONI ANDERSON

Romantische Krimis

Kalte Gerechtigkeit Serie
Ein kalter, dunkler Ort (A Cold Dark Place)
Kalte Jagd (Cold Pursuit)
Kaltes Morgenlicht (Cold Light of Day)
Kalte Angst (Cold Fear)
Kalte Schatten (Cold in the Shadows)
Kaltes Herz (Cold Hearted)
Kalte Geheimnis (Cold Secrets)
Kalte Bosheit (Cold Malice)
Eiskaltes Versprechen (A Cold Dark Promise)
Kaltblütig (Cold Blooded)

Kalte Gerechtigkeit – die Verhandler Serie
Kalt und tödlich (Cold & Deadly)
Kälter als die Sünde (Colder Than Sin)
Kalte böse Lügen (Cold Wicked Lies)
Kalter grausamer Kuss (Cold Cruel Kiss)
Eiskalt (Cold as Ice)

DEMNÄCHST ERHÄLTLICH …
Kalte Stille (Cold Silence)
Tödliches Spiel (The Killing Game)

Andere deutsche Titel
Im Sog Der Gefahr
Wogen Des Zorns

Auf meiner Website findest du alle deutschen Übersetzungen
meiner Bücher:
toniandersonauthor.com/german

Melde dich für meinen deutschsprachigen Newsletter an und
erhalte zwei kostenlose, exklusive „Kalte Gerechtigkeit"-
Kurzgeschichten sowie Informationen darüber, wann meine
nächste deutsche Übersetzung verfügbar ist.

WIDMUNG

Dieses Buch ist der äußerst talentierten Autorin spannender Liebesromane, Rachel Grant, gewidmet.

Sie zeichnet sich durch bedingungslose Freundschaft und hervorragende Schokoladen-Martinis aus. Oder vielleicht bedingungslose Schokoladen-Martinis und hervorragende Freundschaft?

Beides ist warm und vermischt sich irgendwie…

PROLOG

ER BETRAT DAS Labor in voller Schutzausrüstung. Das Kreischen und Klappern der Käfiggitter ließ ihn sofort wissen, dass die Tiere noch lebten. Er hielt den Atem an, als er um jeden einzelnen Käfig herumging und den Ausdruck und das Verhalten der Rhesusaffen genau beobachtete. Er gab ihnen Obst zu essen, stellte sicher, dass sie noch genug Wasser hatten, bemerkte die wachen Augen und die interessierten Blicke dieser faszinierenden Kreaturen. Manchmal erschienen sie so menschlich, dass er beschämt den Blick abwenden musste, aber heute nicht.

Keiner der Affen war gestorben.

Ein Funke der Vorfreude schoss durch seine Nervenbahnen. Noch erfreulicher, es gab keine kranken Affen. In allen früheren Experimenten waren Affen, die SAHCAM45-65 ausgesetzt worden waren, immer innerhalb von vierundzwanzig Stunden gestorben, obwohl sie einen Impfstoff erhalten hatten. Aber dieser neue Impfstoff schien zu funktionieren.

Es funktionierte!

Endlich.

Endlich hatte er es geknackt, aber er hielt seine Triumphgefühle zurück.

Es war Wochenende, und er hatte angeboten, sich um die Tiere im Labor zu kümmern, was er hin und wieder tat, wenn er neugierigen Kollegen aus dem Weg gehen wollte. Offiziell fanden keine Experimente statt, also musste nur irgendjemand die Tiere füttern und regelmäßig nach ihnen sehen.

Er nahm Blutproben, dann verließ er den Affenraum wieder und duschte seinen Anzug ab, bevor er einen weiteren Sicherheitsbereich betrat. Eine Isolationseinheit für Notfälle, von der nur wenige Personen wussten, dass sie existierte, und zu der noch weniger Personen Zutritt hatten.

Rhesusaffen hatten zu dreiundneunzig Prozent die gleiche DNA wie Menschen, aber die restlichen sieben Prozent sorgten für genug Differenzen, um weitere, ausführliche Tests mit dem Impfstoff notwendig zu machen, bevor er als sicher für den Einsatz am Menschen erklärt wurde. Leider verbat das Gesetz es, diese Effektivität an Menschen zu testen.

Die Neonröhre über seinem Kopf surrte und flackerte, was ihn innehalten ließ.

Er blickte durch das Glas in die düstere Isolationskammer, den kleinen, sicheren Raum, der in völliger Dunkelheit lag. Der Primat lag unter einem Plastikzelt auf dem Bett, fixiert, regungslos, das Gesicht abgewandt. Er sah tot aus.

Sein Herz hämmerte erschreckend heftig.

Enttäuschung? Frustration? Wut?

Niemand hatte je behauptet, Forschung wäre einfach.

Er seufzte laut auf, und das Sichtfenster seiner Maske beschlug.

Der Primat sah tot aus.

So wie alle anderen Versuchssubjekte.

Er schob die Niedergeschlagenheit beiseite und betrat den Raum durch eine abgeschlossene, versiegelte Tür. Der leichte Luftzug, der in den Raum gesogen wurde, fühlte sich an wie ein tiefes Luftholen und verhinderte das Entweichen von

Mikroben.

Das Rascheln des Lakens ließ ihn erstarren. Eine Bewegung auf dem Bett, als die Gestalt versuchte, sich aufzusetzen, ließ ihn sich vor Schreck fast einnässen.

„Wo bin ich? Was ist passiert?" Ihre Stimme war schwach und verängstigt.

Oh mein Gott. Oh mein Gott. Oh mein verfluchter Gott! Es hatte funktioniert. Er hatte es geschafft. Er wollte triumphierend die Faust in die Luft stoßen, hielt sich aber zurück.

Sein Puls dröhnte. Das war es. Das war es!

„Wer sind Sie? Wo bin ich?"

Zum Glück erinnerte sie sich an nichts mehr, diese kleine Ausreißerin, die er auf der Straße aufgesammelt hatte, und der er eine warme Mahlzeit versprochen hatte. Sie hatte angeboten, ihm im Gegenzug den Schwanz zu lutschen, aber er hatte etwas anderes gewollt. Etwas weitaus Wertvolleres. Er hatte sie hierher gebracht, sie ruhiggestellt, sie infiziert und nicht erwartet, dass sie länger als bis Mitternacht überleben würde.

Sie begann, an ihren Fesseln zu zerren und panisch zu werden.

„Es ist alles in Ordnung. Du bist in Ordnung", sagte er ruhig. „Du warst krank. Sehr krank, aber ich habe dir geholfen. Du kommst wieder ganz in Ordnung."

Er zog seine Hand in den Schutzanzug und schoss mit einer kleinen Digitalkamera ein schnelles Video als Beweis ihres Überlebens, dann trat er einen Schritt vor, griff nach einer weiteren Dosis Betäubungsmittel und spritzte es in den Zugang, den er ihr am Freitag gelegt hatte. Sie starrte auf die Spritze, aber es war ihr unmöglich, irgendwas zu unternehmen, außer dabei zuzusehen, wie die klare Flüssigkeit in ihren Arm floss.

„Du kommst wieder in Ordnung", versicherte er ihr. „Ehrlich gesagt, wird es dir absolut fantastisch gehen."

Sie lächelte zaghaft, bevor ihre Lider zufielen.

Das hier änderte alles.

Er schloss für einen Moment die Augen. Alles würde in Ordnung kommen. Er würde kein Versager mehr sein.

Mit klinischer Präzision nahm er Blutproben von ihr, die er zusammen mit dem Blut der Affen untersuchen würde. Er kontrollierte den Puls seines Forschungssubjekts, wartete darauf, dass ihr Herzschlag langsamer wurde. Langsamer und langsamer. Er verabreichte ihre eine weitere Dosis, nur um sicherzugehen, dass sie nie wieder aufwachen würde.

Dann öffnete er den Reißverschluss des Plastikzeltes, entfernte die Kanüle in ihrem Arm und öffnete die Fixierungen, die klackend aufsprangen.

Danach hob er ihren schlaffen Körper in seine Arme. Sie war leicht, einfach zu tragen. Er hielt sie fest, als sie unter die chemische Dusche traten, abgesprüht und keimfrei gemacht wurden, drehte sich mit ihr, sodass jeder Mikrometer ihrer Haut sterilisiert war. Nach zwei Minuten stoppte der Duschstrahl. Er öffnete die Tür zum Umkleideraum, legte das Mädchen auf eine Metallbahre, während er sich auszog und den Anzug aufhängte, bevor er sie in die nächste Duschstation rollte. Als sie vollkommen sauber waren, trocknete er sie beide ab und bedeckte das Mädchen mit zwei großen Handtüchern. Die größte Gefahr bestand darin, unerwarteterweise jemandem in die Arme zu laufen, also warf er einen vorsichtigen Blick aus dem Umkleideraum auf den Flur, bevor er die Bahre hinausrollte.

Es war niemand zu sehen.

Was daran liegen mochte, dass er mitten in der Nacht arbeitete.

Schnell zog er sich an und schnappte sich seine Sachen. Dann blickte er noch einmal zur Sicherheit in den Flur, bevor er seine kostbare Fracht den Korridor hinunter zum Verbrennungsofen rollte. Er berührte die feine, blaue Vene an ihrem Handgelenk, fuhr mit seinem Finger über ihre Nasenspitze und über ihre weichen Lippen. Prägte sich ihre Züge ein, um diesen Augenblick des Triumphs niemals zu vergessen.

Er legte sie in den Ofen, versuchte, respektvoll zu sein. Sie war so zierlich, dass sie kaum Platz einnahm.

Er verschloss die Tür und startete den Ofen. Es dauerte eine Weile, bis die 850 Grad erreicht waren, und er zwang sich, geduldig zu warten, genauso wie er es auch mit den anderen getan hatte, nur dass die anderen in eine doppelte Lage formloser, schwarzer Leichensäcke eingewickelt gewesen waren, um ihre Ladung an tödlichen Keimen zu verschließen. Diese hier stellte keine Gefahr dar, auch wenn er wünschte, er hätte mehr Zeit, um sie zu studieren.

Als der Verbrennungsofen die notwendige Temperatur erreicht hatte, um Knochen verbrennen zu können, drehte er sich um und ging davon.

Ab jetzt würde alles anders werden.

ERSTES KAPITEL

DAS GERÄUSCH VON Magazinen, die einrasteten, hallte in einer metallenen Symphonie von Dienstwaffen durch das Großraumbüro. Vorahnung zog seinen Magen zusammen, als er seine SIG Sauer und die Ersatzwaffe, eine Glock, kontrollierte. FBI Special Agent Hunt Kincaid aus dem Büro in Atlanta war geladen, entsichert und bereit.

Hunt griff nach den Haftbefehlen und den Durchsuchungsbeschlüssen und reichte sie Agent Mandy Fuller.

„Allerherzlichsten Dank, Agent Kincaid." Sie klimperte dramatisch mit den Wimpern und nahm ihm die Dokumente ab. Fuller war blond und hübsch und sah trügerisch niedlich aus. Sie hatte die letzten vier Monate verdeckt ermittelt und hatte sich die Ehre verdient, heute dem Hauptverdächtigen die Handschellen anzulegen, nach den dutzenden von Malen, die der gewählte Regierungsrepräsentant ihr an den Hintern gegrapscht hatte.

„Mit dem allergrößten Vergnügen, Agent Fuller."

Der Einsatz heute war der krönende Abschluss der vierzehnmonatigen Ermittlung in Sachen Korruption innerhalb der Stadtverwaltung. Es war ein langer und mühsamer Prozess gewesen, der tausende Stunden Beschattung und Überwachung, Brüten über Kontoauszügen und elektronischer Kommunikation sowie der Jagd auf kleine Beute, um an die großen Fische zu kommen, gefordert hatte – und das alles, ohne dass der Mann ganz oben auf ihrer Liste der Verdächtigen misstrauisch wurde. Fullers Einsatz hatte ihnen einen kooperierenden Zeugen beschafft, und die Überwachung hatte ihnen schließlich so viele felsenfeste Beweise geliefert, dass ein Richter die Durchsuchungsbeschlüsse unterschrieben hatte.

Regierungsrat Jim Crowley und vier seiner Lakaien würden heute zu Fall gebracht werden.

Hunt kontrollierte seine Ersatzmunition und steckte weitere drei Magazine in seine Westentasche. Er erwartete keinen Ärger, aber er war verdammt nochmal darauf vorbereitet.

Sein Kumpel, Agent Will Griffin, kam herüber und nickte ihm zu. Will war Mitglied der FBI SWAT-Sondereinheit und musterte heimlich Fullers Einsatzweste und ihre Ausrüstung. Fuller warf ihrem Freund einen schneidenden Blick zu, und der andere Agent schaffte es auf heldenhafte Art und Weise, sich welchen Tipp auch immer er ihr gerade hatte geben wollen, zu verkneifen.

Hunt und Fuller mochten zwar derzeit einem Team von Schreibtischbeamten zugeteilt sein, aber sie hatten beide jahrelange Erfahrung als Agenten im Außeneinsatz. Das SWAT-Team würde bei diesen Verhaftungen nur als Verstärkung agieren.

Fuller ging zu ihrem direkten Vorgesetzten, dem Supervisory Special Agent der Einheit gegen Wirtschaftskriminalität im FBI-Büro von Atlanta, und zeigte ihm die Unterlagen.

Hunt grinste Will an, der dastand und der Agentin hinterherschaute. „Willst du meine Weste auch überprüfen?"

„Ich wollte eigentlich ihre Widerstandsfähigkeit gegen Kugeln überprüfen." Wills Zähne blitzten in einem erzwungenen Lächeln auf, das schnell erlosch. „Ich hatte früher kein Problem damit, als Mandy jeden Tag da rausgegangen ist, aber…"

„Das bringt die Liebe mit sich, Kumpel. Sie macht einen schwach."

Will verdrehte über diese Andeutung die Augen, und seine braunen Wangen wurden rot. Er gestand sich die Stärke seiner Gefühle noch immer nicht ein, aber Hunt kannte das schon von ihm. Der Kerl war vollkommen verloren.

„Was hält sie davon, dass du dich für die Geiselbefreiungseinheit beworben hast?"

Will zog eine Grimasse.

„Du hast es ihr noch nicht erzählt?"

„Ich habe noch nicht den richtigen Moment gefunden."

Hunt grunzte. „Sie wird es spätestens dann erfahren, wenn die Zusage kommt. Vor allem bei dem ganzen Training, das wir absolvieren."

Will starrte ihn belämmert an.

Hunt ließ es gut sein. Er wollte auf keinen Fall zwischen die Fronten im Privatleben zweier Agenten geraten, die er beide mochte und respektierte. Er persönlich hatte überhaupt kein Interesse daran, in die Beziehungsfalle zu tappen.

Seine Augen waren starr auf das Ziel gerichtet, und das Ziel war es, in die Auswahl der Geiselbefreiungseinheit des FBI aufgenommen zu werden.

Der Leiter seiner Einheit brüllte quer durch das Büro. „Los geht's."

Adrenalin schoss durch Hunts Adern, als er den Lauf seiner Pistole ein letztes Mal kontrollierte. Es war egal, wie oft er in seinen fünf Jahren beim FBI schon Verhaftungen durchgeführt hatte. Man gewöhnte sich nie daran. Er griff nach seiner Kampfjacke, die über seiner Stuhllehne hing, und schritt den Flur entlang zum Treppenhaus ihres neuen Bürogebäudes. Zwanzig weitere Agenten sowie die Jungs vom SWAT-Team brachen mit ihm zusammen auf. Das würde ein Spaß werden.

„Kincaid!"

Der gellende Ruf riss ihn aus seiner Konzentration und ließ ihn abrupt innehalten. Er drehte sich um.

Scheiße.

Caleb Bourne, leitender Special Agent des FBI-Büros von Atlanta, stand am anderen Ende des Flurs.

Hunt hatte nicht gewusst, dass der Special Agent überhaupt seinen Namen kannte. Allen anderen schien das auch neu zu sein, den überraschten Blicken nach zu urteilen, die ihm die Leute zuwarfen. Er hatte keine Zeit für sowas. Der leitende Special Agent wusste doch sicherlich, was los war? Hunt unterdrückte ein Fluchen und löste sich aus der Truppe, ging zurück in Richtung des Büros.

„Boss?"

SAC Bourne rief dem Rest des Teams hinterher. „Ihr müsst ohne Kincaid zurechtkommen."

Was?

Hunt holte tief Luft und schluckte die Worte hinunter, die ihm einen weiteren Verweis in seiner Akte bescheren würden, wenn er sie sich nicht verkniff. „Bei allem Respekt, Sir, ich habe seit über einem Jahr an diesem Fall gearbeitet. Ich habe es verdient, bei der Verhaftung dabei zu sein."

„Ja, das haben Sie." Bournes kühler Blick landete auf seinem Gesicht, aber der Ausdruck des Mannes veränderte sich nicht. „Leider wird das nicht passieren. Ich brauche Sie.“

Der SAC machte auf den Fersen kehrt und schritt davon.

Hunt warf Will, der ihn mit offenem Mund und einem was-zur-Hölle-Ausdruck anstarrte, einen angepissten Blick zu.

Aber er hatte keine Wahl, also ging er Bourne hinterher, holte ihn gerade ein, als die Aufzugtüren aufglitten. Er besänftigte seinen Zorn lange genug, um sich zu fragen, was zur Hölle hier los war. Seit wann zog der SAC seine eigenen Dinger durch? Seit wann konnte der SAC einen Agenten von einem potenziell gefährlichen Zugriff mit weitreichenden Konsequenzen abziehen, bei dem eine überwältigende Machtdemonstration der beste Weg war, um sicherzustellen, dass die Verdächtigen sich ohne Widerstand fügten.

Hatte Hunt sich einen Fehler erlaubt?

Er versuchte, sich zu erinnern, welche Regeln er in der letzten Zeit etwas loser ausgelegt hatte, aber ihm fiel nichts sein.

Verdammt, er wollte so gerne den Ausdruck auf Crowleys Gesicht sehen, wenn Fuller ihm die Handschellen anlegte. Wollte sehen, wie der fette Bastard ins Schwitzen kam, wenn ihm klar würde, dass das FBI ihn wegen Korruptionsvorwürfen, Bedrohung, Machtmissbrauch und Schutzgelderpressung an den Eiern hatte.

Konnte das hier nicht eine verfluchte Stunde warten?

Hunt hielt den Mund.

Als ehemaliges Mitglied der FBI-Krisenverhandlungseinheit war der leitende Special Agent des Atlanta-Büros dafür berüchtigt, Schweigen zu seinem Vorteil zu nutzen. Bourne starrte die Leute einfach nur an, und schon beichteten sie Sünden, von denen Bourne gar nicht gewusst hatte, dass sie sie überhaupt begangen hatten. Hunt würde einen Teufel tun, alles gegen die Wand zu fahren, weil er seine große Klappe nicht halten konnte. Er schaute auf die Uhr. Mit ein bisschen Glück würde er zum Rest des Teams dazustoßen können, bevor sie die Verhaftungen ausführten.

Hunt folgte dem SAC an den neugierigen Gesichtern der Assistenten und Sekretärinnen vorbei bis zu dem großen Eckbüro mit dem fantastischen Blick über den Campus der Mercer University und den angrenzenden Wäldern. Ein Blick, in dessen Genuss Hunt bisher noch nie gekommen war.

Bourne setzte sich an seinen Schreibtisch. „Machen Sie die Tür zu. Setzten Sie sich. Hören Sie einfach zu.“

Alles klar.

Es klang nicht gerade so, als ob ihm irgendeine Auszeichnung verliehen werden würde.

Bourne drückte eine Taste auf seinem Laptop und ein Bildschirm an der Wand sprang an. Auf dem Bildschirm war ein Mann in einem schwarzen Anzug zu sehen, die Hände in den Taschen vergraben, der entspannt vor einer Wand aus Monitoren stand, auf denen verschiedene Landkarten zu sehen waren. Er richtete sich auf, als die Verbindung stand, seine Augen waren aufmerksam und scharf.

„Agent Hunt Kincaid, ich darf Sie mit dem stellvertretend leitenden Special Agent Steve McKenzie vom SIOC bekannt machen.“

Das SIOC war das Strategische Informations- und Operationszentrum in der FBI Zentrale in Washington D.C.

Was zur Hölle war hier los?

Ein kleines Grinsen huschte über ASAC McKenzies Gesicht. „Tut mir leid, dass ich Sie von Ihren anderen Verpflichtungen fortgerissen habe. Sieht so aus, als ob Sie gerade eine Menge Spaß verpassen würden.“

Üblicherweise trugen Agenten im Büro keine schusssicheren Westen und Pistolenholster am Oberschenkel. Hunt nickte dem anderen Agenten knapp zu, gab sich keine Mühe, sein Frustration zu verbergen. Der Bildschirm teilte sich, und Hunt erblickte den legendären Lincoln Frazer, der rechts im Bild auftauchte.

Frazer war in FBI-Kreisen eine große Nummer. Er hatte vor fünf Jahren in Hunts Klasse auf der FBI-Akademie Vorträge über Serienmörder gehalten. Hunt konnte ein Kribbeln zwischen seinen Schulterblättern spüren, was für gewöhnlich hieß, dass etwas Bedeutendes stattfinden würde. Was auch immer es war, das hier war ernst.

Eine umwerfende dunkelhaarige Asiatin in Jeans und T-Shirt krabbelte unter Frazers Schreibtisch hervor.

„Jetzt sollte es funktionieren", sagte sie zu Frazer. „Fassen Sie nichts mehr an."

Frazer räusperte sich ein wenig befangen, als er sich seines Publikums bewusst wurde. „Danke, Agent Chen. Richten Sie den anderen aus, dass die Teambesprechung auf Mittag verschoben wird."

Die Frau zog eine Augenbraue hoch, was Hunt als eine „Seh' ich aus wie Ihre Sekretärin?"-Geste interpretierte, aber die Diplomatie schien diesmal zu gewinnen. „Ja, Boss."

Hunt arbeitete offensichtlich im falschen Büro.

Bourne stelle sie offiziell vor, dann sagte er: „Gentlemen, Agent Kincaid ist Atlantas ABC-Waffen-Koordinator, wie von Ihnen gewünscht."

Hunt neigte den Kopf zu Seite, seine Augen wurden schmal. Jedes Büro hatte einen ABC-Waffen-Koordinator. Massenvernichtungswaffen – weil die Menschheit immer noch größere und bessere Methoden brauchte, um sich gegenseitig umzubringen. Hunt hatte den Posten des Koordinators vor einem Monat übernommen, als eine seiner Kolleginnen in den Mutterschutz gegangen war. Rose Geddy hatte ihn gewarnt, dass er es sich nicht allzu gemütlich zu machen brauche, und er hatte erwidert, dass er kein Verlangen danach hatte, in endlosen Besprechungen mit der Gesundheitsbehörde herumzusitzen, vor allem nicht nach seiner Stippvisite in der Abteilung für Wirtschaftskriminalität. Eher würde er seine Augen in Säure baden.

McKenzie, McKenzie…

Es klickte, und er hatte den Namen eingeordnet, setzte sich aufrecht hin. McKenzie und Frazer waren im Februar in die Vereitelung eines Bombenanschlags auf das FBI-Hauptquartier involviert gewesen. Das Kribbeln in seinem Rücken verwandelte sich in einen ausgewachsenen Juckreiz, gegen den er durch die undurchdringlichen Lagen von Nylon, Kevlar und Baumwolle hindurch nichts ausrichten konnte.

„Was wissen Sie über Anthrax?", fragte McKenzie ohne Umschweife.

Hunt wurde mit einem Schlag hellwach. „Eine biologische Waffe der Kategorie A – eine grausame, tückische Tötungsmaschine. Andere Waffen der Kategorie A sind unter anderem solche Leckerbissen wie Pocken und das Marburg-Virus. Ekelhaftes Zeug."

„Das Anthrax, das 2001 in Briefen verschickt wurde, hat bei elf Menschen die Variante der Krankheit hervorgerufen, die durch Inhalation auftritt." McKenzies Tonfall deutete an, dass diese Information für den weiteren Verlauf von Hunts Tag wichtig sein würde, und ein kalter Schauer lief ihm den Rücken hinunter. „Fünf der Leute sind damals gestorben."

Hunt nickte. Der AMERITHRAX-Fall war auf der FBI-

Akademie ausführlich durchgenommen worden. Die Ermittlungen hatten mehr als acht Jahre angedauert, und das FBI war überzeugt davon, dass der Bioterrorismus das Werk eines Army-Forschers aus Fort Detrick gewesen war.

Nicht alle stimmten diesem Rückschluss zu. Der Wissenschaftler hatte sich umgebracht, bevor es zu einer Gerichtsverhandlung gekommen war.

Hunt würde kein Wort über den Verdienst dieser Ermittlung fallen lassen, denn Karriereselbstmord stand heute nicht auf seiner To-do-Liste. Andererseits tat das eine Lektion über Anthrax auch nicht.

„Was Sie jetzt hören werden, ist absolut vertraulich und obliegt dem Need-to-know-Prinzip. Sie werden ebenso wie jeder andere ABC-Waffen-Koordinator des FBI in diesen Fall eingewiesen", erklärte McKenzie.

Also war er nicht der Einzige, auch wenn Hunt das Gefühl hatte, einer der Ersten zu sein, der informiert wurde. Sein Standort hatte vermutlich eine Menge damit zu tun. Mindestens zwei Labore mit der höchsten Stufe für Biosicherheit befanden sich nur eine kurze Autofahrt von hier entfernt, eines im CDC, dem Zentrum für Krankheitskontrolle und -prävention, das andere an der Georgia State University.

„Ein paar Gramm des normalen Bacillus anthracis, die auf bestimmte Art und Weise verteilt werden, können zum Tod von bis zu hunderttausend Menschen führen." McKenzie blickte grimmig drein.

Normaler Bacillus anthracis?

Frazer übernahm. „Vor nicht einmal einer Woche hat ein illegaler Waffenhändler namens Ahmed Masook versucht, etwas auf dem Schwarzmarkt zu verkaufen, was seiner Aussage nach eine schneller reagierende, waffenfähige

Variante von Anthrax ist."

„Waffenfähig?", fragte Hunt.

„Im Labor erhitzt." Frazer presste die Lippen zusammen, als ob er seinen Zorn unterdrücken müsste. „Sie haben behauptet, es würde schneller agieren und dazu virulenter sein als die natürlichen Varianten. Verteilt sich leichter im Wind. Und es ist resistent gegen unsere derzeitigen Impfstoffe."

Unbehagen kratzte an Hunts Wirbelsäule.

„Letzte Woche haben wir Glück gehabt. Wir konnten die Transaktion unterbinden und den Verkauf der Biowaffe verhindern. Leider hat der Waffenhändler diese Sache nicht überlebt, sodass wir ihn nicht zu seinem Lieferanten befragen konnten." Frazers Lächeln wurde rasiermesserscharf.

Aber wenn die Geschichte damit zu Ende wäre, würde Hunt jetzt nicht hier sitzen, während der Rest seiner Einheit die wichtigste Verhaftung des Jahres durchführte.

„Eine der Unterhaltungen, die wir mithören konnten, hat nahegelegt, dass diese neue Variante aus einer US-Quelle stammt. Wir haben ein paar online Korrespondenzen gefunden, aber der Lieferant gibt sich große Mühe, seine Spuren zu verwischen." Frazer war unfassbar sparsam mit näheren Details.

Hunt beugte sich vor. „Wenn Sie den Waffenhandel verhindert haben, nehme ich an, dass Sie im Besitz dessen sind, was auch immer da verkauft werden sollte?"

Frazer nickte vorsichtig.

„Und Sie haben es bereits seit letzter Woche. Ich gehe also davon aus, dass Sie es analysiert haben?" Hunt war sich nicht sicher, was seine Rolle bei dieser Zusammenkunft war. Er wusste nicht, ob er etwas sagen durfte oder nur wortlos nicken und den Hut ziehen sollte. Andererseits hatte das FBI ihn nicht aufgrund seines guten Aussehens angestellt.

„Noch nicht." Frazers kühle blaue Augen wurden dunkel. „Die Biowaffe und der dazugehörige Impfstoff sind … in den Besitz … einer Agentin einer anderen Nation gelangt. Wir haben erheblichen Druck ausgeübt, und sie haben uns schließlich Proben zur Analyse zukommen lassen."

„Können Sie ihnen trauen, dass sie das richtige Zeug geschickt haben?"

Frazer nickte. „Ich glaube schon. Unsere Nationen verfolgen ähnliche Interessen, und wir haben beträchtlichen Einfluss. Wir warten noch auf spezielle Transportgenehmigungen des CDC und des Landschaftsministeriums. Sobald der Transport genehmigt ist, sollten die Proben mit einem Kurier auf den Weg gehen und bis morgen früh im Land sein."

Frazer fuhr fort. „Eine Probe geht an das USAMRIID." Das medizinische Forschungsinstitut der US-Army für ansteckende Krankheiten. „Eine weitere an das CDC. Das CDC wird die Teilproben für die DNA-Analyse organisieren, damit wir den genetischen Fingerabdruck des fraglichen Anthrax zurückverfolgen können."

Es ergab Sinn, diese Sicherheitsvorkehrungen zu treffen und die Proben nicht nur an ein Labor zu schicken. Das letzte Mal, als das FBI eine solche Ermittlung durchgeführt hatte, wurde ihnen zunächst von dem Mann geholfen, der schließlich zu ihrem Hauptverdächtigen wurde. Seit damals hatte sich die Expertise und die Einsatzbereitschaft des FBI in Hinsicht auf Bioterrorismus dramatisch verbessert, aber niemand wollte irgendetwas dem Zufall überlassen.

Die Technologie war durch den AMERITHRAX-Fall radikal verfeinert und vorangetrieben worden.

„Glauben Sie, dass dieser Lieferant früher schon Chargen dieses waffenfähigen Anthrax an Terroristen verkauft hat?" Was die plötzliche Dringlichkeit erklären würde. Nicht, dass die Vorstellung, wie jemand Anthrax an Terroristen verkaufte, nicht an sich schon furchteinflößend genug war.

„Das glauben wir nicht." McKenzie verzog den Mund. „Die Summen, um die es bei diesem Handel ging, legen nahe, dass das Produkt ausgesprochen hochwertig war, und ein Teil des Wertes sich aus der Exklusivität ergibt – vermutlich sowohl aus der Exklusivität der Bakterienvariante als auch der des Impfstoffes. Wir hätten mittlerweile von einer Häufung von Opfern erfahren, wenn das Material freigesetzt worden wäre. Die Geheimdienste gehen dieser Möglichkeit allerdings nach. Wir wühlen uns weiter durch die Kommunikation und die Bankdaten aller bekannten Beteiligten und suchen nach einer Verbindung."

Okay. „Wie hat der Anthrax-Lieferant den Waffenhändler kontaktiert?" Es war ja nicht gerade so, als würden solche Leute einfach ein Geschäftsschild an ihre Tür hängen.

„Dark Web. Wir haben Hinweise, denen wir dort nachgehen", erklärte McKenzie. „Natürlich stimmen wir uns auch mit der ABC-Waffen-Direktion ab, aber POTUS hat die Aufstellung einer gemeinsamen Terrorismusabwehreinheit für diese Ermittlung angewiesen, für die ich derzeit die Leitung übernommen habe. Die ersten Hinweise deuten in Richtung der Südstaaten."

Hunts Augen wurden groß. POTUS? Der Präsident der Vereinigten Staaten, Joshua Hague, war involviert? Diese Sache war also eine reale und andauernde Bedrohung.

„Was brauchen Sie von uns?", unterbrach Bourne. Theoretisch war er ranghöher als die beiden Männer auf dem

Bildschirm, aber es war offensichtlich, dass er hier nicht das Sagen hatte.

„Sämtliche ABC-Waffen-Koordinatoren des FBI sollen sich mit jeder Person in Verbindung setzen, von der sie wissen, dass sie mit dem Bacillus anthracis arbeitet oder gearbeitet hat. Das CDC hat eine aktuelle Liste dieser Personen.“

„Wird das die Täter nicht in die Flucht schlagen?“ Hunt klopfte mit den Fingerspitzen auf den Schreibtisch seines Bosses. „Womöglich zerstören sie dann sogar Beweise.“

„Uns wäre es lieber, sie würden ihre Vorräte an Anthrax vernichten, als noch mehr herzustellen.“ Frazer klang düster.

„Solange die Verdächtigen keine Hackerprofis sind, ist es nur eine Frage der Zeit, bis wir herausfinden, wer involviert ist“, warf McKenzie ein.

Lincoln Frazer musterte Hunt kritisch. „Sie müssen für uns die Dokumentationen vor Ort überprüfen und herausfinden, wer viel Zeit in den Laboren und mit der Arbeit an Anthrax verbringt, und dann sicherstellen, dass diese Person auch mitbekommt, dass Sie das überprüfen. Achten Sie auf auffälliges Verhalten.“

„Im näheren Umkreis unseres Büros gibt es allein schon diverse hochrangige Regierungsanlagen, Universitäten und private Biotech-Firmen“, ließ Bourne sie wissen.

McKenzie nickte. „Und man braucht noch nicht einmal ein Labor der Sicherheitsstufe 4, um mit Anthrax zu arbeiten. Eine Sicherheitsstufe 2 reicht aus, um mit inaktiven Varianten zu forschen.“

„Inaktive Varianten bringen aber keine Millionen auf dem Schwarzmarkt“, gab Frazer zu bedenken.

Bourne fuhr sich mit den Fingern durch die kurzen Haare.

„Haben Sie irgendeine Vorstellung davon, wie viele Mikrobiologen in unserem Zuständigkeitsgebiet wohnen, die das Wissen und das Können haben, große Mengen dieser Mikroben zu erzeugen?"

„Hunderte", sagte Frazer.

„Wenn nicht sogar tausende", warf Hunt ein.

„Wir brauchen mehr Personal", schlug Bourne vor.

McKenzie schüttelte den Kopf. „Noch nicht. Wir wollen keine Massenpanik verursachen, also müssen alle ABC-Waffen-Koordinatoren die Forscher im Rahmen ihrer üblichen Pflichten kontaktieren. Höchste Priorität gilt für Wissenschaftler, die in der Nähe von Laboren der Sicherheitsstufe 4 wohnen, und dann arbeiten wir uns nach unten durch. Das bedeutet, Atlanta ist als Erstes dran. Agent Kincaid ist neu in dieser Position. Er kann bei den Forschern auftauchen und sich vorstellen, andeuten, dass das FBI über-legt, die Vorschriften für die Arbeit mit diesen Substanzen zu überholen, beispielsweise, wer in Zukunft damit arbeiten darf und dergleichen. Das bringt die Leute in der Regel dazu, den Wert ihrer Forschungsarbeit hervorzuheben. Sobald Sie das Labor verlassen haben, werden diese Leute mit ihren Kollegen telefonieren und wissen wollen, was zur Hölle los ist, und wie man das verhindern kann. Es wird sich herumsprechen. Die bösen Buben werden panisch werden, worauf wir sogar ehrlich gesagt zählen. Wir haben hier im SIOC einen ganzen Raum voller Analysten, die sämtliche Daten überprüfen und Aktivitäten überwachen. Wir verfolgen Ihre Kontakte mit den Forschern und überprüfen, wie es sich weiterverbreitet."

„Verfolgen?", fragte Hunt verblüfft. „Überwachen Sie mein Diensthandy?"

„Wir hören Sie nicht ab", versicherte ihm Frazer. „Aber

wir zeichnen Ihre GPS-Daten auf, Anrufzeiten und E-Mails, damit wir Ihre Standorte und Ihre Kommunikation hinsichtlich der Aktivitäten der Forscher ermitteln können. Wir werden mit Hilfe eines Supercomputers und unserer Freunde bei der NSA die Aktivitäten aller unserer ABC-Waffen-Koordinatoren überwachen. Irgendwelche Einwände?" Frazer hob herausfordernd eine Augenbraue.

„Nein, Sir." Auch wenn es seltsam sein würde, überwacht zu werden.

McKenzie schaute auf die Uhr. „Sie haben in einer halben Stunde ein Treffen mit einem Abteilungsleiter im CDC, um festzulegen, mit welchen Personen Sie zuerst sprechen sollten, und dann starten Sie Ihre Nachforschungen. Ein Dr. Jez Place. Ich habe Ihnen den Kontakt auf Ihr Handy geschickt. Kontaktieren Sie mich, sobald Ihnen jemand verdächtig vorkommt. Der ABC-Waffen-Koordinator in San Antonio ist der Nächste auf unserer Liste. Halten Sie Augen und Ohren offen."

Hunt entspannte sich ein wenig. Georgia war nicht der einzige Staat, der von verrückten Wissenschaftlern durchtränkt war, auch wenn es hier natürlich mehr als genug davon gab.

Anthrax war ein unsichtbarer, willkürlicher Killer. Wie konnte jemand des Geldes wegen etwas herstellen, was möglicherweise tausende von unschuldigen Menschen umbrachte? Diese Vorstellung war allen anständigen Menschen verhasst und verursachte ihm ein Unbehagen, das er nur schwer benennen konnte.

Er wartete darauf, wegtreten zu dürfen, dann zog er seine Einsatzkleidung aus und schlüpfte in einen seiner vielen Anzüge, rückte in der gespenstigen Stille des leeren

Bürogebäudes seine Krawatte zurecht.

Sah ganz danach aus, als ob er seine Zeit wieder am Schreibtisch oder mit der Befragung von Forschern verbringen würde. Die Spannung brachte ihn fast um. Je schneller die Auswahl für die Geiselbefreiungseinheit stattfand, desto besser.

Aber das Kribbeln zwischen seinen Schulterblättern meldete sich zurück. Wie verrückt versuchte er, sich an der Stelle zu kratzen. Er konnte nichts dagegen ausrichten, und ihm wurde schließlich klar, was genau es war.

Grauen.

ZWEITES KAPITEL

E S WAR ERST April, aber im ländlichen Georgia war es um neun Uhr morgens bereits heiß genug, um auf der Motorhaube von Pip Wests alterndem Honda Spiegeleier zu braten. Schweißperlen liefen ihr den Rücken hinunter, und sie strich sich eine Haarsträhne aus der feuchten Stirn. Ihr Auto setzte kurz auf einer Unebenheit in der Spurrille auf. Sie zuckte zusammen.

Ihr angespannter Blick fuhr zur wütenden, rot leuchtenden Motor-Warnlampe und der stetig ansteigenden Temperaturanzeige. Verdammt. Keine vierhundert Meter mehr. Wenn sie den Motor jetzt ausschaltete, würde er womöglich nie wieder anspringen. Sie biss die Zähne zusammen und trat aufs Gaspedal.

Es half nicht, dass der Wagen bis unter das Dach mit Pips Sachen vollgeladen war. Trotz ihrer achtundzwanzig Jahre passte ihr gesamter Besitz in einen achtzehn Jahre alten Civic. Sie wusste nicht, ob sie davon beeindruckt oder erschüttert sein sollte.

Gestern Abend hatte Cindy ihr geschrieben, dass sie ihre Doktorarbeit fertiggestellt hatte. Die Freude über Cindys Leistung war jedoch von ihrem kürzlichen Streit überschattet worden, und Pip schämte sich, dass sie nicht als Erste einen Versöhnungsversuch unternommen hatte.

Es war ihr noch nie leichtgefallen, sich zu entschuldigen,

aber sie und Cindy waren immer ehrlich miteinander gewesen. Vor zwölf Tagen waren sie allerdings ein wenig zu ehrlich gewesen.

Doch Cindy hatte recht gehabt.

Pip hatte ihren Job gekündigt und ihre Zelte in Tallahassee abgebrochen. Jetzt war sie sowohl obdach- als auch arbeitslos, und der einzige Grund, weshalb sie nicht vollkommen verzweifelte, war, dass sie eine beste Freundin hatte, die mitfühlend, verständnisvoll und nachsichtig war.

Pip musste lernen, wie man „Entschuldigung" sagte und alte Verletzungen losließ. Es war kein Muster, nach dem sie noch länger leben konnte.

„Komm schon. Wir schaffen das." Pip klopfte in verzweifelter Ermutigung auf das Lenkrad. Wenn sie es bis zur Einfahrt schaffte, konnte sie das Auto die Schotterstraße bis zur Hütte hinunterrollen lassen und dann erleichtert zu Boden sinken.

Pip bog um eine Kurve, schrie erschrocken auf und riss ihr Lenkrad herum, als ein schwarzer Geländewagen um die Kurve gerauscht kam, halb auf ihrer Spur. Rollsplitt prasselte auf ihre Windschutzscheibe wie schmutziger Regen. Ihr Puls hämmerte, und ihr Herz zog sich unangenehm zusammen, während sie sich damit abkämpfte, ihren Wagen in der Spur zu halten.

„Arschloch!" Pip ging nicht vom Gaspedal. Sie warf einen Blick auf die Temperaturanzeige, während Dampf aus der Motorhaube aufstieg. Die Einfahrt erschien links die Straße hinunter, und Staub stand darüber in der Luft, was nahelegte, dass ein anderes Auto vor Kurzem über die ansonsten ruhige Schotterstraße gefahren war.

Pip verzog das Gesicht. Sie hatte versucht, Cindy

anzurufen, bevor sie die endgültige Entscheidung getroffen hatte, nach Atlanta zu ziehen, worum Cindy sie schon seit Jahren angefleht hatte, aber ihre Freundin war nicht ans Telefon gegangen. Pip hatte angenommen, dass sie ihr Handy ausgeschaltet hatte und schlief. Hoffentlich war sie nicht schon unterwegs in die Stadt.

Pips Finger krallten sich um das Lenkrad, und sie wurde kaum langsamer, als sie in die Einfahrt einbog. Ihr Auto rumpelte wie wild auf dem zugewachsenen Weg zur Hütte, wie mit klappernden Zähnen und rasselnden Knochen. Sie stellte den Motor ab, um ihn eventuell doch noch zu retten, während sie den zerfurchten Weg hinunterrollte. Das Haus tauchte vor ihr auf, auf einer steilen Anhöhe am Ufer des Sees. Sie fuhr auf dem unebenen Untergrund viel zu schnell. Dann trat sie wiederholt auf die Bremse und kam endlich ruckelnd neben dem kirschroten Geländewagen zum Stehen, den Pip Cindy um Weihnachten herum aussuchen geholfen hatte.

Unendliche Erleichterung überkam sie, und sie saß schwer atmend da, obwohl sie nichts Anstrengenderes getan hatte, als die ganze Nacht durchzufahren. Sie hupte kurz, um ihre Freundin wissen zu lassen, dass jemand hier war.

Pip wäre am liebsten zerbrochen. Sie wollte sich nur in Cindys Umarmung werfen und schluchzen und fluchen und wüten und feiern und sich entschuldigen und versprechen, niemals wieder etwas Verurteilendes zu sagen. Nie wieder einen Fehler zu machen.

Der Motor zischte. Dampf qualmte in einer weißen apokalyptischen Wolke durch den Kühlergrill. Der Tod ihres Autos schien eine angemessene Metapher für den derzeitigen Zustand ihres Lebens zu sein.

Sie öffnete die Tür und stieg aus, wedelte den Dampf fort

und streckte sich, um die Verspannungen der Nacht hinter dem Steuer zu lockern. Sie musste den Kühler kontrollieren und einen Automechaniker anrufen, aber der Motor musste ohnehin erst abkühlen, und das Auto konnte warten. Pip hatte nicht vor, in nächster Zeit irgendwo hinzufahren.

Sie griff nach ihrer Handtasche und ihrem Handy, die auf dem Beifahrersitz lagen, stieg die Eingangsstufen zu dem kleinen Haus hinauf und klopfte an. Sie lauschte aufmerksam. Nichts. Pip ging die Veranda entlang, die einmal um das Haus herumführte, und kam zur Rückseite des Hauses, an der große Panoramafenster auf den See hinausgingen.

„Cindy?" Pip klopfte an das Glas der Schiebetür, die ins Wohnzimmer führte.

Keine Antwort.

Sie drehte den Griff und war überrascht, als die Tür sich öffnen ließ. Cindy nahm es eigentlich sehr genau mit der Sicherheit. Pip zog die Tür einen Spaltbreit auf und rief ins Haus hinein. „Cindy? Bist du zu Hause? Ich bin's, Pip."

Immer noch keine Antwort. Pip zog die Tür weiter auf. Cindy würde es ihr verzeihen, aber hoffentlich würde sie ihre Freundin nicht erst zu Tode erschrecken. Und hoffentlich würde Cindy Pip nicht mit der Pistole erschießen, die sie sich letzten Sommer zur Selbstverteidigung besorgt hatte.

„Cindy?", rief sie erneut.

Pip schluckte den Kloß in ihrem Hals hinunter und holte ihr Handy hervor, wählte die Festnetznummer des Hauses – sie wollte wirklich nicht erschossen werden –, hörte das permanente Schrillen des Telefons in der Küche. Es war eines dieser alten Teile mit einem endlos langen Kabel. Sie konnte es von der Veranda aus sehen.

Keine verschlafene, mürrische Cindy, die aus dem

Schlafzimmer tapste und die Treppe hinunter gestolpert kam. Keine Bewegung im Büro. Pip versuchte es erneut auf Cindys Handy. Sie neigte ihren Kopf zur Seite, als sie nach dem leisen Klingeln lauschte. Nichts.

Vielleicht war es auf stumm gestellt, oder sie hatte Kopfhörer angeschlossen. Pip warf einen Blick auf den Geländewagen. Cindy musste hier irgendwo sein. Vielleicht stand sie unter der Dusche.

Pip betrat das Wohnzimmer, zog leise das Fliegengitter hinter sich zu, weil ihre Freundin Moskitos abgrundtief hasste. „Cindy?"

Nichts, nur das Zwitschern eines Vogels in den Bäumen.

Pip schaute sich um. Es war ordentlich und sauber, bis auf ein paar Flaschen und ein leeres Glas auf dem Couchtisch. Es sah Cindy nicht ähnlich, Unordnung zu hinterlassen. Sie war präzise und gründlich, was Sauberkeit und Ordnung anging. In dieser Hinsicht spiegelte ihre Arbeit ihr Privatleben wider.

Pips Mund klappte erschrocken auf, als sie auf der Glasplatte des Couchtisches die Rückstände eines weißen Pulvers entdeckte. Neben dem Pulver lag ein Strohhalm.

Was zum Teufel?

Auf keinen Fall. Auf keinen verdammten Fall.

Cindy war viel zu clever, um sich Chemikalien in die Nase zu ziehen.

Hatte sie einen neuen Freund, der auf so einen Mist stand? Im Laufe der Jahre waren sie beide mit mehr als einem Verlierer ausgegangen, aber das hier passte nicht zu ihrer Freundin. Pip wollte sie nicht verurteilen, aber sie würde Cindy helfen, diesen Versager hochkant rauszuwerfen.

Vielleicht hatte Cindy unter mehr Stress gestanden als sie zugegeben hatte, und ihr Streit hatte das Fass zum Überlaufen gebracht? Schuldgefühle stiegen in Pip auf. Sie hätte ihren Zorn hinunterschlucken und ihre Freundin anrufen sollen. Was für ein schrecklicher Mensch krallte sich denn an einer Verärgerung fest, nur weil er nicht einstecken konnte, was er austeilte?

Ein Mensch wie sie, offensichtlich.

Sie ging durch das Wohnzimmer und an der kleinen Küchenzeile mit der uralten Frühstücksbar vorbei. „Bist du da, Cind?"

Als sie zum Büro am Ende des Flurs ging, knarzten die Dielen unter ihren Füßen. Pip hielt inne, die kleinen Härchen in ihrem Nacken stellten sich auf – als ob ein Geist seine kalten Finger über ihre Haut gleiten ließ.

„Cindy?" Ihre Stimme zitterte.

Das Arbeitszimmer war leer. Die Luft rauschte aus Pips Lungen und sie hielt sich schwindelnd am Türrahmen fest. „Du Idiotin."

Cindy würde sich totlachen, wenn sie hörte, was für ein Schisser Pip gerade war. Pip bekam es nicht schnell mit der Angst, aber die letzten Wochen hatten sie daran erinnert, dass Monster existierten.

Sie schob die Schultern zurück. Das war doch verrückt. Vielleicht war Cindy einfach mit einem anderen Wagen in die Stadt gefahren und hatte vergessen, abzuschließen. Oder sie hatte etwas aus einem Laden gebraucht und war mit dem Fahrrad losgefahren. Oder vielleicht war sie mit dem heißen Typ aus der angrenzenden Hütte im Bett, den sie letztes Jahr kennengelernt hatte.

Pip schauderte, als sie an ihren Streit dachte. Und wenn Cindy mit irgendwem ins Bett ging, war das ihre Sache.

Sie hatte gestern Abend angedeutet, dass sie sich nicht so

gut fühlte. Vielleicht lag ihre beste Freundin mit Fieber im Bett und war hilflos.

Pip rannte die Treppe hinauf, rief den Namen ihrer Freundin, während sie zwei Stufen auf einmal nahm. Es gab zwei kleinere Schlafzimmer am Ende des Flurs und das große Schlafzimmer, das bis vorletzten Sommer Cindys Eltern gehört hatte.

Die Erinnerung an Mr. und Mrs. Resnick und an Cindys jüngeren Bruder Richie ließ einen Kloß in Pips Hals aufsteigen, aber sie schluckte ihn hinunter.

Das Bett im großen Schlafzimmer war gemacht, wie es Usus für ihre penible Freundin war. Aber auch hier gab es kein Zeichen von Cindy. Der Anblick von Cindys sorgfältig aufgereihtem Make-up auf dem Schminktisch beruhigte Pip etwas. Sie trat auf den Balkon, der auf den See hinaus ging, und starrte auf die glatte Wasseroberfläche. Dieser Ausblick war ihr vertraut und teuer und beruhigte für gewöhnlich ihr aufgescheuchtes Herz. Aber diesmal nicht. Dieses Mal machte sie sich zu große Sorgen um Cindy.

Wo war sie nur?

Das Aluboot war am Steg angebunden. Das gelbe Kajak, mit dem Cindy gerne am Ufer des Sees entlangpaddelte, war neben der großen Eiche an Land gezogen.

Etwas durchbrach die Wasseroberfläche neben dem Steg und ließ kleine Wellen ihre Kreise über den See ziehen.

Vermutlich ein Fisch.

Es tauchte wieder auf.

Etwas Blasses.

Beinahe weiß.

Halb unter dem Steg versteckt.

Es hatte nicht die richtige Form für einen Fisch oder eine

Schildkröte. Es sah aus wie ein Ast ohne Rinde. Pip kniff die Augen zusammen, als das vom Wasser reflektierte Licht sie blendete.

Verständnis schoss durch ihren Körper wie ein weißglühender Blitz. Panik brach in ihr aus. Jeder Nerv, jede Zelle ihres Körpers überschlug sich. Das Herz schlug ihr bis zum Hals.

Sie hastete die Treppe hinunter, rutschte auf dem glatten Holzboden aus, schoss durch die Schiebetür. Pip rannte so schnell sie konnte, fühlte sich trotzdem, als ob sie sich in Zeitlupe bewegen würde. Steine spritzen unter ihren Füßen hervor, während sie den steilen Pfad zum See hinunterrannte. Sie ließ ihre Handtasche und ihr Handy am Ufer fallen und stürzte sich ins Wasser, halb schwamm sie, halb stolperte sie vorwärts, versuchte verzweifelt zu der Person zu gelangen, die dort kopfüber im kalten Wasser trieb.

Pip wusste, dass es Cindy war, schon bevor sie sie umgedreht hatte. Sie erkannte ihre Figur, ihre Größe, die kurzen, blonden Haare, die an ihrem Kopf klebten. Cindys Lippen waren blau. Schluchzend griff Pip unter Cindys Achseln, ihre Muskeln brannten, ihr Rücken schmerzte, aber sie brachte alles an Kraft auf, um sie aus dem Wasser ans Ufer zu zerren.

Cindy trug nichts außer ihrem Tattoo. Sie hatten sich beide zu Weihnachten eine Tätowierung stechen lassen. Cindys hatte das Wort „Mind" mit einem Strich darunter gewählt, und unter dem Strich stand das Wort „Matter".

Mind over Matter – Geist über Materie.

Pip wandte diese Philosophie jetzt an, um Cindy an Land zu ziehen.

Wo waren Cindys Kleider?

War sie vergewaltigt worden?

Das Blut rauschte in Pips Ohren.

Grauen kroch durch ihren Magen, ihren Hals hinauf und brach in einem Aufschrei aus ihr heraus. „Wage es ja nicht, jetzt zu sterben, Cindy Resnick!"

Cindy atmete nicht.

Pip ignorierte ihre Hoffnungslosigkeit, die sie in ein hilfloses Bündel Angst verwandeln wollte, und erinnerte sich stattdessen an die Wiederbelebungsmaßnahmen, die sie gelernt hatte und mit denen sie sich das College finanziert hatte. Sie kippte Cindys Kopf in den Nacken, legte ihre Lippen über Cindys Mund, zwang warme Atemluft in ihre leblosen Lungen. Sie presste zwei Finger auf die eiskalte Haut, suchte nach einem Puls.

Nichts.

Pip versuchte es erneut, Tränen füllten ihre Augen und brachen hervor, kamen ihren Bemühungen in den Weg. Sie rieb ihre nasse Hand am Gras ab und griff nach ihrem Handy, gab eilig ihre Pin ein, als ihr Daumenabdruck nicht gelesen werden konnte.

„Notrufzentrale, worum geht es?"

„Ich brauche einen Rettungswagen. Meine Freundin. Ich habe sie gerade aus dem See gezogen. Sie atmet nicht. Bitte schicken Sie so schnell wie möglich Hilfe. Ich kann nicht reden, ich muss sie wiederbeleben." Sie ratterte die Adresse hinunter und begann mit der Herzmassage, ließ das Handy mit eingeschaltetem Lautsprecher neben sich liegen. Sie versuchte, nicht in Cindys tote Augen zu blicken und konzentrierte sich stattdessen darauf, nicht zusammenzubrechen.

Bitte, Gott, hilf mir, sie zu retten und ich werde dich nie wieder um etwas bitten.

Wunder passierten.

Der See war kalt.

Dreißigmal Herzmassage. Zwei Atemzüge. Das erzwungene Heben und Senken von Cindys Brustkorb zu sehen, erfüllte Pip mit Hoffnung. Sie konnte für Cindy atmen. So lange es sein musste. Wieder und wieder, bis ihre Glieder vor Erschöpfung zitterten und ihre Lippen aufgerissen waren.

Jede Sekunde kam ihr vor wie eine Million Jahre, und doch glitt ihr die Zeit durch die Finger wie in einer Sanduhr und ihre Freundin atmete noch immer nicht von allein. Sie hustete nicht, schnappte nicht nach Luft. Pumpte ihr eigenes Blut nicht selbst durch ihren regungslosen Körper.

Angst stieg in Pip auf. Ihre Hände zitterten. Ihre Arme schmerzen. Ihre Knie taten weh.

Ihre Lungen brannten und lechzten nach mehr Sauerstoff, aber sie gab nicht auf. Cindy war die einzige Person auf der Welt, die ihr etwas bedeutete.

„Ich bin hier, Cindy, ich bin hier." *Bitte stirb nicht.*

Pip liebte sie so sehr.

Bitte lass sie nicht sterben. Ich werde alles tun.

Es dauerte fast eine Stunde, bis der Rettungsdienst da war. Pip unterbrach ihre Wiederbelebungsversuche nicht ein einziges Mal. Sie hätte für immer damit weitergemacht, wenn nur die geringste Hoffnung bestand, dass Cindy gerettet werden konnte.

Atme doch einfach!

Als die Rettungssanitäter sie sanft fortschoben, rollte Pip sich auf die Seite und blieb auf der Erde liegen, zu erschöpft, um sich noch zu bewegen. Klitschnass geschwitzt, starrte sie nur in den unendlichen, blauen Himmel.

Ihre Anstrengungen waren umsonst gewesen. Cindy war tot.

HUNTS WAGEN HÜPFTE über die zerfurchte Landstraße in der Nähe des Allatoona-Sees, während er nach der richtigen Adresse Ausschau hielt. Will Griffin und Mandy Fuller hatten ihm beide eine Nachricht geschickt, dass Crowley und seine Spießgesellen verhaftet waren und unaufhörlich herumgejammert hatten, dass das alles ein Riesenfehler wäre. Bis ihnen klar geworden war, dass der Erste, der auspackte, die besten Chancen darauf hatte, sich zu retten. Man muss nicht erwähnen, dass sie natürlich alle ausgepackt hatten.

Will hatte ihn gefragt, was der leitende Special Agent von ihm gewollt hatte, aber Hunt hatte Verschwiegenheit geschworen und konnte es ihm nicht erzählen.

Nach einer Stippvisite beim CDC war er zur Blake University am südöstlichen Stadtrand von Atlanta gefahren, um mit Dozenten und Studenten zu sprechen, die am Bacillus anthracis forschten. Professor Karen Spalding, die Vorsitzende der Abteilung für Mikrobiologie, hatte ihn herumgeführt und ihm ihre brandneuen Biosicherheitslabore gezeigt, als sie einen dringenden Anruf aus dem Sekretariat erhalten hatte.

Offensichtlich bestürzt, hatte Spalding ihm erklärt, dass eine ihrer Doktorandinnen tot an ihrem Haus am See, etwa eine Stunde nördlich der Stadt, aufgefunden worden war. Cindy Resnick hatte an einem Impfstoff gegen Anthrax gearbeitet – ein doppelt harter Schlag für Hunts Ermittlung-scheckliste. Dieser Zufall war zu auffällig, als dass er ihn ignorieren konnte.

Er hatte Spalding seine Karte mit seinen Kontaktdaten dagelassen und McKenzie im SIOC angerufen, um ihn auf den neusten Stand zu bringen. Er war zu einer Analystin namens Libby Hernandez durchgestellt worden, die sämtliche Hintergrundinformationen über die tote Doktorandin zusammenstellte, um herauszufinden, ob es Verbindungen zu dem FBI-Fall gab, der mit dem Codenamen BLACKCLOUD versehen worden war.

Hunt schaute auf die Wegbeschreibung auf seinem Handy. Er befand sich definitiv mitten auf dem platten Land. Vereinzelte Bäume säumten den Straßenrand, struppige Büsche bildeten eine undurchsichtige Wand aus Grün. Eine Gruppe von Rehen stob vor ihm auseinander, und er drosselte die Geschwindigkeit seines braunen Buicks – des hässlichsten Autos in der ganzen Flotte des FBI-Büros von Atlanta –, bis er nur noch vorwärts kroch. Ein Hirsch in seiner Windschutzscheibe war nicht gerade seine Vorstellung von Abenteuer.

Am Tatort sollte er die örtlichen Detectives treffen.

Die Gegend kam ihm vage vertraut vor. Er und Will waren auf den Flüssen der Umgebung oft zum Kanufahren oder zum Rafting unterwegs. Stilles grünes Waldgelände umgab ihn. Große Laubbäume standen von hier bis zum Ufer des Sees.

Er bog um eine Kurve und erreichte endlich die Abzweigung zum Haus. Kurz darauf tauchte der See auf, und die glitzernde Reflexion des Sonnenlichts auf dem Wasser ließ seine Augen tränen.

Ein kurzer Steg. Ein Boot. Ein Kajak. Eine einfache, aber gepflegte Hütte. Ein roter Geländewagen, der neben einem anderen, älteren Wagen stand, der ausgebleicht und verschlissen aussah. Sein Blick fiel auf das Nummernschild aus

Florida.

Er hielt neben einem niedlich aussehenden Klohäuschen an, an dem unter einem Unterstand ordentlich das Feuerholz aufgestapelt war. Sechs Augenpaare beobachten ihn dabei, wie er aus dem Dienstwagen stieg – seinem „Bucar", wie es im FBI-Slang hieß. Ein Rechtsmediziner und sein Assistent standen unten am Wasser über der Leiche. Eine dunkelhaarige Frau saß unter dem Schatten der Bäume auf einem Baumstumpf, hatte die Knie angezogen. Die Tatsache, dass sie ein hübsches Gesicht hatte, war vermutlich der ausschlaggebende Grund, weshalb ein Hilfssheriff sie wie ein überfürsorglicher Schatten umschwärmte.

Ein weiterer Hilfssheriff mit einem Notizbuch in der Hand stand neben den Stufen zum Haus.

„Agent Kincaid." Hunt sprach leise und zeigte dem Mann seine Dienstmarke, trug sich in das Notizbuch ein.

Ein Polizist in Zivilkleidung kam herüber und stellte sich vor. Detective Lance Howell. Sie gaben sich die Hand. Hunt hatte bereits mit ihm telefoniert.

„Was haben Sie bisher?", fragte Hunt.

„Eine achtundzwanzig Jahre alte Frau namens Cindy Resnick wurde tot im Wasser aufgefunden. Vermutlich eine Überdosis. Ihre Freundin", Howell nickte in Richtung der dunkelhaarigen Frau unten am Ufer, „Pippa West, gibt an, dass sie von auswärts hergekommen ist und um 9:05 Uhr das Opfer kopfüber im Wasser treibend aufgefunden und sofort den Notruf gewählt hat. Als die Sanitäter eine Stunde später hier eingetroffen sind, war West mit der Herz-Lungen-Wiederbelebung beschäftigt. Das Opfer war bereits tot."

Es war mittlerweile Mittag, und diese Leute hatten den ganzen Vormittag darauf gewartet, dass er endlich hier auftauchte, was ihn sicher zum unbeliebtesten Gast dieser Party machte.

„Das Opfer war nackt?" Hunt musterte den blassen Körper auf der dunklen Erde.

Der Detective nickte. „Ein paar unbedeutende blaue Flecke an den Armen, aber nicht genug, um auf Gewalteinwirkung hinzudeuten." Die Augen des Detectives zeigten keinerlei Mitgefühl, nur Unmut darüber, dass ihn diese Sache so viel Zeit kostete.

„Sind die Angehörigen informiert?"

„Laut Ms. West hat das Opfer keine lebenden Verwandten. Wir überprüfen das." Howell stemmte die Hände in die Hüften. Er trug ein Jeanshemd und ausgeblichene Jeans und gab Hunt das Gefühl, spießig und falsch angezogen zu sein.

„Die Fotografin ist im Haus, sie hat schon Bilder vom Opfer gemacht. Ehrlich gesagt machen wir uns bei solchen Fällen eigentlich nie so viel Mühe, aber wenn das FBI sich dafür interessiert..."

Der Kerl wollte wissen, was los war. Hunt wünschte, er könnte es ihm erzählen.

Die Mittagshitze war erdrückend, und Hunt zog sein Jackett aus. Er öffnete die Autotür und hängte es über die Rückenlehne des Fahrersitzes. Er spürte Blicke in seinem Rücken und drehte sich um, um die Frau, die die Leiche gefunden hatte, dabei zu ertappen, wie sie ihn eindringlich anstarrte und offensichtlich mitzuhören versuchte, was er und der Detective besprachen.

Sie wandte den Blick nicht ab, als er sie ansah. Ein ovales Gesicht mit schwarz-braunen Augen und Haaren so dunkel wie ein sternenklarer Nachthimmel. Ihre Augen waren intelligent – abwägend und abschätzend musterten sie alles, von seiner Dienstmarke bis zum säuerlichen Ausdruck des Detectives.

Ebenfalls eine Wissenschaftlerin?

Der Rechtsmediziner drehte das Opfer auf die Seite, und der Blick der Frau schnellte zu ihrer toten Freundin. Sie sah mitgenommen aus.

„Warum glauben Sie, dass es eine Überdosis war?", fragte Hunt.

Der Detective grunzte. „Wir haben Spuren eines weißen Pulvers auf dem Couchtisch in der Hütte gefunden."

Weißes Pulver … Scheiße.

Der Detective hatte sicherlich den Test gemacht, der auf ein mögliches Vorhandensein von Kokain hinwies. Das bedeutete aber nicht, dass es auch Kokain war. Und selbst wenn es Kokain war, bedeutete das nicht, dass es *nur* Kokain war.

„Sieht so aus, als ob jemand ein paar Drinks genommen und sich ein paar Linien gezogen hat. Möglicherweise war es keine Überdosis", lenkte der Detective mit seinem übertriebenen Georgia-Dialekt ein. „Vielleicht war sie nur high und hat gedacht, es wäre eine gute Idee, nackt in den See zu springen, und ist dann ertrunken. Aber es ist nichtsdestotrotz eine Drogengeschichte, und das frustriert mich maßlos." Er zog die Schultern zurück, stand groß und aufrecht da.

Aber es war möglicherweise mehr als nur eine Drogengeschichte. Cindy Resnicks Tod stand womöglich mit dem versuchten Verkauf einer Biowaffe an internationale Terroristen in Verbindung.

Eine leichte Brise ließ die Blätter in den Bäumen rascheln. Die Vorstellung, wie Anthraxsporen unsichtbar durch die Luft wehten, ließ Hunt unbehaglich in Richtung des Hauses blicken. Der Schmerz in seinem Arm von der Impfung, die er vorhin im CDC erhalten hatte, war auf einmal gar nicht mehr so vordringlich.

Jede Person, die sich an diesem Tatort befand, würde vorsichtshalber geimpft werden müssen, einschließlich der Zivilistin – auch wenn, sofern man McKenzie und Frazer glauben konnte, der derzeitige Impfstoff womöglich nicht gegen diese spezielle Variante der tödlichen Bakterien helfen würde.

Hunt musterte die Freundin. Etwas verriet ihm, dass sie noch Ärger machen würde. Sie hob die Hand, berührte die Finger des Hilfssheriffs, und der Kerl plusterte sich bei ihrer Berührung förmlich auf. Ja. Sie würde noch richtig Ärger machen.

„Warum ist das FBI involviert?" Howell stellte ohne Umschweife seine Frage, nachdem Hunt zu lange geschwiegen hatte.

Hunt wünschte, er könnte es ihm ebenso rundheraus sagen, aber es war absolut vertraulich, und Informationen durften nur auf einer strengen Need-to-know-Basis weitergegeben werden. „Ich muss erst die Erlaubnis von meinem Boss einholen, bevor ich Sie einweihen kann. Lassen Sie mich mit ihm sprechen."

Auch wenn er nicht besonders glücklich darüber war, nickte Howell und trat etwas zur Seite. Hunt wählte die Nummer von McKenzie und berichtete ihm, was los war.

McKenzie fluchte. „Behandeln Sie es als einen Todesfall unter verdächtigen Umständen. Ich spreche mit dem CDC und die sollen ein Team schicken, um den Tatort sofort auf Anthraxsporen zu testen. Gerade ist eine HMRU auf dem Weg nach Atlanta, eine andere wird derzeit in L.A. eingerichtet." Die HMRU – die Einsatztruppen für Gefahrenstoffe – waren üblicherweise in Quantico stationiert. „Die Kollegen können an Ihrem Tatort Proben nehmen, nur für den Fall, dass es Anthrax ist."

Manche Beweisproben waren flüchtiger als andere – Fingerabdrücke beispielsweise zersetzen sich mit der Zeit. Wenn Cindy Resnick tatsächlich eine Terroristin und keine Freizeitkokserin war, dann mussten sie herausfinden, wer noch mit ihr in Verbindung stand. Hunt warf einen Blick auf die Freundin.

„Lassen Sie es wie eine Routineuntersuchung aussehen." McKenzie meinte damit, er sollte lügen.

Na großartig.

Hunt legte auf, blickte den Detective an und sprach leise, weil ihm klar war, dass die Freundin – Pippa West – sie aufmerksam beobachtete.

Er drehte der Frau den Rücken zu. „Erinnern Sie sich an die Anthrax-Briefe, die kurz nach 9/11 per Post verschickt wurden?"

Detective Howell zog eine Grimasse. „Wer tut das nicht?"

Hunt nickte. „Seit der AMERITHRAX-Ermittlung hat das Landschaftsministerium neue Vorschriften veranlasst."

„Die lieben ihre Vorschriften. Was hat das hiermit zu tun?" Howells Augen wurden schmal.

„Die Vorschriften legen unter anderem fest, was nach verdächtigen Todesfällen von Personen, die zu bestimmten Pathogenen forschen, geschehen muss. Deshalb bin ich hier."

Der Blick des Detectives wurde stechend. „Das Opfer war eine solche Forscherin?"

„Doktorandin."

„Und sie hat geforscht an…?"

„Anthrax."

Howell steckte die Daumen in seine Gürtelschlaufen und verzog das Gesicht. „Was ebenfalls wie ein weißes Pulver aussieht. Scheiße."

Hoffentlich hatte der Detective das Pulver nicht gekostet, wie es manche Drogenfahnder machten.

„Mit Ihrer Erlaubnis übernimmt das FBI die Sicherung des Tatorts, als Vorsichtsmaßnahme. Und wir werden außerdem jedem, der hier war, vorsichtshalber eine Impfung verabreichen." Und hoffen, dass der Impfstoff gegen diese neuartige, waffenfähige Variante der tödlichen Krankheit wirkte. „Wir rechnen nicht damit, hier Sporen zu finden", er wollte keine Panik verursachen, „aber wir dürfen die Möglichkeit auch nicht ignorieren." Hunt starrte auf das Haus. „Wir sollten vermutlich die Fotografin da herausholen, bis es als unbedenklich eingestuft ist. Ich bräuchte bitte, wenn möglich, Kopien aller Fotos, die sie gemacht hat."

Howell nickte und sah angepisst aus.

Hunt versuchte, ihn zu beschwichtigen. „Ich bin mir sicher, es ist genau das, was Sie vermuten. Drogenkonsum mit Todesfolge, ohne irgendein Risiko für Sie oder Ihre Kollegen. Das CDC wird herkommen und das Pulver testen, um sicherzugehen, dass es nur Kokain ist. Ich würde gerne alle potenziellen Zeugen rund um das Ufer des Sees oder in der örtlichen Gemeinde befragen. Und die Aufenthaltsorte des Opfers innerhalb der letzten Woche zurückverfolgen. Herausfinden, wo sie die Drogen her hat. Ich bin aber nur ein einziger Agent…" Er hob entschuldigend die Hände, um seine Botschaft klarzumachen. Das hier ist dem FBI nicht wichtig genug, um viel Aufwand hineinzustecken, und ich brauche Hilfe.

Der Ausdruck des Detectives wandelte sich von besorgt zu irritiert. „Es ist nicht ansteckend, richtig?"

„Nein. Nicht ansteckend." Natürlich war die Biowaffe, die irgendein Arschloch an den höchsten Bieter zu verkaufen versucht hatte, eine unbekannte Größe. Hunt beäugte die Frau, die angeblich versucht hatte, ihre Freundin zu retten. Er fragte sich, wie ansteckend das Pathogen war, wenn jemand einer infizierten Person Mund-zu-Mund-Beatmung verabreichte.

„Die Sache ist die …" Hunt wurde leiser. „Wenn irgendjemand das CDC hier entdeckt, werden wir mir nichts, dir nichts, direkt hier im ländlichen Georgia einen Ebola-Ausbruch haben."

Die dunkelhaarige Frau starrte ihn so eindringlich an, dass er anfing zu glauben, sie könnte Lippen lesen.

„Darf ich Sie darum bitten, mit Ihren Hilfssheriffs und den andren Leuten, die hier am Tatort waren, zu sprechen? Können Sie ihnen versichern, dass es eine Routineuntersuchung ist? Der zuständige Arzt des CDC kann zum Polizeirevier kommen oder zu einem örtlichen Krankenhaus und alle hier Anwesenden impfen und ihnen Antibiotika verabreichen. Sie können natürlich auch eine Verzichtserklärung unterschreiben und es ablehnen, wenn sie wollen." Kein Druck. Keine große Sache.

Der Detective warf einen Blick auf die hübsche Freundin. „Was soll ich mit ihr machen?"

Hunt runzelte die Stirn. Leute, die Leichen fanden, zählten in einem Mordfall immer automatisch zu den Verdächtigen, aber das hier erschien ihm auf den ersten Blick nicht wie ein Mordfall. Aber es war möglich, dass es etwas weitaus

Unheilvolleres war.

Hunt rief Hernandez im SIOC an, gab ihr das Nummernschild und den Namen der Frau durch und bat sie, eine Hintergrundüberprüfung durchzuführen und ihn dann wieder anzurufen.

„Ich muss sie befragen, nachdem ich mir die Leiche und den Tatort angeschaut habe, was dank der neuen Vorschriften einen Augenblick dauern wird, da der Tatort in diesem Fall auf das Vorhandensein von Pathogenen getestet werden muss. Wir müssen den Todeszeitpunkt mit der Aussage von Ms. West abgleichen", erklärte er dem Detective.

„Ich kann sie mit zum Präsidium nehmen." Howell deutete mit dem Kinn auf den Honda. „Das ist ihr Wagen. Dieser Schrotthaufen. Sie hat gesagt, sie hätte auf dem Weg hierher Probleme mit dem Motor gehabt. Muss womöglich in die Stadt abgeschleppt werden. Das ist vielleicht eine gute Möglichkeit, sie für ein paar Stunden aufzuhalten und sie währenddessen davon zu überzeugen, dass wir die Guten sind."

Hunt musterte die Kartons auf dem Rücksitz und fragte sich, was noch alles in dem Auto sein mochte. „Zieht sie um?"

Der Detective strich seinen Schnurrbart glatt. „Hat gerade ihren Job in Tallahassee hingeschmissen. Sagt, sie wollte beim Opfer wohnen, bis sie entschieden hatte, wie es weitergehen soll."

Und jetzt war ihre Freundin tot.

War es möglich, dass sie der Freundin besorgt hatte, was auch immer Cindy umgebracht hatte? Hatten sie einen Streit gehabt? Hatte Cindy nicht gewollt, dass Pippa herkam?

Oder verkaufte das Opfer waffenfähiges Anthrax an internationale Terroristen? Vielleicht war es ein Selbstmord, weil sie davon ausgegangen war, dass es nur noch eine Frage der Zeit war, bis das FBI ihr auf die Schliche kommen würde. Und in diesem Fall war es außerdem möglich, dass sie ihnen in einer verdrehten Racheaktion eine Biowaffen-Bombe dagelassen hatte.

„Wir sollten zusehen, dass wir überprüfen, was Ms. West in ihrem Auto hat, bevor wir sie wegfahren lassen." Er dachte an eine mögliche Biogefahr, aber er könnte es wie eine Drogenfahndung aussehen lassen. Hunt nickte mit dem Kinn in Richtung des vollgestopften Hondas. „Nur für den Fall, dass sie uns nicht alles erzählt hat."

Howell nickte langsam. „Ist sie eine Verdächtige?"

„Jeder ist verdächtig", meinte Hunt erschöpft. „Bis sie es nicht mehr sind. Nach der Autopsie wissen wir mehr."

Der Detective ging davon, um mit der Fotografin zu sprechen und die anderen darüber zu informieren, was los war. Hoffentlich würden sie alle verschwunden sein, bevor das CDC hier auftauchte. Denn nichts rief „Kein Grund zur Panik" lauter, als Männer in Schutzanzügen.

DRITTES KAPITEL

EIN GROSSER, BREITSCHULTRIGER Typ mit schmalen Hüften in einem leichten grauen Anzug war aufgetaucht und hatte offensichtlich die Zügel in die Hand genommen.

„Wer ist das?", fragte Pip den Beamten, der sie als Erster befragt hatte, als die Polizei hier aufgetaucht war, und der nun wie ein Schatten über ihr thronte. Sie war sich nicht sicher, ob er glaubte, sie würde womöglich abhauen oder randalieren.

Etwas in ihr wollte zu ihrer Freundin stürzen und die Arme um sie schlingen, ihre Nacktheit vor den Augen dieser Fremden abschirmen. Sie presste eine Faust gegen ihren Mund, um ein Schluchzen zu unterdrücken. Sie hoffte, Cindy würde ihr dafür vergeben, dass sie diese Leute ihren Job machen ließ.

Der Hilfssheriff zuckte unverbindlich mit den Schultern, scheinbar unbeeindruckt von dem Neuankömmling.

„Sie wissen es nicht?" stichelte sie.

„Ein Bundesagent." Sein Mund verzog sich. Er war jung und glattrasiert, stand mit seinen Daumen in den Gürtel eingehakt da, hatte ein Bein leicht angewinkelt.

Oh Gott. Er versuchte, sie zu beeindrucken, wurde ihr plötzlich klar. Er verstand nicht, dass ihr Herz selbst an einem guten Tag so undurchdringlich wie Stahl war.

Sie wandte den Blick ab, und ihre Augen fielen auf den Neuankömmling. Er besaß eine natürliche Autorität, auch wenn er noch nicht besonders alt war. So alt wie sie, vielleicht ein paar Jahre älter. Er wand sich aus seinem Jackett und hängte es in sein Auto, darauf bedacht, den Stoff nicht zu sehr zu zerknittern.

Wut drang langsam durch die eiskalte Benommenheit, die Pip einhüllte.

Ihre Freundin lag tot und nackt vor den Augen aller Anwesenden ausgestellt da, und er machte sich Sorgen darüber, ob sein Anzug zerknittert wurde?

Der Agent sprach mit dem Detective, und die beiden beäugten sie, als ob sie für Handschellen Maß nehmen würden.

Die konnten sie mal.

Pip musterte die kurzen sandbraunen Haare des Kerls, sein frisches weißes Hemd, das Schulterholster und die goldglänzende Dienstmarke, die er an seinem Gürtel befestigt hatte. Zusammen mit seinem selbstbewussten Auftreten und der Reaktion ihres Babysitters ergab es nur Sinn, dass er ein Bundesagent war.

Drogenfahndung vielleicht? Ihrer Erfahrung nach sahen die Beamten aber selten so sauber und ordentlich aus.

Sie hatte dem Polizisten schon fünfzig Mal gesagt, dass Cindy nie im Leben Drogen genommen hatte und eine zu gute Schwimmerin war, um zu ertrinken. Pip hatte gedacht, dass sie ihr nicht geglaubt hatten. Vielleicht aber doch, und nun hatten sie Verstärkung gerufen, um eine zweite Meinung einzuholen.

Aber ein Bundesagent?

Der Rechtsmediziner und sein Assistent drehten Cindy um. Pip beobachtete, wie die Fremden ihre Freundin herumwuchteten, und wünschte, sie könnte Cindy irgendwie vor all dem bewahren. Die Feuchtigkeit in ihrem Mund verwandelte sich in heiße Tränen, die nicht mehr versiegten.

Pip hatte nur Kraft genug gehabt, Cindy halb auf das Ufer zu ziehen. Die Füße ihrer Freundin lagen noch immer im Wasser. Pip wollte unbedingt, dass jemand Cindys Zehen aus dem kalten See zog, aber sie wusste auch, dass Cindy bald zum Leichenschauhaus abtransportiert werden würde, und Pip der grausamen Realität ins Auge blicken müsste, dass sie ihre Freundin für immer verloren hatte.

Sie streckte die Hand aus und berührte die Finger des Beamten, um seine Aufmerksamkeit auf sich zu lenken. Mit heiserer Stimme fragte sie: „Können die sie nicht zudecken? Bitte?"

Der Blick des Hilfssheriffs flatterte zum nackten Körper ihrer Freundin, aber er machte keine Anstalten, Pips Bitte nachzukommen. Sie zog die Hand zurück und legte sie in ihren Schoß.

Der Bundesagent starrte sie eindringlich an, dann wandte er sich ab, um einen Anruf zu tätigen. Sie konnte nicht hören, was er sagte, auch wenn sie sich anstrengte. Er drehte sich um und schaute sie mit einem Ausdruck in den Augen an, der sie bis in die Knochen traf. Was auch immer die Person am Telefon ihm gerade sagte, es war nichts Gutes. Sie schauderte und wandte den Blick ab. Welche ihrer Sünden hatte er aufgespürt und warum war das überhaupt wichtig?

Nach ein paar Minuten ging der Agent hinunter zu der Stelle, an der Cindy im nassen Gras lag. Er musterte sie gründlich, beäugte ihr Tattoo, bevor er sich hinhockte und die privaten Stellen des blassen und verletzlichen Körpers ihrer Freundin betrachtete.

Pip stieg die Galle auf.

Cindy würde das hassen. *Sie* hasste es. Die Niederträchtigkeit des Todes. Die beiläufige Kaltschnäuzigkeit der Betrachter. Der Tod sollte eigentlich etwas sein, was sie alle betreten den Blick abwenden ließ. Stattdessen glotzten sie alle nur.

„Was passiert jetzt?", fragte sie den Polizisten.

Für gewöhnlich kam sie gut mit Menschen aus, vor allem mit Streifenpolizisten und Arbeitern, alleinerziehenden Müttern, Studenten, die sich das College mit zwei Jobs gleichzeitig selbst finanzieren mussten. Das waren ihre Leute. Das waren die Leute, von denen sie die meisten ihrer Informationen bekam. Normale, anständige, hart arbeitenden Leute. Zumindest waren ihre Informationen dort immer hergekommen.

Nach ihrer letzten Story war sie sich nicht mehr sicher, ob ihr irgendjemand jemals wieder ein Geheimnis anvertrauen würde.

Wenigstens bringt mein Job niemanden um …

„Kommt darauf an", erwiderte der Polizist und riss sie aus ihren Gedanken. Er hatte weißblonde Augenbrauen. Sein Nacken wurde langsam rot, dort, wo seine Haut von der Sonne verbrannt wurde. „Meistens ist bei einer Überdosis keine Autopsie nötig."

Ein Schluchzen formte sich in ihrem Hals.

Sie hatte Autopsien beigewohnt und wusste, wie objektiv der Tod beurteilt wurde. Sie war zwischen dem Verlangen, den Körper ihrer Freundin nicht entweiht zu wissen, und der aufkeimenden Wut darüber, dass die Gesetzeshüter es nicht für nötig erachten könnten, ihren Tod zu untersuchen, hin- und hergerissen.

Das County konnte es sich vermutlich nicht leisten, bei jeder potenziellen Überdosis eine Autopsie zu veranlassen, aber das hier war etwas anderes.

„Cindy hat keine Drogen genommen", wiederholte Pip. Niemand beachtete sie, und sie kam sich langsam unsichtbar vor. Vielleicht würden sie sie beachten, wenn sie schrie. Aber dann würde sie als hysterisch abgestempelt und aus diesem Grund ignoriert werden.

„Ms. West?"

Pip schaute auf und blickte in zwei klare blaue Augen. Dünne, goldene Bänder umrahmten die Iris, wie Ringe einen Planeten. Sie presste die Hände auf ihre kalten Oberschenkel, um aufzustehen, damit der Größenunterschied nicht so übermäßig und unvorteilhaft für sie war. Ihre Bewegungen waren langsam und steif.

Der Polizeibeamte entfernte sich ohne Eile und ging zum Detective – Howell – der sie von der Veranda aus beobachtete.

„Ich bin Agent Kincaid." Der Agent streckte ihr seine Hand entgegen. „Mein Beileid für Ihren Verlust."

„Pip West." Sie schüttelte seine Hand, aber ihre Finger waren so taub, dass sie sein Zudrücken kaum bemerkte. Sie konnte seinen Geruch erhaschen, irgendein frischer Kiefernduft mit der schwachen Note von Waschpulver. Tausendmal besser als der Gestank von sumpfigem Teichwasser, der ihre Kleidung durchdrang.

Sie zitterte.

„Ihnen ist kalt", bemerkte er.

Ihre Knochen fühlten sich an wie Eiszapfen, die jeden Augenblick zersplittern würden. Sie biss die Zähne zusammen und schaute zu Cindy. *Kalt* beschrieb nicht einmal ansatzweise, wie sie sich fühlte.

„Können Sie mir erzählen, was heute früh hier passiert ist?" Er hatte eine freundliche Stimme. Tief, aber nicht barsch.

Weich – als ob die scharfen Kanten durch eine gute Bildung rundgeschliffen worden waren. Sie konnte seinen Dialekt nicht verorten, dabei war sie normalerweise ziemlich gut darin.

Sie erzählte ihm, wie sie Cindy heute früh gefunden hatte. „Von welcher Behörde kommen Sie noch gleich?"

Sein Lächeln kam nicht in seinen Augen an. „Federal Bureau of Investigation."

„Seit wann ist das FBI in Todesfälle mit nur einem Opfer verwickelt?"

Er ignorierte ihre Frage. „Ms. Resnick hat Sie nicht erwartet?"

Sie schüttelte den Kopf. Gänsehaut legte sich über ihren Körper und sie rieb sich die Unterarme.

„Sie hatten trotzdem geplant, bei ihr einzuziehen?" Die Frage klang etwas bissig und sie zuckte zusammen.

Pip nickte, konnte nicht sprechen. Ihre Zähne begannen zu klappern. Ihre feuchten Klamotten klebten an ihrer Brust und ihr wurde plötzlich bewusst, dass ihre Nippel deutlich unter dem Baumwollstoff zu erkennen waren. Sie verschränkte die Arme vor der Brust. Demütigung mischte sich unter ihre Trauer.

„Ich brauche einen Pulli aus meinem Auto." Die Benommenheit darüber, Cindy gefunden zu haben, erlosch langsam. Die Müdigkeit einer durchwachten Nacht und einer Stunde der Herz-Lungen-Wiederbelebung machte sie ganz schwindelig.

Er ging neben ihr den Berg zu ihrem mitgenommenen Honda hinauf. Sie öffnete die Beifahrertür und holte die rote Fleecejacke heraus, die über einem Karton mit Fotos und Schnickschnack auf dem Beifahrersitz lag.

Zwei Topfpflanzen, die Cindy ihr zu Weihnachten geschenkt hatte, standen im Fußraum. Cindy hatte ihr gesagt, sie bräuchte mehr Freunde.

Herrgott nochmal.

Tränen traten in ihre Augen.

Agent Kincaid bemerkte es nicht einmal. Sein Blick fiel auf die Sachen in ihrem Auto, aber es war nichts dabei, was seine Aufmerksamkeit verdient hätte. Eine Kiste mit Töpfen und Tellern war neben den Drucker und ihren Fernseher geklemmt. Das abenteuerliche Chaos wurde von einer roten Decke zugedeckt. Sie hatte noch zwei Koffer mit Kleidung und all ihre Dokumente und Bücher im Kofferraum. Ihre Möbel hatte sie dem Nachmieter in Florida überlassen.

Kincaid sagte kein Wort, und sie fragte sich, was er wohl dachte. Wusste er, wer sie war? Sie hatten ihr Nummernschild überprüft, aber würden sie die Verbindung zwischen ihr und der Journalistin herstellen, die einen Bericht über einen korrupten Polizisten veröffentlicht hatte, und deren Quelle im Zuge dessen umgekommen war?

Ihr Magen zog sich zusammen.

Agent Kincaid holte einen Notizblock aus seiner Tasche. „Wann haben Sie das letzte Mal mit Ms. Resnick gesprochen?"

„Wir haben uns gestern Abend geschrieben. Ich erinnere mich nicht genau, wann wir das letzte Mal wirklich miteinander gesprochen haben."

„Versuchen Sie es." Die Schärfe in seiner Stimme verriet, dass er wusste, dass sie ihn anlog.

Vor zwölf Tagen.

Sie blickte auf ihre nackten Füße, die von Schmutz und Laubfetzen bedeckt waren. Ihre nassen Socken und ihre Turnschuhe trockneten in der Sonne hinter dem Baumstumpf, den Cindy und sie in der glühenden Sommerhitze von Georgia oft als Tisch zwischen zwei Klappstühlen benutzt hatten.

Pips Augen fielen auf Agent Kincaids Füße. Er trug hochwertige, schwarze Lederschuhe, die aussahen, als ob sie schon viele Meilen auf dem Buckel hatten.

Leute, die für die Regierung arbeiteten, machten das in der Regel nicht des Geldes wegen. Hoffentlich bedeutete das, dass er ihrer Freundin gegenüber anständig handeln würde.

Ihre Augen schmerzten von der Anstrengung, die Trauer zurückzuhalten. „Ich habe versucht, sie gestern Abend anzurufen, nachdem wir uns geschrieben hatten", sagte sie heiser und wich seiner Frage aus. „Sie ist nicht rangegangen."

War sie schon tot gewesen?

Pips Hand legte sich über ihren Mund. Sie schaffte das nicht. Nicht jetzt.

„Sie haben Ihren Job hingeschmissen?" Seine Augen fielen wieder auf ihre Sachen.

„Genau." Ihr entwich ein bitteres Lachen. „Habe meinen Job hingeschmissen. Habe meine Wohnung aufgegeben."

Vor zwei Wochen war sie das goldene Kind der kleinen Zeitung gewesen, die kurz davorgestanden hatte, eine riesige Story über Polizeikorruption zu veröffentlichen. Jetzt war sie ein Niemand.

„Cindy würde niemals Drogen nehmen", erklärte sie ihm.

„Was ist mit Ihnen?"

Ihr Kinn schoss in die Höhe. „Ich nehme auch keine Drogen."

Seine Augen waren hart. „Wie erklären Sie dann die Verhaftung wegen Drogenbesitzes, als Sie siebzehn waren?"

Sie wich zurück, als ob er sie geschlagen hätte. „Ich wurde wegen eines geringfügigen Vergehens angeklagt."

Seine Augen bohrten sich in sie, als ob diese Sache irgendwie wichtig wäre.

Absoluter Blödsinn.

Sie biss die Zähne zusammen und spürte, wie sich die Muskeln in ihrem Kiefer anspannten. „Es waren nicht meine Drogen, auch wenn mir niemand geglaubt hat.“

„Sie haben auf schuldig plädiert.“

„Mein beschissener Pflichtverteidiger hat mir gesagt, ich hätte Glück gehabt, dass es mein erstes Vergehen war. Ich war damals sogar erst sechzehn und mein Freund hat seinen Stash in meine Jackentasche gestopft, als er wegen einer überfahrenen roten Ampel von der Polizei angehalten wurde. Er hat behauptet, sie würden mich nicht durchsuchen, und selbst wenn, müssten sie mich gehen lassen, weil ich noch minderjährig war.“ Sie wandte den Blick ab. „Sie haben mich durchsucht und haben mir natürlich nicht geglaubt, als ich ihnen die Wahrheit erzählt habe, also habe ich es nicht weiter versucht.“

„In den Gefängnissen wimmelt es nur so vor Unschuldsbeteuerungen.“ Er war nicht ausdrücklich gehässig, und sie starrte ihn nicht ausdrücklich wütend an.

Es war diese Erfahrung gewesen, die sie zum Journalismus gebracht hatte. Zum Versuch, die Wahrheit über die Leute zu erzählen, die den Versuch aufgegeben hatten.

„Wann haben Sie das letzte Mal mit Cindy gesprochen?“, fragte er noch einmal nachdrücklich.

Sie blickte wieder auf ihre dreckigen Zehen. „Vor zwölf Tagen. Wir haben uns gestritten.“

„Worüber?“

Sie steckte ihre Nase in den weichen Stoff der Fleecejacke und schloss die Augen.

Du arbeitest zu viel. Du isst nicht richtig. Du gehst mit Typen ins Bett, die du kaum kennst.

Du weißt nicht alles über mich, und wenigstens habe ich nicht zu viel Schiss, mich mit Männern zu treffen. Wenigstens bringt mein Job niemanden um!

„Nichts. Dummes Zeug."

Als sie die Augen öffnete, brachte sein eindringliches Starren sie dazu, den Blick abzuwenden. Cindys Worte hatten sie tief verletzt und Pip hatte aufgelegt. Am nächsten Tag hatte Pip ihren Job gekündigt und zu entscheiden versucht, was sie jetzt tun sollte. Wenn sie es nur einen Tag früher entschieden hätte, wäre Cindy womöglich noch am Leben.

„Gestern Abend hat sie mir geschrieben und erzählt, dass sie ihre Doktorarbeit fertig hätte, und dass sie sich nicht so gut fühlt. Ich hatte schon meine Kündigungen für den Job und die Wohnung eingereicht, also dachte ich, ich würde sie heute Morgen hier überraschen. Ich habe die Nachrichten auf meinem Handy. Ich zeige Sie Ihnen." Ihr Hals war wie zugeschnürt. „Ich habe versucht, sie anzurufen, aber sie ist nicht rangegangen. Ich dachte, sie wäre ins Bett gegangen, und ich wollte da sein, bevor sie am Morgen das Haus verlässt, also bin ich einfach losgefahren."

War Pip so in das Drama ihres eigenen Lebens verstrickt gewesen, dass sie vollkommen übersehen hatte, was mit Cindy los war? Sie wusste, dass Cindy in der letzten Zeit Dinge vor ihr verheimlicht hatte. Das war einer der Gründe gewesen, weshalb sie ihre Freundin bei ihrem letzten Telefonat so bedrängt hatte.

Was ist los bei dir?

Nichts.

Lügnerin.

Lass es, Pip.

„Sie hatte ihre Doktorarbeit fertig?", fragte Agent Kincaid.

„Ja." All die Arbeit für nichts.

„Wissen Sie, woran sie gearbeitet hat?"

Pip schloss die Augen, als Cindys Lachen durch ihre Erinnerung hallte.

„Anthrax." Sie wischte sich mit dem Fingerknöchel eine Träne ab. Tat so, als ob sie nicht geflossen wäre. „Sie hat einen neuen Impfstoff entwickelt." Sie schüttelte den Kopf. „Es hat mich immer total panisch gemacht, dass sie mit etwas so Gefährlichem gearbeitet hat. Ich weiß, dass sie sehr gut in ihrem Job war, aber wir haben selten über Einzelheiten gesprochen."

„Warum nicht?"

„Weil die Wissenschaft meinen Horizont übersteigt wie ein Komet in der äußeren Hemisphäre." Pip stemmte die Hände in die Hüften. „Sie musste nur manchmal eine Pause davon einlegen."

Pip hatte Cindy auch nicht jedes Detail ihrer Arbeit erzählt. Sie war nicht die Einzige, deren Arbeit gefährlich sein konnte. Pip schluckte ihre Tränen hinunter, vergrub sie. Sie halfen nicht weiter und offenbarten eine Schwäche, die sie nicht preisgeben wollte. „Sie war die intelligenteste Person, die ich je kennengelernt habe."

Agent Kincaid runzelte die Stirn, war offensichtlich nicht überzeugt. „Was ist mit ihrer Familie?"

Die Trauer war wie ein rostiger Nagel, der sich in ihre Eingeweide bohrte. Sie wollte sich zusammenrollen und wegen der Gemeinheit dieser ganzen Geschichte weinen, aber sie musste sich zusammenreißen, um Cindys Willen. Sie musste wissen, was mit ihrer Freundin passiert war. „Ihre Eltern und ihr jüngerer Bruder sind vor siebzehn Monaten bei einem Autounfall gestorben."

Diese goldblauen Augen wurden schmal, eine Mischung aus Mitgefühl und Argwohn. Sie konnte ihm nicht in die Augen sehen, ihr Blick fiel stattdessen auf seine Brust. Auf seiner dunkelblauen Krawatte waren winzige Handschellen abgebildet. Die Waffe, die er trug, sah furchteinflößend und tödlich aus.

„Standen Sie der Familie nahe?"

Sie nickte.

„Was ist mit anderen Verwandten?"

Pip presste die Lippen zusammen. „Cindys Vater hatte einen Halbbruder oben in Alaska, ihre Mom ein paar Cousins und Cousinen über die Südstaaten verteilt. Sie sind nicht zur Beerdigung aufgetaucht." Was Cindy richtig wütend gemacht hatte.

„Hatte Cindy einen Freund?"

„Ich glaube nicht, aber ich bin mir nicht sicher", gab sie zu. „Als ich die Sachen auf dem Couchtisch gesehen habe, war das Erste, was mir in den Sinn kam, ‚Cindy ist ein Ordnungsfanatiker und räumt immer sofort alles auf – selbst wenn es vier Uhr morgens ist.' Aber sie hat keinen neuen Mann erwähnt, und sie ist hier herausgezogen, um zu arbeiten, nicht um sich zu vergnügen.

„Man plant nicht immer, mit jemandem im Bett zu landen." Ein Funkeln, das von späten Nächten und verflochtenen Gliedern sprach, blitzte in seinen Augen auf.

Hitze breitete sich über ihre Wangen aus. „Aber sie hat gesagt, dass sie sich nicht gut fühlt. Ich kann mir nicht vor-stellen, dass sie dann zu einer Party losgezogen ist."

„Vielleicht hat sie gelogen, damit sie nicht mit Ihnen

sprechen muss. Haben Sie sich immer von allen Bettgeschichten erzählt, selbst wenn es nur One-Night-Stands waren?"

Pip wollte nicht mit einem Fremden über ihr Sexleben sprechen. Und mit einem Kerl darüber zu sprechen, den sie attraktiv gefunden hätte, wenn sie ihm in einer Bar begegnet wäre? Erst recht nicht.

„Wir haben uns alles erzählt, aber nicht immer sofort", gab sie widerwillig zu. „Aber sie hätte es mir erzählt, wenn sie jemand neuen kennengelernt hätte." Hätte sie das?

Du weißt nicht alles über mich.

„Sie sehen nicht besonders überzeugt aus", stellte er fest.

Ihr Magen zog sich zusammen.

„Können Sie mir den Namen ihres letzten Freundes nennen?"

Die meisten Mordopfer wurden von jemandem umgebracht, den sie kannten. Die meisten wurden von jemandem umgebracht, mit dem sie eine Beziehung hatten. Glaubte er, Cindy war umgebracht worden? Diese Vorstellung war schrecklich, ergab aber mehr Sinn, als zu glauben, dass Cindy plötzlich mit Rauschmitteln herumexperimentierte.

„Dane Garrett. Ich habe ihn nie kennengelernt, aber ich habe ein paar Mal über Lautsprecher mit ihm gesprochen. Er schien in Ordnung zu sein." Pips Lippen waren trocken und rissig. Sie rieb sich über die raue Haut. „Cindy hat erzählt, er wäre gutaussehend und super fit, aber nicht der Cleverste."

Es war Pip peinlich, Cindys intime Geständnisse weiter zu verraten, aber sie wollte, dass dieser Gesetzeshüter genug Informationen hatte, um herauszufinden, was genau passiert war.

Er schenkte ihr ein kleines Lächeln. Sie hätte blind sein

müssen, um nicht zu bemerken, dass er durchtrainiert war, aber dem Funkeln in seinen Augen nach zu urteilen, war er auch klug.

„Wo haben die beiden sich kennengelernt?"

„In einer Bar. Aber er war auch in ihrer Laufgruppe. Sie waren nur etwa einen Monat zusammen. Haben sich Anfang März wieder getrennt."

„Sie war Läuferin?" Agent Kincaid machte sich eine Notiz.

Pip nickte. „Fünf Meilen, jeden Tag. Sie hat mich im College auch dazu gebracht. Hat mich immer mitgeschleppt, damit sie abends nicht allein raus musste."

All die Jahre, in denen sie so vorsichtig gewesen waren.

„Haben Sie sich so kennengelernt?", fragte er.

All die Jahre, ohne dass etwas passiert war.

„Im ersten Semester. Ja." Pip konnte nicht an ihre Vergangenheit mit Cindy denken, ohne zusammenzubrechen. Sie wechselte das Thema. „Sie war während ihrer Promotionszeit für zwei Jahre mit einem anderen Typ zusammen, aber sie hat herausgefunden, dass er sie betrogen hat, und hat Schluss gemacht. Es war eine ziemlich ernste Sache." Dieses Arschloch. „Pete Dexter. Sie dachte, sie würden heiraten und Kinder kriegen."

Pip sah zu, wie der Rechtsmediziner und sein Assistent Cindys Körper in einen schwarzen Leichensack hoben. Papiertüten bedeckten Cindys Hände – um mögliche Spuren zu sichern, wusste Pip. Die beiden Männer und einer der Hilfssheriffs hoben Cindy auf eine Bahre. Pip trat unwillkürlich einen Schritt vor, um zu helfen.

Starke Finger legten sich um ihren Oberarm, Knöchel streiften versehentlich ihre Brust. Sie zuckte zusammen, und ihre Augen schnellten zu ihm. Sein Mund verzog sich entschuldigend, aber er ließ ihren Arm nicht los.

„Sie kümmern sich um sie", sagte er leise.

Ihr Magen überschlug sich, als sie zusah, wie die Männer ihre beste Freundin in den Rettungswagen luden.

„Ist sie vergewaltigt worden?" Sie zwang die Frage zwischen zusammengepressten Zähnen hervor. Sie hatte ihr unter den Nägeln gebrannt, seit sie den nackten Körper ihrer Freundin entdeckt hatte.

„Ich weiß es nicht."

Pip stieß den Atem aus. Wenigstens log er sie nicht an. Er ließ ihren Arm los und sie drehte sich zu ihm um. „Was passiert jetzt?"

„Sie müssen zum örtlichen Polizeirevier und eine schriftliche Aussage einreichen. Und weil Cindy mit Anthrax gearbeitet hat und wir weißes Pulver am Tatort gefunden haben, behandeln wir ihren Tod als verdächtig und verabreichen allen Beteiligten eine Anthraximpfung. Nur für alle Fälle."

Pip war entsetzt über die Vorstellung, dass es sich bei dem weißen Pulver um etwas Tödlicheres als Kokain handeln könnte.

„Cindy wäre mit Anthraxsporen niemals so leichtfertig umgegangen. Sie war extrem auf Sicherheit bedacht."

„Es ist eine Standardmaßnahme." Agent Kincaid blickte in den Himmel. „Seit den Anthraxbriefen nach dem elften September."

Sie hob das Kinn und ihre Augen wurden schmal. „Sind Sie deshalb hier?"

Er nickte.

Das ergab tatsächlich Sinn, was für eine Bundesagentur ausgesprochen ungewöhnlich war.

Der Rechtsmediziner schlug die Türen des Rettungs-
wagens zu und klopfte auf das Metall, und Pip zuckte wieder
zusammen. Der Motor wurde gestartet und der Wagen begann
seinen gemächlichen Weg die Schotterstraße hinauf.

Pip zitterte. Das Eis in ihren Knochen begann zu splittern
und zu zerbersten. Sie begriff nicht, wie sie überhaupt noch
aufrecht stehen konnte. „Was passiert jetzt mit ihr?"

„Wir machen eine Autopsie, bevor wir ihre Leiche für die
Beerdigung freigeben." Er klang so nüchtern, während Pips
Welt gerade zusammenbrach.

„Ich werde mich um die Beerdigung kümmern."

„Sind Sie die Vollstreckerin von Ms. Resnicks Testament?" Die blauen Augen mit ihren goldenen Streifen waren
kühl und berechnend.

Sie sollte besser nicht darüber fantasieren, diesem Kerl
eine Ohrfeige zu verpassen. „Ich weiß es nicht."

Sie hatten nie darüber gesprochen. Sie hatten über heiße
Liebschaften, Traummänner und den perfekten Urlaub
gesprochen.

Dinge, die jetzt nicht mehr wichtig waren.

Aber die Vorstellung, dass jemand anderes Cindys
Beerdigung organisierte?

Scheiß drauf.

Pip würde sich einen Job suchen oder einen Kredit
aufnehmen, oder beides, und die beste verdammte Beerdigung
veranstalten, die Atlanta je gesehen hatte.

„Kann ich jetzt gehen?" Das Bedürfnis, hier zu
verschwinden, war plötzlich überwältigend groß, auch wenn
sie keine Ahnung hatte, wo sie hin sollte. Sie schaute auf ihr
Auto. Würde es überhaupt anspringen? Konnte sie irgendwo
Wasser für den Kühler herbekommen? Cindy hatte ein

Klohäuschen. Hoffentlich würde niemand Einspruch erheben, wenn sie das benutzte.

Kincaids Stimme hielt den Teil in ihr auf, der abhauen wollte. „Der Detective hat erwähnt, dass Sie Probleme mit Ihrem Auto hatten, als Sie angekommen sind."

Sie nickte. „Ich habe mich den Hügel runterrollen lassen, hatte gedacht, das hier wäre fürs Erste mein letzter Stopp, und dann …" Tränen schnürten ihr den Hals zu, und sie konnte nicht mehr weitersprechen. Pip blinzelte sie fort. Sie hatte vor diesen Leuten schon viel zu viel Schwäche gezeigt.

„Ich kümmere mich darum, dass Ihr Auto zum Polizeirevier abgeschleppt wird. Dann können Sie die Werkstatt in der Stadt anrufen, damit die Leute dort einen Blick darauf werfen. Einer der Hilfssheriffs kann Sie mitnehmen, damit Sie Ihre offizielle Aussage machen können. Ich würde gerne später am Tag nochmal mit Ihnen sprechen, wenn möglich …"

Sie sah etwas in seinen Augen aufblitzen. Einen Funken der Erbarmungslosigkeit. „Und wenn ich das nicht will?"

„Dann lasse ich Sie wegen Verdachts auf Totschlag festnehmen." Er lächelte, aber seine hübschen Augen blieben kalt. Er zuckte herablassend mit den Schultern. „Ihre Entscheidung."

VIERTES KAPITEL

ALS DIE SPEZIALISTEN des CDC in ihren Schutzanzügen endlich fertig damit waren, Proben zu nehmen, stand die Sonne schon tief hinter den Bäumen auf dem Hügel.

Hunt musste an den Blick voller Verachtung denken, den Pippa West ihm entgegengeschleudert hatte, als er ihr eine Verhaftung wegen Totschlags angedroht hatte. Keine Spur von Angst. Nur pure, unverfälschte Verachtung für ihn und seine Dienstmarke.

Interessant.

Hasste sie Gesetzeshüter allgemein, oder war er es, der sie so wütend machte? Und worüber hatte sie sich mit ihrer Freundin gestritten? Etwas Persönliches oder gar etwas Kriminelles?

Sein Handy klingelte. Es war Libby Hernandez vom SIOC.

„Ich habe noch weitere Informationen über die Frau, die die Leiche gefunden hat. Sie lebt in Tallahassee und war Reporterin der Tallahassee Free Press.“

Eine Woge des Missfallens überkam ihn. Eine Journalistin. Scheiße. Er hatte bereits gewusst, dass sie Ärger machen würde, als er sie zum ersten Mal gesehen hatte.

„War?“

„Sie hat vor einer Woche gekündigt. Es hat einen Riesenskandal gegeben, als ein korrupter Polizist, den sie entlarvt hatte, seine Familie und dann sich selbst umgebracht hat. Hat zu ziemlich dicker Luft geführt. Sie hat Morddrohungen erhalten, und irgendwas sagt mir, dass die örtliche Polizei sie nicht beschützt hätte."

Also waren es Gesetzeshüter im Allgemeinen, die sie verachtete, und nicht er persönlich. Er hatte eine ebenso große Abneigung gegen Journalisten, sie waren also quitt.

Dr. Jez Place – Hunts Kontakt beim CDC – kam auf ihn zu, nachdem er gerade in irgendeinem tragbaren Dekontaminationszelt, das aussah, als ob es in irgendeinem Feld in Afrika stehen sollte, mit Desinfektionsmittel abgeduscht worden war.

„Ich muss Schluss machen, Hernandez", sagte Hunt in sein Handy. „Danke für die Informationen. Ich weiß das zu schätzen."

Der Mikrobiologe hatte seinen Plastikanzug ausgezogen und trug darunter durchgeschwitzte OP-Kleidung. Der Geruch von Chlor am Nachmittag ließ Hunts Augen tränen.

„Unsere Feldsensoren haben kein Anthrax angezeigt, und ich habe eine vorläufige Analyse der weißen Substanz durchgeführt. Sieht aus wie irgendein nicht-biologisches Reagenz."

„Kein Anthrax?" Die Erleichterung erwischte Hunt wie ein Schlag in die Magengrube. Ihm war bis zu diesem Zeitpunkt nicht klar gewesen, wie groß seine Sorge gewesen war.

„Es ist nur eine vorläufige Analyse, aber nein, kein Anthrax. Wir schicken es durch die Massenspektroskopie und schauen, ob wir Bakterienkolonien ziehen können, um das zu bestätigen."

„Wie lange wird das dauern?"

„Heute Abend oder morgen früh, was die Massenspektroskopie betrifft, ein paar Tage maximal für das andere, aber ich bin mir ziemlich sicher. Wir haben Abstriche vom Schreibtisch, aus der Küche und dem Badezimmer. Jede glatte Oberfläche, die in irgendeiner Weise als ein privates Labor genutzt werden könnte, aber die Sensoren haben nichts Verdächtiges angezeigt. Sieht für mich nach Freizeitdrogenkonsum aus.“

Und nach einer riesigen Verschwendung von Zeit und Geld.

Die HMRU würde in einer Stunde hier eintreffen. Sie würden Fingerabdrücke nehmen und DNA-Proben sammeln. Sie würden außerdem Telefone, Computer und alles andere einpacken, was digitale Informationen liefern könnte, und es ans Labor schicken. Nichts davon wäre überhaupt nötig, wenn nicht irgendein Arschloch versucht hätte, waffenfähiges Anthrax an Terroristen zu verkaufen.

Hunt schluckte seinen Ärger hinunter. Cindy Resnick war vermutlich nur eine weitere Verliererin, die das Gleichgewicht zwischen high und tot nicht hatte finden können. So viel zum Thema Intelligenz. Aber die Tatsache, dass sie an einem Anthraximpfstoff gearbeitet hatte, war zu relevant, als dass er es ignorieren konnte. Das FBI musste in der Ermittlung dieses Todesfalles alle Möglichkeiten in Betracht ziehen und gleichzeitig der örtlichen Polizeibehörde und allen anderen, die ihre Nase in diese Sache steckten, verklickern, dass es reine Routine war.

Der gepeinigte Ausdruck der Freundin des Opfers blitzte in seiner Erinnerung auf.

Verdammt.

Warum machten Leute das? Einem High hinterherzujagen, das so oft in schlechten Entscheidungen und verschwendeten Träumen endete?

„Ironisch, dass der einzige Grund, weshalb wir hier sind, die Tatsache ist, dass dort weißes Pulver auf dem Couchtisch liegt“, bemerkte Jez trocken. „Die Endosporen des Bacillus anthracis haben einen Durchmesser von etwa einem Mikron. Allein auf einem einzigen Haar kann man hundert davon nebeneinanderlegen.“

Hunt grunzte. „Das ist nicht der einzige Grund, weshalb wir hier sind.“

Jez wusste über die Biowaffe Bescheid und auch darüber, dass alle in Anthrax involvierten Forscher unter besonderer, genauester Beobachtung standen. Vor allem diejenigen, die außerdem an der Entwicklung von Impfstoffen arbeiteten.

Jez kratze mit einem orangen Croc über das Gras. „Es ist richtig, diese Sache mit Vorsicht zu behandeln. Mir ist klar, dass es vermutlich übertrieben ist, aber das ist einfacher, als später erklären zu müssen, warum wir es nicht ernst genommen haben.“ Jez verzog das Gesicht. „Es ist wichtig, das Protokoll zu befolgen, selbst wenn es langwierig und teuer ist.“

„Haben Sie sie gekannt?“, fragte Hunt.

Jez schüttelte den Kopf. „Ich habe sie ein paar Mal auf Konferenzen gesehen – sie war schwer zu übersehen. Groß. Blond. Wahnsinnig attraktiv.“

Das war Hunt nicht aufgefallen. Leichen waren nicht so sein Ding. Er hatte allerdings bemerkt, dass ihre Freundin ziemlich heiß war. Sie war außerdem sehr zierlich, und es war überraschend, dass sie es geschafft hatte, die tote Frau so weit aus dem Wasser zu ziehen – angenommen, die Sache war so abgelaufen, wie Ms. Pippa West behauptete. Angenommen, sie hatte keinen Komplizen gehabt.

Das FBI arbeitete nicht mit unbegründeten Annahmen.

„Resnick hat nie irgendwelche wichtigen Daten vorgestellt,

und ich bin glücklich verheiratet, also habe ich nicht weiter auf sie geachtet. Ihr Doktorvater, Trevor Everson, war vor fünfzehn Jahren einer der führenden Forscher auf dem Feld der Impfstoffentwicklung."

„Was ist er für ein Typ?"

Der CDC-Spezialist dachte einen Augenblick darüber nach. „Ganz nett. Ein wenig desillusioniert davon, wie die Regierung in diesem Land die Wissenschaft fördert und von der Art und Weise, wie Universitäten Geld sparen, indem sie befristete Mitarbeiter anstellen, anstatt Professuren mit Laufbahnzusage auszuschreiben."

Hunt spitze die Ohren.

„Schauen Sie mich nicht so neugierig an. Das ist kein ungewöhnlicher Standpunkt. Ehrlich gesagt, ist das Gegenteil der Fall. Selbst ich finde es schwierig, Doktoranden anzustellen und gleichzeitig zu wissen, dass es nicht einfach für sie werden wird, ihren Lebensunterhalt zu decken, wenn sie in die Wissenschaft gehen. Ich schätze, wir hoffen alle, dass sich das irgendwann ändern wird, aber bisher sieht es nicht so aus." Jez schüttelte frustriert den Kopf. „Dann ist da noch die Tatsache, dass die Geldgeber wissen wollen, wohin jeder einzelne Cent fließt. Das kann man ihnen natürlich nicht vorwerfen, aber…"

„Aber?", fragte Hunt.

„Es verhindert die Forschung um der Forschung willen." Die Augen des Kerls huschten hin und her. Er sah aus, als ob ihm das ein wenig peinlich wäre. „Der natürlichen Neugierde von Wissenschaftlern, die zu so vielen wesentlichen Entdeckungen geführt hat, wird durch Pfennigfuchserei der Wind aus den Segeln genommen." Er zuckte mit den Schultern. „Aber vielleicht hilft es uns auch, uns auf das

Wesentliche zu konzentrieren."

„Was ist mit privaten Laboren? Oder der Industrie?"

„Oh, dort gibt es Jobs, aber viele der wirklich guten Forscher wollen wichtige Probleme angehen, und das ist meistens davon abhängig, einen guten akademischen Posten zu ergattern und ausreichende Finanzierung zu erhalten." Eine tiefe Furche formte sich auf Jez' Stirn. „Pharmakonzernen geht es nicht darum, Krankheiten zu heilen, ihnen geht es um Aktionäre und Dividende."

„Aber sie betreiben trotzdem Forschung, richtig?"

Place sah unbeeindruckt aus. „Sie forschen nach Medikamenten, die auch in Jahrzehnten noch Profit machen werden. Wenn man das Problem beseitigt, macht man keinen Profit mehr. Ein Teil der Forschung wird durch Spenden finanziert, aber ich verstehe nicht, warum Forschung, die dem Land jedes Jahr Milliarden Dollar bei der Gesundheitsversorgung sparen könnte, durch Spenden finanziert werden muss..." Der Mann unterbrach sich. „Ich halte besser den Mund, bevor ich noch über die finanzielle Belastung des Gesundheitssystems im Vergleich zur Entwicklung von Heilmitteln gegen Volkskrankheiten anfange."

Hunt zog eine Augenbraue hoch. „Ich glaube, das haben Sie gerade getan."

Jez zog eine Grimasse. „Zurück zu Everson. Er hält selten Vorträge auf den Konferenzen und hat das schon seit Jahren nicht mehr gemacht. Er veröffentlicht immer weniger. Sieht so aus, als ob er die Tage bis zu seiner Pensionierung zählt. Cindy Resnick war die letzte Studentin in seinem Labor, soweit ich weiß."

„Haben Sie eine Kopie ihrer Doktorarbeit da drin

gefunden?"

Place schüttelte den Kopf. „Vermutlich ist eine Kopie auf ihrem Laptop und hoffentlich diverse Backups auf verschiedenen Servern. Obwohl ich schon von Studenten gehört habe, die alles verloren haben und wieder bei null anfangen mussten. Typisch Genie."

Einer seiner CDC-Kollegen rief dem Mikrobiologen etwas zu.

„Sie so aus, als wären wir bereit zum Aufbruch."

Hunt schaute zu, wie sie ihre Ausrüstung einluden. „Wer wird die Autopsie durchführen?"

„Vermutlich der leitende Pathologe."

„Ich würde gerne zuschauen, aber ich bin nicht sicher, wann ich hier fertig sein werde." Jez Place wusste, wie er ihn kontaktieren konnte. „Wir brauchen die Ergebnisse so schnell wie möglich, also warten Sie nicht auf mich."

Jez nickte und ging mit einem Winken davon. Das CDC-Team ließ das Dekontaminationszelt und etwas Ausrüstung für die HMRU-Leute da.

Stille umfing Hunt, als der Van schließlich davon rumpelte.

Er stemmte die Hände in die Hüften und blickte auf die Wasseroberfläche, die so glatt wie ein Mühlteich war. Nur ein paar Hütten waren etwa eine halbe Meile entfernt am gegenüberliegenden Ufer zu erkennen. Keine Motorboote, die den friedlichen Nachmittag störten. Es herrschte eine nachdenkliche Stimmung am See, die zu Hunts Gemütslage passte. Nur die Erinnerung an die tote Frau störte die Stille.

Hunt dachte an Pippa West. Der entschlossene Ausdruck in ihren Augen, das hoch erhobene Kinn. Er würde auf dem Polizeirevier mit ihr sprechen müssen. Er brauchte so viele

Informationen, wie er kriegen konnte, um diese Ermittlung abzuschließen und damit weiterzumachen, die anderen Wissenschaftler zu befragen, die mit Anthrax forschten. Dieser Fall sah mehr und mehr nach einer unabsichtlichen Überdosis aus, was eine riesengroße Schande war. Wie dem auch sei, das FBI würde mit den Ermittlungen fortfahren, gemäß der hastig aufgestellten Richtlinien, die irgendjemand beim CDC gerade zusammenstellte, und die das Vorgehen bei Todesfällen von Forschern, die mit Kategorie-A Substanzen arbeiteten, festlegten.

Die Neuigkeit über das Interesse des FBI an Cindy Resnicks Tod würde den Hersteller der Biowaffe womöglich zum Handeln bewegen. Solange er Beweise vernichtete und nicht noch mehr Anthrax produzierte, sollte es Hunt nur recht sein. McKenzie schien zuversichtlich, dass die Leute im SIOC den Lieferanten schließlich finden würden.

Professor Trevor Everson befand sich auf einer Konferenz in Nashville. Er war über Cindys Tod informiert worden und würde morgen früh zurückfliegen.

Hunt starrte auf das Haus und stieß frustriert den Atem aus. Er wollte ins Haus hinein, aber er war nicht befugt, bis die HMRU mit ihrer Arbeit fertig war. Das Gleiche galt für Cindys Haus in Atlanta, was ihm blödsinnig vorkam, wenn das CDC es doch praktisch freigegeben hatte.

Etwas rumpelte und ratterte den Weg hinunter in seine Richtung, wurde lauter und lauter, bis ein übertrieben großer Suburban auftauchte und mit quietschenden Bremsen vor dem Haus anhielt. Sechs Leute kletterten aus dem Wagen und begrüßten ihn mit einer Flut von Fragen.

Die HMRU war da.

PIP RIEB DIE Einstichstelle an ihrem Arm. Ihre Haut fühlte sich warm an, und die Muskeln darunter pochten leicht. Selbst nach fünf Stunden unaufhörlichen Wartens war sie noch immer am Kochen.

Totschlag?

Verfluchter Totschlag?

Sie betrachteten sie wirklich als eine Verdächtige? Das sollte sie eigentlich nicht überraschen. Sie hatte genug Fälle recherchiert, bei denen nur ein Minimum an Polizeiarbeit geleistet worden war, um die Ermittlungen schnell abzuschließen, und Polizisten schienen oft zu vergessen, dass es das Ziel der Gesetzeshüter sein sollte, den tatsächlichen Täter zu schnappen und nicht nur, den Fall schnellstmöglich abzuschließen. Ihre Wut erdete sie, im Vergleich zu der Trauer, die sie völlig losgelöst und haltlos in einer unfreundlichen Welt zurückgelassen hatte.

Sie ließ sich auf einen der harten Plastikstühle fallen, Erschöpfung ließ ihre Lider bleiern werden, während sie darauf wartete, dass Agent Kincaid sich endlich dazu herabließ, aufzutauchen. Sie hatte ihre Aussage über die Geschehnisse am Morgen schon aufgeschrieben. Hatte den örtlichen Polizisten die Nachrichten zwischen ihr und Cindy auf dem Handy gezeigt, ihnen die Erlaubnis erteilt, Nachrichten und E-Mails auszudrucken. Die Polizei hatte außerdem um Erlaubnis gebeten, ihr Auto zu durchsuchen, was sie abgelehnt hatte. Jetzt wurde sie angeschaut, als ob sie sich noch etwas anderes zuschulden hatte kommen lassen, als nur die Person zu verlieren, die sie am meisten auf der ganzen Welt liebte.

Sie hatte Unterlagen in ihrem Auto und Dateien auf ihrem Computer, die niemand sehen sollte. Kontakte. Quellen. Das Letzte, was sie nach allem, was in Tallahassee vorgefallen war, brauchte, war es, ihre Informanten zu verraten, auch wenn manch einer behaupten würde, dass dieser Zug schon längst abgefahren war.

Der Knoten in ihrem Magen zog sich zusammen.

Übelkeit stieg langsam in ihr auf.

Sie hatte seit Ewigkeiten nichts gegessen, bis auf einen Donut mitten in der Nacht, als sie müde geworden war und Zucker gebraucht hatte. Aber der Gedanke an Essen ließ ihr die Galle aufsteigen, und sie presste die Hand auf ihre Brust, um sich zu beruhigen.

Pip trank einen Schluck aus einer Wasserflasche, die ihr einer der Polizisten vor drei Stunden gegeben hatte, und kämpfte darum, die Erinnerung an Cindy, wie sie tot auf der Erde lag, aus ihren Gedanken zu verbannen. Sie zwang sich, an Cindy zu denken, als sie lebendig und voller Energie gewesen war. Grinsend in einer Bar, als ein gutaussehender Kerl sie nach ihrer Nummer gefragt hatte. Mürrisch, weil ein Experiment nicht so funktioniert hatte, wie sie es erwartet hatte.

Warum brauchten die Polizisten so lange?

Theoretisch konnte sie einfach hier raus marschieren. Sie war weder verhaftet noch angeklagt worden, auch wenn Leute, die eine Leiche fanden, immer automatisch verdächtig waren.

Totschlag.

Ganz ehrlich, jetzt gerade fühlte sie sich durchaus dazu in der Lage.

Aber sie würden nicht mit ihr sprechen, wenn sie sie verärgerte, und sie wollte auf dem neuesten Stand gehalten werden, was die Ermittlungen anging. Sie wollte informiert bleiben. Sie wollte, dass die Polizei jeden Stein umdrehte und jede Ecke ausleuchtete.

Ihr Zorn verebbte.

Sie mussten ihr Motiv und ihr Alibi hinterfragen. Wenn sie ihr einfach so gestatten würden, in den Sonnenuntergang davonzufahren, dann wären sie wirklich lausige Polizisten.

Vielleicht waren sie ja lausig. Pip würde es bald herausfinden.

Cindy hatte ganz sicher keine Drogen genommen, aber vielleicht hatte sie zu viel getrunken und war schwimmen gegangen. Vielleicht gab es einen neuen Mann in ihrem Leben, und das Kokain gehörte ihm. Sie hatten gefeiert und waren dann für ein kurzes Bad in den See gesprungen.

Hatte Cindy mitbekommen, was passierte? Oder war sie einfach eingeschlafen und unter die Wasseroberfläche gesunken? Hatte der Kerl Panik bekommen und war abgehauen?

Pip krallte die Fingernägel in ihre Handflächen.

Nachdem sie ein Leben lang die Finger von Drogen gelassen hatte, würde Cindy stinksauer sein, wenn sie jetzt als Junkie abgetan wurde. Pip war es ihr schuldig, dass sie die Wahrheit herausfand, auch wenn das Gesetz die Sache fallen lassen würde. Ein weiterer Schluck aus der Wasserflasche, dann stand sie auf und drückte die Türklinke hinunter. Vielleicht hatten sie sie hier vergessen.

Sie steckte den Kopf aus der Tür und stieß augenblicklich mit der harten Brust von Agent Kincaid zusammen. Autsch. Sie schnellte zurück und rieb sich die Stirn.

Seine Augenbrauen wurden von einem Grinsen hochgezogen, das sie beide zu überraschen schien. „Suchen Sie nach dem Notausgang?"

Das Grinsen verschwand, und sein Gesicht wurde wieder ernst und misstrauisch, als er ihr einen Pappbecher mit Kaffee hinhielt, den er auf einem zweiten Becher balancierte.

Widerwillig nahm sie den oberen Becher entgegen. Koffein würde sie vielleicht durch den Rest des Tages bringen. Sie bezweifelte allerdings, dass es sie heute Abend vom Schlafen abhalten würde.

Kincaid folgte ihr in das Verhörzimmer, setzte sich an den festgeschraubten Tisch und begann, durch einen Stapel Papiere zu blättern.

Er hatte große, fähig aussehende Hände.

Ihr Herz klopfte unruhig gegen ihre Rippen, als sie an Cindys kehliges Lachen denken musste, in das sie bei dieser Beobachtung ausgebrochen wäre. Pip verschränkte die Arme, wusste, dass sie eine negative Körpersprache vermittelte, aber was sollte es. Er glaubte ohnehin schon, sie wäre dazu fähig, ihre beste Freundin umzubringen.

„Sie haben für die Polizisten eine Aussage aufgeschrieben", sagte Kincaid und hielt die Zettel hoch.

War das eine Frage?

„Sie haben ihnen nicht die Erlaubnis erteilt, Ihr Auto zu durchsuchen?"

Sie biss die Zähne zusammen. „Wenn die sich meinen Motor anschauen wollen, nur zu."

Seine Mundwinkel zuckten. Sie hasste die Tatsache, dass sie sein Gesicht mochte.

Pip griff nach dem Kaffee. Sie wünschte, ihre Hände würden nicht so zittern, als sie den Becher an ihre Lippen hob.

„Wann sind Sie am Resnick-Anwesen angekommen?" Er schaute erneut auf die Zettel, aber er spielte ihr etwas vor. Das hatte er nicht vergessen. Er stellte nur sicher, dass ihre Geschichte stimmte.

Sie war auf einmal so müde, dass sie sich dafür in den Hintern treten wollte, sich vorhin nicht einfach auf dem Boden zusammengerollt und geschlafen zu haben. Sie hätten ihr vermutlich sogar eine Zelle angeboten, wenn sie darum gebeten hätte. Pip lächelte humorlos. „Brauche ich einen Anwalt?"

„Ich weiß nicht, brauchen Sie einen?" Seine langen Beine streckten sich unter dem Tisch aus. Sie achtete darauf, ihn nicht versehentlich zu berühren.

Pip hatte genug Zeit mit Gerichtsfällen zugebracht, um zu wissen, dass sie vermutlich einen Anwalt brauchte, konnte sich aber keinen guten leisten und wollte keinen unerfahrenen Trottel von Pflichtverteidiger zugewiesen bekommen.

Ihr Verstand wollte zetern und auf ihre Bürgerrechte hinweisen, aber ihr Körper war völlig ausgelaugt. „Ich habe nichts mit Cindys Tod zu tun, aber ich bin froh, dass Sie ihn gründlich untersuchen. Vermasseln Sie es nicht."

„Ich soll Ihnen einfach glauben? Sie haben zugegeben, Streit mit dem Opfer gehabt zu haben. Sie wurden wegen Drogenbesitzes verurteilt", ihre Augen wurden zu tödlichen Schlitzen, „und Sie sind diejenige, die über die Leiche gebeugt vorgefunden wurde."

„Ich habe versucht, sie wiederzubeleben. Ich bin diejenige, die den Notruf gewählt hat!" Emotionen kochten hoch, aber sie drückte sie wieder hinunter.

Diese interessanten blauen Augen mit ihren dünnen goldenen Streifen musterten sie ruhig. Gerade Augenbrauen und dunkelbraune Wimpern bildeten einen hübschen Rahmen. Ein schmaler Kiefer und ein stures Kinn unterstrichen die Nase, die womöglich ein ganz klein wenig zu schmal war. Er war gutaussehend und attraktiv, oder wäre es zumindest gewesen, wenn ihre beste Freundin nicht gestorben wäre, und er ihr nicht vorwerfen würde, etwas damit zu tun zu haben.

Er zog eine Augenbraue hoch. „Ich finde es ein wenig überraschend, dass Sie die Ermittlung zu behindern scheinen."

Ein erschöpftes Lachen entkam ihr. „Behindern? Ich behindere verdammt nochmal gar nichts. Ich versuche, zu helfen. Nie im Leben war das eine Überdosis. Das habe ich Ihnen von Anfang an gesagt. Zumindest nicht ohne Hilfe – aber sicher nicht mit meiner Hilfe." Sie wich seinem starren Polizistenblick nicht aus.

Er sah nicht überzeugt aus. Sie hätte ihn wirklich am liebsten umgebracht.

„Warum lassen Sie uns dann nicht in Ihr Auto schauen?"

Pip hob das Kinn. „Sie wissen, was ich beruflich mache, oder? Das FBI ist doch sicherlich clever genug, das bis jetzt herausgefunden zu haben?"

Natürlich hatte er das. Deshalb saß sie sich hier den Hintern wund, und deshalb wollten sie ihr Auto auf den Kopf stellen. Ihr das Leben so schwer wie möglich machen, ganz egal, ob sie schuldig war oder nicht.

Zu spät. Ihr Leben war schon längst so schlimm, wie es nur sein konnte.

„Sie sind Journalistin." Ein Anflug des Hohns klang in seiner so sorgfältig gezügelten Stimme mit.

„War. Ich habe gekündigt." Sie wusste nicht, ob sie jemals wieder als Journalistin arbeiten würde.

„Wieso das?"

„Ich habe Mist gebaut." Sie blinzelte und schwankte etwas

auf ihrem Stuhl hin und her. Ihr begann, schwindelig zu werden, vermutlich, weil sie so lange nichts mehr im Magen gehabt hatte.

„Erzählen Sie mir, was passiert ist", wiederholte er. Er verschränkte entspannt die Arme vor der Brust. Geduldig wie Hiob.

Das sollte sie eigentlich nicht derart in den Wahnsinn treiben. „Meine Kündigung bei der Zeitung hat nichts mit Cindys Tod zu tun."

„Es gibt mir eine Vorstellung über Ihre Gemütslage", erklärte er.

„Die irrelevant ist."

„Bei der Ermittlung in einem Todesfall ist nichts irrelevant."

Sie biss die Zähne zusammen. „Das hier schon."

„Erzählen Sie es mir trotzdem." Sein Tonfall war unfassbar herablassend.

„Fahren Sie zur Hölle." Sie faltete die Hände und presste sie so fest zusammen, dass ihre Fingerspitzen rot wurden.

Er beugte sich vor. „Was in Ihrem Auto sollen wir nicht sehen, Pippa?"

„Pip", korrigierte sie ihn automatisch, als ob das einen Unterschied machte. Sie biss auf ihren Daumennagel. Die Vorstellung, dass die Polizei dachte, sie wäre in Cindys Tod verwickelt, war verrückt, aber sie konnte nicht auf zwei Hochzeiten gleichzeitig tanzen. Wenn sie wollte, dass sie Cindys Tod untersuchten, dann musste sie akzeptieren, dass sie alles untersuchten.

„Na schön. Sie können sich mein Auto anschauen", lenkte sie ein. „Und meine Sachen durchkämmen. Aber Sie lesen keine der Unterlagen oder verschaffen sich Zugang zu meinen digitalen Dateien."

„Okay…“

„Und ich werde der Durchsuchung beiwohnen.“

Er zog die Augenbrauen hoch. „Das ist nicht der Standard.“

„Ist mir egal. Wenn Sie diese Sache schnell und ohne Durchsuchungsbefehl über die Bühne bringen wollen, dann werde ich mit dabei sein. Wenn Sie sich weigern, will ich einen guten Anwalt, und Sie lassen die Finger von meinen Sachen, bis ein Richter es durchwinkt.“

Er musterte sie langsam und gründlich. Das machte ihr bewusst, dass sie vermutlich wie eine ertrunkene Ratte aussah, die einmal durch die Hölle geschleift worden war.

Sie fuhr sich mit der Zunge über die Zähne und zog eine Augenbraue hoch, um es ihm gleichzutun. „Ich habe Besseres zu tun, als ewig hier herumzusitzen. Ich nehme an, Ihnen geht es ähnlich.“

„Na gut.“ Er trank einen Schluck Kaffee. „Sie können zuschauen.“

„Und *Sie* führen die Durchsuchung durch. Nur Sie.“

„Soll das ein Witz sein?“ Jetzt klang er wirklich angepisst, was ihr nur recht sein sollte. „Wie Sie so richtig bemerkt haben, habe ich Besseres zu tun.“

Nichts war wichtiger als herauszufinden, was mit Cindy passiert war.

„Ich traue den örtlichen Polizisten nicht“, gab sie zu.

„Warum?“

„Weil sich vor zwei Wochen ein altgedienter Polizist umgebracht hat, anstatt sich den Vorwürfen der Korruption zu stellen, die gegen ihn erhoben wurden, und die ich aufgedeckt hatte.“

Agent Kincaid nickte langsam, bestätigte, dass er längst wusste, warum sie Tallahassee verlassen hatte.

Aber hier war etwas, was er womöglich noch nicht wusste. „Aber nicht, bevor er irgendwie herausbekommen hatte, dass seine Frau mein Informant gewesen war. Er hat sie und ihre drei Kinder erschossen, bevor er die Waffe gegen sich selbst gerichtet hat. Ich werde keine meiner Quellen je wieder einer solchen Gefahr aussetzen."

Seine einzige Erwiderung war ein beinahe unmerkliches Weiten seiner Pupillen.

Niemand, nicht einmal ihr Herausgeber, hatte gewusst, wer ihre Quelle gewesen war, bis sich das Desaster entfaltet hatte. Irgendwie hatte Detective Frank Booker es herausbekommen.

Der in Ungnade gefallene Detective war dabei beobachtet worden, wie er im Morgengrauen des Tages, an dem er sich und seine Familie umgebracht hatte, an Pips Wohnung vorbeigefahren war. Wenn sie zu Hause gewesen wäre, anstatt an ihrem Schreibtisch zu schlafen, wäre sie vermutlich ein weiteres Opfer gewesen.

Wenigstens bringt mein Job niemanden um ...

Wie konnte eine Story so viel Blutvergießen wert sein? Bedeutete ihr die Wahrheit wirklich so viel? Ihr Verstand sagte Ja, aber ihr Herz war sich nicht mehr so sicher. Schwindelgefühle strudelten durch sie hindurch, und sie hielt sich mit einer Hand am Tisch fest, um nicht mit dem Gesicht voran vom Stuhl zu stürzen.

„Ms. West? Pip? Ist alles in Ordnung?" Der Agent stand nun hinter ihr, hatte seine Hand sanft auf ihren Rücken gepresst. Sie bemerkte seine warmen Finger. Seinen Geruch.

Pip holte tief Luft und schüttelte die Desorientierung ab. Der heutige Tag war so lang wie die Ewigkeit gewesen, und sie wollte einfach nur, dass es vorbei war. „Bringen wir es hinter uns."

FÜNFTES KAPITEL

Hunt ging voran durch das Revier, schmetterte unfreundliche Blicke und die Energie verärgerter Polizisten ab, die auf die Frau hinter ihm gerichtet waren.

Polizisten konnten Reporter, die sich auf Polizeikorruption konzentrierten, wirklich nicht leiden. Hunt hatte die HMRU Beweise sammeln lassen, und sie hatten versprochen, das Dekontaminationszelt abzubauen und es beim CDC vorbeizubringen, wenn sie damit fertig waren. Das Haus würde versiegelt bleiben, bis sie mit Sicherheit wussten, ob Cindy Resnick illegal mit Anthrax gehandelt hatte oder nicht.

Er warf einen Blick über die Schulter, um sicherzustellen, dass er Pip West nicht abgehängt hatte. Ihre Haut war so blass, sie sah aus, als ob sie jeden Moment ohnmächtig werden würde, und nur ihr eiserner Wille sie noch aufrecht stehen ließ. Er musste gegen das Bedürfnis ankämpfen, ihr seinen Arm anzubieten.

Aber vielleicht manipulierte sie ihn auch – so, wie sie mit dem Hilfssheriff gespielt hatte, der vorhin auf sie aufgepasst hatte. Sie war attraktiv und wusste es. Die kleine Berührung, die er beobachtet hatte, die Art und Weise, wie ihre Hand die Hand des Hilfssheriffs berührt hatte. Wie sie die Aufmerksamkeit wieder auf sich gelenkt hatte, als der Kerl ihre Frage nicht ausreichend beantwortet hatte.

Vielleicht war er abgestumpft.

Es war keine Frage von vielleicht, aber er hatte nicht vor, auf ihre Zerbrechlichkeits-Nummer hereinzufallen.

Obwohl jemand bei ihr hätte bleiben sollen, vor allem, weil sie eine Impfung erhalten hatte. Aber es war ein kleines Polizeirevier, und Detective Howell und viele der Streifenpolizisten befragten gerade die Nachbarn am See, und zwar auf Hunts Bitte hin. Es gab einfach nicht genug Beamte, um Babysitter für eine Journalistin zu spielen, und ganz sicher wollten sie sie nicht in ihrem Großraumbüro sitzen haben.

Eine Journalistin.

ASAC McKenzie war die Hutschnur geplatzt, als Hunt ihm davon erzählt hatte. Hunt hatte dem ASAC versichert, dass er mit ihr fertig werden würde. Besser wär's.

In dem Augenblick, in dem die Neuigkeit über ihre Verbindung mit der Untersuchung von Polizeikorruption in Tallahassee herausgekommen war, war die Stimmung im Polizeirevier ihr gegenüber gekippt, hatte sich verhärtet.

Hunt verstand es.

In L.A. hatte er mit einer Journalistin gesprochen, die er als Freundin bezeichnet hätte. Ausschließlich vertraulich. Sie hatte ihn über das Gerücht befragt, dass an der UC Irvine ein Serienvergewaltiger sein Unwesen auf dem Campus trieb. Die Journalistin hatte die Story veröffentlicht und eine anonyme Quelle im FBI zitiert, und ihr Hauptverdächtiger war am selben Tag in ein Flugzeug gestiegen und nach Hause zu seinen ultra-reichen Eltern in die Schweiz geflogen.

Hunt hatte seinem Boss seine unfreiwillige Beteiligung gestanden und für seine Mühen noch eine Abmahnung erhalten. Die Journalistin hatte ihn ein paar Monate später erneut angerufen. Sie hatte geglaubt, es wäre nebensächlich und komisch, und war irritiert gewesen, als er nicht mehr mit ihr sprechen wollte. Aber er war nicht einfach verärgert gewesen, er war absolut rasend gewesen. Weil ein Vergewaltiger entkommen war. Weil sämtliche Opfer nicht mit der Sache abschließen konnten. Weil es keine Gerechtigkeit gegeben hatte.

Also nein, er mochte Reporter auch nicht – nicht einmal, wenn sie in Skinny Jeans und einem enganliegenden T-Shirt aussahen wie ein feuchter Traum. Nicht, wenn so viel auf dem Spiel stand.

Die Polizisten hatten Pip Wests Auto zum angrenzenden Parkplatz abgeschleppt, der sich hinter dem Revier befand. Jemand hatte Flutscheinwerfer aufgebaut. Hunt ging zurück ins Revier und holte einen Stuhl, stellte ihn an einer Stelle auf, von der aus Ms. West alles beobachten konnte, ohne im Weg zu sein. Je schneller sie diese Sache hinter sich brachten, desto schneller konnten sie alle nach Hause fahren.

Pip ließ sich zaghaft, leicht schwankend, auf den Stuhl sinken.

Er runzelte die Stirn. „Wann haben Sie das letzte Mal etwas gegessen?"

Sie starrte ihn stumm an, ihre riesigen Augen voller Trauer und Trotz.

Er ging zurück ins Gebäude, holte eine Dose Cola und ein Käsebrötchen, das er vorhin auf seinem Weg durch die Stadt gekauft hatte, für das er aber noch keine Zeit gefunden hatte. Sein Magen knurrte protestierend, aber das Letzte, was er jetzt gebrauchen konnte, war, dass sie ihm kollabierte.

„Hier." Er hielt ihr das Brötchen hin. „Essen Sie."

Sie murmelte ein Dankeschön und begann, das Brötchen auseinander zu pflücken, es langsam, Krümel für Krümel, zu essen.

Er nickte zufrieden. Wenn sie die Wahrheit erzählte, dann hatte sie einen wirklich furchtbaren Tag gehabt, und er wollte nicht, dass sie ohnmächtig wurde. Wenn sie log, dann würden sie das herausbekommen. Kein Grund, ein Arschloch zu sein.

Ein Hundeführer mit seinem Spürhund sollte jeden Augenblick hier sein, und ein weiterer Beamter nahm die Durchsuchung auf Hunts Anweisungen hin auf Video auf. Die Fotografin war ebenfalls vor Ort, um die Durchsuchung zu dokumentieren, für den Fall, dass etwas auftauchte. Hunt hatte nicht vor, des Fehlverhaltens angeklagt zu werden oder einen Fehler zu machen, falls er irgendwo in diesem Auto einen Behälter mit waffenfähigem Anthrax finden sollte.

Nur dass ihm nicht klar war, wie eine Journalistin aus Tallahassee in den Handel mit Biowaffen an internationale Terroristen verwickelt sein sollte, vor allem, wenn sie so erpicht darauf war, Polizeikorruption aufzudecken. Aber was wusste er schon?

Ein Minivan hielt an, und der Hundeführer sprang heraus. Hunt zog einen Tyvek-Anzug an, eine Gesichtsmaske und Latexhandschuhe, während der Spürhund zum Wagen lief, aber nicht anschlug. Es gab Möglichkeiten, Gerüche vor Spürhunden zu verbergen.

Es würde den Fall fein säuberlich abschließen, und er würde endlich wieder zu seinem richtigen Job zurückkehren können, wenn Pip West ihrer besten Freundin Partydrogen beschafft und sie versehentlich umgebracht hätte.

Er warf der Frau einen Blick zu.

Ihre erschöpften Augen ließen ihn wissen, dass sie genau wusste, wonach er suchte, und ihn dafür abgrundtief verachtete. Aber sie hatte darauf bestanden, dass Cindys Tod ordentlich untersucht werden sollte, und er kam ihrer Bitte nach, indem er seinen Job machte.

So viel dazu, kein Arschloch zu sein.

Er sah den Hilfssheriff von vorhin aus dem Revier kommen und Pip etwas ins Ohr flüstern, bevor er ihr seine Hand auf die Schulter legte und sie sanft drückte.

Hunt wandte sich ab.

Mach deinen Job. Verhafte sie oder schick sie nach Hause.

Die Fotografin legte eine breite, blaue Plane auf dem Boden aus, damit Pips Sachen nicht im Dreck liegen mussten.

Hunt begann mit den Pflanzen. Er wusste, wie Cannabis aussah, aber abgesehen davon hatte er keinen Schimmer von Pflanzen. Sein Stiefvater würde es wissen. Sein Stiefvater lenkte seine Trauer in seinen Garten um, in einem Ausmaß, dass Hunts Mutter den Garten mittlerweile als die „andere Frau" bezeichnete.

Hunt schob die Gedanken an seine Eltern zur Seite. Die Konzentration zu verlieren würde damit enden, dass er etwas übersah.

„Irgendwelche Nadeln hier drin? Scharfe Objekte?", fragte er laut.

Pip Wests Gesichtsausdruck zeigte Verachtung, aber sie antwortete klar und deutlich für das Video. „Eine Nagelschere und eine Feile in meinem Kulturbeutel. Küchenmesser und eine große Schere sind in der Tupperbox im Küchenkarton."

Er begann mit dem Beifahrersitz. Im Fußraum lagen Pappbecher und eine braune Papiertüte, vermutlich von der Fahrt. Sein Magen knurrte erneut, und er warf ihr einen Blick zu. Sie hatte das Käsebrötchen verputzt und etwas Farbe war in ihre Wangen zurückgekehrt. Ihr Gesicht war noch immer von Trauer gezeichnet, und sie sah aus, als ob schon eine leichte Brise sie umwehen könnte.

Ihr angespannter Kiefer verriet ihm, dass sie sich allerdings in dem Fall sofort wieder aufrichten würde.

Er zog eine Kiste mit Büchern hervor und blätterte sie schnell und effizient durch. Unmengen von Büchern. Ein winziger Fernseher, Computer, Töpfe und Pfannen. Eine Bettdecke. Der Bezug war purpurrot, und die Vorstellung, wie sie mit nichts als einem verführerischen Lächeln im Gesicht darauf lag, blitzte in seinen Gedanken auf.

Sein leerer Magen ließ ihn offensichtlich delirieren.

Sie war eine Verdächtige, sowohl im Tod ihrer Freundin als auch in der Bioterror-Sache. Aber eine unwahrscheinliche Verdächtige. Sie hätte den Notruf nicht anrufen brauchen – panisch und verängstigt. Sie hätte einfach davonfahren können. Ein Terrorist hätte das vermutlich getan.

Sie hatte ihnen die Bons von zwei Tankstellen auf dem Weg von Florida hierher gegeben, und Hunt hatte die Agenten vor Ort gebeten, bei den Tankstellen Aufnahmen der Überwachungskameras einzuholen, um zu verifizieren, wo sie gewesen war, als ihre Freundin umgekommen war.

Es hing alles davon ab, welchen Todeszeitpunkt der Rechtsmediziner feststellte. In der Zwischenzeit konnte Hunt es sich nicht leisten, ihr einen Vertrauensbonus entgegenzubringen. Irgendjemand, irgendwo, stellte waffenfähiges Anthrax her, um es an Leute zu verkaufen, deren Hobby es war, willkürlich so viele unschuldige Menschen wie möglich umzubringen.

Er zog eine Kaffeemaschine und eine bunte Ansammlung von Tassen hervor. Auf einer der Tassen war ein Foto von Pip West und Cindy Resnick in einem der großen Freizeitparks. Er legte einen weiteren Bücherstapel zur Seite. Er hatte sich die

Nachrichten der Freundinnen auf Pips Handy durchgelesen und brauchte keine weiteren Beweise dafür, dass Pip West und Cindy Resnick gute Freundinnen gewesen waren.

Aber sie hatten sich gestritten.

Oder die Überdosis war womöglich ein Unfall gewesen. Eine Party nach der Fertigstellung der Doktorarbeit, bei der es ein wenig zu wild zugegangen war.

Schuhe, jede Menge Schuhe lagen im Fußraum der Rückbank. Er zog sie heraus, einen nach dem anderen. Spitze Absatzschuhe und glitzernde Sandalen. Er bedeutete dem Hundeführer, herüberzukommen und den Hund das Wageninnere abschnüffeln zu lassen, während er sich an den Kofferraum machte. Er wuchtete einen Koffer heraus und öffnete ihn auf der Plane.

Hunt schüttelte jedes einzelne Kleidungsstück aus und legte die Sachen in eine schwarze Plastiktüte, damit sie nicht schmutzig wurden.

Er konnte spüren, wie sein Gesicht ganz heiß wurde, und ein Ausdruck von Entrüstung und Entsetzten legte sich auf Pip Wests Gesicht. Er war kein Mauerblümchen, aber normalerweise waren Frauen entweder seine Geliebte oder tot, wenn er ihre Dessous in der Hand hielt.

Er griff nach dem zweiten riesigen Koffer. Noch mehr Klamotten. An der Seite waren mehrere Schminktäschchen verstaut. Er hatte keine Ahnung, warum Frauen so viel Mist in ihr Gesicht rieben, vor allem, wenn sie schon umwerfend aussahen. Er war dankbar, dass er sich nur duschen, rasieren und die Zähne putzen musste und dann bereit für den Tag war.

Obwohl er immerhin eine Krawatte tragen musste.

Ein weiterer guter Grund, alles dafür zu geben, um in das

Team der Geiselbefreiungseinheit aufgenommen zu werden.

Schnell und effizient durchsuchte er die Kosmetiktaschen. Keine offensichtlichen Anzeichen auf Drogen oder Drogenutensilien. Kein verfluchtes Anthrax.

Zuletzt zog er einen pinkfarbenen Teddybären aus dem Koffer, den er gründlich durchsuchte und ihn dann Pip zuwarf.

Sie fing ihn auf.

„Den hat Cindy mir geschenkt", sagte sie leise und streichelte über das pinkfarbene Fell. „Sie hat ihn in einem Teddybärenmuseum in England gekauft, als sie vor ein paar Jahren mit ihren Eltern dort war." Sie drückte den Bären an ihre Brust und sah aus, als ob sie gleich in Tränen ausbrechen würde.

Er sagte nichts und kam sich wie ein Arschloch vor, aber was konnte er schon sagen? Tut mir leid? Was würde das schon ändern?

Er wandte sich der Überprüfung ihres Ersatzrads und des Wagenhebers zu. Der Spürhund schnüffelte sich noch einmal durch das gesamte Auto, fand aber noch immer nichts, worüber er mit dem Schwanz hätte wedeln können.

Hunt trat von dem Honda zurück und begann, seinen Schutzanzug auszuziehen, müde und unerklärlicherweise erleichtert. „Sie können gehen, Ms. West."

Sie nickte ausdruckslos und starrte auf das Chaos, das er verursacht hatte, bevor sie sich erschöpft erhob.

Zur Hölle damit.

Er begann, ihre Sachen wieder in die Koffer zu packen, aber sie kniete sich neben ihn auf die Erde und schob ihn mit ihrem spitzen Ellenbogen zur Seite.

„Ich mach das schon", ließ sie ihn wissen.

Hunt lud stattdessen die Kisten zurück in das Auto, während sie ihre Kleider einpackte. Als er all ihre Sachen verstaut hatte, öffnete er die Motorhaube. Er ging zu seinem Dienstwagen und holte eine Flasche mit Kühlflüssigkeit aus dem Kofferraum, füllte ihren Kühler auf, kontrollierte den Ölstand und kletterte auf den Fahrersitz, um den Motor zu starten. Er hätte sich mit dem Lenkrad beinahe selbst kastriert, aber er schob den Sitz nicht zurück. Es brauchte zwei Anläufe, bis der Motor ansprang. Für ein, zwei Minuten betrachtete er die Temperaturanzeige, aber die Warnleuchten sprangen nicht an.

„Ich würde nicht weit fahren, bis ein Mechaniker den Motor überprüft hat."

„Vielen Dank." Ihre Worte waren höflich, aber verbittert. Mit einem entschlossenen Knallen schloss sie die Koffer.

Er griff danach, bevor Pip darauf bestehen konnte, es selbst zu machen, und packte sie in den Kofferraum. „Wenn Sie das nächste Mal eine so lange Fahrt vor sich haben, überprüfen Sie die Füllstände, bevor Sie losfahren. Sie haben Glück gehabt, dass der Motor nicht krepiert ist."

„Ja, Dad." Sie lachte grunzend auf, aber ihre Augen blieben traurig. Dunkle Augenringe unterstrichen ihre Erschöpfung.

Er räusperte sich. „Wie kann ich Sie erreichen, wenn ich noch weitere Fragen habe?"

„Rufen Sie mich auf dem Handy an. Ich bin mir sicher, Sie haben die Nummer." Sie stieg in ihr Auto, dann strich sie sich mit gespreizten Fingern die Haare aus dem Gesicht. Hunt entging nicht, dass ihre Hände ein wenig zitterten.

Sollte er ihr lieber ein Taxi rufen, anstatt sie selbst fahren zu lassen? „Es wäre vielleicht eine gute Idee, wenn Sie heute

Nacht hier im Ort bleiben würden…"

„Und die Stadt nicht verlassen?" Ihre Lippen öffneten sich überrascht, aber dann sank sie in den Sitz zurück. „Ich bin zu erledigt, um heute Abend noch irgendwohin zu fahren oder mich deswegen mit Ihnen zu streiten. Ich suche mir ein Motel." Das Dunkelgrau ihrer Augen schien rastlos und das blasse Pink ihrer Lippen war ein lebhafter Kontrast zu der Blässe ihrer Haut.

Er zog seine Visitenkarte hervor, zwang sich, nicht daran zu denken, dass wenn sie in der ganzen Sache unschuldig war, sie einen dieser Tage hinter sich hatte, der sich als einer der schlimmsten Augenblicke ihres Lebens in ihr Gedächtnis brennen würde.

„Ich werde mich vermutlich morgen mit weiteren Fragen melden. Rufen Sie mich an, wenn Ihnen noch irgendetwas einfällt, das wichtig sein könnte." Hunt räusperte sich. „Hoffentlich kann der Rechtsmediziner uns bald mehr zum Todeszeitpunkt Ihrer Freundin sagen. Wir haben die Tankstellenbons, die Sie uns gegeben haben. Solange Sie die Wahrheit erzählen, sollte alles in Ordnung kommen."

Tränen schimmerten an ihren Wimpern wie Diamanten. „Meine beste Freundin ist tot, Agent Kincaid. Nichts wird jemals wieder in Ordnung kommen."

Sie schauten sich einen Augenblick lang an, auch wenn der Schmerz in ihren Augen ihm Unbehagen bereitete. Er schloss ihre Autotür, und sie fuhr davon.

Ein paar Sekunden später stieg Hunt in sein Auto und folgte ihr, halb aus Sorge, sie würde am Steuer einschlafen, halb mit dem Verdacht, diese Schrottschleuder von Auto, mit der sie unterwegs war, könnte liegenbleiben, und Pip würde völlig hilflos am Straßenrand festsitzen.

Am ersten Motel an der Straße bog sie ab. Hunt parkte vor einem Geschäft auf der anderen Straßenseite und sah zu, wie sie erst einen Koffer, dann ihren Laptop und ihren Fernseher in eines der schäbigen Motelzimmer schleppte.

Er sagte sich, dass er sie für den Fall beobachtete, dass aus dem Nichts irgendwelche dubiosen Typen auftauchten oder dass Pip West entschied, das Weite zu suchen. Er nutzte die Zeit, um seinen Boss und die Agenten in D.C. auf den neuesten Stand zu bringen. Niemand kam zu Pips Zimmertür. Nach einer Stunde ging das Licht in ihrem Zimmer aus, und er startete den Motor und fuhr zurück zum Polizeirevier.

So wie D.C. es sah, war das hier eine FBI-Ermittlung, zumindest so lange, bis sie herausgefunden hatten, ob Cindy Resnicks Tod irgendetwas mit dem Verkauf des illegalen Anthrax zu tun hatte. Was leider bedeutete, dass Pip West ganz klar sein Problem war.

PIP HATTE TRAUMLOS geschlafen, bis sie aufgewacht war und feststellen musste, dass sie noch immer mitten in einem Albtraum gefangen war. Sie hatte ihr Auto zur örtlichen Werkstatt gebracht, um den Motor überprüfen zu lassen. Nun saß sie in einem Diner und zwang sich, zu frühstücken.

Sie funktionierte nur noch automatisch.

Das Restaurant war voll und laut. Holzvertäfelungen an der Wand. Blau-weiße Karovorhänge. Sonnenlicht, so hell, dass es ihr in den Augen stach.

Um acht Uhr ließ sich Agent Kincaid auf die Sitzbank ihr gegenüber fallen, und sie schob den Rest ihres Frühstücks zur Seite. Er trug denselben Anzug wie gestern, mit einem frischen weißen Hemd und einer blaugestreiften Krawatte. Seine kurzen sandblonden Haare waren zerzaust, auf eine Art und Weise, die manche Männer stundenlang zu imitieren versuchten. Bei ihm sah es nach Stress aus.

„Ms. West." Er neigte grüßend den Kopf, dann winkte er der Kellnerin zu, die mit einer Kaffeekanne in der Hand und einem deutlich strahlenderen Lächeln als dem, mit dem sie Pip ihre Eier mit Speck gebracht hatte, herüberkam. Hunt deutete auf Pips Teller. „Ich nehme das Gleiche."

Die Kellnerin wackelte mit den Hüften und verschwand, und Pip verdrehte die Augen.

„Haben Sie Neuigkeiten? Ist der Rechtsmediziner fertig mit der …?" Sie brachte das Wort Autopsie nicht über die Lippen. Es war zu blutig, zu eisig, zu endgültig.

Sie ertappte sich dabei, wie sie herausfordernd das Kinn hob, um ihm in die Augen schauen zu können.

„Ich habe gerade den vorläufigen Bericht erhalten. Ihre Freundin ist ertrunken, aber sie hatte genug Alkohol und Kokain in ihrem System, um einen Elefanten außer Gefecht zu setzen. Wenn sie nicht ertrunken wäre, hätte das Fentanyl, mit dem das Kokain gestreckt war, sie vermutlich umgebracht."

Pip zuckte zusammen.

Die Polizisten hatten recht gehabt …

Nein.

Nie im Leben.

Es war Pip egal, was der Bericht behauptete. Cindy hätte nie im Leben Drogen genommen. Sie war Mikrobiologin mit einem zweiten Abschluss in Biochemie. Sie verstand die Risiken nur zu gut, etwas zu schnupfen, was man einem Fremden auf der Straße abgekauft hatte.

Agent Kincaid streckte die Hand aus und stibitze ein Stück

Toast von ihrem Teller. Pip hatte nichts dagegen. Sie hatte keinen Hunger. „Haben Sie im Haus noch mehr Kokain gefunden?", fragte sie.

Er biss in die Toastscheibe. Kaute bedächtig. „Sie wissen, dass ich keine Details einer laufenden Ermittlung verraten darf."

Sie biss die Zähne zusammen. „Aber Sie haben keinerlei Probleme damit, mich wegen neuer Informationen auszuquetschen."

„Ich bin FBI-Agent. Das ist mein Job." Sein unverwandter Blick brachte sie aus der Fassung. „Wollen Sie, dass ich herausfinde, was mit Ihrer Freundin passiert ist? Das funktioniert nur so."

Sie wandte den Blick ab. Natürlich wollte sie wissen, was Cindy zugestoßen war. Sie hatte nur nicht besonders viel Vertrauen in die Strafverfolgungsbehörden.

„Irgendeine Idee, wo sie die Drogen her gehabt haben könnte?" Er musterte sie aufmerksam, suchte zweifelsohne nach Hinweisen darauf, dass sie log.

„Das versuche ich Ihnen ja die ganze Zeit zu erzählen." Sie war völlig entnervt. Warum glaubte ihr niemand? „Sie hat Drogen verabscheut. Ich habe nie mitbekommen, dass sie Drogen genommen hätte, nicht mal im College, als alle irgendwas genommen haben."

„Einschließlich Ihnen?"

Sie starrte ihn an, versuchte angestrengt, ihre Verachtung zurückzuhalten. Er kannte sie nicht. Er sah nur, dass sie bei der Anklage wegen Drogenbesitzes auf schuldig plädiert hatte, als sie zu jung und zu verletzlich gewesen war, um die Wahrheit auszusprechen. Seine Skepsis befeuerte nur ihre Entschlossenheit, ernst genommen zu werden. Cindy hatte keine Stimme mehr. Aber Pip würde jetzt für sie sprechen.

„Ich bin in Pflegefamilien aufgewachsen, Agent Kincaid. Als ich sechzehn war, war ich mit einem Typen zusammen, der ein paar Jahre älter war als ich, und habe geglaubt, ich wäre cool. Ich habe auch ein bisschen herumexperimentiert, weil ich jung und unglücklich und dumm war. Aber ich mochte Gras und Zigaretten nicht, auch keinen Alkohol. Bis zu dem Tag, als die Polizei ihn angehalten hat, wusste ich nicht, dass dieser Arsch, mit dem ich zusammen war, auf Bewährung war. Er hat mir das Gras in die Tasche meiner Jeansjacke gestopft und mich angefleht, nichts zu verraten." Er hatte sie benutzt. Und sie die Sache ausbaden lassen. Das war kein Fehler, den sie ein zweites Mal machen würde. „Als ich schließlich mit dem College anfing, war ich eine glatte Einserschülerin mit einem Stipendium in der Tasche, aber es gab keinen Plan B, falls ich Mist bauen sollte. Also habe ich nie Drogen genommen. Und ich bin zu jeder einzelnen Vorlesung gegangen, habe jede Hausarbeit fertiggestellt. Ich habe hart gearbeitet. Genau wie Cindy."

Der Kloß in ihrem Hals war zurück und wurde immer größer. Die Luft steckte in ihrer Brust fest und sie konnte nicht mehr schlucken. Cindys ganzer Einsatz war umsonst gewesen. Die Stunden, die sie über den Lehrbüchern zugebracht hatte, die Nervosität vor Examensnoten, die Experimente und schriftlichen Berichte. Bedeutungslos. Pips Hals war wie zugeschnürt, und ihr Atem strömte nur noch pfeifend in ihre Lungen. Oh, Gott …

„Es ist okay. Sie sind okay. Atmen Sie." Kincaids große Hand legte sich über ihre geballte Faust, die auf dem Tisch lag. Ihr Blick flog verzweifelt zu seinen Augen, und er drückte ihre Hand, gerade fest genug, um sie im Hier und Jetzt zu verankern. „Atmen Sie. Tief, aber langsam. Langsamer.“

Er hatte vermutlich Angst, sie würde zusammenklappen oder eine Panikattacke bekommen. Das war seit Jahren nicht mehr vorgekommen, aber ihr Kopf war zum Bersten voll, und ihre Emotionen standen kurz vor einem Kurzschluss.

Sie bemühte sich, die Trauer abzuschütteln, die sie überwältigen wollte, und konzentrierte sich stattdessen darauf, die Muskeln in ihrem Brustkorb gleichmäßig zusammenzuziehen, gegen das zerstörerische Verlangen der Hyperventilation anzukämpfen. Sie holte Luft und hielt den Atem an.

Seine Haut sah heller aus als ihre. Sie konzentrierte sich auf das Gefühl seiner starken, langen, rauen Finger. Sie atmete erneut ein und hielt wieder die Luft an, versuchte, den Reflex zu verlangsamen.

Cindy hatte ihr durchs College geholfen. Sie hatte ihr beigebracht, wie man Laufen ging, hatte ihr Lernen beigebracht, hatte ihr beigebracht, dass das Einzige, was wirklich zählte, Integrität war, und dass einem die niemand wegnehmen konnte.

Nur dass jetzt jemand versuchte, Cindys Integrität zu stehlen.

Pip atmete noch einmal bewusst ein, und ihr Herzschlag begann, sich zu beruhigen. Das beklemmende Gefühl in ihrer Brust, das von Panik zeugte, verschwand.

Agent Kincaids fester Griff war warm und beruhigend. Sie sah auf und erwiderte seinen Blick. Zum ersten Mal, seit sie sich kennengelernt hatten, schaute er sie nicht an, als ob sie eine Verdächtige wäre. Entweder wusste er etwas, was er ihr nicht verriet, oder sie war bemitleidenswerter, als ihr bewusst war.

Nach einer weiteren Minute zog er seine Hand zurück,

und sie schlug die Augen nieder.

„Sorry." Sie atmete langsam, gleichmäßig aus, versicherte sich, dass sie wieder die Kontrolle über ihren Körper hatte. „Es ist einfach schwer zu akzeptieren, dass sie wirklich tot ist." Sie schluckte. „Wann gibt der Rechtsmediziner ihre Leiche frei?" Gestern Abend hatte sie ein paar Nachforschungen angestellt und war sich ziemlich sicher, zu wissen, wer Cindys Anwalt war – angenommen, es war der gleiche, den Cindys Eltern auch gehabt hatten. Sie hatte ihn nach dem Vollstrecker von Cindys Testament gefragt, weil sie Hilfe dabei benötigte, die Beerdigung zu organisieren.

„Das wird ein paar Tage dauern." Hunts vage Antwort regte sie auf. „Ihre Familie zu verlieren muss Cindy schwer getroffen haben."

Ach was.

„Könnte sie das aus der Bahn geworfen haben?"

Pip reagierte gereizt. „Ihre Familie zu verlieren, hat sie schwer getroffen, aber das ist fast anderthalb Jahre her. Wir haben alle Jahrestage begangen, die sich anschleichen und einen dann in die Brust treffen wie der Faustschlag eines zwielichtigen Ex …"

„Zwielichtiger Ex?" Seine Augen flammten auf.

„Wie gesagt, ich bin in Pflegefamilien aufgewachsen und habe nicht immer die besten Entscheidungen getroffen." Sie presste die Lippen zusammen. „Cindy ist mit dem Verlust klargekommen, auch wenn es geschmerzt hat. Sie war nicht selbstmordgefährdet." Ihr Tonfall war schneidend.

„Ich versuche nur, ein Gefühl für sie und ihre Gemütslage zu bekommen." Verschwunden war der geduldige Mann, der ihre Hand gehalten hatte. Zurück war der FBI-Agent.

„Damit Sie es rechtfertigen können, zu behaupten, sie

hätte etwas getan, was ihr überhaupt nicht ähnlich gesehen hat?"

„Drogen oder Selbstmord?", fragte er.

„Beides", blaffte sie.

Er neigte das Kinn, versuchte offensichtlich eine andere Angriffsstrategie. „Sie haben gesagt, Sie hätten sich gestritten. Worüber?"

Pip stieß niedergeschlagen den Atem aus. „Entscheidungen hinsichtlich des Lebenswandels."

„Was heißt das?"

Du arbeitest zu viel. Du isst nicht richtig. Du gehst mit Typen ins Bett, die du kaum kennst.

„Nichts Wichtiges." Ihre Finger spielten nervös mit der Serviette.

„Könnten Sie übersehen haben, dass irgendwas sie beschäftigt hat?" Seine Stimme hatte nun eine Schärfe, als ob er wusste, dass sie log.

Du weißt nicht alles über mich …

Was war es, das Pip nicht gewusst hatte? Was hatte sie übersehen, weil sie so tief in ihrer eigenen Suche nach der Wahrheit gesteckt hatte?

„Möglich wäre es." Sie atmete aus, und die Schuldgefühle stiegen von Neuem in ihr auf. Sie waren beide sehr beschäftigt gewesen. Sie war in eine Geschichte verwickelt gewesen, die ihre Karriere hätte besiegeln sollen. Stattdessen waren unschuldige Menschen umgekommen. Sie hatte Cindy noch nicht einmal erzählt, dass sie ihren Job gekündigt hatte.

Kincaid lehnte sich zurück, als die Kellnerin sein Essen und seinen Kaffee brachte. Er lächelte und Pip merkte, wie sehr sie das überrumpelte. Er war ein wirklich gutaussehender Kerl.

Die Kellnerin ging mit einem koketten Zwinkern davon, das Kincaid nicht zu bemerken schien. Pip wollte wetten, dass sich ihm die Frauen den lieben langen Tag lang förmlich an den Hals warfen.

„Sie hat ihre Doktorarbeit fertig geschrieben?", fragte er und rührte in seinem Kaffee.

„Vorgestern. Gegen sechs Uhr abends hat sie mir geschrieben, um zu sagen, dass sie fertig war. Sie wollte die Arbeit am Montagmorgen abgeben, was ein weiterer Grund dafür war, weshalb ich an ihrem Haus ankommen wollte, bevor sie in die Stadt fahren würde."

Pip kippte den Rest ihres Tees hinunter. Die ganze Arbeit umsonst.

Es relativierte die Dinge für Pip. Sicher, in einer Demokratie war die Wahrheit wichtig, aber zu welchem Preis?

Der FBI-Agent schlang sein Essen hinunter, als ob er seit Tagen nichts mehr zu sich genommen hätte. Pip musste an das Käsebrötchen denken, das er ihr gestern Abend gegeben hatte.

Sie durfte sich von einer kleinen freundlichen Geste nicht von ihrem Ziel abbringen lassen. „Sie glauben, Cindy hat sich mit Kokain zugedröhnt, weil sie die Arbeit fertig geschrieben hatte."

„Wie lange hat sie daran gearbeitet?"

„Vier Jahre. Ihren Master hat sie in zwei Jahren gemacht."

„Scheint mir ein ziemlich guter Grund für eine Party zu sein."

„Nur dass es ihr absolut nicht ähnlich sehen würde, Kokain zu ziehen."

„Behaupten Sie." Blaue Augen bohrten sich in sie.

„Behaupte ich", stimmte sie zu. Er hatte recht. Er hatte keine Ahnung, wie zutreffend ihre Beschreibung von Cindys

Leben wirklich war. „Aber nehmen wir an, Sie haben recht und Cindy hatte sich entschlossen, zu feiern. Wo hätte sie die Drogen für diese Stehgreifparty herbekommen sollen? Weil ich weiß, dass sie nicht von mir kamen."

„Sie hatte den Champagner da", bemerkte er.

„Sie hatte immer Champagner da."

„Vielleicht hat ein neuer Freund, von dem Sie nichts wussten, die Drogen besorgt?"

Wusste er etwas, das er ihr nicht verriet? Pip trank einen Schluck Wasser, um das Kratzen in ihrem Hals zu lindern. „Kann sein. Die Kerle haben sich praktisch überschlagen, um ihre Aufmerksamkeit zu erregen, und haben oft mich benutzt, um an sie ranzukommen."

Er runzelte die Stirn und blickte sie an.

Dann fiel ihr etwas ein. „Hey, bevor ich gestern an Cindys Haus ankam, wurde ich fast von einem großen, schwarzen Geländewagen von der Straße abgedrängt, der in einer dieser unübersichtlichen Kurven zu schnell unterwegs war. Und als ich zur Einfahrt kam, hing Staub in der Luft, wissen Sie. So wie das auf einer trockenen Schotterstraße passiert, wenn ein Auto gerade dort entlanggefahren ist."

Kincaids Blick wurde prüfender, und Pip versuchte, die feinen Linien zu ignorieren, die sich an seinen Augenwinkeln auffächerten. Diese kleinen Anzeichen von Alter sahen gut an ihm aus.

„Das Auto kann auch ein Zufall gewesen sein. Ein Fahrzeug, dass Cindys Zufahrt entlanggefahren ist, kann auch einfach in die andere Richtung abgebogen sein. Dann hätten Sie es nie gesehen."

„Aber jemand war da", insistierte sie. Sie konnte nicht glauben, dass ihr das nicht schon gestern eingefallen war.

Er zuckte mit einer Schulter, scheinbar nicht überzeugt, und aß weiter.

Er glaubte ihr nicht. Wut stieg in ihr auf.

„Wann ist sie gestorben?" Ihr Magen krampfte sich zusammen. Wie konnte sie so beiläufig über all das sprechen, als ob ihre Welt nicht in Trümmern lag? Sie wollte die sterilen Fakten über Cindys Tod nicht betrachten, aber es gab niemand anderen, der für ihre Freundin kämpfen würde.

Kincaids Hand legten sich um seine Kaffeetasse. Lange, schlanke Finger und saubere, kurze Nägel. Er schluckte, dann öffnete er den Mund, um ihr eine Abfuhr zu erteilen.

Ihre Lippen verzogen sich spöttisch. „Ersparen Sie mir den ‚Ich kann keine Informationen weitergeben'-Blödsinn. Ich bin der größte Pluspunkt, den Sie haben, wenn Sie etwas über das Opfer erfahren wollen."

„Was vielleicht interessant wäre, wenn es hier um einen Mordfall ginge, aber es liegen keine verdächtigen Umstände mehr vor."

Wie konnte er das sagen? „Was ist mit dem Auto, das ich gesehen habe? Der Tatsache, dass Cindy niemals Drogen genommen hat?"

„Soweit Sie wissen." Er zeigte mit seiner Kaffeetasse auf sie, was sie die Zähne zusammenbeißen und tief einatmen ließ. „Wenn es ein Mordfall wäre, wären Sie die Hauptverdächtige."

„Weil ich sie gefunden habe?"

Er trank einen Schluck und stellte die Tasse wieder ab. „Zum Teil das, und zum Teil aufgrund der Tatsache, dass sie von ihrem Tod am meisten profitieren."

„Profitieren?" Trauer schoss durch sie hindurch und sie wollte sich am liebsten zusammenrollen und in Tränen ausbrechen. Stattdessen suchte sie in ihrem Portemonnaie nach einem Zwanzigdollarschein und warf ihn auf den Tisch. „Ich habe meine beste Freundin verloren. Den einzigen Menschen auf der Welt, dem es wichtig war, ob ich lebe oder tot bin."

Er wischte sich mit einer Serviette den Mund ab, als sie nach ihrer Handtasche griff und von der Sitzbank des Separees rutschte.

„Ich habe mit Cindys Anwalt gesprochen, Adrian Lightfoot." Seine Worte ließen sie innehalten. Er schob ihr einen Zettel hin, auf den mit Bleistift eine Telefonnummer geschrieben war. „Sie müssen ihn anrufen. Anscheinend sind Sie Cindys Testamentsvollstreckerin. Und Sie haben alles geerbt. Das Haus in der Stadt, das Haus am See, den Geländewagen, den Treuhandfonds." Diese blauen Augen mit ihren dünnen, goldenen Bändern ließen sie nicht entkommen. „Wenn das hier also eine Mordermittlung wäre, Süße, würden die Cleveren ihr Geld auf Sie setzen."

SECHSTES KAPITEL

Zwei Stunden später war Hunt froh, wieder in Atlanta zu sein. Er parkte auf dem Besucherparkplatz vor dem Gebäude der Blake University, in dem Cindy Resnick gearbeitet hatte, und in dem ihr Doktorvater nun auf ihn wartete. Keine Anzeichen von Anthrax. Weder in der Hütte am See noch in Cindys Haus in Atlanta, noch in ihrem Körper.

Wenn Cindy an Anthrax gestorben wäre, wären nach Aussage des Rechtsmediziners die Lymphknoten in ihrer Brust und an anderen Stellen im Körper geschwollen und schwarz wie überreife Pflaumen gewesen. Cindys Lymphsystem hatte normal ausgesehen. Es gab auch keine Anzeichen für langzeitigen Drogenkonsum. Es schien ganz so, als ob die Frau sich betrunken und zugekokst hätte und dann ertrunken wäre.

Aber sie konnten es sich nicht erlauben, dieses Timing zu ignorieren.

ASAC McKenzie hatte entschieden, die Leitung der Ermittlungen in Cindys Tod der örtlichen Polizei in Allatoona zu überlassen, während Hunt ihnen in seiner offiziellen Funktion als ABC-Waffen-Koordinator bei Fragen zur Seite stehen sollte, hauptsächlich aber die Befragung der anderen Wissenschaftler mit Nachdruck fortführen sollte. Die Labore würden alle Beweise analysieren und die relevanten Ergebnisse direkt an die BLACKCLOUD-Sondereinheit weiterleiten, bevor sie sie an die Polizei schickten. In der Öffentlichkeit würde das FBI den Tod von Cindy als Unfall darstellen. Intern zogen sie alle Optionen in Erwägung.

War Pip West involviert? War sie auf eine Story aus? Oder gab es etwas, was ihr Gewissensbisse bereitete? Sie hatte sich geweigert, ihm zu erzählen, worüber sie und ihre Freundin sich gestritten hatten. Entscheidungen hinsichtlich des Lebenswandels – das war nicht gerade eindeutig.

Sein Handy klingelte, als er über die Anliegerstraße fuhr. Libby Hernandez vom SIOC.

„Die Eltern und der jüngere Bruder sind im vorletzten September bei einem Autounfall umgekommen. Ein betrunkener Fahrer ist auf der I-85 mit hundertvierzig Sachen in sie hineingeknallt. Hat ihren Wagen völlig zusammengefaltet, und der Tank hat Feuer gefangen, bevor die Resnicks aus dem Wagen herauskamen."

In einem Auto zu verbrennen, musste einer der grauenvollsten Tode sein. In der gleichen Liga mit einer schrecklichen Krankheit wie Anthrax. So tragisch diese Ereignisse auch waren, es bedeutete, dass Pip West gerade eine sehr wohlhabende Frau geworden war. Aber der Blick in ihren Augen, als er ihr die Neuigkeiten über ihr Erbe erzählt hatte, war ein Blick von noch größerer Trauer gewesen, nicht von Gier oder Befriedigung.

Vielleicht war Pip eine sehr gute Lügnerin. Vielleicht hatte sie absichtlich vergiftetes Kokain besorgt und ihre Freundin ermuntert, sich zuzudröhnen und dann im See schwimmen zu gehen, damit sie ihr Geld erben konnte. Menschen machten noch weitaus schlimmere Dinge – jeden Tag.

Der Rechtsmediziner verortete den Todeszeitpunkt irgendwann zwischen Mitternacht und zwei Uhr morgens. Sie versuchten noch immer, Pips genauen Aufenthaltsort zu dieser Zeit zu verifizieren, und Agenten sichteten die Aufnahmen der Überwachungskameras der Tankstellen und glichen sie mit den Daten der Funktürme ab.

Hunt wollte Pip als Verdächtige in dieser Ermittlung streichen, und zwar nicht nur, weil er den Anblick ihrer dunklen Augen und ihres weichen Munds mochte. Er hatte wichtigere Dinge zu tun, wie zum Beispiel nach einem Bioterroristen zu suchen, der für hartes, kaltes Geld bereit war, sein oder ihr Land und das Leben aller Mitbürger zu verraten.

„Was ist mit dem anderen Fahrer passiert?", fragte er Hernandez und stieg die Stufen zum Universitätsgebäude hinauf.

„Er war sofort tot. Ein Kerl namens James Roma. Siebzehn Jahre alt", erzählte Hernandez.

Jugendlicher Leichtsinn.

Wie hatte dieser Verlust die einzige Überlebende der Familie beeinflusst? Konnte es sie in eine Terroristin verwandelt haben? Aber es gab keinerlei Warnsignale. Keine seltsamen Internetsuchen. Keine VPNs oder alternativen Online-Identitäten. Keine verdächtigen Verbindungen. Keinen Geldmangel.

„Irgendwas auf ihrem Laptop oder Handy?"

„Die HMRU hat gestern Nacht noch alles nach Quantico geschickt. Sie haben außerdem Proben genommen und an das USAMRIID geschickt und warten derzeit auf die endgültigen Ergebnisse des CDC, bevor sie weitermachen."

Was bedeutete, dass das Labor mit der Analyse der elektronischen Geräte noch nicht einmal begonnen hatte. Hunt schluckte seinen Frust hinunter. Er wollte niemanden einem Risiko aussetzen. Es war nicht einfach, so viele

Beweismittel auf die Schnelle zu analysieren, wenn man es mit einer potenziell tödlichen Substanz zu tun hatte, auch wenn der allgemeine Konsens war, dass das Haus sauber war.

„Was ist mit diesen BLACKCLOUD-Proben?" Der sogenannten Biowaffe. „Sind die ebenfalls an das CDC und USAMRIID gegangen?" Bis bestätigt worden war, dass es sich bei der Substanz um Anthrax und nicht um den Talkumpuder seiner Oma handelte, war das alles hier womöglich noch immer umsonst. Ein Schwindel, auf den sie allesamt hereingefallen waren.

Wäre das nicht verflucht fantastisch?

„Wurde für den Import freigegeben und ist spät gestern Abend noch angekommen. Die Wissenschaftler haben sich direkt dran gemacht. Die ersten Ergebnisse bestätigen waffenfähiges Anthrax."

So viel zur Theorie, dass alles nur ein Schwindel war.

„Sie führen weitere Analysen durch, um zu sehen, ob sie die Variante identifizieren können. Die DNA wird sequenziert, während wir uns hier unterhalten."

Und in der Zwischenzeit ging der Hersteller womöglich schon in die Massenproduktion dieser Mikrobe und stellte wer weiß was damit an. Oder er vergrub sich so tief, dass sie ihn niemals finden würden.

„Irgendwelche weiteren Hinweise?"

„Noch nicht. Wer auch immer es ist, er verwischt seine Spuren. Aber wir halten die Augen offen. Wir haben ein paar talentierte Leute aus der Cybersicherheit hier, die uns aushelfen."

Hunt grunzte. Im Prinzip spielten sie Verstecken mit einem irren Wissenschaftler.

Der wissenschaftliche Aspekt des Falls frustrierte ihn, weil er keine Kontrolle darüber hatte. Er wusste nicht so viel darüber, wie er es gerne hätte.

„Trotzdem Danke. Ach so, eine Sache noch…“ Für den Bruchteil einer Sekunde fühlte er sich schuldig, dann erinnerte er sich daran, dass sie nach einem herzlosen Terroristen suchten. „Könnten Sie bitte eine ausführliche Hintergrundforschung über Pippa West durchführen?“

„Das Mädchen, das die Leiche gefunden hat?“

Wenn er Pip „Mädchen“ nennen würde, würden ihm die meisten Frauen, die er kannte, das Fell über die Ohren ziehen. „Genau. Die Frau, die die Leiche gefunden hat.“

„Kein Problem. Ich fange direkt heute damit an.“

Hunt legte auf und ging ins Sekretariat der Fakultät, um einen Besucherausweis zu bekommen und nach dem Weg zum Büro des Professors zu fragen.

Er fand den Mann, von Regalen voller Lehrbücher umgeben, an einem Schreibtisch sitzend vor, der mit Zetteln und Ordnern vollgestellt war. Die Tür stand einen Spaltbreit offen.

Professor Everson hatte eine Glatze, eingefallene Augen und hervorstehende Wangenknochen, die ihn abgemagert aussehen ließen. Aber seine Augen blickten scharf. Aufmerksam und argwöhnisch.

„Agent Kincaid?“

Hunt nickte und betrat das Zimmer. „Professor Everson.“

Sie gaben sich die Hand.

„Sie sind wegen Cindy hier.“ Der Professor hing in seinem Stuhl. „Ich kann nicht glauben, was passiert ist. So ein schrecklicher Verlust. Bitte, setzen Sie sich.“ Er presste die Lippen zusammen und blickte auf seinen Schreibtisch.

Riss er sich zusammen? Oder verbarg er etwas?

Hunt setzte sich und ließ den Professor den Anfang machen. Manchmal stellte Hunt seine Autorität zur Schau, manchmal hielt er sie im Zaum. Was auch immer die besten Ergebnisse erzielte.

„Können Sie mir sagen, wie sie gestorben ist?", fragte der Professor.

„Ich fürchte, zum jetzigen Zeitpunkt kann ich keine Einzelheiten bekannt geben."

Der Professor runzelte die Stirn, und seine buschigen Augenbrauen formten eine einzige, kräftige Linie. „Sie war eine wundervolle junge Frau. Hochintelligent, fleißig, engagiert. Ich kann nicht glauben, dass sie tot ist. Ich habe noch vorgestern mit ihr telefoniert, und sie hat erzählt, dass die Arbeit fertig zur Abgabe wäre." Seine Finger ballten sich zu Fäusten, dann öffneten sie sich wieder.

„Sie waren in Nashville?"

Der Professor nickte. „Eine Konferenz der NAMS. Ich war für ein paar Jahre Präsident der Gesellschaft, also versuche ich immer, hinzufahren und sie zu unterstützen. Es ist eine kleine Konferenz, aber eine sehr kollegiale Atmosphäre."

„Es gibt auch unkollegiale Konferenzen?", fragte Hunt plaudernd.

„Das kann ich Ihnen aber sagen." Das Knie des Professors hüpfte in einem nervösen Rhythmus auf und ab. „Darf ich fragen, warum das FBI in Cindys Tod involviert ist?"

„Woran hat Cindy gearbeitet?", fragte Hunt anstelle einer Antwort.

Der Professor stand auf und schloss die Tür. „Diese Information ist ein wenig heikel."

„Ich werde Ihre wissenschaftlichen Geheimnisse nicht verraten, Professor Everson."

Everson setzte sich wieder, und Hunt wartete, dass er zu reden begann, den Bleistift über seinem Notizblock gezückt.

Der Professor räusperte sich. „Wir haben die ganze Sache hinter dem Berg gehalten. Cindy hat einen neuen Impfstoff gegen Anthrax entwickelt. Einen Impfstoff, der das Fachgebiet revolutionieren könnte."

Hunt war überrascht. Seiner Unterhaltung mit Jez vom CDC nach zu urteilen, hatte Cindy ihre Arbeit nicht einmal vorgestellt. „Warum so eine große Geheimniskrämerei?"

Der Professor rutschte unruhig auf seinem Stuhl herum und schnaubte. „Diese Arbeit hat weitreichende Konsequenzen."

Hunt stellte sich dumm. „In welchen Bereichen zum Beispiel?"

Der Professor zuckte mit den Achseln. „Medizin. Forschung. Militär. Terrorismus."

Aus irgendeinem Grund musste Hunt daran denken, wie Pip den schwarzen Wagen beschrieben hatte, der sie, wie sie sagte, fast von der Straße abgedrängt hatte.

Der Mund des Professors verzog sich zynisch. „Wir wurden angewiesen, nicht darüber zu sprechen."

„Wer hat Sie angewiesen?"

„Die Universität. Sie wird die Gelder, die durch das Patent und die Rechte an geistigem Eigentum generiert werden, mit mir und Ms. Resnick teilen. Uns wurde verboten, die Ergebnisse oder die Herstellungsmethode mit unseren Kollegen zu besprechen, bis Cindys Arbeit bereit zur Abgabe war, da bis zu diesem Zeitpunkt die Patente erteilt wären." Seine Stimme wurde leiser, als ob jemand mithören würde. „Sie wollten nicht, dass jemand unsere Methode stiehlt."

Hunt hob fragend das Kinn. „Passiert das öfter?"

Everson schüttelte den Kopf. „Überhaupt nicht. Wissenschaftliche Forschung und Durchbrüche hängen von geteiltem Wissen ab. Aber ihre Idee war so unglaublich, so einfach ..."

„Cindys Idee?"

„Ja. Ja. Ich habe nie etwas anderes behauptet." Everson nickte. „Ich war dabei, mich auf den Ruhestand vorzubereiten, und diese Doktorandin kommt mit einer Idee zu mir, die sie besprechen wollte. Ich dachte, ich würde ihr einen Gefallen tun, es mir anzuhören, wollte ihr unter die Arme greifen und ihr Vorgehen bei den Experimenten korrigieren." Seine Augen wurden groß. Seine Arme gestikulieren lebhaft. „Ihre Idee hat mich umgehauen. Sie hat ein paar Tests durchgeführt, und als uns klar wurde, was wir da in der Hand hatten, bin ich zur Abteilung für geistiges Eigentum gegangen, weil ich weitere Institutionen mit an Bord holen wollte, um mehr Mittel zu generieren und klinische Tests durchführen zu können. Stattdessen haben sie uns förmlich geknebelt." Verbitterung schwang in seinen Worten mit.

„Was ist mit Redefreiheit und ,Publiziere oder stirb' und all diesen Dingen?"

Der Professor schüttelte den Kopf. „Entweder man lernt, mit der Verwaltung zusammenzuarbeiten, oder man ist ganz schnell wieder weg hier."

Die gleichen Ideale galten für das FBI.

„Wie viel ist Cindys Idee also wert? Was würden Sie sagen?"

Eversons Augen funkelten. „Millionen."

Hunt musste skeptisch ausgesehen haben.

„Wer ist der größte Abnehmer von Anthrax-

Impfstoffen?“, fragte der Professor.

„Das Militär.“

„Und während eines Konflikts? Steigt der Bedarf für Impfstoffe überproportional an. Außerdem könnte ihre Idee auch für Impfstoffe gegen andere Krankheiten funktionieren, obwohl das nur eine Mutmaßung ist. Das Patent ist für die Universität also potenziell Millionen wert. Hunderte von Millionen.“

Genug, um Cindy umzubringen?

„Wir haben zugestimmt, keines unserer Ergebnisse zu veröffentlichen, bis alle vorbereitenden Arbeiten für Cindys Promotion abgeschlossen sind, und sie die Arbeit einreicht.“ Der Professor sah verärgert aus. „Ich verstehe, warum die Universität so gehandelt hat. Sie müssen einen Betrieb am Laufen halten. Aber sie haben Cindy Erfahrungen vorenthalten, die sie als Doktorandin eigentlich haben sollte. Und jetzt wird ihr niemals die Anerkennung zuteilwerden, die sie verdient hat.“

„Also weiß niemand anderes von ihrer Entdeckung?“

Der Professor schüttelte den Kopf.

„Keine Kollegen oder Freunde?“

„Niemand.“ Der Professor klang entschieden. „Nur Cindy und ich und die Leute in der Abteilung für geistiges Eigentum und dem Patentamt. Sie haben uns eine Vertraulichkeitsvereinbarung unterschreiben lassen, die uns in den Ruin getrieben hätte, wenn wir sie verletzt hätten, aber keiner von uns beiden wollte in unserer Entdeckung überholt werden.“

„Haben Sie jemals eine ihrer Freundinnen kennengelernt, Pip West?“, fragte Hunt.

Everson nickte. „Bei der Beerdigung von Cindys Familie. Dunkle Haare, hübsches Ding. Ich weiß, dass sie und Cindy sich nahestanden." Seine Augen wurden schärfer. „Warum? Hat sie etwas mit Cindys Tod zu tun?"

Hunt ignorierte die Frage. „Was passiert mit den Forschungsergebnissen und dem Patent, wenn ein Student die Arbeit nicht einreicht?"

Der Professor kratzte sich am Nacken. „Ich weiß es ehrlich gesagt nicht. Ich werde ihre Arbeit an Peer-Review-Publikationen weiterleiten. Die Einnahmen aus dem Patent fließen an denjenigen, der ihr Erbe ist." Er schluckte angestrengt. „Vermutlich wird es endlose Besprechungen geben, bei denen die Verwaltung versuchen wird, das alles zu ihrem Vorteil hinzubiegen."

Hunt beugte sich vor. „Ist Cindys Tod ein Vorteil für die Verwaltung?"

Der Professor lachte auf. „Ich kann mir nicht vorstellen, dass die Anzugträger aus der Abteilung für geistiges Eigentum einen Auftragsmörder auf Cindy ansetzen. Sie war ihnen lebend vermutlich mehr wert als tot. Vor allem, wenn sie an der Blake University geblieben wäre."

Als er Hunts Gesichtsausdruck sah, richtete sich der Professor gerade auf. „Sagen Sie jetzt nicht, dass jemand sie umgebracht hat."

Sein Ausdruck verwandelte sich von amüsiert zu schockiert, aber Hunt konnte den Kerl nicht richtig einschätzen. Verbarg er etwas oder war er nur unbeholfen in sozialen Situationen?

„Können Sie mir irgendetwas Konkretes über Cindys Arbeit erzählen?"

Der Professor dachte einen Augenblick nach. „Als Ken Alibek in den frühen Neunzigern Moskau verlassen hat, hat er uns einen Einblick verschafft, wie unfassbar rigoros die Russen in Bezug auf ihr Biowaffenprogramm gelogen hatten und wie radikal sie es vorantrieben. Es war erschreckend. In den Laboren wurden Varianten erhitzt, gespalten und gegen traditionelle Impfstoffe resistent gemacht. Es war vermutlich nur die Tatsache, dass keine Impfstoffe zur Verfügung standen, kein Heilmittel, die sie davon abgehalten hat, diese Substanzen als Waffe zu benutzen. Cindys Arbeit hätte das geändert."

Hunt verspürte ein Gefühl des Grauens in sich aufsteigen, als er an die Bandbreite von Gefahren dort draußen dachte, und an die Wichtigkeit der Forschung, die dagegen ankämpfte. „Dieser Impfstoff von Cindy funktioniert sogar bei bislang resistenten Varianten von Anthrax?"

Der Professor holte tief Luft, als ob er überlegte, wie er seine Antwort möglichst einfach formulieren konnte.

Hunt wartete angespannt.

„Wir glauben es, ja. Sie hat einen DNA-Impfstoff entwickelt, bei dem sie das Gen, das den letalen Faktor des Plasmid pX01 enkodiert – auch als die Pathogenitätsinsel des Anthraxmoleküls bekannt – in ein Plasmid inkorporiert hat, mit dem wir dann Mäuse geimpft haben. Wir haben den Impfstoff mit jeder Variante getestet, die wir kriegen konnten". Er wandte den Blick ab, vermied den Augenkontakt. „Natürlich ist es möglich, dass es bei Menschen nicht funktioniert, oder bei bestimmten Varianten – wir hatten noch keine Möglichkeit, klinische Studien durchzuführen." Er schien von dieser Tatsache frustriert zu sein. „Aber weil sie eines der entscheidenden Proteine genutzt hat, das zur Virulenz der Bakterien beiträgt, haben wir die Hypothese aufgestellt, dass es selbst gegen die tödlichsten Varianten wirkt."

Das klang vielversprechend.

War es das wert, dafür zu töten? Hunt würde sagen, dass dem definitiv so wäre.

„Es war nicht nur Cindys Idee, den speziellen DNA-Impfstoff zu entwickeln, sondern ihre Vorgehensweise, die die Herstellungszeit halbiert hat. Ich kann keine weiteren Details besprechen, ohne die IP-Abteilung zu konsultieren."

Wenn Hunt mit einem Durchsuchungsbeschluss zurückkam, konnte ihn die Abteilung für geistiges Eigentum am Arsch lecken.

Der Professor stand auf und stützte die Hände am Fenster ab, während er auf den Campus starrte. „Cindy war eine unglaublich intelligente junge Frau." Er schluckte laut und drehte sich zu Hunt um. „Ihre Technik könnte außerdem die Forschung zu vielen anderen Krankheiten dramatisch beschleunigen, einschließlich Krebs." Die Augen des Mannes strahlten wie Diamanten. „Haben Sie eine Vorstellung, wie riesig das ist?"

Hunt nickte. „Krebs heilen. Schon klar." Das waren Nobelpreis-Ligen. Und die führende Forscherin war tot, nachdem sie mit Fentanyl verschnittenes Kokain gezogen und dann mitten in der Nacht schwimmen gegangen war.

Aber vielleicht kam dem Professor das nur zugute. Jetzt musste er den Ruhm nicht mehr teilen.

„Können Sie mir ihr Labor zeigen?", fragte Hunt.

Der Professor lachte überrascht auf. „Von außen gibt es da nichts zu sehen und es gibt eine strenge Vorschrift, wer dort hineindarf. Wir sind gerade in ein neues Gebäude umgezogen…"

„Das ist mir klar. Professor Spalding hat mir gestern einige der neuen Labore gezeigt." Hunt gab sich nicht die Mühe, ihm zu erklären, dass er der ABC-Waffen-Koordinator war, stattdessen ließ er Everson an der Information kauen, dass er schon mit seiner Chefin gesprochen hatte. Hunt konnte Anthrax nicht von Hefezellen unterscheiden, also gab es keinen Grund, auf einem Besuch im Labor zu bestehen – noch nicht. „Protokollieren Sie, wer das Labor betritt, um mit Anthrax zu arbeiten?"

Der Professor nickte.

„Ich würde diese Protokolle gerne sehen. Auch die für das alte Labor."

„Was hat das mit Cindys Tod zu tun?"

Hunt starrte den Mann wortlos an.

Everson räusperte sich. „Die Sekretärin der Fakultät wird Ihnen eine Kopie geben können."

„Ich brauche außerdem eine Kopie von Cindys Doktorarbeit. Ich nehme an, die haben Sie?"

Der Professor schüttelte den Kopf. „Das ist leider nicht möglich. Haben Sie nicht gehört, was ich über die Beschränkungen gesagt habe?"

„Ich untersuche den Tod einer jungen Frau. Ich kann auch einen richterlichen Beschluss besorgen, wenn es Ihnen das leichter macht?"

Dieses Mal gab der Professor nicht nach. „Das werden Sie tun müssen. Ich werde nicht zulassen, dass diese Arbeit in irgendeiner FBI-Akte landet und jeder in der Regierung sie lesen kann. Nicht, ohne zuvor durch die offiziellen Kanäle zu gehen." Eversons Kiefer spannte sich an und seine Augen wurden schmal. „Was ist mit Cindys Computer? Darauf muss es eine Kopie geben. Wo ist der?"

„Wenn Ihnen noch irgendetwas einfallen sollte, rufen Sie mich an." Hunt stand auf und reichte dem Professor seine

Visitenkarte mit allen Kontaktdaten. „Meine Kollegen melden sich bei Ihnen."

Der Professor runzelte die Stirn und blickte auf die Visitenkarte. Er war eindeutig verstimmt. „Was ist mit Cindy?"

Hunt verstand die Frage nicht. „Was soll mit ihr sein?"

„Naja, wie ist sie gestorben?", fragte der Professor ungeduldig.

„Ich fürchte, ich kann zu einer laufenden Ermittlung keine Aussagen machen, Professor." Hunt ging zur Tür.

„Laufende Ermittlung?"

Hunt presste die Lippen zusammen und nickte. Die Analysten der Sondereinheit würden jede Bewegung dieser Leute in der Folge von Cindy Resnicks Tod beobachten, und hoffentlich würde sich der Biowaffenhersteller verraten. Hunt hoffte nur, Pip West würde den wahren Grund, weshalb das FBI noch immer an Cindys Tod interessiert war, nicht herausfinden.

SIEBTES KAPITEL

P IP GING IN ihrem winzigen Motelzimmer in Allatoona auf und ab und wartete darauf, dass der Mechaniker ihr Auto vorbeibrachte. Die Werkstatt hatte eine komplette Inspektion und einen Ölwechsel vorgenommen, und auch wenn der Honda keinen Schönheitswettbewerb mehr gewinnen würde, sollte er sie dennoch wieder an ihr Ziel bringen.

Eilig griff sie nach ihrem Handy, als es klingelte. Sie hoffte immer noch, jemand würde ihr sagen, dass das alles nur ein riesiger Fehler war, irgendein düsterer, gemeiner, schrecklicher Scherz.

„Ms. West? Hier spricht Adrian Lightfoot. Cindy Resnicks Anwalt.“

Wie hatte er ihre Nummer herausgefunden? Pip hatte es vermieden, ihn anzurufen. Hatte ignoriert, was Kincaid ihr gesagt hatte, weil es einfach zu verdammt wehtat.

„Vielleicht erinnern Sie sich an mich? Wir sind uns begegnet, nachdem Cindys Eltern und ihr Bruder umgekommen sind?“ Es lag eine erzwungene Heiterkeit in seiner Stimme, die aber die darunterliegende Anspannung nicht verbergen konnte.

Er war nicht besonders alt. Anfang vierzig. Filmstar-Aussehen. Er war der Sohn des früheren Anwalts von Cindys Vater, und Cindy hatte oft gescherzt, dass er für einen Anwalt viel zu heiß war.

Pips Magen zog sich schmerzhaft zusammen, und sie ließ sich auf die durchgelegene Matratze sinken. Sie vermisste Cindys Mutter, ihren Vater und den kleinen Bruder mehr als ihr eigenes Blut. Und jetzt würde sie auch Cindy vermissen müssen. Das Leben war wirklich nicht fair.

Ihr Mund fühlte sich ausgetrocknet an, und ihre Stimme klang heiser. „Ich erinnere mich."

Es entstand eine lange Pause, als ob er nicht sicher wäre, wie er weiter vorgehen sollte. „Ich weiß, dass das eine schwierige Zeit für Sie ist. Bin ich richtig informiert, dass sie Cindy gefunden haben?"

„Das ist richtig."

Er räusperte sich. „Es tut mir so leid. Das muss schrecklich gewesen sein. Die Behörden sagen mir nicht, wie sie gestorben ist, außer, dass es kein Selbstmord war und dass es nicht nach Fremdeinwirkung aussieht …"

Schweigen erfüllte die Luft, aber Pip wusste nicht, was sie sagen sollte. Auch für sie ergab nichts von alldem Sinn.

„Nun ja", fuhr er nach einem verlegenen Moment der Stille fort. „Die Sache ist die, nachdem Cindys Eltern gestorben waren, hatte ich sie angehalten, ein Testament aufzusetzen. Sie hatte behauptet, dass sie keine Zeit dafür hätte und ohnehin alles Ihnen vererben würde. Ich habe ihr gesagt, dass sie das schriftlich festhalten muss, oder Sie würden keinen Cent davon zu sehen bekommen."

Pips Fingernägel schnitten in ihre Handflächen. Kincaid hatte ihr die Wahrheit gesagt. Sie war jetzt vermutlich eine wohlhabende Frau, und das verdankte sie diesem Mann und Cindys vorzeitigem Tod.

Sie wollte es nicht. Sie wollte nichts davon. Sie wollte nur ihre Freundin zurückhaben.

„Es wird eine gerichtliche Testamentseröffnung geben, aber wenn Sie heute in mein Büro kommen könnten und ein paar Dokumente unterzeichnen, kann ich die Dinge ins Laufen bringen, um Cindys Konto und dergleichen zu überschreiben. Bevor Sie wieder zurück nach Florida müssen."

Pip sank in sich zusammen, fragte sich, ob man vor Trauer sterben konnte. Es tat so verdammt weh.

„Oder ich kann zu Ihnen kommen, wenn es das einfacher macht." Er klang aufgewühlt. „Wo wohnen Sie?"

Pip starrte benommen auf den fleckigen Teppich. „Gerade bin ich in einem miesen Motel und hoffe immer noch, dass das alles nur ein furchtbarer Albtraum ist. Ich bin weg aus Florida. Ich wollte bei Cindy wohnen, bis ich herausgefunden habe, was ich als Nächstes tun soll." Ihre Zunge fühlte sich dick und trocken an. Ihre Augen, als ob etwas mit scharfen Krallen an ihnen kratzen würde.

„Was halten Sie davon, wenn ich in der Innenstadt ein Hotelzimmer für Sie buche und die Dokumente heute Nachmittag dort vorbeibringe?"

„Ich habe kein Geld für ein Hotel." Ihr ehemaliger Arbeitgeber schuldete ihr noch das Gehalt des letzten Monats, aber das würde sie erst Ende der Wochen erhalten. Sie könnte ihre Kreditkarte benutzen, aber sie hasste es, Geld auszugeben, dass sie nicht hatte.

„Die Rechnung kann über den Nachlass gedeckt werden, bis Sie in Cindys Haus einziehen können. Ich weiß, dass Sie es erhalten werden."

Der Gedanke, Cindys Geld auszugeben, widerstrebte ihr, ebenso wie die Vorstellung, ohne sie in ihr Haus einzuziehen. Aber die Vorstellung, es zu verkaufen, war noch schlimmer. Sie fühlte sich gefangen. Benommen. Schock und Trauer machten sie unfähig, Entscheidungen zu fällen, die sie für gewöhnlich ohne Probleme treffen konnte.

Pip schob sich eine Haarsträhne aus dem Gesicht und etwas drängte sich in ihre Gedanken. „Ich muss Cindys Beerdigung organisieren."

„Das können wir heute Nachmittag besprechen. Würde es passen, wenn wir uns um sechs treffen? Ich schicke Ihnen die Details des Hotels …"

„Okay", erwiderte sie unsicher. Was sollte sie auch sonst tun?

„Fahren Sie vorsichtig." Lightfoot legte auf.

Pips Beine zitterten. Eine frische Flut von Tränen brach hervor, und sie wollte sich am liebsten unter der Bettdecke verkriechen und eine Woche durchschlafen.

Ein Klopfen an ihrer Tür ließ sie aufspringen. Sie schaute auf das Display des Digitalweckers. Drei Minuten nach elf. Sie hätte um elf auschecken sollen.

Vor ihrer Tür stand ein Mann mit einem Formular zum Unterschreiben und einem Kreditkartenleser. Er hielt ihr ihre Autoschlüssel hin.

Nachdem er wieder gegangen war, griff sich Pip ihre Handtasche und den Karton mit ihren Computersachen und brachte ihn raus in ihr Auto. In den wenigen Sekunden, die sie ihr Zimmer verlassen hatte, war schon das Zimmermädchen hinein gehuscht und hatte begonnen, das Bett abzuziehen.

Pip hielt einen Moment inne, schaute der Frau beim Arbeiten zu.

Es war albern, sich ungewollt zu fühlen, so als ob ihr Leben außer Kontrolle geraten war, nur weil ein Zimmermädchen ihrer Arbeit nachging, aber …

Genug jetzt.

Adrian Lightfoot zu treffen würde der erste Schritt sein, eine angemessene Trauerfeier für ihre Freundin zu organisieren. Sie hatte viel zu tun. Leute zu kontaktieren. Einzelheiten zu klären. Cindy war das Geld oder sogar das Haus egal. Nicht egal war es jedoch, dass die Polizei Cindy für dumm genug hielt, an einer Überdosis zu sterben.

Pips Fachgebiet war es, die Wahrheit herauszufinden.

Sie ging zurück in ihr Zimmer und sammelte höflich ihre letzten Sachen zusammen, dann ließ sie dem Zimmermädchen ein Trinkgeld da. Sie setzte sich in ihr Auto, und ihre Finger krallten sich um das Lenkrad, während ihre journalistischen Instinkte sich langsam aus der Benommenheit der Trauer erhoben. Kincaid hatte ihr erzählt, dass er nicht davon ausging, dass Cindys ermordet worden war, aber trotzdem ermittelte das FBI noch immer. Kincaid hatte behauptet, es wäre Routine, weil Cindy mit Anthrax gearbeitet hatte.

Seine Erklärung klang nicht ganz plausibel, und wenn die Dinge nicht plausibel klangen, waren sie in der Regel Bullshit.

Pip musste herausfinden, was ihrer Freundin wirklich zugestoßen war und warum diese Sache so interessant für das FBI war. Und eines war verdammt sicher, nämlich dass FBI-Agent Kincaid ihr eher seine unsterbliche Liebe erklären würde, als sie auf dem Laufenden zu halten.

Also würde sie es eben auf eigene Faust erledigen. Das FBI konnte sie mal.

ES WAR FRÜHER Nachmittag, als Hunt zu dem kleinen, privaten Forschungslabor fuhr, das sich am Rand von North Druid Hills befand, etwa fünfzehn Minuten vom neuen FBI-

Büro von Atlanta und nur fünf Minuten vom CDC entfernt.

Das Hauptgebäude der Universal Biotech Ltd. bestand aus verspiegeltem Glas, mit Solarplatten auf dem Dach. Es vermittelte einen aalglatten Eindruck und jede Menge blendende Einschüchterung.

Kincaid nannte am Pförtnerhäuschen seinen Namen, dann lenkte er seinen Seniorenbuick auf den überwachten Parkplatz und hielt zwischen einem Audi A8 und einem Mercedes-Benz CLS an.

Er stieg aus dem Auto, nahm seine Sonnenbrille ab und ließ seinen Blick auf die sonnengebleichte, blaue Karre auf der anderen Seite des Parkplatzes fallen.

Pip Wests heruntergerockter Honda.

Was zum Teufel machte sie hier?

Er schüttelte den Kopf, schloss sein Auto ab und ging auf das Gebäude zu.

Die Hitze flimmerte über dem frischen Asphalt und drang durch die Sohlen seiner Schuhe. Wenn das April war, würde Juli ein Barbecue in der Hölle werden.

Seine Reflexion in der verspiegelten Tür zeigte ihm seinen eindeutigen Schlafmangel und zu viel Koffein während der letzten sechsunddreißig Stunden. Er setzte die Sonnenbrille wieder auf und rieb sich das Kinn. Wenigstens hatte er es geschafft, sich auf dem Weg hierher zur rasieren. Hoover weilte vielleicht nicht mehr unter ihnen, aber es gab einfach definitive Standards, was das Erscheinungsbild von Agenten im Außendienst anging.

Noch ein Grund, sich bei der Geiselbefreiungseinheit zu bewerben. Es nervte, sich jeden Tag rasieren zu müssen.

Im Inneren des Glas- und Chromgebäudes schlug ihm ein willkommener Strom eisiger Luft entgegen. Und der unwillkommene Anblick von Pip West in den Armen eines anderen Mannes.

Ein Blitz von etwas Störendem und Unangenehmem schoss durch ihn hindurch.

Der Kerl schien etwa so alt zu sein wie sie, Ende zwanzig, einsdreiundachtzig, sechsundachtzig Kilo, zu lange schwarze Haare und eine Brille mit dünnem Metallrahmen. Ein Möchtegern-Hipster, was neben Emos Hunts verhasstester Schlag war. Der Mann trug einen dunkelblauen Anzug mit einem weinroten T-Shirt und schwarzen Converse ohne Socken, und umarmte Pip West wie eine Python eine Ziege.

Und Pip West …

Heilige Scheiße.

Der Seitenanblick war spektakulär.

Sie hatte Make-up aufgelegt, das die dunklen Schatten unter ihren Augen vertuschte und ihrer Haut ein leichtes Strahlen verlieh. Ihre Augen sahen größer aus, dunkler, und ihre Lippen waren blutrot, auf eine Art und Weise, die eindeutig unprofessionelle Gedanken in ihm hervorrief. Ihre langen Haare waren zu einem seidigen Knoten hochgesteckt, sodass ihr Nacken frei lag, bis auf die ein oder andere störrische Strähne ihres weichen Haars. Sie trug nun nicht mehr die alte Jeans und das T-Shirt, sondern einen eng anliegenden Rock, der einen einwandfreien Hintern umhüllte, darüber eine geblümte Bluse, die so an ihrer schmalen Taille und ihren vollen Brüsten hing, dass er am liebsten die Hand danach ausgestreckt hätte. Sein Mund wurde trocken. Ihre Highheels hatte er zuletzt im Fußbodenraum ihres Autos gesehen. In den falschen Händen wären sie eine tödliche Waffe. Er war nicht überzeugt davon, dass ihre nicht die falschen Hände waren.

Reiß dich zusammen, Kincaid.

Hunt stand stumm da, bis die beiden ihre rührende Darstellung beendet hatten. Dann löste sich Pip aus der klammernden Umarmung des Kerls und wandte sich halb zu ihm um, tat so, als ob sie Hunt gerade erst entdeckt hätte, aber er war sich ziemlich sicher, dass ihr seine Anwesenheit bewusst gewesen war, seit er durch die Tür spaziert war.

Oder vielleicht war es auch nur sein Ego, welches ihm das einredete.

Er neigte den Kopf zur Seite und zog eine Augenbraue hoch, erwartete, dass sie ihn grüßen würde. Stattdessen ignorierte sie die Fragen in seinen Augen und rauschte an ihm vorbei, als ob sie ihn noch nie im Leben gesehen hätte. Ein Anflug von Empfindung wusch über seine Haut, als ihr Arm federleicht den seinen streifte. Dann drückte sie die blitzblank polierte Eingangstür auf und verließ das Gebäude.

Was hatte sie vor? Er würde es später herausfinden.

Hunt trat einen Schritt vor, schnitt der Assistentin den Weg ab, die fünf Sekunden zu spät reagiert hatte. Hunt würde hier nicht verschwinden, bevor er nicht das erfahren hatte, weshalb er hergekommen war.

„Mr. Dexter?" Er erkannte den Kerl von der Webseite der Firma wieder. Cindy Resnicks ehemaliger, langjähriger Freund.

Die Augen des Manns waren rot, als ob er geweint hätte. Kincaid empfand automatisch eine Abneigung gegen den Kerl und redete sich ein, dass es nichts mit dessen grapschenden Händen zu tun hatte.

„Doktor Dexter, um genau zu sein." Dexters selbstironisches Kichern wirkte für Hunt wie Fingernägel auf einer Schiefertafel.

„Genau der Mann, nach dem ich gesucht habe." Hunt ignorierte die Korrektur. „Ich bin Special Agent Kincaid vom Federal Bureau of Investigation. Ich muss einen Augenblick Ihrer Zeit in Anspruch nehmen."

„Tut mir leid." Dexter rieb sich die Augen. „Es ist gerade schlecht …" Dexter warf der Assistentin einen verzweifelten Blick zu, die den Mund aufklappte und versuchte, wieder die Oberhand zu gewinnen.

„Ich hatte einen Termin vereinbart, um mit Ihrer Assistentin zu sprechen. Ms Grantham?" Er nickte der Rothaarigen zu. „Sie hat mich darüber informiert, dass Sie heute Nachmittag nicht im Büro wären." Hunt lächelte die junge Frau an, die versuchte, sich zu Wort zu melden. „Scheinbar haben sich Ihre Pläne geändert."

Dexter rieb sich die Stirn, als ob es nur eine nebensächliche Unannehmlichkeit wäre, vom FBI befragt zu werden. „Ich …"

„Ich fürchte, Dr. Dexter hat gerade von einem schrecklichen Verlust erfahren", meldete sich Ms. Grantham schließlich zu Wort, „und wird heute nicht mit Ihnen sprechen können, Agent Kincaid. Wir können nach einem Termin für morgen schauen …"

„Es wird nicht lange dauern." Hunt sollte sich eigentlich schämen, den Tod einer Frau zu benutzen, um den Fuß in die Tür einer privaten Firma zu bekommen, aber es war eine perfekte Gelegenheit, die er sich nicht entgehen lassen würde. McKenzie war ganz heiß auf diese Informationen gewesen, als er herausgefunden hatte, wo Cindy Resnicks Ex arbeitete.

Die perfekte Gelegenheit.

Dexter atmete stockend aus, dann schluckte er angestrengt. „Es ist in Ordnung, Bea. Ich will nicht die kostbare Zeit des FBI verschwenden. Kommen Sie mit, Mr. Kincaid. Ich kann fünf Minuten meiner Zeit entbehren."

Hunt ignorierte die Unterschlagung seines Titels von einem Mann, der offensichtlich auf seinem Titel bestand. Hunts Waffe, seine Handschellen und seine Befugnis zur Verhaftung funktionierten einwandfrei, unabhängig davon, wie er angeredet wurde.

Er warf einen Blick auf die makellosen, glänzenden Fliesen und die noblen, gerahmten, monochromen Fotografien, die den Flur säumten. An der Decke brannten LED-Lampen, aber am Ende des Korridors fiel Tageslicht durch ein Fenster herein. Sie betraten den Aufzug, aber Dexter sagte kein Wort. Er ließ die Schultern hängen. Sein Ausdruck war düster. Als ob er wirklich gerade jemanden verloren hätte, der ihm etwas bedeutet hatte.

Sie gingen einen weiteren, langen Korridor entlang. Hunt sah keine Hinweisschilder für Labore oder Warnschilder für Biogefahren.

Dexter schloss die Tür zu seinem Büro auf – interessant, dass er sie in seinem eigenen Gebäude abschloss – und winkte Hunt hinein.

Der Doktor ließ sich in einen Stuhl neben einem Schreibtisch fallen, auf dem keinerlei Papiere lagen. Der Computer war nicht an. An der Wand hingen zwei nichtssagende Bilder.

Nicht das Büro des CEO, erkannte Hunt. Vielleicht gehörte es einem Mitarbeiter, der schon Feierabend gemacht hatte, oder es stand für einen zukünftigen Angestellten leer. Oder es war das Büro, in dem sie Bewerbungsgespräche durchführten? Nichtsdestotrotz, es erregte Hunts Argwohn. Warum wollte Dexter nicht, dass er sein Büro sah? Was verheimlichte er?

„Bitte, setzen Sie sich, Mr. Kincaid."

„Agent Kincaid." Diesmal korrigierte Hunt ihn. „Ich nehme an, Sie haben von Cindy Resnicks Tod gehört?"

Ein Funken des Zorns entzündete sich in Pete Dexters braunen Augen. „Ihre beste Freundin, Pippa West, ist vorbeigekommen und hat es mir erzählt. Das war die Frau, mit der ich in der Lobby gesprochen habe. Es ist ein ziemlicher Schock, ehrlich gesagt."

Die Tatsache, dass Dexter Pip West „Pippa" nannte, machte Hunt unverhältnismäßig selbstgefällig. „Können Sie mir sagen, in was für einer Beziehung Sie zuletzt zu Ms. Resnick standen?"

„Wir waren zwei Jahre zusammen, aber wir haben uns kurz vor Weihnachten getrennt."

„Danach hatten Sie nichts mehr mit ihr zu tun?"

Dexter zuckte zusammen. „Wenn Sie wollen, dass ich mich Scheiße fühle, das haben Sie geschafft." Der Mann sah ehrlich bestürzt aus.

„Wann haben Sie Cindy das letzte Mal gesehen?" Hunt zog seinen Notizblock hervor, was Dexter misstrauisch beäugte.

Der Kerl rollte seine Schulter aus. Er trug eine Kette mit einem Haifischzahn um den Hals. „Am Tag, als sie mit mir Schluss gemacht hat. An das exakte Datum kann ich mich nicht erinnern." Er rief den Kalender auf seinem Handy auf. „Hier. Zwölfter Dezember. Scheiße." Er rieb sich die Augen. „Vor mehr als vier Monaten." Er schluckte schwer. „Wir waren in ihrem Haus am See."

„Warum haben Sie sich getrennt?"

„Ist das wirklich Sache des FBI?"

„Ich versuche nur herauszufinden, was Ms. Resnick zugestoßen ist."

„Warum?"

„Warum?", erwiderte Hunt neugierig.

„Das FBI ermittelt doch für gewöhnlich nicht bei einer Überdosis, oder etwa doch?", Dexter ballte die Fäuste.

Hunt hob fragend eine Augenbraue.

„Pippa hat es mir erzählt", gestand Dexter. „Sie wollte wissen, ob ich jemals gesehen hätte, dass Cindy Drogen nahm, als wir noch zusammen waren."

Also forschte sie tatsächlich auf eigene Faust nach. Mischte sich in seine Ermittlung ein und steckte ihre Nase in Dinge, in denen sie nichts zu suchen hatte. Verdammt. „Sind Sie eng mit Ms. West befreundet?"

Dexter zuckte mit den Schultern. „Ich würde nicht sagen, eng befreundet."

Unten in der Lobby hatte Dexter allerdings verdammt freundlich ausgesehen.

„Sie war Cindys Vertraute, nicht meine. Sie haben immerzu miteinander gesprochen. Anfangs war ich eifersüchtig. Ich glaube, Cindy hat Pippa mehr geliebt als mich. Ich schätze, das ist jetzt mehr als offensichtlich. Es hat mich überrascht, dass Pippa hier vorbeigekommen ist, aber ich bin ihr dankbar dafür. Ich nehme an, sie hat erkannt, dass ich lange Zeit eine wichtige Rolle in Cindys Leben gespielt habe."

„Warum haben Sie sich getrennt?" Hunt ließ nicht locker.

Dexter schaute aus dem Fenster und eine leichte Röte legte sich über seine gespenstisch blassen Wangen. „Sie hat herausgefunden, dass ich mit einer anderen Frau geschlafen habe."

„Sie haben sie betrogen?"

Dexters Mund wurde schmal, als er diese direkten Worte hörte. „Ja."

„Mit wem?"

Dexter hielt seinem Blick stand. „Das würde ich lieber nicht sagen. Wir waren betrunken und sind im Bett gelandet. Ich habe Cindy geliebt." Wieder ballte er seine Hände zu Fäusten.

Hunt verbarg seine Skepsis nicht. Ein Mann, der verliebt war, betrog niemanden. „Wie hat Cindy es herausgefunden?"

„Ich habe es ihr erzählt. Bescheuert." Dexter lachte angespannt auf. „Die Schuldgefühle haben mich fast aufgefressen. Ich wollte ihr einen Heiratsantrag machen, aber ich hatte das Gefühl, ihr erst die Wahrheit sagen zu müssen. Ich hätte meinen blöden Mund halten sollen. Dann wäre sie womöglich noch am Leben." Er lächelte verbittert. „Sie hat meinen Fehler nicht gerade verständnisvoll aufgenommen."

„Intelligente Frauen werden nicht gerne verarscht."

„Und sie war intelligent." Dexter sah ihn mit ernsten, braunen Augen an. „Sie war der intelligenteste Mensch, dem ich je begegnet bin."

Das bekam Hunt ständig zu hören, aber es fiel ihm schwer, das zu glauben. Gebildet vielleicht. „Wo haben Sie sich kennengelernt?"

„Auf der Graduiertenschule. Wir hatten denselben Doktorvater."

Das war neu.

„Ich war im letzten Jahr, als sie angefangen hat, also haben sich unsere Wege kaum gekreuzt. Aber ich habe mich direkt bei unserer ersten Unterhaltung in sie verliebt. Prionen. Sie war perfekt für mich."

„Bis Sie in einer betrunkenen Aktion eine andere Frau

flachgelegt haben."

Dexter nahm einen Bleistift in die Hand und krallte seine Finger darum. Die Muskeln in seinem Kiefer spannten sich vor unterdrückter Wut an. „Ich habe einen Fehler gemacht, den ich für den Rest meines Lebens bereuen werde. Warum interessiert Sie das überhaupt so?"

Möglicherweise weil Dexter seine beschissenen Finger nicht von Pippa West hatte lassen können, als Hunt sie in der Lobby gesehen hatte. Nicht, dass das wirklich wichtig war. Nicht, dass es wichtig sein sollte.

„Wissen Sie, woran Cindy gearbeitet hat?"

„Ja und nein. Wir haben über Grundsätzliches gesprochen, aber die Einzelheiten hat sie nie mit mir besprochen."

„Das muss geschmerzt haben. Eine Seelenverwandte zu finden, die Ihnen intellektuell ebenbürtig war, die aber ihre Arbeit nicht mit Ihnen geteilt hat?"

Dexter schaute ihn nur stumm an. „Es war ihr von der Universitätsverwaltung untersagt worden, darüber zu sprechen." Er streckte die Hand aus und deutete auf das Gebäude, das sie umgab. „Ich leite eine private Biotech-Firma. Ich kann verstehen, warum sie diese Grenze nicht überschritten hat."

„Sie hätten ihre Ergebnisse benutzt?"

„Um tödliche Krankheiten zu heilen?" Dexter presste die Lippen zusammen. „Ja, allerdings."

Das wäre womöglich ehrenwerter, wenn der Kerl nicht den protzigen Audi fahren würde, der auf dem Parkplatz stand.

„Was genau stellen Sie hier her?" Hunt hatte sich die Webseite angeschaut. Er wusste genau, was sie herstellten.

„Impfstoffe."

Hunt neigte den Kopf zur Seite. „Dieselben wie Cindy?"

„Es sollte Sie nicht derart überraschen, dass wir beide an der Erforschung von Impfstoffen interessiert sind, wenn man bedenkt, wo wir uns kennengelernt haben." Verachtung färbte seine Stimme. „Die Doktoranden an der Blake University sind eine gesellige Truppe. Wir haben viel Zeit miteinander verbracht."

„Haben Sie auch zu Anthrax geforscht?", fragte Hunt.

„Ja, wir haben neue Impfstoffe entwickelt. Außerdem gegen HIV, Grippe und Prionen." Dexter klang defensiv. „Wissen Sie, was ein Prion ist?"

„Ehrlich gesagt", Hunts ungezähmtes Grinsen stand so vermutlich nicht im FBI-Handbuch, „tue ich das, ja. Ich hätte es erwähnen sollen. Ich bin auch der neue ABC-Waffen-Koordinator des FBI-Büros von Atlanta. Ich vertrete Rose Geddy, während sie im Mutterschutz ist. Ich wüsste es sehr zu schätzen, wenn Sie mir eine Tour durch Ihre Anlage geben könnten."

„Natürlich." Dexter machte seine Schultern gerade, war plötzlich deutlich beflissener. „Ich bitte Simon, dass er Sie anruft und einen Termin ausmacht."

„Simon?"

„Simon Corker. Einer meiner Geschäftspartner, der für die PR zuständig ist und sich um die Verwaltung kümmert. Ich selbst verbringe den Großteil meiner Arbeitszeit im Labor. Er ist heute allerdings nicht im Haus."

„Wie viele Geschäftspartner haben Sie?"

„Simon und noch eine Wissenschaftlerin, Angela Naysmith. Sie kommt auch von der Blake."

„Sie decken eine große Bandbreite an Spezialgebieten ab."

„Es gibt noch weitere Virologen, die für uns

arbeiten." Dexter sah defensiv aus. „Wir sind sehr gut in dem, was wir tun."

Hunt musste an das noble Bürogebäude denken. Das war eine verdammt große Investition für jemanden, der erst vor kurzem seinen Doktor gemacht hatte. Hunt würde Libby Hernandez bitten, die Finanzen der Firma zu überprüfen, neben den Milliarden anderer Dinge, die sie noch für ihn erledigen sollte.

„Hat Cindy jemals Drogen genommen, als Sie beide zusammen waren?"

Dexter zuckte zurück, als ob Hunt ihn geohrfeigt hätte. „Nein."

„Nie? Sind Sie sicher?"

„Ich bin mir sicher."

„Und Sie?"

Dexter lachte. „Ich bin Geschäftspartner in einem Multi-Millionen-Dollar-Start-up. Glauben Sie, ich würde einem FBI-Agenten gestehen, dass ich Drogen nehme?"

„Sie würden also lügen?", drängte Hunt.

Dexter blickte ihn zornig an. „Nein."

„Ich habe kein Interesse daran, Ihren Ruf zu schädigen. Ich interessiere mich nur dafür, wie Cindy gestorben ist." Und dafür, diesem Kerl ein bisschen auf den Zahn zu fühlen, damit das SIOC seine Reaktion überwachen konnte.

„Ich verstehe noch immer nicht, warum das FBI in ihrem Tod ermittelt, wenn es eine unbeabsichtigte Überdosis war."

„Weigern Sie sich, meine Frage zu beantworten?"

Dexter sah überrumpelt aus. „Das habe ich nicht gesagt. Ich nehme keine Drogen."

Hunt bemerkte die sorgfältig gewählte Gegenwartsform, beließ es aber vorerst dabei. „Und Sie sind sich absolut sicher, was Cindy angeht?"

Die lange Stille sprach laut und deutlich. „Ich weiß, dass es andere Doktoranden in dem Labor gab, Freunde von Cindy, die Drogen genommen haben. Ich habe nie gesehen, wie Cindy irgendwas angefasst hat, aber ich habe keine Ahnung, was sie gemacht hat, nachdem wir uns getrennt hatten. So, ich habe wirklich viel zu tun, auch wenn ich mir den Tag lieber freinehmen würde." Dexter blickte zur Tür, in der wie von Zauberhand die Assistentin erschien.

Hunt nickte und gab dem Mann die Hand, die kräftig, aber feucht war – Hoover hätte das nicht gutgeheißen. Hunt folgte der Assistentin den Flur hinunter und in den Fahrstuhl. Sie hatte einen strengen Dutt, in dem ein Bleistift steckte.

„Arbeiten Sie gerne hier, Ms. Grantham?"

Ihre Finger legten sich fester um ihr riesiges Handy. „Ja, das tue ich."

„Gut bezahlt?"

Blaue Augen warfen ihm einen Blick zu. „Nicht schlecht."

„Gute Chefs?"

Ihr Ausdruck schien amüsiert. „Ich mag meinen Job, Special Agent Kincaid. Ich mag meine Chefs."

Er fragte sich, ob sie die andere Frau gewesen war. „Haben Sie Cindy Resnick gekannt?"

„Nur flüchtig", antwortete sie. „Ich bin noch nicht lange hier."

„Sie wollen nicht für böses Blut sorgen?"

Ein kokettes Lächeln spielte in ihren Mundwinkeln. „Nicht mal ansatzweise."

Sie kamen am Eingang an und Hunt nickte ihr dankend zu. Er erwartete nicht, dass die nächste Frau, mit der er sprechen wollte, ebenso ehrlich über ihre Intentionen sprechen würde, aber das Letzte, was er gebrauchen konnte, war es, dass eine Journalistin Wind von einer Bioterrorgefahr bekam.

Er musste sicherstellen, dass Pip West ihm keinesfalls in die Quere kam.

Hunt stieg in seinen Dienstwagen und startete den Motor. Vielleicht könnte er Pip gerade genug Informationen zukommen lassen, damit sie beschäftigt war, während er ungestört seinem Job nachging, die amerikanische Öffentlichkeit vor Gefahren zu beschützen und Kriminelle zur Rechenschaft zu ziehen. Er würde Pip ein paar Krumen hinwerfen, um sie zu befriedigen.

Er verfluchte sich selbst, weil die Vorstellung, Pip West zu befriedigen, ihn auf so vielen Ebenen reizte – und die meisten dieser Ebenen hatten absolut nichts mit seiner Arbeit für das FBI zu tun.

ACHTES KAPITEL

ES WAR SPÄTER Nachmittag, und Pip hatte ein kleines Sofa direkt neben der Bar in der Hotellobby ergattert, wo sie sich mit Adrian Lightfoot verabredet hatte. Der Anwalt hatte geschrieben und ihr mitgeteilt, dass er sich eventuell verspäten würde. Sie wollte nicht auf ihr Zimmer gehen. Pip kannte sich gut genug, um zu wissen, dass sie das Zimmer womöglich nie wieder verlassen würde, wenn sie sich jetzt verkroch.

Sie beschäftigte sich damit, über soziale Medien so viele Kontaktdaten von Cindys Freunden und Kollegen zu sammeln, wie sie finden konnte. Sie schrieb den Leuten, die sie im Laufe der Jahre kennengelernt hatte, und eine der Doktorandinnen hatte geantwortet, dass sie ins Hotel kommen würde, um sie zu treffen.

Pip hoffte, der Anwalt und die Doktorandin würden nicht zeitgleich hier auftauchen.

Sie hatte auch Cindys Doktorvater geschrieben, aber er hatte sich noch nicht zurückgemeldet. Sie hatte Professor Everson auf der Beerdigung von Cindys Familie kennengelernt. Er war ihr unbeholfen, aber wohlwollend erschienen. Cindy war nicht immer seiner Meinung gewesen, aber sie hatte ihn bewundert, und er schien sie respektiert zu haben. Hoffentlich würde er bei der Trauerfeier eine Lesung halten. Etwas, was den Trauergästen zeigen würde, wie großartig ihre Freundin gewesen war.

Pip hatte mehrere unerwünschte Avancen abgewehrt, indem sie sich völlig in ihrer Arbeit vergraben, und den Cocktail, den ihr jemand ausgeben wollte, mit einem klaren „Nein" abgewiesen hatte.

Als sich jemand neben ihr auf das Sofa fallen ließ, obwohl noch genug andere Plätze frei waren, knirschte sie mit den Zähnen. Sie sank etwas in die Mitte des weichen, grünen Ledersofas hinab, und als sie aufblickte, entdeckte sie ein bekanntes Gesicht.

Na sowas.

„Wie haben Sie mich gefunden?", fragte sie.

„FBI, schon vergessen?" Agent Kincaids Augen funkelten humorvoll.

Ein trockenes Lachen überrumpelte sie. Das erste seit Wochen. Sie wurde ernst. Sie hatte erwartet, dass er sie anrufen würde. Nicht, dass er sie persönlich aufsuchen würde. „Sie wollten mit mir sprechen?"

„Was haben Sie vorhin bei Universal Biotech gemacht?"

„Yippie. Ich bin also wieder an der Reihe, ausgequetscht werden." Sie lehnte sich gegen die Armlehne. „Warum interessieren Sie sich so sehr für meine Aufenthaltsorte, Agent Kincaid?" Sie neigte den Kopf zur Seite und klimperte ihn an, aber sie konnte die Fassade nicht lange aufrechterhalten. Ihre Trauer schien ihr jegliche Heiterkeit gestohlen zu haben.

„Ich nehme an, Sie haben keine Gesetzte gebrochen?", gab er zurück.

„Ich bin den ganzen Weg hierher unter der Geschwindigkeitsbegrenzung geblieben."

„Verkehrsdelikte sind mir herzlich egal", murmelte er. „Es ist Ihr Mund, der mir Sorgen macht."

Er hatte nichts Schmutziges im Sinn gehabt, aber plötzlich

rauschte die Temperatur zwischen ihnen um zwanzig Grad in die Höhe, und sie hätte sich am liebsten Luft zugefächert, um ihre glühenden Wangen zu kühlen. Sie räusperte sich. „Jetzt darf ich also auch nicht mehr sprechen?"

Er schnaubte. „Sie können so viel reden, wie Sie wollen. Aber Sie dürfen meine Ermittlung nicht behindern."

Da war es. Die klassische Einschüchterung durch einen Gesetzeshüter. Der Versuch, jeden mundtot zu machen, der ihre Autorität infrage stellte.

„Was genau ermitteln Sie denn?"

Diese faszinierenden Augen musterten sie, verrieten aber nichts.

„Warum haben Sie Dexter besucht?", fragte er und war in etwa so gut darin, beiläufig zu klingen, wie sie darin war, lammfromm zu sein.

„Ich wollte ein Gefühl dafür bekommen, was er über Cindys Tod wusste."

„Was auch mein Vorhaben gewesen war, bis mir jemand zuvorgekommen ist. Das ist etwas, wofür ich ausgebildet bin."

„Naja, ich wusste ja nicht, dass Sie mit ihm sprechen wollten." Sie klang verteidigend.

„Jetzt wissen Sie es."

„Hören Sie, Kincaid. Ich bin Journalistin …"

„Ist mir schon aufgefallen."

Sie ignorierte die Spitze. „Und ich bin auch dafür ausgebildet. Ich kann keine Gedanken lesen. Also fliege ich blind, es sei denn, Sie geben mir eine Liste all der Personen, mit denen ich nicht sprechen soll."

Kincaid saß da und musterte sie stumm.

Pip zwang sich, sich zu beruhigen. Sie musste die Wahrheit über Cindys Tod herausfinden und dieser Mann konnte ihr dabei helfen. „Ich habe mit Dexter über die Vorbereitungen zur Beerdigung gesprochen. Habe ihn gefragt, ob er irgendwelche Vorschläge für die Trauerfeier hat." Nicht, dass Pip sie angenommen hätte. Cindy hätte es gehasst, wenn ihr untreuer Ex irgendetwas mit ihrer Trauerfeier zu tun hätte, aber sie wollte den Kerl auf ihrer Seite wissen.

Kincaid zog eine Augenbraue hoch und blickte sie kühl an. „Haben Sie deshalb im Foyer mit ihm herumgeknutscht?"

„Herumgeknutscht?" Sie starrte ihn empört an. „Entweder sind Sie schon zu lange verheiratet, oder Sie haben vergessen, wie herumknutschen aussieht."

Seine blauen Augen verdunkelten sich. „Ich bin nicht verheiratet. Und ich habe verdammt nochmal rein gar nichts vergessen, ich vermeide es nur, sowas in der Öffentlichkeit zu machen."

Sie verdrehte die Augen, auch wenn ihr Herz einen kleinen Sprung machte. Er war also nicht verheiratet. Und wenn schon? *Bundesagent, schon vergessen?* Ein Mann, der ihr gestern angedroht hatte, sie wegen Totschlags zu verhaften, wenn sie nicht tat, was er ihr sagte. Ein Mann, der ihr Auto nach Drogen durchsucht hatte, die möglicherweise für den Tod ihrer besten Freundin verantwortlich waren.

Nicht gerade ein idealer Kandidat für eine Beziehung.

„Pete hat mich in seine ungestüme Umarmung gezogen und nicht mehr losgelassen", gab sie murrend zu. Sie hatte die Erfahrung nicht gerade genossen, aber sie hatte ihre wahren Gefühle für den Kerl nicht verraten wollen, indem sie sich von ihm losriss und sich mit Desinfektionsmittel abduschte. Pete Dexter wusste über Dinge in Cindys Leben Bescheid, zu denen sie Zugang brauchte, und wenn ihre Bereitschaft, ihn zu benutzten, sie zu einem schlechten Menschen machte, dann war das eben so.

Kincaid beugte sich vor und nahm seine Kaffeetasse in die Hand. Er beäugte sie über den wirbelnden Dampf hinweg. „Also, wie schätzen Sie Dexters Reaktion ein?"

„Er hat geweint." Sie rutschte unruhig auf dem Sofa hin und her. Dexters Tränen waren ihr echt vorgekommen. „Eine normale Reaktion." Wie aus dem Nichts war der Kloß in ihrem Hals zurück und drohte, sie zu ersticken. Herrgott. „Ehrlich gesagt – ich habe den Kerl nie gemocht. Er ist eingebildet und irgendwie ein Arsch. Er hat mich immer behandelt, als ob ich die blöde kleine Schwester wäre, bei der man einfache Worte benutzen muss, und der man den Kopf tätschelt. Was halten Sie von seiner Reaktion?"

Kincaids Ausdruck blieb neutral. Er fiel nicht auf ihre Aufforderung herein, seine Gedanken zu teilen.

„Cindy wusste, dass ich ihn nicht besonders mochte, aber ich habe nicht schlecht von ihm gesprochen. Sie hat ihn geliebt."

„Sie klingen fast so, als ob Sie selbst in sie verliebt gewesen wären." Kincaid schlürfte seinen Kaffee.

„War ich auch." Die Überraschung und die Enttäuschung, die in seinen Augen aufblitzten, ließen etwas Glühendes und Verbotenes durch sie hindurchrauschen. „Wenn wir lesbisch gewesen wären, hätten wir unsere Seelenverwandten ineinander gefunden, und die Suche nach der wahren Liebe wäre vorbei gewesen. Leider waren wir keine Lesben."

Sein Ausdruck veränderte sich nicht, aber die Anspannung in seinen Fingern ließ nach. Er wollte es vielleicht nicht zugeben, doch er fühlte sich ein wenig von ihr angezogen. Aber sonst mochte er sie nicht besonders.

„Ich habe sie geliebt", sagte sie. „Platonisch."

„Also geht die Suche nach der wahren Liebe weiter?" Zynische Belustigung schwang in seiner Stimme mit. Für einen Augenblick fielen seine Augen auf ihre Lippen, und ein Funken Wärme entzündete sich unter ihrer Haut.

Pip hatte das Konzept von Dating nicht aufgegeben, nur die praktische Umsetzung. Manche Menschen waren liebenswerter als andere. Und nicht jeder fand seinen Seelenverwandten.

„Wir haben unsere Lebensentscheidungen beide nicht von Liebe oder Männern oder Beziehungen abhängig gemacht", erklärte sie ihm eilig, auch wenn das genau genommen eine Lüge war. Nach dem College war Pip nach Miami gezogen, um mit einem Typen zusammen zu sein. Er hatte sie betrogen und eine andere Frau geschwängert. Jetzt war er mit ihr verheiratet und sie hatten zwei Kinder, während Pip noch immer Single war.

„Cindy hatte vorgehabt, in Entwicklungsländern daran zu arbeiten, einige der tödlichsten Krankheiten der Welt auszulöschen. Man braucht Mut, um zu tun, was sie getan hat, und sie hatte nicht vor, das jemals aufzugeben, selbst wenn sie den richtigen Mann gefunden hätte." Pip holte tief Luft, versuchte, den permanenten Schmerz zu stillen, der in ihr tobte. „Sie hat nicht mit tödlichen Infektionskrankheiten gearbeitet, weil sie das Geld gebraucht hat. Sie hat es getan, weil es ihre Leidenschaft war, anderen Menschen zu helfen."

„Was ist Ihre Leidenschaft?" Sein Daumen fuhr auf eine Art und Weise über die Porzellantasse, die ihre Haut zum Kribbeln brachte.

„Meine Leidenschaft?" Sie lachte verlegen auf. „Ich weiß es nicht mehr." Sie wich dem durchdringenden Blick des FBI-Agenten aus. Sie würde nicht zugeben, dass sie das Gefühl hatte, völlig in der Luft zu hängen und nicht mehr länger zu wissen, was sie mit ihrem Leben anfangen sollte. Kurzfristig war das einfach. Sie würde die Wahrheit über Cindys Tod herausfinden, selbst wenn es sie umbringen sollte. Aber auf lange Sicht?

„Es klingt, als ob Cindy ein guter Mensch gewesen wäre", sagte Kincaid schließlich, um die Stille zu füllen, die zwischen ihnen hing.

„Das war sie." Pip schniefte. „Sie hätten sie gemocht."

Er blickte sie fragend an.

„Sie wollen beide die Welt retten."

Er zog eine Grimasse. „Ich will die Welt nicht retten."

„Warum sonst sind Sie FBI-Agent geworden?"

Er rutschte auf seinem Sitz hin und her. „Wegen der coolen Dienstmarke und der Pistole?"

Sie lachte grunzend auf, schlug die Beine übereinander und sah, wie sein Blick auf ihre spitzen Stilettos fiel.

Er schaute auf. Ihre Blicke trafen sich.

Ein Schauder lief ihr über den Rücken. Sie presste die Beine zusammen, und die Seide ihrer Strümpfe rief eine unerwünschte Empfindung auf ihrer Haut hervor.

„Woran arbeiten Sie?" Er nickte zu ihrem Laptop, brachte das unbehagliche Heranrauschen von Verlangen mit einer ordentlichen Ladung Schuldgefühlen zum Entgleisen.

„Eine Liste der Leute, die ich wegen der Beerdigung kontaktieren muss. Und Cindys Nachruf."

Worte, die Cindys Leben gerecht werden mussten.

Pip starrte auf den Bildschirm. Worte reichten nicht aus. Sie würden niemals ausreichen.

Kincaid starrte hinauf in das riesige Atrium des Hotels, in dem futuristisch aussehende Aufzüge auf und ab sausten.

Wieder trafen sich ihre Blicke. „Das mit Ihrer Freundin tut mir sehr leid. Ich glaube, das habe ich nie gesagt."

Unberechenbare Tränen wollten ihr in die Augen steigen, aber sie kämpfte dagegen an. Sie würde ab jetzt nur noch weinen, wenn sie allein war. „Bedeutet das, dass ich nicht länger eine Verdächtige bin?"

„Die Überwachungskameras bestätigen Ihren Aufenthaltsort zum Zeitpunkt von Cindys Überdosis meilenweit vom Haus entfernt."

Die Erleichterung, die Pip empfand, wurde von Irritation überschattet. „Ich sage Ihnen doch andauernd, dass Cindy nie im Leben Drogen genommen hat."

„Und dennoch hat der Rechtsmediziner Kokain in ihrem Körper gefunden."

Wut erhitze ihr Blut. „Vielleicht hat jemand nachgeholfen, dass es da landet. Ohne Cindys Zustimmung."

Jetzt blickte er sie mitleidsvoll an. „Und manchmal haben Menschen auch Geheimnisse."

Pip atmete tief ein, versuchte, ihren unterschwelligen Zorn zu besänftigen. Verdammt nochmal, sie war mittlerweile seit Tagen wütend. Aber er hatte Cindy auch nicht gekannt. Er kannte sie nicht.

„Ich frage ständig nach, aber Sie antworten mir nicht. Warum ermitteln Sie in Cindys Tod?" Sie war sich sicher, dass er etwas verheimlichte. „Und kommen Sie mir jetzt nicht mit irgendwelchem Blödsinn darüber, dass das bei Leuten, die mit Gefahrstoffen arbeiten, Routine ist."

„Es ist Routine bei Leuten, die mit Gefahrstoffen arbeiten."

Er spielte mit ihr.

„Ich glaube Ihnen nicht."

Er beugte sich vor. „Es ist mir egal, was Sie glauben. Sie haben bei der Ermittlung nichts zu suchen."

„Cindy war meine Freundin", blaffte sie ihn an. „Und ich glaube nicht, dass sie Drogen genommen hat."

„Und vielleicht versuchen Sie ja auch, diese Sache zu etwas zu machen, was es nicht ist, weil Sie sich mit Ihrer Freundin gestritten haben und keine andere Möglichkeit finden, wie Sie das wieder gutmachen können."

Pip zuckte zusammen.

„Worüber haben Sie sich überhaupt gestritten?", fragte er.

„Arbeit. Männer", erwiderte sie verbittert.

„Beziehungsprobleme?"

Sie wandte den Blick ab. „Sie hat mir gesagt, ich müsste mehr unter Leute."

„Wie kommt's?"

Sie spielte mit dem Saum ihrer Bluse. „Ich hatte seit ein paar Jahren keinen Freund mehr."

„Warum nicht?"

„Schlechte Erfahrung."

„Was für eine schlechte Erfahrung?" Seine Stimme wurde leiser, ein Tonfall, der sie schaudern ließ.

„Einfach eine beschissene Beziehung. Ich habe keinen besonders guten Geschmack, was Männer angeht." Sie schaute auf. Sein Blick war auf sie geheftet, und für einen Augenblick flirrte die Luft zwischen ihnen.

FBI-Agent, schon vergessen?

„Was haben Sie bei der Universal Biotech herausfinden können?", fragte sie stattdessen.

„Nicht viel." Seine Augen streiften flüchtig ihren Mund. Er beugte sich näher zu ihr hin und Pip hielt die Luft an. „Lassen Sie die Finger davon, Pip. Ansonsten muss ich Sie wegen

Justizbehinderung anklagen."

Anstatt zurückzuweichen, beugte Pip sich ebenfalls vor, bis sich ihre Lippen fast berührten. Eine Mutprobe mit ihren Mündern.

„Pressefreiheit. Schon vergessen?"

Kincaids Augen wurden schmal, bevor er sich zurücklehnte. Diese Runde hatte sie gewonnen.

Er kratze sich den Kopf, und sie meinte zu hören, wie er „Geh mir nicht auf die Eier" murmelte, aber sie war sich nicht sicher.

„Ich bin ehrlich gesagt hergekommen, weil ich mit dem Rechtsmediziner gesprochen habe", erklärte er, und ihre Aufmerksamkeit wandte sich direkt von seinem Mund zu seinen Worten. Er streckte die Beine unter dem Tisch aus und lehnte den Kopf zurück, starrte auf die vierzig Stockwerke voller Balkone. „Ihre Leiche sollte Ende der Woche freigegeben werden. Sie können also die Beerdigung planen."

„Was, wenn ich eine zweite Autopsie veranlassen will?"

Er blickte sie an und runzelte die Stirn. „Das ist Ihre Entscheidung. Ich kann den Rechtsmediziner fragen, ob er jemanden empfehlen kann, wenn Sie wollen…"

Sie zog die Augenbrauen hoch und gab sich keine Mühe, ihre Skepsis zu verbergen.

Er lachte. „Sie glauben doch nicht im Ernst, dass wir uns Wasser in ihren Lungen und Drogen in ihrem Körper ausgedacht haben?"

Seine Worte trafen sie wie Faustschläge in die Magengrube. Das war Cindy, über die sie hier sprachen, ihre beste Freundin, nicht irgendeine anonyme Drogentote.

Er setzte sich auf und fuhr sich mit den Fingern durch seine kurzen Haare, sah zerknirscht und besorgt aus. „Tut mir leid. Ich vergesse immer, dass diese Sache für Sie persönlich ist."

Pip wischte sich die Augen, war froh, wasserfesten Mascara zu tragen. Verdammt nochmal, wann würde sie endlich aufhören, zu weinen?

„Ich weiß, was die Beweise sagen, aber das ist nicht die ganze Geschichte. Das kann es nicht sein. Ich kenne Cindy. Nie im Leben hat sie Kokain geschnupft. Nicht, wenn sie nicht jemand dazu gezwungen hat."

Er seufzte und stand auf, schrieb eine Nummer auf einen Zettel, den er ihr hinhielt. „Das ist die Nummer des Rechtsmediziners. Die Leute dort können Ihnen mit dem Transport helfen, wo auch immer Sie Cindys Leiche hinbringen wollen."

Sie nickte. Sie machte nicht absichtlich Schwierigkeiten. Sie wollte nur die Wahrheit herausfinden. Wenn diese Wahrheit war, dass Cindy einen Fehler gemacht hatte, würde sie es akzeptieren. Irgendwann.

Seine Lippen waren eine schmale, unglückliche Linie. „Sie verschwenden Ihre Zeit, Pip."

„Das ist meine Sache." Und zugegebenermaßen hatte sie gerade auch nichts Besseres zu tun.

Er starrte sie lange genug an, um sie befangen zu machen. Endlich öffnete er den Mund. „Wenn Sie irgendetwas Handfesteres finden, als nur den blinden Glauben an Ihre beste Freundin, rufen Sie mich an. Ich werde es mir anschauen."

„Sie werden mich ernst nehmen?", fragte sie überrascht.

Er lachte. „Lady, ich nehme Sie schon längst ernst. Ich bin mir nur nicht sicher, was Ihr Motiv angeht."

„Braucht man für die Wahrheit ein Motiv?"

„Ist die Wahrheit ihren Preis immer wert?", gab er zurück.

Ihr klappte der Mund auf. Pip wusste, dass er über das sprach, was in Tallahassee vorgefallen war. „Wollen Sie damit sagen, ich hätte das einfach fallen lassen sollen? Informationen über einen korrupten Polizisten?"

„Warum haben Sie den Hinweis nicht dem FBI zugetragen?" Seine Stimme klang sanft und neugierig, nicht anklagend.

„Lisa wollte das nicht. Hat gesagt, sie würde nur mit mir sprechen, wenn ich die Wahrheit auf der Titelseite abdrucke. Sie hat gesagt, dass sich Frank niemals wieder verkriechen könnte, wenn die Wahrheit einmal ans Licht gekommen ist."

„Lisa?", fragte er.

„Frank Bookers Frau. Sie war meine Informantin."

Überraschung und Verständnis legten sich in seinen Blick. „Und Frank Booker hat das irgendwie herausbekommen."

„Ich habe den Polizeichef gewarnt, dass er den Detective mitnehmen müsse, bevor die Geschichte veröffentlicht wird, aber er hat die Anschuldigungen nicht geglaubt." Es war ihre Schuld, dass sie tot waren. Ihre Schuld, die Schuld des Polizeichefs und die Schuld dieses elenden Hurensohns Frank Booker. „Warum hassen Sie Journalisten?", fragte sie plötzlich, und wusste, dass eine Geschichte dahinterstecken musste.

Er verzog das Gesicht. „Ich hasse Journalisten nicht."

„Lügner", erwiderte sie leise.

„Ich mag es nur nicht, manipuliert zu werden."

„Lügner", wiederholte sie. Und der Schatten, der sich über seine Augen legte, bewies ihr, dass sie recht hatte.

Der Moment zwischen ihnen wurde von einer jungen Frau unterbrochen, die auf der anderen Seite des Tisches stehenblieb und Pip zuwinkte. Pip brauchte einen Augenblick, bis sie die Frau erkannte. Sally-Anne Wilton, eine von Cindys Freundinnen aus dem Labor, aber als Pip sie das letzte Mal an Weihnachten gesehen hatte, waren ihre Haare lila gewesen. Pip öffnete ihre Arme. Sofort wurde sie von der anderen Frau in eine klammernde Umarmung gerissen.

Schließlich ließ Sally-Anne sie los und brauchte einen Moment, um sich zu fassen. Pip stellte Agent Kincaid vor und sah, wie Sally-Annes Augen sich weiteten, als das FBI erwähnt wurde.

Der Agent hielt Sally-Anne seine Visitenkarte hin. „Falls Sie mit irgendjemandem über Cindys Tod sprechen wollen."

Pip zog die Augenbrauen hoch. War das FBI heutzutage eine Art Selbsthilfegruppe, oder was? Wohl eher nicht. Aber Kincaid verkündete seine Beteiligung an der Ermittlung in Cindys Tod laut und deutlich.

Ihr Handy klingelte und sie griff danach, aber es war Kincaids. Sie hatten denselben Klingelton.

Der Agent schaute auf das Display, ging aber nicht ran. „Ich muss zurück ins Büro."

„Keine Ruhe für die Gottlosen", kommentierte Pip trocken.

„Für mich oder für die Kriminellen?" Das amüsierte Funkeln in seinen Augen ließ sie sich fragen, wie es wohl gewesen wäre, ihn unter anderen Umständen kennenzulernen, aber sie schob den Gedanken zur Seite. Er hätte Journalisten auch dann noch gehasst.

„Ms. Wilton." Er nickte Sally-Anne zu, bevor er sich wieder Pip zuwandte. „Denken Sie daran, was ich Ihnen gesagt habe."

Woran genau? An *mischen Sie sich nicht in eine FBI-Ermittlung ein* oder an *wenn Sie irgendetwas Handfesteres finden, als nur den blinden Glauben an Ihre beste Freundin, rufen Sie mich an?* Bevor sie ihn fragen konnte, ging er schon davon.

Sie bemerkte, wie sie beide seinen Hintern bewunderten, als Sally-Anny sich dramatisch Luft zufächelte. „Sehen alle FBI-Agenten so aus?"

„Ich bezweifle es", meinte Pip nüchtern.

Sally-Anne lächelte und schniefte. „Cindy hätte auch gedacht, dass er heiß ist."

„Nur, weil er gut aussieht, macht ihn das noch lange nicht heiß", widersprach Pip.

„Mit diesen Augen und dem Hintern? Ich bitte dich." Sally-Anne blickte sie schräg an und grinste. „Außerdem habe ich gesehen, wie du ihn angeschaut hast. Genauso wie er dich angeschaut hat. Wenn Cindys Tod dich nicht völlig fertig gemacht hätte, hätte ich gesagt, ihr solltet euch ein Zimmer nehmen."

Pip ignorierte den Kommentar.

„Cindy hätte die Vorstellung gefallen, dass etwas Gutes aus ihrem Tod entsteht. Sie hat sich Sorgen um dich gemacht. Hat gedacht, du würdest zu viel arbeiten und zu wenig Spaß haben."

Pip schlang die Arme um ihren Oberkörper. „Sie hat härter gearbeitet als jeder, den ich kenne. Und du wahrscheinlich auch."

Sally-Anne zuckte mit den Schultern, setzte sich und winkte einen Kellner herüber. „Wir arbeiten alle zu viel. Und deshalb muss man manchmal abschalten. Bringen Sie uns eine Flasche Champagner und zwei Gläser, bitte", sagte sie dann, an den Kellner gewandt.

Pip ließ sich schwer auf die Bank neben sie fallen.

„Champagner?"

„Allerdings." Sally-Anne schob Pip den Laptop zu. „Pack das Ding weg. Wir werden jetzt auf unser Mädchen anstoßen und aufhören, uns die Augen auszuheulen. Das hätte sie nicht gewollt. Das hätte Cindy niemals gewollt."

Ein paar Minuten später zwang Pip ihre Hand, nicht allzu sehr zu zittern, als sie das Glas zu einem Toast erhob. „Auf Cindy. Die beste Freundin im ganzen Universum."

„Auf Cindy. Und auf heiße FBI-Agenten, die mich jederzeit mit Handschellen an ein Bett fesseln dürfen." Sally-Anne und Pip stießen an.

Pip spürte, wie ihre Wangen heiß wurden. „Auf Cindy", wiederholte sie. Ganz egal, wie „heiß" sie Kincaid fand, sie würde nicht auf ihn anstoßen oder auf irgendeine Art und Weise an Handschellen denken.

„Warum ist das FBI überhaupt involviert?", fragte Sally-Anne und goss sich bereits nach.

Das war die Eine-Millionen-Dollar-Frage. „Er sagt, es sei Routine bei verdächtigen Todesfällen, wenn das Opfer mit bestimmten biologischen Substanzen gearbeitet hat."

Sally-Annes Augen wurden groß. „Ich frage mich, ob das Hantavirus auch auf der Liste steht."

Das war Sally-Annes Spezialgebiet, erinnerte sich Pip.

„Ich habe keine Ahnung, aber sag Bescheid, wenn du es herausfindest." Pip stellte ihr Glas ab.

„Wie ist Cindy umgekommen?" Das Weiß in Sally-Annes Augen war rot unterlaufen und ihre Lippen zitterten.

„Sie sagen, sie wäre ertrunken, aber sie hatte Koks im System."

Sally-Anne presste eine Serviette gegen ihre blassen Lippen, dann schnäuzte sie sich die Nase. „Ich habe nie gesehen, wie sie irgendwas genommen hätte, aber man kann nie mit Sicherheit wissen, ob jemand Drogen nimmt."

Und einfach so mir nichts, dir nichts, glaubte Sally-Anne, dass Cindy eine Koksnase gewesen war.

Pip hatte gelernt, ihre Emotionen abzuschotten, um sich von schmerzvollen Geschichten in ihrer Vergangenheit zu distanzieren. Wenn sie hoffte, dieses Rätsel zu lösen, dann musste sie es mit Cindys Tod genauso machen. Sie brauchte Informationen von den anderen Doktoranden. Von den Menschen, die Cindy jeden Tag gesehen hatten. Sie konnte es sich nicht leisten, gegen den Wind anzuzetern und sich über die Ungerechtigkeit der ganzen Sache zu beschweren.

„Cindy hat mir erzählt, eure Partys waren ziemlich wild?"

Sally-Anne lachte und räusperte sich, bevor sie ihr zweites Glas Champagner austrank. „Das stimmt."

„Glaubst du, sie hat dort womöglich die Drogen herbekommen?"

Sally-Anne runzelte die Stirn. „Ich kann mich nicht erinnern. Ich bin meistens ziemlich hinüber bei diesen Partys, und meine Erinnerung wird undeutlich. Manchmal bringen ein paar von uns noch was anderes außer Alkohol mit. Das ist keine große Sache. Ich meine, jeder versucht das irgendwann mal, oder?"

Pip verurteilte sie nicht. Als Teenager hatte sie Gras und Ecstasy ausprobiert, bevor sie mit dem Koks ihres Freundes erwischt worden war. Seitdem hatte sie nichts mehr angerührt und hatte Leute gemieden, die es taten. Sie hatte gesehen, was mit einigen derjenigen passiert war, die weniger Glück gehabt hatten als sie. Ein Mädchen, das sie in einer Pflegefamilie kennengelernt hatte, war innerhalb von nur zwei Monaten von Gras zu Heroin zu Meth gekommen und war im dritten

Monat bereits tot gewesen. Das Mädchen hatte nach etwas gesucht, um sich besser zu fühlen, und hatte sich im Verlauf dessen selbst verloren.

„Ich kann nicht glauben, dass sie tot ist." Sally-Anne füllte sich ihr Glas wieder auf, während Pip kaum etwas von ihrem getrunken hatte. „Ich warte immer noch darauf, dass sie jeden Augenblick durch die Tür kommt und sich über den krassen Streich totlacht, den sie uns allen gespielt hat."

Wenn Pip ihre Freundin nicht mit eigenen Augen gesehen hätte, hätte sie es vermutlich auch nicht glauben können. Aber die Gefühle der Verzweiflung und der Einsamkeit waren sehr, sehr real – Gefühle, an die sie sich aus ihren frühen Teenagerjahren nur allzu gut erinnerte. „Sie war nicht depressiv, oder?"

Das war eine Möglichkeit, die sie nicht in Erwägung hatte ziehen wollen, aber wenn sie wirklich die Wahrheit herausfinden wollte, musste sie objektiv bleiben und jede Möglichkeit betrachten, nicht nur die, die ihr gelegen kamen.

Die Vorstellung, dass sie die Anzeichen einer Depression nicht bemerkt haben könnte, und dass Cindy ihr Leben absichtlich beendet hatte…

Du weißt nicht alles über mich.

Was hatte Pip nicht gewusst?

„Nein. Jedenfalls nicht, dass ich wüsste." Sally-Anne trank ihr Glas mit einem Zug aus und goss sich nach. Sie wischte sich mit einer Serviette die Nase ab. „Sie war aufgeregt und froh, fast mit ihrer Dissertation fertig zu sein. Wir hatten für sie eine Überraschungsparty nach der Abgabe geplant. Offensichtlich hat sie davon tatsächlich nichts gewusst." Sie lachte und plötzlich strömten ihr die Tränen über das Gesicht.

Pip war emotional völlig ausgelaugt. Sie hatte keine

Tränen mehr in sich. „Weißt du, wer ihr die Drogen besorgt haben könnte?"

Sally-Anne schüttelte den Kopf. „Ich werde meinen Freunden keine Schwierigkeiten mit dem FBI machen."

„Ich werde es dem FBI nicht erzählen." Pip zog eine Grimasse und versuchte, cool zu wirken. „Ich bezweifle, dass es das FBI kümmert, wenn eine Gruppe von Doktoranden auf einer Party high ist. Aber das Koks, das Cindy genommen hat, war mit Fentanyl verschnitten. Ich will nicht, dass noch irgendwer dieses Zeug nimmt."

Sally-Annes Unterlippe zitterte. „Sie hatte es jedenfalls nicht daher, wo wir es sonst herbekommen. Hanzo bildet sich was auf die Reinheit seines Produkts ein, und einer der Doktoranden hat das Zeug sogar durch den Flüssigkeits-Chromatografen gejagt. Erstklassige Qualität."

Hanzo.

Sally-Anne kippte ein weiteres Glas Schampus herunter, schaute auf die Uhr und griff nach ihrer Handtasche. „Sorry, ich muss los. Ich unterrichte morgen früh um neun eine Übung für die Erstsemester und habe meine Unterlagen noch im Labor." Sie stand auf und beugte sich Pip für eine weitere Umarmung entgegen. Ihre Finger gruben sich in Pips Rücken. „Es ist nicht deine Schuld, das weißt du. Sie war vermutlich erschöpft und hat nicht mehr klar gedacht."

Gefühle schnürten Pip den Hals zu. Was, wenn Kincaid recht hatte und Pip sich etwas vormachte, weil sie und Cindy sich gestritten hatten und sie es nie wieder gut machen konnte?

„Ich rufe dich an, wenn ich die Vorbereitungen für die Beerdigung abgeschlossen habe." Pip drückte Sally-Annes eisigen Hände. „Danke, dass du vorbeigekommen bist. Und sei einfach vorsichtig, okay?"

Sally-Anne warf sich die Handtasche über die Schulter. „Mache ich."

Die Frau war eine verfluchte Virologin. Pip musste es ihr nicht buchstabieren.

„Ciao, Pip." Sally-Anne beugte sich hinunter und drückte Pip einen Kuss auf die Wange. „Kopf hoch. Denk immer daran: Cindy hat dich geliebt – das ist alles, was wirklich zählt."

Sie winkte ihr zum Abschied zu, verschwand durch den Hoteleingang, und Pip war wieder vollkommen allein inmitten all der Fremden.

NEUNTES KAPITEL

HUNT SAß AN seinem Schreibtisch und las sich den ausführlichen Autopsiebericht über Cindy Resnick durch. Er wünschte, er könnte Pip Wests untröstliches Gesicht aus seinen Gedanken verbannen.

Die Ergebnisse der Proben, die das CDC analysiert hatte, waren ebenfalls zurückgekommen. Es war kein Anthrax gefunden worden, weder in Cindy Resnicks Körper noch in ihrem Haus in der Stadt oder in der Hütte am See, wo sie gestorben war. Die zweite Autopsie, die Pip West angefordert hatte, konnte nun in einer regulären Leichenhalle durchgeführt werden. Hunt war sich ziemlich sicher, dass die Ergebnisse Pip vermutlich nicht gefallen würden.

Zusätzlich zu Koks und Alkohol hatte die erste Autopsie auch ergeben, dass Cindy Spuren eines Spermizids in ihrem Körper hatte, was nahelegte, dass sie in der Nacht vor ihrem Tod mit jemandem Sex gehabt hatte, der ein Kondom getragen hatte. Die Kriminaltechnik hatte außerdem Spuren männlicher DNA auf den Bettlaken gefunden. Pip war nicht davon ausgegangen, dass ihre Freundin ein Verhältnis gehabt hatte, aber offensichtlich hatte sie sich geirrt.

Vielleicht hatte Cindy noch andere Geheimnisse gehabt. Vielleicht hatte sie sich umgebracht, anstatt sich den Konsequenzen einiger dieser Geheimnisse zu stellen.

„Hey, was war denn bei dir los?"

Hunt wurde unsanft aus seinen Gedanken gerissen.

Will Griffin erschien neben ihm, hatte seine Sportsachen an.

„Ich musste für die Zentrale einem Hinweis nachgehen." Theoretisch war das nicht mal eine Lüge. „Wie ist es gestern gelaufen? Hat irgendwer Ärger gemacht?"

„Nein." Will grinste. „Du hättest Crowleys Gesicht sehen sollen, als wir da reinmarschiert sind und Mandy ihm seine Rechte vorgelesen hat. Ich glaube, er hat sich richtig in die Hosen gemacht."

„Hätte ich gerne gesehen." Hunt hatte Crowley seit über einem Jahr im Visier gehabt, und dann hatte er den großen Showdown verpasst. Aber er hatte kaum einen Gedanken an den Fall verschwendet, seit diese Anthrax-Sache dazwischengekommen war. Es gab nichts Besseres als tausende Menschenleben, die möglicherweise in Gefahr schwebten, um Wirtschaftskriminalität zu relativieren.

„Kincaid." Will schnipste mit den Fingern vor Hunts Gesicht herum.

Hunt rieb sich den Nacken und gähnte. „Tut mir leid. Ich habe gestern Nacht nicht viel geschlafen." Genauso wie vorletzte Nacht, wenn er ehrlich war.

Will sah ihn prüfend an. „Aber nicht etwa, weil du flachgelegt wurdest."

Hunt schnaubte. „Schön wär's." Pip Wests Gesicht blitzte in seinen Gedanken auf. Kein Zweifel, sie war eine wunderschöne Frau. Und vollkommen ungeeignet, trotz dieses Funkens der Anziehung, der sich zwischen ihnen entzündet hatte.

Will warf einen Apfel in die Luft und fing ihn auf, dann biss er hinein. „Die meisten der Leute, die wir im Rathaus verhaftet haben, sind schon wieder gegen Kaution auf freiem Fuß. Bis auf Crowley. Ich habe gehört, dass eine andere Frau Anschuldigungen wegen sexueller Belästigung gegen ihn erhoben hat. Jetzt weigert sich seine Frau, die Kaution zu bezahlen.“

Crowleys Frau hatte die Kontrolle über die Finanzen, und soweit sie es hatten feststellen können, war sie nicht in den Korruptionsskandal involviert. „Der Kerl ist der letzte Abschaum.“

„Was du nicht sagst. Jeder Tag, den Mandy bei ihm gearbeitet hat, hat mich wahnsinnig gemacht.“

„Sie kann auf sich selbst aufpassen. Außerdem hatte sie Verstärkung.“ Hunt, um genau zu sein.

„Ja, aber nicht mich.“ Will kaute krachend auf seinem Apfel herum. „Und ich kann nichts dazu sagen, ohne dass sie sauer wird. Verflucht kratzbürstige Frau.“

„Deshalb liebst du sie ja“, zog Hunt ihn auf.

„Deshalb liebe ich sie nicht, aber sie hält mich auf Trab.“ Will entdeckte den Autopsiebericht auf Hunts Schreibtisch und beugte sich vor. „Du schaust dir einen Tod durch Ertrinken an? Das ist dein Hinweis? Wie hängt das denn mit Wirtschaftskriminalität zusammen?“

Hunt schloss die Mappe. „Ich bin im Augenblick nicht mehr bei der Einheit für Wirtschaftskriminalität.“ Er schlug mit seinem Kumpel ein. „Als der ABC-Waffen-Koordinator von Atlanta agiere ich in dieser Ermittlung als Verbindungsperson für die Zentrale.“ Das war alles, was er sagen konnte, ohne die Sicherheitsauflagen zu übertreten. „Das Opfer ist vermutlich ein Zufall.“

„Was ist das für eine Ermittlung?“, fragte Will, und Neugierde blitzte in seinen Augen auf.

„Darf ich nicht sagen.“

„Warum nicht?“

Hunt lachte. „Darf ich nicht sagen.“

Will musterte ihn seltsam. Hunt dachte daran, wie Cindy Resnick von ihrer Universität genau das Gleiche gesagt worden war. Was für eine Belastung musste das für die Doktorandin und ihre Freundschaften bedeutet haben?

Will gab es auf, ihn weiter auszuquetschen. „Hast du deine Bewerbung fertig?“

Sie warteten darauf, dass die Geiselbefreiungseinheit bekannt gab, dass man sich für die nächste Auswahlrunde bewerben konnte. Es sollte jeden Augenblick so weit sein.

Hunts Bewerbung war seit Monaten fertig. „Ja. Du?“

Will nickte. „Wir sollten unser Training hochfahren. Willst du mit laufen kommen?“

„Jetzt?“ Hunt würde sich eher Nadeln in die Augen stecken.

Will nickte erneut.

Hunt warf einen Blick auf die diversen Ordner und den ganzen Papierkram zu den verschiedenen Wissenschaftlern, die auf seinem Schreibtisch lagen. Er hatte noch jede Menge zu tun. „Ich bin ziemlich beschäftigt. Morgen vielleicht?“ Bis sie herausgefunden hatten, ob aus dem Großraum von Atlanta die Gefahr von Bioterrorismus drohte, würde Hunt nicht viel Zeit für fünfzehn-Kilometer-Läufe finden.

Ein Grinsen spielte in Wills Mundwinkeln. „Wenn du nicht hundertprozentig dabei bist, brauchst du dich erst gar nicht zu bewerben. Ich schreib dir eine Postkarte aus Quantico.“

Selbstgefälliger Arsch.

„Ich bin dabei.“ Und es war schon nach sieben und Hunt

verschwendete seine Zeit mit einer Frau, die sich vermutlich einfach zu viel vergiftetes Koks in die Nase gezogen hatte und dann baden gegangen war – allein und mitten in der Nacht. Das alles hatte vermutlich rein gar nichts mit dem illegalen Handel von waffenfähigem Anthrax zu tun. Die Forscher waren alle zu Hause im Feierabend. Die Analysten im SIOC machten ihr Ding. Es gab noch eine ganze Reihe weiterer Forscher, die Hunt morgen früh an der Georgia State University befragen würde. „Okay. Gib mir fünf Minuten, ich muss mich schnell umziehen."

„Beeil dich. Manche von uns haben später noch was vor, Bruder. Bringen wir es hinter uns, bevor unsere Körper dem Muskelschwund anheimfallen, und wir am Ende aussehen wie Reinhold."

Bob Reinhold war dick und kahlköpfig, aber Hunt war sich ziemlich sicher, dass er schon so auf die Welt gekommen war.

„Der Gewinner schmeißt eine Runde Bier." Hunt fuhr seinen Rechner herunter und schloss die Akten fort.

„Die Zeit hätte ich natürlich, wenn du mir noch ein schnelles Bier ausgeben willst." Will grinste.

Hunt schüttelte den Kopf und ging zu den Umkleideräumen. Will war sportlich, aber er hatte den Körper eines Sprinters. Vor vierzehn Monaten hatte Hunt den Kerl auf den langen Strecken regelmäßig abgehängt, aber dann hatte er sich bei einem Motorradunfall das Bein gebrochen – was der Grund dafür gewesen war, weshalb er vom SWAT-Team zur Einheit gegen Wirtschaftskriminalität versetzt worden war. Jetzt war Will meistens schneller. Eine Schwäche, die Hunt sich nicht leisten konnte, wenn er hoffte, die Auswahl zu überstehen. Er zog seinen Anzug aus, verschloss

Dienstmarke, Portemonnaie und Waffe in einem Spind, dann zog er eine Laufshorts und ein altes, graues T-Shirt an.

Schuldgefühle, weil er nicht an dem Fall arbeitete, nagten an ihm, aber die Geiselbefreiungseinheit war sein Traum, seit er sieben Jahre alt gewesen war. Er musste seinen Job machen, aber das bedeutete nicht, dass er seine längerfristigen Ziele opfern musste. Er musste nur herausfinden, wie er beides unter einen Hut bringen konnte.

Hunt musste an Cindy Resnicks toten Körper am Ufer des Sees denken. Man wusste nie, wann die eigene Zeit abgelaufen war.

———

PIP STARRTE AUF die leere Flasche Schampus, die auf geschmolzenen Eiswürfeln im Sektkühler vor sich hin dümpelte. In dem Moment hatte sich das Anstoßen auf Cindy gut angefühlt, und Pip wusste, dass Cindy es gutgeheißen hätte, aber jetzt, nachdem Sally-Anne gegangen war, war Pip wieder mit dem riesigen Loch in ihrem Leben allein. Eine klaffende Wunde, da, wo früher ihr Herz gewesen war.

Ein Mann kam auf sie zu und hielt an ihrem Tisch an, ein kleines Tablett mit zwei Tassen Kaffee darauf in der Hand. „Entschuldigen Sie meine Verspätung. Ich war mir nicht sicher, wie Sie ihn trinken, also habe ich mich einfach für schwarz entschieden." Er warf einen Blick auf die Champagnerflasche. „Aber vielleicht hätten Sie lieber etwas Stärkeres?"

Adrian Lightfoot trug ein moosgrünes Sakko über einem weißen Hemd und braunen Hosen.

„Nein, das ist perfekt." Sie nahm eine der Tassen und

stellte sie vor sich auf dem Tisch ab. „Vielen Dank, Mr. Lightfoot."

„Nennen Sie mich Adrian." Er nahm ihr gegenüber Platz und Pip hatte direkte Sicht auf sein blondes, grünäugiges gutes Aussehen, auch wenn er dunkle Ringe unter den Augen hatte, als ob er nicht geschlafen hätte.

Sie nickte in Richtung der Schampusflasche. „Eine von Cindys Freundinnen aus dem Labor ist vorbeigekommen, um ihr Beileid auszusprechen. Sie hat darauf bestanden, auf Cindy anzustoßen." Es musste vermutlich furchtbar aussehen, wurde ihr klar. Als ob sie das kalte, harte Geld ihres Erbes feiern würde.

Er lächelte sie freundlich an. „Cindy hat Champagner geliebt."

„Ja. Ja, das hat sie." Ein bittersüßer Schmerz schoss durch ihre Brust. Pip war dankbar, dass er das über Cindy wusste. Das machte es einfacher, diese Sachen mit ihm zu erledigen.

Er stellte seine Aktentasche auf dem Tisch ab und ließ die Schnappverschlüsse aufspringen. „Mir tut das alles sehr leid." Seine Finger zitterten. „Dass Sie sie gefunden haben. Nun, das muss furchtbar gewesen sein…"

Pip wandte den Blick ab. Ja. Es war grauenhaft. Und das war nicht die Art und Weise, wie sie sich an ihre beste Freundin erinnern wollte. Sie wollte sich an die Tage im Schlafanzug erinnern, an die langen Läufe, die durchgefeierten Nächte. Die Moët-Flaschen, die sie sich aus Freude statt aus Trauer geteilt hatten.

„Hat das FBI schon bekanntgegeben, wie genau sie gestorben ist?", fragte er.

Pip hob die Kaffeetasse an ihren Mund.

„Vorsicht", warnte Adrian. „Ist sehr heiß."

Sie pustete auf den Kaffee und trank einen winzigen Schluck. Er hatte recht. Der Kaffee war kochend heiß, und sie stellte ihn wieder auf der Untertasse ab.

„Ich habe mit einem FBI-Agenten gesprochen, der gesagt hat, die Autopsie hätte ergeben, dass sie ertrunken ist. Außerdem haben sie mit Fentanyl verschnittenes Kokain in ihrem Blut nachgewiesen", sagte sie.

Seine Augen wurden groß. „Sie hat Drogen genommen?"

Pip biss die Zähne zusammen. Warum dachte jeder sofort das Schlimmste? „Ich will eine zweite Autopsie veranlassen."

„Was?" Er sah perplex aus. Anspannung breitete sich in seinem Körper aus, und er setzte sich langsam auf. „Gibt es Anzeichen, dass sie vergewaltigt wurde?"

„Nein." Pip runzelte die Stirn.

Adrian sank wieder in seinen Stuhl zurück. „Ich kann vermutlich eine zweite Autopsie für Sie anfordern. Sie stehen nicht etwa unter Verdacht, oder?"

Traute er ihr nicht? Glaubte er, sie hätte Cindy umgebracht, um an das Erbe zu kommen?

„Mein Alibi wurde bestätigt. Zum Glück gibt es Überwachungsaufnahmen von mir, die mich zu ihrem Todeszeitpunkt hunderte von Meilen entfernt verorten." Traurigkeit stieg in ihr auf, aber sie kämpfte dagegen an. Es war schwer, die Tränen hinunterzuschlucken, und sie hatte es satt, ständig zu weinen.

Sie versuchte, geduldiger mit sich selbst zu sein. Cindy war erst gestern gestorben. Es stand Pip zu, zu trauern, sie durfte sich nur nicht darin suhlen.

„Sie haben mein Auto durchsucht…"

„Sie haben was?" Adrian klang alarmiert.

„Nach Drogen. Gestern. Oben in Allatoona."

„Damit haben Sie sich einverstanden erklärt?"

Pip nickte. „Ich habe die Leiche gefunden. Natürlich hatten sie mich unter Verdacht, das Kokain beschafft zu haben." Sie lächelte über seinen fassungslosen Gesichtsausdruck. „Wie auch immer. Es gab in meinem Auto nichts zu finden, also war mir das nur recht. Obwohl ich natürlich die Drogen in den See geworfen oder im Wald vergraben hätte, wenn ich sie tatsächlich besorgt hätte und zu viel Schiss gehabt hätte, es zuzugeben. Ich hätte sie nicht in meinem Auto aufbewahrt."

„Das lassen Sie das FBI besser nicht hören."

„Die sind ja nicht dumm. Das wissen die. Aber wie gesagt, als Cindy starb, war ich meilenweit entfernt von der Hütte." Der Atem blieb ihr im Hals stecken und ihre Stimme brach. „Ich wünschte, ich wäre da gewesen."

Adrian streckte den Arm aus und drückte ihre Hand, genauso wie Kincaid es heute früh beim Frühstück gemacht hatte. Es fühlte sich an, als wäre das schon tausend Jahre her.

„Ich m-mochte Cindy sehr gern." Er räusperte sich. „Es tut mir sehr leid, dass sie tot ist. Und es tut mir wahnsinnig leid, dass Sie sie so gefunden haben." Seine Berührung war warm und beruhigend. „Aber ich würde gerne etwas verstehen. Warum genau wollen Sie eine zweite Autopsie veranlassen?"

„Ich kannte Cindy seit mehr als zehn Jahren, und ich habe kein einziges Mal gesehen, wie sie so etwas Dummes macht, wie Drogen zu nehmen. Entweder haben sie bei der Autopsie einen Fehler gemacht, oder sie haben etwas übersehen."

„Cindy hatte auch eine wilde Seite." Adrian schien sie warnen zu wollen.

„Das ist mir durchaus bewusst."

„Und niemand hätte sie jemals dazu zwingen können, etwas zu tun, was sie nicht tun wollte."

Cindy war ebenso dickköpfig gewesen wie Pip.

„Wären Drogen denn wirklich vollkommen außerhalb des Möglichen?", fragte Adrian sanft.

Pip dachte über die verrückten Dinge nach, die sie über die Jahre zusammen gemacht hatten. Widerwillig schüttelte sie den Kopf, auch wenn sie es nicht wirklich glaubte. Eine wilde Seite zu haben, war das eine. Leichtsinnig zu sein, etwas ganz anderes. Vielleicht waren die Grenzen für Cindy nach Monaten und Jahren des vielen Arbeitens verschwommen. Vielleicht hatten der Tod ihrer Familie und der Streit mit ihrer besten Freundin das Fass schließlich zum Überlaufen gebracht, und sie hatte eine dumme Entscheidung getroffen. Aber Pip glaubte es noch immer nicht.

Langsam ließ er ihre Hand los und tätschelte sie sanft. „Ich erinnere mich, dass Cindy eine schlechte Meinung von Leuten hatte, die dumme Sachen machen." Eine Furche legte sich über seine perfekte Stirn. „Weshalb sie auch diesen Freund vor die Tür gesetzt hat."

„Dane?" Pip kannte Dane überhaupt nicht. Er gehörte zu einer anderen Clique als Cindys Freunde von der Uni.

„Ich meine den anderen. Dickster?" Ein kaltes Funkeln blitze in Lightfoots grünen Augen auf.

„Ah, eine andere Art von dumm." Sie lachte. „Aber ja. Sie hatte keine Nerven für Idioten oder Betrüger."

Adrian Lightfoot kratze sich am Kopf. „Er hat Cindy immerzu gedrängt, in seine Firma zu investieren, aber ich habe ihr davon abgeraten. Nicht, dass mich das etwas angegangen wäre, aber nach dem Tod ihres Vaters dachte ich, es könnte nicht schaden, ihr mit ein wenig väterlichem Rat zur

Seite zu stehen, wenn es um Männer ging, die es nur auf ihr Geld abgesehen hatten.“

Adrian war selbst nicht besonders alt und ernsthaft gutaussehend. Pip bezweifelte, dass Cindy in ihm eine Vaterfigur gesehen hatte.

Hatte Cindy jemals versucht, ihn zu verführen? Pip hätte es ihr zugetraut. Cindy mochte Männer, und seit ihrer Trennung von Pete hatte sie eine Reihe von One-Night-Stands gehabt. Das war eine der Sachen gewesen, vor denen Pip sie hatte warnen wollen.

Und nun war Cindy tot und Pip wünschte sich, sie hätte es nie erwähnt.

„Ich bin gerne bereit, Sie offiziell zu beraten, sobald die Testamentseröffnung erledigt ist, aber ich verstehe es, falls Sie womöglich schon einen Anwalt haben oder jemand anderen bevorzugen. Ich habe die Resnicks mein ganzes Leben lang gekannt. Vielleicht wäre das eine zu schmerzhafte Erinnerung …“

Pip ließ die Schultern hängen, und der kalte Lufthauch aus der Klimaanlage des Hotels ließ Gänsehaut über ihre Arme laufen. Sie wollte diese Verbindung. Sie wollte diese Erinnerung. Das Letzte, was sie wollte, war, sie zu vergessen. „Ich habe keinen persönlichen Anwalt. Ich habe noch nie einen gebraucht.“ Und hätte sich ohnehin keinen leisten können, selbst wenn sie ihn gebraucht hätte. Sie runzelte die Stirn. „Ich würde mich freuen, wenn Sie mich beraten würden. Aber das Einzige, was ich derzeit machen will, ist es, eine angemessene Beerdigung für Cindy zu planen.“

Er nickte. „Das können wir tun. Sie waren eine gute Freundin. Ich weiß, dass Cindy Sie geschätzt und geliebt hat. Sie hat oft von Ihnen gesprochen.“

Der dumme Streit lastete schwer auf Pips Seele. Die Tatsache, dass sie Cindys Entscheidungen kritisiert hatte. Das hatte sie nur getan, weil sie sich Sorgen gemacht hatte, aber es war dennoch übergriffig gewesen.

„Ich muss das Richtige für sie tun. Ich muss herausfinden, was passiert ist. Das bin ich ihr schuldig." Sie zögerte, dann gab sie zu: „Ich bin mir nicht sicher, ob ich alles bezahlen kann, was ich erledigen muss. Wie viel kostet eine Autopsie? Wie viel kostet eine vernünftige Beerdigung?"

Adrian sah erschrocken aus. „Die Erbschaftssteuer wird keine unwesentliche Summe ausmachen, aber …"

„Ich werde jeden Cent darauf verwenden, wenn es sein muss." Sie ballte die Hände zu Fäusten. „Und ich kann noch mehr verdienen. Mir wurde ein guter Job in Denver angeboten …"

Adrian hielt eine Hand hoch, schüttelte den Kopf. „Ich glaube, Sie begreifen das Ausmaß von Cindys Vermögen nicht ganz. Allein die Patente ihres Vaters generieren jedes Jahr mehrere hunderttausend Dollar." Cindys Vater hatte in der Pharmaindustrie gearbeitet und war bereits in jungen Jahren mit einer Serie von Patenten für Medikamente gegen Bluthochdruck sehr erfolgreich gewesen. „Und Cindy hat ihr eigenes Patent angemeldet, das ebenfalls in nicht allzu ferner Zukunft eine Menge wert sein wird."

Das hatte Pip ganz vergessen.

„Sie müssen vielleicht eine Hypothek auf das Haus aufnehmen oder einige Aktien liquidieren, um so kurzfristig die Erbschaftssteuer bezahlen zu können, aber selbst dann bleibt immer noch eine beträchtliche Summe übrig. Sie müssen den Job in Denver nicht annehmen, es sei denn, Sie möchten es." Er beugte sich vor, damit er leise sprechen konnte. „Ich weiß nicht, was Ihre beruflichen Ziele sind, aber Sie müssen nie wieder arbeiten."

„Was?" Ihr Magen krampfte sich zusammen. Pip hatte nicht gewusst, dass Trauer körperlich so wehtun konnte. Cindy hatte eine wohlhabende Frau aus ihr gemacht, aber alles, was sie wirklich wollte, war es, ihre beste Freundin zurückzubekommen.

Sie hörte das Leder des Sofas knarzen, als Adrian sich neben sie setzte und sie behutsam in den Arm nahm, sie wiegte, während die Tränen aus ihr herausbrachen.

„Kommen Sie. Lassen Sie uns irgendwo hingehen, wo Sie mehr Privatsphäre haben", sagte er.

Sie griff nach ihrer Tasche. Er nahm seinen Aktenkoffer, und gemeinsam schlurften sie zum Aufzug, ließen den Kellnern die Kaffeetassen und die leere Champagnerflasche da. Im Fahrstuhl presste er ihre Wange gegen seine Brust und sie begann so heftig zu schluchzen, dass sie kaum noch etwas sehen konnte. Auf ihrer Etage angekommen, führte er sie zu ihrem Zimmer und stand abwartend da, während sie nach ihrer Schlüsselkarte kramte.

Sie betraten die große Suite, die er für sie gebucht hatte, und Pip rollte sich auf einem der bequemen Sessel zusammen, wischte sich die Tränen aus den Augen. Ihre Trauer war wie ein Vorschlaghammer, der unablässig und wie aus dem Nichts auf sie einschlug. In einem Moment konnte sie sich beherrschen, im nächsten Augenblick zerfiel sie in tausend Einzelteile.

Adrian stand unsicher neben der Tür. „Darf ich kurz hineinkommen?"

„Sicher." Verdammt. Sie hasste Schwäche. So viel zum Thema nicht mehr weinen. Sie konnte genauso gut den Wellen verbieten, ans Ufer zu plätschern. „Aber ich weiß nicht, ob ich es schaffe, irgendetwas Wichtiges zu besprechen."

Er zog einen Stapel Papiere aus seinem Aktenkoffer. „Lesen Sie sich nur die oberste Seite durch und unterschreiben Sie, dann kann ich alles Weitere in die Wege leiten, und Sie können sich in Ruhe um die Beerdigung kümmern. Ich werde eine zweite Autopsie beim besten privaten Rechtsmediziner der Stadt veranlassen. Je schneller die rechtlichen Angelegenheiten geklärt sind, umso besser. Cindy war ein großer Befürworter davon, Dinge zu erledigen."

Pip lachte leise auf. Das stimmte. Cindy hatte es nicht gemocht, Zeit zu verschwenden. Pip überflog das Dokument und unterschrieb es. Das Gefühl, Cindy zu verraten, verschwand trotzdem nicht.

„Wir haben uns gestritten", gestand sie, hatte das Bedürfnis, zu beichten. „Ich habe Dinge gesagt, die ich bereue, und ich hatte keine Gelegenheit mehr, mich wirklich bei ihr zu entschuldigen." Sie schluckte schwer. „Womöglich hätte sie nicht gewollt, dass ich das Geld jetzt noch bekomme."

Adrians Mund verzog sich zu einem traurigen Lächeln, das seine Augen aber nicht erreichte. „Cindy hat Sie geliebt, Sie waren ihre Familie für sie. Und in einer Familie streitet man sich. Es gibt niemanden auf der Welt, dem sie ihr Vermögen lieber vererbt hätte, oder der ihre Beerdigung lieber organisieren sollte als Sie. Ich hoffe, Sie lassen mich dabei helfen."

Er nahm ihr das unterschriebene Dokument aus der Hand und umarmte sie noch einmal.

„Versuchen Sie, zu schlafen, Pippa. Ich beginne damit, den Papierkram zu erledigen. Sie konzentrieren sich jetzt einfach auf die Beerdigung und überlegen, wo Sie in der nächsten Zeit wohnen wollen. Das FBI hat das Haus in der Stadt freigegeben …"

„Das FBI hat Cindys Haus durchsucht?"

Adrian nickte und steckte die Papiere zurück in seinen Aktenkoffer. „Sie mussten sicherstellen, dass es dort keine Spuren von Anthrax gibt."

Pip runzelte die Stirn. „Ist das nicht ein wenig seltsam?"

„Sie haben behauptet, es wäre das Standardverfahren bei Wissenschaftlern, die zu solchen Krankheiten forschen."

„Glauben Sie das?", fragte sie.

Er fuhr mit der Hand über eine Stuhllehne. „Das tue ich. Es ergibt Sinn. Außerdem war es beruhigend, nachdem die Möglichkeit zur Sprache gekommen war, dass sich Anthrax im Haus befinden könnte. Die Tatsache, dass sie nichts gefunden haben, wird den Verkauf deutlich einfacher machen."

Sein Versuch, einen Witz zu machen, fiel bei ihnen beiden durch.

„Ich würde gerne zum Haus fahren. Fotos durchschauen, Kleider aussuchen…" Sie brachte den Satz nicht zu Ende. Kleider aussuchen, um etwas zu finden, worin Cindy beerdigt werden konnte. Die Vorstellung war zu endgültig. Zu … falsch. Pip starrte auf den Teppich.

„Natürlich. Haben Sie einen Schlüssel?"

Sie nickte.

Sanft fragte Adrian: „Kommen Sie denn zurecht?"

Sie sah auf und lächelte ihn traurig an. Natürlich, sie würde zurechtkommen. Aber welche Wahl hatte sie auch, außer weiterzumachen?

In dem Augenblick, als er die Tür hinter sich zuzog, schloss Pip die Augen und wollte nur noch auf das Bett sinken und sich vor der Welt verstecken. Stattdessen holte sie ihr Handy hervor und begann, nach einem Drogendealer namens Hanzo zu suchen.

ZEHNTES KAPITEL

E R SAH DAS Mädchen im Regen stehen und verzweifelt nach einer Lücke im Verkehr suchen, um über die Straße sprinten zu können und ihren Bus zu erwischen. Er hupte nachdrücklich und riss ihre Aufmerksamkeit auf sich. Sie trat einen Schritt von der Bordsteinkante zurück und beäugte misstrauisch sein Auto, als er neben ihr hielt und das getönte Fenster herunterkurbelte.

„Oh, hey. Ich habe das Auto nicht erkannt." Sie lachte nervös, ihre Wangen waren gerötet.

Selbst aus dieser Entfernung konnte er den Alkohol riechen. Perfekt. „Ich habe dich im Regen stehen sehen und dachte, es wäre ausgesprochen gemein, dich nicht mitzunehmen. Steig ein."

Ihre Haare waren patschnass vom Regen, das Wasser tropfte ihr von der Nasenspitze. Sie hielt ihren Laptop hoch und lachte. „Das wäre fantastisch, dann wird mein Computer nicht nass. Danke."

Sally-Anne Wilton stieg ein und schnallte sich an.

„Hast du die schrecklichen Neuigkeiten über Cindy gehört?", fragte er und wusste, dass es einfacher wäre, wenn er es erwähnte.

„Ja. Furchtbar. Die Polizei glaubt, es war eine Überdosis." Sally-Anne mummelte sich in ihre feuchte Fleecejacke.

„Ich kann es immer noch nicht glauben." Es war nicht die

Polizei, die ihm Sorgen machte. Warum stellte das FBI Fragen?

Sie nickte. „Ich habe vorhin mit ihrer Freundin gesprochen. Du weißt schon, die Journalistin?"

Er reihte sich in den Verkehr in Richtung von Sally-Annes Wohnung ein. „Ich erinnere mich an sie."

Es war schwer, die zierliche, dunkelhaarige Frau mit der schmalen Taille und den neugierigen Augen zu vergessen.

„Sie organisiert die Beerdigung." Trauer stand in Sally-Annes gepeinigten Augen und blassen Lippen geschrieben. „Wollte wissen, ob irgendjemand in der Fakultät Drogen genommen hat."

„Was hast du ihr gesagt?", fragte er.

Sie zuckte abwehrend mit den Schultern. „Dass ein paar von uns auf Partys Zeug probiert haben, aber wir nicht leichtsinnig oder abhängig waren."

Cindys Tod hätte wie eine normale Überdosis gehandhabt werden sollen, aber stattdessen hatte das FBI seine Nase viel zu tief in diese Sache hineingesteckt. Ebenso wie diese neugierige Reporterin. Seine Finger krallten sich um das Lenkrad, während er den Wagen durch die regennassen Straßen manövrierte.

Seit der Waffenhändler vor einer Woche untergetaucht war, war er nur noch mit aufräumen beschäftigt gewesen. Keine einzige Spur durfte zurück nach Atlanta führen. Er hatte sich nicht so viele Jahre lang den Arsch abgearbeitet, um jetzt alles zu verlieren.

Sämtliche Kommunikation war mit verdeckten Identitäten über das Darknet gelaufen. Unauffindbar.

Es war ein kalkulierbares Risiko gewesen, das Anthrax und den Impfstoff auf dem Schwarzmarkt zu verkaufen. Ein Risiko, um damit Panik zu schüren und Interesse zu wecken. Leider war die ganze Sache nach hinten losgegangen, und jetzt musste er die losen Enden verknoten und die Behörden von sich ablenken.

Sie brauchten nicht lange bis zu Sally-Annes Wohnung. Sie wohnte in einer beengten Einzimmer-Absteige. Der größte Vorteil war, dass sie allein lebte.

„Danke fürs Mitnehmen." Sie schnallte sich ab und wollte schon aus dem Geländewagen steigen, den er sich von einem Freund ausgeliehen hatte.

„Kann ich auf einen Drink mit raufkommen?", fragte er. „Ich will gerade nicht allein sein."

Sie blickte ihn zögernd an, aber ihr Ausdruck wurde weicher. „Ich kann dir Tiefkühlpizza anbieten, falls das hilft? Aber ich muss morgen früh raus."

„Das wäre großartig. Danke."

Sie ging voran und er folgte ihr durch den Haupteingang des Gebäudes, das eine Sicherheitstür aber keine Überwachungskamera hatte. Er hielt trotzdem den Kopf gesenkt, nur für den Fall. Er achtete darauf, nichts anzufassen.

Sie gingen die Treppe hinauf bis zum dritten Stock. Der Teppichboden hatte eine matschbraune Farbe, aber man konnte trotzdem noch Flecken erkennen.

Sally-Anne schloss die Wohnungstür auf, warf ihre Jacke und ihre Taschen auf den nächstbesten Stuhl und schaltete eine Lampe an, anstatt des Deckenlichts. Stapel von Lehrbüchern und Fotokopien lagen auf dem Couchtisch.

„Sorry für die Unordnung. Ich habe nicht mit Besuch gerechnet." Sie machte Anstalten, aufzuräumen.

„Mach dir meinetwegen keinen Stress."

Sie blickte sich unsicher um, dann zuckte sie mit den

Schultern. „Such dir einen Platz auf der Couch. Bier oder Wein? Ehrlich gesagt ... den Wein habe ich gestern schon aufgemacht, aber er dürfte noch gut sein."

„Bier klingt super."

Sie holte zwei Flaschen aus dem Kühlschrank und stellte sie auf dem Tisch ab. Dann schob sie die Lehrbücher zur Seite.

„Ich mach das schon. Kümmere du dich um die Pizza."

Sie lächelte ihn traurig an. „Danke. Ich mach mal den Ofen an. Es ist immer noch nicht richtig angekommen, weißt du?"

Sie sprach über Cindys Tod.

Aber sie lag falsch. Cindys Tod war angekommen. Die Ermittlungen waren der Grund, weshalb er hier war.

Er beobachtete Sally-Anne dabei, wie sie in die Küche ging und den Ofen anstellte, eine gefrorene Pizza hinein schmiss. Er zog eine Plastikviole aus seiner Tasche, nahm den Stopfen heraus und schüttete das weiße Pulver in ihre Bierflasche, als sie nicht hinsah. Mit seinem Daumen wischte er den Flaschenrand ab, machte sich eine mentale Notiz, die Flasche nachher sauber zu wischen.

Als sie zurückkam, setzte sie sich im Schneidersitz auf das Sofa und hob ihre Bierflasche an. „Auf Cindy."

„Prost." Sie stießen an und tranken beide einen ordentlichen Schluck.

„Ich habe schon zu viel getrunken." Sie stützte den Kopf in die Hände. „Die Übung morgen mit den Erstsemestern wird die Hölle werden."

„Cindy konnte trinken wie ein Fisch und wurde trotzdem nie betrunken."

Sally-Anne stöhnte leise auf. „Ich kann nicht glauben, dass sie direkt vor ihrer Abgabe gestorben ist. Ich meine, sie hat so hart daran gearbeitet. Das ist einfach nicht richtig."

„Die Definition von Ironie."

„Ein guter Grund, meine Doktorarbeit augenblicklich fertig zu stellen." Diesmal lachte sie lauter.

Er lehnte sich zurück in die durchgesessene Couch. „Vielleicht ist es ein Zeichen, niemals die Dinge aufzuschieben, die wir im Leben gerne machen würden."

„Beispielsweise?"

War das falsch? Sie zu ködern? „Ich weiß nicht. Bungee-Jumping? Den Grand Canyon zu sehen? Im Great Barrier Reef zu schnorcheln, solange es noch existiert? Sex am Fenster eines Hotels zu haben. Sachen eben, die auf der Löffelliste stehen. Was steht auf deiner?" Er sah zu, wie sie einen weiteren großen Schluck Bier trank. Ihre Wangen waren gerötet, auch wenn es in der Wohnung kühl war.

„In China über die Große Mauer zu spazieren. Den Amazonas zu sehen." Sally-Anne presste die Lippen zusammen und grinste. „Jemandem in einem dunklen Kino einen zu blasen?" Das Rot ihrer Wangen wurde tiefer. „Du hast ja gefragt."

„Tu es. Cindy ist tot, Sally-Anne. Und morgen wirst du vielleicht von einem verdammten Bus überfahren."

Ihre Augen waren unfokussiert. Ihre Mundwinkel hingen ein wenig herab. Sie war nicht daran gewöhnt, ihn fluchen zu hören, aber er stand unter einer Menge Stress.

„Willst du noch ein Bier?", fragte er und stand auf.

„Warum nicht. Ich bin sowieso schon betrunken. Eins mehr macht da auch keinen Unterschied mehr."

Er benutzte den Ärmel seines Hemds, um den Kühlschrank zu öffnen und den Flaschenöffner zu benutzen. Dann schüttete er eine zweite Viole des Pulvers in ihr Bier.

Er kam er zurück zum Sofa und reichte ihr die Flasche.

Ihre Augen blickten ihn an und er konnte ein Funkeln darin erkennen, das ihm verriet, dass sie erregt war. Während sie vorhin noch müde ausgesehen hatte, wirkte sie jetzt aufgedreht.

Als er sich wieder hinsetzte, zog sie mit einem Grinsen den Reißverschluss seiner Hose auf. Sie wurde immer geil, wenn sie high war. Sie wusste nur nicht, dass sie gerade high war. Und sie konnte sich selten daran erinnern, was sie getan hatte, wenn sie am nächsten Morgen aufwachte. Das gefiel ihm so gut an ihr. Er griff nach ihren Haaren und fuhr mit seinen Zähnen über ihren Hals.

Er würde es ihr gut gehen lassen. Richtig gut. Bis ihr Herz aufbrach und ihre Adern vor schierer Glückseligkeit explodierten.

Und das Erschreckendste war, wie sehr es ihm gefiel. Was zunächst eine Notwendigkeit gewesen war, gab ihm nun einen Kick, einen größeren Kick, als er jemals von Kokain bekommen hatte.

Wer hätte das gedacht?

Mord machte süchtig.

ELFTES KAPITEL

DAS ALARMSYSTEM WAR nicht eingestellt, und Pip fühlte sich wie ein Einbrecher, als sie durch die Tür des Hauses der Resnicks in Sherwood Forest trat. Geister tanzten mit federleichten Schritten über ihre Haut. Selbst ohne das silberweiße Mondlicht würde sie jeden Zentimeter dieses Hauses wiedererkennen, und ihre Brust zog sich zusammen, als sie von der unendlichen Stille begrüßt wurde.

Sie schlüpfte aus ihren Laufschuhen – eine Hausregel – und schloss die Haustür, bevor sie das Foyer betrat. Sie schaltete die Tiffanylampe an, die der ganze Stolz von Cindys Mom gewesen war. Schummrige Lichtjuwelen fielen an die Decke.

Cindy hatte das Haus im Großen und Ganzen so belassen, nachdem ihre Eltern gestorben warnen. Dieselben Möbel und Wandverkleidungen. Dieselben Bilder an der Wand, dieselben Vorhänge und Jalousien. Die Vorstellung, die Einrichtung ihrer Mutter zu ersetzen, hatte Pips Freundin belastet. Jetzt war es Pips Problem.

An der Wand hing ein Familienporträt.

Es war eine große Leinwand mit allen vier Resnicks darauf, zu einer glücklicheren Zeit. Cindy hatte sich immer beschwert, dass sie darauf plump aussehen würde, aber sie hatte es dennoch hängen lassen, nachdem ihre Eltern und ihr Bruder umgekommen waren. Alle trugen Jeans und herbstliche Farben und waren von bunten Blättern umgeben, saßen im Vorgarten des Hauses. Cindys Mutter hatte besitzergreifend den Arm um ihre beiden Kinder gelegt, und Cindys Dad stand hinter den dreien, sah stolz und glücklich aus. Ihre Liebe füreinander strahlte aus diesem zweidimensionalen Bild hervor und hallte in Pips Herz wider. Das war es, was sie meinte, wenn sie von der Suche nach wahrer Liebe sprach. Das war es, wonach Cindy gesucht hatte.

Pip wusste ohne den geringsten Zweifel, dass sie das Porträt behalten würde, bis sie starb. Das war ihre Familie. Nicht die alkoholabhängige Mutter oder der abwesende Vater. Diese Menschen.

Das erste Mal hatte sie die Resnicks getroffen, als Cindy in ihrem ersten Jahr an der Florida State University mitbekommen hatte, dass Pip niemanden hatte, mit dem sie die Weihnachtsfeiertage verbringen konnte. Cindy hatte sie mit nach Hause geschleift, und sie war mehr oder weniger auf der Stelle adoptiert worden.

Jetzt waren sie alle tot.

Der Verlust durchflutete sie, aber sie ließ sich davon nicht in die Knie zwingen. Nicht dieses Mal.

Pip sah sich um. Es gab keinerlei Anzeichen dafür, dass das FBI das Haus nach Anthrax durchsucht hatte. Sie hatten kein Chaos veranstaltet, was ein Unterschied dazu war, wie die Polizei für gewöhnlich vorging.

Wenn Cindy Kokain herumliegen gehabt hätte, hätte das FBI oder das CDC oder wer zur Hölle auch immer involviert war, es doch sicherlich gefunden? Was erwartete Pip denn eigentlich, hier zu finden?

Sie hatte versucht, den Drogendealer aufzuspüren, aber keiner ihrer Kontakte wusste, wer er war, und es gab keine

Verhaftungen auf diesen Namen. Sie war mit dem Auto durch die „Bluffs" gekreuzt, mit der dämlichen Vorstellung, herumzufragen, war dann aber einfach immer weitergefahren. Die Gegend war berüchtigt dafür, unterprivilegiert und gefährlich zu sein. Eine Frau wie sie, die die falschen Fragen über einen ganz bestimmten Dealer in der Gegend stellte, – würde sich am Ende neben Cindy auf einer Bahre in der Leichenhalle wiederfinden.

Stattdessen war sie hierhergekommen, war von den Erinnerungen und der schmerzenden Einsamkeit angelockt worden.

Auch wenn Adrian ihr versichert hatte, dass das Haus von der Polizei freigegeben worden war, klebte noch immer das Polizeisiegel an der Haustür.

Pip wanderte in die Küche und warf einen Blick in den Gefrierschrank. Unter Berücksichtigung von Cindys Charakter und ihrem Beruf war das der wahrscheinlichste Ort, an dem ihre Freundin Chemikalien aufbewahren würde. Keine auffälligen Tütchen. Nicht einmal eine Schachtel mit Backpulver. An der Rückseite des Hauses befand sich ein Wintergarten, in dem Cindys Mom viele der Pflanzen gezogen und gepflegt hatte, die im Garten wuchsen. Mit seinen bequemen Rattanmöbeln und den trägen Farnen war es Pips Lieblingsort im ganzen Haus. Der Mond schien hell genug, und sie machte sich nicht die Mühe, weitere Lampen anzumachen.

Die Vorstellung, dass dieses Haus jetzt ihr gehörte, war verstörend. Pip schüttelte den Kopf. Sie konnte jetzt nicht darüber nachdenken. Sobald sie sich um Cindys Beerdigung gekümmert hatte, würde sie sich über alles andere Gedanken machen. Über das Haus. Die Autos. Das Geld.

Und noch größere Fragen beschäftigten Pip. Was wollte sie eigentlich mit ihrem Leben anfangen? Wo wollte sie arbeiten? Was wollte sie machen?

Die Option, die auf der Hand lag, war ein weiterer Job bei einer Zeitung, auch wenn sich ihr bei dieser Vorstellung der Magen zusammenzog.

Nicht daran denken. Sich darauf konzentrieren, was mit Cindy passiert war und ihr einen angemessenen Abschied bereiten. Eines nach dem anderen.

Sie suchte nach einem Weg, um diesen Drogendealer aufzuspüren. Sie würde Kincaid den Namen weiterleiten, den Sally-Anne fallengelassen hatte, aber nicht, bevor sie nicht so viele Informationen aus den Doktoranden herausgequetscht hatte, wie sie bekommen konnte. Wenn Cindy Drogen genommen hatte, war es möglich, dass sie den Dealer irgendwie kontaktiert hatte. Pip hatte keinen Zugang zu Cindys Handy, aber Cindy bewahrte Papierkopien aller Rechnungen auf, ein Überbleibsel ihres Vaters, der sich immer Sorgen gemacht hatte, was passieren würde, wenn das System einer Firma abstürzte oder die USA einer massiven elektromagnetischen Strahlung ausgesetzt wurden. Pip würde die Telefonnummern auf den Rechnungen abgleichen, über-prüfen, welche davon von unbekannten Teilnehmern stammten, und würde sich diese dann anschauen. Ohne durch die Bluffs zu marschieren und ihren Hals zu riskieren.

Sie ging in das Arbeitszimmer von Cindys Vater, mit den dunklen, polierten Holzmöbeln und dem offenen Kamin. Es gab einen Fernseher und ein grünes Zweiersofa mit Lederbezug, wo Pip einmal versehentlich Cindys Eltern beim Herumknutschen überrascht hatte.

Das war ihr unfassbar peinlich gewesen, aber die beiden

hatten sich überhaupt nicht aus dem Konzept bringen lassen. Pip liebte es, wie verliebt die beiden selbst nach dreißig Jahren Ehe noch gewesen waren. So eine Liebe war selten. Es war eine echte Liebe.

Sie selbst würde sich mit nichts weniger zufriedengeben. Aber sie bezweifelte, dass sie so etwas finden würde.

Vielleicht stimmte irgendetwas nicht mit ihr. Irgendetwas Fundamentales. Etwas, das sie im tiefsten Kern nicht liebenswert machte.

Egal. Es war nicht wichtig.

Sie zwang diese Gedanken fort und ging zum Aktenschrank in der Zimmerecke, öffnete die Schublade, in der Cindy die Haushaltsrechnungen aufbewahrte. Cindy war ein organisierter Ordnungsfreak, sodass es Ordner für wirklich alles gab, deutlich beschriftet und in doppelter Ausführung, für dieses Haus und für das Haus am See. Die Telefonrechnungen waren nach Datum geordnet, und Pip nahm die Rechnungen für das laufende Jahr heraus, für das Haus, die Hütte und für Cindys Handy, faltete sie zusammen und steckte sie in ihre Handtasche.

Sie warf einen Blick auf das Ölgemälde an der Wand. Hätte Cindy einen Vorrat an Koks im Safe ihres Vaters aufbewahrt? Hatten die Ermittler gewusst, dass es einen Safe gab?

Pip hängte das Bild ab und gab den Code ein. Das Hochzeitsdatum von Cindys Eltern. Cindy hatte den Code nicht geändert.

Im Safe lagen alte Reisepässe und diverse Dokumente. Ein paar Rollen Bargeld und Fremdwährungen, Schmuckkassetten mit den Diamanten von Cindys Mutter. Pip scheute sich vor dem Gedanken, diese Dinge jetzt zu besitzen. Es war eine zu große emotionale Bürde. Sie schob ein paar Dokumente zur Seite und etwas Schweres, kalt und schwarz, starrte sie an.

Die Waffe von Cindys Vater.

Pip hatte ganz vergessen, dass er eine Pistole besessen hatte. Cindy hatte sich eine Glock zur Selbstverteidigung gekauft. Sie hatte so viel Zeit allein im Haus am See verbracht und war spät abends oft allein über den Campus gelaufen und hatte daher etwas gewollt, das ihr ein wenig Sicherheit vermittelte.

Pip hasste Waffen.

Als Kriminalreporterin hatte sie gesehen, welchen Schaden Waffen anrichten konnten und auch tatsächlich anrichteten. Langsam streckte sie die Hand aus und berührte das kalte Metall des Pistolenlaufs. Vorsichtig griff sie danach und zog die Waffe aus dem Safe. Sie war schwer, und Pip musste beide Hände benutzen, um sie ruhig festzuhalten.

Seit den Booker-Morden hatte sie mehrere Morddrohungen erhalten. Sie war sich sicher, dass einige davon von Bookers Kollegen bei der Polizei stammten. Ihr mangelndes Vertrauen in die Bereitwilligkeit der Polizeibehörde, ihr zu helfen, falls etwas vorgefallen wäre, war einer der Hauptgründe dafür gewesen, weshalb sie Tallahassee verlassen hatte.

Pip drehte die Waffe um und fuhr mit einem Finger über den „Remington"-Schriftzug am Lauf.

Sie hatte keine Erfahrung mit Waffen. Sie wusste nicht einmal, wie man dieses Ding lud. Aber sie würde es lernen, entschied sie, und machte den Rücken gerade. Sie würde lernen, sich zu verteidigen. Sie steckte die Pistole zusammen mit einer Schachtel Munition in ihre Handtasche. Es war ein schweres Ding. Sie würde sich einen Schießstand suchen und jemanden dafür bezahlen, dass er ihr das Schießen beibrachte.

Agent Kincaids zynisches Lächeln blitzte in ihren Gedanken auf. Er würde ihr vermutlich raten, der Gefahr aus dem Weg zu gehen, indem sie ihre Nase nicht in die Angelegenheiten anderer Menschen steckte. Aber das konnte sie nicht. Sie konnte nicht aufhören, bis sie herausgefunden hatte, warum eine Frau, die gerade ein vier Jahre währendes Projekt, dem sie vollkommen verschrieben gewesen war, beendet hatte, sich augenblicklich Koks eingezogen hatte und gestorben war.

Pip schloss den Safe und hängte das Bild zurück. Suchte die Polizei überhaupt nach dem Dealer? Kincaids Informationen nach zu urteilen ging sie davon aus, aber das FBI schien sich mehr Gedanken über eine mögliche Bedrohung durch die Krankheit zu machen, an der Cindy gearbeitet hatte, anstatt über das, was sie umgebracht hatte.

Dachten sie etwa, Cindy würde das Anthrax mit nach Hause bringen? Oder vielleicht machten sie sich Sorgen, dass sie es unabsichtlich an ihrer Kleidung in ihr Zuhause getragen hatte.

Pip wusste über die Vorsichtsmaßnahmen Bescheid, die Cindy im Labor ergriff. Es ergab überhaupt keinen Sinn.

Oder, was wahrscheinlicher war, die Behörden hatten neue, umfassende Vorschriften erlassen, die sämtliche Gefahrenstoffe der Kategorie A betrafen. Pauschale Verfahren für alles, von Anthrax bis Ebola.

Pip wanderte durch die Küche und in den Flur. Rechts ging es in ein formelles Wohnzimmer, das nur an Weihnachten und Thanksgiving benutzt worden war oder wenn die Familie Gäste gehabt hatte. Pip war sich ziemlich sicher, dass der einzige Mensch, der seit der Beerdigung in diesem Raum gewesen war, die langjährige Putzhilfe der Resnicks war.

Herrgott, sie hatte jetzt eine Putzhilfe. Nie im Leben konnte sie diese Frau feuern.

Sie ging zur Haustür und sammelte die Post ein. Rechnungen und Reklame. Das waren jetzt ihre Rechnungen, bemerkte sie bestürzt. Schweiß trat ihr auf die Stirn. Sie war so eine Verantwortung nicht gewöhnt. Pip hasste es, sich zu verschulden oder ihre Kreditkarte zu benutzen – daher auch der bedauernswerte Zustand ihres Autos.

Sie ballte ihre Hände zu Fäusten. Die Resnicks würden wollen, dass diese Dinge ordentlich gehandhabt wurden. Ihre Angelegenheiten geklärt wurden. Rechnungen bezahlt wurden. Das würde sie für die Familie tun.

Pip ging die Treppe hinauf zu Cindys Zimmer. Anders als in dem Haus am See war Cindy hier nicht in das große Schlafzimmer ihrer Eltern umgezogen, hatte es stattdessen vorgezogen, in ihrem eigenen großen Jugendzimmer am Ende des Flurs zu bleiben. Sie hatte es in dunkelgrünen Farben und blumigen Tapeten umdekoriert.

Pip lehnte im Türrahmen und schaltete das Licht an.

Die Erinnerung, wie Cindy auf dem Doppelbett saß, traf sie hart und plötzlich wie ein Faustschlag. Pip zwang sich, das Zimmer zu betreten. Cindy hatte regelmäßig Tagebuch geschrieben, und auch wenn Pip nicht schnüffeln wollte, so wollte sie dennoch unbedingt wissen, ob sie etwas Wichtiges übersehen hatte.

Du weißt nicht alles über mich.

Diese Worte rasten unaufhörlich durch ihre Gedanken. Was war es, was sie nicht gewusst hatte?

Sie öffnete Cindys Nachttisch. Darin lag das Tagebuch aus

dem letzten Jahr, aber nicht von diesem. Vermutlich war es im Haus am See. Pip legte ihre Hand auf den festen Umschlag, dann nahm sie das Buch, auch wenn sie es eigentlich nicht wollte. Die Antwort befand sich womöglich in diesem Buch, aber die Vorstellung, in Cindys tiefsten Geheimnissen herumzuschnüffeln…?

Pip verurteilte niemanden für sein Sexleben, aber sie war sich nicht sicher, ob sie Cindys intimste Gedanken oder irgendwelche grafischen Beschreibungen lesen wollte. Pip würde sie niemals verurteilen. Wenn man bedachte, was sie sich schon geleistet hatte. Die Vorstellung war lachhaft. Aber was, wenn Pip Dinge über sich selbst las, die ihr nicht gefielen? Ihre Finger krallten sich um das Tagebuch. Sie musste sich der Wahrheit stellen, was auch immer die Wahrheit war.

Das Haus ächzte im Wind. Pip hatte sich hier nie zuvor verletzlich gefühlt, aber sie war auch noch nie zuvor wirklich allein in dem Haus gewesen. Sie steckte das Tagebuch in ihre Handtasche, neben das beruhigende Gewicht der Waffe.

Dann ging sie zur Kommode und betrachtete die Korkpinnwand, die an der Wand lehnte.

Sie sah sich die Fotos an, von denen die meisten ihr vertraut und teuer waren. Viele waren von Cindy und ihr, wie sie herumblödelten, oder von Cindys Familie. Eine Postkarte mit einem Cowboy mit freiem Oberkörper darauf war in der Mitte der Pinnwand angeheftet. Pip hatte sie Cindy letzten Monat von einer Dienstreise nach El Paso geschickt. Ihr Hals schmerzte, so sehr strengte sie sich an, die Tränen hinunterzuschlucken.

Sie würde nicht weinen.

Sie nahm die Postkarte von der Pinnwand und las, was sie geschrieben hatte. Irgendeinen albernen Kommentar, der ihre

Freundin hoffentlich zum Lachen gebracht hatte.

Hinter der Postkarte steckte ein Foto von Cindy mit einem wirklich gutaussehenden Typen. Dane.

War Cindy womöglich wieder mit ihm zusammen gewesen? Pip nahm das Foto ab und steckte es zum Tagebuch in ihre Handtasche. Sie blickte sich suchend im Zimmer um.

Auf dem Nachttisch auf der anderen Bettseite lag ein Buch. *Vom Winde Verweht,* von Margaret Mitchell.

Nicht Cindys übliche Lektüre.

Pip hob das Buch hoch. Ein paar der Seiten hatten Eselsohren, eine Angewohnheit, die Pip selbst unsäglich fand, die Cindy aber vorzog. Sie hatte das Buch definitiv gelesen.

Pip blätterte durch die Seiten und entdeckte auf der Titelseite eine handschriftliche Notiz.

„Liebste Cindy, es ist mir *nicht* gleichgültig." Als Unterschrift nur ein Herz.

Das Lesezeichen war vom Margaret Mitchell-Museum in der Innenstadt. Pip runzelte die Stirn und fragte sich, wer ihrer Freundin dieses Buch geschenkt hatte. Cindy war tief in ihrem Herzen eine Romantikerin. Sie hatte sich ein glücklich-bis-an-ihr-Lebensende gewünscht, nicht das eher trostlose Ende dieses Buches. Verbitterung und Wut drohten, in Pip aufzuwallen, sich in ihrer Brust auszubreiten und aus ihrem Mund hervorzubrechen, weil ihre Freundin jetzt ihr Happy End nie bekommen würde. Und das war einfach nicht fair.

Pip blätterte das Buch noch einmal durch, suchte nach einem Hinweis darauf, wer es ihr geschenkt hatte. Nichts.

Pip konnte sich nicht vorstellen, dass Dane Cindy dieses Buch geschenkt hatte, aber was wusste sie schon über den Kerl? Nicht gerade viel. Pete vielleicht. Er war prätentiös und arrogant genug, um zu versuchen, sich wieder bei Cindy einzuschleimen, auch wenn Cindy ihm seine Untreue niemals verzeihen würde.

Irgendjemand anderes? Jemand neues und aufregendes?

Agent Kincaids attraktives Gesicht blitzte erneut in ihren Gedanken auf.

Ein FBI-Agent! Weder neu noch aufregend, einfach nur unerträglich attraktiv.

Pip legte das Buch zurück auf den Nachttisch und wandte sich zum Gehen. Sie musste diesen Hanzo-Typen aufspüren, aber nicht allein und nicht nachts. Morgen würde sie mit Dane Garnett sprechen – herausfinden, ob er oder der Dealer einen schwarzen Geländewagen fuhren. Sie hatte einen klaren Plan, und das gab ihr ein gutes Gefühl, gab ihr eine neue Aufgabe. Vielleicht würde sie jetzt schlafen können.

Das Quietschen einer Tür im Erdgeschoss ließ ihr das Herz bis zum Hals schlagen. Sie schlich zur Schlafzimmertür und schaltete das Licht aus. Waren das Schritte da unten? Angst schoss durch sie hindurch. Hatte sie vergessen, die Haustür abzuschließen, als sie hergekommen war?

Sie konnte sich nicht erinnern.

Pip lauschte angestrengt, und ihr Herz hämmerte so heftig gegen ihre Rippen, dass sie das Gefühl hatte, außer Atem zu sein. Sie konnte nichts weiter hören. Sie stand regungslos da und zählte bis hundert. Keine Schritte, keine Türen, die geöffnet oder geschlossen wurden. Nichts bewegte sich. Vielleicht war es ein Luftzug, der eine der Zimmertüren bewegt hatte?

Okay. Sie atmete erleichtert aus.

Es waren nur ihre wilde Fantasie und eine ordentliche Dosis Paranoia, die ihr einen solchen Schrecken eingejagt hatten.

Trotzdem nahm sie ihr Handy und wählte die ersten zwei Ziffern des Notrufs. Vorsichtig schlich sie aus dem Schlafzimmer und den Flur hinunter. Schatten tanzten über die Wände, als der Wind durch die Bäume und Sträucher vor dem Haus fuhr.

Sie war ein Feigling, aber sie konnte das Gefühl nicht abschütteln, nicht allein zu sein. Die Schatten schienen lebendig, und es kam ihr vor, als ob sie beobachtet wurde. Sie griff nach der Waffe in ihrer Handtasche, ihre Finger legten sich um den Griff, und sie zog sie heraus.

Mit der Pistole und ihrem Handy bewaffnet, kontrollierte sie zunächst die Haustür, schloss sie ab und entschied, das Haus durch die Gartentür in der Küche zu verlassen, der nächstgelegene Eingang zu der Stelle, an der sie ihr Auto geparkt hatte. Sie schlüpfte in ihre Turnschuhe.

Entschlossen, mutig zu sein, schaltete sie die Lampe am Eingang aus und ging durch den Flur zur Küche. Sie konnte genug sehen und kannte den Weg. Auf dem Weg nach draußen würde sie die Alarmanlage anstellen, nur für den Fall, dass irgendwelche Einbrecher auf den schlauen Gedanken kamen, das Haus auszuräumen, während es leer stand.

Die einzige Warnung, die sie erhielt und die ihr sagte, dass sie tatsächlich nicht allein war, war ein schneller Lufthauch, bevor jemand seinen Arm um ihre Taille krallte und ihre linke Hand an ihrem Körper festklemmte. Er griff nach ihrer rechten Hand und riss sie nach oben, die Pistole flog ihr aus der Hand, bevor er ihr den Arm auf den Rücken drehte und sie brutal gegen die nächstbeste Wand schob.

Und es war eindeutig ein „er", der sie angriff.

Pip schrie auf, und blanker Terror schoss durch sie hindurch. Sie wollte nicht sterben.

ZWÖLFTES KAPITEL

H UNT STAND IN der Dunkelheit und hielt den zappelnden Körper einer völlig verängstigten Frau fest, die entschlossen schien, seine Trommelfelle mit ihren Stimmbändern zu zerreißen. Wenigstens hatte sie ihm nicht den Schädel weggepustet.

„Ms. West. Pip. Pip! Es ist alles in Ordnung." Vorsichtig ließ er ihren Arm los, versuchte, sie zu beruhigen. Sein anderer Arm lag noch immer um ihre Taille, und seine Hand berührte ihre nackte Haut, die seine Finger versengte wie eine Flamme. „Ich bin es, Agent Kincaid." Vorsichtig ließ er sie los, hielt aber ihre Waffe weiterhin fest. Nur für alle Fälle.

Sie taumelte zurück und drehte sich zu ihm um. „Kincaid? Oh, mein Gott. Oh, mein Gott!" Ihre Hand legte sich auf ihre Brust. „Sie haben mich zu Tode erschreckt. Ich hätte Sie erschießen können."

Sie schnappte nach Luft wie eine Asthmatikerin, und viel zu spät fiel ihm die Panikattacke ein, die sie am Morgen gehabt hatte. Es war ein verdammt langer Tag gewesen.

„Was schleichen Sie denn hier herum?", fragte sie.

„Ich wollte noch einen letzten schnellen Blick auf das Haus werfen, bevor es freigegeben wird." Er wohnte in Ansley Park, direkt südlich der Sherwood Forest-Nachbarschaft, und wusste, dass das vermutlich die letzte Gelegenheit dazu sein würde.

„Im Dunkeln?"

Er zog eine Grimasse. „Es ist hell genug, um Ihren bösen Blick zu erkennen."

„Sie würden auch wissen, dass ich Sie böse anschaue, wenn Sie vollkommen blind wären", blaffte sie.

Er unterdrückte ein Grinsen. Es fiel ihm schwerer und schwerer, seine Abneigung ihr gegenüber aufrechtzuerhalten, auch wenn er sich weiterhin nicht über ihre Motive im Klaren war. „Die Lampe im Flur hat gebrannt, als ich ankam. Ich hatte im Arbeitszimmer Licht angemacht, aber ich wusste nicht, dass noch jemand im Haus ist. Wo haben Sie denn geparkt?"

Pip zog den Schulterriemen ihrer Handtasche zurecht und nickte in Richtung der Rückseite des Hauses. „Bei der Garage, so wie immer."

Nach dem Lauf mit Will – und dem schnellen Bier, das Will ausgegeben hatte –, hatte Hunt eine Nachricht von seinem Kontakt am CDC erhalten. Dr. Jez Place hatte ihm die Fotos von Cindy Resnicks Autopsie weiterleiten wollen. Alle biologischen Beweise waren zur Aufbewahrung an das FBI-Labor nach Quantico geschickt worden. Jez hatte ihm die Schlüssel für das Haus ausgehändigt, nachdem Hunt ihm versprochen hatte, sie an die rechtmäßige Besitzerin weiterzuleiten – Pip.

„Was haben Sie denn im Arbeitszimmer gesucht?" Sie klang, als wäre sie außer Atem. Ihm war klar, dass er ihr einen riesigen Schrecken eingejagt hatte. Aber sie hatte ihm beinahe ebenso einen Herzinfarkt verpasst, als er eine Person mit einer Waffe an sich hatte vorbeischleichen sehen.

Er schaltete das Licht an, hoffte, den Anflug von Intimität zu zerstreuen, der sich langsam zwischen ihnen aufgebaut hatte. Das helle Licht ließ sie blinzeln, und sie sah völlig zerzaust und derangiert aus, so als ob sie gerade aus dem Bett gekrochen wäre.

Er hätte das Licht besser auslassen sollen.

„Ich habe nach einer Kopie von Cindys Doktorarbeit gesucht." Er hatte gedacht, dass er zumindest versuchen sollte, die Einleitung und die Auswertung zu lesen, um einen ersten Eindruck von der zugrundeliegenden Methodik zu bekommen. Er war kein kompletter Idiot. Immerhin hatte er einen Abschluss in Ingenieurwissenschaften.

„Haben Sie eine Kopie gefunden?", fragte sie.

Er schüttelte den Kopf.

„Ich hätte Sie erschießen können", sagte sie sehr leise.

Er betrachtete die ältere Waffe in seiner Hand. „Nicht, solange Sie nicht die Sicherung gelöst und ein paar Patronen geladen hätten."

Sie sah ihn verblüfft an. „Ich weiß nicht, wie man das macht. Ich kenne mich mit Waffen überhaupt nicht aus", gab sie zu. Sie ließ die Schultern hängen. „Ich hätte Sie genauso gut aus Versehen wie absichtlich erschießen können."

„Vermutlich wären Sie auch mit Notwehr davongekommen, nur dass das Haus offiziell noch nicht freigegeben ist."

Sie biss die Zähne zusammen, auf eine Art und Weise, die Hunt mittlerweile als tief verwurzelte Dickköpfigkeit erkannte. „Cindys Anwalt hat mir gesagt, es wäre freigegeben."

Hunt schaute auf die Uhr. „In etwa dreißig Minuten oder so hat er recht."

„Naja, vielleicht sollten Sie mir dann die Waffe zurückgeben, und ich warte noch eine halbe Stunde." Sie klang wieder verärgert.

Er versteckte sein Lächeln. „Haben Sie gerade einem

Bundesagenten gedroht?"

Er war sich ziemlich sicher, dass sie ihn regelrecht anknurrte. „Verhaften Sie mich jetzt?" Zum Glück hatte sie erkannt, dass er nur einen Witz gemacht hatte, denn er konnte einen Anflug von Humor in ihrer Stimme heraushören.

„Woher haben Sie die 1911?", fragte er und drehte die Knarre zwischen seinen Fingern. Das Ding sah alt aus.

„Die was?"

„Die Waffe."

„Sie gehörte Cindys Vater." Pips Mundwinkel senkten sich. Sie sah müde aus.

Hunt fragte sich, ob Cindys Vater in der Army gewesen war.

„Ich habe sie im Safe gefunden."

Er blickte sie schneidend an. „Safe?"

„Sie wollen einen Blick hineinwerfen?", vermutete sie.

„Bieten Sie mir das gerade an?"

Sie lachte trocken auf. „Kommt mir so vor, als ob Sie noch neunundzwanzig Minuten Ihrer Bundesgewalt übrig hätten. Ich könnte auch darauf warten, dass Sie es mir befehlen, aber ich hasse es, herumkommandiert zu werden."

„Ist mir schon aufgefallen." Er schenkte ihr ein verschmitztes Grinsen.

„Sind Ihnen unterwürfige Frauen lieber?" Ihre Wangen brannten, als ihre Worte plötzlich eine andere Bedeutung bekamen. „Ich meine …"

Er lachte auf. „Keine Sorge. Ich mag alle Frauen."

Seine Augen wurden schmal.

Er presste zwei Finger auf seinen Nasenrücken. Jetzt hatte er es so klingen lassen, als ob er ein Schürzenjäger wäre, und ihrem Gesichtsausdruck nach zu urteilen, war sie nicht beeindruckt. Sie ging durch das Haus, schaltete auf ihrem Weg alle Lichter ein.

Er mied es absichtlich, seinen Blick auf ihren ausgesprochen prallen Hintern fallen zu lassen.

Er mochte tatsächlich alle möglichen Frauen und war nie über oberflächliche Liebschaften hinausgekommen. Sex und eine gute Zeit. Bloß keine heiklen Gefühle.

Vielleicht machte ihn das also doch zu einem Schürzenjäger.

Er war definitiv noch nicht bereit, sich zu binden und sesshaft zu werden. Er war sich nicht sicher, ob er überhaupt für eine ernsthafte Beziehung gemacht war. Er hatte miterlebt, was seine Mutter durchgemacht hatte, als sein Vater umgebracht worden war. Und er wusste, wie sehr er als Kind ohne Vater gelitten hatte, und als junger Mann, nachdem seine Stiefschwester gestorben war.

Es war einfacher, allein zu sein.

Pip West war also nicht von ihm beeindruckt – und wenn schon. War sein Ego wirklich so zerbrechlich?

Das Arbeitszimmer war altmodisch und klassisch eingerichtet. Holzparkett und dunkle Wandvertäfelung. Vor dem offenen Kamin standen ein jägergrünes Ledersofa und ein Ohrensessel, an der Wand daneben hing ein großer Fernseher.

Was würde Pip mit dem Haus anfangen? Es verkaufen? Hier einziehen und eine Familie gründen?

Er ignorierte die Irritation, die dieser Gedanke in ihm hervorrief, war sich nicht sicher, woher das Gefühl kam. Kam es daher, dass sie sich in seinen Armen gut angefühlt hatte, auch wenn er sie nur aus den falschen Gründen festgehalten hatte? Stammte es von der Tatsache, dass er sie attraktiv fand, aber nicht vorhatte, irgendetwas in dieser Hinsicht zu unternehmen? Oder aus der Vermutung, dass sie keine Frau war, die sich auf eine schnelle, unverbindliche Liebschaft einlassen würde.

Hunt schüttelte über sich selbst den Kopf. Er musste müder sein als ihm klar gewesen war, wenn er schon anfing, über Liebschaften nachzudenken. Sie war Journalistin, und er würde einer Journalistin nicht einmal vertrauen, wenn sie gefesselt und geknebelt war.

Pip ging zu einem altmodisch aussehenden Ölgemälde und nahm es von der Wand. Er kam zu ihr, während sie den sechsstelligen Code eingab und die Tür des Safes öffnete.

Sie zog eine Schachtel Munition aus ihrer Handtasche und legte sie in den Safe.

„Ich habe keine Papierkopie ihrer Dissertation gesehen, aber vielleicht hat sie irgendwo einen externen Speicher. Die Waffe können Sie meinetwegen auch gleich zurücklegen. Bis ich gelernt habe, sie zu benutzen, stelle ich mit der Pistole in der Hand offensichtlich eher eine Gefahr dar."

Hunt legte die Pistole an die Seite des Safes, dann begann er, ihn methodisch zu leeren und den Inhalt auf ein Sideboard zu legen. Alte Reisepässe, Geburts- und Sterbeurkunden. Bargeld. Schmuckkassetten, bei denen er wetten wollte, dass sie echte Edelsteine enthielten. Pip hatte eine Goldmine geerbt. Er warf ihr einen verstohlenen Blick zu, wie sie so dastand, auf ihrer Unterlippe herumkaute und ihn beobachtete. Sie sah nicht besonders glücklich darüber aus. Er wusste nur zu gut, dass Geld nicht die Menschen ersetzen konnte, die man liebte.

Seine Finger berührten etwas Hartes aus Plastik. Ein kleiner, schwarzer USB-Stick. „Darf ich den mitnehmen?"

Pip zögerte, dann nickte sie, verschränkte die Arme vor der Brust. „Wenn Sie versprechen, dass Sie mir Bescheid geben, wenn Sie irgendeinen Hinweis darauf finden, wo sie die Drogen her hatte?"

Er starrte sie argwöhnisch an. „Warum?"

„Weil ich nicht glaube, dass sie sie freiwillig genommen hat", antwortete sie. „Ich will mit der Person sprechen, die sie ihr verkauft hat, um das zu bestätigen."

Als ob irgendjemand das zugeben würde.

Sie wandte den Blick ab. „Und vielleicht haben Sie ja recht und der Grund, weshalb ich es nicht akzeptieren kann, ist der, dass ich mich schuldig fühle wegen dem Streit, den wir hatten." Er sah, wie sie angestrengt schluckte. „Aber ich muss es einfach wissen."

„Das kann ich Ihnen nicht versprechen", sagte er bedauernd. Er hielt ihr den USB-Stick hin. „Ich werde keine laufenden oder zukünftigen Ermittlungen kompromittieren."

Sie ließ die Schultern hängen und seufzte geschlagen auf. Dann schüttelte Pip den Kopf. „Egal. Nehmen Sie ihn einfach mit."

Die Tatsache, dass er ihre Erschöpfung ausnutzte, hätte ihm eigentlich etwas ausmachen sollen. Aber das tat es nicht. Er würde tun, was auch immer nötig war. Hunt legte die anderen Sachen zurück in den Safe und hielt die Waffe hoch. „Sind Sie sicher, dass Sie die nicht haben wollen? Ich kann Ihnen zeigen, wie man sie lädt und wie man die Sicherung einlegt oder löst."

Die Muskeln in ihrem Kiefer arbeiteten und sie sah aus, als ob sie blass wurde. „Ich hasse Waffen."

„Warum haben Sie sie dann mitgenommen?"

Sie antwortete nicht.

Er runzelte die Stirn. „Haben Sie Grund zu der Annahme, dass Sie in Gefahr sind?"

Sie zuckte mit den Schultern.

Mehr würde Hunt nicht aus ihr herausbekommen. Er kontrollierte noch einmal, ob die Waffe auch wirklich nicht geladen war, dann legte er sie vorsichtig zurück in den Safe. Er schloss die Tür, drückte auf „Schließen" und das Ding piepte zustimmend. Anschließend hängte er das Bild zurück.

Aus dem Augenwinkel konnte er sehen, wie Pip zum Drucker ging, der auf einem niedrigen Aktenschrank neben dem Schreibtisch stand. Sie nahm einen dicken Stapel Papier in die Hand, der im Ausgabefach des Druckers lag. Sein Puls beschleunigte sich. Sie hielt ihm den Stapel hin, damit er die Titelseite sehen konnte.

„Ist es das, wonach Sie suchen?"

Cindys Doktorarbeit. Jackpot. Er wollte danach greifen, aber sie hielt warnend ihren Zeigefinger in die Luft. „Ich will auch eine Kopie."

„Da könnte die Universität Einspruch erheben."

Sie zog eine Augenbraue hoch. „Womöglich gefällt es denen noch weniger, wenn *Sie* eine Kopie haben."

Das stimmte, und ihrem trotzigen Kinn nach zu urteilen, hatte er keine Freifahrtscheine mehr übrig. Es dauerte zehn Minuten, um das gesamte Dokument auf dem Drucker zu fotokopieren, der das antike Ding im FBI-Büro eindeutig in den Schatten stellte.

Als sie fertig waren, verließen sie das Haus durch die Gartentür in der Küche, beide mit einer Kopie von Cindys angeblich bahnbrechendem Forschungsergebnis unter dem Arm. Pip aktivierte die Alarmanlage an der Hintertür, dann begleitete Hunt sie zu ihrem Auto und hielt ihr die Hausschlüssel hin, die sich die Polizei am Montagmorgen von den Nachbarn ausgeliehen hatte.

Er und Pip hatten sich die letzte Stunde über unterhalten, ohne sich zu streiten, was ein eindeutiger Fortschritt war. Also hatte sie es vielleicht tatsächlich nicht auf eine Story abgesehen. Vielleicht versuchte sie wirklich, einen Weg zu finden, mit ihrem Verlust umzugehen. Er erinnerte sich an den am Boden zerstörten kleinen Jungen, der er gewesen war, als sein Vater umgebracht worden war. Das Einzige, was ihm damals geholfen hatte, war es, einen FBI-Agenten kennenzulernen, der ihm mitgeteilt hatte, dass der Mann, der während eines Banküberfalls seinen Vater ermordet hatte, wiederum seinerseits von einem Scharfschützen der Geiselbefreiungseinheit umgebracht worden war.

Vielleicht suchte auch sie nur nach einer Möglichkeit, mit der Sache abzuschließen, aber er war noch nicht bereit, ihr zu vertrauen.

Pip setzte sich hinter das Steuer, doch bevor sie die Tür zuziehen konnte, sagte er: „Passen Sie auf sich auf, Pip."

Sie öffnete den Mund, um etwas zu erwidern, überlegte es sich aber anders. Stattdessen schloss sie die Tür und fuhr davon.

Er wünschte, er könnte ihr etwas sagen, was ihr im Umgang mit dem Verlust ihrer Freundin helfen würde, aber er bezweifelte, dass sie auf ihn hören würde, wenn sie nicht einmal auf einen respektablen Rechtsmediziner hörte. Und natürlich würde er nie im Leben zulassen, dass eine Journalistin eine Verbindung zu einer Bioterrorgefahr aufspürte, die eine Gefahr für unzählige unschuldige Leben darstellte. Er fuhr sich mit dem Finger um den Hemdkragen und stieg in sein Auto, das vor dem Haus an der Straße parkte. Das Beste wäre es, wenn er sich ganz, ganz weit von dieser sexy und faszinierenden Frau fernhalten würde.

Das Ziel nicht aus den Augen verlieren.

DREIZEHNTES KAPITEL

ALS UM HALB vier Uhr morgens sein Handy schrillte, saß Hunt senkrecht im Bett.

Er griff nach dem Diensthandy, das über Nacht lud, und zog den Stecker heraus. Der Name eines Detectives der Polizeibehörde von Atlanta, Cyril White, leuchtete auf dem Display auf.

„Kincaid am Apparat.“

„Ich habe hier eine Leiche mit Ihrer Visitenkarte im Portemonnaie.“

Ein Bild von Pip West tauchte in seinen Gedanken auf. Kalter Schweiß brach ihm aus, und er warf das Wasserglas um, das auf seinem Nachttisch stand. Verdammte Scheiße. Das Glas fiel zu Boden und zerbracht.

„Eine junge Frau namens Sally-Anne Wilton. Können Sie mir irgendetwas darüber sagen?“

Hunt presste die Hand auf den Mund und atmete einen Moment tief ein. Die Heftigkeit seiner Reaktion überraschte ihn. Pip West war ihm unter die Haut gegangen. Er konnte sich diese Schwäche, diese Anziehung nicht erlauben. Er setzte sich auf und zog seine Hosen an.

„Schicken Sie mir die Adresse. Ich komme sofort vorbei.“

Dreißig Minuten später stand Hunt vor der Eingangstür einer einfachen Einzimmerwohnung und trug sich in das Logbuch des Tatorts ein, das ihm ein Streifenpolizist hinhielt.

Blitzlichter leuchteten in der Wohnung auf. Anwohner lungerten hinter ihren Wohnungstüren herum, wollten sehen, was los war.

Nichts Gutes.

Hunt zog sich Papierüberzieher an seine Schuhe, auch wenn die Ersthelfer schon durch das ganze Apartment getrampelt waren, als sie angekommen waren. Die Polizei bezeichnete es als eine weitere Überdosis in einer Epidemie, die außer Kontrolle geraten war. Das Problem bestand nicht nur aus Heroin und Kokain, sondern was die Dealer diesen Drogen beimischten. Fentanyl verursachte angeblich ein noch „euphorischeres" High und war hundertmal stärker als Morphium. Die Opioidkrise ließ die Zufuhr von Kokain in den Achtzigern wie ein Trainingscamp aussehen.

Er betrat die Wohnung. Der Gestank von verbranntem Essen vermischte sich mit dem vertrauten Geruch des Todes.

Es war ein hässlicher Anblick.

Zumindest das war Pip erspart geblieben, dachte Hunt grimmig. Der See hatte das physiologische Trauma der Überdosis abgewaschen und Cindy Resnicks Tod sauber und steril gemacht. Sie hatte beinahe friedlich ausgesehen, wie sie da am Ufer des Sees gelegen hatte.

Pip hatte ihre Freundin nicht so sehen müssen.

Das Mädchen hier war spindeldürr und nackt. Ihre Kleidung lag auf dem Boden verstreut, als ob sie sich sie vom Leibe gerissen hätte. Ein Vibrator lag neben der Couch auf dem Fußboden, daneben eine Flasche Olivenöl. Sie lag auf dem Rücken, ein feiner Staubschleier bedeckte ihre Haut, und er konnte nur hoffen, dass es Koks war und nicht waffenfähiges Anthrax.

Blut tropfte aus ihrer Nase. Das Weiß ihrer Augen war

blutunterlaufen und der scharfe Geruch von Erbrochenem lag in der Luft.

Der Gestank des Todes traf ihn unerwartet, und er floh in die Küche, um dem Geruch zu entkommen. Sally-Anne Wilton, die er im Hotel getroffen hatte, als er mit Pip gesprochen hatte. Sie hatte in der gleichen Fakultät gearbeitet wie Cindy. Zufall? Wohl kaum.

Diese dummen, schlauen Kinder.

Hunt zog ein Paar Latexhandschuhe an, die er aus einer Box auf der Arbeitsfläche gezogen hatte und schaute in den Kühlschrank.

Er war voll mit Cola light. Eine offene Flasche Weißwein. Käse – reifer Cheddar. Vollkornbrot. Margarine. Freilandeier. Ein paar selbstgemachte Smoothies. Hunt sah in das Gefrierfach. Tiefkühlpizza und Chili. Keine Drogen.

Im Recyclingeimer lag eine Pizzaschachtel und die Folie. Er berührte die Oberfläche des alten Elektroherds. Noch warm. Hunt öffnete die Ofentür und entdeckte eine zu Pappe verbrannte Pizza.

Die Jacke der Frau hing neben der Wohnungstür über einem Stuhl. Ihr Handy lag auf der Arbeitsfläche. Eine umgefallene Bierflasche lag auf dem Teppich.

Also ... war sie nach Hause gekommen, hungrig und aufgegeilt nach ihrem Treffen mit Pip im Hotel, hatte eine Pizza in den Ofen geschoben und entschieden, während der zwanzig Minuten, die die Pizza im Ofen war, Koks zu ziehen und zu masturbieren?

„Hat jemand den Ofen ausgestellt?", fragte er in die Runde.

Der Polizist an der Tür meldete sich zu Wort. „Der Rauchmelder ist losgegangen und die Nachbarn haben sich beim Hausmeister beschwert. Er hat sich mit dem Ersatzschlüssel Zugang zur Wohnung verschafft, den Ofen ausgestellt und den Notruf gewählt.“

Beim Anblick der toten Frau drehte sich Hunt der Magen um, und er wusste, dass es falsch war, so angewidert zu sein, aber … die Tatsache, dass es ihre eigene Entscheidung gewesen war, machte ihn wahnsinnig.

Nichts würde ihn jemals in die Drogenszene locken können. Verdammt nochmal, er hatte während seiner Genesung nach dem Motorradunfall sogar auf Schmerzmittel verzichtet, so gut es ging. Es war zu einfach, abhängig zu werden, vor allem, weil Ärzte Schmerzmittel zu oft und zu schnell verschrieben und das Problem damit nur noch schlimmer machten.

Detective Cyril White kam zu ihm in die Küche. Sie hatten schon während der Ermittlung in der Stadtverwaltung zusammengearbeitet und davor bei ein paar Banküberfällen, als Hunt gerade neu nach Atlanta gekommen war. Cyril wusste mehr über Polizeiarbeit als Hunt je zu lernen hoffen konnte.

Der Detective hatte Hurrikan Katrina und seine Folgen durchgestanden. War in der Ninth Ward aufgewachsen und hatte zusehen müssen, wie das Haus seiner Eltern von der Flut zerstört worden war, bevor er nach Georgia gegangen war.

„Warum hatte sie Ihre Visitenkarte in der Tasche?“, fragte der Detective.

„Ich habe sie heute in einem Hotel in der Innenstadt kennengelernt. Sie war die Freundin und Kollegin einer jungen Frau, die vorgestern am Allatoona-See gefunden wurde. Überdosis Kokain. Ich habe Sally-Anne nicht befragt. Habe etwa eine Minute mit ihr verbracht, bevor ich los musste, also habe ich ihr meine Karte gegeben, für den Fall, dass ihr etwas einfallen sollte."

„Irgendwelche Ähnlichkeiten zu Ihrer Leiche oben in Allatoona?"

Hunt musterte das weiße Pulver. „Ja, jede Menge. Aber auch Abweichungen. Sie haben beide an der Blake ihren Doktor gemacht. Selbe Fakultät. Unterschiedliche Doktorväter und Forschungsgebiete. Das Opfer am See war ebenfalls nackt, aber ihr Körper wurde draußen gefunden und sie ist ertrunken. Mein Opfer hatte Geld – ein Haus am See und ein Haus in der Stadt. Der Rechtsmediziner hat Spuren von Fentanyl im Kokain in Allatoona gefunden. Das hätte sie vermutlich letztendlich auch umgebracht, wenn sie nicht ertrunken wäre."

Und beide Opfer hatten Pip West gekannt, fiel ihm plötzlich auf. War sie womöglich involviert?

„Fremdeinwirkung?", fragte der Detective.

„Noch nicht geklärt." Hunt schüttelte den Kopf.

„Warum schaut sich das FBI das an?", fragte Cyril rundheraus.

„Ich bin der ABC-Waffen-Koordinator hier in Atlanta und das Opfer hat mit einer Substanz der Kategorie A gearbeitet. Wir haben entschieden, dass Vorsicht geboten war."

„Irgendwas, weswegen ich mir bei diesem Fall Sorgen machen sollte?" White starrte misstrauisch auf das weiße Pulver auf dem Opfer.

Hunt presste die Lippen zusammen. Sally-Anne hatte mit dem Hantavirus gearbeitet, nicht mit Anthrax. Er hatte Nachforschungen über sie angestellt, nachdem er aus dem Hotel zurückgekommen war.

„Ich spreche mit meinem Boss, aber es sieht eher danach

aus, als ob die beiden Frauen unreines Koks gekauft haben, möglicherweise vom selben Dealer. Wir sollten besser herausfinden, wer das ist, bevor noch mehr Leute umkommen."

White schüttelte den Kopf. „Dieser Mist wird nur immer schlimmer, anstatt besser."

Der Anblick von Sally-Annes leblosem Körper deprimierte Hunt. Warum hatte sie es riskiert, high zu werden, direkt nachdem ihre Freundin gestorben war?

Was für eine gottverdammte Sauerei.

„Haben Sie die Angehörigen informiert?", fragte Hunt den Detective.

White schüttelte den Kopf. „Die Familie lebt in Maine. Es ist jemand auf dem Weg dorthin."

Hunt sagte nichts. Er erinnerte sich an den gesichtslosen Polizisten, der an seine Tür geklopft hatte, als er sieben war, um ihnen mitzuteilen, dass sein Dad erschossen worden war. Und noch lebhafter erinnerte er sich daran, wie seiner Mom und seinem Stiefvater mitgeteilt worden war, dass Hunts Stiefschwester gefallen war. Andere Uniformen. Der gleiche, verfluchte Schmerz.

„Wie wollen Sie jetzt vorgehen?", fragte Cyril.

Hunt dachte über die Wahrscheinlichkeit nach, dass das hier nur eine Drogengeschichte war, anstatt Bioterror. Die Chancen standen verdammt gut. „Ich glaube, das ist ein Fall für die Polizeibehörde. Sie müssen herausfinden, wo diese Scheiße herkommt. Das FBI kann Sie unterstützen, und ich leite alle für die Drogengeschichte relevanten Ergebnisse vom Allatoona-Opfer an Sie weiter."

Cyril zog seine grau melierten Augenbrauen hoch. Er hatte alles gehört, was Hunt nicht ausgesprochen hatte.

„Kann ich eine Kopie der Dateien von dem Handy bekommen?" Hunt warf einen Blick auf Sally-Annes Handy und den Laptop.

Cyril nickte. „Ich schicke sie Ihnen rüber, sobald ich sie habe."

Hunt dankte ihm und verließ die Wohnung, wählte auf der Treppe trotz der Uhrzeit McKenzies Nummer. Es war unwahrscheinlich, aber wenn McKenzie diesen Tod als eine Biogefahr behandeln wollte, würden die Dinge um einiges öffentlicher werden, und dann war Panik vorprogrammiert. Das wollte niemand, aber es wollte auch niemand mit Anthrax infiziert werden.

Die sprichwörtliche Wahl zwischen Pest und Cholera.

VIERZEHNTES KAPITEL

D AS PERMANENTE KLOPFEN an Pips Tür ließ sie blinzelnd die Augen öffnen und sich müde im Bett aufsetzen. Das Zimmer war pechschwarz, und sie tastete nach dem Schalter für die Leselampe über ihrem Bett. Sie renkte sich beim Gähnen fast den Kiefer aus und warf einen Blick auf die Anzeige des Digitalweckers.

Fünf Uhr morgens. Wer zur Hölle klopfte denn um diese Uhrzeit an ihre Tür?

Sie schob die Bettdecke fort und stolperte zur Tür. Sie musste sich auf die Zehenspitzen stellen, konnte aber trotzdem nichts durch den Spion erkennen, der scheinbar für Leute angebracht war, die zwei Meter fünfzig groß waren.

Wieder klopfte es.

Pip legte ihre Hand auf die Türklinke, zögerte aber. „Wer ist da?"

„Kincaid." Er klang nicht besonders fröhlich, aber ihr Herz machte einen kleinen, unerwarteten Sprung, und zwar nicht nur, weil er vom FBI war.

Dummes Herz.

Sie zog den Sicherheitsriegel zurück und öffnete die Tür.

Seine Augen wanderten über ihren weichen, pinkfarbenen, zerknitterten Pyjama, dann ganz schnell wieder zurück zu ihrem Gesicht.

„Kann ich reinkommen?" Er sprach leise.

Sie hatte nicht das Gefühl, wirklich eine Wahl zu haben, also ließ sie ihn an sich vorbei ins Zimmer huschen, bevor sie die Tür wieder schloss. Sie folgte ihm und sah davon ab, sich für die Unordnung zu entschuldigen. Einige ihrer Sachen hatte sie an der Wand zwischen Schlafzimmer und Bad aufgestapelt. Die Kisten mit den Büchern und den unwichtigen Dingen hatte sie im Auto gelassen. Ihre offenen Koffer lagen auf dem zweiten Bett, ihren Computer hatte sie auf dem Schreibtisch aufgebaut.

Er blickte sich mit gerunzelter Stirn um. „Wie lange bleiben Sie hier?"

Sie war gestern Abend noch von der Suite in ein Doppelzimmer umgezogen. Es brachte nichts, Geld zu verschwenden, vor allem Geld, das sie nicht hatte. „Bis nach der Beerdigung. Ich schätze, danach wohne ich in Cindys Haus."

„Sie wollen es behalten? Das Haus?" Seine Augen suchten noch immer das Zimmer ab. Vielleicht war das ein Tick von Gesetzeshütern. Vielleicht war er aber auch einfach nur neugierig.

„Ich weiß es noch nicht. Es fällt mir schwer, mir vorzustellen, dort ohne Cindy zu wohnen." Pip war kein Morgenmensch. Sie brauchte einen Kaffee, bevor sie sich mit dem FBI auseinandersetzen konnte. Vor allem mit diesem speziellen FBI-Agenten. Sie griff sich einen Kaffeefilter, füllte Wasser in die kleine Kaffeemaschine, die im Zimmer bereitgestellt worden war, und schaltete sie ein.

Kincaid stand neben dem Schreibtisch und sie sah, wie er ihre Notizen überflog. Verdammt nochmal. Sie trat zu ihm und schloss den Deckel des Ordners.

„Sie befragen Leute, die Cindy gekannt haben?" Er stand

viel zu dicht neben ihr.

Sie nahm alles an ihm extrem wahr, und das machte sie nervös und schreckhaft. „Ich befrage sie nicht, ich notiere mir nur Eindrücke und Gedanken." Sie wich einen Schritt von ihm zurück. In ihrem Pyjama fühlte sie sich verlegen, während er mal wieder seine komplette Bundesagenten-Rüstung trug. „Ich habe Ihnen schon erklärt, dass ich herausfinden will, wo Cindy die Drogen her hatte."

Pip rieb sich über das Gesicht, versuchte, wach zu werden. Sie war nach ihrer Begegnung mit Kincaid im Haus der Resnicks noch bis zwei Uhr wach gewesen. Hatte Listen geschrieben und sich Notizen gemacht, hatte die Augen nicht zu machen wollen oder können, hatte gewusst, dass das Heute ebenso leer sein würde wie das Gestern, und hatte versucht, diese schreckliche Unausweichlichkeit noch etwas aufzuschieben.

Kincaid starrte sie lange an, blickte suchend in ihr Gesicht, auch wenn sie keine Ahnung hatte, wonach er suchte. Schuld? Unschuld? Vergebung? Endlich fragte er: „Darf ich mich setzen?"

Sie nickte. Der Mann sah völlig erledigt aus.

„Haben Sie schon geschlafen?" Sie zuckte zusammen. Die Frage klang zu intim. Es ging sie nichts an. Was, wenn er müde war, weil er sich stundenlang mit einer Geliebten vergnügt hatte? Er hatte ihr gesagt, dass er Single war, nicht etwa, dass er enthaltsam lebte. Er hatte ihr gesagt, dass er alle möglichen Frauen mochte. Ein Kerl, bei dem alle eine Chance bekamen.

Sie hatte sich schon früher in Typen wie ihn verknallt. Ehrlich gesagt war er sogar genau ihr Typ, gutaussehend, selbstbewusst, fast schon arrogant.

„Ein paar Stunden. Genug." Er fuhr sich mit der Hand durch die Haare und ließ sie zerzaust zu Berge stehen. „Wurde mitten in der Nacht zu einem Tatort gerufen."

„Kommt das oft vor?"

Er schüttelte den Kopf. „Seltener als man denkt. Bis vor ein paar Tagen habe ich noch in der Wirtschaftskriminalität gearbeitet."

„Was hat sich vor ein paar Tagen geändert?"

Er lächelte sie knapp an, aber das Lächeln reichte nicht bis in seine Augen. Er würde es ihr offensichtlich nicht verraten.

Ihre Journalisteninstinkte sprangen an. Der Geruch des Kaffees weckte ihren Verstand nach und nach auf, aber nicht schnell genug, um zu begreifen, was los war.

„Warum sind Sie hier, Agent Kincaid?"

Er musterte sie aufmerksam. Es war schwer, in dem schummrigen Licht seinen Gesichtsausdruck zu lesen. „Hat Sally-Anne Ihnen gestern noch irgendwas Nützliches erzählt?" Er sprach weiterhin leise.

Die dünnen Wände waren hellhörig und es gefiel ihr, dass er Rücksicht auf die anderen Hotelgäste nahm, aber sie verstand nicht, warum er sie nach Sally-Anne fragte.

„Nein, nicht viel. Sie hat gesagt, ein paar der Studenten hätten hin und wieder auf den Partys Drogen genommen. Sie hat nie gesehen, wie Cindy irgendwas genommen hätte, hat aber ohne Weiteres geglaubt, dass sie es getan haben musste." Pip konnte nichts dagegen tun, dass sie verbittert klang. Sollte sie ihm den Namen des Dealers nennen oder nicht? Was war wichtiger, die Wahrheit über Cindys Tod herauszufinden, oder dafür zu sorgen, dass das Fentanyl von der Straße verschwand? „Sie hat erwähnt, dass einer der anderen Doktoranden eine Probe der Drogen getestet habe und sie vollkommen pur war, also haben sie dem Dealer vertraut." Pip holte tief Luft.

„Hat sie gesagt, welcher Doktorand?"

Pip schüttelte den Kopf. „Sie war nervös, weil das FBI involviert ist. Ich kann sie fragen, wenn ich sie das nächste Mal sehe, aber ich glaube nicht, dass sie es mir verraten wird. Vermutlich habe ich bei einem von Cindys anderen Freunden mehr Glück…"

„Nein", unterbrach Kincaid sie scharf. „Lassen Sie das die Experten handhaben."

Sein Tonfall ließ Pip zusammenfahren, und sie verabscheute die Tatsache, dass er sie für einen Idioten hielt. „Sally-Anne ist auch der Name des Dealers herausgerutscht. Hanzo. Ich habe nie gehört, wie Cindy ihn erwähnt hat."

Seine Augen wurden beinahe unmerklich größer. „Das hat sie Ihnen alles gestern in der Lobby erzählt?"

Sie nickte. Warum sie ihn beeindrucken wollte, konnte sie nicht sagen.

„Wann ist sie gegangen?"

„Um viertel vor sieben etwa. Sie hat gesagt, sie müsse auf dem Heimweg noch etwas aus dem Labor holen. Ich bin in der Lobby geblieben, bis Cindys Anwalt aufgetaucht ist."

„Der jetzt Ihr Anwalt ist."

Sie zuckte mit den Schultern. Was für einen Unterschied machte das schon?

„Was haben Sie den Rest des Abends gemacht?"

Es klang fast so, als ob er ein Alibi überprüfen wollte. Was glaubte er denn diesmal, was sie getan hätte? „Nachdem Adrian gegangen war, habe ich das Zimmer gewechselt, etwas beim Zimmerservice bestellt und geduscht. Dann habe ich entschieden, zu Cindys Haus zu fahren, gegen halb elf."

„Sie haben auf Ihrem Weg dorthin keine Abstecher gemacht?"

Sie dachte über ihre Fahrt durch die Bluffs nach, war aber nicht töricht genug, es zuzugeben. Sie schüttelte den Kopf.

„Und danach sind Sie direkt wieder hierhergekommen?"

„Ja. Sie waren buchstäblich die letzte Person, mit der ich gesprochen habe. Wollen Sie mir verraten, warum Sie mich verhören?"

Wieder musterte er sie, und sein unbeirrter Blick machte sie nervös. „Sally-Anne Wilton wurde gestern Abend tot in ihrer Wohnung aufgefunden. Anscheinend eine Überdosis."

Pip sank neben ihn auf das Bett. „D-das ist unmöglich."

„Glauben Sie mir, das ist es nicht."

Stille breitete sich zwischen ihnen aus, unterbrochen nur vom Gurgeln der Kaffeemaschine. Was auch immer er heute Nacht gesehen hatte, hatte Spuren hinterlassen.

„Sie haben eine Verbindung zu beiden Opfern", sagte er langsam.

Gänsehaut breitete sich über ihre Arme aus. Traute er ihr wirklich einen Mord zu?

Sie schluckte die Verletzung hinunter und starrte benommen auf die Wand des Hotelzimmers. „Genauso wie jeder, der an der Blake arbeitet."

Ansonsten würde sie in ernsthaften Schwierigkeiten stecken. Bei dieser Vorstellung wurde ihr übel.

Der Kaffee war fertig und Kincaid ging zur Maschine. „Schwarz oder mit Milch?"

„Milch. Kein Zucker", antwortete sie leise.

Er platzierte die warme, weiße Tasse behutsam in ihrer Hand. Dann setzte er eine zweite Tasse auf. Hunt zuckte zusammen, als er seine Reflexion im Spiegel erblickte. Pip sagte ihm nicht, dass er sich keine Sorgen zu machen brauchte. Er sah noch immer heiß aus. Sally-Anne hatte das auch gedacht.

Pip konnte nicht glauben, dass das Mädchen tot war. Nicht, nachdem sie gerade erst zusammen um Cindy getrauert hatten.

Ein eisiger Schauer überkam Pip. Sie hatte Sally-Anne von dem Fentanyl erzählt, oder? Das hatte sie. Sie war sich sicher, dass sie es erzählt hatte. Aber die Frau hatte scheinbar nicht geglaubt, dass für sie ein Risiko bestand, oder hatte gedacht, das Risiko wäre es wert.

Kincaid kniete sich vor ihr hin, strich ihr eine Haarsträhne aus den Augen. „Wenn es etwas hilft, ich bin nie ernsthaft davon ausgegangen, dass Sie Ihre Freundin umgebracht haben. Aber die Strafverfolgungsbehörden legen immer ein besonderes Augenmerk auf die Person, die eine Leiche meldet. Oft sind sie in das Verbrechen verwickelt. Das wissen Sie durch Ihre Arbeit als Reporterin ja selbst."

Ihr Verstand fühlte sich an wie betäubt. „Umso besser, dass ich Sally-Anne nicht entdeckt habe."

„Ja", stimmte er entschieden zu.

„Wissen Sie", ihre Stimme klang kratzig, „wenn ich Cindy die Drogen besorgt hätte, hätte ich den Rest einfach in den See werfen können. Oder ins Klo."

Die Matratze sank ein, als er sich neben sie auf das Bett setzte. „Haben Sie das?"

Mit zitternden Händen trank sie ihren Kaffee. „Ich meine ja nur." Verdammt. Die Vorstellung, dass Sally-Anne tot war, war unwirklich. Zwei intelligente, schöne Frauen. Tot. „Wie konnte das passieren?"

Kincaid schüttelte den Kopf. Auch er sah wütend aus.

„Wer auch immer ihnen die Drogen verkauft hat – und ich werde den Namen dem leitenden Detective weiterleiten –, muss eine ganze Menge Fragen beantworten. Letzten Endes haben die beiden Frauen von sich aus entschieden, das Kokain zu nehmen. Sie wussten über die Risiken Bescheid. Oder vielleicht waren sie auch schon abhängig und dieser Krankheit ausgeliefert."

Konnte Pip so etwas übersehen haben?

Du weißt nicht alles über mich.

Was hatte sie nicht über Cindy gewusst? War das ein Hilfeschrei gewesen?

Die Kaffeemaschine dampfte erneut, und der Geruch von frischem Kaffee erfüllte die Luft. Kincaid stand auf, goss sich etwas Milch in seinen Kaffee und trank einen großen Schluck, auch wenn er brühend heiß sein musste.

Pip blickte ihn durch das Zimmer hinweg an. „Ich weiß, dass Sie denken, ich bin verrückt, aber ich glaube noch immer nicht, dass Cindy diese Drogen genommen hat."

Er wandte den Blick ab. Sie erkannte Mitleid in seinen Augen. Über ihre Verweigerung, Tatsachen zu akzeptieren. Vielleicht war sie ja verrückt.

„Ich sollte Ihnen das eigentlich nicht sagen, aber da Sie eine zweite Autopsie angefordert haben, werden Sie es ohnehin bald herausfinden. Der Rechtsmediziner hat Spuren eines Spermizids in Cindys Vagina gefunden, außerdem unbekannte männliche DNA auf dem Couchtisch. Es ist wahrscheinlich, dass sie kurz vor ihrem Tod Sex gehabt hat."

Pip saß wie versteinert da. „Aber…"

„Sie haben außerdem eine zweite männliche DNA auf den Bettlaken gefunden."

„Was?" Pip ließ die Schultern sinken. Cindy war mit zwei

Typen zugange gewesen, von denen sie Pip nichts erzählt hatte? „Könnte sie vergewaltigt worden sein?"

„Es gibt keine Anzeichen auf sexuelle Gewalt. Es war womöglich eine Reihe von One-Night-Stands."

„So war sie nicht…"

„Vielleicht war sie das doch, Pip. Und vielleicht hat sie diese Seite an sich vor Ihnen versteckt, damit Sie sie nicht dafür verurteilen."

Pip schreckte zusammen. *Du arbeitest zu viel. Du isst nicht richtig. Du gehst mit Typen ins Bett, die du kaum kennst.*

„Wir alle haben Dinge, von denen wir nicht wollen, dass die Menschen, die wir lieben, sie herausfinden."

Heiße Tränen brannten in ihren Augen, aber sie würde sie nicht fallen lassen. „Was, zum Beispiel?"

„Sagen *Sie* es mir."

Sie verzog den Mund. „Ich nehme an, Sie wissen bereits alles, was es über mich zu wissen gibt. Wie wäre es, wenn Sie zur Abwechslung mal was Persönliches von sich selbst preisgeben?"

Er kippte einen weiteren, großen Schluck Kaffee hinunter und stellte den Becher ab.

Der Mund klappte ihr auf, als er nach seiner Gürtelschnalle griff und die Hosen herunterließ.

„So persönlich nun auch wieder nicht", krächzte sie.

Sein Hemd hing über seine Boxershorts. Er deutete auf eine riesige, rote Narbe, die sich von seinem muskulösen Oberschenkel über das Knie bis zur Hinterseite seines Unterschenkels kringelte.

Heilige Scheiße.

„Ein Motorradunfall vor vierzehn Monaten. Ein Lastwagen hatte sich auf der I-85 quergestellt und ich musste das Motorrad bei etwa fünfundneunzig Sachen auf die Seite legen und unter der Achse durchrutschen, um nicht in ihn hinein zu knallen. In einem Film hätte das vermutlich gut ausgesehen, aber in Wirklichkeit hat es höllisch wehgetan. Zum Glück hatte ich eine lederne Motorradhose an. Es war ein Wunder, dass ich überlebt habe, aber mein Bein ist im Arsch. Zuerst dachten die Ärzte, sie müssten es amputieren, dann hieß es, ich würde womöglich nie wieder gehen können." Seine Stimme wurde tiefer. „Sechs Wochen später war ich wieder bei der Arbeit." Er zog seine Hose wieder hoch.

Sie starrte ihn an, entsetzt über das, was ihm zugestoßen war. Nicht nur über die Schmerzen des Unfalls oder während der Genesung, sondern auch über die Angst, sein Bein zu verlieren, die Fähigkeit, gehen zu können, seine Karriere. Dinge, die ihn eindeutig ausmachten, ihn zu dem Mann gemacht hatten, der er heute war.

„Tut mir leid, dass Sie das durchmachen mussten."

Er zuckte mit den Schultern, als ob er nichts Wichtiges offenbart hätte, aber sie wusste, dass es so war. Diese Wunde ging tiefer als nur bis zur Hautoberfläche.

„Ich will nur sagen, dass Cindy vielleicht ihre eigenen Narben hatte, die sie niemand anderem zeigen wollte."

Vielleicht hatte sie die gehabt. Dieser Gedanke riss eine weitere Wunde in Pips ohnehin schon gebrochenes Herz. Sie trank ihren Kaffee aus und ging ans Fenster, warf durch das Rollo einen Blick auf die Straßen der Innenstadt. Es war noch immer dunkel draußen. Die Stadt erwachte langsam aus ihrem Schlaf.

„Ermitteln Sie in Sally-Annes Tod?", fragte sie.

Er stand hinter ihr, ein leiser Schatten, der ihr zunehmend und schmerzhaft bewusst wurde. „Nein, die Polizeibehörde von Atlanta übernimmt das. Ich sollte eigentlich gar nicht hier sein …"

Und trotzdem war er das. Sie schaute sich zu ihm um. Die Erkenntnis darüber, dass sich ihre Beziehung irgendwie verschoben hatte, blitzte zwischen ihnen auf, dann wandten sie beide den Blick ab.

Er räusperte sich. „Rechnen Sie damit, dass ein Detective White Sie irgendwann mit Fragen kontaktieren wird."

„Ich dachte, es wäre Standard für das FBI, in ungeklärten Todesfällen von Leuten zu ermitteln, die mit Gefahrstoffen arbeiten?"

„Nur bei Kategorie A-Substanzen." Er wandte sich ab. Nahm seinen Kaffeebecher in die Hand. „Der Hanta-Virus steht nicht auf der Liste."

Sie beobachtete ihn in der Reflexion der Scheibe. Aber er gab nichts preis.

„Melden Sie sich bei mir, wenn Sie das Ergebnis der zweiten Autopsie haben?", fragte er. „Ich würde mir gerne den Bericht anschauen. Sicherstellen, dass wir nichts übersehen haben."

Sie nickte und ballte die Hände zu Fäusten. „Ich bitte den Pathologen, Ihnen eine Kopie zu schicken."

Hätte Cindy es Pip erzählt, wenn sie mit mehr als einem Mann ins Bett gegangen wäre oder angefangen hätte, Drogen zu nehmen? Plötzlich war sich Pip nicht mehr so sicher. Es passte nicht zu Cindy, aber sie hatten sich auch seit Weihnachten nicht mehr persönlich gesehen. Pip hätte Cindy dazu bringen wollen, ihr Leben in den Griff zu bekommen. Und Cindy hätte genau dasselbe getan, wenn die Situation umgekehrt gewesen wäre. War das verurteilend, oder verhielt sich eine gute Freundin eben so?

„Ich würde gerne auf die Beerdigung kommen. Ist das in Ordnung für Sie?", fragte Kincaid leise.

Beamte der Strafverfolgungsbehörden gingen ständig auf die Beerdigungen von Opfern, aber er schien hartnäckig darauf zu bestehen, dass Cindy an einer Überdosis gestorben war. Warum also sollte er zur Beerdigung kommen wollen?

Sie begriff es nicht, aber ihr gefiel die Vorstellung, dass er da sein würde. Dass sie ihn wiedersehen würde. *Du Närrin.* „Ich sage Ihnen Bescheid, wenn ich mit der Planung fertig bin."

Er trank seinen Kaffee aus, ging ins Badezimmer, und sie konnte hören, wie er den Becher unter dem Wasserhahn auswusch. Den sauberen Becher brachte er zurück und stellte ihn wieder auf seinen Platz neben der Kaffeemaschine.

Stubenrein.

Er war offensichtlich bereit, aufzubrechen. Sie brachte ihn zur Tür. Er drehte sich noch einmal um, und plötzlich standen sie einander viel zu nah gegenüber. Sie schaute zu ihm auf, ihr Atem stockte, ihr Puls flatterte unruhig durch ihre Adern.

Sein Blick ruhte auf ihrer Unterlippe und seine Nasenflügel bebten, aber er machte keine Anstalten, die Lücke zwischen ihnen zu schließen. Die Luft zwischen ihnen war elektrisiert vor pulsierender Ungewissheit.

Pip stand sehr, sehr still da. Emotional war sie in keiner guten Verfassung, um mit einem Typen etwas anzufangen, vor allem nicht mit einem Bundesagenten, und sie war ein wenig besorgt, dass sie sich ihm an den Hals schmeißen würde, wenn er sie noch länger so anstarrte.

„Wenn die Person, die Cindy und Sally-Anne das Koks geliefert hat, herausbekommt, dass Sie herumschnüffeln, wird er oder sie vermutlich nicht besonders glücklich darüber sein."

Sie blinzelte. Das war nicht das, was sie in diesem Augenblick von ihm erwartete hatte. „Aber die Polizei hat die beiden Tode doch schon miteinander in Verbindung gebracht. Warum würde es irgendjemand auf mich absehen wollen?"

„Niemand hat je behauptet, dass Drogendealer besonders clever wären. Seien Sie vorsichtig, okay?" Er streckte die Hand aus und legte sie auf ihre Wange, fuhr mit seinem Daumen über ihre Unterlippe. Funken sprühten durch alle ihre Lagen hindurch – Pyjama, Haut, Muskeln, Knochen – und zündeten auf ihrem Weg alle Atome in ihr an.

Sie hielt die Luft an und glaubte für einen Augenblick, er würde sie küssen. Aber das tat er nicht. Er nahm seine Hand weg und ging davon.

Pip schloss hinter Special Agent Kincaid die Tür und versuchte, all die Emotionen zu entwirren, die in ihr aufgewirbelt worden waren. Sie hatte keine Zeit für die Komplikationen, die er mit sich bringen würde. Sie hatte kein Bedürfnis nach einem gebrochenem Herzen.

Zwei Frauen waren tot, und Pip hatte noch immer nicht die Antworten, die sie brauchte.

FÜNFZEHNTES KAPITEL

OFFIZIELL HATTE ASAC McKenzie Hunt angeordnet, die Ermittlungen zum Tod der beiden Doktorandinnen der örtlichen Polizeibehörde zu überlassen und sich darauf zu konzentrieren, mit den Wissenschaftlern zu sprechen, die an Anthrax forschten. Die beiden Leichen als Vorwand zu nutzen, um nach Auffälligkeiten im Fachbereich für Mikrobiologie an der Blake University zu suchen, während die Analysten vom SIOC weiterhin die Situation überwachten und nach verdächtigen Aktivitäten Ausschau hielten. Inoffiziell führte das FBI außerdem ihre eigenen, tiefergehenden Nachforschungen bezüglich dieser Überdosen durch, nur für den Fall, dass sie mit BLACKCLOUD in Verbindung standen.

Bisher gab es jedoch keine Alarmsignale. Wer auch immer dahinter steckte, war offensichtlich ein Profi in Sachen anonymer Kommunikation und Surfen im Darknet.

Der Mangel an Fortschritten machte Hunt unruhig. Die Vorstellung, dass irgendein Bastard da draußen einen ohnehin schon tödlichen Krankheitserreger in eine unaufhaltsame Todesmaschine verwandelte, machte ihn stinksauer. Aber er hatte schon in der Grundschule aufgehört, sich über die Abgründe der menschlichen Bosheit zu wundern.

„Wir haben eine E-Mail an alle Studenten und Doktoranden geschickt, um sie auf dem Laufenden zu halten und sie vor den Gefahren des Drogenkonsums zu warnen", informierte ihn Lenore Daniels, die Sekretärin des Fachbereichs. Sie erinnerte Hunt an seine Mutter. Streng, aber eben mütterlich. Eine Frau, die einem den Arsch versohlen konnte, wenn man Mist gebaut hatte, aber einen dann auch wieder fest in den Arm nahm, wenn man aufgelöst war. „Und wir haben psychologische Berater bereitgestellt, für alle, die mit jemandem reden wollen."

Guter Einfall.

„Haben Sie die Studenten darauf hingewiesen, sich mit allen potenziellen Hinweisen über mögliche Dealer an die Polizei zu wenden?"

Lenore verzog das Gesicht. „Ich hatte es in den Entwurf der E-Mail geschrieben … die Leitung hat es aber wieder rausgenommen."

Hunt verkniff sich einen Fluch. „Darf ich fragen, warum?"

„Ich weiß es nicht. Sie haben gesagt, es ginge die Universität nichts an, und sie wollten niemanden in Gefahr bringen oder eine Atmosphäre schaffen, in der die Studenten das Gefühl bekommen würden, sich gegenseitig nicht vertrauen zu können."

„Das ist doch …"

„Blödsinn. Ich weiß." Sie blickte ihn grimmig an, ebenso verärgert darüber wie er. Ihr Telefon klingelte, und sie hielt entschuldigend die Hand hoch. „Lassen Sie mich da kurz rangehen."

Hunt hatte mit den Leuten in der Abteilung für Geistiges Eigentum gesprochen, bevor er hierhergekommen war, und sie hatten eine professionelle, vereinte Front gebildet, hatten sich mehr um das Vermögen der Universität gesorgt als darum, wie ihre Doktorandinnen gestorben waren. Je mehr er zu Cindys Arbeit nachhakte, desto mehr schlugen sie mit

Androhungen, ihre Anwälte einzuschalten, zurück. Sie hatten versichert, sie hätten ihm alle Unterlagen zukommen lassen, die sie hatten, aber das war nicht besonders viel gewesen. Das Forschungsvorhaben der Dissertation und eine gut geschriebene Einleitung. Hunt glaubte nicht, dass sie allein darauf basierend schon ein Patent eingereicht hatten.

Er hatte nicht erwähnt, dass er bereits eine Kopie der vermutlich endgültigen Version von Cindy Resnicks Dissertation besaß. Was sie nicht wussten, machte sie nicht heiß. Die Universität hatte nach Cindys Laptop gefragt, aber der steckte im Beweislabor des FBI fest. Und danach würde er an Pip gehen. Die Anwälte der Universität sollten das mit Cindys Nachlassverwaltung ausfechten. In der Zwischenzeit würde er hübsch seinen Mund halten.

Er hatte mit McKenzie über die Piranhas im IP-Büro der Blake gesprochen. McKenzie hatte entschieden, dass es am besten wäre, cool zu bleiben. Die Wahrscheinlichkeit, dass es sich bei den Terroristen, die das waffenfähige Anthrax an internationale Waffenhändler verkauften, um zwei IP-Anzugträger mit Stock im Arsch handelte, war relativ gering. Trotzdem, ihr Gehabe machte Hunt wütend. Sie schienen sich nicht um die junge Frau zu kümmern, die gerade gestorben war. Nur um das, was sie ihnen wert war. Eine ganze Menge, anscheinend.

Könnte Pip ihn damit verarscht haben, nichts davon gewusst zu haben, Cindys Erbe zu sein, oder damit, sich nicht über das ganze Geld zu freuen? Sein tief verwurzelter Zynismus schien freundlich gestimmt zu sein – auch wenn er sich vielleicht selbst etwas vormachte. Vielleicht war er von ihren Kurven und ihren üppigen Lippen in diesem unfassbar dummen Moment entwaffnet worden, kurz bevor er im

Morgengrauen ihr Hotelzimmer verlassen hatte und sie hatte küssen wollen.

Dankenswerterweise hatte sein Selbsterhaltungstrieb funktioniert.

Aber schuldige Menschen forderten seiner Erfahrung nach keine zweite Autopsie an, wenn die erste sie eindeutig entlastet hatte.

In ein paar Stunden hatte Hunt im Büro seines Chefs eine Videokonferenz mit dem SIOC, um zu besprechen, was sie bisher hatten. Das verriet Hunt, dass sie weiterhin vorrangig von Georgia als dem vermuteten Aufenthaltsort der Bioterroristen ausgingen.

Die beiden toten Frauen hatten den Großteil seiner Zeit in Anspruch genommen. Ein verdammt großer Zufall, ausgerechnet jetzt umzukommen … und er hasste Zufälle.

Er hatte Pip von dem DNA-Beweis erzählt, der nahelegte, dass Cindy mit mindestens zwei Männern zugange gewesen war, um sie abzulenken und zu beweisen, dass sie ihre Freundin nicht so gut kannte, wie sie gedacht hatte. Er wollte nicht, dass sie sich in Gefahr begab und konnte es sich nicht leisten, dass sie anfing, in seiner Ermittlung herumzuschnüffeln. Hoffentlich würde sie das Ergebnis der zweiten Autopsie akzeptieren und es dabei belassen.

Endlich beendete die Sekretärin ihren Anruf und wandte sich wieder ihm zu.

„Haben Sie diese Protokolle der Laborbenutzung für mich besorgen können, Lenore?"

Sie hielt ihm einen braunen, unbeschrifteten Umschlag hin „Wenn Sie das irgendwem verraten, werde ich es unter Eid verleugnen."

Er grinste und dankte ihr, dann ging er den Flur hinunter

zu Professor Eversons Büro, aber es war niemand da, und die Tür war abgeschlossen. Was er wirklich wollte, war, in die Labore zu gehen und nach einer Viole voll von tödlichen Sporen zu suchen, aber es gab einfach zu viele Orte, an denen jemand mit dem richtigen Wissen diese Arbeit durchführen konnte. Außerdem hatte er keinen verfluchten Schimmer, wonach er eigentlich suchte, und würde dabei vermutlich eher sich selbst und andere umbringen.

Jez Place vom CDC hatte ihm versichert, dass sie die Verdächtigen eingrenzen konnten, sobald die DNA-Sequenz des Ausgangsstamms identifiziert worden war, und dass es nicht lange dauern würde, um herauszufinden, wer möglicherweise Zugriff darauf hatte.

Hunt hatte während der Genesung seines gebrochenen Beines gelernt, geduldig zu sein. Was nicht bedeutete, dass er besonders gut darin war. Herrgott, er konnte nicht glauben, dass er die Hosen heruntergelassen und Pip von seinem Unfall erzählt hatte. Es war ein Wunder, dass sie nicht schreiend aus dem Hotelzimmer gerannt war, aber Hunt war noch nie verklemmt mit seinem Körper gewesen. Ihm war die mögliche Anklage wegen sexueller Belästigung erst später eingefallen.

Hoffentlich würde sie verstehen, dass er nicht jeden Tag über den Unfall sprach. Für gewöhnlich hielt er seine Schwächen geheim.

Er hatte das Gefühl, dass Pip West ihn dazu bringen könnte, eine ganze Menge Dinge zu tun, die er für gewöhnlich nicht tat, aber das nächste Mal, wenn er vor einer Frau die Hosen auszog, wäre sie besser seine Ärztin oder selbst schon nackt.

Er ging gerade zu seinem Dienstwagen, als sein Handy klingelte. „Kincaid."

„Hunt. Cyril White hier. Polizei von Atlanta."

„Wie läuft's?"

„Ausnahmsweise verdammt gut. Wir haben den Dealer gefunden, Hanzo, der angeblich das Koks an die Doktoranden an der Blake verkauft hat. Sein bürgerlicher Name lautet Marcus Colton."

Hunt blieb stehen und starrte in den blauen Himmel. Er hatte dem Detective heute Morgen die Informationen weitergeleitet, die Pip ihm genannt hatte. „Hat der Staatsanwalt schon Anklagepunkte genannt?"

White seufzte schwer. „Ist schwer, einen Toten anzuklagen."

Hunt runzelte die Stirn. „Hat er von seinem eigenen Produkt gekostet?" Er konnte sich kein gerechteres Ende für den Kerl vorstellen.

„Nein." Der träge New Orleans-Dialekt lief jetzt auf Hochtouren. „Neun-Millimeter-Kugel in den Hinterkopf."

Was zum Teufel? „Haben Sie einen Täter?"

„Nein. Auch keine Zeugen. Der Kerl wurde in seinem Auto in einer ruhigen, bewaldeten Gegend südwestlich der Stadt gefunden. Auch kein Handy am Tatort. Vermutlich hat der Mörder es mitgenommen. Ich bezweifle, dass wir Daten dazu finden, denn die Chancen, dass es auf seinen eigenen Namen registriert ist, gehen gegen Null. Wir haben in seinem Auto Koks gefunden, das wir gerade mit den Proben abgleichen, die wir in der Wohnung des Opfers gefunden haben."

„Haben Sie einen Todeszeitpunkt?" Hunt konnte nichts dagegen tun, dass er nervös die Luft anhielt. Er hatte die Überwachungsaufnahmen des Hotels überprüft, bevor er heute Morgen mit Pip gesprochen hatte. Hinterlistig? Vielleicht.

Aber sie hatte nicht darüber gelogen, wann sie das Hotel verlassen hatte und wann sie zurückgekommen war. Sie hätte womöglich Zeit genug gehabt, am Tatort vorbeizufahren und den Dealer zu erschießen, bevor sie zu Cindys Haus gefahren war, um die Pistole wieder in den Safe zu legen – was der Moment gewesen war, als sie ihm in die Arme gelaufen war. Aber die Remington war eiskalt gewesen und hatte nicht gerochen, als ob sie kürzlich abgefeuert worden wäre.

„Dreiundzwanzig Uhr siebenunddreißig. Ein Anwohner hatte einen Schuss gemeldet, aber die Streife hat die Leiche erst bei Sonnenaufgang gefunden."

Und um dreiundzwanzig Uhr siebenunddreißig hatte Hunt zusammen mit Pip die Doktorarbeit von Cindy Resnick fotokopiert.

Die Erleichterung, die er verspürte, war überwältigend, was bedeutete, dass er sich ab jetzt besser ganz weit von der hübschen, dunkelhaarigen Frau fernhalten sollte. Keine Prahlerei mit seinen Narben mehr, wenn sie allein waren, und sie nur einen Pyjama trug.

Idiot.

„Irgendwelche V-Männer in seinem Bekanntenkreis?" Informanten waren womöglich die einzige Möglichkeit, um herauszufinden, wer ein Problem mit dem Kerl gehabt hatte.

„Nein. Der letzte Kerl aus dieser Gegend, der uns mit Informationen versorgt hat, wurde kopfüber im Flint River treibend gefunden."

Hunt fluchte.

„Ich wollte Sie nur auf dem Laufenden halten. Ich bin ja froh, dass er nicht mehr länger seine schmutzigen Geschäfte betreiben kann, aber natürlich gibt es zehn weitere Typen, die nur darauf warten, seinen Platz einzunehmen."

„Danke für Ihren Anruf." Hunt legte auf.

Cindys und Sally-Annes Fälle waren mehr oder weniger abgeschlossen, auch wenn die Beweislage ausschließlich auf Indizien beruhte.

Die Wahrscheinlichkeit, dass die Polizei von Atlanta den Mord an dem Drogendealer löste, hing davon ab, wie dumm der Täter war und wie viel Mühe die Polizei sich gab. Das Opfer hatte mit Drogen gedealt, ein Job mit hohem Risiko in den üblen Straßen von Atlanta. Aber Cyril war ein guter Detective. Er würde es zumindest versuchen.

Das Kribbeln zwischen Hunts Schulterblättern meldete sich zurück – vielleicht, weil die Person, die das waffenfähige Anthrax herstellte und es an Terroristen verkaufen wollte, immer noch frei und anonym herumlief und womöglich plante, in nächster Zeit wieder einen Handel durchzuführen.

Hunts Handy klingelte, diesmal war es McKenzie. Der ASAC wollte die Videokonferenz eine Stunde vorverschieben. Zeit, ins Büro zurückzufahren und herauszufinden, ob bereits irgendjemand dieses Mysterium gelöst hatte.

„WIE IST DER Stand mit den toten Doktorandinnen?", fragte McKenzie auf dem Videobildschirm, als Hunt in das Büro seines Chefs kam.

Hunt nahm neben dem Kollegen vom CDC Platz und gab einen kurzen Abriss über die Überdosen und den toten Dealer.

McKenzie runzelte die Stirn. „Irgendwelche weiteren Todesfälle in der Stadt, die mit dem Produkt des Dealers in Verbindung stehen?"

„Soweit wir wissen nicht, Sir." Das nervte ihn.

„Ist ein verdammt großer Zufall", meldete sich Frazer von der anderen Seite des Bildschirms zu Wort. „Dass sie an einer Überdosis sterben, nur eine Woche nach einem versuchten Handel mit einer Anthrax-Biowaffe."

„Die zweite Doktorandin hat nicht mit Anthrax gearbeitet", bemerkte Hunt.

„Trotzdem ..." Frazer klang interessiert.

„Und laut ihrem Doktorvater hat Cindy Resnick an einer bahnbrechenden neuen Impfung geforscht. Die Uni ist aufgrund der ausstehenden Patentanmeldung wahnsinnig zurückhaltend mit den Einzelheiten ihrer Dissertation. Sie wollen nicht, dass wir sie zu lesen bekommen."

Dr. Jez Place richtete sich auf. „Ernsthaft?"

„Wir haben eine Kopie davon auf ihrem Laptop, nehme ich an?", fragte McKenzie.

Hunt nickte. „Ich denke, ja. Wir warten noch auf die Analyse aus dem Labor." Er beugte sich vor. „Aber", er räusperte sich, war sich nicht sicher, wie es aufgenommen werden würde, „ich habe gestern Abend eine Papierkopie in die Hände bekommen, aus Cindy Resnicks Haus in Atlanta."

„Legal?", fragte sein SAC.

„Ja, Sir." Hunt versuchte, sich nicht angegriffen zu fühlen. „Mit Erlaubnis der Besitzerin."

„Der Journalistin?", fragte Bourne.

„Pip West."

SAC Bourne schien die Vorstellung einer Journalistin in dieser ganzen Sache noch mehr zu hassen als Hunt selbst. Oder vielleicht dachte er auch nur an die Abmahnung vom Büro für Professionelle Verantwortung, die in Hunts Akte landen würde. Hunt biss die Zähne zusammen.

Auf dem Bildschirm verzog McKenzie das Gesicht. „Wird

sie ein Problem darstellen?“

Teufel, ja, sie würde ein Problem darstellen. Für Hunt.

„Sie besteht weiterhin darauf, dass ihre Freundin niemals freiwillig Drogen genommen hätte, und hat eine zweite Autopsie angefordert, aber das war, bevor Sally-Anne Wilton tot aufgefunden wurde.“

„Interessant“, sagte Frazer. „Und ihr Alibi ist wasserdicht?“

„Absolut. Ich glaube nicht, dass sie in BLACKCLOUD involviert ist.“

Nicht, dass Hunt Pip überhaupt als Verdächtige herauspicken würde. Es war nicht ihre Trauer – selbst Mörder empfanden manchmal echte Trauer. Es war ihre Entschlossenheit, die Wahrheit aufzudecken. Das war ein Wesenszug, den er bewunderte, selbst wenn er nicht mit einer wunderschönen Frau verbunden war. Zu schade, dass ihre Version vom Dienst an der Öffentlichkeit das Veröffentlichen von potenziell schädigenden Informationen im Namen der Transparenz war.

Bourne schaute ihn unter seinen buschigen Augenbrauen hervor an. „Behalten Sie sie im Auge.“

Genau das, was Hunt hatte vermeiden wollen. „Ich habe noch über zweihundert Wissenschaftler auf meiner Liste stehen, die ich kontaktieren muss. Ich habe keine Zeit, zusätzlich dazu noch den Babysitter für eine Reporterin zu spielen.“

Er wollte der Versuchung nicht so nahe kommen.

„Er hat recht. Wir müssen uns darauf konzentrieren, den Anthrax-Lieferanten zu finden“, sagte Frazer.

„Wir können es uns nicht erlauben, dass diese Geschichte in der Presse veröffentlicht wird“, warnte McKenzie.

Keiner der Männer sah aus, als ob sie mehr Schlaf abbekommen hätten als Hunt.

„Ich lasse heute jemanden die Daten von Resnicks Laptop und Handy auswerten", sagte McKenzie. „Um sicherzustellen, dass sich dort nichts Wichtiges befindet, was die Journalistin aufdecken könnte. Können wir eine Probe des Impfstoffes bekommen, den Cindy Resnick entwickelt hat, um ihn mit der Probe zu vergleichen, die wir im BLACKCLOUD-Fall gefunden haben?"

„Nicht, ohne jede Menge Alarm zu schlagen und den Verdacht der Blake-Verwaltung auf uns zu lenken", erwiderte Hunt ehrlich.

McKenzies Augen wurden schmal. „Vielleicht wäre Dr. Place bereit, sich die Dissertation für uns anzuschauen?"

Jez zuckte mit den Schultern. „Ich kann sie mir gerne anschauen, aber die Universitätsverwaltung wird sich vermutlich quer stellen. Sie sehen mich als Konkurrenz."

„So lange wir das für uns behalten und keine Patente verletzen, machen wir vorerst mit unserer Begutachtung des Materials weiter und bitten später um Vergebung."

Jez beugte sich vor. „Ich habe noch nie zuvor so viel Geheimniskrämerei um eine Doktorarbeit erlebt. Vielleicht kann ich auch einen Blick auf den Patentantrag werfen?"

McKenzie schrieb sich eine Notiz auf ein Tablet. „Ich kümmere mich darum. Wenn die Univerwaltung nicht weiß, dass Sie sich ihre Dissertation anschauen, werden sie Sie nicht unter Beschuss nehmen. Wenn doch, leiten Sie sie an mich weiter." Irgendetwas an McKenzies Ausdruck verriet Hunt, dass er keine Gefangenen nehmen oder sich mit irgendwelchem Bullshit beeindrucken lassen würde.

Es ging hier um das Leben von tausenden von Menschen

und einen möglichen Kriegsakt, wenn diese Biowaffe in die falschen Hände geriet.

„Wie weit sind wir mit der DNA-Sequenzierung?" McKenzie starrte Jez Place an.

Jez begann, sehr schnell zu sprechen. Er war offensichtlich nervös, was angesichts seines Jobs ein schlechtes Zeichen war. „Wir hatten gestern Abend Probleme mit einer der Maschinen, was für Verzögerung gesorgt hat. Die Sequenzierung ist so gut wie abgeschlossen, aber eben noch nicht ganz."

„Alles klar." McKenzie sah angepisst aus. „Wann etwa?"

Jez kratzte sich am Ohr. „Realistisch gesehen? Morgen früh. Wir analysieren mehrere Proben für den Vergleich. Meine Leute beeilen sich, aber ich will auch nicht, dass sie hektisch werden. Das sind gute Forscher, also versuche ich, ihnen nicht ständig über die Schulter zu schauen. Manche Dinge dauern eben so lange wie sie dauern, ganz egal, wie dringend es ist."

McKenzie holte tief Luft. „Wir können keine Fehler gebrauchen. Morgen früh ist gut."

„Es sollte nicht lange dauern, den Ausgangsstamm zu finden – vorausgesetzt, wir haben eine Vergleichsprobe." Place rutschte unruhig auf seinem Stuhl hin und her. „Das Anthrax könnte auch aus einer Quelle stammen, die wir noch nie zuvor analysiert haben. Wie beispielsweise aus dem Biowaffenprogramm der Sowjets oder aus einem aufgetauten Mammut in der Arktis."

Vier Paar Augenbrauen schossen gleichzeitig in die Höhe.

„Die Wachstumsrate ist deutlich schneller als bei gewöhnlichem Anthrax, was bedeutet, dass diese waffenfähige Variante potenziell um einiges tödlicher ist als die, mit denen wir es sonst zu tun haben.“

„Was soll das Ganze sonst auch?“, bemerkte Frazer trocken. „Was ist mit der Analyse des BLACKCLOUD-Impfstoffes?“

„Das ist ein deutlich langsamerer Prozess.“ Jez rutsche unbehaglich hin und her. „Wir wollen ihn erst vervielfältigen, bevor wir ihn dekonstruieren, denn wenn dieser Anthrax-Stamm freigesetzt wird, müssen wir vorbereitet sein. Uns wurden sowieso nur ein paar Milliliter geschickt. Das dauert länger als die Sequenzierung.“

„Einen Tag länger? Zwei?“, fragte Frazer.

Dr. Place schüttelte den Kopf. „Wir können direkt mit der Replikation beginnen, aber eine komplette Analyse wird mindestens eine Woche dauern.“

„Nehmen Sie jede Hilfe in Anspruch, die Sie kriegen können“, wies Frazer ihn an.

Die Vorstellung, dass eine gesamte Bevölkerung dieser Krankheit so lange hilflos ausgesetzt war, schickte einen Schauer des Unbehagens Hunt Rücken hinunter.

„Wer auch immer diese Biowaffe hergestellt hat, hat außerdem einen Impfstoff entwickelt und getestet. Das sind ziemlich komplexe Fähigkeiten“, bemerkte Hunt und musste an Cindy und ihren Ex, Pete Dexter, denken.

„Angenommen, der Impfstoff funktioniert.“ Frazers Lächeln war düster. „Ich persönlich möchte da nicht das Versuchskaninchen spielen. Sobald der anonyme Verkäufer das Geld via Kryptowährungen und Schweizer Konten erhalten hatte, konnte er verschwinden. Die meisten der Beteiligten wären tot, bevor sie bemerken würden, dass der Impfstoff nicht funktioniert.“

„Der Verkäufer weiß womöglich selbst nicht einmal, ob er

funktioniert. Klinische Studien an Menschen sind in solchen Fällen verboten", erklärte Jez Place.

„Etwas sagt mir, dass Rechtmäßigkeit sein geringstes Problem ist…", entgegnete Frazer.

„Sie glauben, er hat womöglich menschliche Versuchskaninchen benutzt?" Bournes Ausdruck wurde noch besorgter.

„Was hält ihn davon ab, Ausreißer oder Obdachlose mitzunehmen und den Impfstoff an ihnen zu testen?" Je mehr Hunt darüber nachdachte, umso abscheulicher wurde die ganze Sache, und umso wahrscheinlicher. „Wir müssen anfangen, uns auffällige Vermisstenfälle anzuschauen…"

McKenzie starrte entnervt an die Decke. „Wir brauchen mehr Agenten."

„Vielleicht können wir die Polizeibehörde oder die Ermittlungsbehörde von Georgia mit an Bord holen", schlug Hunt vor. „Die Detectives hier vor Ort haben womöglich einen besseren Überblick über Vermisstenfälle – angenommen, Sie haben ausreichend Grund zur Annahme, dass der Ground Zero für die Anthraxproduktion sich tatsächlich in Georgia befindet."

„Das ist richtig" McKenzie machte sich eine weitere Notiz. „Und ja", er schaute Hunt an. „Ein Teil der Internetaktivitäten stammt aus der Gegend von Atlanta, auch wenn wir eine Finte nicht hundertprozentig ausschließen können."

Scheiße. Für einen Augenblick saßen sie schweigend und nachdenklich da.

„Wie hat der Verkäufer die Biowaffe transportiert?", fragte Jez.

„Wie meinen Sie das?", fragte Bourne.

„Per Kurier? Mit der Post? Eigenhändige Zustellung?"

McKenzie ließ das Kinn auf die Brust fallen. „Gute Frage. Ich weiß es nicht. Die französische Polizei untersucht den Tatort. Ich frage sie, ob irgendwelche Boxen an Bord gefunden wurden oder ob es Hinweise darauf gibt, dass der Waffenhändler vor Ort Pakete abgeholt hat."

An Bord? Das Ganze war also auf einem Schiff oder in einem Flugzeug vonstattengegangen? In der letzten Woche hatte es an der französischen Riviera ein ziemliches Trara im Zusammenhang mit einer Art terroristischen Aktivität gegeben. Hunt hatte sich schon gedacht, dass es damit zu tun haben könnte.

„Sie könnten versuchen, die Bewegungen des Waffenhändlers zurückzuverfolgen und sie mit sämtlichen Reisen von U.S.-Forschern abgleichen", schlug Hunt vor.

„Wir sind schon dran." McKenzie nickte. „Ich habe eine Gruppe von Analysten und einen Supercomputer, die sich das anschauen. Das hat oberste Priorität."

„Aber es dauert zu lange." Bourne klang ungeduldig.

„Verglichen mit der AMERITHRAX-Ermittlung läuft das hier mit Lichtgeschwindigkeit", gab Frazer zurück.

Bourne sah sauer aus. „Aber es ist immer noch nicht schnell genug. Was hält den Lieferanten davon ab, abzuhauen?"

„Nichts", gab McKenzie zu. „Womöglich ist er schon über alle Berge. Aber wir überwachen die Flughäfen und die Aktivitäten aller Personen, die mit Anthrax arbeiten oder gearbeitet haben. Und wir kommen langsam voran. Einer unserer Computerfreaks hat die Seite im Darknet gefunden, auf der der Verkäufer den Waffenhändler kontaktiert hat, und wir überwachen alle Nutzer des Forums."

Jeder, der seine Zeit mit Waffenhändlern und Terroristen

im Darknet verbrachte, hatte die Aufmerksamkeit des FBI vermutlich verdient.

Für einen Moment herrschte eine angespannte Stille.

„Ich habe heute alle Besucherprotokolle für das Labor an der Blake erhalten", sagte Hunt.

„Ohne Durchsuchungsbefehl?", fragte McKenzie überrascht.

„Ich habe meinen Charme spielen lassen", gestand Hunt.

McKenzie grinste, und Frazer zog eine Grimasse.

„Wer auch immer das Anthrax veredelt und hergestellt hat, muss viel Zeit einem Labor verbracht haben", fügte Jez hinzu.

„Überprüfen Sie die Protokolle. Vielleicht fällt Ihnen ja irgendetwas auf."

„Aber ich habe noch nicht mal mit der Georgia State University angefangen." Sie hatten ihm eine unmögliche Aufgabe gestellt und es gefiel ihm nicht, dass ihn sein Chef so grimmig anschaute. Es bedeutete Ärger, den er nicht gebrauchen konnte.

„Es geht um das Ausschließen von Verdächtigen, damit die Anzahl der potenziellen Täter überschaubarer wird. Sobald wir die Suche eingeengt haben, können wir sie aggressiver befragen." McKenzie bekam einen weiteren Anruf, lehnte ihn aber ab. „Die Wissenschaftler sind schon miteinander in Kontakt getreten und fragen sich, was für Änderungen in den Vorschriften das FBI vornehmen will. Es funktioniert also."

„Wir gehen davon aus, dass diese Sache finanziell motiviert ist, nicht ideologisch, richtig?", fragte Hunt.

Frazer presste die Lippen zusammen. „Man muss schon ziemlich verzweifelt Geld benötigen, wenn das die einzige Motivation sein sollte. Aber schauen Sie sich die

Drogenbarone an, was die alles anstellen, um an ihre Millionen zu kommen."

„Das Motiv ist noch schwammig", gab McKenzie zu. „Ist auch egal …"

„Es ist nicht egal, wenn der Verkäufer der Meinung ist, er hätte nichts mehr zu verlieren", unterbrach ihn Hunt.

Frazers kühler Blick landete auf ihm, und Hunt konnte einen winzigen Anflug von Respekt in seinen Augen erkennen.

Endlich begriff Hunt. „Weshalb wir nicht die großen Geschütze auffahren." Sie begrenzten die Anzahl an Verdächtigen, während sie gleichzeitig dem Täter einen Ausweg boten, damit er die Flucht ergriff, und die Autoritäten ihn überwachen konnten, ohne dass er verzweifelte oder das Gefühl bekam, mit dem Rücken an der Wand zu stehen, um dann auf alles zu scheißen und die nächstbeste Stadt mit einem Sprühflugzeug auszulöschen.

„Ich sage Hernandez, dass sie Sie kontaktieren soll, falls sie irgendwas Interessantes auf dem Laptop oder dem Handy von Cindy Resnick findet", sagte McKenzie, dann wurde der Bildschirm dunkel und der Raum versank in plötzlicher Stille.

„Ich fahre zurück ins Labor." Jez Place erhob sich und nickte ihnen zu.

Hunt erhob sich ebenfalls und folgte Jez, aber Bourne stoppte ihn, bevor er zur Tür hinaus war.

„Ich weiß, dass Sie sich bei der Geiselbefreiungseinheit bewerben wollen, Agent Kincaid. Es wäre eine Schande, wenn diese Journalistin irgendwelche Probleme für Ihre Bewerbung verursachen sollte." Sein Chef war in etwa so subtil wie Dynamit.

Ein Anflug von Unmut überkam Hunt, aber er nickte und verließ Bournes Büro. Er konnte nichts gegen das Gefühl ausrichten, dass Pip das Misstrauen, das ihr entgegenschlug, nicht verdient hatte. Dann erinnerte er sich an die Probleme, die er bekommen hatte, als er das letzte Mal einer Journalistin vertraut hatte. Das konnte er sich nicht noch einmal leisten, wenn er beim FBI bleiben wollte.

SECHZEHNTES KAPITEL

N ACH EINEM LANGEN Lauf, bei dem sie an nichts gedacht hatte als an den Schlag ihres eigenen Herzens, kehrte Pip ins Hotel zurück. Schnell sprang sie unter die Dusche, dann kippte sie ihre Koffer auf dem Bett aus, wühlte nach hautengen Jeans, roten Converse und ihrem Wonder Woman Lieblings T-Shirt und zog sich an. Sie zwang sich, Make-up anzulegen und band ihre Haare zu einem Pferdeschwanz. Das ließ sie jünger aussehen. Jung genug, um als Studentin durchzugehen. Anschließend steckte sie das Foto von Cindy mit Dane, ihr Handy und etwas Bargeld in die eine Hosentasche, die Schlüsselkarte und ihre Kreditkarte in die andere, und verließ das Hotel.

Pip hatte am Morgen etwas recherchiert und herausgefunden, dass Dane Garrett in einem beliebten mexikanischen Restaurant arbeitete, das hauptsächlich auf Touristen spezialisiert war. Es lag zu Fuß nur fünf Minuten vom Hotel entfernt.

Als sie vor dem Eingang des Restaurants ankam, warf sie einen Blick durch die Scheibe in den schummrigen Innenbereich. Dane Garrett stand hinter der Bar.

„Für wie viele?", fragte eine putzmuntere Blondine mit leuchtend pinkfarbenen Lippen lächelnd.

„Nur ich." Die Worte schnitten voller Traurigkeit in Pips Herz.

Die Bedienung brachte ihr ein Glas Wasser an den Tisch und Pip wischte mit dem Zeigefinger über das beschlagene Glas. Hatte Dane auch Sally-Anne gekannt?

Sie bestellte Nachos und beobachtete Dane, der Gäste bediente und die Bar aufräumte. Cindy hatte erzählt, dass er Model war und versuchte, als Schauspieler Fuß zu fassen. Pip glaubte nicht, dass er Schwierigkeiten hatte, Arbeit zu finden. Das Foto von ihm und Cindy wurde ihm nicht gerecht. In natura hatte er dieses männliche, wahnsinnig gute Aussehen, das geradezu einschüchternd war und einem fast den Atem verschlug. Cindy war ihm in Sachen Schönheit eindeutig ebenbürtig gewesen, und sie waren ein beeindruckend gutaussehendes Paar gewesen. Er hatte welliges, ebenholzschwarzes Haar und dunkle schokoladenbraune Augen. Eine gerade Nase. Dunkle Augenbrauen, die aber keinesfalls zu dicht oder buschig waren. Breite Schultern, die aussahen, als ob sie extra im Fitnessstudio geformt worden wären. Äußerlich war er vermutlich der bestaussehende Kerl, den Pip je gesehen hatte, wenn man auf große, dunkle, attraktive Männer stand.

Pip war sich nicht sicher, was ihr Typ war, aber sie war nicht gerade begeistert davon, dass das Bild eines sandblonden Bundesagenten plötzlich in ihren Gedanken aufblitzte, als sie versuchte, es herauszufinden.

Sie starrte Dane an. Sie musste herausfinden, wer ihrer besten Freundin Drogen gegeben hatte, aber sie war sich nicht sicher, wie sie das am besten anstellen sollte. Das Gefühl der Unsicherheit und ihre mangelnde Zuversicht brachten sie aus dem Konzept. Es waren die Nachwirkungen von ihrem Streit mit Cindy und dem Desaster in Florida, der schmerzhaften Erkenntnis, dass ihre Arbeit Lisa Booker und ihre Kinder das

Leben gekostet hatte. Pip war eine gute Investigativjournalistin. Sie traute ihren Instinkten und kratzte an der Oberfläche, achtete dabei genau auf die Worte, die Leute in den Mund nahmen, und hatte keine Angst davor, dann tiefer zu schürfen. In Pflegefamilien aufzuwachsen und davor im Haus ihrer alkoholabhängigen Mutter, deren Männergeschmack zu gewalttätigen Typen tendiert hatte, hatte Pips Instinkte geschliffen, bis sie scharf wie Rasierklingen waren.

Investigativjournalistin zu sein war das Einzige, worin sie wirklich gut war, aber sie war sich nicht einmal mehr sicher, wie das überhaupt ging.

Sie sah sich um. In einem der hinteren Separees saß ein Paar und hielt Händchen, schaute sich verliebt an. Ein Mann in einem Anzug arbeitete in einem anderen Separee an seinem Laptop. Durch das Bullauge in der Tür zur Küche konnte Pip sehen, wie die Bedienung eine kurze Pause einlegte, während sie darauf wartete, dass Pips Nachos vorbereitet wurden.

Dane würde ihr an einem so öffentlichen Ort nichts antun, wenn sie ihn konfrontierte.

Und Agent Kincaid hatte versprochen, dass er es ernst nehmen würde, wenn Pip Beweise dafür fand, dass Cindys Tod kein Unfall gewesen war. Sie musste nur einen Weg finden, zu beweisen, dass ihre Freundin gezwungen worden war, Drogen zu nehmen. Also stand sie von ihrem Platz auf und ging auf die Bar zu.

Dane schaute sie erwartungsvoll an, wartete offensichtlich darauf, ihre Getränkebestellung aufzunehmen. Dann runzelte er die Stirn. „Hey, ich kenne dich.“

Pip klappte verblüfft der Mund auf.

Ein freundliches Lächeln erhellte sein Gesicht. „Du bist diese Freundin von Cindy. Ich hab Fotos von dir in ihrem

Haus gesehen."

Ihre Tarnung war aufgeflogen, bevor sie überhaupt richtig angefangen hatte. Er hatte offensichtlich ein gutes Gedächtnis für Gesichter – vermutlich ein Vorteil, wenn man Barkeeper war.

„Dane, richtig?", fragte sie. „Ich hatte tatsächlich gehofft, wir könnten uns über Cindy unterhalten. Hast du ein paar Minuten Zeit?"

Er blickte auf eine große Wanduhr über der Bar. „Klar. Ich springe nur für jemanden ein, der krank ist, solange, bis die Inhaberin da ist. Das wird nicht lange dauern, ich habe heute Nachmittag noch ein Foto-Shooting. Ich komme zu deinem Tisch, sobald ich hier weg kann."

Zehn Minuten später kam er mit einer riesigen Sporttasche über der Schulter und einem Wasserglas in der Hand zu ihrem Tisch, und Pip konnte nun eine attraktive blonde Frau hinter der Bar stehen sehen. Dane rutschte in ihr Separee.

Sie streckte die Hand aus. „Ich bin Pip. Pip West."

„Cindy hat ständig von dir gesprochen. Ich habe das Gefühl, als würde ich dich schon kennen." Sein Händedruck war warm und fest, aber sie konnte nicht den geringsten Funken der Anziehung verspüren. Anders als in dem Augenblick, als Kincaid ihre Lippen mit seinem Daumen berührt hatte. Das war durch sie hindurchgeschossen wie ein elektrischer Schlag.

„Willst du was essen?", fragte sie Dane. „Ich kann was bestellen." Dank ihrer Kreditkarte und Cindys Geld. „Oder iss doch einfach mit." Sie deutete auf den riesigen Berg von Nachos, der vor ihr auf dem Tisch stand. Wie sich herausgestellt hatte, hatte sie überhaupt keinen Hunger.

Dane schüttelte den Kopf. „Nein, danke." Er schien nervös zu sein. „Ich versuche die ganze Zeit darauf zu kommen, warum du mit mir sprechen willst."

„Was meinst du denn?" Sie hatte noch nicht erwähnt, dass Cindy gestorben war, und plötzlich wurde ihr mit Schrecken bewusst, dass er es womöglich noch gar nicht wusste, es sei denn, er hatte etwas mit ihrem Tod zu tun.

Dunkle, braune Augen, hübscher als ihre eigenen, blickten sie an. Er schluckte. „Zuerst dachte ich, vielleicht will sie wieder mit mir zusammen sein, aber dann würde sie nicht jemand anderen schicken. Dann habe ich gedacht, dass sie vielleicht schwanger ist, aber nicht weiß, wie sie es mir beibringen soll." Seine Augen leuchteten auf, dann verdunkelten sie sich wieder. „Oder sie hat eine Geschlechtskrankheit und weiß nicht, wie sie mir sagen soll, dass ich mich testen lassen muss ..."

„Dane", unterbrach ihn Pip und ihr Magen überschlug sich. „Es tut mir wirklich sehr leid." Oh, Gott. „Cindy ist tot."

„Was?" Der Schock in seinen Augen wirkte echt, aber er war immerhin auch Schauspieler.

Pip wünschte, sie wäre nicht so zynisch, aber niemand wollte gerne ins Gefängnis gehen, und wer auch immer Cindy diese Drogen besorgt hatte, würde sich wegen Totschlags oder Schlimmerem verantworten müssen. „Ich bin am Montag zum Haus am See gefahren, um sie zu besuchten, und habe sie im Wasser gefunden." Ihre Stimme stockte und brach. Es kam ihr noch immer unwirklich vor.

„Cindy?" Seine Augen füllten sich mit Tränen und Pip konnte spüren, wie sie selbst feuchte Augen bekam. Verdammt. „Nein. Nein, das ist nicht wahr."

Die Tränen strömten Dane über das Gesicht, aber er

wischte sie nicht ab. Seine großen Hände ballten sich auf dem Tisch zu Fäusten. „Was ist nur passiert?"

„Die Polizei sagt, sie war high und ist schwimmen gegangen."

„High? Im Sinne von Drogen?" Er klang fassungslos. „Nie im Leben."

„Das ist eines der Dinge, die ich dich fragen wollte." Sie klammerte sich verzweifelt an seine Antwort. „Ob du jemals gesehen hast, wie sie Koks genommen hat? Weil ich es nicht gesehen habe. Nie. Und ich kannte sie seit zehn Jahren."

„Ich kannte sie nur ein paar Monate." Seine Lippen zitterten. „Aber ich hätte sie gerne noch viel länger gekannt."

Pip wartete, bis sich sein Schock und seine Trauer beruhigten. Er brauchte einen Augenblick, um zu verarbeiten, was passiert war.

„Hast du jemals Drogen genommen?", fragte sie ihn.

Er schniefte laut und schnäuzte sich die Nase. „Viele Leute, die modeln oder schauspielern, nehmen Drogen, aber mich reizt das nicht." Er wurde rot. „Ich bin vorbestraft, weil ein Fotograf mir KO-Tropfen in den Drink getan hatte und mich vergewaltigen wollte. Ich habe mitbekommen, wie er das einem seiner ekligen Freunde zugeflüstert hat, als ich zur Toilette gegangen bin. Ich habe dem Bastard die Nase gebrochen. Jetzt bringe ich überall meine eigenen Getränke mit hin." Er holte seine Wasserflasche aus der Sporttasche und hielt sie hoch.

Das tat Pip leid. Aber sie würde diese Geschichte trotzdem überprüfen und sicherstellen, dass er ihr keine Märchen erzählte.

„Weißt du, ob sie mit irgendjemandem Ärger gehabt hat?"

„Du kanntest sie besser als ich." Er lächelte sie traurig an.

„Einmal habe ich mitbekommen, wie sie am Telefon jemanden zur Schnecke gemacht hat. Sie war super sauer. Sie hat mir erzählt, es hätte mit der Uni zu tun gehabt, aber ich weiß nicht, worum es ging." Er zuckte mit den Schultern und schloss die Augen. „Sie war mir haushoch überlegen, aber ich habe mir trotzdem Hoffnungen gemacht ..."

Pip ertappte sich dabei, wie sie ihn trösten wollte. Auch wenn er wie das größte Alphamännchen daherkam, war er ein totaler Softie. Sie fing an, den Kerl zu mögen, und wünschte, Cindy hätte nicht mit ihm Schluss gemacht. Er hätte ihr gutgetan.

„Du brauchst dich deswegen nicht schlecht zu fühlen, Dane. Sie war mir auch haushoch überlegen."

Er rieb sich die Augen. „Nein. Wenn es nach Cindy ging, warst du die wundervollste Person der Welt. Ehrlich gesagt", sein Lächeln war strahlend genug für eine Hollywood-Premiere, „bist du der Grund, weshalb sie mir überhaupt eine Chance gegeben hat."

Pip runzelte die Stirn. Entweder legte er eine beeindruckende falsche Bescheidenheit an den Tag oder er war blind und sah wirklich nicht, was ihn da aus dem Spiegel heraus anschaute.

„Ich bin auch in Pflegefamilien aufgewachsen."

Ah. Es war seltsam, dass dieser Mann so private Dinge von ihr wusste. Das war nichts, was sie an die Öffentlichkeit trug.

„Das tut mir leid." Mehr brauchte sie nicht zu sagen. Tut mir leid, dass es niemanden gab, der dich geliebt hat. Tut mir leid, dass sich niemand um dich gekümmert hat. Tut mir leid, dass du niemandem wichtig warst ...

„Wir haben uns in einem Club kennengelernt und getanzt. Dann sind wir im Bett gelandet." Eine leichte Röte legte sich über seine Wangen. „Sowas mache ich eigentlich nicht, aber Cindy hat mich umgehauen, und ich wollte mir die Chance nicht entgehen lassen. Als sie am Morgen gehen wollte, hat sie ein Foto von mir und meiner Pflegefamilie entdeckt. Es waren gute Menschen. Sie hat mir von dir erzählt und hat es sich nochmal anders überlegt und mir doch ihre Nummer gegeben. Ich schätze, vor allem aus Mitleid, aber in dem Moment hätte ich alles getan, um sie wiederzusehen."

Seine Ernsthaftigkeit berührte sie. Aber hätte sich diese Ernsthaftigkeit auch in Wut verwandeln können, nachdem Cindy mit ihm Schluss gemacht hatte?

„Ich weiß, dass ich nicht so wie ihre anderen Freunde war, aber ich glaube, sie war auf der Suche nach jemandem, der anders war als der Typ davor. Ich habe versucht, das für sie zu sein, aber es war nicht genug."

„Sie mochte dich." Pip entschied, ihm etwas zurückzugeben. „Aber es war eine sehr stressige Zeit für sie. Die Promotion und all das."

„Ja, ich weiß, es war krass." Seine braunen Augen blickten sie an, aber sie waren jetzt kühler. „Aber das war nicht der Grund, weshalb sie mit mir Schluss gemacht hat. Ich war nicht der Einzige, den sie gedatet hat …"

„Was?", fragte Pip, ehrlich überrascht. Sie hatte nie mitbekommen, dass Cindy mit zwei Männern gleichzeitig was am Laufen hätte.

„Ich habe sie mit einem anderen Typ gesehen und bin ihnen gefolgt." Sein Mund wurde schmal und er wandte den Blick ab.

„Du bist ihnen gefolgt?" Beunruhigung ließ die kleinen Härchen auf ihren Armen zu Berge stehen.

Er zuckte mit den Schultern. „Ich bin zu ihrer üblichen

Feierabendzeit an ihrem Arbeitsplatz vorbeigefahren, um sie mit einem Strauß Blumen zu überraschen. Ich wollte ihr gerade schreiben und ihr anbieten, sie nach Hause zu fahren, als sie aus dem Gebäude kam. Sie ist in einen schwarzen Geländewagen gestiegen und davongefahren."

Ein schwarzer Geländewagen?

„Erst dachte ich, sie würde von einem Freund nach Hause gebracht werden. Ich bin bis zu ihrem Haus hinterhergefahren und habe gesehen, wie sie darin verschwunden sind. Er hat sie geküsst und hatte seinen Arm um ihre Taille gelegt. Besitzergreifend."

Pip saß wie versteinert da.

„Ich bin im Auto sitzengeblieben, kam mir vor wie der letzte Idiot. Und um zu beweisen, was für ein Idiot ich bin, habe ich ihr eine Nachricht geschrieben." Er schluckte angestrengt. „Sie hat zurückgeschrieben, sie wäre noch auf der Arbeit, und dass wir uns am nächsten Tag sehen würden. Ich saß total wütend im Auto und bin irgendwann einfach weggefahren."

„Wie hat er ausgesehen? Der andere Mann?"

„Es war dunkel. Ich habe sein Gesicht nicht richtig gesehen. Er hatte einen Anzug an." Dane zuckte mit den Schultern. Cindys Verhalten hatte ihn offensichtlich verletzt.

War er verletzt genug gewesen, um sich rächen zu wollen?

„Warum hast du sie nicht zur Rede gestellt?", fragte Pip. Ihre Gedanken rasten, seit er den schwarzen Geländewagen erwähnt hatte. War es dasselbe Auto gewesen, dass sie am Montag fast von der Straße abgedrängt hatte? Hatte der Fahrer des schwarzen Geländewagens Cindy die Drogen gegeben, die sie umgebracht hatten, und war am nächsten Tag abgehauen, als er bemerkt hatte, dass sie tot war?

Dane lächelte sie verbittert an. „Ich wollte sie nicht verlieren. Erbärmlich, hm? Vor allem, weil sie mich nur ein paar Tage später vor die Tür gesetzt hat."

Aber Pip verstand es. Wie viele Leute verschlossen die Augen vor dem, was los war, weil sie keinen Staub aufwirbeln wollten? Jede Menge.

„Wann warst du zum letzten Mal in dem Haus am See?"

Er sah gekränkt aus. „Du glaubst, ich hätte was mit ihrem Tod zu tun?"

Sie schüttelte den Kopf. „Ich versuche nur, ihre Routine nachzuvollziehen. Ich hatte sie seit Weihnachten nicht mehr gesehen. Sie ist Mitte März in das Haus gezogen, um zu schreiben. Ich frage mich nur, wann ihr das letzte Mal zusammen wart."

Dane wandte den Blick ab, sein Kiefer war angespannt. „Ich war nie in dem Haus am See."

Aber er wich ihrem Blick aus, und sie bekam den Eindruck, dass er nicht ganz ehrlich mit ihr war.

Sie steckte sich einen Nacho in den Mund, um Zeit zu gewinnen und nachzudenken, nicht, weil sie hungrig war. „Hast du Cindy jemals ein Buch geschenkt?"

Drei kleine Falten bildeten sich zwischen seinen Augenbrauen. „Was denn für ein Buch?"

„Einen Roman. *Vom Winde verweht.*"

Dane schüttelte den Kopf und sah verwirrt über ihre ganzen Fragen aus.

„Ich plane die Beerdigung." Pip wechselte das Thema. „Ich schicke dir die Einzelheiten."

Er zuckte mit einer seiner perfekten Schultern. „Ich glaube, ich sollte nicht hingehen."

„Warum nicht?"

Er lächelte umwerfend. „Weil ihre Freunde alle Genies sind, und ich mein Geld als Barkeeper und Unterwäschemodel verdiene."

Pip lachte leise auf. „Ich bin auch kein Genie. Und glaub mir, das macht diese Leute nicht zu besseren Menschen." Aber sie kannte die Unsicherheiten, die Menschen befielen, die unter schwierigen Umständen aufgewachsen waren, und Pflegefamilien waren definitiv schwierige Umstände. Man fühlte sich nie willkommen. Man hatte nie das Gefühl, wirklich dazuzugehören. Aber bei den Resnicks hatte sie das Gefühl gehabt, dazuzugehören. Deshalb hatten sie ihr so viel bedeutet.

„Ich würde mich freuen, wenn du kommst. Und ich glaube, Cindy hätte das auch gewollt. Du kannst dich richtig verabschieden." Außerdem würde er womöglich den Kerl wiedererkennen, mit dem er Cindy gesehen hatte.

Dane nickte langsam. „Na gut. Okay. Ich werde da sein."

Sie tauschten ihre Nummern aus und Pip ging in den warmen Nachmittag von Atlanta hinaus, blickte hinauf in den strahlend blauen Himmel, in dem nur ein paar bauschige kleine Wölkchen zu sehen waren.

Ihr Handy klingelte. Ihr Mund wurde trocken, als sie sah, dass es die Rechtsmedizinerin war, die sie mit der zweiten Autopsie beauftragt hatte. Und es traf sie erneut wie ein Vorschlaghammer ins Gesicht. Cindy war tot und würde nie wieder zurückkommen.

———

ALS HUNT DIESES Mal bei Pete Dexters Firma Universal Biotech zu einer Führung durch die Anlagen vorbeikam, waren sie auf ihn vorbereitet.

Simon Corker erwartete ihn an der edlen, gläsernen Eingangstür. Er hatte hellbraunes Haar und klare Gesichtszüge. Laut Libby Hernandez hatte Corker einen MBA, und sein Vater war ein prominenter Militärunternehmer und der vierte, stille Teilhaber der Firma, der einen Großteil des Start-ups finanziert hatte. Aus irgendeinem Grund hatte Pete Dexter das unterschlagen, als Hunt das erste Mal mit ihm gesprochen hatte.

Corker war aalglatt, weltmännisch und zuvorkommend. Er führte Hunt durch verschiedene Labore, Lagerräume und Gefrierkammern, zeigte ihm die Lager für Flüssigstickstoff. Er versicherte ihm, dass alle Sicherheitsprotokolle strikt eingehalten wurden.

Die Containment-Labore betraten sie nicht, aber durch ein Fenster in der Tür konnte Hunt einen Raum innerhalb des Raumes sehen, in dem mehrere Leute in blauen Schutzanzügen arbeiteten.

„Für kein Geld der Welt wollte ich diesen Job machen", bemerkte Hunt und schüttelte sich.

„Die sind vermutlich sicherer als wir es sind. In dem Raum herrscht Unterdruck, und es wird permanent Luft hineingesogen, um zu verhindern, dass Mikroben nach außen dringen können. Ihre Schutzanzüge sind mit einer eigenen Luftzufuhr ausgestattet, die die verbrauchte Luft nach außen ableitet."

„Und sie arbeiten mit einigen der tödlichsten Krankheiten der Welt."

„Nun, ja." Corker zuckte mit den Schultern. „Wenn niemand damit arbeitet, finden wir auch niemals Heilmittel."

„Ich dachte, mit Heilmitteln könne man kein Geld

verdienen?“, fragte Hunt. Die viele Zeit, die er mit den Wissenschaftlern der Regierungsbehörden verbrachte, machte sich langsam bemerkbar.

„Es geht nicht nur um Geld. Wir forschen nach Heilmitteln für einige der Krankheiten.“ Corker lachte, und Hunt hatte das Gefühl, der Kerl würde ihn verarschen. Er sagte nur die richtigen Dinge. Das war es, was PR-Typen machten.

Wie dem auch sei, das FBI würde seine Antworten nicht einfach stillschweigend hinnehmen.

„Stellen Sie sich mal die Publicity vor, wenn wir ein Heilmittel für HIV finden sollten. Der Wert unserer Firma würde durch die Decke gehen, ebenso wie der Umsatz unserer anderen Produkte.“

Sie gingen einen Flur hinunter, der an beiden Enden von schweren Brandschutztüren begrenzt wurde, und kamen an einer Tür vorbei, über der eine rote Warnleuchte angebracht war. Die Tür hatte auf dieser Seite keine Klinke, und über ihren Köpfen befanden sich Dekontaminationsduschen für Notfälle.

„Eine Sturzbügeltür“, erklärte Corker mit einem geduldigen Lächeln, das nicht ganz in seinen Augen ankam. „Wenn es einen Notfall gibt, drücken die Forscher im Labor einen Schalter, und die Schutztüren links und rechts von uns schließen sich automatisch und bilden eine kleine Dekontaminierungszone. Sie betreten diesen Bereich und die Duschen springen automatisch an. Nach zwei Minuten stellt sich die Dusche ab, und sie können den Flur durch den Notausgang verlassen.“

„Ist die Tür mit einem Alarm versehen?“ Hunt nickte in Richtung der Sturzbügeltür.

Simon nickte. „Sobald jemand diese Tür benutzt oder den Schalter drückt, werden die Feuerwehr und das CDC benachrichtigt, und die Dusche startet." Er legte seine Hand über ein Lüftungsgitter in der Wand. „Dieser Teil des Flurs hat sein eigenes, ausgeklügeltes Luftfiltersystem, sodass die Luft, die herausgesogen wird, durch HEPA-Filter fließt und dekontaminiert wird. Das System entspricht den höchsten Standards."

Hunt nickte, war beeindruckt, auch wenn er das nicht gerne zugeben wollte. Er wollte wetten, dass das alles verdammt kostspielig war. „Wo bewahren Sie das Anthrax auf, mit dem sie arbeiten?"

„Es wird meistens in einer Gefrierkammer gelagert." Corker zog eine blonde Augenbraue hoch.

„Arbeitet derzeit jemand damit?"

„Ich glaube nicht."

Hunt hatte so viel von dem Labor gesehen, wie er zu sehen bekommen würde, ohne sich in eine Schutzausrüstung zu werfen. Aber er verstand nicht, wozu ein Großteil der Anlagen benutzt wurde, geschweige denn, wie Mikroben aussahen. Dieser Besuch diente ausschließlich dazu, die Leute hier nervös zu machen. Das nächste Mal würde er Jez Place mitbringen.

Hunt versuchte, die jüngste Tarngeschichte anzubringen, auf die sie sich geeinigt hatten. „Wir planen ein großes Übungsmanöver, um uns auf Terroranschläge mit aerogenen Pathogenen im Großraum von Atlanta vorzubereiten. Wir würden es begrüßen, wenn Ihre Firma sich mit Input beteiligen würde."

Corkers Augen leuchteten auf. „Definitiv. Ich kann das in die Wege leiten."

Er kam Hunt vor wie ein Mann, der alles in die Wege leiten konnte. Schloss das auch Waffengeschäfte im Darknet mit ein?

„Ich würde das gerne mit Dr. Dexter besprechen, bevor ich wieder fahre", sagte Hunt und betrat den Fahrstuhl.

„Ich weiß nicht, ob Pete heute im Haus ist."

Hunt drückte auf den Knopf für den zweiten Stock, in dem sich die Büros der Geschäftspartner befanden, gab Corker keine Gelegenheit, den anderen Mann vorwarnen. „Ich bin mir ziemlich sicher, dass ich seinen Audi auf dem Parkplatz gesehen habe, als ich vorhin hergekommen bin."

Corkers Mund wurde schmal. „Ich glaube, er ist in einer Besprechung..."

„Gehen wir doch einfach an seinem Büro vorbei und schauen nach, was meinen Sie? Ich habe noch ein paar Fragen an ihn."

„Worüber?"

Hunt starrte ihn ausdruckslos an. „Ich fürchte, ich kann über laufende FBI-Ermittlungen keine Auskunft geben."

Die Türen des Fahrstuhls glitten wieder auf.

„Ich dachte, Cindy Resnicks Tod wäre ein Unfall gewesen?"

„Die örtliche Polizeibehörde ermittelt noch. Haben Sie sie gekannt?" Hunt ging auf die geschlossene Tür zu, an der ein goldenes Namensschild hing, auf dem „Dr. Peter Dexter, CEO" stand.

Er klopfte energisch an und wartete ab. Corkers Gesichtsausdruck blieb weiterhin angespannt.

Eine rotblonde Frau riss mit einem Grinsen auf dem Gesicht die Tür auf. „Hast du ..." Sie verschluckte den Rest ihrer Frage, als sie Hunt erblickte.

„Angela, das hier ist Special Agent Kincaid. Angela Naysmith ist ebenfalls Partnerin hier bei Universal Biotech."

„Genauso wie Ihr Vater, Rebus Corker, richtig?" Hunt beobachtete Corkers Reaktion. Er sah nicht gerade glücklich aus.

„Korrekt." Corkers Stimme hatte jede Spur von Freundlichkeit verloren. „Sie scheinen eine Menge über uns zu wissen."

„Das ist mein Job", erwiderte Hunt. Er streckte der Frau seine Hand hin. Sie war mager wie ein Windhund und sehr gut gekleidet. Hunts Blick wanderte zu Dexter, der auf einem roten Sofa herumlungerte.

„Entschuldigen Sie, dass ich Ihre Besprechung störe", sagte Hunt trocken. „Ich habe noch ein paar Fragen an Sie."

Pete setzte sich auf.

„Das FBI hat angefragt, ob wir uns an einem Übungsmanöver für einen simulierten Terroranschlag mit Biowaffen in Atlanta beteiligen wollen", erklärte Corker eilig.

Erleichterung machte sich in Petes Gesicht breit, und er nickte. „Sehr gerne. Der private Sektor muss sich mehr an den Aufgaben des öffentlichen Sektors beteiligen."

„Das ist großartig. Ich werde Ihnen die Einzelheiten zukommen lassen, sobald sie geklärt sind."

Ein vorsichtiges Lächeln erschien auf Dexters Lippen.

„Und dann hätte ich noch ein paar weitere Fragen an Sie." Anspannung machte sich breit. Hunt blickte Naysmith und Corker erwartungsvoll an. „Unter vier Augen."

„Die beiden können bleiben. Ich habe nichts zu verheimlichen." Dexter erhob sich vom Sofa und setzte sich auf seinen Bürostuhl, verschanzte sich hinter seinem Schreibtisch. Corker ließ sich auf das rote Sofa sinken. Angela

Naysmith saß sittsam auf dem Besucherstuhl, der vor dem Schreibtisch stand. Niemand bot Hunt einen Sitzplatz an.

„Wir haben die Besucherprotokolle der Labore mit Sicherheitsstufe 3 und 4 an der Blake überprüft, und es sieht so aus, als ob Sie Ihre Schlüsselkarte genutzt hätten, um sich zu drei verschiedenen Zeitpunkten um Weihnachten herum Zugang zu Professor Eversons Labor zu verschaffen."

Dexter runzelte irritiert die Stirn und beugte sich vor. „Was? Nein. Cindy hatte meine Schlüsselkarte. Ich bin davon ausgegangen, dass sie sie vor Ewigkeiten an die Fakultät zurückgegeben hatte."

„Ich habe mit der Fakultätssekretärin gesprochen." Hunt beobachtete die Körpersprache des Kerls, die angespannt war, was aber nicht ungewöhnlich war. Er würde sich eher Gedanken machen, wenn Leute sich während einer Befragung durch das FBI entspannt und natürlich verhielten. „Sie hat die Karte nie erhalten."

„Das ist ja wohl kaum Petes Schuld." Angela sprang augenblicklich für den Kerl in die Bresche.

Lief da etwas zwischen den beiden? War sie der betrunkene One-Night-Stand gewesen?

„Also", sagte Hunt langsam. „Sie sagen, dass Sie zu diesem Zeitpunkt keinen Zugang mehr zu den Laboren hatten?"

Dexters Lachen klang erzwungen. „Was sollte ich da denn wollen, wenn ich hier meine eigenen, viel besseren Labore habe?" Er hob die Hände, deutete um sich. Er war verständlicherweise stolz auf seine Anlagen.

„Vielleicht, um ein Auge darauf zu haben, woran Cindy gearbeitet hat?", bemerkte Hunt beiläufig.

„Cindy war ziemlich sauer auf Pete", meldete sich Angela zu Wort. „Ich kann mir durchaus vorstellen, dass sie die

Schlüsselkarte absichtlich benutzt hat, um ihn in Schwierigkeiten zu bringen.“

Der toten Frau die Schuld in die Schuhe schieben. Die sich nicht mehr verteidigen konnte.

„Ich lasse die Labortechniker einen Blick darauf werfen“, sagte Hunt.

„Labortechniker?“ Angela erhob sich.

„Kriminaltechniker“, erklärte Hunt.

„Ich dachte, sie wäre an einer Überdosis gestorben?“

„Es gibt eine neue Vorschrift bei Ermittlungen, die plötzliche Todesfälle von Personen betreffen, die mit Biosubstanzen der Kategorie A arbeiten.“

„Davon habe ich noch gar nichts gehört.“ Angelas Blick schnellte zu ihren Partnern. „Warum habe ich davon nichts gehört?“

„Das Ministerium führt die Vorschrift gerade erst ein. Cindy Resnick ist sozusagen unser Versuchskaninchen. Nun denn, danke für Ihre Zeit. Ich nehme an, Sie haben von Sally-Anne Wilton gehört?“

Dexter nickte und sah erschüttert aus. Angela nickte. Corker schaute sie an, als ob er auf Anweisungen warten würde. Hunt begann zu glauben, dass Angela das Superhirn der ganzen Operation war.

„Wir haben gehört, dass sie auch an einer Überdosis gestorben ist.“ Angela verschränkte ihre Finger. „Eine furchtbare Tragödie.“

„Ich wusste, dass Sally-Anne hin und wieder Drogen genommen hat“, meinte Pete. „Ich hatte aber keine Ahnung, dass Cindy das auch gemacht hat.“

„Wer weiß, was sie getan hat, nachdem ihr euch getrennt habt.“ Angela schaffte es, in einem Aufwasch Pete zu trösten und Cindy zu verurteilen.

Pip würde Angela nicht mögen. Darauf wollte Hunt wetten.

„Ich melde mich wegen des Trainingsmanövers bei Ihnen", sagte Hunt. Wo sich diese Schlüsselkarte befand, war ein Rätsel. Er musste zusehen, ob er Pip überreden konnte, ihn ohne eine Erklärung oder einen Durchsuchungsbefehl in Cindys Haus danach suchen zu lassen.

Na klar.

„Danke für die Führung, Mr. Corker. Doktoren." Hunt nickte und verließ das Büro, entdeckte augenblicklich die rothaarige Assistentin mit ihrem ordentlichen Dutt und dem praktischen Bleistift. „Ms. Grantham." Er nickte ihr zu, als sie einen leisen, ein wenig fassungslosen Seufzer ausstieß.

„Folgen Sie mir, Agent Kincaid. Sie haben scheinbar einen Hang dazu, sich zu verlaufen."

„Mache ich Ihnen Ärger, Ms. Grantham?", fragte er. Sie war niedlich. Er wünschte, er wäre auch nur ansatzweise interessiert an ihr. Stattdessen tauchte ein Bild von Pip West in ihrem weichen, pinkfarbenem Pyjama vor seinem inneren Auge auf.

„Ich weiß nicht, Agent Kincaid. Machen Sie das?", fragte sie verschmitzt.

Er lachte, und sie begleitete ihn aus dem Gebäude bis in die brütende Frühlingshitze hinaus.

Er machte definitiv Ärger.

SIEBZEHNTES KAPITEL

JEMAND HÄMMERTE GEGEN das Seitenfenster ihres Hondas, und Pip bekam fast einen Herzinfarkt. Schnell entriegelte sie die Tür.

„Was machen Sie denn hier?" Ihre Stimme klang peinlich schrill.

Kincaid ließ sich auf den Beifahrersitz gleiten und zog mit funkelnden, goldenen Augen eine Augenbraue hoch. „Genau das Gleiche könnte ich meine liebste arbeitslose Reporterin auch fragen, nur dass es offensichtlich ist, dass sie eine örtliche Biotech-Firma ausspioniert."

Pip rollte mit den Augen, auch wenn ihr Herz einen weiteren beschämenden kleinen Hüpfer machte, als er sie als seine „liebste" Was-auch-immer bezeichnete. Vor einer Stunde hatte sie sein hässliches Auto auf den Parkplatz biegen sehen, aber sie musste knirschend zugeben, dass sie nicht bemerkt hatte, wie er aus dem Gebäude herausgekommen war. Und auch nicht, wie sein brauner Buick hinter ihrem Honda gehalten hatte.

„Darf ich?" Er deutete auf die extra Wasserflasche, die im Flaschenhalter der Konsole steckte.

„Nur zu."

Er trank einen riesigen Schluck, dann wischte er sich mit dem Handrücken den Mund ab. Seine Augen fielen auf ihre Kleidung, die Baseballkappe und die Sonnenbrille, die sie angezogen hatte, damit Pete Dexter sie nicht ohne Weiteres erkennen konnte, für den Fall, dass er vorbeifuhr. Allerdings stand sie auch in einer Nebenstraße, weit genug von den Überwachungskameras der Firma entfernt.

Er deutete mit der Wasserflasche auf ihr Outfit. „Ist das Ihr Inkognito-Look?“

Sie schaute ihn mit zusammengekniffenen Augen an.

„Kein heißblütiger, heterosexueller Mann wird Sie so übersehen.“

Sie verdrehte die Augen. Er musste irgendwas wollen. „Natürlich tun sie das. Passiert ständig.“ Sie versuchte, so zu tun, als ob der intensive, knisternde Funke nicht durch sie hindurchgeschossen war, als sie heute früh in ihrem Hotelzimmer gedacht hatte, er würde sie küssen. Noch peinlicher war es, dass sie es sich gewünscht hatte.

„Vielleicht bemerken Sie einfach nicht, wie Sie angeschaut werden“, gab er zu bedenken.

Sie grunzte abfällig auf. „Flirten Sie etwa mit mir, Agent Kincaid?“

Sein breites Grinsen ging ihr auf die Nerven. „Wenn ich mit Ihnen flirten würde, würden Sie das merken, Ms. West.“

Ihr Herz machte einen weiteren dieser irritierenden Hüpfer. Mit seinen auffälligen Augen, dem stoppeligen Kinn und dem sandblonden, unverschämt guten Aussehen, traf dieser Kerl bei ihr so ziemlich genau ins Schwarze. Sie atmete tief ein, um das Rauschen ihres Bluts zu beruhigen, war sich relativ sicher, dass er absichtlich versuchte, sie aus dem Konzept zu bringen.

„Warum sind Sie hier?“, fragte er.

„Ich wollte sehen, ob irgendjemand in der Firma einen schwarzen Geländewagen fährt“, erklärte sie ihm ruhig.

Seine Augen wurden groß, aber er erwiderte nichts, und sie ertappte sich dabei, wie sie die unbehagliche Stille füllte.

„Ich habe mit Cindys anderem Ex-Freund gesprochen …“

„Mr. Gutaussehend-aber-dumm?“

Pip trank einen Schluck von ihrem Wasser und spürte, wie Schuldgefühle in ihr aufstiegen. „Er ist nett.“

„Nett?“ Kincaid rutschte in seinem Sitz herum und schaute sie an. „War er nicht so umwerfend, wie Ihre Freundin erzählt hat?“

„Au contraire.“ Sie schüttelte eilig den Kopf. „Er ist vermutlich der bestaussehende Typ, den ich je gesehen habe. Warum kümmert Sie das überhaupt?“

„Tut es nicht.“ Er klappte die Sonnenblende herunter, warf einen Blick in den kleinen Schminkspiegel und zuckte dramatisch zusammen.

Heiß.

Die Stimme in ihrem Kopf gehörte Cindy. Pip war sich ziemlich sicher, dass ihre Freundin sie heimsuchte. „Dane hat gesagt…“

„Dane?“ Kincaids Zynismus war nicht zu überhören.

„So heißt er.“

„Natürlich.“ Seine Lippen verzogen sich, obwohl er versuchte, seine Belustigung zu zügeln.

„Dane hat erzählt, dass er Cindy einmal mit einem anderen Typen gesehen hat und ihr nach Hause gefolgt ist, kurz bevor sie sich getrennt haben.“

Kincaid wurde ernst. „Und das klang für Sie nicht nach einem verrückten Stalker?“

Sie war Kincaid nahe genug, um den Geruch seiner Haut wahrnehmen zu können, und bemühte sich angestrengt, sich nicht noch weiter zu ihm zu beugen und an ihm zu riechen. So viel zum Thema Stalker. „Doch, klang es. Ebenso wie die Tatsache, dass er eine Vorstrafe wegen Körperverletzung hat. Aber ich habe seine Geschichte überprüft, und ich glaube nicht, dass er mich angelogen hat. Sie waren damals noch zusammen, aber er hat Cindy nicht konfrontiert."

Pip sah, wie Kincaids Mund sich ungläubig verzog und ignorierte es.

„Er hat gesagt, der andere Kerl fuhr einen schwarzen Geländewagen mit getönten Scheiben." Kincaids ausdrucksloses Gesicht ließ sie weitersprechen. „Genau wie das Auto, das mich fast von der Straße abgedrängt hat, bevor ich Cindy gefunden habe." Nur für den Fall, dass er das vergessen hatte.

„Wissen Sie, wie viele Geländewagen es in Georgia gibt? Über sechzigtausend."

Pip ließ die Schultern hängen. „Sie haben es überprüft."

„Ich habe es überprüft, weil ich gründlich bin, nicht, weil ich glaube, dass die Person in dem Wagen etwas mit Cindys Tod zu tun hat. Sie ist zwischen Mitternacht und zwei Uhr morgens gestorben. Erinnern Sie sich?"

Unerwartete Tränen brannten in ihren Augen, aber sie blinzelte sie fort. Für ihn war es nur ein Job. Für sie war es der Tod ihrer besten Freundin.

„Warum genau sind Sie hier?", fragte er.

Sie zuckte mit den Schultern, wusste, dass sie naiv klingen würde. „Ich dachte, Pete Dexter hätte vielleicht ein zweites Auto, das zufällig ein schwarzer Geländewagen ist."

„Es ist keiner auf seinen Namen registriert."

„Das haben Sie auch überprüft?" Pip wusste nicht, warum sie so überrascht war.

Er nickte. „Das habe ich auch überprüft."

Er hatte sie nicht einfach abgetan. Er war der Sache nachgegangen.

Sie saßen eine Weile schweigend da, während sich diese Erkenntnis langsam in ihren Gedanken ausbreitete, und der stetige Verkehr leise und beruhigend im Hintergrund vorbeirauschte.

Kincaid starrte aus der Windschutzscheibe. „Die Polizei von Atlanta hat den Dealer gefunden, der als Hanzo bekannt ist."

Oh. Mein. Gott. „Hat er zugegeben, Cindy und Sally-Anne mit Drogen versorgt zu haben?"

Kincaid schüttelte den Kopf. „Die Polizei hat Koks bei ihm gefunden und führt gerade im Eilverfahren eine Analyse durch. Wir gleichen dieses Koks mit dem aus Cindys und Sally-Annes Wohnungen ab."

„Ich bin wirklich beeindruckt, dass Sie ihn so schnell gefunden haben." Pip starrte ihn an. Das war wirklich gute Arbeit.

„Naja, er war auch einfach zu finden, mit der Einschusswunde im Hinterkopf." Kincaid fuhr sich mit der Hand durch die kurzen Haare, als ob er bei sich selbst nach einem Einschussloch suchen würde.

Ihr Mund wurde trocken. „Er ist tot?"

„Wurde in einer abgelegenen Gegend der Stadt in seinem Auto gefunden."

Pip schauderte, trotz der Wärme. „Wer hat ihn umgebracht? Oder hat er sich selbst erschossen?"

Kincaid schüttelte den Kopf. „Das ist nicht mein Fall. Derselbe Detective, der auch in Sally-Annes Tod ermittelt, leitet den Fall. Er ist ein verdammt guter Detective. Ich vermute, er wird sich irgendwann bei Ihnen melden."

„Ich rufe ihn an."

Kincaid verzog leicht den Mund, als ob er diese Idee nicht gut finden würde, sagte aber nichts.

Gut. Sie brauchte Kincaids Erlaubnis nicht. Sie hatte Fragen. Viele Fragen. „Ich habe vorhin eine Rückmeldung zu der zweiten Autopsie bekommen."

Kincaid schob das Kinn vor, schien die Emotionen zu erkennen, die sie so unbedingt unterdrücken wollte.

„Die Rechtsmedizinerin glaubt, dass Cindy das Koks erst kurz vor ihrem Tod genommen hat. Sie hat kein Benzoylecgonin in ihrem Urin gefunden."

„Was bedeutet?", fragte Kincaid.

„Was bedeutet, dass ich nicht weiß, was das bedeutet", stieß Pip frustriert aus. Warum mussten Wissenschaftler immer Fachchinesisch sprechen? „Die Rechtsmedizinerin hat nur wenig Kokain in ihrem Blut gefunden, was nahelegt, dass sie nicht lange, nachdem sie es inhaliert hat, gestorben ist."

Er zuckte mit den Schultern. „Der Alkohol und das Fentanyl…"

„Lassen Sie es", blaffte sie ihn an.

„Was lassen?"

„Erzählen Sie mir nichts darüber, welche Fehler Cindy alle gemacht hat. Bitte nicht."

Für ein paar Sekunden verstummte er. „Hat die Rechtsmedizinerin bestätigt, dass sie ertrunken ist?"

Pip nickte.

„Tut mir leid."

Pip nahm ihre Sonnenbrille ab und warf sie auf das Armaturenbrett. „Sie führt noch weitere Tests auf Giftstoffe durch."

Kincaid schaute sie an. „Sucht sie nach irgendwas

Bestimmtem?"

„Ich habe sie gebeten, nach sämtlichen Betäubungsmitteln zu suchen."

Er runzelte die Stirn und sah irritiert aus. „Sie glauben, jemand hat ihr KO-Tropfen verabreicht?"

Pip zuckte mit den Schultern, starrte angespannt aus dem Fenster. „Sie hatte am Sonntagabend, bevor sie gestorben ist, Sex mit jemandem, aber sie hat mir erzählt, dass sie sich nicht gut fühlt. Vielleicht hatte irgendjemand mitbekommen, dass sie mit der Dissertation fertig geworden ist und ist vorbeigekommen, um das mit ihr zu feiern. Vielleicht wollte derjenige Sex, aber sie war nicht in der Stimmung, also hat er ihr etwas gegeben, damit sie sich entspannt und hat dann das Koks rausgeholt."

„Warum ist er dann nicht tot?"

„Ich weiß es nicht." Sie war aufgebracht. „Vielleicht hat er es schon öfter genommen und verträgt mehr. Vielleicht hat Cindy zu viel genommen. Nichts von alldem ergibt einen Sinn, aber genauso wenig Sinn macht es, dass Cindy freiwillig Drogen genommen hat. Vielleicht war es ein Unfall. Er hat das Bewusstsein verloren, und sie ist zu sich gekommen und davon spaziert. Ist im See gelandet. Am nächsten Morgen findet er sie und sucht das Weite, kurz bevor ich dort auftauche. Oder es war Absicht, und er hat sie umgebracht."

„Sie sollten Romane schreiben."

Pip biss die Zähne zusammen und krallte ihre Fingernägel in das harte Plastik des Lenkrads. „Das sind alles realistische Szenarien."

„Genauso realistisch ist es, dass Ihre Freundin sich Koks reingezogen hat und ertrunken ist – allein. Wie erklären Sie Sally-Annes Tod?"

„Wie erklären Sie ihn? Ziemlich praktisch, dass der Dealer tot ist."

„Nur, dass ihn möglicherweise ein anderer Dealer beseitigt hat, als sich herausgestellt hat, dass Hanzos Koks die Leute umbringt – oder es war jemand, der beide Frauen gekannt hat? Überdosen sind schlecht fürs Geschäft."

„Mein Szenario ist genauso plausibel wie Ihres", widersprach sie.

Eine seiner Augenbrauen zog sich nach oben, aber sie konnte seine Augen nicht lesen. „Sie argumentieren hier für einen Dreifachmord, nur um eine Vergewaltigung zu vertuschen."

Wenn man es so ausdrückte, klang es tatsächlich ein wenig an den Haaren herbeigezogen.

Sie zuckte mit den Schultern. Es war ihr egal. „Es ist Cindys Geld. Ich werde alles tun, um sicherzustellen, dass ich genau verstehe, was in der Nacht ihres Todes passiert ist. Ich will mich nicht immer fragen müssen, ob ich irgendetwas übersehen habe."

Er wandte den Blick ab und atmete tief aus. „Das verstehe ich."

„Lügner. Sie glauben, ich bin verrückt."

Er legte einen Finger auf ihr Kinn und drehte ihren Kopf so, dass sie ihn anschauen musste, dann zog er seine Hand wieder zurück. „Nein. Ich verstehe es. Das Bedürfnis nach Antworten." Er holte tief Luft und Traurigkeit spielte über seine Züge. „Meine Stiefschwester ist in Afghanistan umgekommen. Ich habe viel Zeit damit verbracht, die Marines aus ihrer Einheit aufzusuchen, damit ich herausfinden konnte, was passiert war. Es war eine Möglichkeit für mich, mich bei den Leuten zu bedanken, die bei ihr waren, als sie gestorben ist." Er wandte den Blick ab, aber sie griff nach seiner Hand.

„Das hat ihnen sicher eine Menge bedeutet."

Er zuckte mit den Schultern und starrte aus dem Fenster.

„Tut mir sehr leid."

Er hob das Kinn und presste die Lippen zusammen. „Ja, mir auch. Aber das ändert nichts. Irgendwann muss man sich mit seiner Trauer auseinandersetzen. Man kann nicht für immer davor weglaufen."

Bei diesen Worten zuckte Pip zusammen. „Ich setze mich damit auseinander, wenn ich meiner Freundin eine angemessene Beerdigung organisiert habe. Und wenn ich jede Möglichkeit ausgeschöpft habe, herauszufinden, wer möglicherweise mit ihrem Tod zu tun hatte. Wenn es der Dealer war, gut. Das akzeptiere ich. Aber ich will wissen, wer die Männer waren, mit denen sie Sex hatte. Ich will wissen, wer in dieser Nacht bei ihr war, und wer zugelassen hat, dass sie stirbt."

Und sie wollte wissen, ob Cindy ihr verziehen hatte, wurde ihr klar. Etwas, was sie womöglich niemals herausfinden würde.

Kincaid starrte sie an, musterte sie auf eine Art und Weise, bei der sie sich nicht sicher war, ob sie ihr gefiel. „Wenn Sie wollen, dass ich einen Blick in Cindys Haus in Atlanta werfe und nachschaue, ob ich möglicherweise Hinweise auf ihre Liebhaber finden kann, kann ich das tun."

Pip blinzelte ihn überrascht über das unerwartete Angebot an. „Danke. Ja." Er hatte Ressourcen, die sie nicht einmal ansatzweise zur Verfügung hatte. Sie würde alles nehmen, was sie kriegen konnte. „Das wüsste ich sehr zu schätzen."

Plötzlich tauchte ein schwarzer Geländewagen an der Schranke des Parkplatzes von Universal Biotech auf. Er musste hinter dem Gebäude geparkt haben, wo man ihn von der Straße aus nicht hatte sehen können. Oder in der Lieferzone.

Pip drehte den Schlüssel in der Zündung und startete den Motor. „Sie sollten besser aussteigen."

„Sie können nicht einfach Leute verfolgen, Pip", warnte Kincaid.

„Dann passen Sie jetzt mal auf."

„Schon mal was von Stalken gehört?"

Sie grunzte. „Ich denke, stalken beinhaltet mehr als einfach nur herausfinden zu wollen, wer der Besitzer eines bestimmten Wagens ist. Bleiben Sie oder steigen Sie aus", insistierte sie. „Ich fahre los, in drei, zwei, eins."

Kincaid blieb sitzen und Pip trat das Gaspedal durch, bog nur wenige Sekunden nach dem andren Wagen auf die Hauptstraße ein.

Sie ließ sich hinter zwei Autos zurückfallen und versuchte zu erkennen, wer den Geländewagen fuhr, konnte aber durch die getönten Scheiben nichts erkennen.

„Na schön, ich lasse das Nummernschild überprüfen, aber fahren Sie bitte nicht näher ran." Kincaid gab das Nummernschild durch. Das Auto war auf Angela Naysmith zugelassen.

„Cindy mochte sie nicht besonders", erklärte Pip.

„Hat Cindy Ihnen jemals erzählt, mit wem Dexter sie betrogen hat?"

„Sie wusste es nicht. Sie hat nur einen Slip in seiner Jackentasche gefunden und ihn rausgeschmissen."

„Einen Slip?"

„Nicht Cindys." Pips Mund verzog sich, aber sie konnte nichts dagegen tun.

„Dexter hat mir erzählt, er hätte es Cindy gestanden, weil

er ihr einen Antrag machen wollte."

„Er hat es gestanden, nachdem Cindy dieses winzige, schwarze Seidenhöschen in seiner Tasche gefunden hat. Glauben Sie, es könnte Naysmith gewesen sein?", fragte sie scharf.

„Keine Ahnung." Kincaid zuckte mit den Schultern, sah aber nachdenklich aus.

Pip versuchte, einen unauffälligen Abstand zu dem Geländewagen einzuhalten, um nicht entdeckt zu werden.

„Jetzt haben Sie einen Namen. Sie müssen ihr nicht bis nach Hause folgen", bemerkte Kincaid.

„Wo bleibt denn Ihr Sinn für Abenteuer?", zog sie ihn auf.

„Der liefert sich einen Kampf mit einer undeutlichen Erinnerung an Gesetze zu illegalen und nicht autorisierten Überwachungen."

„Unsinn. Ich habe Sie schließlich gekidnappt."

Er lachte und ihr Herz hüpfte in ihrer Brust.

Nein. Sicher nicht. Das passierte nicht. Sie würde sich nicht in diesen FBI-Agenten verknallen, der ihr erst vor ein paar Tagen mit einer Anklage wegen Totschlags gedroht hatte.

Sie konzentrierte sich darauf, den Geländewagen nicht zu verlieren, der in eine der teureren Nachbarschaften abbog, eine neue, geschlossene Wohnanlage östlich der Stadt.

Der Wagen hielt vor einem verschlossenen Tor und Pip fluchte und wurde langsamer. Das Tor ging auf und der Geländewagen rauschte hindurch. Dann schlossen sich die Torflügel wieder.

„Fahren Sie zum Tor."

Pip warf ihm einen verblüfften Blick zu und er zuckte mit den Schultern.

„Wo wir schon so weit gekommen sind."

Sie bog in die Einfahrt ein und ein Wachmann kam aus seinem Pförtnerhäuschen.

Kincaid zeigte seine Dienstmarke. „Können Sie mir sagen, wer in dem schwarzen Geländewagen saß, der gerade hier durchgekommen ist?"

Die Wache runzelte die Augenbrauen. „Angela Naysmith. Sie wohnt hier."

„War sie allein im Wagen?", fragte Kincaid.

Der Kerl zuckte mit den Schultern. „Soweit ich sehen konnte schon, aber ich habe nicht ins Auto geschaut. Soll ich sie anrufen…"

Ein seltsames Geräusch ließ Pip herumfahren.

„Waffe!" Kincaid warf sich über sie, sein Gewicht presste ihr Gesicht in die Mittelkonsole, zerdrückte sie fast. Glas splitterte und regnete auf ihre Haare hinunter.

Schüsse. Das Geräusch war von Schüssen gekommen.

Die Schießerei dauerte eine Ewigkeit an. Pip machte sich darauf gefasst, jeden Augenblick getroffen zu werden. Sie war wie erstarrt. Kincaid zog seine Waffe und erwiderte das Feuer. Der Lärm war ohrenbetäubend. Pip konnte keinen klaren Gedanken fassen. Sie bebte vor Angst. Jemand schrie auf.

Reifen quietschten und die Schüsse verstummten. Der Gestank von Schießpulver erfüllte die Luft, schnürte ihr die Kehle zu. Endlich war es vorbei.

Es war ihr vorgekommen wie eine Ewigkeit, aber wahrscheinlich hatte es nicht länger als ein paar Sekunden gedauert. Kincaid richtete sich auf.

„Sind Sie verletzt?", fragte er.

„Nein. Sie?", erwiderte sie.

Er schüttelte den Kopf, stieg schon aus dem Auto aus. Der Wachmann lag blutend auf dem Boden.

„Rufen Sie den Notruf. Sagen Sie, dass es eine Schießerei mit einem FBI-Agenten gegeben hat. Ausgerechnet jetzt habe ich meinen verdammten Dienstwagen nicht dabei." Er kniete sich hin und begann mit den Erste-Hilfe-Maßnahmen bei dem Wachmann. Pip taumelte aus der Beifahrertür und stolperte zu dem verletzten Mann, wählte im Gehen den Notruf, während Leute aus ihren Häusern gelaufen kamen, um zu helfen.

„Atmet er?"

Kincaid riss sich die Krawatte vom Hals. „Ich muss die Wunde an seinem Bein versorgen. Hat irgendjemand ein T-Shirt, das ich benutzen kann, um die Blutung zu stillen?", rief Kincaid und ein Mann zog eilig sein T-Shirt aus und reichte es ihm, bevor Pip ihres anbieten konnte.

Kincaid band seinen Schlips fest um den Oberschenkel des Mannes, der dabei aufschrie. Sein Atem ging schnell und flach. Schweißperlen glänzten auf seiner dunklen Haut. Wenigstens lebte er noch. Bis jetzt.

„Pressen Sie es auf die Wunde", wies Kincaid Pip an. „So fest sie können."

Sie kniete sich hin und rutsche neben ihn. Kincaid veränderte leicht seine Position, sodass sich ihre Hüften und Beine berührten, dann riss er das Uniformhemd des Mannes auf und entdeckte eine weitere Schusswunde in seiner Brust, aus der das Blut quoll.

Oh, Gott.

Anstatt auf die Wunde in der Brust zu starren, presste Pip mit beiden Händen auf das Bein des Mannes und stieß ein Stoßgebet aus. War das ein willkürliches Drive-by-Shooting, oder war sie oder der FBI-Agent das Ziel gewesen?

Ein Einsatzfahrzeug hielt mit quietschenden Reifen hinter

ihnen an. Sekunden später kam ein ziviles Fahrzeug an, aus dem Männer in T-Shirts und Jeans ausstiegen, die Hände auf ihre Waffen gelegt, die aufmerksam die Menschenmenge absuchten. Sie sahen erleichtert aus, Kincaid quicklebendig vorzufinden.

FBI.

Kincaid rief ihnen Informationen über den Täter zu. Die Automarke und das Model. Die Richtung, in die der Schütze davongefahren war. Für Pip war es ein einziges Chaos aus Lärm und Panik gewesen. Für Kincaid ein normaler Tag im Büro.

Sie schauderte.

Ein Sanitäter schob sie sanft zur Seite und sie versuchte, aufzustehen, aber ihre Knie gaben nach. Kincaid fing sie auf und zog sie zu einem Grasstreifen, fort von der Menge der Gaffer, die von Polizisten zurückgedrängt wurde. Er zerrte ihr T-Shirt aus ihrem Hosenbund und hob es hoch, musterte ihren Oberkörper, dann ging er um sie herum und kontrollierte weiter ihren Körper.

„Was machen Sie denn da?“ Sie versuchte, sich aus seinem Griff zu befreien, aber er ließ sie nicht los.

„Man merkt nicht immer, wenn man angeschossen wurde“, erklang eine fremde Stimme.

Pip warf einen Blick über ihre Schulter.

Kincaid schaute auf. „Ich kann gar nicht glauben, dass sie nicht am Verbluten ist. Irgendjemand hat das Auto durchlöchert wie eine alte Blechdose.“

„Was ist denn mit Ihnen?“, rief Pip aufgebracht. „Sie haben mich vor den Kugeln abgeschirmt. Wer untersucht Sie auf Schusswunden?“

„Ich bin okay.“ Er winkte ihre Sorge fort.

Tränen traten in ihre Augen. „Wie konnten Sie nur so dumm sein?"

„Jahrelange Übung, nicht wahr, Kincaid?" Der andere Mann boxte Kincaid wohlwollend in die Schultern.

Wie konnten sie über so etwas Witze machen?

Pip begann zu zittern.

„Das ist Agent Will Griffin." Kincaid stellte sie einander vor. „Pip West."

Agent Griffin war geradezu lächerlich gutaussehend. Er hatte kurz rasierte Haare, strahlende, braune Haut und beinahe schwarze Augen, die sie kritisch aber mitfühlend anschauten. Sie nickten sich zu, während Pips Zähne klapperten wie Presslufthämmer.

„Nutzt du das als Ausrede, um dich vor unserem Lauf nachher zu drücken?", fragte Will Kincaid.

Pip starrte ihn nur fassungslos an. Er machte sich Gedanken wegen eines Laufes?

„Quatsch, nein. Ich hab viel zu viel Spaß daran, dich fertigzumachen, als mir das entgehen zu lassen", frotzelte Kincaid.

Pip wollte sich das Gesicht abwischen, aber ihre Hände waren voller Blut.

„Hier." Kincaids Kumpel Will hielt eine Wasserflasche hoch und bedeutete ihr, die Hände auszustrecken.

Er goss das Wasser über ihre Hände, dann besorgte er Papierhandtücher und Desinfektionsmittel von einem der Sanitäter, die gerade den Wachmann in den Rettungswagen luden.

„Glauben Sie, er wird überleben?" Pip schaute zu, wie die Sanitäter die Türen des Wagens zuschlugen und mit heulenden Sirenen davonrauschten.

Kincaid presste die Lippen zusammen. „Wir haben getan, was wir konnten."

Und womöglich waren sie dafür verantwortlich, dass er erschossen worden war.

„War das eine willkürliche Schießerei?", fragte Will.

Pip schaute Kincaid an.

„Bin mir nicht sicher." Kincaid erwiderte ihren Blick.

„Was hast du hier überhaupt gemacht?", fragte Will.

Kincaids Mund wurde schmal. „Ist kompliziert."

Pip wandte den Blick ab. Hatte sie ihn in Schwierigkeiten gebracht? Sie hoffte nicht.

Sie warf einen Blick auf ihr Auto. Glasscherben bedeckten den Kofferraum und beide Windschutzscheiben wiesen unzählige Einschusslöcher auf, wurden nur noch von einem feinen Netz aus zersplittertem Glas zusammen gehalten, das aussah wie Millionen von Spinnweben, die bei der geringsten Berührung zerfallen würden. Löcher, so groß wie Dollarmünzen, waren über den Kofferraumdeckel verstreut.

Hatte gerade jemand versucht, sie umzubringen? Oder hatten sie es auf Kincaid abgesehen? Oder auf den Wachmann?

Warum sollte irgendjemand sie erschießen wollen?

Aber Pip fand es schwer zu glauben, dass das nur ein Zufall gewesen war. Es sei denn, das Universum versuchte tatsächlich, ihr sehr laut und deutlich die Nachricht zu vermitteln, dass die Welt gefährlich war und sie sich an nichts festklammern sollte, weil sie es im Handumdrehen wieder verlieren konnte.

„Was haben Sie überhaupt da im Kofferraum, was die Kugeln aufgehalten hat?" Kincaid benutzte den Bund seines Hemds, um den Kofferraum zu öffnen. Darin standen mehrere Umzugskartons voller Bücher und Fotoalben, die eine Barriere zwischen ihren Körpern und den Kugeln gebildet hatten.

Anscheinend hatte ihre Leidenschaft für Romanzen ihnen gerade das Leben gerettet.

Will nickte beeindruckt. „Das nächste Mal, wenn mich jemand fragt, ob ich die digitale oder die Printausgabe kaufen will, weiß ich, wofür ich mich entscheide."

„Wie können Sie denn über sowas Witze machen?", fuhr Pip ihn an.

Eine riesige Blutlache bedeckte den Betonboden neben der Fahrertür ihres Wagens. Pip hatte das Gefühl, sich übergeben zu müssen. Kincaid kam zu ihr, legte behutsam seine die Hände auf die Unterarme. „Es ist okay."

„Ich dachte, Sie würden sterben und es wäre meine Schuld." Pip schluckte die Tränen hinunter. Sie wollte niemanden mehr verlieren, nicht einmal einen lästigen FBI-Agenten, dem sie angeblich so auf die Eier ging.

„Lassen Sie uns hier verschwinden." Er führte sie zu Will Griffins Wagen. „Du musst mich bei meinem Auto vorbeibringen." Kincaid nannte Will die Adresse.

„Kein Problem", sagte Will, obwohl Pip ihn gerade angepflaumt hatte.

„Jemand vom FBI wird die Schießerei untersuchen, aber nicht ich", erklärte Kincaid Pip und lenkte sie mit einer Hand auf ihrem unteren Rücken zur Wagentür. „Die Ermittler werden Sie befragen müssen. Erzählen Sie einfach genau, was passiert ist."

Sie stieg ein, dann schlug sie die Hände vors Gesicht. „Ich habe nichts gesehen. Es war ein einziges Chaos aus Kugeln und Glassplittern." Sie schluckte. „Und Blut."

Kincaid ließ sich neben sie auf die Rückbank gleiten. Will setzte sich hinter das Steuer und fuhr augenblicklich davon.

„Ich verstehe das nicht. Was ist da gerade passiert?", fragte sie.

„Jemand hat versucht, uns umzubringen, Pip. Ich weiß nur nicht, ob sie es auf Sie, mich oder den Wachmann abgesehen hatten."

ACHTZEHNTES KAPITEL

„WARUM ZUR HÖLLE haben Sie eine nicht autorisierte Beschattung durchgeführt? Und warum waren Sie mit dieser gottverdammten Reporterin unterwegs, von der Sie sich von Anfang an hätten fernhalten sollen?" SAC Bournes Fragen fühlten sich wie Faustschläge in seine Magengrube an, und Hunt konnte förmlich spüren, wie ihm seine Karriere beim FBI entglitt.

Er hob sein Kinn. Er hatte nichts falsch gemacht. „Ich bin noch einmal bei der Universal Biotech vorbeigefahren, nachdem ich mich mit ASAC McKenzie besprochen und um eine Führung durch die Labore der Firma gebeten hatte. Ich habe die Gelegenheit genutzt, Pete Dexter mit der Frage zu konfrontieren, warum seine Schlüsselkarte um die Weihnachtszeit herum benutzt wurde, um sich Zugang zu den Laboren der Blake zu verschaffen, wenn er schon seit Jahren nicht mehr an der Uni arbeitet."

Bourne hielt inne und unterbrach das, was wahrscheinlich eine innerlich eingeübte Tirade gewesen war. „Warum wurde die Schlüsselkarte nicht deaktiviert?"

„Das weiß ich nicht."

Bourne sah aus, als ob jemand wegen dieser laxen Sicherheitsvorkehrungen noch zu Kleinholz gemacht werden würde.

„Ich wollte mit der Sekretärin an der Blake sprechen und

sie befragen, aber zuerst wollte ich mit Dexter selbst reden. Er hat behauptet, Cindy Resnick hätte seine Schlüsselkarte gehabt. Und dass er davon ausgegangen sei, sie hätte die Karte schon vor Monaten an die Fakultät zurückgegeben. Eine von Dexters Geschäftspartnerinnen hat unterstellt, dass Resnick die Schlüsselkarte benutzt hat, um Dexter in Schwierigkeiten zu bringen und sich so an ihm zu rächen."

Bourne starrte ihn mit eisernem Blick an. „Gibt es irgendwelche Aufzeichnungen der Überwachungskameras, die zeigen, wer die Karte benutzt hat?"

Hunt schüttelte den Kopf. „Es gibt eine Kamera, die den Haupteingang überwacht, aber die Aufnahmen werden nach ein paar Tagen gelöscht." Was verdammt frustrierend war.

„Glauben Sie Dexter?"

„Ich weiß nicht." Hunt war sich nicht sicher, woher seine Abneigung gegen den Kerl rührte – Macho-Nonsens oder messerscharfe Intuition? „Er steht auf Statussymbole – fährt einen teuren Schlitten und ist mit nur dreißig Jahren schon vollwertiger Geschäftspartner. Ich würde mir gerne die Finanzierung seiner Firma anschauen."

Bourne schüttelte den Kopf. „Halten Sie sich an den Plan, Kincaid. Bitten Sie das SIOC, sich die Finanzen anzuschauen, wenn Sie wirklich glauben, dass diese Firma das Anthrax verkauft. Ansonsten lassen Sie es gut sein. Warum waren Sie mit der Journalistin unterwegs?"

„Pip West…"

„Die Journalistin."

Hunt atmete schwer aus, flehte still um Geduld. „Ja, Sir, die Journalistin. Ich habe ihr Auto entdeckt, als ich aus der Universal Biotech kam. Ich wollte ihr mitteilen, dass wir den Drogendealer gefunden hatten, der ihrer Freundin vermutlich das Koks verkauft hat, und sie fragen, ob die zweite Autopsie von Cindy Resnick irgendwelche neuen Erkenntnisse geliefert hatte. Außerdem wollte ich von ihr wissen, ob sie in Cindy Resnicks Sachen zufällig Pete Dexters Schlüsselkarte gefunden hat." So weit war er gar nicht erst gekommen.

„Und sie war rein zufällig da?" Der SAC klang nicht gerade überzeugt.

Hunt wusste, dass er einem verbalen Arschtritt wegen Aufmüpfigkeit gefährlich nah war, aber weder er noch Pip West waren dafür verantwortlich, dass irgendein Bastard unzählige 9-mm-Patronen in ihr Auto abgefeuert hatte. Ohne Pips Liebe für das gedruckte Wort wären sie jetzt beide tot.

Bourne starrte ihn an. Und wartete.

Scheiße. Er musste sich auf eine Standpauke gefasst machen. Besser, es hinter sich zu bringen.

„Sie hat das Gebäude der Universal Biotech beobachtet und nach einem schwarzen Geländewagen Ausschau gehalten. Sie hat erzählt, dass ein solcher Wagen am Montagmorgen in der Nähe von Cindy Resnicks Haus vorbeigekommen war, nur wenige Minuten, bevor sie die Leiche ihrer Freundin gefunden hatte."

„Warum haben Sie nicht einfach überprüft, ob einer der Mitarbeiter der Firma einen schwarzen Geländewagen fährt?"

„Ich habe Dexter überprüft, um zu sehen, was für einen Wagen er fährt, aber das war kein Geländewagen. Ich wusste nicht, was Pip vor der Universal Biotech gemacht hat, bis ich in ihr Auto gestiegen bin. Ich hatte keinen Grund, irgendjemand anderen aus der Firma zu überprüfen." Was stundenlange Fleißarbeit bedeutet hätte, und diese Zeit hatte er einfach nicht.

Der SAC sah noch immer angepisst aus.

Ein schriftlicher Verweis würde Hunts Hoffnung auf einen Platz in der Geiselbefreiungseinheit zunichtemachen, aber zu Kreuze zu kriechen würde seinen Stolz zerstören.

Bourne strich ein Blatt Papier auf seinem Schreibtisch glatt. „Diese Journalistin glaubt also, Dexter wäre in den Tod ihrer Freundin involviert?"

„West – die Journalistin", bemerkte Hunt, bevor der SAC ihm zuvorkommen konnte, „glaubt, dass wer auch immer kurz vor Cindys Tod Sex mit ihr gehabt hat, ihr vermutlich auch die Drogen besorgt hat. Das war der einzige Grund, weshalb sie sich den Ex angeschaut hat." Nicht etwa, weil Hunt ihr etwas von Biowaffen oder BLACKCLOUD erzählt hätte.

Bourne schüttelte den Kopf. „Die örtliche Polizei wird demnächst Cindy Resnicks Todesursache als unbeabsichtigte Überdosis deklarieren. Der Dealer, der ihr vermutlich die Drogen verkauft hat, wurde ebenfalls tot aufgefunden. Gleichen Sie die DNA des Dealers mit den Proben ab, die in Cindys Haus am See genommen wurden. Vielleicht hat sie den Kerl gekannt und hat ihn gebeten, vorbeizukommen und die Partytüte mitzubringen. Vielleicht hat er eine andere Art der Bezahlung im Sinn gehabt als sie."

Hunt wollte argumentieren, dass Pip weiter darauf bestand, Cindy hätte keine Drogen genommen, aber was, wenn sie falsch lag? Wollte er wirklich seine Karriere gegen die Wand fahren, indem er bei seinem SAC den Kopf riskierte? Außerdem sprach nichts dagegen, die DNA des Dealers zu überprüfen. Es war eine gute Idee. Er würde zudem zusehen, ob er Dexters DNA irgendwie überprüfen konnte.

Bourne lehnte sich zurück, wirkte trügerisch entspannt. „Also, was ist passiert?"

Er meinte die Schießerei.

Hunt erklärte ihm, was vorgefallen war.

Er war sauer, weil er das Nummernschild nicht erkannt hatte und keinen guten Blick auf den Fahrer hatte werfen können. Er hatte das Feuer erwidert und dem Wagen definitiv ein paar Einschusslöcher verpasst. Pip zu schützen, hatte ihn behindert. Außerdem hatte durch die belebte Straße hinter ihnen die Gefahr bestanden, dass Zivilisten in das Kreuzfeuer gerieten.

Bourne starrte ihn mit seinen berüchtigten Adleraugen an. Hunt ließ die Beurteilung wortlos über sich ergehen. Erhobenes Kinn. Gerade Schultern. Er trug noch immer die Klamotten, die mit dem Blut des Wachmanns befleckt waren, und sie kratzten auf seiner Haut. Er wusste nicht, ob das ein Vorteil für ihn war oder nicht. Der Wachmann befand sich derzeit in einer Not-OP. Niemand konnte sagen, ob er durchkommen würde.

„Was glauben Sie, auf wen geschossen wurde?", fragte Bourne schließlich.

Hunt räusperte sich. „Wir überprüfen den Wachmann auf sämtliche Gang-Verbindungen oder kriminelle Vorgeschichten, aber er ist eher ein unwahrscheinliches Ziel. Ms. West und ich haben beide viele Fragen gestellt, aber mich zu erschießen, würde das FBI nur noch tiefer graben lassen." Er blickte seinen Boss an. „Sie sind ihrem Auto gefolgt. Ich vermute, der Schütze wusste nicht einmal, dass ich mit im Wagen saß."

Sie hatten es auf Pip abgesehen.

Bourne nickte kurz. „Sie werden zu der Schießerei befragt werden, aber ich glaube nicht, dass es irgendwelche Probleme wegen Ihrem Vorgehen geben wird. Wenn Sie nicht gewesen wären, wäre die Journalistin jetzt wahrscheinlich tot."

Hunt schluckte, kämpfte gegen die Galle an, die in ihm

aufsteigen wollte.

„Sind Sie mit ihr involviert?", fragte Bourne rundheraus.

„Nein, Sir." Er hoffte, der SAC war nicht tatsächlich der legendäre Gedankenleser, für den ihn manche hier hielten.

„Gut. Sehen Sie zu, dass es dabei bleibt. Sie ist gefährlich." Bournes Lippen wurden zu einer schmalen, unnachgiebigen Linie. „Wenn sie die Sache mit der Biowaffe herausfindet und darüber berichtet, könnte die darauffolgende Panik mehr Menschen umbringen als ein tatsächlicher Anschlag."

Hunt verlagerte sein Gewicht von einem Fuß auf den anderen, machte die Schultern noch gerader. „Selbst wenn wir involviert wären, Sir", er bemühte sich, gleichmäßig zu sprechen, auch wenn er vor Wut schäumte, „würde ich keine Ermittlung kompromittieren, indem ich vertrauliche Informationen mit irgendjemandem teile, ganz zu schweigen mit einer Reporterin."

Sein SAC schmierte ihm nicht den Vorfall in L.A. aufs Brot. Stattdessen hatte er es auf frisches Blut abgesehen. „Mag sein. Aber Sie wären nicht der erste Agent, dem in einem intimen Moment etwas Vertrauliches herausrutscht."

Hunt spürte, wie sein Gesicht zu glühen begann. Er würde mit seinem Boss nicht über „intime Momente" sprechen, aber er würde es auch nicht auf sich sitzen lassen. „Ich habe keinerlei Absichten…"

Der SAC lachte. „Absichten bedeuten einen Scheiß. Ms. West ist eine wunderschöne Frau. Sie sind beide Single. Sie hat ein Alibi für den Todeszeitpunkt ihrer Freundin und sie ist in keiner ihrer Ermittlungen eine Zeugin, aber das bedeutet nicht, dass sie völlig aus dem Schneider ist. Womöglich hat sie etwas mit dem Tod des Dealers zu tun."

Hunt erwähnte nicht, dass er selbst für diesen Todeszeitpunkt ihr Alibi war.

„Und sie hat möglicherweise mit ihrer toten Freundin zusammen einen Plan ausgeheckt, modifiziertes Anthrax und irgendeinen Superimpfstoff an Terroristen zu verkaufen."

Die Sondereinheit hatte Pip von vorne bis hinten durchleuchtet, und es gab keinen einzigen Hinweis darauf, aber Hunt hielt den Mund. Sie war in die Sache verstrickt. Er konnte es sich nicht erlauben, sich auf persönlicher Ebene mit ihr einzulassen.

„Dann ist da noch immer diese Sache in Tallahassee …"

„Wo sie einen korrupten Polizisten hat auffliegen lassen." Was das FBI genauso gemacht hätte.

„Und viele unschuldige Menschen sind im Zuge dessen umgekommen." Der SAC musterte ihn aufmerksam, und Hunt hatte das Gefühl, in eine Falle getappt zu sein.

„Ich glaube nicht, dass sie im Augenblick auf eine Story aus ist", platzte Hunt heraus. „Ich glaube, sie versucht, mit dem Tod ihrer besten Freundin zurechtzukommen, auf die einzige Art und Weise, die sie kennt."

„Reporter sind immer auf Storys aus. Ich hatte eigentlich gedacht, das hätten sie nach dem Fiasko in L.A. gelernt."

Bourne hob die Hand, unterband Hunts zornige Erwiderung. „Gehen Sie sich umziehen. Schreiben Sie Ihren Bericht, und dann machen Sie mit Ihrer Arbeit an BLACKCLOUD weiter."

Wütend und frustriert verließ Hunt das Büro des SACs. Er ging zu seinem Schreibtisch, wo er Will antraf, der am Telefon war. Will schaute auf, beendete das Gespräch und legte auf.

„Mandy leitet die Ermittlungen in deiner Schießerei. Sie interviewt gerade deine Freundin."

„Sie ist nicht meine Freundin", stieß Hunt zwischen zusammengebissenen Zähnen hervor. Etwas in ihm wollte bei der Befragung zusehen, wollte Fuller sagen, dass sie Pip nachsichtig behandeln sollte, aber das würde sowohl auf privater als auch beruflicher Ebene eine Grenze überschreiten. So sehr er Pip auch beschützen wollte, er konnte sich nicht in die Ermittlung einmischen. Er wusste, dass die BLACKCLOUD-Sondereinheit Pips Geschichte noch weiter auf den Prüfstand stellen würde, aber warum hatte sie denn am Montagmorgen am See den Notruf gewählt? Warum bestand sie noch immer darauf, dass ihre Freundin keine Drogen genommen hatte, wenn alle Beweise das Gegenteil zu beweisen schienen? Wenn sie und Cindy tatsächlich zusammengearbeitet hätten, um waffenfähiges Anthrax zu verkaufen, warum suchte sie dann so unerbittlich nach Antworten? Warum lenkte sie die Aufmerksamkeit der Ermittler auf sich selbst?

Er las die Nachrichten auf seinem Handy. Der Wachmann hatte keinerlei Verbindungen zu Gangs und auch keine Vorstrafen. Hunts Bauchgefühl sagte ihm, dass Pip das Ziel gewesen war, die Frage war nur, warum?

Verdammt, er hatte nicht die Zeit, sie zu beschützen, aber die Vorstellung, dass ihr etwas zustoßen könnte … Er ballte die Hände zu Fäusten und atmete schwer aus.

„Ich muss mich umziehen", sagte er zu Will.

Er ging in die Umkleide und zog sich aus, warf seinen ehemals besten Anzug in eine Plastiktüte, für den Fall, dass das Beweislabor ihn brauchte. Er war heute fast gestorben. Pip war heute fast gestorben, und ein weiterer Mann war schwer verwundet worden. Das heiße Wasser der Dusche prasselte auf sein Gesicht, gegen seine Augenlider, während er regungslos dastand und sich mit einer Hand an der Wand abstützte, den Wasserstrahl seinen Körper wärmen ließ. Er musste einen Weg finden, um Pip zu beschützen und trotzdem noch seinen Job machen zu können. Aber er hatte keine Idee, wie er diese beiden Dinge miteinander in Einklang bringen sollte.

———

PIP BEOBACHTETE, WIE sich die Agentin, die mit der Ermittlung in der Schießerei beauftragt war, auf einen Stuhl ihr gegenüber fallen ließ. Das Verhörzimmer war ein steriler, nichtssagender Raum und erinnerte Pip an das andere Zimmer, in dem sie Anfang der Woche gesessen hatte. War das wirklich erst ein paar Tage her? Es kam ihr vor, als wäre es ein halbes Leben her, ein halbes Leben voller Wut und Trauer.

„Ms. West, ich bin Special Agent Fuller. Ich würde Ihnen gerne ein paar Fragen zu der Schießerei vorhin stellen.“

Pip nickte. Die Agentin hatte lange, glatte blonde Haare, die zu einem so strengen Pferdeschwanz gebunden waren, dass er an den Augenwinkeln ihrer unfreundlichen blauen Augen zu ziehen schien. Sie war nicht viel größer als Pip und trug ihre Waffe und ihre Dienstmarke wie eine Erklärung ihrer feindseligen Absichten vor sich her.

„Haben Sie Grund zur Annahme, dass Dr. Angela Naysmith ein Verbrechen begangen hat?“, fragte Fuller.

Pip schüttelte den Kopf. „Nein Ma’am. Ich wusste nicht, wem der Geländewagen gehört, bis Agent Kincaid das Nummernschild überprüft hat.“

„Warum sind Sie dem Wagen überhaupt gefolgt?“ Ein leichter Einschlag aus dem Mittleren Westen färbte ihre Worte.

„An dem Tag, als ich Cindy gefunden habe, hat mich ein schwarzer Geländewagen kurz vor ihrem Haus beinahe von der Straße abgedrängt, und dann konnte ich eine Staubwolke über ihrer Einfahrt sehen. Ich bin davon ausgegangen, dass der Geländewagen ihr Anwesen verlassen hat, kurz bevor ich dort ankam."

„Sie glauben, wer auch immer in dem Geländewagen saß, hat mit dem Tod ihrer Freundin zu tun?"

Pip zuckte mit den Schultern und wusste, dass ihr Gesichtsausdruck ihre Irritation verriet.

„Also folgen Sie einfach willkürlich irgendwelchen Geländewagen quer durch Georgia?" Agent Fuller verbarg ihre Abneigung nicht.

„Nein. Ich versuche herauszufinden, wen Cindy in den Tagen vor ihrem Tod möglicherweise getroffen hat. Ich habe mit einem ihrer Ex-Freunde gesprochen, der erwähnt hat, dass er sie mit einem Mann zusammen gesehen hätte, der einen schwarzen Geländewagen gefahren ist. Ich dachte, vielleicht war sie wieder mit Pete Dexter zusammen, und wollte sehen, ob er einen schwarzen Geländewagen fährt."

„Weil der Rechtsmediziner zwei verschiedene Spuren männlicher DNA in Cindys Haus gefunden hat? Kontakt-DNA im Wohnzimmer, Sperma im Schlafzimmer." Fuller schaute in die Akte, die vor ihr auf dem Tisch lag.

Wut zog Pips Brustkorb zusammen. Dass Cindys Leben darauf reduziert wurde … „Ja."

„Hat sie mit vielen verschiedenen Typen geschlafen?"

Darauf würde Pip sich nicht einlassen. Es machte keinen Unterschied, ob Cindy mit ganz Georgia schlief. Aber es machte einen Unterschied, ob einer ihrer Liebhaber ihr Koks aufgezwungen hatte.

Fuller holte tief Luft, als klar wurde, dass Pip nicht antworten würde. „Haben Sie irgendeine Vermutung, warum heute jemand auf Sie geschossen hat?"

Pip hatte sich schon die ganze Zeit den Kopf darüber zerbrochen. „Vielleicht hatten sie es auch auf Agent Kincaid oder den Wachmann abgesehen."

„Wir haben den Wachmann überprüft, und jeder, der einen FBI-Agenten hinrichten will, muss wissen, dass er damit den Zorn des gesamten FBI auf sich lenken wird. Wir haben zwar ein Team von Agenten für diesen Fall abgestellt, aber Agent Kincaid war vermutlich nicht das Ziel."

Ein kalter Lufthauch strich über Pips Haut, als die Klimaanlage ansprang. Aber das war nicht die Ursache für die Gänsehaut auf ihren Armen. Agent Fullers Worte lösten sie aus. „Dann gefällt es wohl jemandem nicht, dass ich Fragen über Cindys Tod stelle."

„Wem gefällt das nicht?" Fuller klang eindeutig skeptisch. „Zwei Rechtsmediziner haben unabhängig voneinander Ersticken durch Ertrinken als Todesursache ihrer Freundin festgestellt, mit Drogen als beitragendem Faktor. Der Dealer, der ihr die Drogen verkauft hat, ist ebenfalls tot. Wen sonst sollte es kümmern?"

Pip zuckte zurück.

„Wissen Sie, wie er gestorben ist?", fragte Fuller.

„Der Dealer?" Ein Frösteln der Vorahnung lief Pip den Rücken hinunter. „Durch einen Kopfschuss."

„Wir analysieren gerade das Geschoss. Besitzen Sie eine Waffe, Ms. West?"

Pip klappte der Mund auf. „Sie glauben, *ich* hätte ihn umgebracht?"

„Haben Sie das?" Fuller ließ sie nicht aus den Augen.

Pip hatte das Gefühl, gerade verurteilt zu werden. Sie schüttelte den Kopf. „Nein."

„Besitzen Sie eine Waffe?"

Wieder schüttelte Pip den Kopf, dann runzelte sie die Stirn. „Ich glaube, ich habe gerade zwei Waffen geerbt. Cindys Vater hat eine Waffe besessen. Sie liegt im Safe im Haus in der Stadt. Und Cindy hatte auch eine Waffe, aber ich weiß nicht, wo die ist. Vermutlich im Haus am See."

„Was für eine?"

„Eine schwarze."

Fuller sah über ihre mangelnde Kenntnis hinsichtlich Schusswaffen regelrecht angewidert aus, oder vielleicht glaubte sie auch, Pip würde sich einen Spaß erlauben. „Sie wissen das Kaliber nicht?"

„Ich mag keine Waffen." Pip könnte erwähnen, wie Kincaid ihr gestern Abend eine Waffe aus der Hand genommen hatte, aber sie war sich nicht sicher, ob ihn das in noch mehr Schwierigkeiten bringen würde. Oder sie.

„Wo waren Sie zwischen zehn Uhr gestern Abend und vier Uhr heute früh?"

„Was?"

„Ich frage mich, ob Sie ein Alibi für den Mord an dem Drogendealer haben, der Ihrer Freundin das Koks verkauft hat, das sie umgebracht hat. Sie machen ja kein Geheimnis aus Ihrem Interesse an dem Kerl."

Pip schnappte nach Luft. Anscheinend musste sie „Mörderin" auf ihrer Stirn eintätowiert haben, denn immerhin war das bereits das zweite Mal diese Woche, dass ihr ein Mord vorgeworfen wurde. Vermutlich sollte sie jetzt besser Adrian Lightfoot anrufen.

So viel dazu, zu versuchen, Kincaid aus der Sache herauszuhalten. „Ich war bis etwa acht in der Hotellobby, dann war ich bis circa halb elf auf meinem Zimmer. Ich habe mir etwas vom Zimmerservice bringen lassen. Danach bin ich zu Cindys Haus in der Stadt gefahren. Agent Kincaid ist gegen halb zwölf dort aufgetaucht und ich war kurz vor Mitternacht wieder in meinem Hotel." Kurz bevor sie sich wieder in einen Kürbis verwandelt hatte. „Dann ist Agent Kincaid gegen fünf Uhr morgens wieder im Hotel vorbeigekommen, um mich über Sally-Annes Tod zu informieren. Sprechen Sie mit dem Sicherheitsdienst des Hotels. Die müssen Videoaufnahmen oder andere Aufzeichnungen haben."

„Warum hat Kincaid Ihnen von Sally-Anne erzählt? Waren Sie auch mit ihr befreundet?" So, wie Fuller das Wort „befreundet" aussprach, klang es wie ein Fluch.

Hatte Kincaid auch geglaubt, sie hätte Sally-Anne und den Dealer umgebracht? Das wollte sie nicht glauben. „Agent Kincaid war gestern Nachmittag in der Lobby des Hotels", erklärte sie, „um mir die Ergebnisse von Cindys Autopsie mitzuteilen. Sally-Anne kam gerade im Hotel an, als er gehen wollte. Das Hotel muss Aufzeichnungen darüber haben, wer das Hotel betritt und verlässt."

Der Ausdruck auf Fullers Gesicht legte nahe, dass sie das schon längst überprüft hatten. Die Agentin versuchte, sie beim Lügen zu erwischen.

„Gibt es irgendjemanden, der es auf Sie abgesehen haben könnte?", fragte Fuller.

Natürlich gab es jemanden. Pip war übel. „Wenn Sie von Frank Booker sprechen, der ist tot."

„Was ist mit seinem Partner bei der Polizei? Ein Waffenbruder, der ihn geliebt hat und glaubt, Sie hätten ihm etwas angehängt und wären für den Tod seiner Familie verantwortlich?"

Pip biss die Zähne zusammen. „Ich habe ihm nichts angehängt. Ich habe ihn als den korrupten Hurensohn entlarvt, der er war."

„Viele seiner Kollegen haben die Anschuldigungen nicht geglaubt."

„Sie haben sich geirrt. Ich hatte so viele Beweise, dass sogar Frank klar war, dass er zu Fall kommen würde."

„Egal, zu welchem Preis?"

Pip beugte sich vor, ihre Augen wurden schmal. „Wenn Sie mich fragen, ob ich mir wünsche, die Dinge wären anders gelaufen, dann ist die Antwort natürlich Ja."

„Vielleicht hat Frank Bookers Frau eine Familie, die glaubt, Sie wären verantwortlich für ihren Tod und den Tod der drei Kinder."

Pip schloss die Augen. Ihr Hals war wie zugeschnürt, und sie konnte nicht mehr richtig atmen. Sie hatte Lisa gewarnt, das Haus zu verlassen, aber Lisa hatte zu viel Angst vor Frank gehabt. Sie hatte geglaubt, sie würde sicher sein, sobald Frank hinter Gittern war. Aber seine Kollegen hatten sich zu viel Zeit damit gelassen, auf Pips Story zu reagieren, obwohl sie die Polizei schon vor dem Erscheinen des Artikels vorgewarnt hatte.

Pip war sich nicht sicher, ob ihr Redakteur Informationen darüber hatte durchsickern lassen, dass Lisa die Informantin gewesen war oder nicht. Sie wusste nicht, ob es einen Unterschied machen würde, in Bezug darauf, wie sie in Tallahassee wahrgenommen wurde. Eine Sache allerdings war sofort klar gewesen – sie würde dort nie wieder erfolgreich als Investigativjournalistin arbeiten können. Sie war sich nicht einmal sicher, ob sie überhaupt irgendwo wieder als Investigativjournalistin arbeiten würde.

„Es ist möglich, dass es jemand wegen meines Jobs auf mich abgesehen hat", gestand sie ein.

Was bedeutete, dass der Wachmann ihretwegen verletzt worden war. Übelkeit rumorte in ihrem Magen.

„Was haben Sie während des Angriffs gesehen?" Fuller änderte die Richtung ihrer Fragen.

Pip stieß kurz die Luft aus, es klang fast wie ein Lachen. „Ich habe den Schaltknüppel und den Fußraum meines Autos gesehen. Agent Kincaid hat mich mit seinem Körper abgeschirmt."

„Wie gut kennen Sie Hunt?"

„Hunt?"

„Hunt Kincaid."

„Offensichtlich nicht gut genug, um seinen Vornamen zu kennen." Pips Mund wurde sehr trocken, als sie daran dachte. Der Agent ging ihr zu sehr unter die Haut.

Fullers Ausdruck änderte sich nicht, aber Pip bemerkte, wie ihre Augen schmaler wurden. „Er hat sich in einer extremen Gefahrensituation über Sie geworfen und Sie mit seinem Körper abgeschirmt, aber Sie kennen nicht einmal seinen Vornamen?"

„Wollen Sie damit sagen, dass man erst per Du sein muss, bevor man jemanden beschützen darf, Agent Fuller?" Pip verschränkte die Arme, wurde langsam sauer. „Ich nehme an, er hat getan, was jeder Bundesagent in dieser Situation getan hätte."

Diese Erkenntnis ließ sie weiter in sich zusammensinken. Sie hatte sich ein wenig in den Kerl verknallt, und er hatte nur seinen Job gemacht. Sie war ein solches emotionales Wrack, dass sie den Unterschied nicht mehr erkennen konnte.

Ein anderer Gedanke blitzte in ihr auf. Vielleicht war Fuller seine Freundin. Sicher, er hatte gesagt, er wäre unverheiratet, aber welcher Agent, der etwas taugte, würde denn einer möglichen Verdächtigen seinen persönlichen Beziehungsstatus verraten? Vielleicht beäugte Fuller Pip mit einer solchen Abneigung, weil sie glaubte, Pip hätte es auf ihren Kerl abgesehen.

Steckte Kincaid in Schwierigkeiten, weil er in ihrem Auto gesessen hatte, anstatt sein FBI-Ding zu machen?

„Wir sind nicht persönlich involviert", wiederholte sie klar und deutlich. „Unsere Beziehung ist rein professionell und beruht nur auf der Ermittlung im Todesfall meiner Freundin."

Fuller verzog den Mund, nickte aber schließlich. Sie klappte die Akte vor ihr auf dem Tisch zu. „Ich schlage vor, Sie halten sich bedeckt, bis wir Ihren Angreifer identifiziert haben …"

„Ich muss eine Beerdigung organisieren."

Fuller zog eine perfekt gezupfte Augenbraue hoch. „Wenn Sie nicht den Kopf einziehen, bis wir herausgefunden haben, wer auf Sie geschossen hat und warum, wird daraus am Ende noch eine Doppelbeerdigung werden."

Bei dieser abgebrühten Bemerkung musste Pip blinzeln. „Sie denken wirklich, dass jemand versucht, mich umzubringen?"

Fuller erhob sich. „Ich denke, Sie haben sich eine Menge Feinde gemacht und sollten vorsichtig sein."

Pip lachte verbittert auf. „Das ist Ihr Ratschlag für jemanden, der womöglich in Gefahr schwebt? Kein Angebot von Schutz?" Pip erhob sich ebenfalls. Die Befragung war offensichtlich vorbei.

Fuller neigte den Kopf zur Seite. „Wir können Schutzhaft

für Sie veranlassen, solange, bis wir einen Verdächtigen haben, wenn Sie wollen."

Pip schüttelte den Kopf. Schutzhaft war zu sehr wie ein Pflegeverhältnis.

Fullers Mundwinkel verzogen sich in ein kleines Lächeln. „Hatte ich mir gedacht."

Sie öffnete die Tür und Pip verließ den Raum und seufzte erleichtert auf. Das nächste Mal, wenn sie befragt wurde, würde sie einen Anwalt hinzuziehen. Fuller führte sie den Flur entlang, direkt bis zum Haupteingang des Gebäudes. Pip wollte nach Kincaid fragen, aber sie hatte das Gefühl, Fuller würde ihr ohnehin nichts verraten.

Ihre Vermutung erwies sich als richtig, als Fuller sich zu ihr umdrehte. „Tun Sie Agent Kincaid einen Gefallen und kontaktieren Sie ihn nicht wieder. Wenn Sie etwas zur Ermittlung bezüglich der Schießerei beitragen wollen oder Fragen zum Tod Ihrer Freundin haben, melden Sie sich bei mir." Sie hielt Pip ihre Karte hin. „Ihr Auto befindet sich gerade im Beweislabor. Bitten Sie den Pförtner, Ihnen ein Taxi zu rufen." Und damit ließ Agent Fuller sie stehen.

Pip hob ihr Kinn und richtete sich zu ihrer vollen Größe von einem Meter fünfundfünfzig auf. Sie war schon früher abgewiesen worden. Viele, viele Male. Ihre Meinung war ignoriert worden. Und als ein Mitglied der Presse war sie auch früher schon gebeten worden, zu verschwinden.

Es bedeutete nicht, dass sie wertlos war oder falsch lag.

Das hatten die Resnicks ihr beigebracht, und sie würde ihnen nicht die Treue brechen, auch wenn sie alle tot waren. Sie trat aus dem Gebäude in den warmen Sonnenschein und hob ihr Gesicht zum Himmel.

Irgendjemand hatte heute auf sie geschossen und sie fast

umgebracht. Schlimmer noch, andere Menschen waren in das Kreuzfeuer geraten.

Dem FBI war Pip scheißegal. Das hatte Fuller mehr als deutlich gemacht. Pip warf die Visitenkarte der Agentin in den nächsten Mülleimer.

Eine Investigativjournalistin zu sein, barg gewisse Gefahren, aber Dinge ans Licht zu bringen machte die Welt zu einem sichereren Ort. Allerdings wollte sie keine anderen Menschen mehr in Gefahr bringen. Pip holte ihr Handy hervor und rief ein Taxi. Sie ermahnte sich, nicht an Kincaid zu denken, oder an die Tatsache, dass er ihr heute das Leben gerettet hatte. Sie würde den Agenten einfach vergessen und sich stattdessen erkundigen, wie es dem Wachmann ging. Und wenn sie ein wenig Wehmut über die Ungerechtigkeit der ganzen Sache hegen wollte, dann war das ihre Sache. Und das würde auch so bleiben.

NEUNZEHNTES KAPITEL

„K INCAID!", RIEF FULLER ihm zu, als sie durch das Großraumbüro auf ihn zu kam. Sie warf Will einen Blick zu, der Hunt noch immer auf das Zahnfleisch fühlte, während er sein 302-Formular ausfüllte. Diese Formulare waren scheinbar das Rückgrat des FBI und ein 302-Formular musste so ziemlich für jedes Ereignis ausgefüllt werden, bis auf Toilettengänge.

Papierkram. Hunt hasste es.

Er ignorierte Fuller, wollte den Bericht über die Schießerei fertigstellen. Er hielt einen Finger hoch, bat sie stumm, kurz zu warten. Hunt konnte ihren brodelnden Missmut spüren, als sie und Will miteinander tuschelten und in etwa so unauffällig waren wie Warzenschweine auf einer Einkaufsstraße.

Hunt tippte den letzten Satz zu Ende, drückte auf *speichern* und drehte sich zu den beiden um. „Willst du mich befragen?"

Mandy stemmte die Hände in die Hüften und blickte ihn grimmig an. „Ist das der Bericht über die Schießerei heute Morgen?" Sie nickte mit dem Kinn in Richtung des 302 auf seinem Bildschirm.

Hunt wechselte die Datei. „Nein, das hier ist meine Aussage zu der Schießerei heute Morgen, Ma'am." Er grinste sie an, um sie aufzuziehen.

Fuller las über seine Schulter hinweg die Aussage,

während er daneben saß und sie beobachtete. „Hier steht nicht, dass du mit Pip West involviert bist."

„Involviert?"

„In einer persönlichen Beziehung."

„Wir haben keine persönliche Beziehung." Hätte er aber gerne. Das musste er sich zu seiner eigenen Überraschung eingestehen. Diese Frau war ihm unter die Haut gegangen, obwohl sie eine Reporterin war, und trotz der Warnung seines Chefs.

„Das ist aber nicht das, was sie erzählt hat."

Hunt blickte Fuller volle drei Sekunden unverwandt an, bevor er sich sicher war, dass sie log. „Bullshit."

Sie verzog den Mund, sah genervt aus. „Ich schätze, das findest du heraus, wenn der Chef meinen Bericht gelesen hat, oder etwa nicht?"

Er lachte und stand auf.

„Vielleicht versucht die Reporterin ja, dir Schwierigkeiten zu machen?", gab Will zu bedenken und lehnte sich lässig gegen Hunts Schreibtisch.

„Fuller lügt", erklärte Hunt seinem Kumpel. „Dass du das nicht erkennen kannst, ist bemitleidenswert."

Will blickte Mandy an und fluchte. „Diese verdeckte Ermittlung hat dir ja ganz neue Fähigkeiten beschert."

Fuller sah leicht angesäuert darüber aus, dass Hunt sie durchschaut hatte. „Was hat mich verraten?", fragte sie ihn.

Er lächelte sie mitleidig an. „Du versuchst es zu sehr. Außerdem hat Pip West keinen Grund, zu lügen."

Hunt vertraute der Frau. Diese Erkenntnis traf ihn wie ein Schlag in den Solarplexus.

War es die Tatsache, dass er gerne mit ihr involviert wäre, die ihm die Augen vor allem anderen verschloss, allem, was wirklich wichtig war? Könnte sie Teil des Bioterror-Falls sein? Außerdem war sie trotz allem noch immer eine Reporterin. Aber Hunt hatte seine Lektion gelernt, niemals vertrauliche Informationen zu teilen, und würde mit Sicherheit nie wieder über einen so heiklen Fall wie einen wild gewordenen Verkäufer von Biowaffen reden.

Aber er mochte Pip West.

Fuller versetzte ihm einen Klaps auf den Hinterkopf. „Lass dich nicht mit ihr ein. Sie macht nur Ärger."

Hunt blickte sie finster an, weil sie seine Gedanken gelesen hatte.

„Mandy hat recht", sagte Will leise. „Sie mag vielleicht attraktiv sein, aber sie macht nur Ärger."

Mandys Ausdruck wurde noch grimmiger.

Sie verstanden es nicht. Es war nicht Pips gutes Aussehen, von dem er sich angezogen fühlte. Es war ihre Hartnäckigkeit, ihre Wahrheitssuche, obwohl das weder ihr Job noch einfach war. Sie wartete nicht darauf, dass jemand anderes kam und ihre Probleme löste. Sie war in der Lage, es selbst in die Hand zu nehmen, auch ohne die Autorität einer Dienstmarke.

Er mochte ihre Unabhängigkeit. Das machte ihn an. Er mochte ihren Geist, ihre Entschlossenheit. Aber er würde lügen, wenn er behaupten würde, dass er nicht auch die Verpackung mochte, in dem das alles daherkam.

„Hoffentlich wirst du sie nicht wiedersehen müssen."

„Ist sie gegangen?", fragte Hunt, enttäuscht darüber, nicht mit ihr gesprochen zu haben, bevor sie hier verschwunden war – sie hatten heute etwas zusammen erlebt, was er nicht so schnell vergessen würde. Dann musterte er Fullers störrisch vorgeschobenes Kinn und verstand genau, was passiert war. „Du hast sie einfach hier raus spazieren lassen? Sie schwebt womöglich in Gefahr.“

„Wir haben ein ganzes Team, das nach dem Fahrer des Wagens sucht, von dem aus auf euch geschossen wurde.“

Und in der Zwischenzeit könnte diese Person erneut versuchen, Pip etwas anzutun. Diese Vorstellung beunruhigte ihn mehr, als er zugeben wollte.

„Ich habe ihr Schutzgewahrsam angeboten.“ Fuller betrachtete auf eine selbstvergessene Art und Weise ihre Fingernägel, von der Hunt sich kein bisschen täuschen ließ.

„Aber du hast nicht darauf bestanden.“

„Kein Richter würde das jemals unterschreiben, nicht bei dem, was wir bisher in der Hand haben.“

„Irgendwas sagt mir, dass du dich nicht gerade ins Zeug gelegt hast, sie davon zu überzeugen“, erwiderte Hunt.

„Ich glaube, ihr wird nichts passieren, solange sie ihre Nase nicht in Dinge steckt, die sie nichts angehen.“

„Sie hat recht. Diese Journalistin macht nur Ärger“, erklärte Will ihm noch einmal.

Will ging davon, bevor Hunt ihm sagen konnte, dass er sich seine Meinung sonstwo hinstecken konnte. Hunt nahm den Hörer in die Hand und rief Pips Handy an, aber sie ging nicht ran.

Herrgott, er war sauer.

Dann verspürte er eben eine Anziehung, und wenn schon. Darum ging es doch nicht. Er musste aus beruflichen Gründen mit Pip sprechen, und seine Kollegen behandelten ihn wie einen hormonellen, schwanzgesteuerten Teenager. Er war ja kein Idiot. Auch wenn die Vorstellung von etwas Körperlichem mit dieser Frau verlockend war, sein Job war ihm wichtiger. Aber sie war nun einmal Teil des Jobs.

Nichts bedeutete ihm mehr als das FBI und die Aufgabe,

Menschen zu schützen, die in Gefahr waren. Warum sollte Pip in dieser Hinsicht weniger wert sein als alle anderen?

„Die Welt retten", hatte Pip es genannt. Sie hatte gesagt, er wäre wie ihre Freundin, und ihre Freundin war tot. Er wollte nicht, dass Pip das Gleiche zustieß.

Ohne das Wissen seiner Kollegen wollte er Cindys Haus nach Dexters Schlüsselkarte durchsuchen und überprüfen, ob der Mann die Wahrheit erzählt hatte. Als er Pip nicht erreichen konnte, rief er das FBI-Labor an und bat sie, in Cindys Handtasche nachzuschauen, die sie zusammen mit den elektronischen Geräten mitgenommen hatten. Ihre eigene Schlüsselkarte für die Uni hatte in ihrem Portemonnaie gesteckt, Dexters allerdings nicht.

Vielleicht war sie im Haus in Atlanta oder in dem roten Geländewagen, der vor dem Haus am See parkte. Er wollte nicht unbedingt, dass Pip wusste, warum er in Cindys Sachen herumschnüffelte. Es war Dexter, der ihn interessierte, aber das durfte sie nicht wissen. Sie verdächtigte den Mann ohnehin schon. Er wollte nicht, dass sie ihn verschreckte.

Er rief Libby Hernandez im SIOC an. „Hernandez, haben Sie was über die Universal Biotech herausgefunden?"

„Hallo, Agent Kincaid. Wie ist Atlanta?"

Er konnte die Analystin lächeln hören, während sie Informationen in ihren Computer tippte.

„Heiß."

„Ich hoffe, Sie meinen das auf eine völlig Biowaffen-freie Art und Weise."

Hunt grinste und fuhr sich mit der Hand durch seine noch feuchten Haare. Wenigstens irgendjemand hatte den Sinn für Humor noch nicht verloren. „Das hoffe ich auch."

„Ich habe nicht viel herausfinden können, außer dass die

Firma zu gleichen Teilen vier Inhabern gehört, wie wir schon besprochen hatten. Seit Ihrem Besuch dort haben wir haben die Telefone und E-Mail-Konten überwacht, aber es ist nichts Verdächtiges vorgefallen.“

„Haben Sie die Finanzen einsehen können?“

„Der Firma?“, fragte sie. „Sie sind noch in den roten Zahlen, aber das Unternehmen ist auch erst zwei Jahre alt. Wäre ziemlich früh, wenn sie jetzt schon Gewinn machen würden.“

„Was ist mit den Inhabern?“

„Das wird noch eine Weile dauern.“

„Kein Problem. Vermutlich ist es auch nichts, aber ich bin neugierig.“

„Neugier ist mein zweiter Vorname, Agent Kincaid.“

Er lächelte.

„Wollen Sie auch die Ergebnisse von dem ausführlichen Hintergrundcheck zu Pip West?“

Hunt presste die Lippen zusammen und dachte darüber nach. Nach allem, was zwischen ihnen geschehen war, wollte er sich nicht in Pips Privatsphäre einmischen, aber die Informationen lieferten womöglich Hinweise darauf, wer heute Nachmittag auf sie geschossen hatte.

„Mailen Sie es mir.“

„Denken Sie, sie ist eine Verdächtige in der BLACKCLOUD-Ermittlung?“, fragte Hernandez vorsichtig.

„Sagen *Sie* es mir.“ Hunts Mund wurde trocken.

„Es ist nichts aufgetaucht, was eine Verbindung ins Darknet oder verdächtige Aktivitäten und Kommunikationen nahelegt. Laut der Informationen, auf die ich Zugang habe, hat sie häufig neunzig-Stunden-Wochen gehabt und nur selten eine Pause eingelegt. Sie geht nicht aus. Ihre einzige Überschneidung mit unserem Fall ist die tote Freundin."

Hunt ballte seine Finger zu Fäusten. „Sie hat die Leiche ihrer Freundin gefunden, hat aber ein wasserdichtes Alibi für den Todeszeitpunkt. Es sei denn, sie hat jemanden angeheuert …"

„Aber warum wirbelt sie die Dinge dann auf? Warum taucht sie überhaupt in Atlanta auf, wenn sie mit etwas so Großem wie BLACKCLOUD involviert ist?", fragte Hernandez.

Es tat gut, seine eigene Argumentation von jemand anderem mit objektiver Sichtweise gespiegelt zu bekommen. Vielleicht war er nicht so geblendet vor Lust, wie seine Kollegen befürchteten.

„Das dachte ich mir auch. Danke, Hernandez."

„Freut mich, dass ich helfen konnte." Sie legte auf.

Hunt musste weitermachen. Er hatte, wenn auch nur kurz und manchmal sogar nur per Mail, etwa die Hälfte der Forscher auf seiner Liste kontaktiert. Bisher war das einzige Warnsignal die Nutzung von Dexters Schlüsselkarte an der Blake University gewesen, lange nachdem der Kerl seinen Abschluss gemacht hatte. Hoffentlich würde das SIOC weitere verdeckte Aktivitäten auftun, die sie direkt zu den Tätern führten.

Erneut rief er Pips Handy an. Sie ging wieder nicht ran.

Fuller würde sie gewarnt haben. Sie hatte Pip in der Befragung vermutlich ordentlich gegrillt.

Hunt nahm seine Lederjacke von der Stuhllehne, dann verließ er das Büro und ging zu seinem Dienstwagen.

Will und Fuller mochten glauben, dass sie ihn schützten, aber in Wirklichkeit bremsten sie seine Ermittlungen aus und brachten womöglich das Leben einer Frau in Gefahr. Trotz allem, was sie glaubten, war er nicht derjenige, der seine Prioritäten überdenken musste.

———

AUF DER FAHRT ins Krankenhaus hatte Pip ihren ehemaligen Redakteur in Tallahassee kontaktiert und ihm von der Schießerei heute berichtet. Sie gab keine Interviews, und die wenigen Anrufe, die sie erhalten hatte, hatten ihr ihren Beruf in manchen Aspekten ordentlich verdorben.

Die polizeilichen Ermittlungen im Booker-Fall schritten voran, und der leitende Detective in Florida hatte tatsächlich ihren Anruf entgegengenommen, obwohl er sie erst vor zwei Wochen im Büro ihrer Zeitung beinahe tätlich angegriffen hatte.

Anscheinend hatte Lisa Booker einen Brief bei ihrem Anwalt hinterlegt. Eines dieser „im Falle meines Todes"-Schreiben, die nur Menschen schrieben, die richtig in der Scheiße steckten. In dem Brief hatte Lisa gestanden, Pips Informantin zu sein, und ihre große Angst vor dem Mann, den sie geheiratet hatte, zum Ausdruck gebracht. Sie hatte über die Misshandlungen geschrieben, die sie durch ihn erlitten hatte, sowie über ihre Unfähigkeit, ihn zu verlassen. Sie hatte geglaubt, ihre einzige Möglichkeit wäre es, dabei zu helfen, ihn hinter Gitter zu bringen, und sie wusste, dass er sie umbringen würde, sollte er es jemals herausfinden.

Der Detective glaubte, Frank Booker hatte es herausgefunden. Oder vielleicht hatte Booker auch einfach nur entschieden, seine Familie umzubringen, als ihm klar wurde, dass er ins Gefängnis kommen würde. Er hätte die eiserne Kontrolle, die er über sie ausgeübt hatte, niemals freiwillig aufgegeben.

Pip hatte versucht, Lisa in ein Frauenhaus zu bringen, aber sie hatte sich geweigert. Neben Cindy war das ein weiterer Verlust, der Pip noch immer schwer traf, vor allem, wenn sie an die Gesichter der drei kleinen Kinder der Bookers dachte.

Als Pip am Krankenhaus angekommen war, war der Wachmann gerade im OP gewesen. Er hatte die erste Hürde überwunden, aber er hatte noch immer einen langen Weg vor sich. Seine Frau und seine Mutter saßen im Wartesaal und spendeten sich gegenseitig Trost. Sie begriffen nicht, warum irgendjemand auf ihn schießen sollte. Er hatte keinen Ärger mit irgendwelchen Gangs, noch war in er Drogengeschäfte verwickelt.

Voller Schuldgefühle war Pip wieder gefahren, noch überzeugter davon, dass *sie* das Ziel gewesen sein musste. Die Tatsache, dass Agent Kincaid mit im Auto gesessen hatte, hatte ihr vermutlich das Leben gerettet – Kincaid und ihre Leidenschaft für Bücher.

Als sie die Lobby ihres Hotels betrat, klingelte ihr Handy. Sie hielt inne und schaute auf das Display.

Kincaid.

Er hatte schon zweimal versucht, sie zu erreichen, aber sie hatte entschieden, dass es vernünftiger war, nicht mit ihm zu sprechen. Das kleine Aufflackern von Trauer, das sich in ihr ausbreitete, bestätigte ihr, dass es die richtige Entscheidung war. Sie mochte ihn zu sehr. Sie glaubte nicht, dass sie zusätzlich zu allem anderen, was gerade passierte, auch noch mit einem gebrochenen Herzen fertig werden würde.

Dummkopf, flüsterte Cindy in ihr Ohr.

„Vernünftig." Sie sprach mit sich selbst, mitten in der anonymen Hotellobby, und fühlte sich etwas verloren.

„Hey." Plötzlich erschien Kincaid neben ihr und stupste sie mit der Schulter an, während sie beide dastanden und in das beeindruckende Atrium des Hotels hinaufblickten. „Ignorieren Sie mich?"

Das Lächeln, das sich auf ihrem Gesicht ausbreitete, war ein sehr, sehr schlechtes Zeichen.

„Wie kann ich Ihnen helfen, Agent Kincaid?" Sie bemühte sich um Coolness.

Seine Augen funkelten und er sah so gut aus, wie ein Mann nur aussehen konnte. „Ich denke, Sie sollten mich Hunt nennen, wo wir heute Nachmittag schon fast zusammen in einem Kugelhagel dahingeschieden wären."

„Dahingeschieden klingt, als wäre es ein Historiendrama gewesen."

„Naja, ein Drama war es auf jeden Fall."

Sie blickte ihn scharf an. „Und ich bin immer noch sauer auf Sie, weil Sie Ihr Leben für mich riskiert haben."

Seine Augen schauten suchend in ihre und ließen sie den Blick nicht abwenden. Was auch immer er sah, verriet sie. „Es tut mir leid, dass auf Sie geschossen wurde, Pip. Und noch mehr tut es mir leid, dass Agent Fuller Ihnen das Leben so schwer gemacht hat. Sie hat einen übermäßig ausgeprägten Beschützerinstinkt."

„Wie ein Wachhund." Pip festigte ihren Beschluss. „Sind Sie beide zusammen?"

Er lachte und die Erleichterung, die sie verspürte, brachte sie ins Wanken. Das war nicht gut. Überhaupt nicht gut.

„Sie ist mit Will Griffin zusammen, der heute auch am Tatort der Schießerei war. Fuller ist nicht mein Typ. Ich mag Frauen mit etwas weniger scharfen Kanten."

So, wie er sie anschaute, musste sie schlucken.

War das wirklich, wie er sie sah?

Nicht spitz und aggressiv, hart und misstrauisch? So fühlte sie sich selbst oft – wie eine Rasierklinge oder eine Glasscherbe. Die Ereignisse der letzten Wochen hatten sie verändert. Sie hatte nicht geglaubt, dass sie sich zum Besseren geändert hätte, und sie hasste die Vorstellung, weicher zu sein.

Scharfe Kanten konnten nützlich sein.

Scharfe Kanten konnte einen vor Gefahr bewahren.

Sie strich sich die Haare aus ihrem überhitzten Gesicht und seine Augen folgten der Bewegung ihrer Finger. Der Unterton der Anziehung, die zwischen ihnen aufflammte, war mehr als offensichtlich, als ob sie nun endlich ans Tageslicht gelangt war.

Er räusperte sich. „Ich dachte, jetzt wäre vielleicht ein guter Zeitpunkt, um Cindys Haus noch einmal in Ruhe anzuschauen, wie wir besprochen hatten. Vielleicht kann ich Ihnen ja helfen, herauszufinden, mit wem sie Beziehungen hatte.“

„Das würden Sie wirklich für mich tun, obwohl Sie glauben, dass Cindys Tod ein Unfall war?“

Er nickte.

Pip runzelte die Stirn. „Ich dachte, das FBI hätte das Haus schon durchsucht?“

Er schüttelte den Kopf. Nach der Schießerei hatte er geduscht. Jetzt trugen sie beide Jeans und T-Shirts. Er hatte eine Lederjacke übergezogen, die sein Schulterholster verdeckte.

„Sie haben es nur auf Anthraxsporen überprüft“, erklärte er leise. „Wir hatten keinen Durchsuchungsbeschluss für das Haus.“

„Sie suchen nach etwas Bestimmtem.“ Ihr Näschen für

eine Story begann zu jucken.

Er hielt abwehrend die Hände hoch. „Überhaupt nicht. Ich bin schon im Feierabend und wollte nur helfen", meinte er. „Sie sind diejenige, die glaubt, dass mehr hinter Cindys Tod steckt, als wir bisher angenommen haben."

Schätzte sie ihn völlig falsch ein? Er sah aus, als ob er gehen wollte. Sie wollte sich nicht mit ihm einlassen, aber er war vom FBI. So ein Kontakt war immer gut. Wenn irgendjemand ihr dabei helfen konnte, dieses Rätsel zu lösen, dann würde es jemand aus der besten Strafverfolgungsbehörde der Welt sein.

Außerdem war sie noch nicht bereit, sich zu verabschieden. Sie hatten viel zusammen durchgemacht, und sie versuchte noch immer, die Schießerei zu verarbeiten.

„Okay, wir können einen Blick in Cindys Haus werfen. Aber Sie müssen mich mitnehmen. Mein Auto ist im Beweislabor."

Hunt lachte. „Was Sie nicht sagen." Dann wurde er ernster. „Ich bin froh, dass Ihnen vorhin nichts passiert ist, aber eine Schießerei nimmt einen trotzdem sehr mit. Holen Sie sich Hilfe, wenn Sie die brauchen."

„Einen Therapeuten?", prustete sie.

„Seien Sie nicht so herablassend." Sie gingen auf den Ausgang zu. „Ich habe über die Jahre schon öfter Therapeuten in Anspruch genommen."

„Tja, ich auch." Die Sonne brannte auf sie hinunter und Pip spürte, wie ihr T-Shirt an ihrem Rücken klebte. Sie konnte Therapeuten nicht ausstehen.

Kincaids uralter Buick stand halb auf dem Bordstein. Der Portier des Hotels tippte grüßend an seine Mütze und Hunt nickte ihm zu.

Sie stiegen in das Auto und Hunt brauchte keine Wegbeschreibung, um durch die Stadt zu der alten Nachbarschaft von Sherwood Forest zu fahren, in der Cindy gewohnt hatte.

Er hielt in der Einfahrt, die sich bis zur Seite des Hauses hinauf schlängelte. „Es ist wirklich ein schönes Haus."

„Das stimmt." Pip schauderte. „Ich kann nicht glauben, dass es theoretisch mir gehört."

„Theoretisch?" Er folgte ihr zur Hintertür, die in die Küche führte.

„Ich rechne die ganze Zeit damit, dass mir jemand sagt, es wäre alles nur ein Missverständnis, und mir eine riesige Hotelrechnung in die Hand drückt."

Sie schloss die Tür auf, betrat die Küche und stellte den Alarm aus.

„Ist das denn wahrscheinlich?"

Pip schüttelte den Kopf. „Heißt aber nicht, dass ich nicht damit rechne."

Er nahm ihre Hand, und ihr Herz stockte. Sie zog ihre Hand zurück. Sie wollte seine Sympathie nicht, traute seinem Mitleid nicht.

„Ich weiß, dass Sie schon mal hier waren, aber lassen sie mich Ihnen eine offizielle Führung geben." Sie führte ihn durch die Küche, das Esszimmer und das Wohnzimmer. Er schien besonders am Arbeitszimmer interessiert zu sein und an dem Stapel von Sachen, die in einem Korb auf dem Schreibtisch von Cindys Vater lagen. Er zog sich Latexhandschuhe an, um in dem Korb zu wühlen.

„Sollte ich das auch machen?" Sie deutete mit dem Kinn auf die Handschuhe.

Er schüttelte den Kopf. „Ist nur eine Vorsichtsmaßnahme.

Und Gewohnheit."

In der Küche machte sie Kaffee, den sie in altvertraute Tassen füllte, dann ging sie zurück ins Büro und reichte ihm seine Tasse. Er hatte sämtliche Schubladen durchsucht.

„Kann ich Cindys Schlafzimmer sehen?", fragte er.

Pip nickte und ging voran, achtete darauf, ihren Kaffee nicht zu verschütten. Die Treppe hinauf, den Flur entlang. Sie deutete auf die einzelnen Schlafzimmer. Dana und Bobs. Richies.

Ihr Hals wurde eng.

Richie war ein super netter Junge gewesen. Pip hatte ihn von Herzen geliebt.

Sie zwang die Worte hervor. „Es gibt zwei Gästezimmer am Ende des Flurs. Eines davon hatten sie tatsächlich zu meinem Zimmer erkoren, ich habe dort noch immer ein paar Sachen." Das vertraute Gefühl der Trauer überkam sie, sanfter als in den letzten Tagen. Die Resnicks hatten es verdient, ein langes, glückliches Leben zu führen. Es war furchtbar, dass es nicht dazu gekommen war. „Das andere Gästezimmer ist aber wirklich als Gästezimmer genutzt worden. Und das hier ist Cindys Zimmer."

Sie öffnete die Tür weit und ließ ihn zuerst eintreten.

Die Wände waren in einem sanften Grün gestrichen und auf dem großen Bett lag eine Tagesdecke mit Nestellöchern. Hunt ging zum Sekretär, stellte seine Kaffeetasse ab und durchsuchte die Sachen, die auf der Schreibfläche lagen.

„Kennen Sie all diese Leute?" Er zeigte auf die Fotos an der Pinnwand.

Pip nickte.

Seine Lippen wurden zu einer schmalen Linie. Er ging zu einem der Nachttische und zog die Schublade auf.

„Cindy hat Tagebuch geführt. Das aus dem letzten Jahr habe ich in der Schublade dort gefunden – ich habe angefangen, es zu lesen, aber ich bin nicht weit gekommen." Genauso wie mit den Telefonrechnungen, die sie gestern Abend mitgenommen hatte. Sie war ziemlich beschäftigt gewesen. „Ich nehme an, ihr aktuelles Tagebuch ist im Haus am See."

Das Leder von Hunts Jacke streifte die nackte Haut ihres Arms und sie zuckte zusammen. Wich zurück. Es gefiel ihr nicht, was für eine Wirkung er auf sie hatte.

Sie war seit zwei Jahren mit niemandem mehr zusammen gewesen. Eine üble Trennung, und danach hatte sie einfach zu viel zu tun gehabt. Zumindest hatte sie sich das eingeredet. Je älter sie wurde, umso schwerer war es, alleinstehende Typen kennenzulernen, die sie auch interessierten. Die Menschen mussten sich erst beweisen, bevor Pip anfing, ihnen zu vertrauen, und dafür hatte heutzutage scheinbar niemand mehr Zeit. Sie war nicht so aufgeschlossen und gesellig wie Cindy es gewesen war. Sie war eine argwöhnische Einzelgängerin.

Aber die Glut in Hunts Augen und der damit einhergehende Funke des Verlangens, der durch sie hindurchgeschossen war, verriet ihr, dass sie nichts dagegen hätte, mit ihm allein zu sein.

Pip schluckte nervös und nippte an ihrem Kaffee. Sie vergaß immerzu, dass das hier beruflich war, kein Privatvergnügen.

„Hat noch irgendjemand einen Schlüssel zu dem Haus?", fragte er.

Pip zuckte mit den Schultern. „Die Putzhilfe. Der Anwalt. Abgesehen davon weiß ich es ehrlich gesagt nicht. Ich schätze, das sollte ich besser herausfinden. Ich werde die Nachbarn fragen, ich muss sowieso wegen der Beerdigung mit ihnen sprechen."

Die Hitze, die sie gerade noch verspürt hatte, wurde von der eisigen Realität dieses schrecklichen Verlusts hinweg gewaschen.

Herrgott nochmal, es war unerträglich.

Hunt durchsuchte die Nachttische, fand aber nichts Verfänglicheres als eine Ausgabe der Vogue. Dann stand er auf, und Pip wurde wieder einmal völlig davon umgehauen, wie attraktiv er war.

Sie stieß sich an der Kommode den großen Zeh an, und das riss sie aus ihren Gedanken. Autsch. Sie nahmen ihre Kaffeetassen und gingen hinunter in die Küche.

„Soll ich mir ein Taxi rufen, oder können Sie mich zurück ins Hotel fahren?", fragte sie beiläufig. Sie stellte keine Vermutungen an. Sie würde sich vollkommen professionell verhalten.

Er zog eine Grimasse. „Sie haben kein Auto."

„Ganz genau." Sie zog verschmitzt eine Augenbraue hoch. „Nicht, bis das FBI es wieder freigibt, und ich bin mir nicht sicher, ob ich überhaupt mit einem Auto mit so vielen Einschusslöchern herumgurken will."

Er blickte sie aus dem Augenwinkel heraus an. „Was ist mit Cindys Auto? Dem roten am See?"

Sie zuckte mit den Schultern. „Ich schätze, theoretisch könnte ich es benutzten. Aber es fühlt sich komisch an." Als ob ihre Freundin nicht zurückkommen würde …

Sie blinzelte die Tränen zurück.

Kincaid schaute auf seine Uhr. „Rufen Sie den Anwalt an und vergewissern Sie sich, dass Sie es fahren dürfen. Am

Schlüsselbrett neben der Haustür hängen Ersatzschlüssel, nehmen Sie die mit, und ich fahre Sie raus zum See.“

„Im Ernst?“, fragte sie dankbar.

Er nickte.

Pip widerstrebte der Gedanke, wieder dorthin zurückzukehren, aber das war albern. Der See war der Ort, an dem Cindy am liebsten gewesen war. Auf gewisse Weise war es also ein guter Ort gewesen, um zu sterben.

Sie rief Adrian an, um sich bestätigen zu lassen, dass sie den Geländewagen fahren durfte, dann kam sie zurück in die Küche und entdeckte Hunt, der die Kaffeetassen auswusch und sie auf das Abtropfgestell stellte. Das war eine wirklich fatale Kombination, ein Mann, der den Abwasch machte und sich in einem Kugelhagel schützend vor sie warf.

„Lightfoot hat bestätigt, dass es in Ordnung geht“, informierte sie ihn.

„Dann los.“ Er trocknete sich die Hände ab. „Mit etwas Glück sind wir noch vor Sonnenuntergang da.“

Pip folgte ihm und schloss hinter ihnen das Haus ab. Eine der Nachbarinnen winkte ihr zögernd und traurig zu, und Pip hob erwidernd die Hand. Im Laufe der Jahre hatte sie die meisten der Nachbarn kennengelernt, bei Barbecues oder Weihnachtsfeiern oder Beerdigungen. Sie gab es endlich auf, sich zu wünschen, die Dinge wären anders. Das würde nicht passieren. Cindy war tot. Und kein Verleugnen auf der Welt würde sie je wieder zurückbringen.

ZWANZIGSTES KAPITEL

Hunt wollte nach Pete Dexters angeblich verschwundener Schlüsselkarte suchen. Wenn er dieses verdammte Ding fand, würde das die permanenten Einwände in seinem Hinterkopf beruhigen, und er würde davon ausgehen müssen, dass Dexter die Wahrheit erzählte. Wenn Hunt die Karte nicht fand, dann war das ein loses Ende, das vielleicht oder vielleicht auch nicht etwas zu bedeuten hatte. Alle anderen Einträge im Protokoll des Labors schienen zu stimmen. Das bedeutete nicht, dass die anderen Forscher nichts Böses im Schilde führten, aber das wäre dann der nächste Schritt in der Ermittlung.

Es war außerdem eine Möglichkeit, dass Cindy die Schlüsselkarte zurückgegeben hatte, und die Sekretärin oder jemand anderes gelogen hatte. So sehr er die Vorstellung auch verabscheute, es war nicht völlig auszuschließen, dass Lenore Daniels oder einer ihrer Kollegen die Karte verkauft oder an Bioterroristen weitergegeben hatte. Obwohl es doch mit Sicherheit jemandem aufgefallen wäre, wenn sich ein Fremder dort herumgetrieben hätte?

Vielleicht hatte Cindy die Karte an ihren Doktorvater zurückgegeben, und Everson hatte sie als seine eigene benutzt? Hunt würde morgen noch einmal mit dem Professor reden müssen – im Augenblick ging Everson nicht ans Telefon.

Da sein Boss ihm nahegelegt hatte, Pip zu meiden, führte

Hunt seine eigenen Ermittlungen eben in seiner Freizeit durch. Er war an seinem Reihenhaus vorbeigefahren und hatte seinen Dienstwagen gegen seinen Truck getauscht. Nichts regte das FBI mehr auf als der Missbrauch von Dienstwagen.

Er warf einen Blick auf Pip, die auf dem Beifahrersitz saß. Die Tatsache, dass er sich von ihr angezogen fühlte, hatte nichts mit diesem Ausflug zu tun. Und wenn er sich das weiterhin einredete, würde es vielleicht wahr werden. Ihre zu Fäusten geballten Hände lagen in ihrem Schoß, und sie kaute auf ihre Unterlippe herum. Sie war so angespannt, dass er sich sorgte, sie könnte zerbrechen, wenn sie noch einen Schlag abbekäme. Er schob das Wissen darüber zur Seite, dass er sie anlog. Sein Job war von höchster Priorität, und er hatte nicht vor, ihn zu kompromittieren.

Aber er mochte Pip, das wurde ihm mit einem Anflug der Vorahnung bewusst. Was für gewöhnlich der Moment war, in dem er ganz schnell einen Abgang machte, aber sie waren jetzt nun einmal aneinander gebunden, zumindest für kurze Zeit.

Er wollte sie nicht aus den Augen lassen.

„Wenigstens dürfte der Geländewagen verlässlicher sein als Ihr alter Wagen", sagte Hunt, suchte nach etwas, um das angestrengte Schweigen zu brechen, das sich zwischen ihnen aufgebaut hatte.

Smalltalk. Na wunderbar.

Ein Grübchen erschien auf Pips Wange. „Dieser Honda war das verlässlichste Auto, das man sich vorstellen kann." Dann zog sie eine Grimasse. „Aber womöglich muss er in Anbetracht der jüngsten Ereignisse in den Ruhestand gehen." Sie starrte aus dem Fenster auf das unendliche Grün. Meilen von Wäldern säumten den Straßenrand.

Sie drehte sich wieder zu ihm um, lächelte traurig. „Ich

habe Cindy an Weihnachten geholfen, den Geländewagen auszusuchen. Der alte Minivan ihrer Mutter hatte endlich den
Geist aufgegeben, und sie hat ihn eingetauscht." Sie berührte
das Fenster, als ob sie ihre Finger nach einer Erinnerung
ausstreckte. „Sie hat mich mit in die Versicherung eingetragen,
damit ich ihn fahren konnte, wenn ich in der Stadt war."

Hunt spitzte die Ohren. „Sie haben also die Weihnachtsfeiertage miteinander verbracht?"

„Jedes Jahr, seit wir uns kennen."

„Hat Cindy über Weihnachten gearbeitet?" Gott, er war in
etwa so subtil wie eine ballistische Rakete.

Pip schien es nicht zu bemerken. „Sicher, sie ist ein paar
Mal ins Labor gefahren, um nach ihren Versuchsaufbauten zu
schauen. Rekombinante Impfstoffe. Mehr weiß ich nicht."

Das half nicht gerade weiter.

„Sie hat mich angerufen, wenn sie fertig war, und ich habe
sie abgeholt. Danach sind wir meistens ins Kino oder etwas
trinken gegangen."

Er fragte sich, ob er Pip nach den genauen Zeiten fragen
konnte, ohne dass sie Verdacht schöpfte. Die Kreditkartendetails vielleicht? Oder möglicherweise gab es jemanden im
Büro, der die Handydaten von Cindy und Pip in diesem
Zeitraum isolieren konnte. Tatsächlich könnten sie vielleicht
sogar alle Handys überprüfen, die sich zu dem Zeitpunkt, als
die verschollene Schlüsselkarte benutzt worden war, in einen
Funkturm in der Nähe der Blake eingewählt hatten.

Das war eine gute Idee.

„Wie sind Sie überhaupt zum FBI gekommen?" Sie warf
einen Blick auf den Edelstahlring, den er an seinem kleinen
Finger trug. „Sie waren Ingenieur."

Er blickte sie überrascht an.

„Ich war mal mit einem Ingenieur zusammen." Ihr Ausdruck verriet ihm, dass sie alles andere als beeindruckt gewesen war.

Er grinste. „Ich habe meinen Abschluss als Ingenieur gemacht, bevor ich mich beim FBI beworben habe."

„Warum sind Sie zum FBI, wenn Sie schon einen guten Job hatten?"

„Warum sind Sie Journalistin geworden?"

Sie seufzte und schaute aus dem Fenster. Ihre Hände rieben über ihre Oberschenkel. Es war falsch, sich vorzustellen, das Gleiche zu tun, also richtete er seine Augen wieder auf die Straße, ignorierte das Aufblitzen der Lust, die durch ihn hindurch schoss.

Nicht gut.

„Englisch war das einzige Fach, in dem ich in der Schule wirklich gut war. Ich habe es geliebt, Geschichten zu schreiben, aber ich musste auch von irgendwas leben und war außerdem Mitglied der College-Zeitung. Schließlich habe ich Kurse in Journalistik belegt und festgestellt, dass ich es mochte, Rätsel zu lösen und Verbrecher auffliegen zu lassen."

„Ich auch."

Sie verstummte, und er wusste, dass er nun an der Reihe war. „Ich wollte schon immer FBI-Agent werden. Das war mein Traum, seit ich ein kleiner Junge war."

Sie blickte ihn aufmerksam an.

„Mein Vater wurde bei einem Banküberfall getötet, als ich klein war."

Ihre Augen spiegelten Schock und Schmerz, aber sie sagte nichts.

„Damals habe ich meinen ersten Therapeuten kennengelernt", gab er zu. „Für eine Weile hatte ich aufgehört, zu sprechen. Habe komplett dicht gemacht. Meine Mom hat einen FBI-Agenten überreden können, vorbeizukommen und mit mir zu sprechen, und der Kerl hat mir versprochen, die Bankräuber zu finden und sie hinter Schloss und Riegel zu bringen.“

„Hat er das?“

„Ja und nein. Die Bankräuber wurden erwischt, als sie eine weitere Bank oben in Jersey ausrauben wollten. Die Polizei hat das Gebäude umstellt. Ein Scharfschütze der Geiselbefreiungseinheit hat beide Täter erschossen, ohne dass Geiseln zu Schaden kamen. Das war der Moment, in dem ich wieder zu sprechen begonnen habe. Nachdem sie umgebracht worden waren. Und es war der Moment, in dem ich mich entschlossen habe, zum FBI zu gehen.“

Pip runzelte die Stirn. „Warum dann erst einen Abschluss in Ingenieurwissenschaften? Wenn Sie schon als Kind wussten, dass Sie Agent werden wollen, warum haben Sie dann nicht Kriminologie studiert oder sind zur Polizei gegangen?“

„Es war kompliziert.“

Sie lachte kurz auf. „Sollen wir lieber übers Wetter sprechen?“

„Nein.“ Er seufzte auf. Er mochte es, eine richtige Unterhaltung mit ihr zu führen. Sie kennenzulernen, ohne die verfluchten Hintergrundberichte lesen zu müssen, auch wenn im Augenblick er derjenige war, der einen Großteil des Redens übernahm. „Meine Mom hat einen anderen Mann kennengelernt, Tom, und ihn geheiratet. Er hatte eine Tochter, Joanna. Jo.“

„Und sie ist gefallen“, fuhr er barsch fort. Das hatte er ihr schon erzählt. Sein Magen zog sich zusammen. Er verstand

Trauer. Er verstand Pip. Vielleicht mochte er sie deshalb so sehr. „Wir waren keine leiblichen Geschwister, aber wir standen uns nahe. Alle vier standen wir uns sehr nahe, auch wenn Joanna sechs Jahre älter war als ich. Tom war ein guter Freund meines Dads gewesen. Seine Frau hat ihn verlassen."

Pips Kiefer verkrampfte sich.

„Jo ist mit achtzehn zum Militär gegangen. Als sie im Einsatz umgekommen ist, hat das meine Eltern zerbrochen. Vor allem meine Mutter. Sie hat mir das Versprechen abgerungen, nicht zum Militär zu gehen und stattdessen einen ordentlichen Beruf zu ergreifen." Er zuckte mit den Schultern. „Ich mochte Maschinenbau und habe ein paar Jahre in dem Beruf gearbeitet und meinen Studentenkredit abbezahlt. Dann habe ich mich in Quantico beworben. Ich habe es Mom und Dad erst erzählt, als ich kurz vor dem Abschluss stand. Ich hatte es so geplant und auch tatsächlich keine Versprechen gebrochen." Seine Finger krallten sich um das Lenkrad. „Ich glaube, sie hat mir endlich verziehen."

„Wann war das?", fragte Pip.

„Vor mehr als fünf Jahren."

„Ihre Eltern klingen toll. Die Resnicks waren auch großartige Menschen." Sie atmete tief ein und schüttelte leicht den Kopf. „Das mit Ihrem Vater und Ihrer Schwester tut mir sehr leid. Es ist furchtbar, Menschen zu verlieren, die man liebt."

Hunt nickte, wollte sie nach ihrer Geschichte fragen. Er hatte die Akte noch nicht gelesen, die Libby Hernandez ihm geschickt hatte. Er wollte, dass Pip es ihm zuerst erzählte.

Sie kamen an der Straße an, die zum See führte, und sie verkrampfte sich.

„Sie müssen nicht mit runter zum Haus kommen", sagte

er. „Ich kann an der Straße parken und runterlaufen und mich umsehen."

Pip schüttelte den Kopf. „Ich muss mich der Sache stellen. Ich muss dort hin. Es gibt so viele schöne Erinnerungen an diesen Ort. Ich will nicht, dass sie durch ihren Tod beschmutzt werden."

Hunt war sich nicht sicher, ob das möglich sein würde, aber er sagte nichts.

Schweigend fuhren sie weiter, und zehn Minuten später kamen sie an dem schmalen Weg an, der zum Haus führte. Er konnte spüren, wie Pip sich angestrengt zusammenriss. Er wurde langsamer, kurz bevor das Haus vor ihnen auftauchte.

„Sind Sie sich sicher?", fragte er.

Ihre dunklen Augen waren riesig, und ihre Unterlippe bebte, aber sie nickte. Er nahm ihre Finger in seine Hand. Ihre Haut war eiskalt, trotz der Wärme.

„Es wird schon gehen. Ich bin hier. Ich werde Ihnen helfen."

Sie nickte, und er drückte für ein paar Sekunden ihre Hand, bevor er sie losließ.

Er war sich nicht sicher, warum er ihre Hand gehalten hatte, aber es war etwas, was er gerne wieder tun wollte. Nicht gerade die Art und Weise, wie ihm in der FBI-Akademie beigebracht worden war, sich als Agent zu verhalten.

Er hielt neben dem Klohäuschen und dem Stapel Feuerholz an, stellte den Motor aus, genau an derselben Stelle, an der er auch am Montagmorgen geparkt hatte.

Sie saßen im Auto, ohne ein Wort zu sagen. Der Sonnenuntergang färbte den See rot und pink. Keine Motorboote, nur Stille. Eine einsame Gestalt, die in der Ferne angelte. Es war ein idyllischer Ort.

Aber die Schönheit der Aussicht stand in krassem Widerspruch zur Erinnerung an die nackte Leiche einer jungen Frau, die erst wenige Tage zuvor aus dem Wasser gezogen worden war.

Stille Tränen strömten Pip über das Gesicht. Hunt wollte sie schon in seine Arme ziehen und sie trösten, als sie die Autotür aufstieß und ausstieg.

Langsam folgte er ihr.

Pip ging hinunter zum Ufer des Sees und stand da, hatte die Arme fest um ihren Oberkörper geschlungen.

„Ist alles okay?"

Sie wich ihm aus. „Nein. Ich bin wütend. Ich bin so verdammt wütend. Auf Cindy. Wie konnte sie nur so dumm sein?" Sie schluchzte und Hunt trat einen weiteren Schritt auf sie zu, aber sie wandte sich ab. „Ich muss einen Augenblick allein sein."

Er nickte. „Ich schaue mich im Haus um. Ist das okay?"

Sie wühlte in ihrer Hosentasche und warf ihm den Schlüssel zu. Dann ging sie zum Ende des Piers und setzte sich auf die Planken, vergrub ihr Gesicht in den Händen. Ihre Schultern bebten. Hunt wollte sie trösten, aber manchmal mussten Menschen allein sein, um ihre Trauer zu verarbeiten. Wut war ein gutes Zeichen, solange Pip sie irgendwann hinter sich ließ.

Er betrat das Haus und zuckte zusammen, als er den Schmutz des Fingerabdruckpulvers auf den Türklinken und Lichtschaltern entdeckte. Er sah auf den Couchtisch. Die Koksreste waren größtenteils abgewischt worden, die Kissen auf der Couch lagen kreuz und quer herum – sie waren gründlich abgesaugt worden, um Beweisspuren zu sichern.

Die Ergebnisse von Cindys elektronischen Geräten sollten

morgen früh ankommen, aber das Stromkabel ihres Laptops steckte noch immer in einer Steckdose an der Wand.

Hunt ging in die Küche, zog sich Latexhandschuhe an und blätterte durch den Stapel von Rechnungen und Briefen auf dem kleinen Telefontischchen. Keine Schlüsselkarte. Dann betrat er Cindys Arbeitszimmer am Ende des Flurs. Eilig durchsuchte er die Schubladen. Nichts.

Er ging die Treppe hinauf und durchsuchte die beiden Schlafzimmer an der Hinterseite des Hauses, eines ganz in dunklen Karomustern dekoriert, das andere in dunklen Rottönen. Er war sich sicher, dass es das Zimmer war, in dem Pip immer schlief, wenn sie hier war. Sie schien eine Vorliebe für die Farbe Rot zu haben.

Im großen Schlafzimmer durchsuchte er die beiden Nachttische. Kondome. Notizblöcke. Kugelschreiber. Bücher.

Kein Tagebuch. Er musste den Labortechniker fragen, ob sie es in Cindys Handtasche gefunden hatten.

Der Bettbezug war abgezogen worden. Er blätterte durch die Bücher, weil es Leute gab, die Schlüsselkarten als Lesezeichen benutzten. Die Ecken der Seiten waren umgeknickt. Seine Mutter würde durchdrehen.

Er warf einen Blick auf den Schminktisch. Viel Make-up, das ordentlich aufgereiht war. Und Fotos, die im Rahmen des Spiegels steckten. Cindy mit ihren Eltern, ihr Bruder. Cindy und Pip, die herumalberten. Er erkannte nicht jeden auf den Fotos, aber es gab Gruppenbilder mit Sally-Anne, Pete Dexter, Angela Naysmith und dem Professor. Ein Foto mit einem halbnackten Typen, der der unterbelichtete aber gutaussehende Dane sein musste. Wohlgemerkt, im Vergleich zu einem Genie, das Impfstoffentwicklungen auf Nobelpreis-Niveau betrieb, war auch Hunt unterbelichtet, sah aber leider nur halb so gut aus.

Hatte es also einen neuen Typen gegeben?

Hatte Cindy Männer in der örtlichen Bar abgeschleppt? Sie für One-Night-Stands mit nach Hause genommen, um dem Stress der Dissertation etwas entgegenzusetzen? Hatte einer von denen ihr das Koks gegeben? Sie hatten keine Beweise gefunden, die nahelegten, dass Cindy versucht hätte, den Impfstoff auf dem Schwarzmarkt zu verticken. Und warum sollte man ein Patent anmelden, wenn man vorhatte, sich auf diese Weise selbst zu untergraben?

Hunt zog sein Handy hervor und rief den örtlichen Detective an, starrte aus dem Fenster auf die einsame Person, die am Ende des Piers zusammengesunken dasaß. Pip sah so klein und einsam aus. Sie war es offensichtlich gewohnt, ihre Probleme allein zu bewältigen. Hunt konnte sich nicht vorstellen, wie es sein musste, niemanden zu haben. Seine Familie hatte schwere Zeiten durchgemacht, aber sie waren immer füreinander da gewesen.

Detective Howell nahm den Anruf beim dritten Klingeln entgegen.

„Agent Kincaid hier. Ich habe mich gefragt, ob Sie noch irgendwas in dem Cindy Resnick-Fall herausgefunden haben?"

„Genau das Gleiche habe ich mich auch gefragt, Agent Kincaid."

Ein kleiner Rüffel dafür, weil Hunt nicht früher angerufen hatte, aber er war irgendwie beschäftigt gewesen. „Eine weitere junge Frau aus derselben Fakultät wie Cindy Resnick ist spät gestern Abend ebenfalls an einer Überdosis gestorben – Koks und Fentanyl. Die Polizei in Atlanta hat den Dealer gefunden, von dem sie glaubte, dass er den beiden die Drogen verkauft hat. Mit weggepustetem Schädel."

„War jemand nicht zufrieden mit der Ware?"

„Scheinbar mögen die Junkies ihr High lieber ohne solche Zusatzstoffe wie einem gewaltsamen Tod."

„Kann nicht sagen, dass ich ihnen da einen Vorwurf machen würde."

„Die Polizei leitet die Ermittlungen in dem Fall und hat versprochen, sich bei Ihnen zu melden."

Der Kerl wurde gesprächiger. Glaubte er, Hunt würde den ganzen Tag nur herumsitzen und Däumchen drehen?

„Also. Wie kann ich Ihnen helfen, Agent Kincaid?"

„Das Labor hat Spuren eines Spermizids in Cindy Resnicks Körper gefunden sowie Spuren einer männlichen Kontakt-DNA. Außerdem Spermaspuren eines anderen Mannes auf den Bettlaken. Haben Sie mitbekommen, ob Cindy Resnick in den örtlichen Bars Männer aufgegabelt hat?"

Der Detective stieß ein summendes Geräusch aus. „Nicht, dass sich jemand erinnern könnte. Ich habe die Bars überprüft und mit einigen ihrer Nachbarn gesprochen. Sie haben erzählt, sie wäre immer freundlich gewesen, aber ich hatte nicht das Gefühl, dass jemand von ihnen intime Beziehungen zu ihr gepflegt hätte. Aber ich kann mich nochmal umhören. Die Leute geben ja nicht unbedingt immer zu, sexuelle Beziehungen zu Menschen gehabt zu haben, die unter verdächtigen Umständen umgekommen sind."

„Lassen Sie mich wissen, ob irgendwas dabei herauskommt, okay?"

„Sicher. Darf ich fragen, wieso?"

Hunt räusperte sich. „Nur ein loses Ende, das ich gerne verknoten würde. Ihre Freundin besteht darauf, dass Cindy die Drogen niemals freiwillig genommen hat."

„Sie glaubt, sie wurde umgebracht?"

„Genau. Mord oder Totschlag."

„Wir werden uns erkundigen." Der Detective würde verstehen, wie sehr ein loses Ende einen nerven und in den Wahnsinn treiben konnte. Hunt bedankte sich und legte auf.

Draußen am See stand Pip auf, und Hunt beobachtete sie, wie sie langsam zurück zum Haus gelaufen kam. Ihre Augen waren rot und geschwollen.

Nicht gerade niedlich, aber er konnte es nicht mehr von der Hand weisen, dass er sich zu ihr hingezogen fühlte. Ein nagender Hunger begann, sich in ihm auszubreiten, und dieser Hunger trug Pips Namen.

Es wurde schnell dunkel. Hunt ging ins Erdgeschoss zurück, hinaus auf die Veranda, und breitete seine Arme aus. Pip kam zu ihm, legte den Kopf auf seine Brust, und er hielt sie fest. Aber sie weinte nicht mehr. Auch wenn er sie am ersten Tag mehrfach um ihre Freundin hatte weinen sehen, sagte ihm etwas, dass Pip West nur selten die Kontrolle über ihre Emotionen verlor. Er hielt sie fest, genoss das Gefühl ihres zarten Körpers an seinem, ihren Geruch, der in seine Sinne drang – Erdbeeren und Sonnenschein, vermischt mit einer Note von begehrenswerter Frau.

„Wie sieht es drinnen aus?" Ihre Stimme war heiser und tief.

Verdammt sexy.

Er räusperte sich. „Die ganze Wand ist voller Fingerabdruckpulver. Es gibt Firmen, die man für die Reinigung beauftragen kann …"

Sie schüttelte den Kopf. „Ich mache das, wenn ich das nächste Mal hier bin."

Eigenständig. Unabhängig.

„Können Sie fahren?", fragte er.

Sie nickte und löste sich aus seinen Armen. „Tut mir leid, dass ich so zusammengebrochen bin. Ich schätze, das musste sein. Aber ich kann fahren. Geben Sie mir nur eine Minute." Sie schaute zu ihm auf und ihre Augen wirkten in der Dämmerung fast schwarz. Sein Blick fiel auf ihre Lippen, und die Versuchung, sie zu küssen, überkam ihn von Neuem.

Sei kein Narr.

Er war nicht hundertprozentig ehrlich mit ihr. Das konnte er nicht sein. Er war weder so naiv noch so dumm, die Ermittlungen zu kompromittieren, aber er konnte einer Frau, die ihm etwas zu bedeuten begann, trotzdem ein wenig Mitgefühl entgegenbringen und nicht mit ihren Gefühlen spielen, wenn sie so verwundbar war.

„Geben Sie mir den Schlüssel zum Geländewagen. Ich prüfe, ob er auch anspringt."

Sie kramte in ihrer Tasche nach dem Schlüssel, bemerkte aber trocken: „Ich bin keine Vollidiotin. Ich weiß schon, wie man ein Auto startet." Als er weiterhin seine Hand aufhielt, gab sie ihm mit einem resignierten Seufzer die Schlüssel. „Na schön."

Hunt stieg in den Geländewagen und drehte den Schlüssel in der Zündung. Schnell durchsuchte er das Handschuhfach und die Mittelkonsole, dann die Ablage in der Fahrertür. Keine Schlüsselkarte.

Die Tatsache, dass er sie nicht finden konnte, bedeutete, dass Pete Dexter log. Vielleicht war der Kerl ins Labor geschlichen, um etwas Illegales zu tun – wie etwa, waffenfähiges Anthrax oder Impfstoffe herzustellen. Oder um Cindys Arbeit zu stehlen.

Hunt legte den Rückwärtsgang ein, und ließ den Geländewagen von seinem Parkplatz bis neben seinen eigenen

Truck rollen, wo Pip stand, und versuchte, sich zu sammeln.

Er sprang aus dem Wagen, dann half er ihr auf den erhöhten Fahrersitz, versuchte, nicht auf den runden Hintern in ihrer Jeans und ihr hautenges T-Shirt zu starren.

Plötzlich knurrte sein Magen und Pip lachte auf. „Hungrig?"

Sie hatte ja keine Ahnung.

Ihre Augen tanzten, und diese verfluchten Sommersprossen ließen sie süß und unschuldig aussehen und so gottverdammt niedlich.

Er streckte die Hand aus und legte sie sanft auf ihren Hinterkopf, dann zog er ihr Gesicht zu sich, damit er sie küssen konnte. Elektrizität und Hitze flammten zwischen ihnen auf.

Mit seiner Zunge fuhr er den Saum ihrer Lippen entlang und sie öffnete zögerlich den Mund.

Er wollte den Kuss vertiefen, aber er wartete ab. Wartete darauf, dass sie ihn zaghaft kostete und erforschte. Überließ ihr die Führung.

Sie waren heute beinahe gestorben, und das elementare Bedürfnis, zu beweisen, dass er noch lebte, rauschte durch ihn hindurch.

Es war eine natürliche Reaktion. Das wusste er.

Sie griff nach seiner Jacke und zog ihn zu sich hin, neigte ihren Kopf zur Seite und verriet einen Hunger, der seinem ähnlich zu sein schien. Pip schmeckte saftig und sündig und süß wie Zucker.

Seine Hände glitten an den Seiten ihres Oberkörpers hinauf, und er wurde augenblicklich steinhart.

Verdammt. Was zum Teufel dachte er sich eigentlich?

Er atmete bebend aus und wich zurück. Sie blinzelte ihn

überrascht an. Ihre Lippen rot und glänzend.

Er hätte sie nicht küssen dürfen.

Sie war aufgewühlt. Emotional. Sein Boss und seine Freunde hatten ihn gewarnt, ihn angewiesen, sich von ihr fernzuhalten. Und trotzdem, er wollte sie wieder und wieder küssen und nie wieder damit aufhören.

„Wow.“

Er lachte. „Ja. Wow.“

Sie schluckte. „Sie sind ein guter Küsser, Agent Kincaid.“

Er lachte erneut auf und trat einen halben Schritt vor. „Ich bin mir ziemlich sicher, dass nach dieser Sache das Du angebracht ist.“ Er streckte die Hand aus und wischte ihr den verschmierten Lippenstift aus dem Mundwinkel.

Dieser Mund brachte ihn auf alle möglichen Gedanken. Nicht jugendfreie Gedanken. Gedanken, für die ihm bei der Arbeit der Arsch versohlt werden würde.

Aber Himmel nochmal, sie war sexy. Praktisch vom ersten Augenblick an, in dem er sie kennengelernt hatte, hatte er sie gewollt. Was ihn einfach zu einem Arschloch machte.

„Na toll, mein Make-up ist ruiniert. Und dabei habe ich einmal so gut ausgesehen.“ Sie verdrehte die Augen.

Trotz ihrer Tränen und dem verschmierten Make-up war sie die schönste Frau, die er je gesehen hatte.

Sie klappte die Sonnenblende auf, um einen Blick in den kleinen Schminkspiegel zu werfen, und etwas fiel in ihren Schoß.

Mit den Fingern im Saum seines T-Shirts griff Hunt danach. Pete Dexters verdammte Schlüsselkarte. „Ist es okay, wenn ich die mitnehme?“

„Was ist das?“ Pip sah verwirrt aus, dann erkannte sie, dass es ein Mitarbeiterausweis war. „Okay.“

Er konnte es ihr nicht erklären, weshalb er sich gleich doppelt schuldig dafür fühlte, sie geküsst zu haben, vor allem, weil er eine List angewendet hatte, um das Haus ihrer Freundin zu durchsuchen. Eine ehrliche List, aber nichtsdestotrotz eine List.

„Ich fahre hinter dir zurück in die Stadt." Wieder knurrte sein Magen. Er war sich nicht sicher, wann er zuletzt etwas gegessen hatte. „Willst du in Atlanta mit mir zu Abend essen?"

Pip stieß eine Mischung zwischen einem Seufzen und einem Lachen aus. „Besser nicht."

„Es ist nur ein Abendessen, Pip."

Sie blickte ihn unverwandt an und ihr Lächeln erlosch. „Wir wissen doch beide, dass das nicht stimmt, Hunt Kincaid." Ihr Tonfall sprach von heißem, nacktem Sex, nicht von Essen, und Hunt kämpfte gegen die Reaktion seines Körpers auf diesen Vorschlag an.

Sie hatte den Blödsinn durchschaut, den er sogar sich selbst eingeredet hatte.

Er nickte. „Wir sollten los."

Es dämmerte. Er wollte nachts nicht auf den Straßen hier herumkreuzen, wenn er es vermeiden konnte. Zu viele Gefahren. Er schlug ihre Autotür zu und ging zu seinem Wagen.

Vielleicht hatte sie recht. Vielleicht hatte er schon jetzt eine Grenze überschritten, aber sie konnten noch immer einen Schritt zurücktreten und es nicht weitertreiben. Er würde lügen, wenn er behaupten würde, nicht weitergehen zu wollen. Das tat er. Auch wenn es vermutlich besser für seine Karriere wäre, wenn er weiterhin behauptete, Pip wäre nur Teil eines Falls. Nicht eine Frau, deren Geruch ihn über alle Vernunft hinaus erregte.

Er stieg in seinen Truck und steckte Pete Dexters Schlüsselkarte in eine Beweistüte. Scheiße. Er war sich sicher gewesen, eine Spur zu haben, aber wie es aussah, hatte der Kerl tatsächlich die Wahrheit gesagt und Cindy seine Schlüsselkarte gegeben.

Hunt wendete seinen Truck und folgte Pip über den Feldweg. Auf Abstand zu gehen war vermutlich eine clevere Idee.

EINUNDZWANZIGSTES KAPITEL

P IPS LIPPEN KRIBBELTEN von dem Kuss, den sie mit dem heißen FBI-Agenten geteilt hatte. Nach den letzten Wochen war es ein neues Erlebnis gewesen, etwas anderes als Trauer oder Tod zu erfahren. Ihr Leben war zu einem Schlachtfeld geworden. Diesen Schmerz zu vergessen, und sei es nur für ein paar kurze Augenblicke, war eine willkommene Erleichterung gewesen.

Sie setzte den Blinker und bog auf die I-75 nach Süden, Richtung Atlanta. Hunt Kincaid folgte ihr in sicherer Distanz. Cindys Geländewagen fuhr wie auf Schienen, und es erinnerte Pip daran, wie aufgeregt ihre Freundin gewesen war, als sie mit dem Wagen erst vor vier kurzen Monaten vom Gelände des Autohauses gefahren war.

Wärme erfüllte sie. Es war tröstlich, von Erinnerungen an Cindy in einer glücklicheren Zeit umgeben zu sein. Pip musste sich an diesen Erinnerungen festhalten, wenn sie die nächsten Wochen durchstehen wollte, ohne den Verstand zu verlieren.

Und das war nicht das Einzige, was sie festhalten wollte.

Der Kuss hatte ein Feuer in ihr entfacht, das sie seit Jahren nicht mehr verspürt hatte. Nicht, seit sie sich in Van verliebt hatte und ihm dämlicherweise nach Miami hinterhergezogen war, bevor er ihr das Herz gebrochen hatte. Hunt verwandelte sich langsam in eine Versuchung, der sie nicht widerstehen wollte, etwas, was sie von der hässlichen, leeren Realität ablenken würde. Und es gefiel ihr, dass sie diesem Bundesbeamten scheinbar unter die Haut gegangen war. Es gefiel ihr sehr.

Fünf Meilen vor der Stadtgrenze von Atlanta wurde Pip klar, dass sie nicht wollte, dass ihre Zeit mit Hunt endete. Und außerdem war sie am Verhungern. Ihre Optionen für das Abendessen waren entweder das unpersönliche Restaurant im Hotel oder der Zimmerservice. Das Bedürfnis nach menschlichem Kontakt ließ sie über die Bluetootheinstellung in Cindys Geländewagen seine Handynummer wählen.

„Ich... ähm... habe es mir anders überlegt. Mit dem Essen", stellte sie klar. Fürs Erste.

Gott, sie war so aus der Übung, was diese ganze Männer-Sache anging, und kam ordentlich ins Schwimmen, wenn es um einen Kerl wie Hunt Kincaid ging. Sie konnte sich nicht einmal daran erinnern, wann sie das letzte Mal eine Verabredung gehabt hatte.

„Wo willst du essen?", fragte sie.

„Fahr mir hinterher."

Er überholte sie mit seinem großen schwarzen Truck, der ihm viel besser stand als der braune Buick, den er für die Arbeit fuhr. An der nächsten Ausfahrt fuhr er ab, und zehn Minuten später bogen sie in die Einfahrt eines viereckigen Gebäudes aus hellem Backstein, das sich am Ende einer Reihe von Geschäften befand, die um diese Uhrzeit alle geschlossen hatten.

Pip hielt neben ihm und fragte sich, ob sie gerade einen kolossalen Fehler beging. Die Schmetterlinge in ihrem Bauch begannen, herumzuflattern. Sie wollte mehr, und dieser Gedanke machte ihr Angst.

Hunt öffnete ihre Autotür und musterte ihr Gesicht.

„Entspann dich", sagte er. „Es ist nur ein Essen."

Sie lachte leise auf und etwas von der Anspannung fiel von ihr ab. Er führte sie in das Restaurant. Das Lokal hatte unverputzte Backsteinwände und eine riesige Stars-and-Stripes-Flagge, die fast eine gesamte Wand einnahm. Aber es war gemütlich – schummriges Licht und viele Gäste, ohne dass es jedoch zu lebhaft gewesen wäre. Sie konnten sich unterhalten, ohne sich anschreien zu müssen, und hatten jede Menge Privatsphäre.

Hunt bat um ein Separee in der Ecke und nahm mit dem Rücken zur Wand Platz.

Sie bestellten sofort, und die Kellnerin brachte ihnen beiden ein Bier. Hunts Augen landeten auf ihren Lippen, als Pip einen Schluck Bier trank, und etwas Warmes rann zusammen mit dem kalten Getränk ihren Hals hinunter. Ihre Nippel wurden hart, zeichneten sich unter dem Baumwollstoff ihres T-Shirts deutlich ab. Wonder Woman war erregt. Sie presste die Oberschenkel zusammen und versuchte, das Gefühl zu unterdrücken, das er in ihr hervorrief. Das machte es nur schlimmer.

Hunts Handy klingelte, und er entschuldigte sich, nahm den Anruf an und sprach leise mit der Person am anderen Ende, machte absichtlich vage Aussagen.

Er erwähnte, Pete Dexters Universitätsausweis in Cindys Auto gefunden zu haben, aber Pip konnte nicht erkennen, was das bedeutete.

Warum hatte Cindy die Karte gehabt? Hatte Pete sie versehentlich dagelassen? Hatte Cindy sie als ein Erinnerungsstück behalten? Hatte sie noch immer an dem Kerl gehangen?

Pip mochte, dass Hunts Arbeit wichtig für ihn war.

Journalistin zu sein, war auch wichtig für sie, aber die Vorstellung, in diesen Job zurückzukehren, sich mühsam neue Quellen zu suchen …

Ihre Fingernägel kratzen die Goldfolie von der braunen Bierflasche. Sie war immer stolz auf ihre Arbeit gewesen, darauf, Verbrechen aufzudecken. Aber sie wusste nicht, ob irgendetwas davon es wirklich wert gewesen war.

„Sorry." Hunt streckte die Finger aus und berührte ihre Hand, fuhr mit seinem Daumen über ihre Knöchel. Seine Berührung sandte Schockwellen durch sie hindurch, und das war tausendmal besser, als an Frank Bookers Amoklauf zu denken.

Die Kellnerin kam mit ihrem Essen an den Tisch, und Pip seufzte genussvoll auf. Burger und Fritten. Es roch himmlisch. Sie warf sich eine Pommes in den Mund, und der Geschmack übermannte ihre Zunge, als sie erneut begeistert aufstöhnte.

„Wenn du nicht damit aufhörst, komme ich gleich da rüber und verputze dich statt dem Essen."

„Ha. Nichts kommt zwischen mich und diesen Burger." Sie lächelte, weil er sie trotz des Feuers in seinen Augen aufzog.

„Das stimmt allerdings. Ich habe in den letzten Tagen auch nicht viel Zeit zum Essen gefunden." Er kaute und schluckte. „Und noch weniger Zeit zum Laufen, und ich habe heute ein Training mit Will verpasst. Aber er hat mich auch aufgeregt, von daher …"

„Warum hat er dich aufgeregt?"

Hunt verzog das Gesicht, während er kaute, und schüttelte den Kopf.

„Oh." Will hatte offensichtlich etwas über sie gesagt. Vermutlich hatte er Agent Fullers Warnung wiederholt, dass

Hunt sich von Pip fernhalten sollte.

Warum hatte Hunt das also nicht getan?

Der Reiz des Verbotenen? Oder etwas anderes?

„Ich war heute Morgen auf dem Laufband im Hotel, nachdem du gegangen warst." Sie wischte sich den Mund ab und gab es auf, ihren Burger sauber und ordentlich zu essen. „Also muss ich mich wenigstens nicht schuldig fühlen, das hier jetzt zu essen."

„Dass du laufen gehst, macht dich zur idealen Frau, weißt du." Er witzelte mit ihr herum, es war kein Versuch, ihr eine plumpe Anmache aufzudrücken.

Sie lachte und trank einen Schluck Bier. „Bis auf die Tatsache, dass ich keine Waffen mag."

„Definitiv mein liebstes Date." Er zwinkerte ihr zu.

Er hatte einen trockenen Humor, der ihr gefiel. Das war ihr vorher nicht aufgefallen. Sie war nicht gerade in einer humorvollen Stimmung gewesen. Cindy hätte ihn gemocht, wurde ihr klar. Sie wusste nicht, warum ihr das wichtig war, aber das war es.

„Sie ist noch laufen gegangen, am Abend, bevor sie gestorben ist. Sie ist jeden Tag gelaufen. Wie ein Uhrwerk. Fünf Meilen." Ihre Gedanken drifteten zu ihrer Freundin ab und ihr Humor ging ihr abhanden.

„Also… ich habe dir so ziemlich alles erzählt, was es über mich zu wissen gibt."

Pip verdrehte die Augen. „Sicher."

Er hatte gespürt, dass sich ihre Gedanken verdüstert hatten, und wollte sie ablenken. Und sie war es leid, traurig zu sein. Sie war bereit für Ablenkung, vor allem, wenn diese Ablenkung einen definierten Körper und einen intelligenten Verstand beinhaltete.

„Wo bist du aufgewachsen?", fragte Hunt.

„Tu doch nicht so, als ob du keinen Hintergrundcheck über mich durchgeführt hättest." Sie blickte ihn vielsagend an.

„Ich habe einen Hintergrundbericht über dich. Ich habe ihn zwar noch nicht gelesen, aber ein paar Dinge weiß ich", gab er zu. Sie sah, wie sich das Licht in seinen Augen änderte. Er sah aus wie ein Mann, der herauszufinden versuchte, wie er eine Frau näher kennenlernen konnte, nicht wie ein Agent, der ein Verhör durchführte. „Du bist in Pflegefamilien aufgewachsen?"

„Die meiste Zeit." Ihre Finger krallten sich um ihre Bierflasche. „In der Nähe von Tampa."

„Willst du nicht darüber sprechen?"

Sie seufzte schwer. „Es war nicht gerade eine glückliche Zeit."

Seine Augen blickten sie besorgt an und er stellte ihr die schwerste Frage – die Frage, die nie jemand so direkt stellte. „Wurdest du missbraucht?"

Pip presste die Lippen zusammen. Schüttelte den Kopf. „Nein. Ich hatte Glück. Aber das ist nicht das einzige Problem damit, unter Obhut des Staates zu stehen."

Seine Augen stellten tausend weitere Fragen und sahen mehr, als sie ihn sehen lassen wollte.

„Versteh mich nicht falsch. Es war nicht alles schlecht. Die erste Pflegefamilie, bei der ich war, war fantastisch. Ich habe vier Jahre bei ihnen gewohnt und habe es geliebt."

Eine schmale Falte erschien zwischen seinen Augenbrauen.

„Meine Mutter hat nicht aufgegeben, darum zu kämpfen, mich zurückzubekommen, also konnten sie mich nicht adoptieren."

„Warum bist du nicht bei dieser Familie geblieben?"

Sie wischte sich den Mund an einer Serviette ab und knibbelte wieder an dem Etikett ihrer Bierflasche herum. Die letzte Person, der sie davon erzählt hatte, war tot. Es war keine Geschichte, die sie oft teilte, aber es würde ohnehin alles in dem Hintergrundbericht stehen. Es war ihr lieber, ihm selbst davon zu erzählen, als dass er es in irgendeinem sterilen Bericht las.

„Meine Mutter war Alkoholikerin. Mein Vater hat uns verlassen, als ich zwei oder drei war, ich weiß es nicht genau. Keine Ahnung, was mit ihm passiert ist, und ehrlich gesagt ist es mir auch egal. Irgendwann stand die Polizei bei uns vor der Tür, nachdem meine Mutter mal wieder mit einem ihrer Freunde auf einer Sauftour gewesen war und angefangen hatte, die Wohnung zu zerlegen. Die Beamten haben mich gefunden, wie ich mich unter meinem Bett versteckt habe."

Hunt sagte nichts, beobachtete sie nur. Aß weiter seinen Burger. Sie tat das Gleiche. Das machte die ganze Geschichte weniger herzzerreißend. Als ob sie über irgendein anderes Mädchen sprachen, einen Fall, eine Story.

„Die Polizei hat das Jugendamt angerufen, und ich bin zu einer Pflegefamilie gekommen, in einer Stadt etwa dreißig Meilen entfernt." Sie lächelte, als sie sich daran erinnerte. „Ich habe es ehrlich gesagt geliebt. Zum ersten Mal hatte ich saubere Kleidung für die Schule. Habe zum ersten Mal regelmäßig gegessen. Vermutlich liebe ich die hier deshalb so sehr." Sie wedelte mit einer Pommes vor seinem Gesicht herum.

„Meine Mutter wusste nicht, wo ich war." Sie schob sich eine Haarsträhne hinter das Ohr. „Ich dachte, ich wäre im Paradies gelandet."

„Was ist nach diesen vier Jahren passiert."

„Howard Briggs – der Vater – wurde in ein Büro nach San Francisco versetzt. Sie wollten, dass ich mitkomme, haben angeboten, mich zu adoptieren, aber meine Mutter hat ihre Zustimmung verweigert, mich in einen anderen Staat umziehen zu lassen." Sie zuckte mit den Schultern. Als ob es sich nicht angefühlt hätte wie tausend Tode, aus dem einzigen sicheren Zuhause gerissen zu werden, das sie als Kind gekannt hatte. „Die Briggs waren fantastisch und haben alles versucht, damit ich bei ihnen bleiben kann, aber … es hat nicht geklappt."

Hunt trank einen Schluck Bier und ließ die Stille sich ausbreiten.

„Als sie schließlich wegzogen, war ich beinahe dreizehn Jahre alt, kein gutes Alter für Mädchen." Sie zog eine Grimasse. „Ich habe mich wie eine richtige Göre aufgeführt. Ich wurde von einer Pflegefamilie zur nächsten geschoben. Ein paar Mal habe ich richtig Ärger bekommen, hauptsächlich, weil ich Anschluss gesucht habe. Ich habe Gras und Ecstasy ausprobiert, aber das mochte ich nicht. Ich mochte auch die Leute nicht, die das Zeugs mochten. Mit Sex habe ich nicht herumexperimentiert, Gott sei Dank."

Es war lange her, aber es fühlte sich gut an, das alles zu erzählen. „Als ich meiner Mutter weggenommen wurde, war ich schon fast acht, und ich kann mich erinnern, gesehen zu haben, wie sie mit verschiedenen Typen Sex hatte. Ich glaube, sie ist auch gegen Geld mit ihnen ins Bett gegangen, um Alkohol oder Meth zu kaufen." Sie schaute auf, um zu sehen, ob er schockiert war, aber sein Ausdruck verriet nicht viel. Vermutlich hatte er das alles schon oft gehört oder gesehen. Ihre Familie war nichts Besonderes. Sie zuckte mit den

Schultern. „Cindy wusste, wie die Drogen meine Mutter fertiggemacht haben. Vielleicht hat sie früher mal herumexperimentiert, aber sie war entschieden dagegen, Drogen zu nehmen und ihren brillanten Verstand zu zerstören."

„Selbst, nachdem sie ihre komplette Familie verloren hatte?"

Pip nickte. „Ihre Arbeit war ihr zu wichtig."

Einen Augenblick lang herrschte Schweigen, dann fuhr Pip fort. „Ich hatte großartige Lehrer und Betreuer in der High School, die mir sehr geholfen haben. Ich habe ein Stipendium erhalten und konnte auf die State University von Florida gehen. Dort habe ich Cindy und ihre Familie kennengelernt. Sie haben mich gerettet."

Er nahm ihre Hand in seine und drückte sie. „Was ist mit deiner Mom passiert?"

Seine Hand fühlte sich gut an. Warm und stark. Seine Lippen auf ihrem Mund hatten sich noch besser angefühlt.

Sie wandte den Blick ab, hoffte, er könnte nicht lesen, wohin ihre Gedanken abgedriftet waren. Sie dachte viel lieber darüber nach, Hunt zu küssen, als über ihre Mutter zu reden. „Sie ist gestorben, als ich siebzehn war."

„Hast du sie je wieder gesehen?"

Bei der Erinnerung daran zog sich Pips Magen zusammen. Sie hatte mit der Sache abgeschlossen. Es war nicht ihre Schuld. Aber manchmal fühlte es sich so an.

„Ja." Ihre Stimme klang jetzt heiser. Das passierte, wenn sie emotional wurde. „Ein paar Tage, bevor sie gestorben ist." Sie fuhr sich mit den Fingern durch das Haar. „Sie wollte, dass ich wieder bei ihr einziehe, wenn ich achtzehn bin, damit wir versuchen konnten, eine Beziehung aufzubauen." Ihre

Mutter hatte sie angefleht. Pip dachte nicht gerne an diese Unterhaltung zurück. Das Geschrei und die emotionale Manipulation. Pip war stark genug gewesen, Nein zu sagen, aber etwas in ihr hatte sich immer gefragt, ob die Dinge anders gelaufen wären, wenn sie ihrer Mutter noch eine Chance gegeben hätte. „Ich habe mich geweigert."

Sie trank den letzten Schluck ihres Biers aus. „Ein paar Tage später hat die Polizei sie tot in ihrer Wohnung gefunden. Herzinfarkt. Die jahrelange Alkoholsucht hat auch nicht geholfen. Ich habe mir lange Zeit die Schuld für ihren Tod gegeben, bis Cindy mich davon überzeugt hat, dass meine Mutter ihre eigenen Entscheidungen getroffen hat. Sie hatte eine Krankheit, die sie nicht kontrollieren konnte. Es war nicht meine Aufgabe, sie zu retten."

Ihre Mutter war schon lange tot und trotzdem gab es immer noch einen Teil in ihr, der wusste, wenn sie zehn Jahre in die Vergangenheit hätte zurückreisen können, hätte sie versucht, besser mit der Situation umzugehen. Vielleicht hätte Pip sie retten können.

Pip schob ihren halbleeren Teller zur Seite. Sie war satt. Hunt hatte seinen Teller bis auf den letzten Krümel geputzt und warf einen Blick auf den ihren, während er sein Bier austrank.

Er holte sein Portemonnaie hervor und zählte genug Bargeld für beide Mahlzeiten ab.

Pip wühlte in ihrer Tasche nach ihrem Portemonnaie.

„Passt schon", sagte er.

Sie wollte den Mund öffnen und diskutieren.

„Ist in Ordnung, Pip. Steck dein Geld weg."

Sie ließ ihn bezahlen, weil die Sache es nicht wert war, sich darüber zu streiten. „Ich mag keine Almosen."

„Du kannst das nächste Mal bezahlen."

Es war ein dahergesagter Kommentar, ein Reflex seinerseits.

„Wird es denn ein nächstes Mal geben?" Hoffnung und Verletzlichkeit klangen unverhüllt in ihrer Stimme mit, auch wenn sie versuchte, es zu verstecken. Aber sie musste wissen, was das zwischen ihnen war.

Er blickte sie an, und etwas in seinen Augen veränderte sich, wurde warm und weich. „Was glaubst du denn?"

Er nahm ihre Hand und zog sie sanft aus dem Separee und zum Ausgang. Als sie auf dem Bürgersteig angekommen waren, drehte er sie zu sich um und strich ihr die Haare aus dem Gesicht. Dann senkte er seine Lippen auf ihre und küsste sie. Ein heißer Blitz schoss durch ihre Nervenbahnen. Knisternd und durchdringend. Lebendig. Sie hielt sich an seinen Unterarmen fest und er neigte den Kopf zur Seite und vertiefte den Kuss.

Seine Zunge berührte ihre, und sie seufzte auf, konnte an ihren Lippen spüren, wie er lächelte. Ihre Zungen verflochten sich. Er schmeckte nach Bier und Salz und heißem Alphamann. Ihre Finger fuhren die harten Muskeln seines Sixpacks entlang, über die warme Baumwolle seines T-Shirts. Der Geruch seiner Lederjacke vermischte sich mit dem herben Geruch seiner Haut, und ihre Knie wurden ein wenig weich.

Er löste sich von ihr, hielt aber noch immer ihr Gesicht in seinen Händen. Bevor sie denken oder sprechen konnte, küsste er sie wieder, und ein Beben des Verlangens durchfuhr sie. Ihre Finger krallten sich in sein T-Shirt und zogen ihn näher zu sich hin.

Als sie sich diesmal voneinander lösten, atmeten sie beide schwer.

„Komm." Er nahm ihre Hand, und sie schlenderten den Gehweg hinunter zum Parkplatz um die Ecke, wo ihre Autos standen. Er öffnete die Fahrertür ihres Wagens und half ihr auf den Sitz, seine Hand verweilte auf ihrer Hüfte, als ob er sie nicht mehr loslassen wollte.

„Komm mit zu mir nach Hause", sagte er rau.

Eine Woge der Sehnsucht strudelte durch sie hindurch, wirbelte ihre Gedanken durcheinander, bis sie in einziger Verwirrung waren. Sie wollte ihn, aber sie war noch nie gut in zwanglosem Sex gewesen. Aber verdammt nochmal, sie wäre heute beinahe gestorben, und das hier war etwas, woran sie gedacht hatte, seit er heute Morgen zu ihrem Hotelzimmer gekommen war. Und zwar noch bevor er sich in einem Kugelhagel schützend über sie geworfen hatte.

Nur dank einer ordentlichen Dosis willkürlichem Glücks waren sie jetzt noch am Leben.

Lebe ein bisschen.

Cindys Stimme in ihrem Kopf forderte sie heraus.

Ihre tote Freundin suchte sie definitiv heim.

Hunts Augen sahen in den Nachtschatten ganz schwarz aus. „Ich will dir was zeigen."

Sie schnaubte.

Er grinste und nahm ihre Hand, seine Finger massierten die Verspannung aus ihren Gelenken. „Okay, das auch, aber wenn du kein Interesse hast oder es dir zu irgendeinem Zeitpunkt anders überlegst, werde ich dafür sorgen, dass du sicher zurück nach Hause kommst. Aber es gibt etwas, was ich dir zeigen will. Etwas Wichtiges."

Sie war niemand, der schnell jemandem vertraute, aber was hatte sie schon zu verlieren? Das hier war eine Möglichkeit, die Traurigkeit der letzten Tage zu vergessen. Anders als

Drogen oder Alkohol würde Sex mit Hunt Kincaid nicht ihren Geist oder ihren Körper zerstören, auch wenn es möglicherweise ihr Herz in Mitleidenschaft ziehen würde.

Aber wenn sie von vornherein wusste, dass es nur temporär war, würde sie ihr Herz schützen können. Er wäre eine Ablenkung. Keine Sucht.

Sie wollte es. Sie wollte ihn.

„Okay."

Er küsste ihre Fingerspitzen, dann stieg er in seinen Truck, und sie folgte ihm durch die Stadt bis in seine Nachbarschaft nördlich der Innenstadt.

Hunt fuhr in die Einfahrt seines hübschen, kleinen Reihenhauses in Ansley Park. Pip hielt an der Straße.

Sie stellte den Motor ab, und die Geräusche der Nacht umfingen sie. Autos in der Ferne. Leute, die mit ihren Hunden Gassi gingen. Gelächter. Hunt stieg aus seinem Auto und kam zu ihr, während sie dasaß und ihn beobachtete. Ihn bewunderte.

Sie klammerte sich an das Lenkrad, ganz außer sich über sich selbst.

Es war noch nicht zu spät. Sie konnte noch immer wegfahren.

Er öffnete die Tür und hielt ihr seine Hand hin, wartete darauf, dass sie entschied, aus dem Geländewagen auszusteigen oder loszufahren.

Als sie seine Hand ergriff und sich zu ihm umdrehte, hob er sie hoch und stellte sie sehr behutsam vor sich auf dem Boden ab. Seine Hände blieben, wo sie waren, und sie streckte die Arme aus und zog seinen Mund an ihren, wollte das Feuer, wollte das brennende Verlangen, weil sie es sich nicht doch noch anders überlegen wollte. Sie wollte all das Schlimme vergessen, das passiert war. Sie wollte ihn.

Er riss sie an sich, hob sie hoch und schlug mit einem lauten Knall die Autotür zu. Dann trug er sie bis zu seiner Haustür, unterbrach für keine Sekunde den Kuss. Pip hatte das Gefühl, von seinem Verlangen verschlungen zu werden.

Vorsichtig stellte Hunt sie auf den Eingangsstufen ab und schloss seine Haustür auf. Er nahm ihre Hand, als er das Haus betrat, und Pip schauderte.

Sie tat es wirklich.

Die Vorhänge waren geöffnet und weiches, bläuliches Licht fiel in das aufgeräumte Wohnzimmer. Dunkle, maskuline Möbel. Ein Fernseher von der Größe der äußeren Mongolei.

„Was wolltest du mir denn zeigen?", fragte sie mit einem Lächeln.

Er schüttelte den Kopf. „Nicht jetzt. Später."

Wieder küsste sie ihn, also schloss er mit seinem Fuß die Haustür, und Pips Finger legten sich um seine Hüfte, zogen das T-Shirt aus seinem Hosenbund, ertasteten glatte, warme Haut unter dem weichen Stoff.

Bei ihrer Berührung spannten sich seine Muskeln an, und sie liebte es, wie er schauderte, als ihre Fingerspitzen über seine harten Bauchmuskeln fuhren, und ihre Fingernägel sanft über die Furche seiner Wirbelsäule strichen.

Er stöhnte auf und zerrte ihr T-Shirt aus ihrer Jeans. Geschickt legten sich seine Finger um die Unterseite ihrer Brust, während sein Daumen über die raue Spitze ihres BHs glitt und mit ihren sensiblen Nippeln spielte. Pip schnappte nach Luft, als er einen Nippel zwischen seinen Fingerspitzen rollte, ihr ganzer Körper erbebte, und sie hielt sich an seinen Hüften fest. Hunts Hand glitt um ihren Oberkörper herum und er öffnete ihren BH mit einer Leichtigkeit, die von jeder Menge Übung zeugte.

Sie musterte ihn argwöhnisch. „Gekonnt."

„Dreh mir keinen Strick draus." Er fuhr mit seinen Lippen über ihren Hals und wandte seine Aufmerksamkeit wieder ihren nun befreiten Brüsten zu. „Ich versuche, in allem, was ich tue, sehr gut zu sein."

„Überflieger."

„Ich gebe mir immer Mühe." Er lachte, und sie konnte einen Hauch von Bartstoppeln gegen die weiche Haut ihrer Wange spüren.

Ihr Herz machte einen kleinen Sprung. „Ich schätze, das werde ich gleich herausfinden, hm?"

Er wich zurück. „Bist du dir sicher?" Er klang plötzlich verunsichert.

Das gefiel ihr. Es gefiel ihr, dass er sich mit ihr nicht sicherer gewesen war, als sie selbst es gewesen war. Es ging um Sex, und sie hatte schon vor langer Zeit gelernt, dass Sex und Intimität nicht zwangsläufig dasselbe waren.

Sie schob ihm die Jacke von den Schultern, und er ließ sie zu Boden fallen.

„Moment." Er schloss die Haustür ab, dann zog er sein Holster aus und verschloss die Waffe in einem Schrank neben der Haustür. Er kam zurück und drängte sie gegen die Wand, während er sie küsste.

Pip schob sein T-Shirt hoch, und er zog es über den Kopf und warf es fort. Sie biss sich auf die Lippe, als ihre Finger über die Muskeln unter seiner seidenweichen Haut strichen. Er hatte definierte Bauch- und Brustmuskeln, die sich unerhört glatt und hart anfühlten.

„Du trainierst ganz offensichtlich. Viel. Machen das alle

beim FBI so?"

„Ich bin im Training." Sein Lächeln zeugte von einem Selbstbewusstsein, das irritierend hätte sein sollen, aber selbst ein Blinder würde Hunt Kincaids Körper zu schätzen wissen. Vor allem ein Blinder. Pip schloss die Augen und glitt mit ihren Händen von seinem Schlüsselbein bis zu seiner Jeans hinunter, schob einen Finger unter den Bund seiner Hose, dort, wo die Haut ganz flaumig und zart war.

Sie wollte fragen, wofür er trainierte, aber das ging sie nichts an. Sie öffnete gerade rechtzeitig die Augen, um zu sehen, wie sich seine Nasenflügel weiteten. „Ich gehe laufen, aber ich renne nicht ständig ins Fitnessstudio. Ich habe ein paar Kurven." Das war keine Entschuldigung.

„Ich mag Kurven. Männer mögen Kurven." Ihre Augenbrauen schossen in die Höhe, als sie eine Grimasse zog. „Hast du nicht gesehen, wie jeder Kerl in dem Restaurant deinen Hintern angeglotzt hat, als ob sie sich ihre Hand darauf vorgestellt haben?"

„Igitt." Sie lachte. „Nein, das hab ich nicht gesehen, Gott sei Dank. Ich glaube, das hast du dir nur eingebildet." Ihr Herz hämmerte vor Verlangen und Nervosität. „Hast du mich deshalb mit zu dir nach Hause gebracht? Weil du dachtest, dass mich ein anderer Mann haben wollte?"

Er drehte sich mit ihr so, dass ihr Rücken fest gegen die Wand gepresst war.

„Ich weiß nur, dass ich dich seit dem Augenblick wollte, als ich zusehen musste, wie Pete Dexter dich in der Lobby seiner Firma begrapscht hat. Glaub mir, das war damals ebenso unpassend wie jetzt."

Sie boxte ihn spielerisch gegen den Arm. Seine Augen forderten sie heraus, die Verbindung zu verleugnen, die sie beide zwar gefühlt, aber ignoriert hatten. Sie war zu verletzbar gewesen, zu emotional ausgelaugt, um überhaupt an Sex zu denken. Er war zu professionell gewesen.

„Cindy hätte mich dazu ermutigt, mich an dich ranzumachen. Vor allem, nachdem Agent Fuller es mir verboten hatte."

Er grinste. „Fuller hat mir genau das Gleiche gesagt."

„Dann sind wir also beide Rebellen, schätze ich." Aber das war sie nicht. Wirklich nicht. Sie beugte sich vor und platzierte einen federleichten Kuss über seinem Herzen. Dann bedeckte sie seine gesamte Brust mit Küssen, leckte an den flachen, braunen Brustwarzen, während seine Hände ihre Hüfte fest an seiner verankerten.

Ihre Blicke trafen sich, als sie zu ihm aufschaute. Er zog ihr das T-Shirt über den Kopf und warf es zu Boden. Sie zog ihren BH aus und ließ ihn ebenfalls zu Boden gleiten. Hunts Blick fiel auf ihre nackten Brüste, und seine Augen verwandelten sich innerhalb eines Herzschlags von glühend zu flammenlodernd.

Er legte seine Hand um eine ihrer vollen Brüste, fuhr mit seinem Daumen über den dunkelrosa Nippel. „Ich mag deine Kurven."

Sie dachte, ihre Knie würden einknicken.

„Du bist wunderschön." Das weiße Mondlicht unterstrich seinen kantigen Kiefer und die breiten Schultern. Er war geradezu lächerlich gutaussehend.

Sie schnappte überrascht nach Luft, als er sie in seine Arme hob und durch den Flur in sein Schlafzimmer trug. Behutsam legte er sie auf dem Bett ab und streckte sich neben ihr aus. Er beugte sich über sie und senkte seine Lippen auf ihre Brust, fuhr mit einer Hand über ihre Taille, dann wieder ihren Oberkörper hinauf, näherte sich dem anderen Nippel. Ihre Finger gruben sich in das dunkle Laken, und sie schloss die Augen, um die Empfindung noch mehr zu genießen.

Das Lutschen und Saugen seines Mundes und das sanfte Kneifen seiner Finger ließen die Lust von ihren Brüsten bis in ihr Innerstes schießen. Sie stöhnte auf. Was er mit ihr machte, fühlte sich besser an als alles, was sie je erlebt hatte.

Sie fuhr mit ihren Fingern durch seine Haare, über seinen Schädel, seine Schultern hinunter, ließ den Kopf in den Nacken fallen, überwältigt von ihrem Verlangen. Dann wanderten seine Finger weiter hinunter und auf das Geräusch des Reißverschlusses, der geöffnet wurde, folgte seine Hand in ihrem Slip.

Wieder küsste er sie, dann glitt sein Finger in sie hinein.

Oh, Gott.

Ihre Finger krallten sich in seine Haare, dass es wehtun musste, aber er beschwerte sich nicht. Sie spürte sein Lachen an ihren Lippen, bevor er seinen Mund wieder zu ihren Brüsten wandern ließ und sie von Neuem folterte. Ihr Körper bebte vor Erregung, wurde von ihrer Lust völlig überrollt. Seine Finger bauten einen unnachgiebigen Rhythmus in ihr auf, und ihre Zehen rollten sich lustvoll ein, als seine Zähne über ihre Haut kratzten. Pips Herz schlug heftiger und stärker gegen ihre Rippen, hämmerte, bis sie sich sicher war, dass er den Widerhall an seinen Lippen spüren musste. Er hörte noch immer nicht auf. Und sie steigerte sich höher und höher. Ihre Fersen gruben sich in die Matratze und sie zuckte, ihre Hüften kreisten, ihre Beine spreizten sich, sie wollte mehr, wollte ihn ganz und gar. Die Hitze seiner Erregung presste gegen ihren Oberschenkel, aber er ließ nicht zu, dass sie ihn berührte. Ihre Hände glitten über seinen Rücken und zu seinem Hintern hinunter, aber jedes Mal, wenn sie seinen harten Schwanz berühren wollte, wich er ihr aus.

Sie knurrte vor Frustration. „Ich will dich, Hunt Kincaid."

„Bald." Er presste seine Handfläche gegen ihren Venushügel und umkreiste den empfindlichen Knoten, der unter seiner Berührung anschwoll. Pip schnappte nach Luft, konnte nicht mehr ausatmen, dann zogen sich ihre Muskeln um seinen Finger zusammen und sie stürzte in den Abgrund der Lust und schluchzte in der Dunkelheit seinen Namen.

ZWEIUNDZWANZIGSTES KAPITEL

HUNT GLAUBTE NICHT, dass er je etwas Schöneres gesehen hatte als Pip West, wie sie in seinem Bett zum Höhepunkt kam. Und dabei hatten sie gerade erst angefangen. Er rutschte zum Fußende des Bettes, und zog ihr die Jeans über die Beine herunter.

„Hoch", befahl er und sie hob gehorsam die Hüften an. Die Jeans wurde zur Seite geworfen, und alles, was noch übrig war, war ein winziger Fetzen roter Seide und jede Menge perfekter Haut mit einem aufreizenden Quadrat aus Tinte direkt über ihrem linken Hüftknochen. „Du hast ein Tattoo."

NON DESISTAS
NON EXIERIS

„Niemals aufgeben. Niemals kapitulieren", übersetzte sie. Ihre Stimme war tief vor, wie er hoffte, erregter Lust.

„War ja klar." Er grinste sie an, beugte sich vor und fuhr mit seinem Finger zärtlich über die dunklen Buchstaben, die perfekt zu ihrer Persönlichkeit passten. Dann wandte er seine Aufmerksamkeit dem dünnen Stoffstreifen zu, der über der zarten Haut ihrer Hüfte lag. Er erinnerte sich an den Slip, hatte ihn in der Hand gehabt, als er ihre Koffer durchsucht hatte. Die Frau kannte sich in der Unterwäscheabteilung offensichtlich aus, das war verdammt klar. Sie stützte sich auf die Ellenbogen, und er starrte sie einfach nur an.

Sie war so feminin und hübsch, aber gleichzeitig so unglaublich stark und entschlossen. Ihre Haare waren zerzaust, und ihre Nippel hatten die gleiche Farbe wie ihre Lippen, pink und glänzend von seinem Mund. Sie hatte diesen üppigen Körper, an dem sich seine Hände und Lippen und Augen stundenlang laben konnten, ohne müde zu werden.

Und trotz all ihrer köstlichen, nackten Schönheit, die sich ihm bot, waren es ihre Augen, die ihn am meisten anzogen. Der unerschütterliche Stolz, der in ihnen aufleuchtete, nicht wegen ihres Aussehens, sondern wegen ihres Mutes. Das stand im Konflikt mit der Unsicherheit, die sich ebenfalls in ihren Tiefen rührte. Der Einsamkeit.

Es war diese Verletzlichkeit, wegen der er seine eigenen emotionalen Schutzmauern einreißen wollte, aber es ging hier nur um Sex. Das Verlangen zu befriedigen, sie haben zu wollen, diese Besessenheit, die sich mit gleicher Beharrlichkeit in seinen Gedanken und in seinem Körper ausgebreitet hatte.

Er kniete zwischen ihren Beinen, spreizte ihre Schenkel, während er das Bett hinaufkroch, es sich dann wieder anders überlegte. Sie war wie ein Festmahl für einen Hungrigen, er wusste einfach nicht, wo er anfangen sollte.

Er beugte sich hinunter und kostete ihren Bauchnabel, genoss die Art und Weise, wie sie seufzte und stöhnte, wann immer er sie berührte. Er glitt mit seiner Zunge über die schwarzen Linien ihres Tattoos, und sie schmecken süß.

Als sie sich endlich auf die Matratze zurückfallen ließ, nutze er diesen Vorteil aus und wanderte tiefer, verschwand zwischen ihren Beinen und schob den Slip zur Seite. Er verlor beinahe den Verstand, als ihr Geruch ihn umfing. Er schob ihre Beine weiter auseinander, denn er wollte sie verzehren.

Ihr Stöhnen klang verzweifelt – er hatte nie etwas Reizvolleres als Pip Wests unbewusstes Stöhnen gehört. Er bewegte sich wieder ihren Körper hinauf, genoss ihre Figur und kostete jeden Zentimeter auf dem Weg.

„Warum hast du denn immer noch deine Hose an?", fragte sie heiser, als er sich zwischen ihren Beinen einrichtete.

„Weil ich länger als fünf Sekunden durchhalten will."

Ihr breites Lächeln und das Lachen in ihren Augen waren im Mondlicht deutlich zu erkennen. „Ist das normalerweise ein Problem für dich?", fragte sie.

Herrgott, ihre Stimme ging ihm unter die Haut. Tief und heiser und verführerisch.

„Normalerweise nicht", antwortete er ehrlich. „Ich habe nur Lampenfieber."

Sie lachte, und er spürte, wie ihr Körper unter ihm bebte.

Vor diesem Abend hatte er nicht zu hoffen gewagt, diese Frau jemals in seinen Armen zu halten. Jetzt war es das Einzige, woran er denken konnte. Er sollte das nicht tun, aber er konnte einfach nicht aufhören. Sie waren heute beinahe gestorben, und er zumindest verspürte das treibende Verlangen, die Tatsache zu feiern, dass er noch quicklebendig war. Er fühlte sich wie ein Tier. Ungezähmt und außer Kontrolle.

Sie in seinen Armen zu halten, stellte ihn auf die Probe. Er konnte nicht genug von ihrem herrlichen Körper bekommen und wollte es so gut wie möglich für sie machen. Sie hatte etwas Besseres verdient, als die Art und Weise, wie er sie die Woche über behandelt hatte – nicht, dass er eine Wahl gehabt hätte.

Sein Boss hatte sie als gefährlich beschrieben und ihn gewarnt, sich nicht mit ihr einzulassen, aber die vorrangige

Sorge dieses Kerls war es, dass Hunt womöglich etwas über die BLACKCLOUD-Ermittlung ausplauderte, nicht Pip an sich.

Das war beleidigend für sie beide.

„Hast du ein Kondom?", fragte sie atemlos.

„Warte." Er küsste sie und ging ins Badezimmer, um eine Schachtel aus dem Spiegelschrank zu holen. Er zog ein paar heraus, während er ins Schlafzimmer zurückging. Sie hatte sich bewegt – zu schade – und lag nun gegen die Kissen gelehnt da, immer noch nackt in seinem Bett.

„Du bist umwerfend." Hatte er ihr das schon gesagt?

Ihr Lächeln wirkte nicht überzeugt.

„Das bist du."

„Na klar." Sie lachte ihn an.

Hunt setzte sich neben sie und warf die Kondome auf den Nachttisch. Er würde sie überzeugen müssen, immer wieder, bis sie ihm glaubte.

Er legte sich neben sie auf das Bett. Seine Hände schwebten über ihren Brüsten. „Vor allem der Teil hier gefällt mir sehr gut." Er hob die Hand und kippte ihr Kinn nach oben, damit er ihr Lachen einfangen und verschlingen konnte. Sie schmeckte sinnlich und würzig.

Sie übernahm die Kontrolle über den Kuss und er knurrte, als er es zuließ. Trotz all der Hartnäckigkeit und ihrem Mumm, verströmte Pip West eine Sensibilität, die er nicht erdrücken wollte, indem er etwas Dummes tat

Und er war mehr als in der Lage, etwas Dummes zu tun, wenn es um Frauen ging.

Er ging keine Beziehungen ein, aber die Vorstellung, das in diesem Moment laut auszusprechen, ließ seinen Verstand rebellieren. Andererseits konnte er auch nicht nichts sagen. Er war nicht dafür geschaffen, Leute hinters Licht zu führen.

„Worauf wartest du, Hunt? Eine schriftliche Einladung? Fick mich." Sie öffnete den Knopf seiner Jeans und zog vorsichtig den Reißverschluss auf, schob ihre Hand in seine Hose. Er hörte sie anerkennend stöhnen, aber so sehr er das Gefühl ihrer Finger auch genoss, er nahm ihre Hand und presste sie neben ihrem Kopf in das Kissen. Dann nahm er ihre andere Hand und platzierte sie auf der anderen Seite ihres Kopfes.

Sie starrte ihn verwegen an.

Gott.

Und dann küsste er sie auf den Mund und auf ihren Nacken, wo er eine empfindliche Stelle direkt unter ihrem Ohr fand. Sie kicherte und er neckte sie gnadenlos, bevor er wieder zurück zu ihren Brüsten wanderte, die herrlich feinfühlig auf seine Berührungen reagierten. Sie wand sich unter seinen Händen. Er ließ eine ihrer Hände los und spreizte seine Hand über ihrem Bauch. Sie war so zierlich. So viel kleiner als er. Er hatte ein wenig Sorge, dass er ihr wehtun könnte.

Er fuhr mit seinen Händen über ihre Kurven, ihre Hüften, ihre Oberschenkel hinunter. Sie war nicht mager, sondern fit, mit straffen Muskeln. Er liebte die leichte Bräune ihrer Haut. Die nachtschwarze Seide ihrer Haare. Diese dunklen Augen, die fasziniert dabei zuschauten, wie seine Hände ihren Körper liebkosten.

Er glitt mit seinen Fingern erneut unter den Stoff dieses lächerlichen, roten Höschens und bemerkte, dass sie feucht war. Ihre Lippen öffneten sich einen Spaltbreit und sie schnappte nach Luft. Er konnte nicht mehr länger warten. Er zog ihr den Slip aus, entledigte sich seiner eigenen Hose und schnappte sich ein Kondom, dann sank er zwischen ihre Beine. Ihre Nasenspitzen berührten sich fast, als er begann, langsam in sie einzudringen, ihre Augen waren groß, und sie blickten sich unverwandt an. Pip schlang die Beine um seine Hüften, und ihre Nägel gruben sich in seinen Rücken, als er ganz in sie hineinstieß.

Sie hielten beide inne, gewöhnten sich an dieses neue, primitive Gefühl. Hunt spürte, wie der Widerstand ihrer Muskeln langsam nachließ, und ihr Atem ruhiger wurde.

Er legte seine Stirn auf ihre. Sie waren beide am Schwitzen, und die Haare klebten ihr auf der Stirn. „Bist du okay?" Er konnte die Unsicherheit in den feinen Linien um ihre Augen und in ihren Mundwinkeln sehen.

„Es ist eine Weile her", gab sie zu.

Er fragte sich, wie lange es wohl her war, aber er wollte nicht über ehemalige Liebhaber sprechen. Das hier war ihre Zeit miteinander. Er schaukelte sanft mit den Hüften, und sie stöhnte auf.

„Du fühlst dich großartig an." Er biss die Zähne zusammen, um nicht augenblicklich die Kontrolle zu verlieren.

Ihre Fingernägel gruben sich ein wenig fester in seine Haut. „Du fühlst dich auch fantastisch an."

Wieder bewegte er sich, versuchte, seine Stöße sanft und gleichmäßig und so unglaublich gut kommen zu lassen. Er küsste Pip, und sie entspannte sich mehr und mehr. Er gab all sein Gewicht in einen Ellenbogen ab und schob ihre Hüften so, dass er tiefer in sie eindringen konnte. Sie kippte ihr Becken, und plötzlich war er ganz und gar in ihr versunken, und ein feiner Schweißfilm legte sich über seine Schultern.

Langsam rieb er sich gegen sie, wünschte, er könnte es für immer andauern lassen, hoffte, es fühlte sich für sie auch nur halb so gut an wie für ihn. Ihre Fersen gruben sich in seinen Arsch, sie schloss die Augen, und er konnte sehen, wie sich ihr

Gesicht in eine Parodie des Schmerzes verzog, als sie sich in einem weiteren Orgasmus verlor. Das Gefühl, wie sich all ihre Muskeln um ihn zusammengezogen, ließ eine Sicherung durchbrennen, und plötzlich konnte er keinen klaren Gedanken mehr fassen. Er raste auf seine eigene Erlösung zu, während Pip sich weiterhin um ihn zusammenzog und kam, und dieses Gefühl war besser als alles, was er je zuvor in seinem ganzen verdammten Leben gespürt hatte. Das Blut rauschte in seinen Ohren, sein Herz hämmerte, und endlich überwältigte ihn sein eigener Höhepunkt, schlug in seinem Körper ein wie ein Meteorit. Als er wieder atmen konnte, zog er sie an sich, spürte, wie sie es erwiderte, sich um jeden Teil seines Körpers schlang, während er seine Arme um sie legte und sie festhielt.

Ihre Herzen schlugen im Einklang, und ihr heiserer Atem streifte sein Ohr.

Hunt wusste nicht genau, was gerade passiert war, aber er hatte noch nie so leidenschaftlichen Sex erlebt.

Das war ein Desaster.

Er stützte sich auf die Ellenbogen auf und starrte auf sie hinunter, aber sie erwiderte seinen Blick nicht. Sie wandte das Gesicht ab. Sie zog sich zurück. Er konnte es in der Anspannung ihrer Muskeln erkennen, als sie ihre Beine von seinen Hüften löste und versuchte, ihre Position zu ändern. Sie machte mit ihm, was er für gewöhnlich mit anderen machte, nicht, weil er ein Arschloch war, sondern weil er nicht riskieren wollte, sich zu verlieben. Er würde nicht rund um die Uhr auf diese Person aufpassen können, und er wusste, dass die Welt ein gefährlicher Ort war. Vielleicht würde er sich binden, wenn er im Geiselbefreiungsteam war. Vielleicht würde er dann etwas von der Angst, die Menschen zu verlieren, die er liebte, loswerden können.

Nicht, dass er Pip liebte.

Er erstickte die kleine Stimme in seinem Hinterkopf, die „noch nicht" flüsterte.

Hunt nahm ihr Gesicht in seine Hände und küsste sie erneut, langsam, träge.

Es dauerte ein paar Sekunden, bevor sie reagierte, sich entspannte und sich wieder auf ihn einließ. Dann begann er, zu all den Stellen zurückzukehren, die er zuvor schon besucht hatte. Er machte sich mit ihrem Körper vertraut. Hunt warf das Kondom weg, ohne das Bett zu verlassen, weil er wusste, dass sie in dem Augenblick, in dem er verschwand, über all die Gründe nachgrübeln würde, warum sie nicht hier bei ihm sein sollte – dass ihre Karrieren nicht miteinander vereinbar waren, dass keine Hoffnung auf eine langfristige Beziehung bestand, dass sie womöglich verletzt werden könnte.

Was alles stimmte, aber heute Nacht wollte er mehr. Es war egoistisch und gierig, aber er hatte noch nicht einmal richtig damit begonnen, seinen Hunger nach ihr zu stillen.

Sie berührte ihn, strich mit ihren Fingerspitzen über seine empfindliche Haut, fuhr die Linien seiner Muskeln entlang, dann legten sich ihre Finger um ihn und er wurde wieder hart. Sie rieb ihn, bis er vor Lust fast den Verstand verlor und es keinen Augenblick länger ertragen konnte, nicht in ihr zu sein.

Also griff er nach einem neuen Kondom und rollte es ab, positionierte sich an ihrer Öffnung. Ihre Hände glitten über seinen Rücken und drängten ihn vorwärts, aber er hielt inne, nahm ihr Gesicht in seine Hände, noch während ihre Hüften sich hoben und sie die Spitze seines Schwanzes in sich aufnahm. Es war Folter und Paradies zugleich, aber er musste ihr erst etwas sagen. Auch wenn er vielleicht nicht auf der

Suche nach etwas Dauerhaftem war, hieß das nicht, dass es ihm nichts bedeutete. Er öffnete den Mund, aber sie legte ihm den Zeigefinger auf die Lippen.

„Ich will nichts hören, Kincaid. Ich will keine Versprechen oder Beichten, die schon morgen nichts mehr bedeuten. Fick mich einfach so lange und so hart du kannst, und lass mich alles andere vergessen, bis auf das hier, bis auf dich. Nur du. Alles andere ist heute Nacht unwichtig."

———

DAS KLINGELN EINES Handys weckte Pip langsam aus einem tiefen Schlaf. Ihre Wange war gegen glatte, männliche Haut gepresst. Sie runzelte die Stirn, dann wurde ihr klar, dass sie über Hunt Kincaids nackten Körper drapiert war und mit seinem Atem langsam auf und nieder schwebte. Seine Arme waren um ihren Körper geschlungen, hielten sie fest, während er schlief.

Sie erkannte den Klingelton nicht, wusste aber, dass die meisten FBI-Agenten zwei Handys hatten, ein privates und ein Diensthandy. Weil sie wusste, dass der Anruf vermutlich wichtig war, wenn es um seine Arbeit ging, setze sie sich auf und seine Arme lösten die Umarmung.

„Hunt", murmelte sie. Sie mochte, wie sich sein Name in ihrem Mund anfühlte. „Dein Handy klingelt."

Er murrte fassungslos, dann setzte er sich auf und rieb sich die Augen mit dem Handballen. „Wie spät ist es?"

Er war ganz zerknittert und köstlich nackt. Er hatte sie beim Wort genommen und sie hart gefickt, aber auch langsam und unfassbar zärtlich.

Und er hatte sie mit einer furchtbaren Sehnsucht in ihrer

Brust zurückgelassen.

„Vier Uhr morgens", antwortete sie leise.

Sie hatte nicht einschlafen wollen, aber er hatte sie nach dem letzten Mal festgehalten, und die Wärme seines Körpers und das Pochen seines Herzens hatten sie in den Schlaf gelullt.

Hunt stand auf und sie beobachtete ihn, setze sich auf und zog das Laken vor ihre Brust. Die Narbe an Hunts Bein trübte die Perfektion, aber sie hatte Perfektion schon immer für langweilig gehalten und misstraute ihr. Er war schön und definitiv nicht langweilig.

Noch nie zuvor hatte sie solchen Sex gehabt. Nicht nur auf körperlicher Ebene. Sie hatte sich nie wie eine Göttin verehrt und auf einen Sockel gestellt gefühlt – er hatte ihr schließlich gesagt, dass er ein Überflieger war.

Aber sie war keine Göttin. Sie war nur eine normale Single-Frau, die versuchte, ihren Weg in der Welt zu finden.

Sie hatten eine perfekte Nacht miteinander verbracht, und Pip glaubte nicht, dass es jemals besser werden würde als das. Sie war sich nicht sicher, ob sie es überhaupt versuchen wollte. Mit Sicherheit würde sie nicht mehr in diese Sache hineininterpretieren als großartigen Sex. Großartiger Sex war genau das, was sie gebraucht hatte, um sich von ihren anderen Problemen abzulenken, von der Tatsache, dass ihre beste Freundin tot war, und dass gestern jemand versucht hatte, sie umzubringen.

Hunt schlurfte aus dem Schlafzimmer, um sein Handy zu suchen, und sein Anblick war von hinten ebenso köstlich wie von vorn. Eilig ging sie auf Toilette, war sich seines Geruchs an ihr ausgesprochen bewusst. Die Dusche erschien ihr sehr verlockend, aber sie musste hier weg.

Befangen über ihre Nacktheit suchte sie sich ein

Handtuch, das sie sich um den Körper wickelte. Sie öffnete die Badezimmertür und sah, dass er schon Hose und Socken angezogen hatte und gerade in ein sauberes, weißes Hemd schlüpfte.

„Ich muss ins Büro", erklärte er, knöpfte das Hemd zu und zog einen schwarzen Gürtel durch die Schlaufen seiner Hose.

Enttäuschung schnitt durch sie hindurch.

Töricht.

Aber sie nickte und suchte das Zimmer nach ihrer Unterwäsche ab, entdeckte ihren Slip auf dem Fußboden. Sie hob ihn hoch. „Ich fahre zurück ins Hotel."

Hunt runzelte die Stirn. „Du brauchst nicht zu fahren. Bleib bis morgen früh."

Die Tatsache, dass er das anbot, brachte etwas in ihrem Innern zum Leuchten, wie Sauerstoff eine glühende Kohle. Aber sie durfte sich nicht erlauben, sich an ihn zu verlieren.

Sie kannte Typen wie Hunt. Gutaussehend und ambitioniert. Nicht auf der Suche nach irgendetwas, was über eine schnelle Liebschaft hinausging. Er würde nicht lange bleiben, und sie konnte den Herzschmerz nicht gebrauchen, sich in diesen Mann zu verlieben. Nicht jetzt.

Sie wich zurück. „Nein. Ich fahre zurück. Ich habe viel zu tun."

„Tu das nicht." Eine Schärfe schwang in seinen Worten mit.

Bei seinem Tonfall fuhr sie herum. „Tu was nicht?"

Er kam auf sie zu, drängte sie zurück, bis sie gegen das Fenster stieß, das Glas eiskalt auf ihrer nackten Haut.

„Wegrennen." Er tippte sanft auf ihre Stirn. „Da drin." Dann legte er seine Hand über ihr Herz. „Und da."

Ihr Hals wurde eng, das vertraute Gefühl von überwältigenden Emotionen. „Ich renne nicht davon", log sie. „Ich mache nur keine große Sache daraus."

Er kippte ihren Kopf in den Nacken, sein Ausdruck fassungslos. „Ernsthaft? Diese Nacht war keine große Sache?"

„Es war nur Sex."

Er knurrte.

Sie hielt das Handtuch fest und duckte sich unter seinem Arm hindurch. „Wir haben uns gerade erst kennengelernt. Unter furchtbaren Umständen", fügte sie hinzu, als er ein weiteres frustriertes Geräusch ausstieß.

Hunt steckte seine Arme durch das Schulterholster. Alles an ihm war verzaubernd, und sie wollte nicht auf seine Reize hereinfallen. Selbst wenn sie sich verlieben würden – was eine lächerliche Traumvorstellung war –, sein Job war sehr gefährlich. Die Vorstellung, dass er sterben, und sie allein zurücklassen könnte, so wie jeder andere Mensch in ihrem Leben sie allein zurückgelassen hatte, war nichts, über das sie überhaupt nur nachdenken wollte.

Sie konnte es nicht tun.

Pip zwang sich, ihre Sachen zusammenzusuchen und sich anzuziehen, anstatt ihn vernarrt anzuglotzen. Sie zog ihre Jeans und ihr T-Shirt an, gab die Suche nach ihrem BH und der zweiten Socke auf. Sie band sich gerade ihre Turnschuhe zu, als er ins Wohnzimmer kam und exakt wie ein frisch flachgelegter, gepflegter, ausgeruhter FBI-Agent aussah.

Er lächelte sie an, und ihre Eierstöcke explodierten.

Sie fuhr sich mit einer Hand durch die zerzausten Haare und kam zu der Erkenntnis, dass die Welt wirklich nicht fair war. Er fing sie ab, bevor sie wusste, was passierte, und küsste sie. Heftig und nachdrücklich, als ob sie Zeit für eine weitere Runde hätten. Er hielt sie an der Wand fest, bis sie unter seinen Händen zerfloss. Es gab kein anderes Wort dafür, ihre Knochen lösten sich förmlich auf, während seine Lippen ihren Mund erforschten.

Oh, Gott. Er rang ihr diese Reaktion viel zu mühelos ab, entzündete die Lust in ihr wie ein Feuerwerk in ihren Adern. Und ebenso schnell löste er sich wieder von ihr, seine Hand beiläufig, besitzergreifend in ihrem Haar, auf ihrem Nacken. „Ich fahre dir bis zum Hotel hinterher."

Sie schüttelte den Kopf, legte ihre Hände auf den kühlen, sauberen Baumwollstoff seines Hemds und schob ihn von sich fort. „Du kommst zu spät."

„Jemand hat versucht, dich umzubringen, Pip. Ich will nur sichergehen, dass du heil und unversehrt zurückkommst."

Hatte er sie deshalb hierher mitgebracht? Um sie zu beschützen? Sie starrte in seine blauen Augen, die goldenen Sprenkel schattig und gedämpft.

„Du musst nicht auf mich aufpassen, Kincaid."

Er ließ sie los, zog sich sein Jackett über. „Ich habe keine Zeit für Diskussionen."

Es lag eine Dringlichkeit in seiner Stimme, eine Bestimmtheit, die ihr verriet, dass er meinte, was er gesagt hatte, und nicht nachgeben würde.

„Na gut."

Sie hatte keine Energie, um sich zu streiten, nicht nach der Nacht, die sie miteinander verbracht hatten, und vor allem, weil sie wusste, dass es vermutlich das einzige Mal gewesen war, das sie so zusammen sein würden.

Sie verließen das Haus, und Hunt aktivierte den Alarm, dann schloss er die Haustür ab. Der Morgen war still, als Pip in Cindys Geländewagen stieg und den Motor startete. Hunt folgte ihr den ganzen Weg bis zum Hotel, dann ließ er seine

Scheinwerfer aufleuchten, als sie auf den Parkplatz bog. Pip saß da und starrte auf den Buick, als er an ihr vorbeifuhr, den Wagen beschleunigte, jetzt, wo er seine Pflicht erfüllt hatte, sie nach einer Nacht in seinem Bett sicher nach Hause zu bringen.

Sie seufzte, ihr Körper war matt und gesättigt.

„Bleib bei der Sache, West", ermahnte sie sich streng.

Und die Sache war, Cindy die beste Beerdigung zu organisieren, die sie überhaupt nur organisieren konnte, und herauszufinden, mit wem ihre Freundin Sex gehabt hatte. Pip war überzeugt davon, dass die letzte Person, die Cindy getroffen hatte, dafür verantwortlich war, ihr die Drogen gegeben zu haben. Pip würde es irgendwann herausfinden. Sie musste nur immer weiter die richtigen Fragen stellen.

DREIUNDZWANZIGSTES KAPITEL

HUNT JOGGTE DIE Stufen zum Büro seines SAC hinauf. Pip hatte recht gehabt, er kam zu spät. Aber er hatte sichergehen wollen, dass Pip wohlbehalten im Hotel ankam. Er wusste nicht, was in ihn gefahren war. Seit er sich letztes Jahr das Bein gebrochen hatte, hatte ihn Sex in der Regel mit einem vagen Gefühl der Unzufriedenheit zurückgelassen, auch wenn er das nie zugeben würde. Sex hatte seinen Reiz verloren.

Aber nicht mit Pip letzte Nacht.

Er hatte genug Beziehungen gehabt, die nur kurz und nebensächlich gewesen waren, aber das hatte sich nicht so angefühlt. Vielleicht weil sie, wie entfernt auch immer, mit seinem Job zu tun hatte, und er mehr darüber wusste, wie Pip unter Druck tickte, als es je bei einer anderen Geliebten der Fall gewesen war.

Sie waren über Stunden vollkommen im Einklang gewesen, hatten beide gewusst, was der andere wollte, hatten beide den anderen verwöhnt, weit über die eigenen Wünsche und Bedürfnisse hinaus. Oder vielleicht war es auch nur ein flüchtiges Sex-Phänomen gewesen, eine Reaktion auf ihre Nahtoderfahrung gestern. Aber sie hatten keine Chance auf eine Beziehung. Nicht nur, weil Pip Karriere-Kryptonit für ihn war, sie brachte außerdem sich selbst ständig in Schwierigkeiten.

Kalter Schweiß brach ihm aus, wenn er nur daran dachte, sie beschützen zu müssen. Er würde sie ersticken, und sie würde ihn dafür hassen.

Das Büro war dunkel, bis auf kleine Blasen der Geschäftigkeit in einigen der grauen Arbeitsnischen, die das Großraumbüro füllten. Im obersten Stockwerk saß Bournes Sekretärin schon an ihrem Schreibtisch und sagte ihm, dass er direkt durchgehen könne.

Auf dem großen Bildschirm im Büro war McKenzie zu sehen. Alle starrten Hunt an, als er die Tür hinter sich schloss und sich einen Stuhl heranzog.

„Sie haben uns eine Videobotschaft geschickt", erklärte McKenzie. „Zeigen Sie ihm das Video."

Bourne drehte Hunt seinen Laptop hin. Hunt drückte auf die Playtaste der Videodatei.

Eine Gestalt in einem Kapuzenpulli saß im Schatten, die Kapuze weit ins Gesicht gezogen. Es war unmöglich, die Gesichtszüge zu erkennen.

Die Gestalt begann zu sprechen. „Das FBI sucht nach den Schöpfern der nächsten Seuche." Die Stimme war elektronisch verzerrt und klang finster und bösartig.

Hunts Lippen wurden schmal. Das war ein alter Trick, und er würde nicht auf billige Propagandamittel hereinfallen.

„Sie werden uns nicht finden. Wir sind Rauch. Wir sind Schatten." Die Worte hallten bedrohlich nach. „Wir sind überall und nirgendwo. Hören Sie auf, nach uns zu suchen, und wir werden Gnade walten lassen. Wir werden die Seuche aufhalten, bevor sie ausbricht."

Die Gestalt beugte sich vor, aber die Schatten waren noch immer zu dunkel, um das Gesicht zu erkennen. Die Wand hinter der Gestalt bestand aus dunkelgrauen Betonsteinen.

„Wenn Sie Ihre Ermittlungen nicht einstellen, werden wir die Seuche in New York City, Miami, San Francisco und Houston freisetzen. In jeder Großstadt der USA. Sie wird töten wie die biblischen Plagen in Ägypten. Der Tod wird schnell kommen. Der Tod wird grausam sein. Der Tod wird eine Gnade sein. Er wird Millionen von Leben dahinraffen und die Luft für tausend Jahre vergiften."

Abscheu wallte in Hunt auf.

„Um zu beweisen, dass wir die Wahrheit sagen, haben wir eine Demonstration vorbereitet." Die vermummte Person hob eine Hand, als ob sie auf ihre Armbanduhr schauen würde, aber ihr Handgelenk war nackt. „Sie hat soeben begonnen." Die Gestalt schien hinter tausend Schichten dunkler Schatten zu lächeln. „Stellen Sie Ihre Ermittlungen ein. Das ist Ihre einzige Warnung. Ansonsten werden wir mehr und mehr der Seuche freisetzen, und Millionen Menschen werden sterben."

Der Bildschirm wurde schwarz, und Hunt saß mit hämmerndem Herzen da.

„Gibt es irgendwelche Meldungen von Erkrankungen?", fragte er.

McKenzie schüttelte den Kopf. „Wir haben das Video vor einer Stunde erhalten. Ich habe Kopien zur Video- und Audioanalyse geschickt, außerdem versuchen unsere Cyberexperten zurückzuverfolgen, wo es herkam und wo es aufgenommen wurde. Unsere Agenten fahren gerade mit sämtlichen verfügbaren mobilen Testgeräten für Anthrax zu sämtlichen Flughäfen. Bisher noch nichts."

„Sie glauben also, dass es eher per Flugzeug verteilt wird, statt durch eine Rakete?", fragte Hunt.

McKenzie nickte. „Bisher gibt es noch keine Meldungen

über abgefeuerte Raketen. Das Militär befindet sich in höchster Alarmstufe."

„Gott sei Dank", fügte Bourne hinzu.

Hunt fluchte. „Sie versuchen, uns zu erpressen."

McKenzie nickte. „Ein ausländischer Geheimdienst hat uns gestern Abend Informationen zu Fingerabdrücken geschickt, die anscheinend von dem Paket stammen, in dem die Biowaffe an den Waffenhändler in Frankreich geschickt wurde. Die Fingerabdrücke sind von einem Gepäckmitarbeiter am Flughafen von Atlanta. Ich will, dass ein Team auf ihn angesetzt wird, aber es ist wahrscheinlich, dass er nur das Paket in der Hand hatte, als es in die Luftpost gegangen ist."

„Der Flughafen ist ein riesiger Umschlagplatz." SAC Bourne nickte.

„Aber es ist ein Hinweis, der unseren Fokus auf Ihre Gegend da unten bestätigt. Ich habe gerade mit Dr. Place vom CDC gesprochen. Sie versuchen, den Impfstoff in Massenproduktion zu reproduzieren, aber wie er gestern schon gesagt hat, das wird dauern. Heute werden erste Tests durchgeführt, um zu überprüfen, ob der Impfstoff auch gegen die modifizierte Anthrax-Variante wirkt, die diese Bastarde an die Terroristen verkaufen wollten."

Hunt musste an Cindy Resnicks Arbeit denken. Der Professor hatte zuversichtlich gewirkt, dass ihr Impfstoff bei jeder Anthrax-Variante wirken würde. Hatte Jez Place sich Cindys Doktorarbeit bereits angeschaut? War ihr Durchbruch haltbar, oder übertrieben?

„Diese Arschlöcher haben von unserer Ermittlung gehört. Bedeutet das, dass es jemand ist, mit dem wir gesprochen haben?", fragte Hunt.

McKenzie schüttelte den Kopf. „Schwer zu sagen. Vor

einer Woche hat das FBI ihren kleinen Waffenhandel verdorben. Womöglich haben sie das Video schon zu diesem Zeitpunkt aufgenommen. Sie müssen gewusst haben, dass wir in dieser Sache ermitteln werden. Oder vielleicht rücken wir ihnen auch tatsächlich auf die Pelle, und sie spielen auf Zeit."

„Warum sollten sie das tun?", fragte Hunt. „Um noch größere Mengen Anthrax zu produzieren? Warum verlassen sie nicht einfach das Land und nehmen ihre Geheimnisse mit? Und führen ihre Produktion woanders weiter?"

„Wenn sie abhauen, riskieren sie, ihre Identitäten preiszugeben", erklärte Frazer, der plötzlich auf dem Bildschirm erschien und außer Atem wirkte. „Nicht nur uns gegenüber, sondern auch den Käufern der Biowaffe gegenüber. Von diesen Leuten will man nicht verfolgt werden."

„Und das Letzte, was wir wollen, ist, dass die Russen oder die Iraner dieses Zeug oder die Hersteller in die Finger bekommen", murmelte Hunt.

„Die haben ihre eigenen Varianten, aber ich wette, sie wären an einem Impfstoff interessiert, von dem die Hersteller behaupten, er würde selbst gegen die aggressivsten Varianten der Bakterien wirken", dachte McKenzie laut nach. „Ein Impfstoff, der tatsächlich alle ihre Biowaffenbestände neutralisieren könnte."

Hunts Gedanken hingen noch immer bei Cindy Resnick. War ihre Entdeckung wirklich so revolutionär gewesen, wie Professor Everson behauptete? Bestand eine Verbindung zu BLACKCLOUD oder einer anderen Entdeckung mit der gleichen, fortschrittlichen Technologie?

„Sie glauben also, die Täter bleiben in den Staaten, weil sie zu feige sind, sich nach woanders abzusetzen?", fragte Bourne.

Es war eine einzige Scheiße.

„Sie haben nie damit gerechnet, dass das FBI ihnen so schnell auf den Fersen ist. Sie hatten geglaubt, sie würden ungefähr jetzt in Kryptowährung schwimmen und die Champagnerkorken knallen lassen. Die Tatsache, dass wir den Handel verhindert haben, ist ein Wunder", meinte Frazer. „Vielleicht haben sie einfach nicht das Geld, um zu verschwinden."

Die Erwähnung von Champagner erinnerte Hunt ebenfalls an Cindy.

„Es kommt mir so vor, als ob die Person, die dahintersteckt, wirklich glaubt, sie würde damit davonkommen", bemerkte McKenzie.

„Sie glauben, sie sind cleverer als wir." Und das machte Hunt wütend. „Gibt es schon irgendwas über die Kommunikationswege?"

„Wir konnten hunderte von Leuten ausschließen, aber wer auch immer das durchzieht, achtet sehr penibel darauf, seine Spuren zu verwischen. Aber sie haben gerade einen riesigen Fehler gemacht. Sie haben uns mit diesem Video neue Hinweise geliefert, denen wir nachgehen können", erklärte McKenzie.

„Oder sie wollen uns ausbremsen. Und diese Demonstration, von der sie sprechen, ist nur ein Bluff?", gab Hunt zu bedenken.

Niemand antwortete. Es war nicht so, als ob das FBI Ermittlungen in einem Verbrechen dieser Größenordnung einfach einstellen würde. Sie hatten sich schon ausgesprochen unauffällig verhalten, außer für die Leute, hinter denen sie her waren.

McKenzie nahm einen Anruf bei sich an, dann schaute er

wieder in die Kamera. „Auf einem Flug von Atlanta nach Phoenix ist gerade der Kopilot kollabiert. Wir lassen das Flugzeug zu einer Militärbasis in Utah umleiten, wo wir Passagiere und Besatzung isolieren und auf Anthrax-Infektionen kontrollieren können. Ich muss mich darum kümmern.“

„Fahren wir diese Ermittlung runter?“, fragte Bourne.

„Nein, Sir. Sie stellen jeden verfügbaren Agenten dafür ab. Die Bombe ist gerade geplatzt, und ich befürchte, Atlanta ist der Ground Zero der gesamten Operation. Kincaid ist der leitende Agent in diesem Fall.“

So gierig er auch auf diese Auszeichnung war, es würde seinen Plänen für die Geiselbefreiungseinheit in die Quere kommen. „Ich fühle mich geehrt, Sir“, und es war eine verdammt große Chance und womöglich wegweisend für seine Karriere, „aber ich habe mittlerweile ein sehr gutes Gespür für einige dieser Leute hier. Ich denke, dass ich im Feld mehr beizutragen hätte.“ Und das stimmte auch, wurde ihm klar. Er wäre besser eingesetzt, wenn er den Forschern, mit denen er schon in Kontakt getreten war, noch ein wenig weiter auf den Zahn fühlen würde, als wenn er eine Ermittlung leiten würde, die noch für Jahre einen Vollzeitjob darstellen würde.

McKenzie hielt inne und musterte ihn aufmerksam. „Ich habe mit dem Direktor gesprochen, bevor ich mit Ihnen gesprochen habe. Diese Ermittlung hat ab heute höchste Priorität im FBI, und wir wollen, dass die meisten der Agenten in Atlanta daran arbeiten. Aber nicht ein Wort davon darf nach außen gelangen, vor allem nicht an die Presse.“

Hunt ignorierte den Blick, den sein SAC ihm zuwarf. Er hatte nicht vor, Pip von der Biowaffe zu erzählen. Es hatte keine Bedeutung für ihre Beziehung. Und die Tatsache, dass er es als Beziehung bezeichnete, jagte ihm eine Heidenangst ein.

„Wir werden uns eine Tarngeschichte überlegen, die wir den Passagieren des Flugs erzählen können. Der Luftwaffenstützpunkt in Utah ist abgelegen genug, um sie glauben zu machen, dass es kein Funksignal gibt, wenn örtliche Anwohner ihnen weismachen, dass Handys dort nicht funktionieren. Wenn diese Erreger so schnell regieren, wie diese Arschlöcher behaupten, dann werden wir bis zum Abend wissen, ob es mit BLACKCLOUD zu tun hat. Hoffentlich kann das CDC den Impfstoff rechtzeitig in Massenproduktion herstellen, um einen Massenausbruch zu verhindern." Alle blickten grimmig drein. „Lassen Sie uns in zwei Stunden wieder sprechen."

McKenzie und Frazer beendeten die Verbindung.

Bourne fuhr sich mit den Fingern im Kragen seines Hemds entlang. „Wir richten eine Einsatzzentrale ein. Ich will, dass sie komplett abgeschottet ist, und kein Wort davon an die Medien gelangt. Warum wollen Sie den Job nicht, Kincaid?"

Hunt starrte dem Mann in die Augen. „Aus dem Grund, den ich genannt habe." Er räusperte sich. „Außerdem will ich mich für die Geiselbefreiungseinheit bewerben. Ich will diese Ermittlung nicht behindern oder verlangsamen, wenn sie dann noch laufen sollte."

Bourne nickte nachdenklich. „Ich will auch nicht damit zu tun haben, bis ich in den Ruhestand gehe. Ich will, dass diese Leute gefunden werden, und der Fall abgeschlossen wird."

Je schneller, desto besser.

„Ich übertrage ASAC Levi die Leitung, also rufen wir ihn an und bringen ihn auf den neusten Stand", instruierte Bourne.

Hunt nickte, ging zur Tür und bat die Sekretärin, ASAC

Levi anzurufen. Levi war ein untersetzter, draufgängerischer Typ mit grau melierten Haaren. Er war außerdem extrem clever und hatte sich während verdeckter Ermittlungen in der New Yorker Mafia bewiesen.

Millionen Gedanken rasten Hunt durch den Kopf. Er konnte die Vermutung nicht abschütteln, dass irgendetwas den Anthrax-Hersteller so nervös gemacht hatte, dass er ein Video geschickt hatte. Hatte Hunt mit ihm gesprochen? Ihn aufgeschreckt? Spielte er auf Zeit, oder meinte er es ernst, wenn er sagte, das FBI solle sich zurückziehen?

Der Kerl musste doch wissen, dass sich das FBI bei einer solchen Bedrohung für die öffentliche Sicherheit niemals zurückziehen würde. Ein bisschen wie Pip und ihre Ermittlungen im Tod ihrer besten Freundin.

Scheiße.

Hunt hoffte, sie war in Ordnung. Er hoffte, dass das, was letzte Nacht zwischen ihnen passiert war, sie nicht verrückt machte. Er hoffte, sie würde auf ihre Sicherheit achten. Später würde er nach ihr schauen, aber jetzt schwebten Menschenleben in Gefahr, und er musste seine Pflicht erfüllen und sie beschützen, etwas, was er nicht einfach sein lassen konnte, nur weil die Frau, die ihm etwas zu bedeuten begann, bei Beziehungen kalte Füße bekam. Die Ironie war atemberaubend. Für gewöhnlich war er derjenige, der vor jeder Art von Verpflichtung davonrannte, aber gestern Nacht war anders gewesen als alles, was er je erlebt hatte. Es war nicht nur der umwerfende Sex. Sie dazu zu bringen, sich auf mehr als nur einen One-Night-Stand einzulassen, würde eine Herausforderung werden. Sie war schwer greifbar und ausweichend. Trotzdem, er war gut in dem, was er tat, und er war zielstrebig. Pip West war in sein Leben eingeschlagen, und er wollte sie besser kennenlernen, auch wenn ihre Chancen auf eine gemeinsame Zukunft gering waren.

Außerdem wollte er noch mehr von diesem atemberaubenden Sex, musste er sich selbst eingestehen. Er mochte zwar ein FBI-Agent sein, aber er war auch ein Mann, und dieser Mann wollte Pip auf jede nur erdenkliche Art und Weise haben. Aber vermutlich brauchte sie ein wenig Zeit und Abstand, anstatt noch mehr Drängen durch irgendeinen übereifrigen Verehrer.

Sei bloß nicht so ein Typ, Kincaid.

Und er hatte auch einen Job zu erledigen. Einen sehr wichtigen Job. Dreißig Minuten später platzte ASAC Levi ins Zimmer, und Hunt begann, ihn ins Bild zu setzen. Das Entsetzen, das sich auf Levis Gesicht ausbreitete, spiegelte die Gefühle aller Beteiligten wider.

Dieser Täter war intelligent und verzweifelt, und es war ihm egal, wen er opfern musste, solange er nur nicht geschnappt wurde. Ihn zu erwischen, bevor noch jemand starb, wäre ein Wunder.

UM NEUN UHR morgens klopfte Pip an das Büro von Cindys Doktorvater an der Blake University. Sie hatte ihm in den letzten Tagen wiederholt gemailt und ihn angerufen, aber der Kerl hatte sich nicht zurückgemeldet.

Nachdem sie Hunts Haus verlassen hatte, war sie ins Hotel zurückgefahren, hatte geduscht und versucht zu vergessen, wie gut es sich angefühlt hatte, in seinen Armen zu liegen.

Was stimmte denn eigentlich nicht mit ihr? Mit einem Typen Sex zu haben, den sie durch den Tod ihrer Freundin kennengelernt hatte. Wer machte denn so etwas?

Das unanständige Geräusch in ihrem Kopf klang wie Cindy, die losprustete.

Was war los, Cindy? Mit wem warst du involviert? Warum musstest du losziehen und sterben?

Sie klopfte noch einmal an die Bürotür und wollte sich schon umdrehen und wieder gehen, als sie eine andere Professorin durch den Flur auf sie zukommen sah.

„Professor Everson hat sich ein paar Tage freigenommen. Sie sollten eigentlich eine E-Mail-Adresse von Ihrem Tutor haben …"

„Ich bin keine Studentin", unterbrach Pip sie eilig. „Ich bin eine Freundin von Cindy Resnick." Pip war der Frau tatsächlich schon nach der Beerdigung von Cindys Familie begegnet, konnte sich aber nicht an ihren Namen erinnern.

Die Augen der Professorin leuchteten auf. Sie trug eine Styroporbox unter dem Arm. „Ah, natürlich, ich erinnere mich an Sie. Tut mir leid, ich bin wahnsinnig schlecht darin, Leute in einem anderen Kontext wiederzuerkennen. Das mit Cindy tut mir so leid. Und auch mit Sally-Anne." Sie balancierte die Box auf der Hüfte und schloss eine Tür auf, an der „Prof. K. Spalding. Dekanin" stand, und betrat das Büro.

Pip blieb im Türrahmen stehen.

Spalding stellte die Box auf einem Stapel von Papieren ab und setzte sich hinter den Schreibtisch. „Die Todesfälle von Cindy und Sally-Anne sind ein einziger administrativer Albtraum, und ich versuche, dafür zu sorgen, dass nicht noch jemand etwas Dummes tut."

Pip zuckte zusammen.

Spalding musterte sie kritisch. „Es ist furchtbar. Wir stehen alle unter Schock."

Was sie nicht sagte. Pip drängte weiter. „Ich hatte gehofft, Professor Everson würde einer der Sargträger sein und möglicherweise bei der Trauerfeier eine Lesung übernehmen, aber er hat sich auf meine E-Mails und Anrufe nicht zurückgemeldet."

„Ich kann ihm eine Mail schreiben, aber seine Nummer darf ich Ihnen leider nicht geben."

„Ich habe seine Nummer", gab Pip zu. Sie hatte sie in Cindys Adressbuch im Haus gefunden. „Er geht nicht ans Telefon."

„Das tut mir leid." Spaldings Augen wurden sanft. „Wann ist die Beerdigung?"

„Am Sonntag. Um zwei, in der St. David's Kirche." Pip verschränkte die Arme vor der Brust. „Es ist sehr kurzfristig, aber das ist die Kirche, die Cindys Eltern besucht haben, und es war der einzige freie Termin in der nächsten Woche, also …" Sie hatte so gut wie alles andere geregelt. Die Sterbeurkunde war unterzeichnet. Der Sarg ausgewählt. Adrian Lightfoot hatte sich um den Großteil des Papierkrams gekümmert. Das Familiengrab war groß genug, um auch Platz für Cindy zu bieten, also hatte sich Pip darüber keine Gedanken machen müssen. Sie wusste, welche Blumen Cindy gemocht hatte – Rosen, keine Lilien – und hatte die Kleidung ausgewählt, in der Cindy beerdigt werden würde – schwarze Hosen und die langärmelige, blaue Designerbluse, die Cindys Lieblingsoberteil gewesen war. Als Musik hatte sie Samuel Barbers „Adagio for Strings" ausgewählt, das Cindy schon für die Beerdigung ihrer Eltern ausgewählt hatte, und „Yesterday" von den Beatles, weil Cindy die geliebt hatte.

Adrian hatte sich um einen Caterer für den Leichenschmaus gekümmert, der nach der Trauerfeier im

Haus der Resnicks stattfinden würde. Pip wollte, dass Cindy so schnell wie möglich wieder mit ihrer Familie vereint war. Danach würde sie richtig um ihre Freundin trauern und sich Gedanken darüber machen, wie es für sie selbst weitergehen sollte. Pip legte eine Hand auf ihre Brust, hoffte, die Schwere der Trauer fortschieben zu können, aber sie saß eingekeilt wie der Schmerz nach einem Herzinfarkt in ihrer Brust.

Die Beerdigung zu organisieren war ihr irgendwie zu einfach vorgekommen. Der Tod sollte komplizierter sein als das – vor allem, wenn er einem das Herz aus dem Leibe riss.

Alle zu informieren und Cindys Doktorvater zu erreichen, waren die einzigen Schwierigkeiten gewesen, abgesehen natürlich davon, dass gestern jemand auf sie geschossen hatte. Je länger sie darüber nachdachte, umso mehr akzeptierte sie, dass es vermutlich etwas mit ihrem Job als Journalistin zu tun gehabt hatte, statt mit ihren Fragen danach, mit wem Cindy möglicherweise im Bett gewesen war. Sie hatte keinen Zweifel daran, dass Agent Fuller sie wissen lassen würde, wenn das FBI den Schützen geschnappt hatte. Die Agentin war zu eingebildet, um nicht mit ihren Erfolgen zu protzen.

„Ich verspreche Ihnen, die Informationen weiterzuleiten, aber Professor Everson wird meinen Anruf in seiner Hütte vermutlich nicht eher annehmen als Ihren. Trevor verschwindet ab und zu gerne mal." Spalding lächelte, wirkte sympathisch.

„Kein Problem." Pip gab es nicht zu, aber sie wusste, wo Eversons Hütte war. Sie hatte im Auto gesessen, als Cindy über Weihnachten ein Kapitel ihrer Dissertation dort vorbeigebracht hatte. Pip würde dort vorbeifahren, vielleicht konnte sie den Kerl ja erwischen.

Pip räusperte sich. „Ich habe ein paar von Cindys

Freunden gefragt, ob sie Sargträger sein wollen. Und die Sekretärin hat gesagt, dass sie eine Rundmail verschickt, um alle über die Trauerfeier zu informieren." Sally-Annes Beerdigung war für nächste Woche Mittwoch geplant.

Spalding runzelte die Stirn. „Vielleicht wollen einige der ehemaligen Mitarbeiter auch vorbeikommen. Ich schicke eine E-Mail an die Leute, von denen ich die Kontakte habe, damit sie es weitersagen. Tut mir leid, dass Sie sich damit herumschlagen müssen. Es ist wirklich eine Tragödie..."

Spaldings Telefon klingelte. Sie warf einen Blick auf die Nummer und seufzte. „Das FBI." Ein schmales Lächeln legte sich auf ihre Lippen. „Ich habe am Montagmorgen mit einem sehr attraktiven Agenten gesprochen. Der Höhepunkt dieser furchtbaren Woche."

Pip runzelte die Stirn. „Montagmorgen?"

Spalding nickte geistesabwesend. „Der ABC-Waffen-Koordinator des Büros hier in Atlanta. Er war gerade hier, als ich von Cindy erfahren habe. Ich nehme an, er will mit seiner Besichtigung der Anlagen hier fortfahren und mit den anderen Forschern sprechen."

Hunt. Das musste Hunt sein. Pips Herz machte einen kleinen, aufgeregten Sprung. ABC-Waffen-Koordinator. Das musste der Grund für seine Ermittlung in Cindys Tod sein.

Spalding blickte sie an, dann schaute sie auf die Box, die sie mitgebracht hatte, wartete eindeutig darauf, endlich mit ihrer Arbeit weitermachen zu können. Pip zog sich zurück. „Vielen Dank für Ihre Hilfe. Ich wäre Ihnen sehr dankbar, wenn Sie die Informationen über Cindys Beerdigung weiterleiten würden."

„Das mit Cindy tut mir sehr leid. Ich mochte sie. Sie hätte großartige Dinge vollbracht, und jetzt ist dieses Potenzial zerstört. Vielleicht können wir dafür sorgen, dass sie zumindest ihren Doktortitel noch posthum verliehen bekommt." Spalding presste ihre Lippen zusammen und schüttelte den Kopf. „Es ist wirklich ein Jammer."

Pip verabschiedete sich.

Am Eingang des Gebäudes blieb sie kurz stehen. Der Himmel war bewölkt und es nieselte. Pip war erschöpft. Vermutlich, weil sie sich die Nacht damit um die Ohren geschlagen hatte, fantastischen Sex mit einem sehr heißen FBI-Agenten zu haben, den jeder zu bewundern schien.

Hunt Kincaid.

Sie dachte über seinen Namen nach. Es war ein guter Name. Stark. Unprätentiös. Auf den Punkt. Er passte zu ihm. Sie fragte sich, wie er sich heute fühlte. Und was er von Karen Spalding wollte.

Sie zitterte. Letzte Nacht war es ihr so vorgekommen, als ob es zwischen ihnen eine emotionale Verbindung gegeben hätte, aber im Tageslicht schafften Männer es oft, diese Verbindung durch Unachtsamkeit oder Ignoranz wieder auszulöschen. Dieses Mal allerdings schien es so, als ob sie diejenige war, die das tat. Als er ihr gesagt hatte, sie solle nicht vor dem davonlaufen, was zwischen ihnen passierte, hatte er es beinahe geschafft, ihren Widerstand zum Einstürzen zu bringen. Und das war nicht gut.

Bereute er, was passiert war, jetzt, wo er ein wenig Abstand von ihr hatte? Sie könnte es ihm nicht verübeln.

Vermutlich war es besser, wenn sie ihn nicht wiedersah. Sie waren kein Paar. Sie waren nur nach einem wirklich beschissenen Tag zusammen im Bett gelandet. Agent Fuller hatte mehr als deutlich gemacht, dass Pip Hunt aus dem Weg gehen sollte, seinetwegen ebenso wie ihretwegen.

Zum Teufel mit Agent Fuller.

Sie rief Hunts Handy an, war enttäuscht, als die Mailbox ansprang. Vermutlich sprach er noch mit Professor Spalding. Pip hinterließ keine Nachricht.

Sie atmete tief ein und entschied, zum Hotel zurückzugehen, anstatt ein Taxi zu rufen. Die Bewegung würde ihr guttun. Danach würde sie zur Hütte von Professor Everson fahren.

„Ms. West. Pippa!"

Sie blickte sich um und entdeckte zu ihrer Überraschung Adrian Lightfoot, der auf sie zu geeilt kam. Er trug einen teuer aussehenden Anzug, der seine blonden Haare glänzen ließ. Er war wirklich ein attraktiver Mann.

„Ich muss mit ein paar Leuten hier über das Patent für Cindys Arbeit sprechen. Wollen Sie mitkommen?"

Pips Augen brannten vor Erschöpfung, und sie musste ein Gähnen unterdrücken. „Nicht, wenn ich nicht muss."

Er legte ihr den Arm um die Schulter und führte sie zu einem kleinen Café in der Nähe. „Sie sind Cindy sehr ähnlich. Sie war auch keine Frühaufsteherin."

„Sie kannten sie schon sehr lange", wurde Pip klar.

Er nickte und drückte kurz ihre Schultern. „Unsere Familien waren befreundet. Ich wurde als Teenager oft zu Grillpartys bei den Resnicks mitgeschleppt. Ich erinnere mich an Cindy als kleines Mädchen. Unfassbar clever, schon als Kind. Aber ich wollte nur meinen Eltern entkommen und mit meinen Kumpels abhängen."

Pip lächelte und berührte seinen Arm. „Ich hatte gehofft, Sie könnten eine kleine Rede bei der Trauerfeier übernehmen."

Er sah auf einmal ganz erschüttert aus und schüttelte den

Kopf. „Das fühlt sich nicht richtig an. Ich bin mir sicher, es gibt Leute, die sie besser kannten als ich." Seine Stimme brach und er wandte den Blick ab, beinahe beschämt.

Pip bestellte einen Kaffee, ein wenig beunruhigt darüber, ob sie irgendeine unsichtbare Grenze zwischen Anwalt und Klientin überschritten hatte.

„Ich verstehe." Aber das tat sie nicht wirklich. „Denken Sie wirklich, ich sollte mit zu diesem Treffen jetzt kommen?"

Adrian zuckte mit den Schultern. „Müssen Sie nicht, aber … Ich bemühe mich, in Cindys bestem Interesse zu handeln, das nun auch Ihr bestes Interesse ist. Also dachte ich, Sie wollen vielleicht dabei sein."

Wie konnte sie sich weigern, wenn er es so ausdrückte?

VIERUNDZWANZIGSTES KAPITEL

E S WAR BEINAHE Mittag. Hunt saß im Büro des SAC und wartete darauf, dass McKenzie und Frazer auf dem Bildschirm erschienen. Er hatte Raz Perez überprüft, den Angestellten des Hartsfield-Jackson International Flughafens in Atlanta. Der Kerl arbeitete seit fast sieben Jahren im Postversand des Flughafens und war mit einer Krankenschwester verheiratet, mit der er zwei Kinder hatte. Keine Vorstrafen, kein Abschluss in Mikrobiologie, keine bekannten Verbindungen mit irgendwelchen terroristischen Vereinigungen, noch irgendwelche auffälligen Internetaktivitäten, bis auf einen Hang, wirklich grottenschlechte Sitcoms zu streamen.

ASAC Levi saß in der Ecke von Bournes Büro, beobachtete alles mit ausdrucksloser Miene. Er hatte schon Leute dafür eingeteilt, die Bewegungen des Kopiloten gestern Abend nachzuverfolgen, außerdem sein Haus und sein Auto zu überprüfen und so viele Hintergrundinformationen wie möglich über die restlichen Passagiere zusammenzutragen.

Die meisten der Agenten in Atlanta waren vorläufig von ihren anderen Fällen abgezogen worden, um in der BLACKCLOUD-Ermittlung mitzuarbeiten. Zum Glück war die Ermittlung zur Wirtschaftskriminalität der Stadtverwaltung Anfang der Woche abgeschlossen worden, und ein Großteil der Beweismittel war bereits gesichert und an die

Staatsanwaltschaft weitergeleitet worden. Fuller leitete weiterhin die Ermittlung in der Schießerei, weil es ein Angriff auf einen Bundesagenten gewesen war, aber sie war nun auf sich allein gestellt und stinksauer, weil ihr ein so großer Fall entging.

Auch Will war – ironischerweise, wenn man bedachte, dass der Kerl Hunts Professionalität in Frage gestellt hatte – darüber angepisst, dass Hunt ihm nicht mehr über BLACKCLOUD verraten hatte.

McKenzie hatte erwähnt, dass noch weitere Agenten nach Atlanta gesandt werden würden, vielleicht würde er sogar selbst runterfliegen und seine Sondereinheit von Atlanta aus führen. McKenzie war immer mehr der Überzeugung, dass die Täter in Georgia saßen.

Hunt war sich nicht sicher, was er davon halten sollte. Er machte sich Sorgen, weil die Täter die tödlichen Mikroben in Atlanta und der näheren Umgebung freisetzen könnten, war aber gleichzeitig ganz aufgekratzt, weil sich ihm die Chance bot, wirklich etwas zu leisten und diese Arschlöcher zu schnappen.

Die Bildschirme erwachten zum Leben, und McKenzie verschwendete keine Zeit. „Die Schnelltests haben nirgendwo im Flugzeug Spuren von Anthrax nachgewiesen, aber der Kopilot ist gerade gestorben. Der Militärarzt geht davon aus, dass Anthrax die Todesursache ist.“

Hunt fluchte.

„Ist noch jemand erkrankt?“, fragte Frazer.

„Nein“, antwortete McKenzie. „Wir haben die Passagiere in einer alten Quonset-Baracke isoliert. Sie wissen noch nicht über den Kopiloten Bescheid.“

„Werden wir sie über die Anthrax-Bedrohung in Kenntnis

setzen?“

McKenzie verzog das Gesicht. „Nein. Soweit sie wissen, gab es einen medizinischen Notfall mit einem der Piloten, und sie mussten notlanden. Wir konnten den Mann mithilfe des Piloten und eines Stewards aus dem Flugzeug holen. Weil wir im Flugzeug selbst keine Kontamination feststellen konnten, werden wir vorsorglich um Speichelproben bitten, bevor wir die Passagiere zurück an Bord bringen und weiterfliegen lassen.“

„Hoffentlich tut ihnen der Kopilot so leid, dass sie keinen Ärger machen“, sagte Bourne.

„Gibt es irgendwelche Verdächtigen?“, fragte ASAC Levi.

„Was ist aus der Spur mit der Schlüsselkarte geworden, die an der Blake benutzt wurde, um sich Zugang zu den Laboren zu verschaffen, zwei Jahre, nachdem der Student dort aufgehört hatte?“, fragte Bourne.

Hunt zog eine Grimasse. „Ich habe Pete Dexters Schlüsselkarte in der Sonnenblende von Cindy Resnicks Geländewagen gefunden. Scheint so, als hätte er die Wahrheit erzählt.“

Der SAC warf ihm einen finsteren Blick zu.

„Pip West sagt, Cindy Resnick hat über Weihnachten im Labor gearbeitet, aber ich konnte noch keine genauen Zeiten verifizieren.“

Bournes finsterer Blick verwandelte sich in ein wütendes Starren. „Sie hat Ihnen die Erlaubnis erteilt, nach der Schlüsselkarte zu suchen?“

„Ich habe ihr nicht erzählt, wonach ich suche.“ Hunt zögerte. „Pip West weigert sich zu glauben, ihre Freundin wäre dumm genug gewesen, Drogen zu nehmen. Sie glaubt, Cindy wurde betäubt und vergewaltigt, und die Drogen wurden ihr irgendwie aufgezwungen. Pip hatte gehofft, ich könnte einen Hinweis finden, der das beweist, wenn ich mich in ihrem Haus umschaue." Er ignorierte die Schuldgefühle, weil er Pip darüber angelogen hatte, wonach er eigentlich suchte. Sein Gesichtsausdruck blieb neutral, auch wenn ihm bewusst war, dass er die letzte Nacht damit verbracht hatte, Pip auf intimste Art und Weise kennenzulernen, und zwar gegen die ausdrückliche Anweisung seines Bosses. Es fiel ihm schwer, irgendetwas zu bereuen, bis auf die Tatsache, dass ihre gemeinsame Zeit ein so abruptes Ende gefunden hatte. Seine Arbeit war ihm wichtig. Es kam nicht oft vor, dass sie ihm widerstrebte.

„Das ist interessant." Mit gerunzelter Stirn blätterte McKenzie eilig durch einen Stapel Papiere auf seinem Schreibtisch. „Wir haben gerade Ms. Resnicks Laborergebnisse erhalten. Es gibt ein paar Auffälligkeiten…"

„Die würde ich gerne hören", sagte Frazer ungeduldig. Er schaute auf seine Uhr. „Das CDC liefert besser bald ein paar Ergebnisse, oder ich steige noch heute in einen Flieger da runter."

Sie warteten alle auf die Ergebnisse der Anthrax-Variante. Ihr Geduldsfaden war bis aufs Äußerste gespannt.

„Okay, okay", murmelte McKenzie und zog eine andere Akte hervor. „Ein paar Dinge dazu. Erstens gab es eine minimale Spur von Rohypnol in einer der Wasserflaschen am Tatort, und eine geringe Menge Kokain in der Champagnerflasche."

Hunt blinzelte. Was…? Hatte Pip mit ihrer Vermutung richtig gelegen?

McKenzie überflog die Ergebnisse. „Keine der beiden männlichen DNA-Spuren sind in unserem System. Auch nicht die Fingerabdrücke.“

„Warum waren Betäubungsmittel in der Wasserflasche und Kokain im Champagner?“, fragte Hunt.

„Ist es möglich, dass sie es als Schlafmittel genommen hat? Sie stand unter viel Druck, richtig?“, schlug der SAC vor.

Niemand sah überzeugt aus.

„Hier ist noch etwas, was mich stört. Die Dateien auf ihrem Laptop sind beschädigt. Die Techniker geben ihr Bestes, um die Daten zu retten“, sagte McKenzie.

„Vielleicht ist ihr System abgestürzt und sie hatte kein Backup. Vielleicht hat ihr der Verlust ihrer ganzen Arbeit den Rest gegeben?“, vermutete Bourne.

„Sie hat ihre Dateien auf den Drucker in ihrem Haus geschickt, und ich vermute, sie hat sie auch irgendwo in einer Cloud gespeichert“, meinte Hunt nachdenklich, aber er wusste nicht, ob irgendjemand das überprüft hatte.

„Das erklärt aber nicht das Rohypnol“, bemerkte Frazer.

„Sie glauben also, die Reporterin ist da tatsächlich irgendetwas auf der Spur?“, fragte Bourne. „Vielleicht ist sie in etwas involviert, was sie uns nicht erzählt? Jemand hat gestern versucht, sie zu erschießen. Vielleicht hat sie die Forschungsergebnisse ihrer Freundin verkauft – vielleicht haben sie gemeinsame Sache gemacht?“

Hunt reagierte gereizt. „Nur dass ihr Alibi für den Todeszeitpunkt ihrer besten Freundin wasserdicht ist. Und sie ist diejenige, die darauf beharrt, dass der Tod ihrer Freundin kein Unfall war, trotz allem, was wir ihr erzählt haben.“

Der SAC warf ihm einen Blick zu, bei dem Hunt augenblicklich den Mund hielt, aber er war sauer. Unterm Strich konnte Pip einfach nicht gewinnen. War Cindys Tod ein Mord gewesen, der wie eine Überdosis inszeniert worden war?

Was war mit Sally-Anne? Und dem Drogendealer? Waren sie Kollateralschäden? Oder ein Ablenkungsmanöver?

Ein unfassbares Ablenkungsmanöver, und kein einziger Beweis.

Es klopfte an der Tür, und Jez Place betrat gehetzt den Raum, wischte sich den Schweiß von der Stirn und sah völlig fertig aus. Er trug noch immer dieselben Klamotten wie gestern, und die Haare standen ihm zu Berge.

Er schlug der Sekretärin, die hinter ihm stand, die Tür ins Gesicht. „Ist dieser Raum sicher vor elektronischen Mithörgeräten?"

Das klang nicht gut.

Bourne nickte.

Der Professor ließ sich auf einen Stuhl fallen und öffnete die Akte, die er dabei hatte. „Wir haben die Variante identifizieren können." Er tupfte sich mit einem Taschentuch die Stirn ab.

„Und?", fragte McKenzie ungeduldig.

Der Wissenschaftler stieß einen leisen Seufzer aus. „Es ist eine von unseren."

Scheiße.

Alle begannen gleichzeitig zu sprechen.

„Was meinen Sie damit, *eine von unseren*?", fragte McKenzie laut.

Frazer meldete sich zu Wort: „Wenn Sie mir erzählen wollen, dass wir ein Regierungsprogramm für solche Waffen haben, werde ich…"

Jez unterbrach ihn. „Nein, nichts dergleichen. Aber vor 1969? Definitiv."

„Ich dachte, diese Varianten wären zerstört worden?",

fragte Hunt vorsichtig.

„Die Lagerbestände schon." Dr. Place nickte. „Ein Großteil der Arbeit, die am USAMRIID durchgeführt wurde, war eine Reaktion auf die Entwicklungen in feindlichen Ländern weltweit. Aber als wir den Stecker gezogen haben, haben wir uns natürlich nicht ins eigene Fleisch schneiden wollen. Ich meine, wir haben aufgehört, neue oder bessere Varianten zu entwickeln, aber wir haben ein paar Proben aufbewahrt, die wir nach dem Zweiten Weltkrieg in Deutschland und Japan gefunden haben."

Der Mann schaute sich um. „Die Ursprungsvariante der Biowaffe im BLACKCLOUD-Fall heißt SAHCAM45. Sie wurde 1945 von einem Kamel in der Sahara isoliert, in den letzten Tagen des Krieges. Es war unwahrscheinlich, dass es eine einheimische Variante aus der Region war, und die Alliierten sind davon ausgegangen, dass die Nazis sie getestet hatten und sehen wollten, ob sie in der Natur überleben kann."

„Wir wussten nicht, wie schnell sie zum Tod führt, aber wir haben nicht nur ein totes Kamel gefunden, sondern hunderte. Und nicht nur Kamele, sondern auch die Kameltreiber und die Wachen der Nazis. Alle tot. Was nahegelegt hat, dass es so schnell agiert, dass alle, die damit in Kontakt kommen, sterben."

„Zum Glück haben wir in der Nähe einen prominenten Biowaffen-Biologen der Nazis entdeckt und aufgegriffen. Soldaten der US Army, 12. Air Force, sind mit Schutzanzügen vorgerückt und haben Proben genommen. Der Wissenschaftler hat versucht, seine Wachen zu vergiften und wurde erschossen, bevor die Alliierten ihn verhören konnten."

„Die Proben wurden an das USAMRIID geschickt, die Leichen verbrannt und ihre Asche verscharrt. Im USAMRIID wurden die Proben zu Biowaffen weiterentwickelt."

„Guter Gott", murmelte ASAC Levi leise.

„Es ist keine Geschichte, auf die man stolz sein kann, aber nach dem Zweiten Weltkrieg haben sich alle förmlich überschlagen, um eine Balance zwischen den Ost- und Westmächten herzustellen. Die nukleare Vernichtung hätte den ganzen Planeten zerstört."

„Wohingegen ein Biowaffenkrieg nur Lebewesen tötet", bemerkte Frazer trocken.

„Ich befürworte nicht, was damals passiert ist, aber wir sollten uns daran erinnern, dass es andere Zeiten waren", erklärte Jez entschieden. „Pandoras Büchse war geöffnet worden, und wir konnten nicht einfach ignorieren, was woanders passierte. Das können wir noch immer nicht, es sei denn wir wollen riskieren, dass wir von Terroristen oder Schurkenstaaten ausgelöscht werden."

In Anbetracht des Sarin-Gases, das gegen Zivilisten in Syrien eingesetzt wurde, und der Nervengifte, mit denen weltweit gezielte Attentate ausgeübt wurden, war Hunt sich nicht mehr sicher, wo er in dieser ganzen Sache stand. Außer dass jeder, der ABC-Waffen einsetzte, für immer hinter Gitter wandern sollte, und gegen Länder, die diese Scheiße freisetzten, gnadenlos vorgegangen werden musste.

„Die spezielle modifizierte Variante, aus der dieses Anthrax hervorging, war SAHCAM45-65, und wurde von einem Wissenschaftler benutzt, der versucht hat, einen Impfstoff dagegen zu entwickeln. Er hat sein ganzes Leben damit verbracht, danach zu suchen, hat den Impfstoff aber nie finden können. Er hieß Vernon Grossman und ist aus Fort Detrick in die CDC gekommen, wo er von 1967 bis 1981 gearbeitet hat. Mit achtundsechzig ist er in den Ruhestand gegangen und 2013 gestorben. Soweit ich weiß hat er niemals einen Impfstoff entdeckt." Place blickte todernst drein, während er sprach.

„Ich lasse meine Leute alles herausfinden, was es über Grossman zu wissen gibt." McKenzie reichte eine Notiz an einen Agenten in seinem Büro weiter.

„Die Sache ist die", fuhr Dr. Place fort und sah ganz aufgekratzt aus, „Grossmans Witwe, Elsa, lebt noch. Sie ist zweiundneunzig Jahre alt und lebt in Decatur."

Hunt war schon aufgesprungen und auf dem Weg zur Tür.

„Ich begleite Sie, Agent Kincaid", sagte Jez. „Es ist möglich, dass sie noch Proben bei sich zu Hause aufbewahrt hat, und in dem Fall müssen wir die Lage genauestens über-prüfen."

„Nehmen Sie Will Griffin mit", instruierte ihn Bourne.

„Ja, Sir." Hunt nickte. „Schicken Sie uns die Adresse."

Innerlich war Hunt erleichtert, dass sie sich langsam von Pip als Verdächtiger entfernten, auch wenn sie ihm womöglich nicht verzeihen würde, dass er ihre Theorie über den Tod ihrer Freundin ignoriert und abgetan hatte. Ihm wurde klar, dass er tatsächlich herausfinden wollte, wohin diese Sache mit Pip führte. Er wollte nicht, dass seine Chefs sich dem in den Weg stellten, nur weil sie Journalisten hassten. Das FBI verlangte ohnehin schon viel von ihm.

Er schaute auf sein Handy. Ein verpasster Anruf von Pip, aber er hatte jetzt keine Zeit, sie zurückzurufen. Er wollte die Regeln nicht umgehen, aber er war auch noch nicht bereit, Pip aufzugeben.

Die Schlinge zog sich langsam zu, und es schien immer wahrscheinlicher, dass diese schreckliche Biowaffe irgendeine

Verbindung nach Atlanta hatte.

Sie eilten die Treppe hinunter.

„Lassen Sie uns mein Auto nehmen. Ich habe Schutzausrüstungen im Kofferraum", schlug Jez vor und kam hinter ihnen hergeeilt.

Hunt nickte. „Ich hole nur meine Ausrüstung, ein Gewehr und Agent Griffin. Wir treffen uns draußen." Hunt bog zu seinem Schreibtisch ab. Er brauchte die Munition aus seiner Schublade.

Mandy Fuller versuchte, ihn auf dem Weg durch das Büro abzufangen.

„Sieht so aus, als ob der Wachmann durchkommt", sagte sie und lief neben ihm her.

„Ich weiß." Hunt hatte vorhin im Krankenhaus angerufen. „Das sind gute Neuigkeiten."

„Ich habe den Truck zurückverfolgt, aber der Inhaber hatte ihn als gestohlen gemeldet …"

„Mandy, ich habe jetzt keine Zeit." Er hielt entschuldigend die Hände hoch, aber sie wusste, dass die Ermittlung kritisch war. „Ich komme auf dich zurück, sobald ich kann."

Fuller sah verstimmt aus, aber er lächelte sie entschlossen an. Er hatte das Gefühl, einen riesigen Sprung nach vorn gemacht zu haben. Er hoffte nur, die Witwe konnte ihnen helfen, dieses Rätsel zu lösen, und Pip würde ihm dafür verzeihen, nicht auf sie gehört zu haben, falls sich irgendeine Verbindung zwischen Cindys Tod und dieser Sache herausstellen sollte. Und er hoffte inständig, er würde am Ende keine alte Frau als Terroristin verhaften müssen.

FÜNFUNDZWANZIGSTES KAPITEL

SIE PARKTEN GEGENÜBER dem Haus mit der steilen Einfahrt, über die sich die Äste der großen Ahornbäume bogen. Die Witwe lebte nordöstlich der Innenstadt von Decatur in einem altmodischen Haus, hinter dem sich Wälder und ein Friedhof erstreckten. Hinten im Garten, gerade noch durch die wuchernden Hecken zu erkennen, befand sich ein garagengroßes Gebäude, aus dessen Dach ein Metallschornstein aufragte. Bei diesem Anblick stellten sich Hunts Nackenhaare auf.

„Was meinen Sie, ist das ein Gästehaus oder ein Labor?", fragte Will.

Der Wissenschaftler verzog das Gesicht.

„Sie nehmen Ihre Arbeit nicht mit nach Hause, oder?", fragte Hunt.

Der Kerl grinste. „Niemals. Aber würden Sie gerne mal zum Abendessen zu mir kommen?"

„Nie im Leben." Hunt schüttelte den Kopf. Humor half, die Anspannung etwas zu lösen.

Hunt und Will hatten sich beide Kampfwesten übergezogen, um einfacher als FBI-Agenten identifiziert zu werden, während sie mit ihren Waffen in der Hand durch die Nachbarschaft spazierten.

Sie wollten niemanden erschrecken.

Jez hatte ihnen beiden eine Atemmaske und ein

Sauerstoffgerät angeboten. Sie hatten die Gasmasken genommen, aber noch nicht aufgesetzt. Es gab keine eindeutig erkennbare Gefahr.

Alles war ruhig. Die Kinder waren in der Schule. Die meisten Leute bei der Arbeit.

„Wir wägen hier Massenpanik und persönliches Risiko ab. Ich denke, die Masken sind eine vernünftige Vorsichtsmaßnahme. Ich werde meine definitiv aufziehen, wenn wir da reingehen." Jez deutete auf den Schuppen im Garten.

Na großartig.

„Geben Sie uns fünf Minuten, dann folgen Sie uns", sagte Hunt dem Forscher.

Als Erstes klopften Hunt und Will an die Haustür, aber als auch nach zwei Minuten niemand geöffnet hatte, gingen sie um das einstöckige Haus herum und betraten die Veranda. Hunt klingelte an der Gartentür.

Ein seltsames Summen erfüllte die Luft, als ob jemand eine Glühbirne unter einem Wespennest eingeschaltet hätte.

„Hörst du das?", fragte er Will.

Will runzelte die Stirn und schüttelte den Kopf.

Erneut drückte Hunt auf die Klingel und lauschte angestrengt. Wieder dieses seltsame Summen. Ein Schauer lief ihm den Rücken hinunter. „Ich habe ein ungutes Gefühl bei der Sache."

Der andere Agent nickte. „Wir könnten auf Verstärkung warten."

Hunt kam sich albern vor. „Wegen einer alten Frau?"

„Wegen einer Gruppe von Bioterroristen, die sich vielleicht oder vielleicht auch nicht in der Gegend befinden."

Hunt zog eine Grimasse. Vorsichtig drehte er am Türknauf, aber es war abgeschlossen. Er ging zum Fenster und presste seine Nase gegen die Scheibe. Das Herz schlug ihm gegen die Rippen. „Ich weiß, was das für ein Geräusch ist."

Will trat zu ihm. „Fliegen?"

„Jep."

Sie starrten auf den dunklen Schatten auf dem Fußboden. Etwas schreckte die dunkle Masse auf und die Insekten flogen in einer dichten Wolke auf, dann ließen sie sich nach ein paar Augenblicken wieder nieder.

Jez kam zögerlich um die Ecke, trug die Atemmaske und hatte eine kleine, schwarze Box in der Hand, den Schnelltester für Anthrax. Er runzelte die Stirn, als er sie sah. Er warf ebenfalls einen Blick in das Haus, dann stieß er einen farbenfrohen Fluch aus. „Von hier aus kann ich nicht sagen, woran sie gestorben ist. Wenn es Anthrax war, dann ist sie die perfekte Biowaffenbombe für jeden, der da reingeht und mit der Leiche in Kontakt kommt. Sogar diese Fliegen müssen eingefangen und umgebracht werden, bevor wir da reingehen."

Etwas streifte Hunts Wange und er wedelte es fort. „Scheiße."

Der Mikrobiologe blickte auf seinen Detektor. „Es wird nichts angezeigt. Das sind gute Neuigkeiten." Er holte sein Handy hervor und rief die Kriminaltechnik und die Dekontaminationsteams der HMRU und des CDC an.

„Warum habe ich das Gefühl, dass hier bald ein Großreinemachen stattfindet?", fragte Hunt Will angespannt.

„Glaubst du, die Witwe könnte etwas damit zu tun gehabt haben?"

Hunt schüttelte den Kopf. Er bezweifelte, dass eine zweiundneunzigjährige Frau mit dem Anthrax ihres Ehemannes hunderttausende von Menschen umbringen wollte. Aber vielleicht hatte sie auch geglaubt, er wäre ignoriert worden oder wollte seinen Ruf unsterblich machen. Das ergab für Hunt zwar keinen Sinn, aber er würde im Augenblick absolut gar nichts mehr ausschließen. Er entfernte sich ein paar Schritte vom Haus, bildete sich ein, den Verwesungsgestank der Leiche sogar hier draußen noch riechen zu können. Es gab nichts mehr, was sie im Augenblick für die Witwe tun konnten – angenommen, es war Grossmans Witwe – und sie mussten den Schuppen überprüfen.

Hunt rief McKenzie an und brachte ihn auf den neusten Stand, während er darauf wartete, dass Jez seine Vorbereitungen abschloss.

„Wir brauchen ein komplettes Biogefahren-Team. Dr. Place hat gerade die HMRU und das CDC angerufen.“

„Natürlicher Tod oder Mord?“

„Das ist unmöglich zu sagen. Jez hat darauf hingewiesen, dass sie eine mögliche Quelle für die Erkrankung ist, also haben wir das Haus noch nicht betreten.“ Sein Magen zog sich zusammen, aber er ignorierte es. Die Geiselbefreiungseinheit sah mit jedem Tag besser aus. „Wir betreten gleich eine Garage neben dem Haus, von der wir glauben, dass sie das Labor von Mr. Grossman war.“

„Halten Sie mich auf dem Laufenden.“ McKenzie legte auf.

Jez kam hinter ihnen hergelaufen, als sie auf den Schuppen zugingen. Sie zogen die Atemmasken über Augen, Nase und Mund. Jez reichte ihnen Handschuhe.

„Aber fassen Sie nichts an“, befahl der Wissenschaftler.

Hunt und Will nickten. Sie waren ja nicht dumm. Jez ging voran, drehte den Türknauf, und die Tür öffnete sich. Er hielt die Hand hoch, wartete ein paar Sekunden ab, während er konzentriert auf das Display seines Detektors schaute.

Dann winkte er sie in die scheinbar anthraxfreie Garage.

Hunt und Will folgten ihm in einen Raum, der aussah wie ein sehr rudimentäres Labor, in dem in einer der Ecken ein Werkstattofen stand, vermutlich um den Raum zu heizen.

An einer Wand stand ein riesiger Gefrierschrank. Jez berührte ihn und kontrollierte den Anschluss. „Jemand hat ihn ausgeschaltet.“

Vorsichtig öffnete er die Tür und Hunt machte sich darauf gefasst, loses Pulver oder alte Violen zu entdecken, aber der Schrank war leer, bis auf einen anhaltenden Chlorgeruch.

Jez sah auf das Display des Sensors und schüttelte den Kopf. „Alles sauber.“

„Jetzt weiß ich, warum man Ihnen einen Doktortitel gegeben hat“, frotzelte Hunt.

„Niemand hat mir irgendetwas einfach so ‚gegeben‘“, stieß Jez zwischen zusammengebissenen Zähnen hervor. „Und im Augenblick wünschte ich mir, ich hätte Bio in der Highschool abgewählt.“

Sie begannen, sich im Raum umzuschauen. Jez untersuchte die Abzugshaube an der westlichen Wand des Schuppens, Will durchsuchte den Schreibtisch, Hunt stand vor einer Wand, an der gerahmte Fotografien und Urkunden hingen. Mit seinem Handy fotografierte er alles ab und schickte die Bilder an Hernandez im SIOC.

Er betrachtete einen Bilderrahmen nach dem anderen, bis sein Blick schließlich an einem Gruppenbild hängenblieb, das den Kleidern nach zu urteilen in den Siebzigern aufgenommen worden war. Ein großer Kerl am Bildrand fiel ihm ins Auge, der seine Hände fest in seine schmalen Hüften gestemmt hatte. Hunt machte auch hiervon ein Foto, dann rief er die beiden anderen Männer zu sich.

Jez musterte das Foto genau. „Ist das nicht …"

„Professor Trevor Everson." Und plötzlich begann Hunt, sich wirklich über Cindy Resnicks Tod zu wundern, und über all die Dinge, die keinen Sinn ergaben. Hatte der Professor Cindy und Sally-Anne umgebracht? Und die Morde dem Drogendealer angehängt, um die Ermittlungen auf eine falsche Fährte zu führen? Die Witwe umgebracht? Alle Spuren deuteten entschieden in seine Richtung.

Was auch immer die Wahrheit war, Hunt hoffte verdammt nochmal, dass Pip sicher in ihrem Hotelzimmer war, denn die Dinge begannen gerade, sehr, sehr hässlich zu werden. Sie könnte ihm gerne später den Arsch versohlen, ihm war jetzt nur wichtig, dass sie sich nicht im Fadenkreuz befand.

PIP FUHR LANGSAM über eine asphaltierte Straße südlich von Cartersville, die am Etowah River entlangführte, etwa zwanzig Minuten von Cindys Haus am See entfernt. Die Hütte des Professors war eine von vier oder fünf, die sich abseits der Straße befanden, in der Nähe einiger Ställe, abgeschirmt von großen, überwucherten Grundstücken, und die im Norden durch den Fluss begrenzt wurden. Die Grundstücke waren ländlicher und weniger erschlossen als die meisten der umliegenden Anwesen, die innerhalb der letzten zwanzig Jahre in dieser Gegend nur so aus dem Boden geschossen waren.

Sie glaubte, den Briefkasten zu erkennen, der am Ende eines Zufahrtswegs stand, und hielt am Straßenrand an. Sie sprang vom Fahrersitz und las den Namen auf einer

Zeitschrift, die aus dem Briefschlitz herausschaute.

Nature. Und sie war an Trevor Everson adressiert. Hier war sie also richtig.

Pip zitterte ein wenig in der Nachmittagsbrise und zog ihre Lederjacke über ihr T-Shirt. Der Himmel war bewölkt, es hatte sich über Nacht abgekühlt, und der Tag wurde immer wieder von Schauern unterbrochen, die perfekt zu ihrer Gemütslage passten.

Hunt hatte sich nicht auf ihren Anruf zurückgemeldet, und es war lächerlich, dass sie deshalb einen kleinen, spitzen Schmerz empfand. Der Mann arbeitete. Er leistete Wichtiges für sein Land und steckte hoffentlich die Verbrecher ins Gefängnis. Und sie hatten sich nichts versprochen. Er hatte ihr vorgeworfen, davonzurennen, aber das hieß noch lange nicht, dass er eine gemeinsame Zukunft wollte.

Was machte es schon für einen Unterschied? Hunt Kincaid war nicht ihre einzige wahre Liebe, und sie wäre besser beraten, ihn ein für alle Mal zu meiden.

Warum also tat die Vorstellung, ihn nie wiederzusehen, nur so verdammt weh?

Für einen Augenblick überlegte sie, ob sie zur Hütte fahren oder einfach laufen sollte. Sie konnte das kleine Haus nur ein paar hundert Meter entfernt zwischen den Bäumen erkennen und kam sich faul vor, das Auto zu nehmen. Sie zog die Post des Professors aus dem Briefkasten, wollte ihm den Weg ersparen, und hoffte zudem, diese kleine Aufmerksamkeit würde ihn wohlwollend stimmen, wenn sie schon unangekündigt hier auftauchte.

Die Kieselsteine knirschten unter ihren Schuhen, als sie den Zufahrtsweg hinunterlief.

Das Treffen, das sie mit Adrian Lightfoot und den

Mitarbeitern des Büros für Geistiges Eigentum gehabt hatte, war erhellend gewesen. Es hatte so ausgesehen, als ob Cindy kurz davor gestanden hätte, die Impfstoffforschung zu revolutionieren, auch wenn Pip nicht genau verstanden hatte, wie. Es würde ein paar Jahre dauern, bis das Patent richtig Geld abwerfen würde. Wenn es genug wäre, wollte Pip damit gerne ein Forschungsstipendium in Cindys Namen ins Leben rufen. Das war etwas, zu dem auch der Professor möglicherweise seinen Namen beisteuern wollen würde – als ein Weg, ihren gemeinsamen Erfolg zu verewigen.

Ein paar Blauhäher flogen durch die Baumwipfel über ihr, und Pip musste lächeln. Sie entdeckte zwei Autos, die vor dem kleinen Haus parkten. Ein silberner Hybrid und ein dreckiger, grauer Truck.

Sie ging zur Hintertür, die Post in den Händen, und klopfte an.

Pip glaubte, Stimmen aus dem Inneren zu hören. Sie klopfte noch einmal an, diesmal lauter. Die Stimmen verstummten abrupt, und sie konnte Schritte hören, dann Stille, aber sie konnte niemanden sehen. Niemand wurde gerne aufgespürt, vor allem nicht, wenn man ein wenig Abstand brauchte. Aber die Beerdigung war schon in wenigen Tagen. Er wollte sie doch sicher nicht verpassen?

Pip presste die Lippen zusammen, kämpfte gegen aufsteigende Kopfschmerzen an. „Professor? Professor Everson. Ich bin's, Pip West. Cindys Freundin. Ich wollte Sie nur wissen lassen, dass die Beerdigung kommenden Sonntag stattfindet." Sie sprach laut genug, um durch die dicke Holztür gehört zu werden. „Ich hatte gehofft, Sie könnten ..."

Kies knirschte hinter ihr und sie schoss herum. Etwas Schweres traf ihre Schläfe und Schmerzen explodierten in ihrem Kopf. Die Welt wurde dunkel, und sie stürzte zu Boden.

SECHSUNDZWANZIGSTES KAPITEL

S IE FLOGEN GERADEZU über den Highway, zehn Minuten von Eversons Hütte entfernt, als Hunts Handy klingelte. Libby Hernandez. Zwei weitere Teams des FBI-Büros in Atlanta waren mobilisiert worden, einschließlich eines SWAT-Teams, aber Hunt, Will und Jez waren ihnen fünfundzwanzig Minuten voraus. Jez Place drückte das Gaspedal durch.

„Dreimal dürfen Sie raten, wer der letzte wissenschaftliche Mitarbeiter von Vernon Grossman war", sagte Hernandez ohne Einleitung.

„Ich hab keine Zeit mehr für Ratespielchen, Libby", erwiderte Hunt. Das Jucken zwischen seinen Schulterblättern wuchs sich langsam zu einer amtlichen allergischen Reaktion aus.

„Everson."

„Everson war wissenschaftlicher Mitarbeiter von Grossman", informierte Hunt die anderen.

„Sie haben nie zusammen veröffentlicht, ich hatte keine Ahnung", rief Jez aus. „Aber es macht Sinn, wenn man ihre Forschungsfelder bedenkt."

„Können Sie sein Handy orten und seinen Standort ermitteln?", fragte Hunt die Analystin. „Ich habe gerade mit der Fakultätsdekanin gesprochen und sie überredet, mir die Adresse seiner Hütte zu geben, aber ich weiß natürlich nicht, ob er da ist."

Die anderen Teams machten sich dazu bereit, Eversons Haus in Atlanta zu stürmen.

„Geben Sie mir fünf Minuten", sagte Hernandez.

„Wir müssen ihn so schnell wie möglich befragen. Und wir brauchen ein Team des CDC, das an der Blake sein Labor auseinandernimmt."

„Und vermutlich ein weiteres Team für die Hütte", fügte Jez hinzu. „Nur für den Fall."

Verdammt. Es gab unendlich viele potenzielle Tatorte und sie mussten sich gedulden, bis jeder dieser Orte gesichert war.

Gerade als sie auf die Straße eine Meile von Eversons Hütte entfernt einbogen, rief Hernandez zurück.

„Ich kann sein Handy nicht orten. Scheint, als ob er in einem Funkloch steckt. Kann sein, dass auch Ihre Kommunikation unterbrochen wird."

Hunt stieß ein frustriertes Geräusch aus. Womöglich war das hier eine riesige Zeitverschwendung, aber das würden sie erst wissen, wenn sie an die Tür klopften. „Danke trotzdem."

Er legte auf, blickte vor sich auf die Straße und hatte augenblicklich das Gefühl, als wäre ein Bottich mit Eiswasser über ihm ausgeschüttet worden.

„Da vorn." Er deutete auf den roten Geländewagen, der neben den Briefkästen parkte. „Das ist Pip Wests Auto."

„Irgendeine Idee, was sie hier macht?", fragte Will.

Hunts Finger ballten sich zu Fäusten. „Sie sucht nach Antworten zum Tod ihrer Freundin."

Hinter ihm rutschte Will auf der Sitzbank hin und her. „Sieht so aus, als ob sie sie gefunden hätte. Es sei denn, sie ist involviert …"

„Sie ist nicht involviert", platzte Hunt heraus.
„Sicher?"

„Hundert Prozent." Und würde er nicht dastehen wie ein gottverdammter Idiot, falls er sich irrte? Aber er irrte sich nicht.

Ja, sie war Journalistin. Ja, sie machte Schwierigkeiten. Aber sie hatte ihr Leben der Wahrheitssuche verschrieben, nicht dem Handel mit Biowaffen oder der Erpressung der Regierung durch die Drohung, eine tödliche Substanz freizusetzen.

„Halten Sie hier an", sagte Hunt zu Jez. Sie waren etwa hundert Meter von Pips Wagen entfernt, in der Nähe des Nachbarhauses, falls Everson unerwarteterweise vorbeifahren sollte.

Hunt wollte Pip so schnell wie möglich da herausholen, aber er war nicht so töricht, sich blindlings in eine unklare Situation zu stürzen. Er hatte jahrelange Erfahrung und Training in Zugriffen, aber bei keinem davon war jemals eine Person beteiligt gewesen, die ihm etwas bedeutete.

Sie trugen schusssichere Westen und hatten Ersatzmunition in ihren Taschen. Sie hielten nur kurz inne, damit Will sein Scharfschützengewehr aus dem Kofferraum holen konnte, und um die Atemmasken in eine Tasche zu packen, die Jez mitnahm.

„Sie sollten hierbleiben", sagte Hunt zu dem Forscher. „Wir wissen nicht, wie gefährlich es wird."

Jez warf ihm einen vielsagenden Blick zu. „Feuerwaffen sind beängstigend, aber das sind Pathogene auch, Kincaid. Los geht's."

Hunt grinste, aber er fühlte sich nicht besonders humorvoll. Pip war irgendwo in der Nähe und schwebte womöglich in Gefahr. Wenn Everson sie entdeckte und involviert war, würde er Pip womöglich als Geisel nehmen. Sie schlossen Jez' Auto ab und schlugen sich in die Wälder, folgten Will, der sich vorsichtig den Weg zur Hütte bahnte. Hunt achtete darauf, wie viel Lärm er machte, aber Jez war wie ein Bulldozer, der durch den Wald brach.

Will hielt seine Hand hoch und blickte suchend durch das Zielfernrohr seines Gewehrs.

„Ich kann keine Bewegungen im Haus erkennen. Ein silberner Prius steht in der Einfahrt."

„Everson fährt einen Prius", bestätigte Hunt. „Kannst du Pip sehen?"

Will schüttelte den Kopf.

Hunt versuchte, sein Training zu nutzen, um seine Sorge in Schach zu halten. Es war nicht einfach.

Der bedeckte Himmel half ihnen dabei, sich in den Schatten zu verstecken, aber sie waren dennoch ungeschützt und sichtbar.

„Lasst uns weiter durch den Wald gehen und uns so gut es geht hinter den Bäumen verstecken. Ich gehe zuerst, du deckst mich", sagte Will zu Hunt. „Wenn ich bei dem Baumstumpf da vorn angekommen bin, sollte ich eine gute Sicht auf die Rückseite des Hauses haben, und du kannst zu mir kommen. Ich decke dich von da aus."

Hunt nickte. Er wusste, dass sie warten sollten, bis sie Verstärkung hatten, aber Pip war hier irgendwo. Vielleicht unterhielt sie sich einfach nur ganz normal mit dem Professor, aber vielleicht verabreichte er ihr auch irgendwelche Chemikalien, damit er sie vergewaltigen und ermorden und ihren Tod wie eine weitere Überdosis inszenieren konnte.

Hatte er wirklich geglaubt, er würde damit durchkommen?

Hunt versteckte sich hinter einer großen Birke und ging in

Position. Er wünschte, sie hätten Funkgeräte dabei, da ihre Handys sich als nutzlos herausstellten. Er wartete, bis Will an dem Baumstumpf angekommen war, dann lief er geduckt auf die Hütte zu und zuckte zusammen, als Jez ihm auf den Fersen folgte, so unauffällig wie ein Rhinozeros.

Hunt bewegte sich vorsichtig, bis sie an einer dichten Reihe von Bäumen ankamen. Als er nicht mehr länger im Sichtfeld der Eingangstür war, duckte er sich und rannte zu Will.

„Kannst du irgendwas sehen?"

Will runzelte die Stirn. „Eine Person auf dem Boden, direkt vor der Hintertür. Sieht aus wie eine Frau."

Hunt spürte, wie er zu Eis erstarrte. „Lass mich mal nachschauen."

Will reichte ihm das Gewehr und Hunt suchte den Boden vor der Hütte ab. Er konnte das Gesicht der Frau nicht erkennen, aber er erkannte ihren Körper, ihre Kleidung und ihre seidigen, schwarzen Haare.

„Das ist Pip." Ihm war übel. Sie bewegte sich nicht. Er gab Will das Gewehr zurück. „Ich gehe zu ihr. Gib mir Deckung."

Will starrte ihn eindringlich an, dann nickte er. „Halt dich von der Einfahrt fern. Auf der Rückseite des Hauses kann ich keine Fenster erkennen."

Hunt war dankbar, dass der Kerl nicht versuchte, ihn aufzuhalten. Er rannte los zur Rückseite des Hauses, duckte sich so gut er konnte. Als er die Einfahrt überquerte, drückte er sich in die Schatten, dann eilte er zu der Stelle, an der Pip regungslos auf der Erde lag.

Er berührte ihren Hals, suchte nach einem Puls und konnte den langsamen, rhythmischen Fluss des Blutes spüren, der ihn fast in die Knie zwang. Aber er konnte es sich nicht erlauben, unvorsichtig zu werden, also hob er seine Waffe und beobachtete die Hintertür der Hütte.

Sie stand einen Spaltbreit geöffnet.

Er legte seine Hand auf Pips Rücken, versuchte zu vergessen, wie sich ihre Haut an seinen Lippen angefühlt hatte. Ihr Brustkorb hob und senkte sich gleichmäßig. Sie hatte einen Puls und atmete. Er fuhr mit seinen Fingern durch ihre Haare und spürte eine feuchte, klebrige Beule.

Scheiße. Irgendjemand hatte sie bewusstlos geschlagen.

Zorn stieg in ihm auf, aber er schob ihn zur Seite. Er musste die Ruhe bewahren, um seinen Job erledigen zu können. Er wagte nicht, Pip zu bewegen, es sei denn, sie wäre in direkter Gefahr. Womöglich würde er ihr irreparablen Schaden zufügen, wenn er sie umdrehte. Er winkte Will zu sich.

„Sie atmet, aber sie ist bewusstlos. Geh hoch zur Straße und ruf einen Krankenwagen. Ich schaue mich schnell um, vielleicht kann ich was entdecken.“

Er ließ Will keine Zeit, um zu diskutieren. Er drückte sich an der Hauswand entlang um die südöstliche Ecke und eilte lautlos die Stufen zur vorderen Veranda hinauf. Sobald er in Sichtweite der Fenster war, ging er in die Hocke. Die gesamte Front des Hauses bestand aus Fenstern und er warf so unauffällig wie möglich einen Blick ins Innere des Hauses, versuchte, in den dunklen Schatten etwas zu erkennen. Seine Augen brauchten einen Augenblick, um sich an die Dunkelheit zu gewöhnen. Nichts rührte sich. Jede Sekunde, die Hunt nicht an Pips Seite war, kam ihm vor wie eine Stunde, aber er musste den Tatort sichern und dafür sorgen, dass die Sanitäter bedenkenlos hierherkommen konnten.

Eine Bewegung in seinem Augenwinkel erregte seine

Aufmerksamkeit. Etwas Schmales, Schleichendes. Eine weiße Katze. Das Tier leckte irgendetwas vom Fußboden.

Ach, Scheiße.

Endlich erkannte Hunt die Gestalt im Sessel. Es war eine Person und ihrer Regungslosigkeit nach zu schließen, war sie entweder ebenfalls bewusstlos oder tot.

Er ging die Stufen hinunter und zurück zur Rückseite des Hauses.

Jez tauchte aus den Schatten auf, trug den Anthrax-Detektor vor sich her, nahm Messungen vor.

Hunt wartete darauf, dass Will zurückkam, legte eine Hand auf Pips Rücken, um sie zu beruhigen, in der anderen hielt er seine Waffe, bereit für jeden, der Ärger machen wollte. Ein paar Minuten später kam Will zurück, schwer atmend und keuchend. Hunt reichte ihm eine der Atemmasken und Will hängte sich den Gurt seines Gewehrs über die Schulter, hielt seine SIG Sauer in der Hand.

Hunt nickte ihm zu und sie zogen sich ihre Atemmasken über den Kopf. Durch das Plastikvisier konnten sie alles erkennen. Die Verstärkung war fast hier. Sie hatten keine Zeit zu verlieren, wenn Hilfe für Pip unterwegs war. Hunt verdrängte den Gedanken an sie aus seinem Kopf, obwohl ihn die Sorge um sie fast auffraß.

Mit Handsignalen gab er Jez zu verstehen, dass er bleiben sollte, wo er war. Will und er schlichen an Pip vorbei zur Tür. Hunt zwang sich, den Blick von ihrem schlaffen Körper abzuwenden.

Sie betraten das Haus und zogen die Tür wieder hinter sich zu. Wenn es hier Anthrax-Sporen geben sollte, durften sie nicht hinausgeweht werden.

Sein Atem rauschte laut in seinen Ohren, sein Herz schlug

schneller, als ihm lieb war. Die Sorge um Pip zerrte an seiner Konzentration, und er konnte sich keine Ablenkung erlauben.

Er hielt einen Moment inne, beruhigte seine rasenden Gedanken und nickte dem anderen Mann zu, um ihm zu bedeuten, dass er bereit war. Sie bewegten sich zügig durch das Haus, sicherten jedes Zimmer, suchten nach Gefahrenquellen und Tätern. Im Wohnzimmer saß Professor Everson in einem Sessel, eine Pistole in der rechten Hand. Die Katze blickte auf, Blut tropfte von ihren Schnurrhaaren, und Hunts Magen rebellierte. Das Tier leckte das Blut des Professors auf. Er riss sich aus seiner Benommenheit, kontrollierte die Küche, das Badezimmer, die Räume im oberen Stockwerk, arbeitete schnell und effizient.

Schweiß rann ihm den Rücken hinunter, sein Atem beschlug das Visier seiner Maske.

„Alles gesichert", verkündete Will.

Hunt ließ seine Waffe sinken und lief eilig die Treppe hinunter, kontrollierte den Puls des Professors. Tot. Sein halber Schädel war weggeblasen.

Eine Kamera stand auf einem kleinen Tisch neben dem Lehnsessel. Ein offener Laptop auf der Mücheninsel. Hunt ging hinüber und drückte auf eine Taste, erwartete eine Aufforderung zur Passworteingabe, sah aber stattdessen ein Worddokument.

„Abschiedsbrief." Schnell überflog Hunt ihn. „Hier steht, er ist derjenige, der das Anthrax verkaufen wollte. Der Tatort ist gesichert. Lass uns hier raus und Jez das Haus kontrollieren, während wir uns um Pip kümmern."

Will nickte und sie verließen das Haus, rissen sich die schweren Masken vom Gesicht und schnappten nach frischer Luft. Jez wedelte mit dem Messsensor vor ihren Körpern herum, nickte aber schließlich zufrieden und erklärte sie für anthraxfrei.

Hunt kniete sich neben Pip auf die Erde und berührte ihre Wange. Blut verklebte ihre Haare. „Pip."

Sie stöhnte leise auf und das war so ziemlich das Beste, was er je gehört hatte, ob mit oder ohne Kleidung.

„Du bist okay, Pip. Halte durch. Gleich kommt Hilfe." Will war zurück zur Straße gelaufen und Hunt wusste, dass er den Krankenwagen so schnell wie möglich hierher dirigieren würde.

Pips Lider flatterten und sie öffnete einen Spaltbreit die Augen. Gott sei Dank.

„Was ist passiert?", fragte sie.

Er lächelte. „Ich hatte gehofft, *du* könntest mir das erzählen."

Sie versuchte, sich zu bewegen, aber er presste sanft seine Hand auf ihre Schulter. „Nicht bewegen. Der Krankenwagen ist auf dem Weg."

Sie lag still da, aber eine Falte erschien zwischen ihren Augenbrauen. „Ich kann mich an nichts erinnern. Ich weiß nicht mal, wo ich bin."

„Aber weißt du, wer *ich* bin?", fragte er vorsichtig.

Sie versuchte zu lachen und die Schmerzen ließen sie zusammenzucken. „Ich erinnere mich sogar, wie du nackt aussiehst."

Hunt grinste, dankbar darüber, dass Jez in der Hütte verschwunden war, um eine mögliche Kontamination festzustellen. Pip war ihm nicht peinlich. Aber diese Sache zwischen ihnen war noch so frisch und ging niemand anderen etwas an.

Sie so verletzt zu sehen, hatte ihm bewusst gemacht, dass

sie ihm mehr bedeutete, als ihm klar gewesen war.

Die Sirenen und das Blaulicht, als die Kavallerie eintraf, beruhigten seine Sorgen. Sie lebte. Der Professor war wahrscheinlich der Hersteller des Anthrax und … und was? Sobald der Auswahlprozess eröffnet war, wäre er auf dem Weg nach Virginia.

Andererseits würde der Auswahlprozess nicht für immer andauern und wenn er vorbei war, würde Pip ihn vielleicht wiedersehen wollen.

Und wenn er es nicht in die Geiselbefreiungseinheit schaffte …

Er schüttelte den Kopf. Er war noch nicht bereit, darüber nachzudenken. Er hatte nicht vor, die Auswahl nicht zu schaffen. Sicher, es bestand noch immer die Möglichkeit, dass er für kein Team ausgewählt wurde, aber dann sicher nicht, weil er die Prüfung nicht bestanden hatte.

Pips Finger schoben sich um seine Hand und drückten sie. „Bleib bei mir.“

Sein Herz zog sich zusammen. „Ich muss hier ein paar Dinge erledigen. Ich komme zu dir ins Krankenhaus, sobald ich kann. Okay?“

Ihr Mund wurde schmal und sie blinzelte, zog ihre Hand zurück. „Okay.“

Ein Sanitäter, der eine Halskrause in der Hand hatte, schob ihn zur Seite.

Hunt stand abseits und sah zu, wie sie Pip vorsichtig auf eine Trage hoben und behutsam in den Krankenwagen schoben. Sie schaute ihm nicht in die Augen, und auch wenn er bei ihr bleiben wollte, konnte er das nicht. Er musste seinen Job erledigen, und Teil dieses Jobs war es, herauszufinden, warum Pip hier war und wer zur Hölle sie verletzt hatte. Es lagen keine Waffen auf der Erde herum, nichts was so aussah, als ob es dazu benutzt werden könnte, um einen anderen Menschen bewusstlos zu schlagen.

Wenn er raten müsste, würde er sagen, dass der Professor den Kolben seiner Pistole benutzt hatte, um sie anzugreifen, bevor er sich selbst das Hirn raus geblasen hatte. Sie hatten die Waffe eingesammelt. Und aufgrund seiner Beziehung zu Pip musste Hunt einen großen Schritt zurücktreten, damit er die Beweisführung und den Prozess nicht kompromittierte. Und er konnte nicht mit ihr mitfahren, bis sie befragt worden war. Sogar jetzt mit ihr gesprochen zu haben, könnte womöglich gegen irgendwelche Vorschriften verstoßen, aber er hatte nicht danebenstehen und sie leiden sehen wollen.

Sie bedeutete ihm etwas.

Verdammt.

Genau wie sein Job.

Die Sanitäter wollten gerade die Türen des Krankenwagens zuschlagen.

„Moment!" Er rannte zum Krankenwagen und sprang hinein, drückte Pip einen schnellen Kuss auf die Stirn. „Sobald ich hier fertig bin, komme ich zu dir, okay?"

Ihre Augen blickten ihn benommen vor Schmerzen an, aber sie lächelte. „Wehe, wenn nicht."

„Gib mir deine Autoschlüssel. Ich fahre den Geländewagen zurück in die Stadt."

Er tastete ihre Jeanstaschen ab und fand die Schlüssel.

Dann stieg er aus und der Krankenwagen rauschte mit heulenden Sirenen davon.

Er musste an Montagmorgen denken, als Cindy Resnicks Leiche auf eine Trage gehoben und davon gebracht worden war, an einem See ganz in der Nähe. War sie in diese Intrige involviert gewesen? Oder hatte der Professor allein gehandelt?

Er würde es herausfinden, damit Pip das nicht erledigen musste.

SIEBENUNDZWANZIGSTES KAPITEL

MANDY FULLER STIEG aus ihrem silbernen Fünftürer und ging zur Eingangstür des großen Einfamilienhauses in einer ruhigen, grünen Gegend von Atlanta. Als sie auf ihr Diensthandy schaute, fluchte sie, weil irgendetwas mit diesem Ding nicht stimmte, und der Akku immer sofort leer zu sein schien. Sie musste sich ein neues besorgen, aber verdammt nochmal, sie hatte einfach keine Zeit. Und dummerweise hatte sie ihr Privathandy zu Hause gelassen.

Sie hatte sich auf dem Weg hierher etwas zu Mittagessen gekauft, war irritiert darüber, dass das Team, mit dem sie gestern noch gearbeitet hatte, heute für diese mysteriöse BLACKCLOUD-Ermittlung eingeteilt worden war. Will hatte versprochen, ihr heute Abend alles zu erzählen, was er verraten durfte.

Dann hatte sie von einem Kontakt bei der KFZ-Behörde gehört, dass am Abend zuvor auf einer illegalen Müllhalde ein ausgebrannter Truck gefunden worden war, der auf die Beschreibung des Fahrzeugs passte, das gestern an der Schießerei beteiligt gewesen war. Der Wagen war auf einen Soldaten namens Cory Slater registriert, der derzeit in Übersee stationiert war. Seine Schwester hatte das Auto als gestohlen gemeldet, als sie gestern Abend von der Arbeit zurückgekommen war, da es für gewöhnlich bei ihr in der Einfahrt stand.

Vielleicht war es das Auto, nach dem sie suchte, vielleicht

auch nicht, aber es lohnte sich, ein paar Fragen zu stellen. Sie hatte sich notiert, später noch den Soldaten zu kontaktieren. Sie wollte herausfinden, ob diese Geschichte Versicherungsbetrug war oder ein persönlicher Racheakt.

Mandy würde lügen, wenn sie behaupten wollte, dass sie nicht sauer darüber war, die ganze Aufregung im Büro zu verpassen. Die Tatsache, dass Hunt in die Jagd nach einem Bioterroristen verwickelt war und sich trotzdem erlaubt hatte, sich von dieser Journalistin ablenken zu lassen, machte sie wütend. Sie wollte ihr letztes Hemd verwetten, dass sie oder eine andere Agentin sofort von dem Fall abgezogen worden wären, wenn sie sich von irgendeinem gutaussehenden Kerl hätten ablenken lassen.

In dieser Woche hatte Mandy schon mitgeholfen, einen riesigen Korruptionsskandal auffliegen zu lassen und die Verantwortlichen zu verhaften, jetzt leitete sie die Ermittlungen zu dem Schussangriff auf einen Bundesagenten. Und würde sich irgendjemand in den kommenden Monaten an ihre Arbeit erinnern? Teufel, nein. Es würde alles von den Schlagzeilen über eine potenzielle Biowaffe verdrängt werden.

Der Wind raschelte durch die Blätter und Mandy stieß einen dazu passenden Seufzer aus.

Frauen mussten doppelt so hart arbeiten und dreimal so dreckig kämpfen, um irgendetwas zu erreichen, und das traf erst recht auf Strafverfolgungsbehörden und das Militär zu.

Das war der Grund, weshalb sie nicht mit Will hatte zusammen sein wollen. Sie war ambitioniert. Er war gut in allem, in dem auch sie gut war, und noch besser in anderen Dingen. Sie wollte nicht in seinem Schatten enden.

Sie dachte an sein sexy Lächeln. Er hatte es ihr einfach angetan, verdammt nochmal. Und die Vorstellung, dass er glaubte, sie würde nichts von seiner Bewerbung bei der Geiselbefreiungseinheit wissen?

Sie lachte grunzend auf.

Sich selbst konnte sie eingestehen, dass es ihr gefiel, ihn auf Trab zu halten, aber sie war sich nicht sicher, wie sie eine Fernbeziehung hinkriegen sollten. Das würden sie bald herausfinden.

Sie liebte ihn.

Mandy betrachtete das Grundstück, während sie die Einfahrt hinaufging. Es war ein wirklich schönes Haus. Rotbraune Klinker und rote Fensterläden. Mandy würde reich heiraten oder im Lotto gewinnen müssen, um sich so ein Haus leisten zu können.

Niemand arbeitete um des Geldes willen für die Regierung.

Ein hübscher Mercedes stand vor dem Garagentor neben dem Haus.

Mandy war sich sicher, dass der Schütze gestern Pip West im Visier gehabt hatte. Sie hatte sich die Akte der Frau angeschaut und es gab ein paar potenzielle Warnzeichen. Pip kam aus einer kaputten, missbrauchenden Familie und war in Pflegefamilien aufgewachsen. Abgesehen von ihrem kürzlichen Erbe war sie nicht vermögend, aber sie hatte auch keine nennenswerten Schulden. Und sie hatte ein absolut wasserdichtes Alibi für den Todeszeitpunkt ihrer Freundin.

Die Journalistin hatte allerdings den Ruf, Investigationen zu betreiben, die eine Menge mächtiger Leute in Florida angepisst hatten. Mandy hatte Ms. Wests Redakteur angerufen, aber der Kerl hatte gemauert und keine Informationen preisgegeben.

Vielleicht würde Hunt mehr aus ihr herausbekommen.

Ihre Lippen verzogen sich. Kincaid war ein guter Agent, arbeitete hart, aber ihrer Erfahrung nach waren Männer leicht zu manipulieren. Und wenn eine Frau in eine heikle Sache verwickelt war, warum sollte sie dann nicht versuchen, sich beim nächstbesten gutaussehenden FBI-Agent einzuschmeicheln?

Und selbst wenn das zynisch war, na und? Naivität brachte einen nur um.

Sie klopfte an die Haustür und trat einen Schritt zurück, ging etwas zur Seite, die Hände vor ihrem Körper und in der Nähe ihrer Dienstwaffe.

Eine Frau mit langen, roten Haaren, die lose um ihre Schultern hingen, öffnete die Tür. Sie war zierlich, trug Sportklamotten und schwitzte leicht, als ob sie gelaufen wäre.

„Kann ich Ihnen helfen?", fragte sie höflich und ihre Augen schossen zur Dienstmarke, die Mandy vor ihr hochhielt.

„Beatrice Grantham?"

Zwei schmale Linien formten sich zwischen den perfekt gezupften Augenbrauen. „Das bin ich."

„Sie haben den Truck Ihres Bruders gestern als gestohlen gemeldet."

„Wow." Die Augen der Frau wurden groß. „Und da schicken sie das FBI?"

Mandy lachte leise auf. „Ich habe nur ein paar Fragen. Kann ich kurz reinkommen?"

Die Frau wischte sich mit dem Ärmel ihres grauen T-Shirts die Stirn ab. „Es passt gerade nicht so gut..."

„Dauert nur eine Minute."

Die Schultern der Frau hüpften auf und ab, als sie seufzte. „Na schön. Aber ich war mitten in einem Workout. Kommen

Sie rein.“

Mandy folgte ihr ins Haus und riss die Augen auf, als sie die wunderschöne Inneneinrichtung sah. Im Hintergrund plärrte ein Fernseher.

„Würde es Ihnen etwas ausmachen, kurz mit in meinen Fitnessraum zu kommen? Ich habe den Fernseher noch an.“

„Ihr Bruder ist in der Army.“

Schmale Lippen zeigten ihre Sorge und ihr Missfallen. „Irak. Ich hatte gehofft, den Truck schnell zurückzubekommen, damit er es gar nicht mitbekommen muss.“

„Sein Lieblingsspielzeug?“

Die Frau verdrehte die Augen. „Man könnte glauben, er wäre mit dem verdammten Ding verheiratet.“

Sie gingen durch einen hellen Flur und eine weiße Küche mit Arbeitsflächen aus Holz. Mandy verspürte einen massiven Anflug von Haus-Eifersucht.

Sie kamen durch den hinteren Teil des Hauses, dann betraten sie den Fitnessraum, der komplett mit Geräten, Laufband und Trainingsmatten ausgestattet war. Der Fernseher war so laut, das Mandy dem Impuls widerstehen musste, sich mit den Händen die Ohren zuzuhalten. Sie machte einen Schritt in den Raum hinein, während Beatrice Grantham zum Fernseher ging.

Ein flammender Schmerz schoss durch Mandy hindurch. Sie blickte an sich hinunter und entdeckte das Blut, das sich vorne auf ihrer Bluse ausbreitete. Oh, Gott. Sie war angeschossen worden! Sie versuchte, einzuatmen, aber der Schmerz war lähmend. Sie fiel auf die Knie und bevor ihre tauben Finger die Schnalle öffnen konnten, trat jemand hinter sie und zog ihre Glock aus dem Holster.

„Vorsicht!“, rief Mandy der anderen Frau zu, um sie zu

warnen.

Beatrice Grantham stellte den Fernseher leiser, drehte sich wieder zu ihr um und sagte ruhig: „So ist es besser."

Sie schaute die Person an, die hinter Mandy stand, und nickte. Mandy schloss die Augen. Sie hatte den klassischen Fehler gemacht, eine Frau aufgrund ihres Aussehens zu unterschätzen. Sie wünschte, sie hätte Will heute gesagt, wie sehr sie ihn liebte. Sie würde keine weitere Chance mehr bekommen.

ACHTUNDZWANZIGSTES KAPITEL

PIP LAG IM Krankenhausbett und starrte auf die weiße Decke. Sie war beim MRT gewesen und mit acht Stichen genäht worden. Anscheinend hatte sie großes Glück gehabt. Sie hatte etwas gegen die Schmerzen bekommen und verspürte jetzt nur noch ein dumpfes Pochen in ihrem Hinterkopf.

Das Piepen der Monitore und das Murmeln der Stimmen im Flur erzeugten ein weißes Rauschen, das sie in den Schlaf zu lullen drohte. Pip runzelte die Stirn, versuchte angestrengt, sich daran zu erinnern, was passiert war. Sie war an der Blake gewesen und hatte mit Adrian Lightfoot gesprochen, dann war sie mit dem Auto irgendwohin gefahren, aber danach… zum Teufel, sie konnte sich an nicht viel mehr erinnern, als daran, auf dem Boden aufgewacht zu sein und daran, wie Hunt seine Waffe in der Hand gehalten hatte, als ob er sie auch benutzen würde.

Die Tür ging auf und ihr Herz hüpfte in törichter Vorfreude. Es war nicht Hunt. Einer seiner Freunde, der FBI-Agent, den sie gestern nach der Schießerei kennengelernt hatte, kam ins Zimmer. Sie konnte sich nicht an seinen Namen erinnern. Er hatte braune Haut, ein attraktives Gesicht, kluge Augen.

„Ms. West? Erinnern Sie sich an mich? Will Griffin vom FBI. Ich bin ein Freund von Agent Kincaid."

Es klang seltsam, Hunt bei seinem offiziellen Titel genannt

zu hören, nachdem sie die letzte Nacht nackt in seinem Bett verbracht hatten. Es war eine gute Erinnerung daran, wer und was er war.

„Ich hatte gehofft, jetzt wäre vielleicht ein guter Moment, um Ihnen ein paar Fragen zu den Ereignissen vorhin zu stellen? Wir brauchen eine Aussage von Ihnen.“

Pip versuchte, sich aufzusetzen, aber der kalte Schweiß brach ihr aus und ihr war unfassbar schwindelig. Eine Welle der Übelkeit stieg in ihr auf, aber sie schaffte es, sich nicht zu übergeben.

Ja, allerdings, sie hatte Glück gehabt.

„Ganz ruhig.“ Will Griffin trat auf sie zu und fuhr das Kopfteil ihres Bettes ein wenig nach oben. „Brauchen Sie irgendetwas?“

„Wo ist Agent Kincaid?“ Ihre Stimme klang heiser.

Will Griffin reichte ihr ein Glas Wasser. Sie trank gierig durch den Strohhalm, das Wasser besänftigte ihren ausgetrockneten Mund und Rachen.

„Agent Kincaid wurde von Ihrem Fall abgezogen.“

„Von meinem Fall? Was denn für ein Fall?“

„Die Ermittlungen dazu, wer Ihnen einen Schlag auf die Schläfe verpasst hat.“ Er lächelte, seine dunklen Augen funkelten. „Es ist kompliziert.“

Pip runzelte die Stirn und ein greller Schmerz schoss durch ihren Schädel. Autsch. „Hat das etwas mit dem Tod meiner Freundin Cindy zu tun?“

Er zog sich einen Stuhl an ihr Bett und beugte sich zu ihr hin. „Woran können Sie sich noch erinnern?“

Steckte Hunt in Schwierigkeiten, weil er mit ihr geschlafen hatte? Warum sollte er deshalb Ärger bekommen? Stand sie auf irgendeiner Persona non grata-Liste des FBI? Sie hasste die

Vorstellung, seiner Karriere zu schaden. Er hatte ihr erzählt, wie viel sein Job ihm bedeutete.

„Als Erstes bin ich heute Morgen an die Uni gefahren." Ihre Gedanken wurden ein wenig klarer, auch wenn sich der Nebel noch immer nicht ganz verzogen hatte. „Ich habe Cindys Doktorvater gesucht, und die Fakultätsdekanin hat mir gesagt, dass er in seiner Hütte am See wäre." Ihre Augen wanderten zu Will Griffin. „Ich hatte es ihr nicht gesagt, aber ich weiß, wo seine Hütte ist, weil ich mit Cindy über Weihnachten einmal dort vorbeigefahren bin, als sie etwas abgeben musste."

„Warum wollten Sie mit dem Professor sprechen?"

Will Griffin hatte eine angenehme Stimme. Tief und beschwichtigend, aber sie wünschte sich, es wäre ein anderer Agent, der sie befragte. Sie wollte wissen, was los war.

„Cindys Beerdigung ist am kommenden Sonntag und ich wollte den Professor fragen, ob er einer der Sargträger sein will." Sie berührt ihre Stirn und trank einen weiteren Schluck Wasser. „Ich kann mich vage erinnern, wie ich zu seiner Hütte gefahren bin, aber dann wird alles schwarz." Der Arzt hatte ihr gesagt, dass sie eine traumatische Amnesie erlitten hatte und dass man nicht sagen konnte, ob die Erinnerung zurückkehren würde.

„Erinnern Sie sich daran, dass Sie seine Post aus dem Briefkasten mitgenommen haben?"

„Nein." Pip schüttelte den Kopf. „Ich erinnere mich erst wieder daran, wie Hunt mich gefunden hat." Tränen traten in ihre Augen. Wo war er? Er hatte sie gebeten, nicht vor dem davonzurennen, was zwischen ihnen passierte, aber wo war er dann? Sie zwang die Tränen zurück. Er hatte versprochen, dass er vorbeikommen würde, wenn er befragt worden war.

„Sie hatten Glück, dass wir Sie rechtzeitig gefunden haben."

„Warum war das FBI überhaupt an der Hütte?", fragte sie. „Warum wollten Sie mit dem Professor sprechen?"

„Das darf ich Ihnen nicht sagen."

Pip verdrehte die Augen und stieß einen lauten Seufzer aus. „Ihnen ist schon klar, wie nervig das ist, oder?"

Er lachte. „Manchmal muss ich nervig sein, um meinen Job ordentlich zu machen."

„Ich auch", erwiderte sie trocken.

Er lächelte, aber seine Augen blickten sie an wie die von Hunt, als sie sich kennengelernt hatten. Durchdrungen von Misstrauen.

Pip fühlte sich ehrlich gesagt gar nicht mehr wie eine Reporterin. Sie hatte den Antrieb verloren, den sie früher gehabt hatte, die Überzeugung, dass die Öffentlichkeit ein Recht darauf hatte, alles zu wissen und sich ihr eigenes Urteil zu bilden. Vielleicht war es nur ihn dröhnender Schädel, aber irgendetwas hatte sich in den letzten zwei Wochen für sie verschoben. Etwas Grundlegendes. Ihre Schuldgefühle wegen des Booker-Falls. Cindys Tod. Die Erkenntnis darüber, dass das beste Interesse der Öffentlichkeit manchmal nicht durch bedingungslose Transparenz gewahrt wurde. Sollte die Öffentlichkeit wirklich den Namen jedes Spions erfahren? Das war eine wahnsinnige Idee.

Nichts davon war im Augenblick wirklich wichtig. „Ich wünschte, ich könnte Ihnen mehr darüber erzählen, was passiert ist oder wer mich niedergeschlagen hat, aber ich erinnere mich wirklich nicht." Ein plötzlicher Gedanke brach durch den Nebel ihrer Benommenheit. „Ist der Professor in Ordnung?"

Will Griffin kniff die Lippen zusammen und schüttelte den Kopf. „Ich fürchte, der Professor wurde tot in seiner Hütte aufgefunden.“

„Was?“ Pip klappte erschrocken der Mund auf. „Wie ist das möglich?“ Ein weiterer, furchtbarer Gedanke brach sich Bahn. „Oh, mein Gott. Sie glauben doch nicht etwa, dass ich das getan habe?“ War das der Grund, weshalb Hunt nicht hier war? Dachte er, sie wäre eine Mörderin? Schon wieder?

„Ganz ehrlich?“ Wills dunkle, braune Augen blickten unverwandt in ihre und sie wandte den Blick nicht ab. „Ich weiß nicht genau, was passiert ist.“

„Sie glauben, ich habe den Professor umgebracht und mir dann selbst einen Stein über den Kopf gezogen.“ Sie konnte die Verbitterung in ihrer Stimme nicht unterdrücken.

„Haben Sie das denn?“

Sie verzog das Gesicht und berührte vorsichtig die schmerzende Wunde an ihrem Kopf. „Ich hätte es weniger realistisch hinbekommen.“ Es war ihr egal, was der Agent glaubte. Sie versuchte zu verstehen, was wohl passiert sein mochte. „Also hat mich jemand niedergeschlagen und ihn umgebracht. Oder der Professor wurde umgebracht und dann bin ich aufgetaucht, bevor sie weg waren, also haben sie mir eins über den Schädel gegeben.“ Sie runzelte die Stirn, versuchte, sich an Einzelheiten zu erinnern, aber je angestrengter sie es versuchte, umso schwerer fiel es ihr, sich überhaupt an irgendetwas zu erinnern.

„Zerbrechen Sie sich darüber jetzt nicht den Kopf.“

„Bin ich in Gefahr?“ Denn es war nicht das erste Mal, dass jemand in jüngster Zeit jemand versucht hatte, sie umzubringen, und das fing langsam an zu nerven.

Er zögerte. „Ich glaube nicht.“

Pip nickte langsam, versuchte, sich einen Reim auf die ganze Sache zu machen, schaffte es aber nicht. „Hat das irgendwas mit Cindys Tod zu tun?"

„Sagen wir einfach, Sie haben uns dazu gebracht, hinsichtlich der Todesumstände von Ms. Resnick nachzuhaken, und wir haben erkannt, dass vielleicht mehr dahintersteckt, als zunächst angenommen."

„Ich verstehe nicht." Er sprach in Rätseln. Verriet ihr überhaupt nichts. „Wollen Sie mir sagen, dass Sie jetzt davon ausgehen, dass Cindy umgebracht wurde? Und was ist mit Sally-Anne und dem Drogendealer?"

Will stand auf, er würde sich Pip offensichtlich nicht anvertrauen. Sein Mangel an Kooperation machte sie verrückt, aber sie wusste, dass er sich professionell verhalten musste. Ein bisschen so wie ein anderer FBI-Agent, den sie kannte.

„Hunt wird nicht vorbeikommen, oder?", fragte sie leise.

Will zögerte. „Wenn er Ihnen auch nur ein bisschen was bedeutet, dann wäre es besser, wenn Sie ihn nicht wieder kontaktieren", sagte er sanft, bevor er aus dem Zimmer ging.

Der spitze Schmerz, den sie empfand, war schnell zerquetscht. Es war genau das, was sie erwartet hatte.

Wie ironisch, dass das FBI jetzt genau das tat, was sie von Anfang an von ihm verlangt hatte. Und das Hunt deshalb Abstand halten musste.

Eine Flut von Tränen brach unerwartet aus ihr hervor und Pip starrte an die Decke, während sie über ihr Gesicht strömten. Sie wusste es besser, als die Menschen an sich heranzulassen. Gott weiß, sie war öfter im Stich gelassen worden, als sie zählen konnte.

Sie konnte sich diese Schwäche nicht erlauben.

Pip krallte ihre Finger in die Bettdecke. Gott sei Dank

hatte sie es begriffen, bevor sie ihr Herz an ihn verloren hatte. Sie schluckte und ignorierte die frische Flut von Tränen.

Ja, Gott sei Dank.

———

HUNT GING VOR der Hütte des Professors auf und ab. Er wollte zu Pip, aber er wusste, dass das nicht ging. Noch nicht. Die Hütte und das Grundstück wimmelten nur so von Bundesagenten und Männern in Schutzanzügen, als ob eine Alieninvasion stattgefunden hätte.

Jez Place hatte mit seinem mobilen Detektor das gesamte Gelände kontrolliert und hatte keine Auffälligkeiten feststellen können, aber es gab Violen mit knochenweißem Pulver im Kühlschrank, die mit SAHCAM45-65 beschriftet waren. Die CDC hatte das Labor des Professors an der Blake durchsucht und beide Sporenvarianten gefunden, ebenso wie etwas, das nach einem Impfstoff aussah.

Nichts Ungewöhnliches unter den Umständen, aber nur ausführliche Tests würden zeigen, ob es dieselben Varianten waren, die mit der Biowaffe verkauft worden waren.

Laut den Laboraufzeichnungen, die die CDC gefunden hatte, hatte Cindy ihren eigenen neuen Superimpfstoff gegen die SAHCAM45-65-Variante getestet, die Everson vermutlich durch Grossman erhalten hatte.

Diese Aufzeichnungen zeigten, dass der Impfstoff gewirkt hatte, was die einzige gute Neuigkeit in dieser ganzen Scheiße war.

Das CDC hatte einige vorläufige Tests an den Zellkulturen durchgeführt, die mit dem waffenfähigen Bacillus anthracis infiziert worden waren. Der Impfstoff, den sie aus den

BLACKCLOUD-Proben reproduziert hatten, sah vielversprechend aus. Sie mussten diese Zusammensetzung direkt mit der aus Cindys Impfstoff abgleichen, um zu bestätigen, dass es ein und derselbe war.

Ihre derzeitige Theorie war, dass Professor Everson versucht hatte, das Anthrax und den Impfstoff zu verkaufen, um schnelles Geld zu machen und um den Wert seines Patents in die Höhe zu treiben. Wenn eine befeindete Nation Zugang zu dieser Art Biowaffe und dem Gegenmittel bekam, konnte man sich verdammt sicher sein, dass die USA diesen Impfstoff ebenfalls in Massenproduktion herstellen wollten.

Daher der große Profit für die Inhaber des Patents.

Ein anderer Agent aus dem Büro in Atlanta – Kevin Christian – kam mit einem Beweisbeutel in der Hand aus der Hütte. In der Tüte war die Kamera, die Hunt auf dem Tisch neben der Leiche des Professors gesehen hatte.

Kevin hielt Hunt das eingebaute Display hin und drückte auf Play. Auf dem Bildschirm erschien das Video, das gestern Abend an das FBI geschickt worden war.

Es war ein vernichtender Beweis.

„Haben Sie irgendwo einen Stimmenverzerrer gefunden?", fragte Hunt.

„Noch nicht. In seinem Abschiedsbrief auf dem Laptop steht, dass es ihm leidtäte. Der Brief war sehr ausführlich. Er hat geschrieben, dass er furchtbare Dinge getan hätte und dass alles außer Kontrolle geraten wäre. Dass er Cindy umgebracht hätte, um zu verhindern, dass sie ihre Dissertation einreicht, nachdem er mitbekommen hatte, dass der Verkauf der Biowaffe vom FBI vereitelt worden war. Er hätte versucht, es wie eine Überdosis aussehen zu lassen", berichtete Kevin.

„Der Prof hat vermutlich gewusst, dass es nur eine Frage

der Zeit war, bis die CDC SAHCAM45-65 als die Quelle für das Anthrax identifiziert. Und er hat gewusst, dass Cindy nicht den Mund darüber halten würde, dass er es in seinem Labor hatte, oder dass ihr Impfstoff sich als erfolgreich gegen den Erreger erwiesen hatte."

Also hatte Pip die ganze Zeit über recht gehabt, während er sie immerzu angezweifelt hatte.

„Er schreibt, er wäre panisch geworden, als das FBI angefangen hatte, in Cindys Tod zu ermitteln, also hätte er versucht, es wie eine Reihe von Überdosen aussehen zu lassen. Er hätte in der Vergangenheit schon mit Sally-Anne geschlafen und wüsste, wo sie ihre Drogen kauft. Er sagt, er hätte das Koks in ihr Getränk getan, damit sie überdosiert, dann hätte er den Dealer angerufen, um ihn an dem Ort zu treffen, an dem sie sich früher schon getroffen hatten. Der Kerl hätte es nicht kommen sehen."

Hunt erinnerte sich an den Tatort in Sally-Annes Wohnung. Er hatte mehr getan, als sie nur mit Drogen zu füttern. „Das ist mal ein Abschiedsbrief."

„Volles Geständnis." Kevin nickte. „Danach schreibt er noch, dass er das Video ans FBI geschickt und den Kopiloten infiziert hätte – er hat aber nicht geschrieben, wo und wie. Und schließlich, dass ihm klar geworden wäre, dass diese Sache niemals aufhören würde. Dass er nicht mehr weitermachen könnte. Dass er gewusst hätte, dass das FBI ihn schließlich schnappen würde. Deshalb hat er sich für den einfachen Ausweg entschieden."

Hunt hätte nie behauptet, dass es einfach war, sich eine Kugel in den Schädel zu jagen, aber er war auch noch nie so verzweifelt gewesen.

Er gab Kevin die Kamera zurück, der sie in einen

versiegelten Beweiskanister im Auto der Kriminaltechniker legte.

„Glauben Sie das?", fragte Hunt.

Kevin zuckte mit den Achseln. „Es klingt wahr. Es gibt ein Motiv. Zunehmende Verzweiflung, während ihn die Sache immer mehr überrollt hat…"

Hunt hatte diese Woche zweimal mit dem Professor gesprochen. So viel zu seinen Instinkten. „Ich muss mit Pip sprechen."

Kevin schüttelte den Kopf. „Sie muss erst befragt werden und ich habe gehört, dass sie beim MRT war und gerade schläft."

Kevin beantwortete vorauseilend Hunts nächste Frage.

„Das MRT hat keine Verletzungen gezeigt. Ihr brummt der Schädel, aber sie hat keine Gehirnblutungen oder dauerhafte Schäden davongetragen, soweit sie sehen können. Am Kolben von Eversons Pistole haben wir Blutspuren gefunden, die wir mit Ms. West abgleichen können. Die Glock ist übrigens auf Cindy Resnick registriert."

Scheiße. Hunt hatte Pips Theorien über Cindys Tod die ganze Zeit über nicht ernst genommen, und jetzt sah es so aus, als ob sie recht gehabt hätte.

„Hey, wenn sie es ernst mit Ihnen meint, dann wird sie verstehen, dass Sie Ihren Job machen müssen." Kevin schaute ihn leicht amüsiert an.

„Weil wir immer so verdammt verständnisvoll sind, wenn die Presse ihren Job macht", erwiderte Hunt trocken.

„Ha", lachte der Agent. „Aber Sie müssen dem Prozess Zeit geben, ansonsten wird das immer über Ihren Köpfen hängen. Sie ist im Krankenhaus. Geben Sie uns Zeit, Ms. West als Verdächtige auszuschließen. Wie viel Schwierigkeiten kann sie im Krankenhaus schon bekommen?"

„So wie ich Pip kenne? Jede Menge." Aber Kevin hatte recht. Hunt musste in dieser Sache nach den Regeln spielen, wenn er seine Karriere nicht gegen die Wand fahren wollte. Die Geiselbefreiungseinheit des FBI war alles, was her jemals gewollt hatte. Hunt ließ etwas der Anspannung in sich abfallen. Pip musste wissen, wie der Prozess ablief. Sobald das FBI alle Beweise am Tatort gesichert hatte und alle Beteiligten unabhängig voneinander befragt worden waren, würde er zu ihr fahren können.

Vorher nicht.

Wenn er ihr auch nur im Geringsten wichtig war, dann würde sie ihm das verzeihen. Wenn er ihr nicht wichtig war… nun, das sollte er besser jetzt herausfinden, bevor sie sich beide zu sehr auf diese Sache einließen. Es waren ein paar anstrengende Tage gewesen. Es war absoluter Wahnsinn gewesen, sich überhaupt aufeinander einzulassen.

Kevin verschwand wieder in der Hütte, und Hunt entschied, zurück in die Stadt zu fahren. Er ging zu Cindy Resnicks Geländewagen und setzte sich hinters Steuer. Pips Handtasche lag auf dem Beifahrersitz.

Hunt fuhr los, und wenige Minuten später hatte sein Handy wieder Empfang. Sofort begann es, mit Nachrichtentönen zu pingen, also hielt er am Straßenrand an und las sie durch.

Zuerst rief er Hernandez zurück, aktivierte Bluetooth und fuhr weiter.

„Auch wenn Everson behauptet hat, zum Todeszeitpunkt von Cindy Resnick auf einer Konferenz gewesen zu sein", erklärte ihm die Analystin, „kann er ohne Weiteres von Tennessee nach Atlanta und wieder zurückgefahren sein, ohne dass es jemand mitbekommen hat."

„Gibt es irgendwelche Zeugen, die bestätigen, dass er auf der Konferenz war?"

„Wir sind gerade dabei, die Leute zu befragen, aber niemand, mit dem wir bis jetzt gesprochen haben, war an dem Abend mit ihm zusammen."

Hunt stieß den Atem aus. War es vorbei? Es schien so. Der Professor hatte seinen illegalen Versuch, eine Biowaffe zu verkaufen, mit dem Mord an der Person zu vertuschen versucht, die ihn auf jeden Fall mit der Anthrax-Variante in Verbindung hätte bringen können. Die Verbindung zu Cindys Arbeit wäre herausgekommen, sobald ihre Doktorarbeit eingereicht und veröffentlicht worden wäre.

Hätte das FBI den Waffenhandel nicht vereitelt, wäre der Professor nie aufgeflogen.

„Wer bringt denn drei Menschen um, nur um ein anderes Verbrechen zu vertuschen?"

„Vier, wenn man die Witwe mitzählt. Und was für ein Mensch versucht denn, eine Biowaffe zu verkaufen, die tausende unschuldige Menschen in den Vereinigten Staaten auslöschen könnte?" Hernandez fluchte farbenfroh, dann seufzte sie. „Wir gleichen die Geschosse aus der Waffe des Professors mit der Kugel ab, die den Drogendealer umgebracht hat."

Hunt spuckte aus, was ihn daran störte. „Alles scheint perfekt zu passen, bis auf ein paar lose Enden..."

Er wusste nicht, was genau ihm daran nicht passte, aber der Adrenalinrausch war gekommen und wieder verschwunden, und jetzt, in diesem Augenblick, war er einfach nur erschöpft. Zeit, nach Atlanta zurückzukehren und seinen Bericht zu schreiben. Er musste sich gedulden, bis er die Genehmigung bekam, Pip zu besuchen. Er hatte das Gefühl, er schuldete ihr eine sehr ausführliche Entschuldigung.

NEUNUNDZWANZIGSTES KAPITEL

H UNT JOGGTE DIE Stufen zu Bournes Büro hinauf, dankbar dafür, nicht von anderen Agenten aufgehalten zu werden, die wissen wollten, was an der Hütte des Professors vorgefallen war. Was er wirklich wollte, war es, Pip im Krankenhaus zu besuchen, aber stattdessen wollte ihn sein SAC sehen. Und im Augenblick würde er sie sowieso nicht sehen können, so sehr er auch wollte. Noch nicht. Nicht, bis sie nicht genau herausgefunden hatten, was vorgefallen war, und wie ihre Freundin in die Ermittlungen mit hineinspielte.

Er klopfte an.

„Herein." Bourne schaute von dem Bericht auf, den er gerade las. „Wollen Sie mir vielleicht erklären, was zur Hölle hier los ist?"

Hunt erzählte ihm genau, was an der Hütte des Professors vorgefallen war. Die Tatsache, dass Hunt darüber berichten konnte, ohne sich übergeben zu müssen, zeugte von seiner Professionalität, denn die Erinnerung daran, wie nahe Pip heute dem Tod gekommen war, drehte ihm den Magen um. „Alle Anzeichen deuten darauf hin, dass der Professor der Hersteller der Biowaffen sein könnte. Es sieht so aus, als ob er Pip West einen Schlag auf den Kopf versetzt und sich anschließend selbst umgebracht hat."

„Also taucht diese Journalistin genau in dem Moment auf, in dem der Professor entscheidet, der ganzen Sache ein Ende zu setzen“, sagte Bourne und runzelt die Stirn. „Und er wird sauer, weil sie ihn unterbricht, also zieht er ihr eins über? Warum erschießt er sie nicht auch?“

„Ich weiß es nicht“, erwiderte Hunt.

„Vielleicht ist sie involviert. Vielleicht ist *sie* diejenige, die das Anthrax verkauft.“

Hunt stellte sich breitbeiniger hin und verschränkte die Arme vor der Brust. „Sie ist schwer verletzt worden.“

„Das kann sie auch vorgetäuscht haben. Hat den Professor umgebracht und sich selbst mit einem Stein auf den Kopf gehauen.“

Der SAC hatte nicht gesehen, wie viel Blut sie verloren hatte, erinnerte sich Hunt und zügelte seinen Zorn. „Es lag nichts in der Nähe herum, an dem Blut geklebt hat. Ich sehe nicht, wie sie sich selbst bewusstlos geschlagen und dann die Waffe beseitigt haben soll.“

Bourne stand auf und ging durch sein Büro. „Sie könnte sich gerade fest genug geschlagen haben, um sich eine Platzwunde zuzufügen, und den Stein dann weggeworfen haben.“

„Der Kriminaltechniker denkt, sie wurde mit dem Kolben der Glock niedergeschlagen, mit der der Professor sich umgebracht hat“, erklärte Hunt geduldig.

„Wurde ihr Blut in der Hütte gefunden?“

Hunt schüttelte den Kopf. „Wir hatten noch keine Zeit, die Blutspuren am Kolben zu analysieren, Sir.“

„Also ist es möglich?“, drängte Bourne.

„Und dann was? Sie legt den Professor um, schlägt sich selbst fest genug auf den Kopf, um zu bluten, heftig zu bluten übrigens, und geht dann einfach nach draußen und legt sich auf die Erde, in der Hoffnung, dass wir dort auftauchen? Sie hatte doch keine Ahnung, dass wir sie irgendwann in der nächsten Zeit finden würden." Er hatte Pip nicht erzählt, wohin er heute unterwegs war, oder was er vorhatte. Das letzte Mal, dass er sie gesehen hatte, bevor er sie verletzt gefunden hatte, war, als er ihr heute Morgen zum Hotel gefolgt war.

Bourne starrte ihn eindringlich an. „Sie wissen, dass wir allen Möglichkeiten nachgehen müssen, ganz egal, wie unwahrscheinlich sie erscheinen, oder Kincaid?"

Hunt nickte widerwillig. Natürlich wusste er das. „West hat mich seit dem ersten Tag bedrängt, dass wir uns den Tod ihrer Freundin genauer anschauen sollten, und hat sogar eine zweite Autopsie angefordert. Sie hat den Ex-Freund ihrer Freundin beschattet, weil sie herausfinden wollte, woher Cindy das Kokain hatte, während ich die ganze Zeit darauf bestanden habe, dass sie ertrunken ist, was durch eine Überdosis beschleunigt wurde, und sie dazu bringen wollte, es einfach zu akzeptieren." Hunt zwang sich, seine Stimme ruhig klingen zu lassen.

Bourne setzte sich wieder hinter seinen Schreibtisch. „Ich gebe Ihnen recht, die Tatsache, dass sie eine zweite Autopsie angefordert hat, kommt ihr zugute, aber das heißt nicht, dass sie nicht ein zweites Motiv haben könnte, das wir noch nicht entdeckt haben. Und ich denke, die Tatsache, dass Sie das nicht sehen können, bedeutet, dass Ihre Objektivität in Hinblick auf Pip West kompromittiert ist."

Hunt biss die Zähne zusammen, um nicht zu sagen, was ihm auf der Zunge lag.

„Sie und der Professor könnten zusammengearbeitet haben, und womöglich hat sie sich Sorgen gemacht, dass sie bald geschnappt werden würden. Vielleicht ist er derjenige, der gestern auf Sie beide geschossen hat? Vielleicht hat sie versucht, sich ihren Weg in die Ermittlungen reinzu-schwatzen, indem sie sich an Sie rangeschmissen hat."

Scheiße. Auch wenn Hunt nicht glaubte, dass Pip absichtlich versucht hatte, ihm nahezukommen – und es war absolut unmöglich, sich noch näherzukommen, als sie es gestern Nacht gewesen waren –, so schlichen sich Täter doch oftmals in Ermittlungen ein.

Bournes Gesicht wurde steinern. „Was ist hiermit?"

Hunts Boss drehte den Bildschirm seines Computers herum. Die Schlagzeile lautete „FBI und CDC untersuchen verdächtige Todesfälle von Biowaffen-Experten."

„Selbst wenn West nicht in die BLACKCLOUD-Ermittlung involviert ist, wird diese Schlagzeile den Professor vermutlich davon überzeugt haben, dass alles vorbei ist. Seine Videodrohung hat nicht funktioniert, und es war nur eine Frage der Zeit, bis er aufgeflogen wäre."

„Ich glaube nicht, dass Pip diese Informationen an die Presse hat durchsickern lassen."

Bourne kratzte sich am Kopf, und Hunt wusste, dass er seine Objektivität definitiv anzweifelte.

„Wo hat der Professor das Video gedreht, das er gestern Abend geschickt hat?", fragte Hunt.

„Wissen wir nicht", gab Bourne zu.

„Was ist mit dem infizierten Kopiloten?"

„Wird noch untersucht." Bourne lehnte sich zurück, und Hunt bemerkte die Erschöpfung, die sich in die Züge des Mannes gegraben hatte. „Womöglich werden wir es nie erfahren. Der Hauptakteur dieser Intrige scheint tot zu sein. Wir wissen nicht, ob er Lager voller Anthrax hat oder andere Chargen erfolgreich verkauft hat. Vielleicht hat er per Post Pakete verschickt. Vielleicht hat er irgendeinen unbekannten

Komplizen, der die Sporen vom Dach eines hohen Gebäudes in irgendeiner Großstadt streuen wird. Aber das werden wir nicht herausfinden, bis es zu spät ist, weil er sich jetzt erschossen hat, nachdem jemand die Presse darüber informiert hat, und der Druck für ihn zu groß wurde. Aber hey", der SAC lächelte, ohne dass es seine Augen erreichte, „wenigstens hat die Presse eine tolle Schlagzeile."

Scheiße. „Bin ich von dem Fall abgezogen?", fragte Hunt und richtete sich kerzengerade auf.

„Sollten Sie das sein?"

Hunt schluckte angestrengt. „Ich bin mit Pip West involviert. Ich sollte mich vermutlich selbst aus der BLACKCLOUD-Ermittlung zurückziehen." Seine Karriere implodierte gerade mit einem lauten Knall – alles wegen einer Frau, die ihn vermutlich nie wieder sehen wollte.

„Haben Sie mich angelogen oder nur wissentlich Befehle missachtet, Agent Kincaid?"

„Ich habe Sie nie angelogen, Sir. Ich glaube nicht, dass Pip West sich irgendetwas zuschulden hat kommen lassen, außer die Wahrheit im Tod ihrer Freundin herausfinden zu wollen." Seinem Boss Paroli zu bieten, würde ihn vermutlich in noch mehr Schwierigkeiten bringen, aber er wollte verdammt sein, wenn er sich nicht verteidigte, nachdem er sich den Arsch abgearbeitet hatte.

Bourne verschränkte die Arme und starrte auf seinen Schreibtisch. „Vermutlich haben Sie recht, aber wir werden nach den Regeln spielen. Sie gehen in die Einheit für Wirtschaftskriminalität zurück. Ich muss unter Umständen mit dem Büro für Professionelle Verantwortung über diese Sache sprechen."

Hunts Magen zog zusammen, aber drauf geschissen, er

hatte nichts falsch gemacht, und er glaubte auch nicht, dass Pip etwas falsch gemacht hatte. Er weigerte sich, zu diskutieren.

Das Schlimmste an diesem ganzen Szenario war, wie viel harte Arbeit sie in diesen Fall gesteckt hatten, und trotzdem waren sie sich noch immer nicht sicher, wie groß die Bedrohung durch eine Biowaffe tatsächlich war, und hatten auch keinen blassen Schimmer, ob die Gefahr nun vorbei war. Aber Hunt war ab jetzt nicht mehr Teil der Ermittlungen, also würde er nicht dabei helfen können, es herauszufinden. Nicht sein Problem. Nicht mehr. Es war vorbei.

PIP WACHTE ERST wieder auf, als es schon dunkel geworden war, aber es strahlte genug Licht von dem stumm geschalteten Fernseher ab, dass sie Hunt erkennen konnte, der ausgestreckt in einem unbequem aussehenden Stuhl neben ihrem Bett schlief. Ihr Herz zog sich zusammen, als sie ihn mit seinen zerzausten Haaren und dem stoppeligen Kinn dasitzen sah.

Mit der Fernbedienung fuhr sie das Kopfteil ihres Bettes ein Stück hoch. Sie hatte noch immer Kopfschmerzen, aber der stechende Schmerz hatte sich mittlerweile in ein dumpfes Pochen verwandelt.

Das leise Surren des Motors ließ Hunt langsam die Augen öffnen. „Wie geht es dir?"

Er streckte seinen herrlichen Körper aus, und ihr Herz begann augenblicklich schneller und heftiger zu schlagen, was auch in Ordnung gewesen wäre, wenn sie die Einzige gewesen wäre, der es auffiel.

Hunt schielte auf den Monitor, dann auf ihre geröteten

Wangen, und grinste sie an „Ich hoffe, das bedeutet, dass es dir ein wenig besser geht." Er zog besorgt die Augenbrauen zusammen. „Und nicht, dass du einen Herzinfarkt hast."

Sie schloss die Augen und atmete tief ein und aus, bis sie den Atem bis in ihren Solarplexus fühlte und ihre schwirrenden Emotionen langsam wieder sammeln konnte. Sie sollte sich nicht so freuen, ihn zu sehen. „Ich dachte, du dürftest mich nicht besuchen?"

„Dürfen?" Er rutschte mit dem Stuhl an sie heran und nahm ihre Hand in seine. „Ich habe dir gesagt, dass ich herkomme, sobald ich kann."

„Ja, aber ich habe auch mit deinem Kumpel Will gesprochen, und er hat gesagt…"

„Will kann ein Arsch sein."

Sie lachte trocken auf. „Ich schätze, ich sollte dankbar dafür sein, dass es nicht Agent Fuller war."

Er beugte sich über sie, hielt noch immer ihre Hand fest, als hätte er Angst, ihr wehzutun, wenn er sie irgendwo anders berührte. „Glaub nicht, ich hätte es nicht mitbekommen, dass du meine Frage nach deinem Befinden nicht beantwortet hast. Ausgebildeter Bundesagent, schon vergessen?"

Diesmal musste sie wirklich lachen, dann zuckte sie zusammen. „Mir geht's gut. Ich will einfach nur nach Hause."

Nur dass sie kein Zuhause hatte, und diese Erkenntnis traf sie hart. Sie war es leid, im Hotel zu wohnen, aber sie wollte auch nicht in Cindys Haus ziehen. Die Erinnerungen an alles, was sie verloren hatte, waren dort zu riesig, zu greifbar.

„Lass mich mit einer Schwester sprechen. Wenn sie zustimmt, nehme ich dich mit zu mir, und du kannst dich ausschlafen."

Pip zog skeptisch eine Augenbraue hoch, auch wenn ihr

Herz ein klein wenig dahinschmolz. „Ich kann mich nicht erinnern, dass ich das letzte Mal in deinem Bett viel geschlafen hätte.“

„Weshalb ich heute so verdammt müde bin.“ Er streichelte ihre Hand, ihre Fingerspitzen. „Aber du hast eine leichte Gehirnerschütterung, also wird nur geschlafen und weiter nichts, junge Frau.“ Als er aufstand, griff sie nach seinem Arm.

„Danke. Dass du mich gerettet hast.“

Seine Augen funkelten und sie musste ihren galoppierenden Puls zügeln. „Ich bin sehr froh, dass es dir gut geht. Als ich dich da liegen gesehen habe…“ Sein Adamsapfel hüpfte auf und ab, als er schluckte. „Scheiße, Pip. Ich dachte, du wärst tot.“ Er blickte sie an, seine Pupillen waren weit. „Das war furchtbar. Also, du musst mir nicht danken, versuch einfach, mir nicht wieder so einen Schrecken einzujagen, okay? In meinem Job habe ich schon genug Aufregung.“

Etwas in seinen Augen veränderte sich, aber Pip konnte nicht sagen, was es war.

Sie nickte, fürchtete, wenn sie den Mund aufmachte, würden die Tränen und die Liebesbekundungen aus ihr herausbrechen.

Niemand verliebte sich nach ein paar Tagen. Das war doch verrückt. Nur dass es ja auch diese Liebe auf den ersten Blick-Klischees gab. Und Klischees kamen nicht von ungefähr…

Sie rutsche unbehaglich hin und her. In ihrem Leben war gerade viel zu viel los, als dass sie überhaupt über so etwas Albernes nachdenken wollte, wie sich in einen Typen zu verlieben, den sie gerade erst kennengelernt hatte. Einen FBI-Agenten. Ein Mann, der vermutlich schon den ganzen Ärger bereute, den sie ihm beschert hatte.

Hunt kam zurück ins Zimmer. „Die Krankenschwester hat

gesagt, sie wollten dich eigentlich zur Beobachtung über Nacht hierbehalten, aber wenn ich verspreche, auf dich aufzupassen, könntest du dich selbst entlassen. Von mir aus können wir das machen, wenn du willst."

Sein Grinsen war regelrecht sündig, und Pips Herz machte einen weiteren, kleinen Sprung. Sie könnte sich ohne Weiteres in ihn verlieben, aber wie standen denn die Chancen, dass er sie ebenfalls lieben würde? Ungefähr so gut wie die Chancen, dass die Buccaneers den Super Bowl gewannen.

Sie wusste, dass diese Gedanken verrückt waren. Sie war achtundzwanzig, nicht achtzehn. Diese Sache würde letztlich so enden, wie jede andere Beziehung, die sie je gehabt hatte. Mit einem gebrochenen Herzen.

Wenigstens habe ich nicht zu viel Schiss, mich mit Männern zu treffen.

Cindys Stimme hallte durch ihre Gedanken. Pip hatte Angst. Sie wusste nicht, wie sie einen anderen Menschen an sich heranlassen sollte. Im Augenblick wollte sie mit ihm zusammen sein, und er schien auch mit ihr zusammen sein zu wollen, also würde sie sich nicht zu viele Gedanken darüber machen oder sich dagegen wehren. Sie würde einfach nur versuchen, weniger Angst vor ihrem eigenen Leben zu haben.

„Bring mich hier raus. Bitte."

***

HUNT TRUG PIP in sein Haus, auch wenn sie darauf bestand, dass sie selbst laufen konnte.

„Das ist meine einzige Chance, ein Kavalier zu sein. Ruiniere es nicht", befahl er grinsend.

Sie trug noch immer die baumwollenen Krankenhaussachen, weil ihre Kleidung als Beweismittel konfisziert worden war. Nachdem Will gegangen war, war ihr klargeworden, dass sie nach Blutspuren von Professor Everson suchen würden, die sie allerdings nicht finden würden. Sie hatte darauf bestanden, dass jemand kam, um ihre Hand auf Schmauchspuren zu untersuchen. Sie hatte nichts zu verheimlichen.

Pip hielt sich an Hunts Lederjacke fest, genoss es, diese harten Muskeln zu spüren und die starken Arme, die sie ohne Mühe hochhoben. Vielleicht hatte es doch seine Vorteile, zierlich zu sein. Mit seiner Ferse schlug Hunt die Haustür zu, dann trug er sie direkt zum Bett, das noch immer ungemacht von letzter Nacht war.

Es war seltsam, wieder hier zu sein, in seinem Zuhause.

Vorsichtig legte er sie auf dem Bett ab, steckte ihr ein paar Kissen hinter den Rücken und richtete sich wieder auf. Er sah unsicher aus und fuhr sich mit der Hand über den Nacken. „Hast du Hunger?"

Sie zog eine Grimasse und schüttelte den Kopf. Ihr Magen knurrte, aber ihr Kopf drehte sich noch immer und riet ihr davon ab, zu essen. Die Vorstellung, sich vor den Augen irgendeines anderen Menschen zu übergeben, war peinlich. Sie war es nicht gewohnt, umsorgt zu werden, wenn sie krank war. Für gewöhnlich rollte sie sich dann für ein paar Tage unter einer Decke zusammen und suhlte sich in Selbstmitleid.

„Ich hole dir etwas zu trinken und lasse dich schlafen." Er wollte gehen, und beinahe hätte sie ihn auch gelassen.

„Warte." Sie schluckte nervös, bevor sie fragte: „Würdest du mich in den Arm nehmen?"

Er blieb stehen, dann nickte er ein wenig befangen, zog seine Jacke und das Holster aus, schlüpfte aus seinen Schuhen, bevor er zu ihr ins Bett krabbelte und sie an sich zog.

Ihr Gesicht ruhte auf seiner Brust und es fühlte sich an, wie nach Hause kommen – was überhaupt keinen Sinn ergab, denn für sie war ein Zuhause immer ein sehr einsamer Ort gewesen, an dem sie sicher nicht dem Herzschlag eines anderen Menschen lauschte. Sie legte ihre Hand auf seine Brust. Sanft strich er ihr über die Haare.

Daran könnte sie sich gewöhnen. Ein furchteinflößender Gedanke.

„Was wolltest du mir denn gestern zeigen?", fragte sie.

Sie erwartete irgendeinen Witz über Sex, aber er stand auf, kam mit einem gerahmten Foto zurück und nahm wieder seine Position als ihr Lieblingskissen ein. Pip berührte das kalte Glas des Bilderrahmens. Ein offizielles Foto eines Mannes im Anzug. Die gleichen auffälligen blauen Augen wie Hunts. „Dein Vater?"

Sie spürte, wie er nickte.

„Ich war sieben, als er gestorben ist. Du hast gesagt, ich will die Welt retten, aber das stimmt nicht. Ich wollte immer nur ihn retten."

„Wolltest du ihn auch rächen?" Sie verurteilte ihn nicht.

„Kann sein." Seine Stimme klang weich durch die Dunkelheit. „Aber wie gesagt, das FBI hat seinen Mörder vor Jahren bei einem anderen Banküberfall erwischt und erschossen. Sobald ich eine Dienstmarke hatte, wurde mir klar, dass ich ihn nicht zu rächen brauchte, aber dabei helfen konnte, dass andere Kinder nicht das Gleiche durchmachen mussten, was ich durchgemacht hatte."

Sanft berührte sie seine Hand. „Nur dass es immer jemanden geben wird, der bereit ist, anderen Menschen wehzutun."

Hunt nickte und war still. Er stellte die Fotografie neben

die Lampe auf den Nachttisch.

„Das mit deinem Vater tut mir sehr leid. Falls es hilft, ich bin mir sicher, er wäre sehr stolz auf den Mann, der du geworden bist.“

Er schnaubte, und sie ließ es gut sein. „Ich glaube, ich muss Cindys Beerdigung umplanen. Verschieben.“

Sein Atem streifte ihren Scheitel. „Was musst du noch alles klären?“

„Ich hatte den Professor fragen wollen, ob er einer der Sargträger sein will und eine Rede hält. Deshalb bin ich zu seiner Hütte rausgefahren.“

Seine Arme schlangen sich enger um sie.

„Hast du herausgefunden, wer ihn umgebracht hat? Dein Freund Will hat gesagt, das FBI würde sich Cindys Tod genauer anschauen. Glaubt ihr, ich hatte recht?“

Hunt stöhnte auf. „Ich darf darüber nicht sprechen.“

Pip verspannte sich. Sie verstand es. Sie verstand es wirklich. Aber hier ging es um Cindys Leben. Cindys Tod. Sie musste es wissen.

„Ein bisschen kann ich dir erzählen.“

Ihre Finger krallten sich in sein Hemd.

„Das Labor hat einige Ungereimtheiten an Cindys Tatort gefunden.“

„Was für Ungereimtheiten?“

„Winzige Spuren von Rohypnol in ihrer Wasserflasche.“

Pips Gedanken rasten so schnell, dass ihr Kopf wieder vor Schmerzen zu pochen begann. Das letzte Mal, dass sie von Cindy gehört hatte, hatte ihre Freundin ihr erzählt, dass sie laufen gewesen war und sich nicht so gut fühlte. Pips Mund wurde trocken, als sie über diese Implikationen nachdachte. „Jeder wusste, dass Cindy täglich laufen ging und immer ihre

Wasserflasche dabei hatte."

„Es ist noch schlimmer als das." Hunts Stimme war tief und leise. „Es wurden auch Spuren von Kokain in der Champagnerflasche gefunden."

Pip spürte, wie ihr Herz hämmerte. „Jemand hat ihr heimlich Drogen verabreicht." Sie hatte recht gehabt. „Jemand hat sie umgebracht."

„Hat sie vermutlich mit den Drogen vollgepumpt und ist dann mit ihr in den See gegangen, in der Hoffnung, dass sie ertrinkt."

Entsetzen durchflutete Pip in einer erneuten Welle des Schmerzes. „Ist sie vergewaltigt worden?"

„Wir wissen es noch nicht. Wir untersuchen die DNA, aber vielleicht finden wir es nie heraus."

„War es dieselbe Person, die den Professor umgebracht hat? Und was ist mit Sally-Anne? War ihr Tod nur ein Zufall?" Wussten sie, wer es gewesen war? War es dieselbe Person, die gestern auf Hunt und sie geschossen hatte? War sie in Gefahr?

Sie spürte, wie Hunt schluckte.

„Im Augenblick sieht es so aus, als ob Professor Everson sich selbst umgebracht hätte. Die meisten von uns denken, dass er es war, der dich niedergeschlagen hat, aber wir wissen es nicht mit Sicherheit."

„Was?" Pip versuchte, sich aufzusetzen, aber Hunt hielt sie fest.

„Die Beweise deuten außerdem darauf hin, dass der Professor in den Mord an Cindy verwickelt gewesen sein könnte."

„Was? Wie? Warum?" Pip gab es auf, sich zu wehren, und ließ sich auf Hunts Brust fallen.

Er streichelte ihren Arm. „Das darf ich dir nicht erzählen."

Verdammt, wie Pip das hasste. Ihr Verstand versuchte, hinterherzukommen, aber es war alles einfach so schrecklich. Cindy hatte eine gute Beziehung zu dem Mann gehabt. Keine Freundschaft, aber sie hatten sich gegenseitig respektiert. Die Vorstellung, dass er womöglich ihre beste Freundin ermordet hatte, seine Doktorandin, weitere Menschen … dass er sie niedergeschlagen haben sollte … warum?

„Hat er auch auf uns geschossen?", fragte sie.

„Pip", Hunts Stimme klang angespannt. „Ich kann das wirklich nicht mit dir besprechen."

Frustration rauschte durch sie hindurch, aber er hatte ihr schon mehr erzählt, als sie überhaupt erwartet hatte. Sie wollte nicht, dass er ihretwegen Ärger bekam, aber trotzdem … „Ich verspreche, ich werde nichts verraten. Ich weiß, alle glauben, ich werde irgendeinen Enthüllungsbericht schreiben, aber ich habe doch noch nicht einmal einen Job. Ich weiß nicht einmal mehr, ob ich überhaupt noch Journalistin sein will …"

„Das ist eine strafrechtliche Untersuchung." Ein schneidender Tonfall lag jetzt in seiner Stimme. „Wir haben unsere Gründe, weshalb wir nicht mit allem an die Öffentlichkeit gehen. Moralische Gründe. Rechtliche Gründe. Prozesstechnische Gründe."

Sie versuchte, sich von ihm fortzuziehen, aber seine Arme waren fest um ihren Oberkörper geschlungen. „Willst du behaupten, ich würde etwas Unmoralisches oder Illegales tun, nur um an eine Story zu kommen?"

„Nein." Er fuhr sich frustriert mit der Hand durch die Haare. „Scheiße. Ich kann nicht mehr richtig denken. Ich muss schlafen. Du musst schlafen." Er klang völlig erschöpft, und sie fühlte sich schlecht, weil sie ihn so bedrängt hatte, wo er doch offensichtlich einen anstrengenden Tag gehabt hatte. Den hatten sie beide gehabt.

Sie versuchte, ihre Erschöpfung noch ein paar Minuten abzuwehren, aber sie war so müde, und die Medikamente, die sie im Krankenhaus bekommen hatte, rauschten noch immer durch ihren Körper und machten sie schläfrig.

„Hunt", sagte sie benommen.

„Ja?"

„Danke. Für alles."

DREISSIGSTES KAPITEL

HUNT WACHTE MIT einer schlafenden Pip auf seiner Brust auf. In den letzten vierundzwanzig Stunden war eine Menge auf ihn eingeschlagen. Am verblüffendsten von allem war seine Beziehung zu Pip West, die sowohl aufregend als auch verdammt beängstigend war. Er versuchte, nicht daran zu denken, dass er von der BLACKCLOUD-Ermittlung abgezogen worden war, oder dass sein Boss ihn zum Büro für Professionelle Verantwortung geschickt hatte. Hunt schaute auf den Wecker. Er hatte drei Stunden geschlafen, was in dieser Woche so ziemlich die Norm war.

Pip runzelte im Schlaf die Stirn, und er fragte sich, ob sie Schmerzen hatte. Er musste sie bald aufwecken. Der Arzt hatte gesagt, die Chancen waren gering, dass sie in ein Koma fallen würde, aber es bestand trotzdem eine Möglichkeit. Wenn er sich daran erinnerte, wie sich diese wenigen Augenblicke angefühlt hatten, als er geglaubt hatte, sie wäre womöglich tot...

Genau deshalb ließ er niemanden an sich heran, verflucht nochmal.

Hunt war weder impulsiv noch dumm. Er schaute sich immer genau um, bevor er sich in etwas hineinstürzte, aber Herr im Himmel, diese Frau weckte seinen Beschützerinstinkt, und das jagte ihm eine Heidenangst ein. Er konnte sie ebenso wenig beschützen, wie er seinen Dad oder seine Stiefschwester hatte beschützen können. Oder Cindy Resnick.

Pips messerscharfer Verstand und ihre unermüdliche Suche nach Antworten verhießen nichts Gutes für seine Karriere, und er hatte ihr schon jetzt mehr erzählt, als er hätte sagen sollen, weil er wollte, dass sie so gut es ging mit dem Tod ihrer Freundin abschließen konnte.

Ein Fehler.

Er wollte nicht, dass ihn eine Beziehung mit ihr seine Karriere beim FBI kostete, für die er so hart gearbeitet hatte, aber er wollte herausfinden, wo diese Sache mit Pip hinführte. Und er wollte sicherstellen, dass sie nach dem Angriff heute in Ordnung war. Sie hatte niemanden sonst.

Er schüttelte den Kopf über seinen eigenen Blödsinn. Auch wenn es jemand anderen geben würde, der sich um sie kümmerte, wollte er trotzdem derjenige sein, der diese Aufgabe übernahm. Er wollte sie hier in seinem Bett, in seinem Zuhause. Die Dinge entwickelten sich viel zu schnell, um richtig zu begreifen, was er für sie empfand. Das war alles Neuland für ihn.

Sich selbst aus der BLACKCLOUD-Ermittlung herauszunehmen, war das Allerletzte gewesen, aber es war auch notwendig. Hunt hatte alle Regeln im Buch befolgt und hatte die Suche nach dem Waffenhändler nicht gefährdet, aber SAC Bourne hatte trotzdem so ausgesehen, als ob er ihm den Kopf abreißen wollte. Dass Pip in die Produktion der Biowaffe verwickelt war, ergab wenig Sinn, aber könnte sie die Story der Zeitung zugespielt haben?

Nein. Auf keinen Fall.

Aber wenn er diesen Gedanken hatte, und wenn auch nur für eine Sekunde, dann hatte ihn auch jemand anderes im FBI. Wenn er beim FBI blieb und mit Pip eine Beziehung begann, würde er seine gesamte Karriere damit verbringen, sie zu verteidigen.

Professor Eversons Hütte wurde noch immer untersucht, aber es erschien wie eine todsichere Sache, dass der Professor Pip niedergeschlagen und sich anschließend selbst umgebracht hatte. Sein Abschiedsbrief legte nahe, dass die Mordserie einfach schon zu viel für ihn gewesen war, und er es nicht mehr übers Herz gebracht hatte, auch Pip den Rest zu geben. Oder er hatte geglaubt, sie wäre schon tot.

Hunt konnte sein Unbehagen nicht abschütteln.

Dem FBI waren in dieser Ermittlung zu viele Hinweise gefüttert worden, die sich letzten Endes alle als falsche Fährten herausgestellt hatten.

Pips Haare kitzelten seine Nase, aber er ignorierte es. Er mochte es, sie im Arm zu halten.

Es war nach Mitternacht. Er sollte noch eine Weile weiterschlafen. Gerade, als er eindämmerte, vibrierte sein Diensthandy. Behutsam löste er seine Arme von Pip und glitt aus der Wärme ihrer Umarmung.

Er wartete, bis er in der Küche war, bevor er den Anruf annahm. Es war Hernandez. Sie hatte offensichtlich noch nicht mitbekommen, dass er offiziell nicht mehr in dem Fall ermittelte.

IHR HANDY KLINGELTE. Pip tastete auf dem Nachttisch herum, bis sie es gefunden hatte, hielt es benommen und verwirrt an ihr Ohr.

„Hallo?", fragte sie.

Ihr schlug Schweigen entgegen und sie brauchte einen

Moment, um sich zu erinnern, dass sie in Hunts Haus war. In seinem Bett. Und dass es sein Handy war.

Mist. Sie warf die Decke fort und setzte sich langsam auf. Ihr Kopf schmerzte, aber nicht mehr so quälend wie gestern.

„Warum gehen Sie an Hunts Handy?" Es war Hunts Freund Will, und er klang angepisst. „Machen Sie sich keine Mühe. Ich meine, es ist ja mehr als offensichtlich, oder nicht? Trotz allem, was ich vorhin gesagt habe. Haben Sie ihm nicht schon genug Ärger gemacht? Er hat gerade seinen Platz in der Ermittlung verloren, und jetzt muss er sich dank der Story, die Sie an die Presse weitergeleitet haben, vor einer internen Kommission verantworten."

Pip saß wie betäubt da. „Wovon reden Sie?"

„Vergessen Sie es. Wo ist er? Ich muss ihn sprechen."

Sie schaute auf und entdeckte Hunt, der in der Tür stand und ein anderes Handy am Ohr hatte.

„Ich rufe Sie zurück", sagte er zu der Person am anderen Ende. Er hielt die Hand auf und Pip reichte ihm sein Handy.

Wovon hatte Will gesprochen?

„Was ist los, Arschloch?"

Pip sah, wie sich der Ausdruck in Hunts Gesicht von Verärgerung in Sorge wandelte.

„Nein. Warum?"

Sie konnte nur Hunts Ende der Unterhaltung hören.

„Habt ihr euch gestritten?" Es entstand eine Pause, während Will antwortete. „Was hat sie zuletzt gemacht?"

Die Falten auf Hunts Stirn vertieften sich vor Besorgnis. Etwas stimmte nicht, aber Pip war in ihren eigenen Gedanken gefangen, die durch ihren Kopf kreisten wie Geier, die nur darauf warteten, ein Aas zu zerpflücken. Wovon hatte Will gesprochen?

„Hast du schon mit Bourne gesprochen?", fragte Hunt.

„Hast du alle ihre Freundinnen angerufen? Ruf Bourne an. Erzähl ihm, was du mir erzählt hast. Ich bin in zwanzig Minuten im Büro." Hunt legte auf.

Pip sprach zuerst. „Es war ein Versehen, ich wollte nicht rangehen. Tut mir leid." Für eine Frau, die sich früher nie entschuldigt hatte, wurde sie langsam immer besser darin.

Etwas in seinen Augen blitzte auf, aber sie konnte es nicht einordnen. Glaubte er ihr nicht?

„Ich habe geschlafen." Sie starrte auf ihre Zehen. „Ich wusste nicht, wo ich war, als es klingelte."

„Ist okay", sagte er angespannt. „Sorry wegen Will. Er macht sich Sorgen."

„Er hat gesagt, du wurdest vom Fall abgezogen?" Stille umfing sie, voller unbeantworteter Fragen. Dann setzte sich Hunt in Bewegung, zog sich so rasch ein frisches T-Shirt an, dass sie keine Gelegenheit dazu hatte, seine Muskeln zu bewundern.

„Ich habe mich selbst von dem Fall abgezogen", erklärte er, sah sie aber nicht an. „Nachdem wir dich bewusstlos vor der Hütte des Professors gefunden hatten, wurde die Sache augenblicklich zu einem Interessenskonflikt für mich."

Schuldgefühle rumorten in ihr. „Ich wollte dir nie Ärger machen."

Wieder funkelten seine Augen, aber mehr sagte er nicht. Vertraute er ihr nicht? Sie biss die Zähne zusammen und zwang sich, weiterzusprechen. „Will hat gesagt, du musst dich vor einer internen Kommission verantworten, wegen irgendeiner Story, die ich angeblich habe durchsickern lassen?" Sie sagte es in einem leichten Tonfall, als ob sie nicht innerlich am Bluten wäre.

Hunt schüttelte den Kopf, während er sein Holster über das weinrote T-Shirt zog. „Ich glaube nicht, dass du eine Geschichte hast durchsickern lassen."

Sie ballte die Hände in ihrem Schoß zu Fäusten. Das war gut. „Was für eine Story?"

Er zog sich ein Paar Socken an, dann schwarze Stiefel.

„Was für eine Story, Hunt?"

„Etwas darüber, dass das FBI in den Todesfällen dieser Wissenschaftler ermittelt."

„Warum sollte ich das tun?" Sie runzelte die Stirn.

„Um zu versuchen, ein größeres Interesse für Cindys Tod zu wecken." Er fuhr sich mit den Fingern durch die Haare und stand auf. „Ich glaube nicht, dass du etwas hast durchsickern lassen, aber das ist das Motiv, dass jemand darin vermuten könnte."

„Ich würde dich niemals derart verraten ..." Sie schluckte, versuchte, ihren trockenen Mund zu befeuchten. So etwas würde sie nie tun. Eine persönliche Beziehung wäre immer wichtiger als eine Story, und sie würde niemals ihre Quellen verraten. Wenn er das nicht sehen konnte, wie sollten sie dann jemals eine richtige Beziehung führen?

Er hockte sich neben sie und strich ihr die Haare aus dem Gesicht. „Wie gesagt, ich glaube nicht, dass du etwas hast durchsickern lassen. Aber mein Boss hasst Reporter."

„Du auch."

„Nicht mehr." Er lächelte und legte seine Hand auf ihre. „Ich muss los. Schlaf weiter. Ich rufe dich in ein paar Stunden an, um zu schauen, wie es dir geht. Die Dinge sind im Augenblick ziemlich chaotisch, aber ich vertraue dir."

Seine Handys klingelten, eines nach dem anderen, aber er ignorierte sie beide, während sie sich stumm anschauten. Pip wollte ihm glauben. Sie wollte an sie beide glauben.

Sein Festnetztelefon schrillte ebenfalls. Hunts Stimme erfüllte die Luft und Pip zuckte zusammen, doch dann wurde ihr klar, dass es der Anrufbeantworter sein musste. Sie konnte seine Stimme deutlich aus dem anderen Zimmer vernehmen.

„Agent Kincaid. Ich habe es auf Ihrem Diensthandy und unter Ihrer privaten Nummer versucht, aber Sie sind nicht ran gegangen. Ich versuche es also jetzt mit der Nummer, die Sie mir gestern auf Ihre Visitenkarte geschrieben haben."

Hunt stand auf und ging aus dem Zimmer. Pip folgte ihm in die Küche.

„Karen Spalding hier, von der Blake University." Die Frau klang gestresst. „Ich muss wirklich Einspruch dagegen erheben, dass FBI-Agenten und die CDC einfach mit gezogenen Waffen auf den Campus kommen und Anthrax und andere biologische Proben mitnehmen. Sie überschreiten eine Grenze. Es ist mir egal, ob eine Bedrohung besteht. Die CDC kann nicht einfach hier hereinmarschieren, mitnehmen, was sie wollen, und uns wie Verbrecher dastehen lassen."

Hunt stand neben seinem Anrufbeantworter und ließ den Kopf hängen. Pip hatte schon genug gehört. Spalding hinterließ ihm ihre Nummer und legte auf.

Biologische Proben. Bedrohung.

Pip legte eine Hand auf die Arbeitsfläche, um nicht das Gleichgewicht zu verlieren.

Biologische Bedrohung.

Anthrax.

Ihr Mund war staubtrocken. Alle Hinweise hatten von Anfang in diese Richtung gewiesen. Hunts Job. Die Art und Weise, wie die Tatorte untersucht worden waren – sie war zu traumatisiert gewesen, um es zu erkennen.

„Ihr habt also eine falsche Geschichte über neue Vorschriften bei Ermittlungen in Todesfällen von Forschern erfunden, weil ihr Sorge hattet, Cindy hätte eine biologische Waffe entwickelt?" Sie lachte, als sie das sagte, aber Hunts Gesichtsausdruck bestätigte ihr, dass sie richtiglag.

„Oh, mein Gott." Pip schluckte. Es kam ihr fantastisch und unwirklich vor.

Du weißt nicht alles über mich.

„Nie im Leben würde Cindy irgendjemandem etwas antun", sagte sie entschieden. „Ich nehme an, ihr glaubt, es war der Professor? Er hat Cindy umgebracht, um zu vertuschen, dass er – was? – Anthrax hergestellt hat?" Diese Vorstellung erschreckte sie zutiefst. „Warum hast du mich nicht gewarnt? Ich hätte mich zurückgezogen …"

Er fuhr sich durch die zerzausten Haare. „Es ist streng vertraulich …"

„Ich hätte sterben können!", rief sie so laut, dass ein spitzer Schmerz durch ihren Kopf schoss. Sie schloss die Augen, wandte sich von ihm ab und stützte sich mit beiden Händen auf der Arbeitsfläche ab.

„Du darfst niemandem etwas darüber erzählen. Wenn die Öffentlichkeit das mitbekommt, kann es zu einer Massenpanik kommen …"

Sie hörte nicht auf seine Worte. Trotz allem, was er ihr erst vor wenigen Minuten gesagt hatte, traute er ihr nicht. Und selbst, wenn er ihr vertraute, vertrauten ihr seine Kollegen nicht. Das war der Grund, weshalb er Ärger bekommen und Will sie am Telefon angeschnauzt hatte.

„Ich muss los", sagte Will. „Fuller ist verschwunden. Können wir morgen früh darüber sprechen?"

Emotionen wallten in ihr auf, und sie blinzelte die Tränen

zurück. Sie nickte und hielt still, als er sie auf die Stirn küsste. Dann war er verschwunden, und sie zwang sich, die Müdigkeit und die Lethargie zur Seite zu schieben und sich in Bewegung zu setzen. Auf keinen Fall würde sie allein in seinem Haus bleiben.

Sie war nicht stark genug, um ihr Herz so zu stählen, wie sie es tun musste, und es würde zu verdammt wehtun, wenn es alles schrecklich schiefging. Und es ging immer schrecklich schief. So viel zu „Niemals aufgeben. Niemals kapitulieren", wie es so schön auf ihre Hüfte tätowiert war.

Die Haustür schlug zu, Pip ging zurück ins Schlafzimmer und nahm ihre Handtasche an sich. Sie war barfuß und trug einen OP-Kittel, aber es war ihr egal. Sie konnte nicht hierbleiben.

Sie nahm die Schlüssel zu Cindys Geländewagen und verließ das Haus. Hunt war schon gefahren. Sie stieg in ihren Wagen, senkte ihren nackten Fuß vorsichtig auf das Gaspedal, dann startete sie den Motor, dankbar für die warme Luft, die ihr aus der Heizung entgegenströmte.

Pip rief Hunts Handy an. Sie würde kein Feigling sein. Sie würde ihn nicht anlügen. Aber er ging nicht ran, und der feige Teil in ihr stieß einen erleichterten Seufzer aus.

„Hunt. Ich fahre zurück zum Hotel. Es ist mir unangenehm, allein in deinem Haus zu bleiben, und ich denke, wir sollten für eine Weile ein bisschen Abstand halten. Ich…" Gott, es war so schwer. Erst vor ein paar Minuten hatte sie sich noch in sein Bett gekuschelt. „Ich weiß deine Freundlichkeit zu schätzen, aber diese Sache zwischen uns wird nicht funktionieren. Du verdienst jemand besseren als mich. Jemand mutigeren. Mach's gut, Hunt." Sie legte auf und hatte augenblicklich das Gefühl, sich übergeben zu müssen, was nichts mit ihrer Kopfverletzung zu tun hatte. Es war der selbstauferlegte Wahnsinn, vor einem Mann davonzulaufen – nein, davonzurennen – der am Ende womöglich die Liebe ihres Lebens war.

Aber sie würden nie zueinander passen. Pip war sich nicht sicher, ob sie damit umgehen könnte, dass sein Job es ihm verbat, sich ihr anzuvertrauen. Und selbst wenn sie es akzeptieren könnte, würde er seine gesamte Karriere damit verbringen müssen, sie zu verteidigen und sich für sie zu entschuldigen. Sie konnte den Gedanken nicht ertragen, ihm das zuzumuten. Den einzigen Job zu untergraben, den er jemals hatte machen wollen. Besser, die Dinge jetzt zu beenden, bevor es ihnen beiden das Herz brach.

EINUNDDREISSIGSTES KAPITEL

DER SCHLÜSSEL ZU Cindys Haus hing ebenfalls am Anhänger des Autoschlüssels, und Pip erinnerte sich, dass sie noch ein paar Klamotten im Haus der Resnicks hatte.

Das Haus lag nicht weit entfernt von hier, und diese Option war tausendmal attraktiver, als barfuß und wie eine Statistin aus *The Walking Dead* in das Hotel zu spazieren.

Zehn Minuten später schloss sie die Tür zu Cindys Haus auf, bewegte sich aus Gewohnheit leise durch die Dunkelheit. Warum war der Alarm nicht angestellt gewesen? Sie würde mit der Putzhilfe ein ernstes Wörtchen über Sicherheitsvorkehrungen sprechen müssen.

Lautlos tapste sie die mit Teppich beschlagene Treppe hinauf. Sie ging an Cindys Schlafzimmer vorbei zu ihrem eigenen alten Zimmer und machte das Licht an. Alles war ihr vertraut und teuer. Etwas anderes kristallisierte sich plötzlich heraus. Morgen würde sie aus dem Hotel auschecken und in dieses Haus einziehen, bis sie alles für sich geklärt hatte. Sie öffnete eine Schublade und holte ein altes Florida State University-T-Shirt und ein Paar zerfetzte Jeans heraus. Außerdem einen grauen Kapuzenpulli, Socken und ein altes Paar Laufschuhe, die im Schrank standen. Ihr Handy klingelte, und sie schaute auf die Nummer. Es war Hunt. Er musste ihre Nachricht abgehört haben.

Sie atmete tief ein, aber bevor sie antworten konnte, hörte

sie das Knarzen einer Fußbodendiele und fuhr herum. In der Tür zu ihrem Zimmer stand Adrian Lightfoot. Seine Augen waren rot unterlaufen und sein Anzug zerknittert, als ob er darin geschlafen hätte.

„Adrian", rief sie aus.

„Was machen Sie denn hier?", fragten sie unisono.

„Ich brauchte ein paar Anziehsachen", sagte Pip unbeholfen.

Seine Augen blickten ein wenig wild und sie begann, sich unbehaglich zu fühlen. „Warum sind Sie hier, Adrian?"

Das Klingeln ihres Handys verstummte. Hunt hatte aufgegeben.

Adrian öffnete den Mund, dann schloss er ihn wieder, fuhr sich mit den Fingern durch die blonden Haare, dass sie zu Berge standen.

„Ich bin vorhin hergekommen. Muss eingeschlafen sein. Tut mir leid. Ich habe ein Geräusch gehört und dachte, es wäre ein Einbrecher."

Pip starrte ihn an. Und plötzlich ergaben viele Dinge, die Cindy und Dane gesagt hatten, einen Sinn. „Sie haben sie geliebt. Cindy."

Er schniefte laut und blinzelte, wandte dann den Blick ab. „Das habe ich. Ich dachte, sie würde mich auch lieben. Wir waren ein paar Monate zusammen, und sie hatte mir geschrieben, dass sie mit der Dissertation fertig war und sie am nächsten Tag abgeben wollte. Ich bin zu ihrem Haus am See gefahren und wollte sie mit einem Strauß Blumen überraschen."

Etwas anderes wurde ihr klar. „Das war Ihre DNA auf den Bettlaken."

Warum hatte Cindy nicht erwähnt, dass sie mit ihm

zusammen war?

Sein Mund zuckte. „Vermutlich. Jetzt bin ich mir nicht mehr so hundertprozentig sicher.“

„Wie meinen Sie das?“

„Cindy hat mich ausgenutzt. Sie hat sich auch mit anderen Männern getroffen.“

Pip runzelte die Stirn. „Das würde sie nicht tun.“

Er kippte den Kopf zur Seite. „Sie hat sich immerhin auf mich eingelassen, als sie noch mit diesem Clown Dane zusammen war.“

Pip schüttelte den Kopf. „Sie hätte nie mit Ihnen beiden gleichzeitig geschlafen. Warum hat sie mir nichts von Ihnen erzählt?“

„Ich hatte sie darum gebeten. Sie war meine Klientin, um Gottes willen, ganz abgesehen davon, dass sie viel zu jung für mich war.“

„Sie war achtundzwanzig. Alt genug, um ihre eigenen Entscheidungen darüber zu treffen, mit wem sie zusammen sein wollte. Und Sie sind auch nicht gerade steinalt oder hässlich. Außerdem hätte Cindy sich einen anderen Anwalt suchen können.“

Er sah erschüttert aus. „Ich wollte die Dinge langsam angehen. Ich habe ihr gesagt, dass sie sich einen anderen Anwalt suchen soll, aber sie wollte, dass ich die Patentangelegenheiten kläre, die sich langsam zugespitzt hatten.“

Pip ignorierte den leisen Schmerz darüber, dass Cindy ihr diese Sache verheimlicht hatte.

Die Erinnerungen an ihren Streit wurden deutlicher. Klarer. Schmerzhafter. Pip hatte Cindy vorgeworfen, mit anderen zu schlafen, als sie schon eine Beziehung mit diesem

Mann hatte. Cindy musste Pips frömmelnde Moralpredigt verabscheut haben, vor allem, wenn sie Adrian versprochen hatte, ihre Beziehung geheim zu halten.

Seine Lippen verzogen sich. „Hören Sie auf, so zu tun, als wäre sie ein solcher Engel gewesen."

„Das war sie ..."

„Lügnerin!" Seine Stimme brach.

Ein Beben der Angst schoss durch Pip hindurch. Hatte Hunt falsch damit gelegen, wer Cindy umgebracht hatte?

„Das dachte ich auch immer, bis ich sie gesehen habe." Er verschluckte einen Schluchzer. „In der Nacht, in der sie gestorben ist ..."

Ein eiskalter Schauer lief Pip den Rücken hinunter. Ihr Finger schwebte über der Wahlwiederholungstaste für Hunts Nummer.

„Sie hat im Wohnzimmer ihrer Hütte dieses Arschloch gefickt."

„Moment. Was?"

„Pete Dexter. Dieser schleimige Bastard."

Pips Beine gaben nach, und sie ließ sich auf das Bett fallen. „Sie haben gesehen, wie sie mit Pete Dexter Sex hatte, in der Nacht, in der sie gestorben ist?"

„Sie war nackt. Er hatte noch seine Sachen an." Seine Stimme war verbittert. Pip konnte den Whiskey in seinem Atem riechen. „Glauben Sie mir, sie hatte ihren Spaß ..."

„Nein." Ihr Magen drehte sich um. Hunt glaubte, der Professor hätte Cindy umgebracht. „Sind Sie sicher, dass es Pete war? Nicht ihr Doktorvater?"

„Sie hat auch ihren Professor gefickt?" Adrian blickte aufgebracht an die Decke. Seine Finger klammerten sich um ein Buch. *Vom Winde verweht*, erkannte Pip. Das Buch sah mitgenommen aus, als ob er damit geschlafen hätte. Natürlich, er hatte es Cindy geschenkt. Jetzt ergab alles Sinn. Er hatte sie geliebt. Hatte er auch Cindys Tagebuch mitgenommen, damit er nicht von der Polizei befragt werden würde?

„Warum haben Sie der Polizei nichts von Pete erzählt?", fragte Pip fassungslos.

„Weil die Autopsie ergeben hatte, dass sie Drogen genommen hatte und ertrunken war! Ich wollte meine Karriere nicht zerstören, indem ich eine Affäre zugebe. Ich wollte nicht, dass die ganze Welt mitbekam, was für ein verdammter Narr ich war."

„Aber Sie irren sich mit dem, was passiert ist." Pip war sich nicht sicher, ob sie ihm etwas verraten sollte, was Hunt ihr im Vertrauen erzählt hatte, aber der Schmerz dieses Mannes berührte sie und sie wollte, dass er begriff, dass Cindy ihn nicht betrogen hatte. „Jemand hat ihr KO-Tropfen in die Wasserflasche getan, als sie laufen gegangen ist. Dann hat er ihr Champagner eingeflößt, der mit Kokain versetzt war."

Adrian runzelte die Stirn und schluckte. „Aber ich habe sie gesehen …"

„Sie haben gesehen, wie sie vergewaltigt wurde!" Zorn brach aus Pip hervor.

Adrians Augen wurden groß. „Was?"

„Jemand hat sie unter Drogen gesetzt, und wenn es stimmt, was sie gesehen haben …", denn wenn er log, dann war sie gerade allein in einem Haus mit einem Wahnsinnigen, der allen Grund hatte, zu lügen, das wurde ihr schlagartig klar, „… dann hat dieselbe Person sie vergewaltigt und ihr Kokain eingeflößt."

Pete Dexter. Hass stieg in ihr auf. Sie würde diesen Hurensohn eigenhändig umbringen. „Es ist möglich, dass er sie entweder vorsätzlich zum See geführt hat oder sie einfach allein zurückgelassen hat, und sie in ihrem Rausch entschieden hat, schwimmen zu gehen."

Adrians Gesicht verzog sich qualvoll, dann wurde es zornig. „Ich bringe ihn um."

Pip griff nach seinem Arm, aber er schüttelte sie ab, und sie fiel zu Boden. Bis sie den lähmenden Schrecken dieser Konfrontation abgeschüttelt hatte, war Adrian verschwunden. Sie raffte sich auf, atmete schwer. Pip ging vorsichtig nach unten, folgte den Lichtern, die überall im Haus eingeschaltet worden waren. Sie kam im Arbeitszimmer von Cindys Vater an und sah, dass der Safe weit offen stand. Sie schaute hinein. Die Pistole war verschwunden.

PIP HATTE WIEDERHOLT auf Hunts Handy angerufen und Nachrichten hinterlassen, hatte ihm gesagt, dass sie dringend mit ihm über Cindys Tod sprechen musste, aber er rief sie nicht zurück. Sie hatte den Notruf gewählt, war aber nicht ernst genommen geworden, vor allem nicht, weil sie nicht wusste, wo sich Adrian oder Pete derzeit aufhielten. Aber auf keinen Fall würde sie einfach die ganze Nacht herumsitzen und darauf warten, dass irgendein viel beschäftigter Detective auftauchte und ihre Aussage aufnahm.

Sie fuhr zu der Wohnung, in der Pete gewohnt hatte, als er mit Cindy zusammen gewesen war. Sie lag in einer exklusiven Nachbarschaft am nordöstlichen Ende der Stadt. Soweit sie in den Datenbanken, auf die sie mit ihrem Handy Zugriff hatte, sehen konnte, wohnte er noch immer dort. Sie starrte hinauf auf die Fenster der Wohnung, aber alles war dunkel.

Soweit sie sich erinnerte, ging Pete früh ins Bett und stand früh auf. Es war zwei Uhr morgens, und es war ein sehr langer Tag gewesen. Sie trommelte mit ihren Fingern auf das Lenkrad.

Pip konnte Adrians Auto nirgendwo sehen. Wenn sie Pete anrief und ihn vor Adrian warnte, dann würde sie damit auch zugeben, dass sie wusste, dass er Cindy vergewaltigt hatte und vermutlich für ihren Tod verantwortlich war. Und vielleicht war er auch in diese Anthrax-Sache verwickelt, in der das FBI ermittelte.

Hass stieg in ihr auf. Nie im Leben würde sie zulassen, dass er sich aus dieser Sache heraus lavierte und seiner vollen Strafe entging. Aber sie wollte, dass es öffentlich gemacht wurde. Sie wollte, dass es legal war. Sie wollte, dass es gerecht war.

Pip entschied, seine alte Festnetznummer anzurufen, und hoffte, dass die Nummer nicht mittlerweile jemand anderem gehörte. Sie unterdrückte ihre eigene Nummer, damit er nicht sehen konnte, wer anrief. Sie wollte nur wissen, wo er war.

Es klingelte viermal, dann ging der Anrufbeantworter ran.

Sie wählte die Nummer erneut.

Wieder der Anrufbeantworter. Sie saß in ihrem Auto, allein in der Dunkelheit, und plötzlich wurde ihr klar, was für eine Närrin sie gewesen war. Was für ein Feigling.

Hunt ermittelte in Bedrohungen durch Biowaffen und in Mordfällen. Die Tatsache, dass er ihr überhaupt etwas erzählt hatte, war ein Wunder des Vertrauens gewesen. Das allein könnte ihn seinen Job kosten, falls sein Boss es herausfinden sollte.

Und sie hatte Angst bekommen, weil ihr das Leben ein paar harte Brocken in den Weg geschmissen hatte. Aber ihr

Herz abzuschirmen, indem sie die Menschen fortstieß, beschützte sie nicht im Geringsten, es sorgte nur dafür, dass sich alle von ihr abwandten. Es sorgte dafür, dass sie mitten in der Nacht allein in der Dunkelheit saß und versuchte, den Mord an ihrer Freundin aufzuklären, wohingegen sie noch immer Teil eines Teams wäre, wenn sie nicht völlig panisch davongerannt wäre.

Einsamkeit umfing sie.

Noch einmal wählte sie Hunts Nummer, aber er ging wieder nicht ran. Hatte er ihre erste Nachricht abgehört? Die sie auf seine Mailbox gesprochen hatte, als ihre Angst sie dazu gebracht hatte, sich weniger liebenswert zu machen, damit es für ihn einfacher wäre, sie fortzustoßen?

Es war ein einziges Desaster.

Sie rief noch einmal an und hinterließ eine weitere Nachricht. Dann versuchte sie es auch noch einmal auf Petes Festnetznummer, aber auch er nahm nicht ab. Was, wenn er genau in diesem Augenblick versuchte, zu fliehen?

Kopfschmerzen breiteten sich langsam wieder in ihrem Schädel aus, und ein Schauer jagte ihr über die Schultern und den Rücken hinunter. Sie startete den Motor und stellte das Gebläse an, um sich aufzuwecken.

Sie würde an Petes noblem Firmensitz vorbeifahren, dann weiter zum FBI-Büro, wo sie berichten würde, was Adrian ihr erzählt hatte.

Pip bezweifelte, dass sie eine weitere Chance mit Hunt bekommen würde, aber das durfte sie nicht davon abhalten, Pete Dexter zur Verantwortung zu ziehen oder zu verhindern, dass Adrian irgendetwas Unbedachtes tat.

———

HUNT WARF SEIN Handy zur Seite.

„Irgendwas?", fragte Will.

Hunt schüttelte den Kopf. Es sah nicht gut aus.

Will saß über seinen Schreibtisch gebeugt da, hatte die Lippen zusammengepresst. Seine Augen blickte sorgenvoll.

Hunt war stinksauer auf seinen Kumpel gewesen, weil er versucht hatte, einen Keil zwischen ihn und Pip zu treiben, bevor sie überhaupt eine Chance auf eine Beziehung gehabt hatten, aber Fullers Verschwinden war zu ernst, um noch länger einen Groll zu hegen. Hunt hatte Mandys Schreibtisch durchsucht. Sie würde ihn umbringen, wenn sie das Chaos entdeckte, das er veranstaltet hatte. Allerdings hatte er keine Hinweise darauf finden können, wohin sie am Nachmittag gefahren war.

Es war eine Suchmeldung für ihr Auto ausgegeben worden. Die örtliche Polizei war darüber informiert worden, dass sie vermisst wurde. Immer noch nichts.

„Sie würde nicht einfach so verschwinden", sagte Will.

„Ihr zwei habt euch nicht gestritten oder so?"

Will schüttelte den Kopf. „Selbst wenn sie sauer auf mich wäre, würde sie mir nicht aus dem Weg gehen. Eher andersherum."

Hunts Handy klingelte. Pip. Er knirschte mit den Zähnen. Er hatte sich ihre Abfuhr von vorhin angehört und war noch immer sauer und verflucht nochmal verletzt, hatte versucht, sie zurückzurufen, aber sie war nicht ran gegangen. Freundlichkeit? Sie glaubte, er wäre *freundlich* gewesen? Er hatte jetzt keine Zeit, sich um ihre Unsicherheiten zu kümmern. Er hatte für sie seinen Kopf riskiert und sie rannte beim ersten Anzeichen von Ärger einfach davon?

Hunt ließ die Mailbox antworten. Er brauchte etwas

Abstand. Und vielleicht hatte sie recht. Vielleicht würde die Sache zwischen ihnen nie funktionieren, und Abstand war eine gute Idee.

Sicher. Was auch immer.

„Was war der letzte Anruf, den Fuller erhalten hat?"

Will rieb sich mit der Hand über das Gesicht. „Ich habe die Schaltzentrale gefragt, aber sie wissen es nicht."

Hunt hatte eine Idee. Er rief im SIOC an. Libby Hernandez war noch am Arbeiten. Diese Anthrax-Bedrohung bedeutete für alle Überstunden. „Wir haben eine Agentin verloren."

„Verloren?", fragte die Analystin.

„Mandy Fuller. Sie ist verschwunden. Ihr Freund", bei dieser Bezeichnung zog Will eine Grimasse, „ebenfalls ein Agent hier in Atlanta, hat seit dem Morgen nichts von ihr gehört. Sie ist nicht zu Hause, ihr Dienstwagen ist auch verschwunden, und wir können sie nicht aufspüren. Ihr Handy ist abgeschaltet oder funktioniert nicht mehr. Sie würde nicht einfach so untertauchen. Sie hat in der Schießerei von gestern ermittelt."

„Sie meinen, als jemand versucht hat, Sie in einen Schweizer Käse zu verwandeln und ein Stapel Romanzen Ihnen das Leben gerettet hat?"

Er seufzte. „Da waren auch ein paar Krimis dabei." Aber diese Geschichte würde zu einer Legende im FBI werden. Jedes Mal, wenn er versetzt wurde, würde er zum Abschied Romanzen geschenkt bekommen. Er würde eine Romanze geschenkt bekommen, wenn er in Ruhestand ging.

Das Verrückteste war, dass er diese Geschichte mit Pip teilen wollte, aber sie war davongerannt, weil sie sogar noch mehr Angst vor Beziehungen hatte als er.

Nichts davon war im Augenblick wichtig. Er machte sich Sorgen. Um Mandy. Um seine Karriere. Und über diese Sache mit Pip. Er wusste, dass sie Angst hatte. Er hatte verdammt nochmal selbst Angst. Als ob für ihn nicht alles auf dem Spiel stand, was ihm wichtig war. Aber Mandy war verschwunden.

Sein Handy pingte mit einer Textnachricht.

„Die letzte Information, auf die Mandy auf ihrem Diensthandy zugegriffen hat, war eine Adresse." Libby ratterte die Adresse herunter und Hunt schrieb sie auf und reichte Will den Zettel. „Ein Truck, der auf die Beschreibung des Fahrzeugs passt, das in die Schießerei gestern verwickelt war, wurde als von dieser Adresse gestohlen gemeldet."

„Danke. Können Sie mir sagen, wer dort wohnt?" Hunt zog sich seine schusssichere Weste über, bevor er sich seine Jacke schnappte und mit dem Handy am Ohr zur Tür eilte. Will folgte ihm auf den Fersen. Sie liefen zum Parkplatz und stiegen in Wills Dienstwagen, einen verfluchten Dodge Charger.

„Das Grundstück und der Truck sind auf einen Soldaten im aktiven Dienst registriert, Cory Slater, der derzeit in Übersee stationiert ist. Das Haus gehört zu gleichen Teilen seiner Schwester, Beatrice Grantham."

„Können Sie das nochmal wiederholen?" Hunt glaubte, er hätte sich verhört.

„Das Haus gehört Cory Slater, der derzeit in Übersee stationiert ist, und seiner Schwester, Beatrice Grantham…"

„Eine Beatrice Grantham arbeitet für die Universal Biotech", sagte Hunt eilig.

Will warf ihm einen Blick zu, als sie davonrasten.

„Das gefällt mir nicht. Das gefällt mir überhaupt nicht. Rufen Sie McKenzie an und setzen Sie ihn darüber in

Kenntnis. Ich spreche mit meinem SAC. Ich danke Ihnen“, sagte er noch zu Hernandez.

„Was? Was ist los?“ Wills Fäuste krallten sich um das Lenkrad, als ob er es herausreißen wollte.

„Lass mich Bourne auch gleich mit auf den neusten Stand bringen.“ Hunt wählte eilig die Nummer seines Chefs und erwischte ihn noch in seinem Büro, obwohl es mitten in der Nacht war.

„Etwas Seltsames hat sich ergeben. Die letzte Sache, die Fuller auf ihrem Handy aufgerufen hatte, war eine Adresse, von der der Truck als gestohlen gemeldet wurde, der auf das Fahrzeug passt, das gestern bei der Schießerei benutzt wurde. Aber das Haus gehört einer Frau, die ich diese Woche bei der Universal Biotech kennengelernt habe. Pete Dexters persönliche Assistentin. Oder zumindest einer Frau mit demselben Namen“, korrigierte er sich. Keine Garantie, dass es dieselbe Frau war.

Scheiße. Das konnte kein Zufall sein. Der Name war nicht besonders häufig.

Bourne verstummte so lange, dass Hunt schon glaubte, die Verbindung wäre unterbrochen worden. Endlich vernahm er ein langgezogenes Fluchen.

„Ich will nicht, dass irgendjemand ein Risiko eingeht. Ich will, dass ein SWAT-Team zu dem Haus fährt. Sie und Griffin stürmen da nicht einfach hinein.“

Will blickte ihn grimmig an und Hunts Stimmung rauschte in den Keller. „Wissen wir schon, wo der Professor das Video gedreht hat? Oder wie er den Piloten infiziert hat?“

„Noch nicht. Wir stehen noch ganz am Anfang, Kincaid, und Sie sind übrigens auch nicht mehr in den Fall involviert, erinnern Sie sich?“

Das war Hunt klar, aber diese Einzelheiten nagten an ihm.

„Unterlassen Sie es, allein in das Haus zu gehen, oder ich nehme Ihnen beiden die Dienstmarken ab. Schicken Sie mir die Adresse, und ich habe in zwanzig Minuten ein SWAT-Team dort."

Hunt stieß den Atem aus. „Ja, Sir." Er legte auf und warf Will einen Blick zu. „Du hast ihn gehört."

„Ich bin das SWAT-Team", knurrte Will.

„Diesmal nicht."

„Ich kann doch nicht einfach zuschauen …"

„Du hast keine andere Wahl, wenn du deinen Job behalten willst." Hunt schickte Bourne die Adresse.

Will fuhr weiter, dann hielt er mit quietschenden Reifen am Straßenrand an. „Ich weiß nicht, was ich mache, wenn ihr etwas zugestoßen ist."

Verzweiflung nagte an Hunt. Er kannte dieses Gefühl nur allzu gut. „Fuller geht es gut. Vermutlich kippt sie gerade in irgendeiner noblen Bar Margaritas und hat keine Ahnung, dass wir alle vor Sorge am Durchdrehen sind."

Aber irgendetwas stimmte nicht, nur würde Hunt seinen Kumpel nicht mit seiner eigenen Sorge verrückt machen. Jedes Mal, wenn sie glaubten, diesen Fall geknackt zu haben, verwandelte er sich in irgendetwas anderes. Etwas Komplizierteres.

Hunt spürte sein Handy in der Tasche vibrieren. Es war wieder Pip, beziehungsweise die nicht abgehörte Sprachnachricht. Er wollte sie ignorieren, weil er Fuller finden wollte und Pips Mangel an Vertrauen ihn verletzt hatte, aber er war kein Feigling.

„Hunt, ich bin's, Pip. Ich bin zu Cindys Haus gefahren, um ein paar Klamotten zu holen, und bin dort Adrian

Lightfoot in die Arme gelaufen.“

Um diese Uhrzeit?

„Ich weiß, ich hätte es nicht tun sollen und es tut mir leid, dass ich das Vertrauen zwischen uns gebrochen habe. Ich weiß, dass du mir nicht verzeihen kannst und die ganze Zeit recht gehabt hattest, aber … Adrian hatte eine Affäre mit Cindy. Hör zu, ich weiß, ich bin am Faseln, aber Adrian hat gesagt, er hätte gesehen, wie Pete Dexter Sex mit Cindy gehabt hat, in der Nacht, in der sie gestorben ist, und geglaubt hat, sie würde ihn betrügen. Und ich habe es ihm gesagt, ich weiß, dass ich das nicht hätte sagen sollen. *Gott, ich bin so blöde.* Aber ich habe ihm von dem Rohypnol erzählt und dann ist Adrian mit der Waffe von Cindys Vater aus dem Haus gestürmt und ich weiß, dass er Pete sucht und ihn umbringen will, was mir mittlerweile nur recht ist. Aber ich will vor allem, dass Pete dafür bezahlen muss, was er Cindy angetan hat, und Gott weiß, wem sonst noch.“

Hunt fluchte.

Vermutlich bezog sich Pip auf Sally-Anne und den Drogendealer. Aber was, wenn Dexters Lügen noch weitere Kreise zogen? Was, wenn Dexter und seine Partner in der Universal Biotech zusammen mit Bea Grantham ein viel größeres Verbrechen vertuschten und dem Professor die Schuld dafür in die Schuhe geschoben hatten, so wie sie es früher in der Woche auch schon mit dem Drogendealer gemacht hatten?

Pip war noch immer am Reden. „Ich bin bei Dexters Wohnung vorbeigefahren, um Adrian davon abzuhalten, ihn zu konfrontieren, aber es ist alles dunkel, und ich sehe niemanden. Ich sitze noch in meinem Auto vor seinem Haus.“ Er hörte, wie sie schluckte. „Mir ist klar geworden, dass du die erste Person warst, die ich anrufen wollte, und nicht nur, weil du FBI-Agent bist. Ich bin ein totales Desaster, wenn es um Beziehungen geht. Ich erwarte nicht, dass du mir verzeihst, aber es tut mir leid, dass ich dich im Stich gelassen habe."

Sie legte auf und Hunt starrte erschrocken auf das Handy. *Ihn im Stich gelassen?* Das war es? Scheiße.

„Was ist los?", drängte Will.

Hunt ignorierte ihn und wählte Pips Nummer, aber der Anruf ging sofort zur Mailbox. Sein Herz schlug so schnell, dass er kaum das Piepen der Ansage hören konnte. „Nähere dich Dexter auf keinen Fall. Fahr zurück zum Hotel. Das FBI ist auf dem Weg. Pip …" Verdammte Scheiße. Was konnte er noch sagen? Er war plötzlich überzeugt davon, dass Dexter für den Versuch verantwortlich war, Biowaffen zu entwickeln und gewinnbringend zu verkaufen, und dass er mindestens fünf Menschen umgebracht hatte, um es zu vertuschen. Hunt hoffte nur, dass Fuller nicht das sechste Opfer war.

„Bitte, pass einfach auf dich auf. Ich …" Er stolperte über die Dinge, die er ihr sagen wollte. Kein Liebesgeständnis, sicherlich. Er kannte sie ja erst seit einer Woche. Nicht einmal. Wie konnte er sie lieben? Aber etwas rauschte durch seine Adern und es war nicht die Angst um eine Bekannte. „Ich muss wissen, dass du in Sicherheit bist. Ruf mich bitte zurück."

Er rief wieder bei Bourne an und berichtete ihm, was Pip gesagt hatte, während Will zähneknirschend neben ihm saß, stumm vor Sorge. „Ich glaube, Dexter hat Cindy umgebracht, weil sie ihm irgendwie im Weg war", erklärte Hunt.

Dexter war ebenfalls ein Doktorand von Professor Everson gewesen. Vielleicht hatten sie während ihrer Forschungen die

Impfstoffe heimlich am waffenfähigen Anthrax getestet. Vielleicht hatte Dexter Proben des Anthrax mitgenommen, als er seine Firma gegründet hatte. Und vielleicht war Cindy die einzige Forscherin gewesen, die in der Lage gewesen war, einen neuen Impfstoff gegen diese noch tödlichere Variante zu entwickeln, und nachdem sie ihre Aufgabe erfüllt hatte, hatte er sie umgebracht?

War Pete deshalb mit Cindy zusammen gewesen, hatte sie aber mit einer anderen Frau betrogen? Vielleicht war die andere Frau diese niedliche Rothaarige?

„Ich besorge Ihnen einen Durchsuchungsbeschluss für sein Haus und die Firma. Das SWAT-Team ist gerade auf dem Weg zum Haus der Assistentin", informierte ihn Bourne.

„Ja, Sir." Hunt legte auf.

„Was machen wir jetzt, Hunt? Wo zur Hölle ist Mandy?", fragte Will.

Wenn er mit Dexter recht hatte, dann musste der Kerl wissen, dass sein Plan gerade auseinanderfiel. Sicher, der anscheinende Selbstmord des Professors würde die Ermittlungen für eine Weile ausbremsen, aber es würde nicht lange dauern, bevor die Löcher in der Geschichte zu riesigen Gruben wurden.

„Pip sagt, es war niemand in Dexters Wohnung. Ich glaube, wir sollten zur Firma fahren. Diese Arschlöcher werden versuchen, abzuhauen, aber sie werden ihre Schätze sicher mitnehmen wollen." Und auch, wenn es für Mandy nicht gut aussah, weigerte Hunt sich, die Hoffnung zu verlieren. „Und wenn Fuller nicht in Bea Granthams Haus ist, wenn das SWAT-Team ankommt, dann ist sie in einem Büro dieser Biotech-Firma. Finden wir sie."

ZWEIUNDDREISSIGSTES KAPITEL

D IE SCHMERZEN WAREN überwältigend, aber Mandy wusste, dass sie sich nicht verraten durfte, indem sie ein Geräusch machte. Sie wusste nicht, warum ihr das klar war, aber die Leute, die sie schreien und sich beschimpfen hörte, dachten offensichtlich, sie wäre tot, und überlegten gerade, wie sie ihre Leiche loswerden sollten.

Sie zitterte vor Angst. Die Plane, in die sie eingewickelt war, machte es ihr schwer, zu atmen. Sie war zweimal in den Oberkörper getroffen worden, und es fühlte sich an, als ob jemand permanent mit einem glühenden Schürhaken in ihrer Brust herumstocherte. Ihr war schlecht und so unfassbar kalt.

Ja, sie konnte jetzt definitiv unterschreiben, dass es kein Vergnügen war, langsam an zwei Schusswunden zu verbluten. Sie unterdrückte ein schmerzerfülltes Schluchzen.

Suchte schon jemand nach ihr?

Was war mit Will? Aber selbst, wenn er sie vermissen sollte, befand er sich mitten in einer riesigen, neuen Ermittlung. Er war beschäftigt. Er würde sie niemals rechtzeitig finden.

Sie konnte spüren, wie sie langsam das Bewusstsein verlor, und versuchte, sich zu konzentrieren, um wach zu bleiben.

„Warum zur Hölle hast du sie denn erschossen?", fragte eine Stimme. „Du hättest einfach sagen sollen, dass der Truck gestohlen wurde, und gut. Jetzt werden sie hinter uns her sein.“

„Ich habe eben Panik bekommen.“ Eine männliche Stimme. „Ist jetzt auch egal. Wir können sie nicht wieder lebendig machen.“

„Wir müssen hier verschwinden, bevor sie herausfinden, dass wir es sind, die die Biowaffe verkaufen wollten.“

„Warum?“ Die Frage klang schneidend. Eine Frau. Es waren insgesamt vier Leute, die sich über ihrer vermeintlichen Leiche stritten, als ob sie nichts weiter als eine Unannehmlichkeit wäre.

„Das einzige Blut im Haus war auf den Trainingsmatten, auf denen wir sie hergeschleift haben. Ich habe ihr Auto in dem Steinbruch entsorgt, zusammen mit ihrem Handy und ihrer Waffe.“

Das FBI hasste es, wenn Agenten ihre Dienstmarken oder Waffen verloren.

„Sag dem FBI, sie wäre nie hier aufgetaucht. Sag ihnen, dass du nicht zu Hause warst, oder die Türklingel nicht gehört hättest. Niemand weiß, dass sie dich gesehen hat.“

„Glaubst du wirklich, damit kommen wir durch?“

Eine männliche Stimme lachte, und Mandy hätte ihn am liebsten eigenhändig umgebracht. „Wir sind auch mit allem anderen durchgekommen. Wir bleiben einfach cool, während wir die Fabrik in Chile auf Trab bringen. Bis die herausgefunden haben, was los ist, sind wir längst verschwunden und haben vermutlich mehrere Regierungsaufträge in der Tasche, um die Truppen mit dem Impfstoff zu versorgen.“

Dieser Mist hier hing mit dem Anthrax-Fall zusammen, wurde Mandy klar. Wie ironisch, dachte sie, dass sie geglaubt hatte, das kurze Ende der Ermittlungen erwischt zu haben, und dann war sie direkt auf die Täter gestoßen. Sie hatten vermutlich auch auf Pip West geschossen, weil sie zu viele Fragen gestellt hatte, und waren von Hunt überrascht worden, der zurückgeschossen hatte.

„Ach, zur Hölle. Wer zum Teufel ist das?"

Ein Alarm war losgegangen.

„Der Anwalt, mit dem Cindy was hatte", rief eine der Frauen. „Simon, wimmele ihn ab. Ich rufe bei der Feuerwehr an und sage ihnen, dass es ein falscher Alarm ist."

„Ich starte den Verbrennungsofen."

Diese letzten Worte versetzten Mandy in Todesangst, die ihr bis in die Knochen fuhr. Sie schloss die Augen und versuchte, nicht zu schluchzen. Nie im Leben würden sie sie bei lebendigem Leibe verbrennen. Jemand zog die Plane über den Fußboden und sie musste die Zähne zusammenbeißen, um nicht vor Angst und Schmerzen aufzuschreiben. Gott steh ihr bei. Sie musste einen Weg finden, zu entkommen.

DREIUNDDREIßIGSTES KAPITEL

P IP PARKTE AN der gleichen Stelle, von der aus sie auch am Mittwoch schon das Gebäude der Universal Biotech beschattet hatte. Es kam ihr vor, als wäre es Millionen von Jahren her.

Der Geländewagen war höher als ihr kleiner Honda es gewesen war, also würde sie freie Sicht haben, wenn die Kavallerie eintraf. Sie wollte keine Dummheit begehen. Falls Pete aus dem Gebäude kam, würde sie ihm in sicherer Entfernung folgen und die Polizei rufen.

Sie blickte sich um. Das Pförtnerhäuschen am Eingang zum Parkplatz war dunkel und scheinbar leer. Im Gebäude selbst brannte in mehreren Fenstern Licht. Das große Foyer war erleuchtet wie ein Ballsaal.

Auf dem Parkplatz stand ein Auto, das sehr nach dem teuren Audi aussah, den dieser Bastard Pete Dexter fuhr. Ein großer, schwarzer Geländewagen stand in der Nähe des Liefereingangs. Ihre Hände wurden feucht und sie wischte sie an ihrer Jeans ab. Angela Naysmiths Auto? War es das Auto, dass sie am Montagmorgen von der Straße abgedrängt hatte?

Reifenquietschen ließ ihren Blick zur Hauptstraße schnellen, die zwischen ihr und der Firma entlangführte. Jemand beschleunigte ein Auto und bog ohne abzubremsen in die Einfahrt der Universal Biotech.

Oh, Mist. Adrian.

Das Auto krachte durch die Schranke und die Reifen quietschen, als er direkt auf den Eingang zuraste. Das Auto knallte in die gläserne Eingangstür, kratzte mit einem schrillen, metallenen Krachen am Beton der Fassade entlang. Der Einschlag hallte nach, als das Auto zum Stehen kam.

„Oh, verdammt." Pip startete ihren Geländewagen und fuhr los, wählte mit dem linken Daumen Hunts Handynummer.

„Hunt, ich bin an der Universal Biotech. Ich habe gerade gesehen, wie Adrian Lightfoot frontal in das Gebäude gerast ist und ich muss nachsehen, ob er verletzt ist. Schicke einen Rettungswagen. Hier sind auch noch andere Autos. Ich habe das Gefühl, hier passiert etwas Schlimmes…" Noch während sie das aussprach, wurde ihr klar, was das bedeutete. Diese Leute waren gefährlich. Sie hatten nicht nur Cindy umgebracht, sie hatten auch irgendetwas Abscheuliches mit Pathogenen vor, selbst wenn Pip nicht genau wusste, was das hieß.

Sie ging vom Gas und hielt inne. Dann sah sie die Flammen unter Adrians Auto hervor züngeln und erinnerte sich daran, wie Cindys Eltern und Bruder umgekommen waren. Vielleicht war Adrian im Wagen eingeklemmt. Womöglich war er schwer verletzt. Sie konnte niemand anderen sehen, der ihm zu Hilfe kam.

Pip bemerkte, dass sie noch immer mit Hunts Mailbox verbunden war. „Übrigens. Was ich vorhin gesagt habe." Sie räusperte sich. „Ich hatte Angst. Allein in deinem Haus zu bleiben war nicht das Problem. Ich bin so gut wie immer allein. Das Problem ist, dass ich anfange, mich in dich zu verlieben, deshalb bin ich weggelaufen. Und das reicht vielleicht nicht für eine richtige Beziehung." Für einen

Augenblick verstummte sie. „Adrians Auto brennt und ich muss ihm da raus helfen. Tut mir leid, dass ich so ein Feigling bin." Sie legte auf und stieß den Atem aus.

Sie fuhr durch die zerborstene Schranke und hielt neben dem Gebäude an, weit genug vom Wrack des Wagens entfernt, dass ihr Geländewagen nicht auch Feuer fangen konnte. Flammen züngelten über das zersplitterte Glas. Sie unterdrückte ihre Angst und rannte zu dem zerstörten Auto, hatte furchtbare Sorge, dass es explodieren würde. Sie warf einen Blick durch die Autoscheiben. Verdammt. Er war nicht mehr da.

Der Alarm heulte los. Pip konnte Bewegungen im Gebäude sehen. Adrian, der auf die Fahrstühle zulief. Er hielt die Waffe in der Hand.

Vorsichtig bewegte sich Pip über die Glasscherben, die unter ihren Turnschuhen knirschten.

„Adrian!", rief sie über den ohrenbetäubenden Alarm. Der Mann drehte sich zu ihr um. „Tun Sie das nicht!"

Er schüttelte einfach nur den Kopf und betrat den Aufzug.

Pip wich zurück. Sie würde in ihrem Auto auf die Polizei warten. Das FBI war hoffentlich auch auf dem Weg, und Pete Dexter würde für das bezahlen, was er getan hatte.

Die Tatsache, dass Cindy ihre Beziehung zu Adrian vor ihr geheim gehalten hatte, sagte Pip, dass sie ihn sehr gemocht haben musste und seinen Wunsch respektiert hatte, ihre Affäre für sich zu behalten. Cindy hatte den Kerl geliebt.

Pips Hals war vor Emotionen wie zugeschnürt. Dafür, dass ihre Freundin vergewaltigt und umgebracht worden war, hätte sie Dexter am liebsten aufgespießt, aber eine Gefängnisstrafe wäre noch besser. Dieser Bastard sollte den Rest seines Lebens verrotten. Sollte er sich doch mit Kriminellen und

Psychopathen messen. Ihnen beweisen, dass er intelligenter war als alle anderen.

Vorsichtig ging sie über die Glasscherben und die verbogenen Metallteile, hielt sich so weit von dem Autowrack fern, wie es ging, weil sie befürchtete, es würde explodieren. Erleichterung überkam sie, als die leichte Nachtbrise sie umfing und sie auf ihren Geländewagen zuging.

Etwas traf sie am Hinterkopf und sie stürzte in einem stummen Schmerzensschrei zu Boden, rollte sich zu einem Ball zusammen. Jemand kramte durch ihre Taschen, nahm sich ihr Handy. Wo blieb die Feuerwehr? Wo war Hunt?

Ihr Magen zog sich zusammen, aber sie machte ihren Körper schlaff und regungslos. Sie hatte einen riesigen Fehler gemacht, und es sah ganz danach aus, als ob sie Cindy viel früher als geplant Gesellschaft leisten würde. Und am meisten bereute sie nicht, dass sie Cindy nicht hatte rächen oder ihr Gerechtigkeit hatte verschaffen können, sondern dass sie vor dieser Sache zwischen ihr und Hunt Kincaid davongelaufen war.

GERADE ALS DAS Gebäude der Universal Biotech vor ihnen auftauchte, hörte Hunt Pips Nachricht ab.

„Scheiße. Pip ist hier. Sie sagt, Adrian Lightfoot ist mit seinem Wagen in den Eingang des Gebäudes gerast und sie ist hin, um ihm zu helfen."

Als er hörte, wie sie ihm sagte, dass sie davongerannt war, weil sie anfing, sich in ihn zu verlieben, wurde seine Brust ganz eng.

Er würde seine Gefühle für Pip nicht mehr länger

herunterspielen oder ignorieren können, nur weil sie nicht zu seiner Lebensplanung passten. Er verstand sie. Er wollte sie. Er hatte eine Heidenangst, dass er sie liebte. Und sie versuchte, ihm irgendwie zu beweisen, was für eine Person sie war, indem sie in ein gottverdammtes brennendes Gebäude rannte. Er war so wütend, er konnte kaum sprechen.

Er meldete es der Zentrale im Büro. Bat um augenblickliche Hilfe. Klammerte sich fest, während Will um eine Kurve flog und durch die zerbrochene Schranke raste. Lightfoots Wagen war in die Eingangstür gekracht und Flammen züngelten unter der Motorhaube hervor. Wenn der Tank explodierte, könnte das ganze Gebäude in Flammen aufgehen.

„Wo ist der Feuerlöscher?", fragte Hunt.

„Unter deinem verdammten Sitz." Will war kurz davor, durchzudrehen.

Auch Hunt machte sich Sorgen. Mandy war verschwunden und Pip war irgendwo hier. Er schaute sich um, konnte sie aber nirgendwo entdecken. Warum zur Hölle war sie nicht einfach im Bett geblieben, in Sicherheit?

Weil das Leben nun mal nicht so funktionierte, und selbst wenn jemand zu Hause blieb, gab es keine Garantie, dass er dort in Sicherheit war.

Das wusste er. Er wusste es. Aber gegen diese Realität hatte er sein ganzes Leben lang angekämpft.

Pips roter Geländewagen stand an der Seite des Gebäudes. In den oberen Fenstern der Firma brannte Licht. Hunt entdeckte neben der Ladezone ein Rolltor, das einen Spaltbreit offenstand.

Der kleine Feuerlöscher war nicht mehr als ein Tropfen auf den heißen Stein, und er und Will mussten vor dem brennenden Wagen zurückweichen, weil die Hitze so unerträglich war. Hunt warf den Feuerlöscher zur Seite.

„Lass es. Finden wir heraus, wo zur Hölle unsere Frauen sind."

Will blickte ihn verblüfft an und Hunt deutete auf die Laderampe. Will sprang in seinen Dienstwagen und sie fuhren damit bis neben den weißen Van, der vor der Laderampe stand.

Sie zogen ihre Kampfjacken über ihre schusssicheren Westen. Will griff nach dem Gewehr, die er im Auto hatte. Zusammen setzten sie sich in Bewegung, krochen unter dem Rolltor des Liefereingangs durch und rückten lautlos in das Gebäude vor. Die Verbindungstür war aufgekeilt. Jemand hoffte wohl, schnell entkommen zu können.

Hunt sicherte den Flur in beide Richtungen. Leer.

„Wir sind schneller, wenn wir uns aufteilen. Nimm du die Büros im zweiten Stock und ich sichere die Labore im Keller." Hunt war schon einmal dort gewesen und kannte sich daher besser aus als Will.

Will nickte. „Ich nehme die Treppe und sichere die Etagen. Ich melde mich, wenn ich Mandy oder Pip finde."

Hunts Hals war wie zugeschnürt. Sein Kumpel war noch nicht zu der furchtbaren Erkenntnis gekommen, dass Fuller diesen Zugriff anführen würde, wenn sie noch am Leben wäre.

Er nahm die Treppen, dankbar für das unablässige Heulen des Feueralarms, das seine Schritte übertönte, obwohl das natürlich auch für die Schritte aller anderen galt.

Wo war Pip? Wo war der Anwalt? Und wo waren die ganzen Verbrecher?

Das Jucken zwischen seinen Schulterblättern verriet ihm, dass das hier das Endspiel war. Nie im Leben würden diese Arschlöcher mit dem davonkommen, was sie vorhatten. Nie im Leben würde er Pip verlieren. Nicht heute. Nicht, nachdem er sie gerade erst gefunden hatte.

VIERUNDDREISSIGSTES KAPITEL

PIP FAND SICH auf einem kalten, harten Fußboden wieder, desorientiert und verwirrt. Sie musste ohnmächtig geworden sein. Sie blinzelte gegen das grelle Licht an. Schmerzen schossen durch ihren Schädel, während im Hintergrund ein Alarm schrillte. Was zum Teufel war hier los?

Hinter ihr knisterte eine große blaue Plastikplane. Dann bemerkte Pip die langgezogene Blutspur, die auf dem Boden schimmerte, und ein Schauder des Grauens überkam sie.

Pip bewegte ihren Kopf, rollte sich augenblicklich zur Seite und übergab sich. Schweiß brach ihr aus und sie wischte sich mit dem Handrücken den Mund ab.

Zwei Kopfverletzungen an einem Tag waren eindeutig zwei Kopfverletzungen zu viel. Sie zwang sich, sich aufzusetzen, schwankte hin und her, konnte ihre Augen nicht fokussieren. Das Arschloch, das sie hierher gebracht hatte – es musste Pete Dexter sein – stieg gerade in einen Weltraumanzug und schloss einen Luftschlauch an.

Warum?

Ihr Verstand wechselte in den Panikmodus, aber ihre Beine zitterten zu sehr, um ihren Befehlen zu gehorchen. Ihr verschwommener Blick folgte einer weiteren Blutspur – einer dünnen Linie von Bluttropfen, die vor einem Schrank endete.

Seltsam. Ihr Kopf rollte wieder auf den Boden.

Und dann wurde es ihr schlagartig klar. Jemand blutete

und hatte es geschafft, in diesen Schrank zu krabbeln und sich zu verstecken.

Endlich bekam Pip schwankend die Füße auf den Boden und richtete sich auf, hielt sich an einer Bank neben ihr fest.

Dexter musterte sie, machte aber mit seiner Arbeit weiter. Er trug isolierte Handschuhe, während er lange, metallene Rohre aus einem Behälter für Flüssigstickstoff holte, den sie durch ihre Besuche in Cindys Labor erkannte. Dexter legte alle Rohre auf die Bank, dann verstaute er sie in einer Styroporbox. Rauch qualmte aus der Box.

Nein, kein Rauch.

Trockeneis.

Er verlud die Proben für den Transport.

„Warum hast du Cindy umgebracht?", fragte Pip und musste gegen den dämlichen Alarm, der vor den Glastüren des Labors heulte, anbrüllen. Alles hämmerte nur so auf ihren Verstand ein und verstärkte die Schmerzen in ihrem Kopf.

Brannte das Gebäude?

Das war eine schreckliche Vorstellung, aber wenigstens würden die Rettungsdienste bald eintreffen, weshalb Pete vermutlich die Proben verpackte, so schnell seine Hände es ihm erlaubten.

Hilfe war auf dem Weg. Ein Energieschub erfasste sie. Sie konnte das schaffen. Sie musste nur lange genug überleben.

„Ich habe Cindy nicht umgebracht." Er grinste. „Sie ist schwimmen gegangen und ertrunken."

Hass erfüllte Pip. Er hatte ihre beste Freundin unter Drogen gesetzt, sie vergewaltigt und dabei zugesehen, wie sie starb. Und jetzt lachte er nur darüber.

„Du warst eifersüchtig", stieß Pip hervor. „Dein Ego kam nicht damit klar, dass sie so viel intelligenter war als du."

Hinter dem Plexiglas seiner Atemmaske verzog er sein Gesicht. „Hat ihr am Ende aber auch nicht viel gebracht, habe ich recht?"

„Du bist widerlich, weißt du das?"

Er lächelte. „Wie ergreifend. Die arme, kleine Waise Pippa. So ein Jammer. Niemand will sie."

Das stimmte nicht. Sie sprach es nicht aus, aber sie wusste es. Cindy hatte sie gewollt. Und sie war sich ziemlich sicher, dass auch Hunt sie wollte. Zumindest hatte er sie gewollt, bevor sie ihn fortgestoßen hatte.

Verwickle Pete weiter in ein Gespräch, ermahnte sie sich. Das FBI war auf dem Weg. Hunt würde ihre Nachricht erhalten und Dexter würde sich verantworten müssen. „Du bist es, den niemand will. Du hast Cindy betrogen, weil sogar ihre Liebe für einen Narzissten wie dich nicht genug war."

Er grinste verächtlich. „Ich war nur mit Cindy zusammen, um ein Auge darauf haben zu können, was in Eversons Labor passiert. Wir haben das schwächste Glied ausgewählt. Ich habe sie verführt. So getan, als ob ich sie lieben würde. Es war einfach, bis sie Beas Slip in meiner Tasche gefunden hat."

Pip richtete sich auf. Sie verabscheute dieses Monster. Ihre Kopfschmerzen und ihre Qualen verblassten im Vergleich zu der Wut, die durch sie hindurch rauschte, als sie daran dachte, was er mit ihrer besten Freundin gemacht hatte. „Du hast ihre Forschungsergebnisse gestohlen."

„Ihre Ideen basierten auch auf der Arbeit anderer. Ich habe sie nur noch weiter entwickelt."

Pip ging durch den Raum und Dexter musste sich umdrehen, um sie noch sehen zu können. „Nein. Sie war diejenige, die es weiterentwickelt hat. Sie hat Erstaunliches vollbracht, habe ich recht? Und du wolltest nicht, dass sie die

Anerkennung dafür bekommt. Du bist ein eifersüchtiger kleiner Wurm."

Dexter stieß ein hässliches Geräusch aus. „Ich wollte nicht, dass sie das Geld bekommt." Er nahm eine Waffe in die Hand, die Pip bisher nicht bemerkt hatte, und zielte damit auf sie. „Setzt dich zurück auf die Plane und leiste der toten FBI-Agentin Gesellschaft."

Sie ballte die Fäuste. Fuller …

„Du hast eine FBI-Agentin umgebracht?" Sie brachte die Worte kaum über die Lippen. „Dann werden sie dieses Gebäude nur so überrennen."

„Aber ich werde dann nicht mehr hier sein." Pete holte eine weitere Ladung Proben aus dem Flüssigstickstoff. „Du aber schon."

„Was ist mit Sally-Anne und dem Professor?", fragte Pip. „Hast du ihren Tod auch inszeniert?"

Hinter der Maske verzog er verächtlich den Mund. „War nicht besonders schwer. Sally-Anne hat es gefallen. Sie hatte bis zum Ende ihren Spaß." Pip hätte am liebsten gekotzt. „Der Professor fing an, die Puzzleteile zusammenzusetzen. Als du das FBI da mit reingezogen hast, musste er sterben."

Wollte er wirklich ihr die Schuld dafür in die Schuhe schieben?

„Angela Naysmith hat mich Montagmorgen in der Nähe von Cindys Hütte fast von der Straße abgedrängt. Stecken sie und Simon Corker mit dir unter einer Decke?"

Pete hatte eines der Metallrohre auf der Bank liegengelassen und Pip bewegte sich langsam darauf zu.

Er zuckte mit den Schultern. „Ich hatte vergessen, meine Schlüsselkarte von der Blake in Cindys Truck zu hinterlegen, wie wir es geplant hatten, also hat Angela das für mich erledigt. Wir wollten alle, dass diese Sache funktioniert."

Das war also die Schlüsselkarte, an der Hunt so interessiert gewesen war, als er sie gefunden hatte. Viele Dinge begannen plötzlich mehr Sinn zu ergeben. Hunt war auf der Suche nach Bioterroristen gewesen. „Läuft es mit der Firma nicht so gut, Pete?"

Er starrte sie wütend an. „Diese verfluchten Bundesbeamten haben alles ruiniert."

„Ich glaube, das ist ihr Job", erwiderte sie ironisch. „Was ist passiert? Du hast versucht, Anthrax auf dem Schwarzmarkt zu verkaufen, richtig? Und auch Cindys Impfstoff."

Er und seine Spießgesellen waren Monster. Es war ihnen völlig egal, wen sie in Lebensgefahr brachten.

Er zielte mit der Waffe direkt auf ihren Kopf. „Wir hatten entschieden, die Nachfrage nach unserem Produkt ein wenig auf Trab zu bringen, indem wir die Bedrohung erhöhen. Aber als das FBI den Verkauf unseres waffenfähigen Anthrax vereitelt hat, mussten wir auf Plan B ausweichen und versuchen, jeden Verdacht von uns abzuwenden."

Plan B hieß scheinbar, jeden umzubringen, der sie möglicherweise verdächtigen konnte, und sich dann aus dem Staub zu machen. Deshalb war Hunt so verschwiegen gewesen. Dieser Fall war wichtiger als irgendwelche Vertrauensfragen zwischen ihm und Pip.

„Als das FBI unsere Proben, die wir verkaufen wollten, in die Finger bekommen hatte, mussten Cindy und der Professor sterben."

Jetzt war es auf einmal *deren* Schuld?

Dexters Griff um die Waffe veränderte sich. „Setz dich zurück auf den Fußboden, wie ich es dir befohlen habe. Ich habe nicht viel Zeit."

Pip würde eher kämpfend untergehen, als sich brav hinzusetzen und die Zielscheibe für diesen Typen zu spielen. Sie griff nach dem Metallrohr auf der Bank und schlug damit auf ihn ein. Das Metall war so kalt, dass es ihre Haut verbrannte, aber das war ihr egal. Wieder schlug sie zu. Ein Schuss löste sich, und sie konnte die Hitze der Kugel spüren, die ihre Wange streifte.

Mist. Pip zuckte zurück und stürzte zu Boden, fing sich aber mit ihren Unterarmen auf.

Pete ließ einen Meter von ihr entfernt eine offene Viole fallen.

Weißes Pulver stob in die Luft, dann löste es sich auf.

Er begann zu lachen, dann presste er mit einem Arm die Styroporbox gegen seinen Oberkörper, mit der anderen hielt er weiterhin unbeirrt die Pistole auf sie gerichtet. „Diese Viole war voll mit einer virulenten Anthrax-Variante, die Professor Everson und ich aus dem Gefrierschrank seines alten Doktorvaters aus Zeiten des Kalten Krieges entnommen haben. Die Witwe des alten Mannes hatte Trevor um Hilfe gebeten, sein privates Labor auszuräumen. Trevor wollte natürlich die kostenlose Arbeitskraft seiner Studenten ausnutzen und hat mich dazu gebracht, ihm zu helfen. Ich wette, jetzt wünscht er sich, er hätte sich allein darum gekümmert." Seine Worte klangen abfällig.

Pip starrte entsetzt auf das knochenweiße Pulver, das auf dem Boden verstreut war.

Sie schluckte angestrengt. „Gib mir den Impfstoff."

Pete ging rückwärts zum Ausgang. „Wir haben sämtliche Vorräte an unseren neuen Standort geschickt, einen Tag, nachdem Cindy gestorben ist. Keine Sorge. Es wird nicht lange dauern, aber es wird schmerzhaft sein. Wir haben es an ein paar Freiwilligen getestet, bevor wir es an den höchstbietenden Interessenten verkauft haben. Wir haben ihre gewaltvollen Tode gefilmt, ebenso das Mädchen, das überlebt hat. Deshalb waren die Käufer bereit, so tief in die Tasche zu greifen." Er schüttelte den Kopf, als sie auf ihn zukam. „Mhm. Wenn du mir folgst, dann verteilst du die Sporen durch ganz Atlanta, und wer weiß, wie viele Menschen dann sterben werden."

Pip erstarrte, war hin- und hergerissen, und in der nächsten Sekunde war er verschwunden.

Scheiße. Scheiße. Scheiße.

Sie versuchte, die Tür zu öffnen, durch die Dexter verschwunden war, aber er hatte sie von außen verschlossen. Verdammt.

Sie schnappte sich eine Atemmaske und zog sie über Mund und Nase. Vermutlich zu spät. Sie nahm ein paar Papierhandtücher und legte sie über die zerbrochene Viole, um die Sporen so gut es ging einzudämmen. Dann eilte sie zum Schrank und riss die Türen auf.

Im Schrank zusammengekauert hockte Agent Fuller. Ihre Klamotten waren mit Blut durchtränkt, und auch das Furnier des Schranks war damit beschmiert. Die Agentin versuchte, ihre Augen zu öffnen, aber sie fielen ihr sofort wieder zu. Sie war völlig erschöpft durch den Blutverlust und durch wer weiß was für innere Verletzungen.

Pip zog sie aus dem Schrank. „Wachen Sie auf, Agent Fuller. Sie müssen aufwachen." Sie tätschelte die Wange der Frau und wurde mit einem matten Blick belohnt. Vielleicht hätte Pip sie einfach im Schrank lassen sollen, denn so wie die Dinge aussahen, würden sie vermutlich beide sterben. Pip legte Fullers Arm über ihre Schulter und schlurfte langsam mit ihr zur Tür des Labors.

Es war erstaunlich, wie der drohende Schlund des bevorstehenden Todes ihr alles Bedauern und alle Fehler mit nie dagewesener Klarheit vor Augen führte. Pip hätte alles dafür geben, um die Zeit zurückdrehen zu können und nicht aus Hunts Wohnung zu rennen, ihm nicht zu sagen, dass sie nicht einmal versuchen wollte, herauszufinden, wo die Sache mit ihnen hinführen könnte.

Aber sein Job war gefährlich und er hatte jeden Tag mit Situationen wie dieser zu tun. Sie glaubte nicht, dass sie mit der Vorstellung zurechtkommen könnte, ihn möglicherweise zu verlieren, wenn sie sich erlaubte, sich in ihn zu verlieben.

„Wir müssen einen Weg in ein anderes Labor finden und dann müssen wir Ihre Kollegen kontaktieren, damit wir hier herauskommen." Je länger sie in diesem Raum blieben, umso wahrscheinlicher war es, dass sie dem Anthrax ausgesetzt wurden, aber es brachte nichts, Fuller zu beunruhigen. Die Frau klammerte sich kaum noch an ihr Leben.

FÜNFUNDDREISSIGSTES KAPITEL

HUNT KONTROLLIERTE JEDES Zimmer. Der Keller war ein einziges Labyrinth aus Laboren und er wollte Pip nicht übersehen, falls sie sich irgendwo versteckte oder sich verlaufen hatte.

Sein Diensthandy vibrierte und er hielt es ans Ohr, konnte aber über den ganzen Lärm kaum etwas verstehen.

Will brüllte: „Ich bin draußen. Ich habe einen Mann und eine Frau verhaftet – Simon Corker und Angela Naysmith. Im zweiten Stock brennt es.“

„Sind Fuller oder Pip bei dir?“, fragte Hunt.

„Nein. Ich hatte gehofft, sie wären bei dir. Pete Dexter, Bea Grantham und der Anwalt sind auch nirgendwo zu finden. Ich werde die beiden hier anketten und dann zu dir in den Keller kommen. Die Feuerwehr ist auf dem Weg, aber womöglich werden sie das Gebäude nicht betreten, wenn sie nicht sicher wissen, was für Brennstoffe oder verfluchte Bio-Substanzen sich dort befinden.“

„Und stell diesen gottverdammten Alarm aus, bevor du hier runterkommst, ich kann kein Wort verstehen.“

Hunt stopfte sein Handy in die Tasche und fuhr mit der Kontrolle der Räume fort, so zügig wie möglich. Dann tauchte vor ihm im Flur eine Gestalt in einem Schutzanzug und mit einer Styroporbox in der einen und einer Waffe in der anderen Hand auf. Hunt erstarrte und drückte sich in die Schatten.

Dexter.

In diesem Moment bemerkte Hunt die Wände aus grauem Sichtbeton. Genau wie in dem Video. Diese Leute hatten Cindy ermordet, Sally-Anne, Grossmans Witwe und vermutlich auch den Drogendealer und den Professor. Wer weiß, wann sie den Kopiloten infiziert hatten. Und sie hatten das Video direkt hier gedreht. Hunt überlegte, dem Mann, der durch den Korridor davonlief, hinterherzubrüllen, dass er verhaftet war. Aber stattdessen rannte er hinter ihm her, wusste, dass der Kerl ihn über den Alarm hinweg nicht hören konnte.

Er kam bis auf einen halben Meter an ihn heran, dann presste er seine SIG in Dexters Rücken. „Hände hoch", rief er. „Sie sind verhaftet."

Hunt nahm die Pistole aus Dexters Hand und stopfte sie in seine Tasche. „Stellen Sie die Box schön vorsichtig auf dem Boden ab, Arschloch. Es ist vorbei."

Dexter stellte die Box ab und versuchte augenblicklich, davonrennen. Hunt hatte ihn innerhalb von Sekunden eingeholt und schleuderte ihn zu Boden. Er riss Dexter die Arme auf den Rücken und legte dem Bastard Handschellen an.

Endlich verstummte der Alarm und die Stille, die sie umfing, hallte förmlich mit einem Schrillen nach.

Dexter begann zu lachen. „Sie haben mich erwischt. Bravo. Der kühne FBI-Agent hat endlich den Mann erwischt, der ihn die ganze Woche lang zum Narren gehalten hat. Zu schade, dass Sie es nicht geschafft haben, bevor ich die einfältige FBI-Agentin und Cindys dumme, kleine Freundin umgebracht habe."

Hunt blieb das Herz stehen. Gottverdammt, nein. Er riss Dexter auf die Füße und rammte ihm den Unterarm gegen den Hals. „Wo sind sie?"

„Das gefällt Ihnen, hm?" Dexter lachte höhnend. „Sie sind im Containment-Labor. Pippa ist noch nicht tot, aber das wird sie bald sein. Genau wie Sie." Er versuchte, gegen die Box auf dem Boden zu treten, wollte eindeutig die Violen darin zerbrechen, aber Hunt hatte es schon vorausgesehen. Er blockierte den Tritt mit seinem Bein und schob Dexter weiter den Flur hinunter, weg von welchen Mikroben auch immer sich in der Box befanden.

Hunt stieß ihn wieder zu Boden, ihm war scheißegal, dass Dexter sich nicht abfangen konnte und auf dem Gesicht landete. Mit dem Fuß schob Hunt die Box in das nächstbeste Labor und schloss die Tür.

„Was haben Sie ihnen verabreicht?" Hockend presste Hunt den Lauf seiner Pistole gegen Dexters Schläfe.

Dexter lächelte, aber Hunt konnte die Angst in seinen Augen sehen. „Anthrax. Aber Sie können nichts mehr tun, um es aufzuhalten. Wir haben den Impfstoff schon außer Landes geschafft."

„Was, wenn ich Ihnen eine Viole von dem Zeug in den Hals schütte? Können Sie den Impfstoff dann auftreiben?"

Dexter grinste abfällig. „Ich bin schon geimpft, also machen Sie nur." Sein Grinsen wurde breiter und dann steckte Hunt dem Kerl die Waffe in den Mund, war verzweifelt versessen darauf, dieses böswillige, kleine Stück Scheiße aus-zulöschen. Die Vorstellung, Pip zu verlieren, machte ihm wieder all die Gründe bewusst, warum er seit Jahren jede Geliebte immer auf Distanz gehalten hatte. Es war einfach, Menschen zu lieben, aber sie zu verlieren? Das war verdammt nochmal das Letzte.

Schritte kamen auf sie zu gerannt. Hunt zog seine Waffe

zurück zur Wange des Kerls.

„Er droht, mich umzubringen!", rief Dexter.

Hunt erhob sich, als Will zu ihnen trat. „Das Arschloch hier sagt, er hätte Fuller und Pip dem Anthrax ausgesetzt und hätte hier keinen Impfstoff."

Will fluchte. „Was zu Hölle haben Sie mit Agent Fuller gemacht?"

Wieder grinste Dexter höhnisch und seine dämliche Fresse ging Hunt so auf die Nerven, dass sein Zeigefinger am Abzug zuckte.

„Sie ist seit Stunden tot. Ist in unsere Arme marschiert wie ein Lamm zur Schlachtbank. Hat geblutet wie ein Schwein – uff."

Will trat dem Kerl mit aller Kraft in den Bauch, aber Hunt zog ihn zurück. „Er ist ein lügender Sack Scheiße. Gib noch nicht auf. Bring ihn hier raus." Auch wenn er dem Kerl liebend gern Schmerzen zufügen würde, mussten sie wissen, wohin Dexter den Impfstoff und den anderen Mist verschifft hatte.

Hunt rief Jez Place an. „Jez? Ich brauche was von dem Impfstoff, den Sie hergestellt haben. Genug für drei Erwachsene. Und wir brauchen ihn sofort. Wir sind in der Universal Biotech. Will holt Sie am Liefereingang ab. Und bringen Sie Krankenwagen und Ärzte mit. Beeilen Sie sich."

Dexter sah selbstgefällig aus. „Wenn das Cindys Zeug aus dem Labor ist, das wird nicht funktionieren. Ich habe es mit einem Serum ausgetauscht."

„Es ist nicht Cindys Impfstoff", sagte Hunt ruhig. In Wirklichkeit war er alles andere als ruhig, was das betraf, was er jetzt vorhatte, aber er würde es dennoch tun. „Bring ihn verdammt nochmal hier raus", sagte er zu Will. „Ich bin in fünfzehn Minuten am Liefereingang. Warte dort mit Jez auf mich. Sieh zu, dass er nicht aufgehalten wird, bloß kein bürokratischer Bullshit. Keine Abriegelung des Tatorts oder so."

Will nickte. „Bring sie mir lebend wieder, Hunt." Will riss Dexter auf die Beine und schob ihn durch den Flur, bewegte sich steif, hatte offensichtlich furchtbare Angst um Fuller, machte aber trotzdem seinen Job.

Hunt rannte zurück in den Seitengang, aus dem Dexter herausgekommen war. Er erkannte ihn von seiner Führung wieder. Die Containment-Labore. Er rannte den Korridor hinunter und entdeckte die Sturzbügeltür, konnte sie aber natürlich nicht öffnen. Hunt blickte durch das Fenster und entdeckte Pip, die Fuller stützte und versuchte, zur Haupttür des Labors zu kommen. Dafür war keine Zeit. Er hämmerte gegen die Scheibe. Pip erschrak und drehte sich zu ihm um. Ihre dunklen Augen leuchteten vor Freude auf, dann blickten sie ihn verzweifelt an. Sie zog Fuller mit sich, aber die Agentin war in schlimmer Verfassung. Ihre Kleidung waren blutgetränkt und sie war kaum noch bei Bewusstsein.

Hunt deutete auf die Sturzbügeltür, aber Pip schüttelte den Kopf und ihre Lippen formten das Wort „Anthrax".

„Ich habe den Impfstoff", rief er. Er bedeutete ihr mit Handsignalen, herzukommen. Er log, aber das war ihm egal. Er musste sie da rausbekommen und zu Jez bringen, so schnell er nur konnte. Rauch begann, die Flure zu füllen. Er wollte nicht, dass sie zu allem Übel auch noch verbrannten.

Er sah, wie Pip tief Luft holte und den großen, roten Schalter drückte. Die Tür öffnete sich und die Brandschutztüren zu beiden Seiten von Hunt schlossen sich, während die Dusche über ihm ansprang und Pip mit Fuller in seine Arme stürzte.

SECHSUNDDREISSIGSTES KAPITEL

PIP KONNTE NICHT glauben, dass sie sich in Hunts Armen befand. Dampfend heißes Wasser rauschte auf sie herab, durchnässte sie völlig. Der Chlorgestank kam aus Sprinklern in Fußhöhe. Sie hustete, als sie die Dämpfe einatmete.

Hunt fing Fullers Gewicht auf und stützte sie. Das Wasser färbte sich hellrot von dem vielen Blut, das aus ihren Sachen gespült wurde.

„Sie dachten, sie wäre tot", erklärte Pip und begann trotz der Hitze des Wassers zu zittern.

„Fuller ist zu dickköpfig, um zu sterben." Sorge dämpfte sein Lächeln, auch wenn Pip von der Intensität seiner blauen Augen ganz gefesselt war, die sie von oben bis unten musterten. Hunt berührte sanft ihre Wange.

„Wo ist der Impfstoff?", fragte sie.

Hunt verzog das Gesicht.

Oh, Gott.

„Ich habe nicht gelogen", nahm er vorweg. „Genau in diesem Augenblick kommt ein Doktor von der CDC mit dem Impfstoff am Liefereingang an. Wann wurdest du dem Anthrax ausgesetzt?"

Pips Zähne begannen zu klappern, was ihre Kopfschmerzen nur verstärkte. Zuerst glaubte sie, es läge daran, dass ihre Kleidung völlig durchnässt war, aber dann merkte sie, dass sie sich nicht gut fühlte. Sie wusste nicht, ob es die Kopfverletzungen waren, das Anthrax oder etwas ganz anderes. „Vor ungefähr fünf oder zehn Minuten."

„Die Dusche läuft über einen Timer, der nicht ausgeschaltet werden kann, aber so stellen wir sicher, dass wir keine Anthrax-Sporen nach draußen tragen."

Pip versuchte, sich keine Sorgen zu machen und mitzuhelfen, Fuller zu stützen. „Sie hat so viel Blut verloren."

Hunt nickte. Er zog Fullers Bluse hoch und zwei blutende Schusswunden kamen zum Vorschein.

„Ich glaube, die Tatsache, dass sie noch nicht tot ist, bedeutet, dass keine lebenswichtigen Organe getroffen wurden." Pip suchte händeringend nach etwas Positivem in dieser Situation. Es bestand noch immer die sehr reelle Möglichkeit, dass diese Frau starb. Es erinnerte sie daran, wie viel die Beamten der Strafverfolgungsbehörden jeden Tag riskierten, wenn sie zur Arbeit gingen.

Hunt fühlte nach Fullers Puls. „Schwach, aber ein Puls."

„Das ist ein Wunder." Ihre Lungen fühlten sich eng an. „Hast du Adrian gefunden?" Sie konnte einen Hauch von Rauch riechen und wollte sich an Hunt klammern und ihn nie wieder loslassen.

„Noch nicht."

Sie zwang sich, ruhig zu bleiben. „Das Gebäude brennt, nehme ich an?"

Hunt nickte.

„Du hast trotzdem nach uns gesucht." Sie lächelte. „Ich weiß nicht, ob ich schockiert oder beeindruckt sein soll."

„Bitte sei beeindruckt." Er blickte ihr in die Augen, plötzlich nur auf sie konzentriert.

„Tut mir leid, dass ich aus deinem Haus abgehauen bin." Sie blickte sich fassungslos um. „Wahnsinnig leid."

Wieder nickte er.

„Und es tut mir so leid, dass ich Adrian verraten habe, was du mir im Vertrauen gesagt hast. Er wirkte verstört und ich wollte ihn beruhigen und ihm versichern, dass Cindy ihn nicht betrogen hatte."

Hunt nickte. „Lass uns später darüber reden."

Das klang ominös, aber wenn man bedachte, dass er riskiert hatte, sich gottverdammtem Anthrax auszusetzen, um sie und Fuller zu retten, durfte sie sich nicht beschweren. Das Wasser tröpfelte langsamer, dann versiegte es. Ein leises Klacken ertönte, als die Türen sich öffneten.

„Okay. Nichts wie raus hier."

Hunt trug Agent Fuller, wies Pip aber an, sich an seinem Gürtel festzuhalten, als der Rauch dichter wurde. „Ich will dich nicht verlieren."

Sie ermahnte sich, nichts in diese Worte hineinzulesen. Auf was für eine Zukunft konnte sie nach diesem Desaster denn noch hoffen?

Sie stolperte hinter ihm her, folgte ihm blind durch das Labyrinth von grauen Gängen voller dichtem Qualm. Endlich kamen sie an einer Tür mit einem Notausgangsschild an, die Hunt mit dem Rücken aufdrückte.

Die Tür öffnete sich in einen riesigen Lieferbereich und herrliche, frische Luft drang in ihre Lungen. Blitzende Blaulichter färbten die Umgebung. Polizisten und Feuerwehrleute wuselten herum, starrten sie an, als sie aus der Tür gestolpert kamen.

Jemand legte Pip eine Decke um die Schultern, rollte ihren Ärmel hoch und stach ihr eine Nadel in den Arm. Sie war so benommen, es tat nicht einmal mehr weh. Sie wurde auf eine Trage bugsiert und in einen Krankenwagen geschoben. Sie sah, wie sich eine Gruppe von Menschen um die Agentin scharte. Fuller wurde geimpft, genauso wie Hunt. Jemand legte ihr einen Zugang. Plötzlich wurde alles hektischer und jemand begann mit der Herzmassage.

Dieser Anblick brachte die Erinnerung daran zurück, wie Pip am Montagmorgen Cindy gefunden und ihre tote Freundin wiederzubeleben versucht hatte.

„Bitte stirb nicht." Pip schloss die Augen und schickte ein Stoßgebet in den Himmel. Als sie die Augen wieder öffnete, wurde Fuller eilig auf einer Trage in einen zweiten Krankenwagen gerollt, während jemand rittlings auf ihr hockte und weiterhin versuchte, ihr Herz wieder zum Schlagen zu bringen. Der Mut dieser Menschen, die ständige Gefahr, der sie sich jeden Tag bei ihrer Arbeit aussetzten, traf Pip mit aller Macht. Die Vorstellung, jeden Tag diese Sorge um Hunt zu haben…

Ihr Hals brannte, so sehr hielt sie die Emotionen zurück.

Sie wandte den Kopf zur Seite und entdeckte Dexter, der vor sich hin grinste, auf der Rückbank eines Streifenwagens. Wie aus dem Nichts tauchte Adrian Lightfoot auf, ging an das Fenster des Streifenwagens und feuerte drei Schüsse auf den Mann ab, der ihre beste Freundin umgebracht hatte. Bei jedem einzelnen Schuss zuckte sie zusammen. Adrian hob seine Hand, und Pip befürchtete schon, er würde sich selbst erschießen, aber stattdessen ließ er die Waffe auf das Dach des Polizeiautos fallen und legte seine Hände auf den Kopf. Er fiel auf die Knie und wurde von Polizisten umringt. Eine Frau schrie auf.

Die Rothaarige, die Pip als Petes Assistentin erkannte, versuchte, zu Dexter zu rennen. Die Frau, die er die ganze Zeit während seiner Beziehung zu Cindy hinter ihrem Rücken getroffen hatte. Sie trug Handschellen. Ihrem Schmerz nach zu urteilen, hatte sie wirklich etwas für dieses Arschloch übrig gehabt.

Pip starrte auf den Mond, der hell auf das ganze Chaos herab schien. Derselbe Mond, den auch sie und Cindy so oft betrachtet hatten, wenn sie auf dem Steg am See gelegen hatten. „Bis bald, Cindy."

Eine Sternschnuppe schoss über den Nachthimmel, gerade als Pip langsam einschlief.

„Oh, nein, ganz sicher nicht, Pip." Hunts Stimme schnitt durch den dichten Nebel, der versuchte, sie zu verschlingen. Ihr Hals tat weh.

Er wollte sie küssen, aber sie wandte sich ab. „Nicht. Ich könnte dich infizieren."

Er beugte sich über sie und plötzlich bemerkte sie, dass sich der Krankenwagen bewegte, und sie mit heulenden Sirenen durch die Straßen rasten.

„Was zur Hölle hast du dir eigentlich dabei gedacht, da allein und ohne Verstärkung reinzugehen?", fragte er wütend.

Sie runzelte die Stirn. Zu dem Zeitpunkt hatte es Sinn ergeben, aber jetzt? Vielleicht nicht die allercleverste Entscheidung, die sie je getroffen hatte. Sie schaute ihn an. „Ich schätze, ich wollte beweisen, dass ich keine von den Bösen bin. Ich wollte beweisen, dass ich mutig bin."

Er presste die Lippen so fest zusammen, dass sie fast verschwanden, zwang seine Emotionen zurück. „Wenn du nicht so krank wärst, würde ich dir sagen, wie unfassbar bescheuert das ist. Du brauchst dich nicht zu beweisen. Nicht mir. Nicht dem FBI. Du hast nichts falsch gemacht."

Sie drückte seine Finger. „Es tut mir leid." Anscheinend wurde es mit der Zeit einfacher, diese Worte auszusprechen.

„Wie geht es Agent Fuller?"

Hunts Ausdruck wurde düster. „Sie lebt. Das ist alles, was ich im Augenblick weiß."

„Sie ist stark." Pip versuchte, ihn zu trösten. „Sie wird durchkommen."

Die Augen fielen ihr zu, auch wenn sie noch so sehr dagegen ankämpfte. Aber sie wusste, dass Hunt auf dem ganzen Weg bis zum Krankenhaus ihre Hand hielt.

———

HUNT WAR DRAUF und dran, dem Agenten, der als Wache vor Pips Zimmer abgestellt worden war, eine reinzuhauen. Sie hatte Fieber und lag komplett allein auf einer Isolationsstation. Er hatte sich umgezogen, seinen Bericht geschrieben und war sofort wieder ins Krankenhaus gerast, nur um ihr Zimmer abgeriegelt vorzufinden, mit einem Kerl von der Größe des Empire State Building davor, der die Tür bewachte.

Hunt war sich ziemlich sicher, dass er es mit ihm aufnehmen konnte.

Aber dann würde er seinen Job garantiert verlieren. Und er wollte seinen Job behalten, genauso wie er Pip behalten wollte. Er wollte alles.

Die Feuerwehr hatte es nicht geschafft, den Brand in der Universal Biotech unter Kontrolle zu bringen. Auch wenn Simon Corker es abstritt, hatte die Untersuchung des Brandexperten ergeben, dass jemand im zweiten Stock Benzin ausgegossen und das Gebäude absichtlich in Brand gesteckt hatte. In Anbetracht der Eigenschaften der Substanzen, die sich in den Laboren der Firma befanden, hatten sie entschieden, das Gebäude einfach ausbrennen zu lassen und die gefährlichen Mikroben in dem flammenden Inferno zu zerstören, das sich dort entwickelte.

Simon Corker, Bea Grantham, Angela Naysmith und Adrian Lightfoot befanden sich alle in Haft. Pete Dexter war bei der Ankunft in der Notaufnahme bereits tot gewesen.

Nicht, dass Hunt das etwas ausmachte. Er hoffte inständig, der Hurensohn würde in der Hölle schmoren.

„Wie geht es ihr?" Hunt erwischte den Arzt, der aus Pips Zimmer kam. Er konnte in das Zimmer hineinschauen, aber sie lag unter einem Plastikzelt, und er konnte ihr Gesicht nicht erkennen.

„Sie schläft, Agent Kincaid. Sie hat Fieber und eine Gehirnerschütterung, also beobachten wir sie genau. Sie hat noch eine weitere Dosis des Impfstoffes erhalten, was alle Pathogene in ihrem Körper abtöten sollte, bevor sie Toxine entwickeln, aber es wird ein paar Tage dauern, bevor wir es mit Sicherheit sagen können. Wie fühlen Sie sich?"

Hunt warf dem Riesen neben sich einen schrägen Blick zu. „Ausgebremst."

Der Arzt grinste und tätschelte Hunts Arm. „Es wird dauern, und Sie können hier nichts weiter ausrichten. Wenn Sie ihr eine Notiz schreiben, stelle ich sicher, dass Ms. West sie bekommt."

Hunt nickte. Gute Idee. Vielleicht könnte er zu Papier bringen, was er empfand.

Besänftigt ging er davon, um nach Will zu suchen.

Fuller war noch immer im OP. Hunt legte einen Arm um die zusammengesunkenen Schultern seines Freundes, der im Wartesaal saß und vor Angst totenblass war.

„Ich weiß nicht, was ich machen soll, wenn sie stirbt, Hunt."

„Sie wird nicht sterben."

Aber die Uhr im Wartesaal tickte unbarmherzig voran, während sie darauf warteten, dass der Chirurg aus dem OP kam. Eine Weile später erschien Bourne und starrte sie nur an. Aber ganz ehrlich, was hätten sie noch tun können? Hunt und Pip hatten geholfen, die Agentin zu retten, aber je länger die Operation andauerte, umso größere Sorgen machten sie sich.

Endlich erschien der Chirurg, aber noch bevor er den Mund aufmachte, wussten sie, dass es schlechte Nachrichten waren. Mandy Fuller war auf dem OP-Tisch gestorben. Die Kugeln hatten zwei Venen zerfetzt, ein Splitter hatte sich in ihre Lunge gebohrt und ein zweiter hatte ihre Niere getroffen. Trotz aller Versuche, sie zu retten, hatte sie zu viel Blut verloren. Sie war tot.

Hunt stand wie benommen da. Mandy war mutig und entschlossen gewesen, so stark und kompetent wie jeder von ihnen. Ein eisiger Schauer überkam ihn, als ihm dieser vernichtende Verlust bewusst wurde. Will kauerte auf dem Fußboden. Hunt versuchte, ihn zu trösten, aber er konnte die Trauer seines Freundes nicht durchdringen. Andere Agenten kamen in den Wartesaal geströmt, als sich die Nachricht verbreitete.

Erschütterung lag auf allen Gesichtern. Die Vorstellung, eine der ihren verloren zu haben…

Hunt fiel auf einen Stuhl und versuchte, nicht zusammenzubrechen. Mandy war eine großartige Agentin gewesen. Intelligent. Zäh. Die Vorstellung, dass er Schuld war … aber das war er nicht. Das war der Job. Sie wäre sauer, falls er versuchen sollte, die Verantwortung für ihre Entscheidungen zu übernehmen.

Dieses altvertraute Gefühl ließ ihn am ganzen Körper

zittern. Das Wissen darüber, wie machtlos er war, wenn es darum ging, die Menschen zu beschützen, die ihm etwas bedeuteten.

Menschen starben. Er musste einen Weg finden, um zu verstehen, dass das nicht seine Schuld war. Der Tod war Teil des Lebens. Er erinnerte sich daran, was er Pip am Montagmorgen zugemutet hatte, als er sie nur wenige Meter von der Stelle entfernt befragt hatte, an der ihre Freundin tot auf der Erde gelegen hatte. Sein Magen zog sich zusammen.

Er mochte seinen Job vielleicht lieben, aber manchmal war er wirklich unerträglich.

Hunt senkte sein Gesicht in die Hände, merkte nicht, dass er weinte, bis er eine Hand auf seiner Schulter spürte.

Er schaute auf. Bourne saß neben ihm. „Es ist nicht Ihre Schuld, Kincaid. Es war ein Wunder, dass sie überhaupt so lange durchgehalten hat. Corker hat einen Deal gemacht, um die Todesstrafe zu vermeiden. Er hat uns erzählt, dass Fuller an Bea Granthams Haus aufgetaucht ist, und Dexter Panik bekommen und sie erschossen hat. Diese Typen hatten ihre Operation still und heimlich nach Chile verlegt. Corker hat uns den Standort verraten, an den sämtliche Proben geschickt wurden. Im Augenblick sind Agenten dorthin unterwegs, um die Lieferung abzufangen und sicherzustellen, dass sie nicht in die falschen Hände gerät. Wir haben außerdem Videoaufnahmen von Testpersonen gefunden, an denen sie sowohl das Anthrax als auch den Impfstoff getestet hatten. Diese Arschlöcher werden allesamt zur Rechenschaft gezogen werden.“

Hunt starrte ihn ausdruckslos an.

„Wir haben sie alle geschnappt, Junge. Wir werden jede einzelne ihrer Bewegungen zurückverfolgen, bis zu der Zeit, als sie in den Windeln steckten. Agent Fullers Tod wird nicht ungesühnt bleiben.“

Hunt zwang sich, zu nicken. Sein Blick wanderte durch den Raum und fand Will, aber sein Freund schien nur noch eine leere Hülle zu sein. Er war nicht mehr wirklich in diesem Zimmer.

Er erkannte diese Reaktion und konnte es Will nicht vorwerfen, aber Hunt würde diesmal nicht davonrennen. Weder emotional noch körperlich. Nicht vor Pip. Sie hatte etwas Besseres verdient. Und vielleicht hatte auch er etwas Besseres verdient. Er erhob sich und ging langsam zurück zu Pips Zimmer, um sie vom Flur aus zu beobachten und zu beschützen. Er würde sie nicht allein lassen. Er würde nirgendwo hingehen.

SIEBENUNDDREISSIGSTES KAPITEL

PIP SETZTE SICH in ihrem Bett auf, schrieb auf dem Block, den Hunt ihr vor ein paar Tagen geschickt hatte, als sie sich endlich gut genug gefühlt hatte, um länger als fünf Minuten die Augen offenzuhalten.

Ihre Kopfschmerzen hatten ein paar Tage gebraucht, um zu verschwinden, und danach hatte Pip sich in ihrem kleinen Plastikzelt fast zu Tode gelangweilt, von dem aus sie nur die verschwommenen Umrisse von Leuten erkennen konnte. Hunt hatte begonnen, ihr Sachen zu schicken. Elektronische Geräte waren scheinbar verboten. Einen Notizblock. Einen Kugelschreiber. Bücher – einschließlich einer Ausgabe von Margaret Mitchells *Vom Winde verweht*, das sie noch nie gelesen hatte, und einer Ausgabe von Rachel Grants *Firestorm*, in welcher direkt durch den Buchstaben „o" ein Einschussloch prangte. Das Buch hatte Hunt und ihr wortwörtlich das Leben gerettet.

Er schickte ihr Gedichte, Notizen und Zitate aus den Büchern. Das erste Zitat war „*Du bist die stärkste Person, die ich kenne. Wild. Entschlossen. Aber wenn du zerbrechen solltest, werde ich dich so lange festhalten, bis du wieder ganz bist.*"

Dann „Bitte stirb nicht" mit einem Herz darunter und einem „H", das in zitternden Buchstaben daneben geschrieben war.

Sie hatte sich die Notiz zwei ganze Tage lang ans Herz gepresst. Später, als die Ärzte zuversichtlich waren, dass sie überleben würde, hatte sie sich gestattet, über die Zukunft nachzudenken. Über Hunt. Über ihre Freundin und darüber, was passiert war. Es war Cindys Arbeit an dem Impfstoff gewesen, die ihr das Leben gerettet hatte, und Pip wusste, dass ihrer Freundin das gefallen hätte.

Hunt hörte nicht auf, ihr Nachrichten zu schreiben. Auch das hätte Cindy großartig gefunden.

„Ich weiß nur, dass ich voller Energie bin, voller Freude, wenn ich mit dir zusammen bin. Ein Feuer, das fehlt, wenn du nicht bei mir bist. Und wenn ich in dir bin, spüre ich eine Verbindung. Mehr als Sex. Etwas Tieferes. Etwas Intensiveres. Mehr als ich erwartet hatte. Mehr als ich gewollt hatte.“

Der zweite Teil des Zitats flatterte herein, kurz bevor Hunt sich am Abend nach Hause aufmachte. Sie konnte seine Stimme hören, als er im Flur mit den Schwestern sprach, und sah die blasse Silhouette seines Körpers durch das Beobachtungsfenster. Als sie die Nachricht las, die er ihr schickte, wurde ihr ganz warm und Tränen traten ihr in die Augen.

„Du machst süchtig, auf eine Art und Weise, die mir Angst macht. Du bist eine Droge, von der ich nie genug bekomme. Ich will diesen Kick. Diese Intensität. Den Rausch, mit dir zusammen zu sein. In dir zu sein. Und das jagt mir eine Heidenangst ein, wenn ich sehe, was du alles riskierst.“

Sie konnte kaum atmen, nachdem sie das gelesen hatte, weil sie genau das Gleiche für ihn empfand.

„Ich habe Angst vor dem, was ich für dich empfinde. Angst davor, was du mir bedeutest. Angst davor, dich zu lieben.“

Und darunter, „Ich liebe dich." Ihr Herz schlug gegen ihre Rippen, als ihr klar wurde, dass diese Worte nicht aus einem Buch stammten.

Gestern hatte er geschrieben: *„Ich habe länger auf dich gewartet als ich je auf eine Frau gewartet habe."*

Sie fand diese Worte schließlich in Margaret Mitchells epischem Bürgerkriegs-Roman. Pip schrieb ihm zurück, dass er ganze fünf Tage gewartet hatte.

Er antwortete mit einem traurigen Smiley und sie musste kichern.

Pip war neugierig, was ihm als Nächstes einfallen würde, und starrte auf ihre Uhr, trieb sie an, endlich sechs Uhr anzuzeigen, wenn er für gewöhnlich auftauchte. Er übernachtete nicht vor ihrem Zimmer, aber er war länger hier als jeder zurechnungsfähige Mensch es sein sollte.

Und dafür liebte sie ihn.

Sie hatte nur noch nicht herausgefunden, wie sie ihm das sagen sollte oder was sie dagegen tun konnte.

Wenn er dieses Mal auftauchte, würde sie eine Überraschung für ihn haben. Sie war als anthraxfrei und nicht ansteckend erklärt worden. Diese ganzen unangenehmen Schläuche waren ihr gezogen worden und ihr kleines Zelt wurde ebenfalls abgebaut.

Jetzt saß sie aufrecht im Bett, trug einen Pyjama, den Hunt ihr aus dem Hotel geholt hatte. Seine Briefchen lagen auf dem Nachttisch neben ihren Büchern. Seine Anwesenheit hatte die letzten Tage erträglich gemacht, vor allem, nachdem eine der Schwestern ihr von Agent Fuller erzählt hatte. Pip war in Tränen ausgebrochen, als sie vom Tod der Frau gehört hatte. Sie hatten sich so sehr bemüht, sie zu retten und die Agentin hatte so tapfer um ihr Leben gekämpft. Es kam ihr nicht real vor. Oder fair.

Sie war sich noch immer nicht sicher, ob sie damit würde umgehen können, dass für Hunt als Bundesagent gefährliche Situationen die Norm waren. Wie könnte sie ihn jeden Tag aus dem Haus gehen sehen, ohne zu wissen, ob er zurückkommen würde?

Und sie machte sich Sorgen, dass Hunts hinreißende, kleine Gesten von Schuldgefühlen motiviert waren und als Reaktion auf Fullers Tod. Vielleicht würde er, wenn er sich von dem Schock über das erholt hatte, was seiner Kollegin zugestoßen war, erkennen, dass seine Emotionen flüchtig und nicht echt waren. Pip war sich auch nicht sicher, ob sie damit würde umgehen können. Allein zu bleiben und ihr Herz zu verschließen, war so viel einfacher.

Hunt hatte Cindys Beerdigung verschoben.

Es gab viel zu klären, aber Adrian hatte vom Gefängnis aus getan, was er konnte. Sie hatte keine Ahnung, was mit ihm passieren würde, aber sie war bereit, für ihn auszusagen. Der Kerl hatte eindeutig einen Nervenzusammenbruch erlitten. Er hatte weder zurechnungsfähig noch rational gewirkt, als er Pete Dexter erschossen hatte.

Die Welt war seltsam unwissend, was die Ereignisse jenes Tages betraf. Die Öffentlichkeit wusste nichts über das extrem tödlich Anthrax oder Cindys unglaublichen Impfstoff, der Pip das Leben gerettet hatte. Pip hatte nicht die Absicht, irgendwelche Einzelheiten zu verraten, die das empfindliche Gleichgewicht im Kampf gegen biologische Waffen zerstören würden. Sie schrieb wieder, aber es waren keine Artikel für Zeitungen. Sie schrieb Fiktion. Sie ertappte sich dabei, wie sie eine Geschichte aufs Papier brachte, in der es um einen tödlichen Virus ging und um eine wunderschöne Forscherin, die sich ganz zufällig in einen FBI-Agenten verliebte, der einen verdächtigen Todesfall untersuchte.

Pip war sich nicht sicher, ob das irgendwo hinführen würde, aber es war besser, als den ganzen Tag die Wand anzustarren.

Eine Gestalt erschien hinter dem Glas des Beobachtungsfensters, und Pip stockte der Atem, gerade als ihr Herz einen kleinen Sprung machte. Sie hatte sich die Haare gekämmt und sogar einen Hauch von Lipgloss aufgelegt. Sie lächelte, und Hunt grinste sie an. Er sah so gut aus, mit der verrutschten Krawatte und den zerzausten Haaren. Er drehte sich um, um mit jemandem im Flur zu sprechen, und plötzlich ging die Tür auf und er kam auf sie zu.

Ihr Herz hämmerte. Nicht vor Panik. Nicht vor Angst. Vor Vorfreude. Er nahm ihre Hand in seine und streichelte ihre Finger, bevor er sich hinunterbeugte und seine Lippen auf ihre legte.

Die augenblickliche Verbindung war schockierend, und Pip schnappte nach Luft. Hunt lächelte an ihrem Mund und legte für einen Moment die Arme um sie.

„Pip", sagte er endlich, leise.

Er streichelte über ihren Rücken und sie fuhr mit ihren Fingern über seinen Kiefer, wo die Stoppeln gerade durch die Haut zu sprießen begannen.

„Ich habe dich vermisst", sagte sie.

Wieder küsste er sie, hungrig. Ihr Notizblock fiel knallend zu Boden. Pip schlang die Arme um seinen Hals und hielt ihn einfach nur fest.

Ein paar Sekunden später wurden sie von einem lauten Räuspern unterbrochen und lösten sich voneinander.

„Vielleicht möchten Sie beide Ihre Unterhaltung lieber zu

Hause weiterführen?", fragte die Schwester mit einem Grinsen und hielt Pip ihren Block hin.

„Ich werde entlassen?", fragte Pip aufgeregt. Sie konnte nicht glauben, dass sie tatsächlich endlich hier herauskam.

Die Schwester nickte und Hunt sprang auf und zog den Vorhang um das Bett. Er hatte ihr auch etwas zum Anziehen mitgebracht, als er den Pyjama vorbeigebracht hatte. Sie holte die Sachen aus dem Schrank. Leggings. T-Shirt. Socken. Turnschuhe. Sie schaute ihn argwöhnisch an. „Du hast meine Unterwäsche vergessen."

Hunt zuckte mit einer Augenbraue und zwinkerte ihr übertrieben zu. „Sieht ganz danach aus."

Pip lachte. „Du hast nicht wirklich an Sex gedacht, als du die Sachen gepackt hast."

„Nein, aber vielleicht hätte ich das, wenn ich durch deine Unterwäsche gewühlt hätte. Aber wie dem auch sei", sagte er und wurde plötzlich ernst, „du brauchst sie sowieso nicht. Die Ärzte haben gesagt, du musst noch mindestens drei Tage im Bett bleiben. Das war die Voraussetzung für deine Entlassung."

„Na schön." Sie war einfach nur froh, hier herauszukommen. Hunt ging vor den Vorhang, als die Schwester ans Bett trat. Eilig zog Pip ihre Sachen über – ohne BH und Slip – und sammelte die Bücher, alle Briefchen von Hunt und die anderen Sachen zusammen, die er ihr in den letzten Tagen geschickt hatte, und packte sie behutsam in eine Plastiktüte. Seltsam, wie diese Nachrichten und der Notizblock in den letzten Tagen wertvoller als Diamanten oder Anerkennung für sie geworden waren. Sie bedankte sich bei der Schwester und den anderen Mitarbeitern, die sich so wundervoll um sie gekümmert hatten.

Als sie bereit war, hielt Hunt ihr seinen Arm hin und zog eine Augenbraue hoch. Sie traten durch die Krankenhaustür und spazierten weiter. Pip konnte es nicht erwarten, dieses Kapitel ihres Lebens endlich hinter sich zu lassen.

„Bewahrst du die Nachrichten auf, die ich dir geschrieben habe?" Seine Augen fielen auf die Plastiktüte, die sie nicht aus der Hand geben wollte.

Pip presste sie schützend an ihre Brust, beschwor ihre innere Göttin herauf. „Sie gehören mir."

„So lange du niemandem verrätst, dass ich Yeats zitieren kann."

„So hab ich dir meine Träume zu Füßen gelegt", murmelte sie mit einem Seufzen.

Hunt blieb stehen und zog Pip an sich. „Schreite sanft, du betrittst meine Träume." Er senkte seine Lippen, um sie zu küssen, aber als sein Mund sich wieder löste, lag ein besorgter Ausdruck auf seinem Gesicht. „Möchtest du einen Kaffee? Wir müssen uns unterhalten."

Sie kamen an einem kleinen Café vorbei und er führte sie hinein.

Eine Woge der Unsicherheit und der Angst überkam sie. Er hatte ihr etwas Wichtiges zu sagen. Das konnte sie am festen Griff seiner Finger und den sorgenvollen Linien um seinen Mund erkennen.

Er zog sie an einen Tisch mit zwei Stühlen.

„Was ist los?", fragte sie. Sie war mittlerweile an dem Punkt angekommen, an dem sie sich nicht mehr länger mit diesem unterschwelligen Schmerz auseinandersetzen wollte. Falls das alles nur eine einzige, große Lüge gewesen war, um ihr den Aufenthalt im Krankenhaus zu erleichtern, dann war es ihr lieber, er würde es ihr jetzt sofort sagen.

„Ich weiß, ich habe dir gesagt, dass ich dich liebe, aber…“

Die Schmerzen in ihrer Brust fühlten sich an, als ob jemand ein Messer in ihrem Herzen herumdrehte.

„Aber du hast mir tatsächlich nie gesagt, was *du* für mich empfindest.“

Sie blinzelte ihn an. Wie konnte er das nicht wissen?

„Und ich, naja, ich habe mir ein paar Freiheiten erlaubt, als du eingeliefert wurdest. Und wenn du nicht so für mich empfindest, wie ich für dich, dann wirst du womöglich denken, dass das ziemlich übler Stalker-Mist war, und willst vermutlich jemanden anheuern, der dich vor mir beschützt.“

Ihr Mund klappte auf. „Ich habe dir nie gesagt, was ich für dich empfinde?“

Diese goldenen Ringe in seinen blauen Augen strahlten, dann verdunkelten sie sich wieder. „Ich will dir keinen Druck machen. Du hattest eine Menge damit zu tun, warst mit Anthrax infiziert und hast dir Sorgen gemacht, ob du überlebst…“

Sie starrte ihn mit offenem Mund an, brachte kein Wort heraus. Er hatte so viel für sie getan, hatte ihr Bücher vorbeigebracht, ihr Gesellschaft geleistet, ihr kleine Liebesbriefe geschrieben, ohne zu wissen, dass sie verrückt nach ihm war. Sie versuchte, sich zu erinnern, was sie ihm zurückgeschrieben hatte. Jedenfalls keine Liebesbotschaften. Lustige Sachen. Worte der Dankbarkeit. Aber nicht ein einziges Mal hatte sie geschrieben, „Ich liebe dich.“

Wie hatte sie nur so unsensibel sein können?

Weil sie noch immer nicht wirklich geglaubt hatte, dass er sie liebte. Sie hielt sich noch immer für jemandem, mit dem etwas Grundlegendes nicht stimmte.

Sie war zu lange still.

„Und ich liebe auch meinen Job. Ich weiß, dass ich nicht immer alles mit dir besprechen kann, weil du Journalistin bist, aber ich glaube, wir können es hinbekommen. Ich bewerbe mich für die Geiselbefreiungseinheit, und wenn ich es schaffe, dann werde ich mehr oder weniger an einem Ort stationiert sein."

„Virginia", sagte Pip.

Er hielt noch immer ihre Hand, sogar jetzt. Er hielt ihre Hand und gab sie nicht auf, obwohl sie ihm nicht gesagt hatte, was sie wirklich für ihn empfand.

Hunt wollte noch mehr sagen, aber Pip legte ihren Zeigefinger auf seine Lippen und er verstummte.

„Die Vorstellung, dass du etwas so Gefährliches machst, bereitet mir Angst. Sehr viel Angst. Ich habe seit Jahren mein Herz verschlossen, weil die Vorstellung, mich zu öffnen und dann jemanden zu verlieren, zu schmerzhaft ist."

Jetzt nahm er ihre beiden Hände in seine und küsste ihre Fingerspitzen. „Ich weiß genau, was du meinst. Aber ich habe endlich etwas gefunden, was ich nie zuvor besessen habe, und die Vorstellung, dich wegzustoßen, nur damit ich den Schmerz nicht ertragen muss, wenn dir etwas passieren sollte..." Er schluckte. „Ich glaube nicht, dass ich ohne dich leben kann. Ich will es gar nicht erst versuchen."

Ihr Blick verschwamm. Sie hätte nie gedacht, dass FBI-Agent Hunt Kincaid ein solcher Romantiker war, als sie ihn das erste Mal getroffen hatte, aber er hatte ihr alles gegeben, was eine Frau sich nur wünschen konnte.

„Ich glaube, ich habe mich in dich verliebt, als du dich zwischen mich und den Kugelhagel im Auto geworfen hast. Und dann erneut, als du riskiert hast, an Anthrax zu sterben, um mich aus einem brennenden Gebäude zu retten."

Hunts Gesicht verlor seinen besorgten Ausdruck.

„Aber der entscheidende Moment war, als du mir Liebesbriefchen geschrieben hast. Jeder Mann, der die Eier hat, aus Romanzen zu zitieren, um eine Frau zu umwerben, ist einer der Mutigsten der Mutigen. Ich liebe dich. Ich dachte, ich hätte es dir im Krankenwagen gesagt oder irgendwann am Telefon." Sie schaute ihm in seine hübschen Augen. „Ich arbeite an meinen Unsicherheiten. Ich arbeite daran, offener zu sein und weniger Angst davor zu haben, verletzt zu werden, aber das wird nicht über Nacht passieren."

Mit einem erleichterten Lächeln strich er ihr eine Haarsträhne hinter das Ohr „Wir haben ja Zeit."

„Das hoffe ich." Sie griff wieder nach seiner Hand, konnte nicht aufhören, ihn zu berühren. „Ich glaube nicht, dass ich wieder als Journalistin arbeiten werde. Wenigstens nicht in nächster Zeit."

„Gib es nicht meinetwegen auf."

„Warum nicht deinetwegen?", fragte Pip. „Für wen sonst sollte ich ein Opfer bringen wollen?"

Er holte tief Luft, wusste offensichtlich nicht, was er darauf erwidern sollte.

Sie lächelte, als sie seinen unsicheren Ausdruck sah. „Aber ich gebe es nicht deinetwegen auf. Ich glaube nicht, dass ich jemals wieder die Person sein kann, die ich war, bevor Lisa Booker und die Kinder ermordet wurden. Selbst wenn Cindy nicht gestorben wäre …"

Hunt zog sie an sich und ihr Kopf lag auf seiner Schulter.

„Aber das ist sie." Pip atmete tief ein und verriet ihm den geheimen Wunsch, der in ihr zu blühen begonnen hatte, als sie in diesem langweiligen Krankenhausbett gelegen hatte. „Ich will versuchen, einen Roman zu schreiben."

Seine Augen erstrahlten. „Eine Romanze?"

Er klang fasziniert.

Sie lachte. „Vielleicht. Oder einen Thriller. Habe ich noch nicht entschieden."

„Ich finde, das ist eine großartige Idee, und ich werde dich auf jeden Fall unterstützen. Komm." Er zog sie auf die Füße, nahm ihre Hand in seine und ging mit ihr zu seinem Truck, der in der Tiefgarage des Krankenhauses parkte.

Als sie in Richtung Norden fuhren, korrigierte sie ihn. „Das Hotel ist in der anderen Richtung." Sie deutete über ihre Schulter.

„Ja, das ist eine der verrückten Sachen, von denen ich dir erzählt habe. Ich bin ins Hotel und habe alle deine Sachen gepackt und sie zu mir nach Hause gebracht." Er zog eine Grimasse. „Ich weiß, dass du vielleicht in Cindys Haus ziehen möchtest, aber ich wollte dich in meiner Nähe haben …"

Sie fuhr mit ihrer Hand über seinen Unterarm. „Wir werden uns schon irgendwas überlegen."

„Und ich habe auch die Schwestern im Krankenhaus angelogen und ihnen gesagt, wir wären verlobt, damit ich auch nach den offiziellen Besuchszeiten noch bleiben durfte."

Eine tiefe Sehnsucht überkam sie.

„Und ich habe meiner Mutter von dir erzählt, und sie und mein Stiefvater werden uns in ein paar Wochen besuchen, um dich kennenzulernen."

Pip blinzelte ihn überrascht an. Sie hatte sich nicht wirklich bewusst gemacht, dass er eine Familie hatte.

Sie biss sich auf die Unterlippe.

„Und, schon nervös?", fragte er und warf ihr einen schnellen Blick zu.

„Ein bisschen." *Mehr als nur ein bisschen, um ehrlich zu*

sein. Würden seine Eltern sie mögen? Was, wenn nicht?

„Meine Mutter ist eine Naturgewalt, aber mach dir keine Sorgen, sie wird dich lieben. Ich bin derjenige, den sie bedrängen wird, dich ordentlich zu behandeln. Wenn das also anfangs alles ein bisschen überwältigend sein sollte, gib der Sache einfach Zeit." Er klang nervös. Dieser große, starke FBI-Agent klang unsicher, und sie liebte ihn umso mehr dafür, ihr diese Verletzlichkeit zu offenbaren.

„Das werde ich. Ich werde uns so viel Zeit geben, wie wir brauchen, um uns an den Gedanken zu gewöhnen, dass du und ich nun gemeinsam durchs Leben gehen werden."

Er streckte die Hand aus und legte sie zärtlich auf ihre Wange. „Ich liebe dich, Pip West."

„Ich weiß." Sie nahm seine Hand und küsste seine Finger. „Ich liebe dich auch, Special Agent Hunt Kincaid. Bring uns nach Hause."

Vielen Dank, dass du „Kaltblütig" gelesen hast. Ich hoffe, du hattest Freude daran, Hunt und Pip kennenzulernen. Kennst du schon die vorherigen Bände von „Kalte Gerechtigkeit"? Sie sind alle bei Amazon als Taschenbuch und E-Book erhältlich.

Du hast sie bereits gelesen und bist neugierig auf das Baby von Mallory und Alex? Dann hoffe ich, dass du dich ebenso sehr freust wie ich, dass die weiterführende Reihe „Kalte Gerechtigkeit – Die Verhandler" demnächst starten wird.

Auf den nächsten Seiten hast du die Möglichkeit, das erste Kapitel aus „Kalt und tödlich" zu lesen. Lerne den FBI Supervisory Special Agent Dominic Sheridan und die Rookie-Agentin Ava Kanas kennen und erfahre mehr über deren verzweifelte Suche nach einem Serienmörder.

PROLOG

DER SCHÜTZE KAUERTE sich hinter die niedrige Ziegelmauer auf dem vierstöckigen Gebäude. Der nasse Asphalt schmerzte an den Knien, aber die Mauer hatte die perfekte Höhe, um den Lauf des Browning X-Bolt Micro-Gewehrs mit seinem Ledsniper-Zielfernrohr darauf abzustützen.

Etwa vierhundert Meter entfernt stand auf der anderen Seite der stark befahrenen Schnellstraße eine Gruppe Männer und Frauen in dunkler Kleidung um ein Loch im Boden. Funkelnde Tropfen hafteten an den Spitzen der zarten Grashalme im üppigen grünen Rasen. Eine leichte Brise raschelte durch das dichte Laub der stämmigen Eichen.

Die Einzelheiten in den schmerzerfüllten Gesichtern der Trauernden waren rasiermesserscharf zu erkennen. Die Frische gebügelter weißer Baumwollhemden. Gräuliche Bartstoppeln, die sich durch vom Wind gerötete Wangen bohrten. Die weiche, runde Kurve eines Ohrläppchens, an dem ein teurer Goldohrring hing.

Das Fadenkreuz richtete sich auf das gutaussehende Gesicht Dominic Sheridans. Seine dunkelblauen Augen waren am Rand gerötet, die Haut angespannt, als ob er bewusst seine Emotionen zurückhielt. Sein Kinn wies ein Grübchen auf, welches einen breiten, grimmigen Mund unterstrich.

So wirkten Beerdigungen auf Menschen.

Die Leute gingen herum, unterstützten einander, in ihrer Trauer vereint, blind für Gefahr – traurig, bestürzt, verletzt.

Würde sie das auseinanderreißen?

Würde es sie zerstören?

Würde es sie schreiend in der Dunkelheit aufwachen lassen, Nacht für Nacht, Jahr für Jahr, als Opfer unbarmherzigen, quälenden Leids?

Würden sie begreifen? Oder würden sie bis zum letzten Mann nichtsahnend bleiben?

Der Abzug fühlte sich glatt und seidig an. Der Zeigefinger war gebogen, balancierte behutsam an der Schwelle zwischen Leben und Tod.

Rachgierig.

Mächtig.

Gottähnlich.

Ein langer, langsamer Atemzug. Ein Atemzug, der den Moment markierte, in dem sich alles änderte. Der Moment, in dem die Dunkelheit sichtbar wurde. Der Tod wurde Realität.

Ein stetiges Ausatmen traf auf die natürliche Pause des Körpers. Dann dieser endlos erscheinende Moment der Trägheit, als der Abzug sanft gedrückt wurde und den Schlagbolzen dazu brachte, die explosive Ladung in der Patrone und der Vergeltung zu entzünden und Fleisch mit 2.700 Stundenkilometern auszulöschen.

Jetzt begann das Endspiel. Jetzt änderte sich alles.

„Kalt und tödlich" (Kalte Gerechtigkeit – Die Verhandler 1)
kann *hier* vorbestellt werden.
www.toniandersonauthor.com/german

NÜTZLICHE ABKÜRZUNGEN FÜR TONIS BÜCHER

AG: Attorney General – Generalstaatsanwalt

ASAC: Assistant Special-Agent-in-Charge – Rang beim FBI, eine Stufe über dem Supervisory Special Agent (SSA)

ATF: Alcohol, Tobacco, and Firearms – US-Behörde für Alkohol, Tabak, Schusswaffen und Sprengstoffe

BAU: Behavioral Analysis Unit – Abteilung für Verhaltensanalyse

BOLO: Be on the Lookout – Fahndung

BUCAR: Bureau Car – FBI-Auto

CIRG: Critical Incident Response Group – Zentrale Krisen-Interventions-Abteilung des FBI

CMU: Crisis Management Unit – Unterstützt die CIRG

CN: Crisis Negotiator – Krisenverhandler

CNU: Crisis Negotiation Unit – Krisenverhandlungsabteilung

CODIS: Combined DNA Index System – Nationale DNA-Datenbank der USA

CP: Command Post – Befehlsstelle

DEA: Drug Enforcement Administration – US-Drogenbehörde

DOB: Date of Birth – Geburtsdatum

DOJ: Department of Justice – Justizministerium

EMT: Emergency Medical Technician – Rettungssanitäter

ERT: Evidence Response Team – FBI-Spurensicherungsteam

FOA: First-Office Assignment – Erster Büroeinsatz bei Strafverfolgungsbehörden

FBI: Federal Bureau of Investigation – Zentrale Sicherheitsbehörde der USA

FO: Field Office – Außenstelle des FBI

IC: Incident Commander – Einsatzleiter

HRT: Hostage Rescue Team – Geiselrettungsgruppe, FBI-Spezialeinheit

HT: Hostage-Taker – Geiselnehmer

LAPD: Los Angeles Police Department – Polizei der Stadt Los Angeles

LEO: Law Enforcement Officer – Strafverfolgungsbeamter

ME: Medical Examiner – Gerichtsmediziner

MO: Modus Operandi

NAT: New Agent Trainee – Neuer Agent in Ausbildung

NCAVC: National Center for Analysis of Violent Crime – Nationales Zentrum für die Analyse von Gewaltverbrechen

NCIC: National Crime Information Center – zentrale Datenbank der USA zur Sammlung von Informationen in Zusammenhang mit der Kriminalitätsbekämpfung

NYFO: New York Field Office – FBI-Außenstelle New York

OC: Organized Crime – Organisiertes Verbrechen

OCU: Organized Crime Unit – Abteilung zur Bekämpfung von organisiertem Verbrechen

OPR: Office of Professional Responsibility – Büro zur Untersuchung von Fehlverhalten von beim Justizministerium beschäftigten Juristen

POTUS: President of the United States – Präsident der USA

RA: Resident Agency – Kleine Außenstelle des FBI

SA: Special Agent – FBI-Agent

SAC: Special Agent-in-Charge – Leiter eines FBI-Büros oder Region

SAS: Special Air Squadron (British Special Forces unit) – Spezialeinheit der britischen Armee

SIOC: Strategic Information & Operations – Weltweite Kommando- und Kommunikationsabteilung des FBI

SSA: Supervisory Special Agent – FBI-Teamleiter

SWAT: Special Weapons and Tactics – Besonders ausgebildete taktische Spezialeinheit

TC: Tactical Commander – Befehlshaber einer taktischen Spezialeinheit

TOD: Time of Death – Todeszeitpunkt

UNSUB: Unknown Subject – Unbekanntes Subjekt (im Sinne von unbekannter Täter)

ViCAP: Violent Criminal Apprehension Program – Programm zur Aufdeckung von Gewaltverbrechen

WFO: Washington Field

DANKSAGUNGEN

Im Mai 2017 hatte ich das Glück, zum zweiten Mal Atlanta, Georgia, zu besuchen. Ich habe die Gelegenheit genutzt und eine andere Autorin kontaktiert, die ebenfalls romantische Geschichten schreibt und zufällig für das Zentrum für Krankheitskontrolle und -prävention (CDC) arbeitet, um bei ihr eine Führung durch das Museum des Zentrums zu organisieren. Obwohl ich diesen Handlungsort nicht so viel benutzt habe, wie ursprünglich vorgesehen, habe ich durch die Führung einen hervorragenden Einblick in die wichtige Arbeit bekommen, die dort gemacht wird. Vielen Dank, Jennifer McQuiston!

Vielen Dank auch diesmal an Angela Bell vom FBI, die all meine seltsamen Fragen beantwortet hat – ich vermute, sie ist langsam daran gewöhnt. Ich weiß ihre harte Arbeit und ihren Einsatz sehr zu schätzen.

Kathy Altman verdient eine Medaille dafür, meine Kritikpartnerin zu sein. Dieses Buch liest sich nur einigermaßen schlüssig, weil sie so geduldig und intelligent ist, eine wahre Wundertäterin. Ich liebe sie. Und ich liebe auch Rachel Grant für ihre fantastische Beta-Korrektur, bei der sie alle möglichen seltsamen Toni-Eigenarten entdeckt hat, die sich eingeschlichen hatten. Und diese hinreißenden Zitate im letzten Kapitel? Die stammen tatsächlich aus der englischen Ausgabe ihres Buches FIRESTORM. Es ist großartig. Lesen Sie es!

Vielen Dank an meine Lektorinnen Alicia Dean und Joan Turner von JRT Editing für ihren geschulten Blick und die frischen Ideen. Ebenfalls ein Dankeschön an meine Designerin der Einbände, Regina Wamba. Und an Paul Salvette (BB eBooks), der meine Bücher mit unglaublicher Sorgfalt und Professionalität editiert.

Und ich möchte mich bei meinem Mann bedanken, dafür, die Augen nicht zu sehr verdreht zu haben, als ich ihm erzählt habe, dass das hier wirklich das schlechteste Buch sei, das ich je geschrieben habe, und dass ich nie wieder als Autorin arbeiten würde. Ich liebe dich!

Eine Autorin zu sein, ist eine verrückte Achterbahn zwischen Euphorie und Qual – und ich liebe es, trotz all der Anstrengungen, des Schweißes, des Bluts und der Tränen. Mein großer Dank gilt deshalb also auch meinen Lesern, die meine Bücher kaufen!

Vielen Dank auch an Martin Wick und Stephanie Mills für ihre großartige Arbeit bei der Übersetzung ins Deutsche.

ÜBER DIE AUTORIN

Toni Anderson schreibt unverblümte, sexy, romantische Thriller und ist eine *New York Times* und *USA Today* Bestsellerautorin. Ihre Bücher wurden mit den Readers' Choice, Aspen Gold, Book Buyers' Best, Golden Quill und National Excellence in Romance Fiction Awards ausgezeichnet. Sie war Finalistin sowohl beim Vivian Contest als auch beim RITA Award der Romance Writers of America, außerdem beim Daphne du Maurier Award of Excellence und der Holt Medallion.

Am bekanntesten für ihre „Cold" Bücher ist es vielleicht nicht überraschend, dass Toni in einem der extremsten Klimazonen der Erde lebt – in Manitoba, Kanada. Als ehemalige Meeresbiologin vermisst Toni immer noch das Meer, hat aber das Glück, zu Forschungszwecken zu reisen (wenn sie nicht gerade eine Pandemie erlebt!). Im Januar 2016 besuchte sie das FBI-Hauptquartier in Washington DC, einschließlich einer Tour durch das Strategic Information and Operations Center (SIOC). Sie hofft innständig, dass sie nicht aufgrund ihrer Google-Suchen verhaftet wird.

Toni liebt es, von Lesern zu hören:
E-Mail: toni@toniandersonauthor.com
Website: www.toniandersonauthor.com/german

Lerne Toni online kennen:
Facebook: facebook.com/toniandersonauthor
Instagram: instagram.com/toni_anderson_author

Wenn du mehr über Tonis deutsche Bücher erfahren möchtest und darüber, wie ihr Schreiben durch ihre Hunde behindert beziehungsweise unterstützt wird, dann melde dich doch für ihren deutschen Newsletter an. Sie liebt es, ihre Leser besser kennenzulernen.
landing.mailerlite.com/webforms/landing/e2o8r3